suhrkamp taschenbuch 2898

Sonja, 1981 unter dem Pseudonym Judith Offenbach erstmals erschienen, erzählt die Geschichte der Liebe zwischen Sonja und Judith in den Jahren von 1965 bis 1976. Sie probieren ein »normales« Leben zu zweit, das doch von vornherein ausgeschlossen ist.

Die »Melancholie für Fortgeschrittene« ist das Protokoll einer Trauer, der nicht spektakuläre, sehr detaillierte Bericht über den verborgenen Alltag lesbischer Paare und das Leben mit einem behinderten Menschen.

Luise F. Pusch, geboren 1944 in Gütersloh, Professorin für Sprachwissenschaft, publizierte im Insel und Suhrkamp Verlag u. a. *Das Deutsche als Männersprache* (es 1217) und *Alle Menschen werden Schwestern* (es 1565). Sie ist Mitherausgeberin von *WahnsinnsFrauen* Band 1 bis 3 (st 1876, 2493 und 2834) und Herausgeberin der Trilogie über *Schwestern, Töchter* und *Mütter berühmter Männer* (it 796, 979 und 1356) und des Kalenders *Berühmte Frauen*, der seit 1987 erscheint.

Luise F. Pusch
Sonja

Eine Melancholie
für Fortgeschrittene

Mit einem Vorwort
der Autorin

Suhrkamp

Sonja. Eine Melancholie für Fortgeschrittene
von Judith Offenbach erschien erstmals 1981
als suhrkamp taschenbuch 688
Umschlagfoto: Carlos Somonte. Lyle, 1989

suhrkamp taschenbuch 2898
Erste Auflage dieser Ausgabe 1998

Druck: Nomos Verlagsgesellschaft, Baden-Baden
Umschlag nach Entwürfen von
Willy Fleckhaus und Rolf Staudt

1 2 3 4 5 6 – 03 02 01 00 99 98

Vorwort

An diesem Bericht über die unerträgliche Schwierigkeit des Lesbischseins vor, während und nach der 68er »Sexualrevolution« habe ich über drei Jahre lang, 1976 bis 1979, geschrieben. Das ist eine kleine Ewigkeit her, und ich bin heute nicht mehr die verzweifelte und verängstigte junge Frau, die ich damals war, sondern eher eine gereifte und gestärkte Matrone. Dies als Warnung an Leserinnen, die sich – wie damals des öfteren geschehen – beim Lesen in die Autorin verlieben und sie aus ihrem Elend erretten wollen. Daß ich meinen persönlichen Kummer relativ gut überlebt habe und mich zu einer energischen Streiterin für die Sache der Frauen fortentwickeln konnte, verdanke ich auch dem langen Prozeß des Aufschreibens und der ständigen Ermutigung durch meine Freundin Swantje Koch-Kanz (Julia) und meinen Analytiker Hans Ulrich Müller, der im vergangenen Jahr viel zu früh gestorben ist. Beiden habe ich das Buch damals gewidmet. Es war mir wichtig und schien mir stimmig, diese Lesbengeschichte einer Heterofrau und einem heterosexuellen Mann zu widmen – will sagen: Es kommt nicht auf das Geschlecht oder die sexuelle Präferenz an, sondern auf den Charakter und darauf, wie wir miteinander umgehen.

Es gab viele Motive für das Schreiben; mit das wichtigste war wohl der Wunsch, die bedrückenden Zustände zu ändern und überhaupt zu verstehen, was geschehen war.

1981 wurde das Buch unter dem Pseudonym Judith Offenbach veröffentlicht. Über meine Beweggründe für das Pseudonym habe ich mich ausführlich in dem Interviewband *Ladies first* geäußert.[1]

Jetzt erscheint *Sonja* erstmals unter meinem richtigen Namen, und ich mache mir seit Monaten Gedanken, was ich dazu sagen möchte. Schließlich warf ich alle Entwürfe in den (elektronischen) Papierkorb. Statt nun wieder lange Erklärungen abzugeben (das Buch enthält schon genug), will ich lieber eine Geschichte erzählen.

Im Mai 1996 waren meine Lebensgefährtin und ich zu einer Hochzeit eingeladen. Es war eine – für US-amerikanische Begriffe – kleine Hochzeit: Nur 250 geladene Gäste. Nach dem üppigen Dinner spielte die Band zum Tanz auf. Zwar war die Tanzfläche einigermaßen belebt, aber die meisten Gäste blieben an ihren Tischen sitzen. Männer tanzen eben nicht gern, und Frauen dürfen Männer nicht zum Tanzen auffordern. Daß Männer ungern tanzen, hat mit Homophobie zu tun: »Die Männlichkeit der meisten Männer wird definiert über eine bestimmte Art, sich zu bewegen, sehr steif und ausdrucksarm. Der Tanz verrät all das.«[2]

Plötzlich zog meine Partnerin mich auf die Tanzfläche: »Let's try a little gender-bending!«[3] Und wir begannen zu tanzen. Ich hatte schwere Bedenken, aber es machte mir auch großen Spaß; ich tanze so gern mit ihr. Zu meiner Überraschung kamen jetzt nach und nach immer mehr Frauen auf die Tanzfläche und tanzten miteinander. Wir beide hatten »den Bann gebrochen«. Es bedurfte nur eines winzigen Anstoßes, um die Frauen scharenweise aus ihrer ängstlichen Reserve zu locken. Sicher waren nicht viele Lesben unter ihnen; die meisten hatten unser Tun vermutlich als Notwehr gegen männliche Tanzmuffelei interpretiert. Wie auch immer, zwei Lesben, die es satt hatten, dem Heterosexismus des Gesellschaftstanzes zu gehorchen, hatten zahllosen anderen Frauen zu mehr Spaß an der Veranstaltung verholfen, zu mehr Nonchalance gegenüber einengenden, frustrierenden Konventionen. Und das während einer Hochzeit!

Leider tanzten aber keine Männer miteinander.

Nachdem ich *Sonja* veröffentlicht hatte, bekam ich viele Briefe von Frauen, die sich bestimmte Dinge aus dem Buch zum Vorbild nahmen. Etliche zum Beispiel setzten eine Anzeige in die *Emma*, andere fingen an, ihre »intimsten« Erlebnisse aufzuschreiben und öffentlich zu machen, andere gingen in eine Lesbengruppe.

Wenn eine etwas tut, das Mut verlangt, und sie kommt damit ganz gut durch, trauen sich andere, es ihr nachzumachen, und wieder andere, es diesen nachzumachen; es zieht immer weitere Kreise. So entsteht (Frauen-)Bewegung und Veränderung. Auch ich habe mich nur getraut, weil andere vorangegangen waren.

Deshalb möchte ich jetzt, 22 Jahre nach Beginn des Schreibens bzw. 17 Jahre nach der Erstveröffentlichung von *Sonja*, endlich den letzten Schritt in diesem sicher größten und folgenreichsten Wagnis meines Lebens tun und mein Pseudonym lüften. Die meisten Leserinnen, die die Arbeiten von Luise F. Pusch kennen, wissen nichts von dem Buch *Sonja* und den kaum erträglichen Zuständen, die es dokumentiert. Und diejenigen, die wissen, daß die feministische Satirikerin und Sprachwissenschaftlerin Luise F. Pusch mit Judith Offenbach, der Autorin dieses »langen traurigen Lesbenromans«, identisch ist, finden die Identität meistens schwer nachvollziehbar. Eine Studentin, die ihre Magistra-Arbeit über *Sonja* schrieb, meinte sogar, es sei sehr schade, daß diese Judith Offenbach nicht mehr vom Witz einer Luise F. Pusch hätte.

Ich selber halte es mit Tschechow, der darauf bestand, daß seine Theaterstücke Komödien seien, während die andern sie eher für Tragödien hielten. Ich finde, daß Sonja *auch* ein komisches Buch ist. Denn obwohl (oder weil) Sonja und ich nicht viel zu lachen hatten, haben wir doch viel gelacht.

Ich widme diese Neuveröffentlichung in Dankbarkeit meiner hinreißenden Tanz-Partnerin aus dem Land der unbegrenzten Möglichkeiten, Joey Horsley. Ohne die Frauenbewegung hätte ich sie 1985 nicht kennengelernt, und ohne sie wüßte ich nicht, wie wunderbar das Leben sein kann, sogar, und vor allem, für Lesben.

Luise F. Pusch
Hannover, Februar 1998

Anmerkungen

1 Pusch, Luise F. 1993. Ladies first: Ein Gespräch über Feminismus, Sprache und Sexualität. Reihe »Wortmeldung« Band 2. Bamberg. Palette.

2 »Most men's masculinity is defined by a certain way of moving – very rigid and very inexpressive. Dancing betrays all that.« Blumenfeld, Warren J. Hg. 1992. Homophobia: How we all pay the price. Boston. Beacon Press. S. 36

3 Auf deutsch, in sehr freier Übersetzung: »Komm, versuchen wir mal eine Geschlechtsrolle rückwärts!«

»Was hast du?« rief er, »ein gebrochenes Herz? Ich, ich habe Senkfüße, Kopfschorf, eine Schrumpfniere, zerrüttete Nerven *und* ein gebrochenes Herz! ... Und das ist das einzige, was du als Gewißheit nach Hause trägst: eine Melancholie für Fortgeschrittene – denn kein Mensch wird je eine größere Wahrheit finden als seine Niere es ihm erlaubt.«

Djuna Barnes, *Nightwood*

Erster Teil

Heute ist der 24. August 1976. Es ist spät nachts, Viertel vor zwölf. Giovannas Geburtstag. Ich habe, eigentlich, nicht richtig gearbeitet, sondern hauptsächlich abgenommen. Seit einer Woche faste ich, für meine Begriffe (ich mache so eine 1000-Kalorien-Diät). Vor drei Tagen »zeigte die Waage einen Gewichtsverlust« von drei Pfund, heute nur noch zwei Pfund. Das hat mich so deprimiert, daß ich keine Lust/Kraft/Zuversicht zum Arbeiten mehr hatte.

Ich arbeite an meiner Habilschrift über Hildegard von Bingen. Gestern habe ich mich quasi auf einen Lehrstuhl für Mediävistik in Utrecht beworben. Ich habe Angst davor, eventuell in Utrecht Professorin sein zu müssen. Aber in einem Jahr hört mein Stipendium auf. Die Lage, so liest man überall, ist schlecht für den wissenschaftlichen Nachwuchs, und man muß sich rechtzeitig umsehen, bewerben etc.

Jetzt hat mein anfängliches Herzklopfen etwas nachgelassen Ein Buch schreiben zu wollen ist für mich vor allem ein ehrgeiziges Unternehmen, und Ehrgeiz ist bei meinem Thema überhaupt nicht am Platz. Mein Ehrgeiz hat glaube ich mit dazu beigetragen, daß Sonja sich das Leben genommen hat. Und dieses Buch soll über Sonja sein, über mein Leben mit Sonja.

Ich habe keinen Plan für dieses Buch. Ich weiß nur, daß es ein Buch werden wird – jedenfalls gibt es über Sonja sehr viel zu sagen, zu viel, als daß es in einer Erzählung Platz hätte. Früher habe ich ein paar Kurzgeschichten geschrieben. Ich war 24 und lebte mit Sonja zusammen im Studentenheim. Die Geschichten waren vielleicht nicht so schlecht; es interessierte sich aber niemand dafür. Ich habe sie, in meinem Ehrgeiz, an renommierte Verlage geschickt: S. Fischer, Rowohlt, Hanser, Limes, Diogenes, Wagenbach, Suhrkamp, Kiepenheuer und Witsch.

Es ist heute in der Literatur üblich geworden, im Roman oder was es nun jeweils ist, über das Schreiben und die persönlichen Beweggründe zum Schreiben, die Zweifel an der Richtigkeit dieses Tuns überhaupt, zu reflektieren. Letzte Woche las ich in einer Rezension über Härtlings neues Buch, daß er das pausenlos tue. Ich muß mir das Buch mal ansehen, vielleicht gibt es ein gutes

Muster ab für das, was ich schreiben will. Ich habe nämlich auch einen Text einzuarbeiten, so wie Härtling den Hölderlin-Text hatte. Mein Text ist Sonjas Nachlaß, die Bruchstücke ihrer Dissertation über Djuna Barnes. Diesen Nachlaß haben Freunde aus dem Müll gerettet (der Müllmann hatte mehr Verständnis dafür als Sonjas eigene Mutter), und ich verwalte ihn jetzt. Zur Zeit liegt er in einem großen Umzugspappkarton im Keller meiner Eltern, eine Tagesreise von hier. Ich wohne im Moment in Basel. Ich habe den Nachlaß im März gesichtet, einen langen Nachmittag lang, aber ich mußte dabei so sehr weinen, daß ich es besser fand, das alles erstmal zuzuschnüren und später wieder daranzugehen. Dieser Nachlaß ist also so eine Art Anlaß für mich, dies Buch zu schreiben. Eine wissenschaftliche Publikation kann man daraus nicht machen. Ich kann es jedenfalls nicht. Ich hätte Angst, wieder zu viel von mir, meinen Ansichten, meiner Routine hineinzutragen, so wie ich es früher schon mit Sonjas Arbeiten für die Uni getan habe.

Sonst mag ich eigentlich die Beweggründe meines Schreibens nicht analysieren, so als Block vorneweg. Ich mag auch nicht über stilistische Fragen nachdenken, jedenfalls nicht hier auf dem Papier. Vielleicht weil ich es »privat« sowieso dauernd tue. Diese Fragen werden von selbst immer wieder auftauchen, untergründig oder auch offen.

Ich kann es nicht ertragen, daß Sonja einfach so weg ist. Ich möchte ihr mit diesem Buch ein Denkmal setzen.

In den vergangenen Monaten habe ich nicht viel über Sonja nachgedacht, aber ich habe viel gefühlt, wiedererlebt, in der Erinnerung wiedergesehen. Diese Erinnerungen überfielen mich. Überall und immer war ich ihnen ausgeliefert. Sie taten sehr weh. Vielleicht sind nur solche Erinnerungen schön (falls es sich um schöne handelt), die prinzipiell wiederholbar sind. Diese Erinnerungen sind es nicht, denn Sonja ist tot. In der Nacht vom 2. zum 3. März hat sie sich vom Rollstuhl aus in die Elbe gestürzt, in Wedel, an der Hafenanlage mit einem für sie zugänglichen, befestigten Ufer. Es war eiskalt damals. Neben dem Rollstuhl fand man einen Haufen Zigarettenstummel und eine leere Whiskyflasche. Die Flasche ist für mich noch eine irgendwie tröstliche Vorstellung, aber die Zigaretten zeigen ja nur, wie lange sie da gesessen hat, mit diesem entsetzlichen Entschluß im Herzen. Wenn sie nun, nach dem Sprung ins Wasser, ihren Entschluß rückgängig machen wollte? Sie konnte es nicht, weil sie gelähmt war. Wahrscheinlich aber wollte sie das nicht. Sie hat mir oft von ihrem ersten Selbstmordversuch erzählt, als sie neunzehn war. Sie sprang nachts, im Dezember 1962, von einer Mauer in Köln. Nach sechs Stunden Bewußtlosigkeit wachte sie auf, entsetzt darüber, daß sie nicht tot war. In ihrer Handtasche hatte sie Schlaftabletten, und die hat sie trocken runtergewürgt. Später dann wachte sie im Krankenhaus auf – und war querschnittgelähmt.

Seit einer Woche etwa habe ich ein bißchen mehr Distanz zu Sonjas Tod. Wie das gekommen ist, weiß ich nicht genau. Aber wenn es nicht so wäre, könnte ich gar nicht darüber schreiben.

Wir haben uns geliebt. Sieben Jahre haben wir zusammengelebt, zweieinhalb Jahre im Studentenheim, viereinhalb Jahre in unserer Anderthalb-Zimmer-Wohnung in der Rutschbahn. Im Herbst 1973 trennte ich mich von ihr und zog nach Bremen. Da beging sie ihren zweiten Selbstmordversuch, mit Schlaftabletten, in der Haseldorfer Marsch. An einer Stelle, wo ein vorzeitiges Auffinden in der Nacht sehr unwahrscheinlich war. Sie wurde aber doch gefunden, und die Ärzte brachten sie ein zweites Mal durch. Ich besuchte sie im Krankenhaus, als sie wieder halbwegs ansprechbar war. Als sie mich sah, sagte sie: »Jetzt bleibst du aber doch bei mir?« Ich wollte mich nicht erpressen lassen, und »alle Welt«, auch die Ärztin, hatte mich in dieser Haltung bestärkt. Also sagte ich nein. Hätte ich mich nicht an Bella gebunden gefühlt, hätte ich das nicht gekonnt. Aber mein Gefühl für Bella war damals so heftig, trotz meiner Trauer um und mit Sonja, daß ich nicht bei Sonja bleiben wollte. Sonja war fassungslos über meine Herzlosigkeit, drehte sich abrupt weg, fing furchtbar an zu weinen und hatte nur noch einen Gedanken, den sie auch immer wieder aussprach: »Dann werde ich es eben wieder tun, bis es endlich klappt. Warum lassen einen diese verdammten Ärzte nicht in Ruhe sterben? Glaubt ihr denn, es ist schön, sich immer wieder das Leben zu nehmen, und dann klappt es nicht? Wenn du schon nicht bei mir bleibst, dann hilf mir wenigstens, daß es endlich klappt!«

29. August 1976

Eben habe ich »La Clemenza di Tito« über Kopfhörer gehört und gleichzeitig auf Band mitgeschnitten. Titus interessiert mich zwar auch, man kriegt ja die Oper selten zu hören, aber vor allem wollte ich Tatiana Troyanos in der Rolle des Sextus hören. Es war ein Premierenmitschnitt von den diesjährigen Salzburger Festspielen, und vielleicht war sie aufgeregt. Jedenfalls war ich zuerst enttäuscht. Anfangs hatte ich das Gefühl, da singen ja *nur* Mezzosoprane, und wo ist sie denn in dem ganzen Gewirr? Eigentlich erkenne ich ihre Stimme sofort, das exaltierte Vibrato und diese so besonders sinnliche Tiefe (ganz anders als z.B. Teresa Berganza oder Fiorenza Cossotto. Die sind hervorragend, aber sie sprechen mich nicht sinnlich an). Ich hatte kein Textbuch, kannte den Inhalt nur aus meinem dummen Opernführer (schleunigst vergessen), und so war ich verwirrt, bis diese Arie mit Soloklarinette kam. Entweder hatte sie da »zu sich gefunden« oder sie war vorher überhaupt nicht aufgetreten – oder nur, um ohimè auszustoßen. Von da ab war sie voll da und beherrschte mit ihrem exaltierten Temperament und ihrer sinnlichen Intensität die Szene, erntete auch den meisten Applaus zu meiner Befriedigung. Sonja war immer ziemlich nachsichtig, was meine Schwärmerei für Tatiana Troyanos betraf. Sie teilte sie nicht, fand aber die Troyanos auch »prickelnd«. Zum erstenmal sahen wir sie 1970 im Rosenkavalier, wo sie den Octavian sang. Eine für damalige (oder meine damaligen) Begriffe kühne Inszenierung; Octavian liegt nämlich zu Beginn des ersten Aktes zärtlich mitten auf dem Bett der Marschallin, und die beiden küssen sich und tändeln miteinander, daß es eine Freude ist. Sonja und ich waren uns da völlig einig und sehr vergnügt an diesem Abend. Wir haben den Rosenkavalier noch oft gesehen, leider nicht immer mit der Troyanos. Auch als Komponist in der Ariadne hat sie uns nicht enttäuscht. Als Clairon dagegen war sie lahm (erotisch gesehen). Es war eben leider keine Hosenrolle. Als Cherubin habe ich sie nur auf Platte gehört, nicht gesehen. Die beiden Cherubin-Arien habe ich so oft gehört, daß Sonja doch manchmal eifersüchtig wurde. Eifersucht war oft ein Spiel zwischen uns. Die Regeln waren beiden bekannt, und sie wurden nur im Notfall überschritten. Oft habe ich Sonja damit geneckt, daß ich, wenn ich sie umarmte und küßte, wie aus Versehen an mich selbst geriet; z.B. nahm ich ihre Hand in meine, küßte eingehend ihren Unterarm, kam auf den Handrücken und landete schließlich selbstvergessen auf meiner Hand, woraufhin sie mir sofort den obligaten zärtlichen Klaps gab. Für mich war es wirklich nur ein Spiel, aber Sonja schien es tatsächlich nicht zu mögen, wenn ich mich selbst küßte statt sie. Der Klaps war zärtlich und mit-spielerisch, aber der Unmut war doch sehr echt. Richtig habe ich es nie verstanden, warum – denn es machte mir natürlich keinen besonderen Spaß, mich selbst zu küssen.

Kennengelernt haben wir uns über ein Spiegelei, aber unsere Liebe, anderthalb Jahre später, begann über die Musik, die Violinkonzerte von Bach. Sonjas erster Anlauf, mir mit Wagner zu kommen, klappte nicht. Ihr Apparat war erbarmungswürdig schlecht, und Wagner mochte ich damals noch nicht. Erst später (Demokratie in der Ehe) habe ich mich darauf einstellen gelernt.

Mit dem Spiegelei war es so: Im Sommer 1965 war Sonja in das Studentenheim eingezogen, ins Parterre natürlich. Ich wohnte im ersten Stock. Beide waren wir Nachteulen. Ich ging selten vor drei Uhr zu Bett; sie ging, wenn man ihr glauben soll, überhaupt kaum je zu Bett. Was sollte sie da auch damals: vor Schmerzen in den Füßen, im Rücken und in den Beinen konnte sie sowieso kaum einschlafen, und wenn doch einmal, wachte sie alsbald durch einen Spasmus wieder auf. »Spasmus sein«, nannten wir das später. Jedenfalls waren mir eines Nachts die Zigaretten ausgegangen, ich ging runter zum Automaten, und da saß Sonja in der offenen Küche und brutzelte sich ein Spiegelei. Ich hatte von meiner Freundin Judith schon eine Menge gehört über das tolle Mädchen, das unten neu eingezogen war. Ich war fast eifersüchtig, so voller Lobes war Judith gewesen, und vorher hatten wir beide allein sozusagen immer Front gemacht gegen den öden Studentenhaufen um uns herum. Das macht stark und tut wohl, wenn man sich als Außenseiter fühlt. Nun sollte es da also Sonja geben, ein Wesen, das aussah wie ein Engel und dieselben Bücher, Bilder und Platten liebte wie Judith und ich. Man hörte aber auch über sie, daß sie unmotivierte Schreikrämpfe bekam, statt sich zu freuen über einen Rosenstrauß oder ein Paket Bücher, Sendungen von einem Deutschlehrer, der sie liebend verehrte (die Geschichte erfuhr ich erst später). Da saß sie nun mit ihrem Spiegelei, und ich ging hin und guckte mir das an. Damals siezte man sich noch unter Studenten. Ich war schüchtern und neugierig, Sonja bestimmt auch. Sie hatte das Gelbe von ihrem Ei sorgfältig kaputtgemacht und briet es nun auch noch auf der anderen Seite – ein echtes Spiegelei à la Judith, *meine* Spezialität. Ich sagte wohl, es fehlte vielleicht noch Cayennepfeffer; damals tat ich auf alles Cayennepfeffer, sogar auf Marmelade. Natürlich machten wir noch ein Spiegelei dazu und aßen dann zusammen auf ihrem Zimmer, nach dieser erfreulichen Entdeckung der ersten Gemeinsamkeit. Ob wir uns in der Nacht noch lange unterhalten haben, weiß ich nicht mehr, aber ich glaube schon. Später jedenfalls war es immer so: Wenn wir erst einmal angefangen hatten zu reden, hörten wir lange nicht auf. Wir konnten uns kaum voneinander trennen, und da gab es zum Glück die Zigaretten und den beliebig wiederholbaren Satz: »Rauchen wir noch eine, und dann gehen wir zu Bett.«

Wie gesagt hatte sie damals noch ihre Spasmen, und ich mußte mit ansehen, wie immer wieder ein Bein hochzuckte und den kleinen leichten Studenten-Arbeitstisch mit hochzucken ließ, indem es dagegen stieß. Dann flogen wohl auch mal Weingläser und volle Teetassen um und ergossen sich auf Papiere und Bücher. Meine ersten Gefühle für sie waren Mitleid, schreckliches Mitleid, Bewunderung für ihre Nonchalance, mit der sie das alles hinzunehmen schien, aber auch erschrecktes Befremden über ihren Zynismus im Umgang mit sich selbst. Zum Beispiel fuhr sie »wie eine gesengte Sau« mit ihrem Auto durch die Gegend. Es schien ihr absolut egal zu sein, ob ihr etwas passierte. Was mich damals moralisch entrüstete, war der Eindruck, daß ihr auch ihre Mitfahrer und die anderen Verkehrsteilnehmer egal waren.

Als ich Sonja auf diese Weise kennenlernte, war ich noch unglücklich in Astrid verliebt, seit zwei Jahren. Ein Jahr hatte ich Astrid erfolglos verehrt in meiner schüchternen verkrampften Weise, schließlich hatte sie diesem unausgesprochenen Werben nachgegeben und sich meiner erbarmt. Dann kam aber ihre richtige Freundin aus den Ferien zurück und machte ihre Rechte geltend, stelle ich mir vor. Jedenfalls bekam ich schon nach einer Woche den Abschied, und nun litt ich da an meinem Liebeskummer, Tag und Nacht, und kam einfach nicht davon los. Eine Art Besessenheit, wie eigentlich immer bei mir bis dahin. Ich betete häufig, ich möchte doch von diesem elenden Fluch befreit werden. Nebenan knackte derweil das Bett, denn Astrids Freundin wohnte neben mir (um ehrlich zu sein: ich war sogar extra, aus sicherer Entfernung, dahingezogen aus dem Parterre). Astrid war schon aus dem Heim ausgezogen, kam aber dauernd zu Besuch.

Sonja war für mich ein Lichtblick, weil ich spürte, daß ich mich so weit für sie interessierte, daß ich mich vielleicht neu verlieben konnte. Als ich das fühlte, war ich unendlich froh und erleichtert. Es kreisten nicht mehr alle Gedanken um Astrid, nutzloser- und quälenderweise.

Irgendwie kamen wir in der ersten Zeit auch mal auf Eierstöcke zu sprechen. Sonja gab mir vielleicht den Rat, ich sollte mich untenrum warm anziehen, es drohe sonst eine Erkältung der Eierstöcke. Ich sagte, meine Eierstöcke interessierten mich wahrhaftig einen Dreck. Es war als Botschaft gemeint, und sie verstand es sicher auch sofort. Sie fing nämlich bald an, mir von ihrer Deutschlehrerin zu erzählen, die sie als Schülerin sehr geliebt hat (die Frau war fünfzig, und ich fand das schon merkwürdig, Sonja aber überhaupt nicht). Natürlich erzählte sie das nicht gleich so platt; sie ließ es mehr bewußt durchblicken, sicher auch, um mich zu testen. So schufen wir in unseren Unterhaltungen ein erotisches, aber unverbindliches Klima. Wenn ich mich auf Anhieb in Sonja verliebt hätte, wäre ich wahrscheinlich deutlicher geworden; und sie wartete wohl nur darauf, aus Abenteuerlust, nicht weil sie in mich verliebt gewesen wäre. Sie hing viel mehr an Judith als an mir, denn Judith hatte alles, um sie aufzubauen: Sie bewunderte und bemutterte Sonja, war selbstlos, munter, unternehmungslustig, hinreichend versnobt und liebevoll. Immerhin war sie auch zehn Jahre älter als wir. Ich dagegen wollte eigentlich immer am liebsten selbst bewundert und bemuttert werden und stand lange ein bißchen außerhalb dieser innigen Freundschaft zwischen Sonja und Judith. Da ich in beide nicht verliebt war, empfand ich es als nicht so störend, zumal wir auch dauernd zu dritt alles mögliche anstellten, zusammen kochten und in Theater-Spätvorstellungen gingen und Wein tranken. Außerdem sagte Judith auch öfter heimlich zu mir, daß ich ihr ja viel mehr bedeute, eigentlich, aber Sonja wäre doch so süß und so arm dran, und das verstünde ich doch? Ich verstand und war so ganz zufrieden. Meine quälende Leidenschaft galt weiterhin Astrid; sie wurde jetzt aber gelindert durch Sonja und Judith, mit denen ich so gern zusammen war und die mich deutlich auch sehr mochten. Von Astrid hatten beide keine Ahnung.

30. August 1976

Heute vor drei Jahren waren Sonja und ich in Florenz, zweite Station unserer ersten und letzten großen gemeinsamen Reise. Nein, es war die dritte Station; vorher waren wir in München und Verona. Nur einmal hatten wir vorher zusammen Urlaub gemacht, im Herbst 68, drei Wochen Büsum. Es regnete viel; Sonja las für irgendein Seminar Fontanes »Vor dem Sturm« und stöhnte darüber, aber zähe und pflichtbewußt biß sie sich hindurch. Ich entwickelte in der Zeit meinen Zeitungstick. In irgendeinem Buch »Zur Technik des wissenschaftlichen Arbeitens« hatte ich gelesen, man könne interessante Zeitungsausschnitte mit Hilfe eines ausgeklügelten Karteisystems katalogisieren und für eventuelle spätere Verwendung jederzeit greifbar machen. Diese harmlose Anregung baute ich nun zu einem meiner manischen Systeme aus. Ich las und katalogisierte viele Stunden pro Tag, hauptsächlich die Feuilleton- und Literaturbeilagen der »Zeit« und der »Welt«. Warum tat ich das? In diesen drei Wochen waren Sonja und ich ganz allein; niemand konnte unserer »verbotenen Liebe« nachspionieren, wie wir es im Studentenheim ständig befürchteten. Im Rausch unserer ersten Liebe sind wir deshalb zweimal in ein Hotel gegangen, weil wir uns endlich einmal ungestört in einem großen Doppelbett lieben wollten. Die Betten im Studentenheim waren 80 cm breit, Doppelzimmer gab es nicht, und die Wände waren sehr dünn. In Büsum hatten wir das ersehnte Doppelbett, aber wir liebten uns kein einziges Mal. Unser Zusammengehörigkeitsgefühl war stark und absolut, aber die körperliche Liebe zwischen uns war eingeschlafen. Ich frage mich so oft, wie es dazu gekommen ist. Das Schlafzimmer in Büsum war im ersten Stock (Freunde hatten uns ihr Ferienhaus zur Verfügung gestellt). Sonja hätte auch unten auf dem Sofa schlafen können, aber dann wären wir getrennt gewesen. Also jeden Abend die Quälerei, sich Stufe um Stufe mit den Krücken nach oben zu stemmen. Ich immer direkt hinter ihr, um aufzupassen, daß sie nicht stürzte. Oben angekommen, schaffte sie es gerade mit letzter Kraft bis zum Bett, körperlich völlig fertig. Wenn vielleicht vorher eine erotische Stimmung zwischen uns aufgekommen war, so war sie spätestens nach diesem allabendlichen Kraftakt kaputt.

Sonja war krank, Patientin, ohnmächtig und hilflos, und ich war ihre Krankenschwester. Dort oben, ohne Rollstuhl, war sie ans Bett genagelt, und ich mußte sie bedienen, ihr den Nachttopf hinstellen, Wasser bringen. Wir legten uns zu Bett, Sonja schlief bald ein vor Erschöpfung, und ich las noch lange. Wir gaben uns wohl nur den Gewohnheits-Gutenachtkuß. Ich hatte noch viel Zärtlichkeit für Sonja in der Zeit, Gefühle der Fürsorge und des Beschützens, aber von Begierde war keine Spur mehr. Daß damals schon etwas Entscheidendes zwischen uns kaputt war, ist mir aber nicht richtig klar geworden. Meine Bedürfnisse nach körperlicher Liebe waren überhaupt immer sehr eigenartig gewesen; eigentlich habe ich erst durch Bella natürlich damit umzugehen gelernt, und da war ich schon dreißig. Meine Liebe zu Sonja spielte sich viel mehr im Kopf ab: Ich liebte sie, soviel wußte ich; jedenfalls kam ich auf keine andere Vorstellung über die Natur unserer Beziehung. Und zur Liebe gehört natürlich auch das Sexuelle, so dachte ich wohl zu Anfang. Und da ich sie im Kopf so sehr liebte, stürzte ich mich körperlich auf sie mit einer (mir selbst und ihr vorgespielten) Intensität, die sogar anfangs zu drei Brüchen zwischen uns führte. Nach diesen drei Brüchen war unsere Beziehung dann gefestigt, zementiert möchte man fast sagen, aber meine sexuellen Bedürfnisse waren geschwunden oder im Schwinden.

Diese komischen drei Wochen in Büsum – wir langweilten uns eigentlich schrecklich. Oktober: das Wetter war grau; oft regnete es. Wir hatten zum erstenmal die Chance, miteinander allein zu sein, und haben sie gründlich vertan. Die Belastung, die mit diesem Bewußtsein verbunden war, daß wir die einmalige Chance nutzen mußten, war zu groß für uns. Was macht man mit einem Rollstuhl am Meer? Man schiebt die zwei Kilometer Strandpromenade auf und ab. Manchmal schob ich Sonja auch auf das nasse harte Watt hinaus, aber wie sich später herausstellte, hat das den teuren Rollstuhl ruiniert, dem das Salzwasser nicht bekam. Die Natur fiel also flach. Büsum selbst: ein trauriges Fischernest. Das Beste war noch die Pommes-frites-Bude am Hafen: die leckersten Pommes frites meines Lebens. Überhaupt verlegten wir uns in dem wilden Entschluß, die Sache nun auch zu genießen, hauptsächlich aufs Essen und Trinken. Viel Geld hatten wir aber nicht mit unseren beiden Stipendien. Wenn wir in ein Restaurant gingen, war ein Pharisäer schon ein Luxus, kostete wohl auch fünf

Mark. Etwa zweimal pro Woche leisteten wir uns ein Rumpsteak – das mochte Sonja so gern. Damals, glaube ich, entwickelte sie sich zur Köchin, worin sie es dann im Laufe der Zeit zu immer größerer Perfektion brachte. Ich hatte aber bei Rumpsteaks vor allem die Vorstellung, daß ich dafür ja schon fast ein Taschenbuch kaufen könnte.

Und was macht man in Dithmarschen im Oktober? Keine vernünftige Großstadt weit und breit, kein Theater, kein Konzert, nichts Rechtes im Kino. Fuhren wir also mit dem Auto durch die Landschaft, nach Wesselburen, St. Peter Ording, Friedrichstadt, Husum, Seebüll. Hebbel mochte ich noch nie und Storm auch nicht, aber das waren nun mal die Dichter der Gegend. Nolde mochten wir damals auch nicht, aber mehr Kulturelles gibt es anscheinend in Dithmarschen nicht, und nachdem die Liebe und das Essen nicht so richtig funktionierten, strebten wir eben nach kultureller Überhöhung unserer »einmaligen Chance«. Ja, den Eiderdamm gab es noch, ein bewundertes Bauwerk, damals noch nicht fertig. Ich konnte hinaufsteigen, und Sonja mußte unten sitzenbleiben. Und in Wesselburen das Hebbelmuseum: ich konnte in den ersten Stock gehen und mir die Bibliothek ansehen, während Sonja unten lustlos zwischen den Handschriften und anderen Erinnerungsstücken herumrollte. Ob wir uns da ins Gästebuch eingetragen haben?

Ich kaufte mir in Wesselburen eine Hebbelmonographie der Sammlung Metzler; außerdem erstanden wir noch zwei große Rumpsteaks, damit wenigstens der Abend ein Festessen würde. Dann kam die Reifenpanne, und wir mußten befürchten, stundenlang ausgerechnet in Wesselburen festzusitzen – es ging aber ganz schnell. Gottseidank war uns das hundert Meter vor einer Tankstelle mit einem sehr netten und tüchtigen Tankwart passiert.

Eine Stimmung voller tapferer Aufschwünge, ständig bedroht durch nur befürchtete oder tatsächliche Reinfälle. Hauptbedrohung und -hindernis war immer wieder der Rollstuhl.

Die Hebbelmonographie studierte ich dann abends im Bett; zu Storm konnte ich mich nicht entschließen. Und Sonja las immer noch ihren 800-Seiten-Fontane.

Dann waren wir noch in England. Wenn man von Husum aus über einen Damm fährt, kommt man direkt nach England. So heißt das erste Dörfchen auf dieser Hallig oder was es nun ist.

All diese grellen Christusbilder in Seebüll. Und die endlose schmale Holztreppe, und der unter den Gummireifen quietschende Fußboden. Es hielt uns nicht lange da, das Klo war auch irgendwie so unzugänglich.

Schön war Friedrichstadt mit den alten bunten Bürgerhausfassaden und dem Fluß mit knarrender Holzbrücke und Trauerweiden. Und der endlos weite Himmel von Dithmarschen – ein Himmel, wie ich ihn vorher noch nie gesehen hatte.

Sonst sind alle meine Erinnerungen an diese Zeit seltsam verblaßt. Wie war Sonja damals? Jedenfalls trank sie nicht und randalierte nicht gegen mich. Sie war nicht eigensinnig und nicht gemein. Wir waren nur beide ziemlich depressiv und enttäuscht, meinten aber, es läge an Büsum, Hebbel und Dithmarschen. Über die Enttäuschung, daß wir im Bett gar nichts mehr voneinander wollten, haben wir nicht gesprochen. Dann hat Sonja noch ihr Bett schmutzig gemacht, mit Blut oder Urin. Es war nicht wieder rauszukriegen, und wir haben die Matratze umgedreht. Es war uns entsetzlich peinlich, den großzügigen Gastgebern gegenüber. Ich identifizierte mich immer mit Sonja, und statt sie tatkräftig zu trösten, hatte ich wohl so ein Gefühl, als ob *ich* ins Bett gemacht hätte. Das war leider immer so. Sicher, ich habe Sonja viel geholfen gerade auch in solchen Situationen der letzten Peinlichkeiten und Erniedrigungen, aber ich war nie souverän genug, weil ich mich zu stark identifiziert hatte.

Was haben wir abends gemacht? Getrunken, gespielt, miteinander geredet? Ich erinnere mich an gemeinsames Kochen, Spülen, Aufräumen, und ich sehe mich da am Arbeitstisch sitzen und all diese blöden Zeitungen durcharbeiten, ständig bemüht, mich fortzubilden, meinen Horizont zu erweitern. Kaum je habe ich Sonja von dem erzählt, was ich las. Es kam ja jede Woche eine neue »Zeit« und eine neue »Welt der Literatur«, und ich war immer stark im Verzuge. Und ich sehe Sonja auf dem Sofa sitzen mit dem gräßlichen Fontane. Sie las dann aber auch noch »Die Poggenpuhls« und war nach dem Trockenfontane so begeistert davon, daß sie mich ansteckte und ich den kleinen Roman auch las.

Irgendwann begann ich auch damit, sie »Mausi« zu nennen, dann »alte Mausi« und schließlich »uralte Mausi«. »Altes Altertum« war auch noch so eine liebevolle Anrede. Wir mußten immer wieder darüber lachen, vor allem über die »alte« und »uralte Mausi«, und diese Namen haben wir auch für einander beibehalten. Ich nannte sie auch gerne »Kartöffelchen« und »Schnäuzchen«, und ihr gefiel es sehr. Es wurde ein beliebtes Spiel zwischen uns, uns »kleines altes . . .chen« zu nennen, etwa »kleines altes Suppenlöffelchen, Kaffeekännchen«. Mir scheint, das war vielleicht die netteste Ausbeute dieses merkwürdigen Büsum-Aufenthaltes.

Wenn ich heute viel Zärtlichkeit für Bella spüre, möchte ich sie wohl auch »kleines altes Schreibmaschinchen« nennen, aber das Wort bleibt mir im Halse stecken. Das sind Namen für Sonja gewesen, und sie sind für niemanden sonst. So bleibt mir nur das Allerwelts-»Liebling« und »Liebes« und »Herzchen«, abgegriffen, aber schmerzfrei.

Nachtrag am 14.Oktober 1976: Vorgestern habe ich Marianne in Kiel besucht. Wir gingen in einen Fleischerladen, und sie kauft ein kleines Glas Fleischbrühe. Ich stehe neben ihr, und da sie nicht ganz heranreicht, nehme ich die Fleischbrühe in die Hand und stelle sie vor sie hin. Warum tut mir der Anblick dieser Fleischbrühe plötzlich so weh? Irgendwo muß ich mit Sonja ein Glas Fleischbrühe gekauft haben. War es auf dem Fischmarkt in Hamburg? Nein, aber es war eine Art Markt. Wir haben es nämlich an einem Stand gekauft. Es war in Büsum, abends, im Regen. Endlich ein bißchen was los in Büsum, ein winziger kleiner Jahrmarkt. Eine dicke liebe Frau hält uns eine lange Predigt über die unerreichte Qualität ihrer Fleischbrühe. Wir lauschen andächtig und dürfen dann kosten. Es stimmt, die Brühe ist vorzüglich, aber auch entsprechend teuer. Wir beraten eingehend und entschließen uns dann zum Kauf. Später in Hamburg macht Sonja davon ihre erste Zwiebelsuppe, und aus dieser ersten (mißlungenen) Zwiebelsuppe entwickelt sie im Laufe der kommenden Jahre in ständiger Verfeinerung ihr Standard-Rezept, Standardbewirtung auch aller lieben Gäste.

Und noch etwas ist mir zu Büsum eingefallen: Wir machten auch einen Ausflug nach Sylt. Bettina und Harald verbrachten da eine Woche Ferien und konnten uns in ihrem Appartement unterbringen. Nachmittags fuhr ich mit Sonja durch die öde Mondlandschaft nach List. Unheimlich alles. Ich steige bei einem verlassenen Hotel auf die Dünen und schaue ins brüllende Meer hinunter. Ich möchte das mit Sonja sehen, aber wie soll sie denn diese Dünen hochkommen? Schnell steige ich wieder hinunter.

Abends wollen wir ins Spielkasino. Sonja zieht ihr schönstes

Kleid an, macht sich hübsch zurecht, legt ihren teuersten Schmuck an. Sie ist wie ich sehr aufgeregt; wir waren beide noch nie im Casino. Bettina und Harald sind alte Profis. Am Abend vorher haben sie 600 DM gewonnen. Sonja kommt aber nur bis zur Garderobe dieses feinen Etablissements. Man bedeutet ihr, daß Invaliden hier nicht erwünscht seien. Sie stören die Atmosphäre. Wir sind alle maßlos erbittert, aber statt zu randalieren, beugen wir uns nach kurzer Beratung diesem Spruch. Sonja wird wieder nach Hause verfrachtet, redet noch auf mich ein, ich dürfe mir aber die Freude nicht verderben lassen, vielmehr müßte ich jetzt hingehen und für sie die Bank sprengen. Ich gebe nach mit schlechtem Gewissen und voller Wut auf das Casino. Wir bleiben nur kurz, das Geld ist bald verspielt. Sonja hat inzwischen tapfer ausgeharrt. Man sollte das Casino in die Luft sprengen.

2. September 1976

Ich bin müde und mag nicht mehr an meiner Habilschrift arbeiten. Es ist erst kurz nach zehn, und eigentlich könnte ich wohl noch zwei Stunden. Ich habe ein schlechtes Gewissen: heute nur drei Stunden und 35 Minuten gearbeitet, davon das meiste noch nicht mal am Schreibtisch und produktiv, sondern public relations in der Uni. Zu Hause dann habe ich mich an der »Zeit« und an der Radiozeitung festgelesen. Meinen Flügel habe ich auch schon drei Tage vernachlässigt – ich muß auch erst in zwei Wochen wieder zur Klavierstunde, und gleich läßt der Eifer nach. Und zuerst, als ich mit der Klavierstunde anfing, vor jetzt einem Jahr, übte ich eisern meine zwei Stunden pro Tag. Jetzt bin ich faul geworden. Oft nur eine halbe Stunde. Eine Stunde ist wohl das Äußerste. Ich wollte klavierspielen können auch um Sonja zu gefallen. Mein letzter Brief an sie, vom Februar 76, schließt mit der Wunschvorstellung, daß wir gemütlich am Kamin lagern und ich plötzlich an den großen Steinway-Flügel marschiere und Schuberts große B-Dur-Sonate für Sonja hinlege. Ich besitze inzwischen einen Stutzflügel und ein altes Klavier aus dem vorigen Jahrhundert, dem ich das Gnadenbrot gebe, so wie Sonja es mit ihrem ersten kleinen Fiat 800 vorhatte und wie sie es mit ihren Bleistiftstummeln zu tun pflegte. Sie sammelte sie liebevoll, statt sie wegzuwerfen. Wegwerfen kann man ja nun das alte Klavier nicht gerade, aber ich könnte mich schon bemühen, es loszuwerden. Es nimmt eigentlich nur Platz weg. Ich habe es aber mit Sonja zusammen gekauft. Ohne ihren Einsatz hätte ich wohl gar kein altes Klavier für mich gefunden. Das war im August 74. Ich wohnte schon zehn Monate in Bremen, und da war keins aufzutreiben. Sonja telefonierte sowieso fast jede Nacht drei Stunden mit mir, und da erzählte ich ihr von meinem Kummer. Ein paar Tage später hatte sie in Hamburg jemanden aufgetan, der mit gebrauchten Klavieren handelt und gerade eins für 400 DM verkaufen wollte. Ich fuhr nach Hamburg, und gemeinsam fuhren Sonja und ich dann zu Bickleben. Als wir ankamen, fanden wir einen Zettel an seiner Tür, er käme erst in einer halben Stunde wieder, und so vertrieben wir uns die Zeit in einem Gemüseladen gegenüber. Ich weiß nicht, was Sonja sich kaufte, aber es tat mir weh, weil sie es nur für sich und nicht für uns beide kaufte, so wie es uns so lange selbstverständlich gewesen war. Unsere Stimmung war: ganz ganz vorsichtig! und gedrückt. Dann der Klavierkauf: der ganze Raum war mit Klavieren und Flügeln so vollgestellt, daß Sonja mit dem Rollstuhl nicht durchkam. Nur mit Mühe konnte ich mich da hindurchzwängen und mal hier, mal da klimpern. Auch vom oberen Stockwerk, wo sie sowieso nicht hin konnte. Das 400-DM-Klavier aber stand unten und gleich vornean, und sogar Sonja konnte es begutachten. Rein äußerlich ist es ein altes Prachtstück, überall verschnörkelt, wo es nur geht. Sogar mit einem Füllhornrelief auf der Vorderfront. Wir waren beide hingerissen, obwohl es völlig verstimmt war. Aber Bickleben versprach, das hinzubiegen, und so kaufte ich es kurzentschlossen.

Von Bremen bin ich im Mai 75 hierher nach Basel gezogen, und das Klavier kam natürlich mit. Dann nahm ich ab September Klavierstunden und bald merkte ich, daß die Anschlagsfeinheiten, die Frau Walther mir beibringen wollte, sich auf dem lieben Instrument einfach nicht realisieren ließen. Egal wie zart oder kräftig man die Tasten bearbeitet, es donnert immer. So kam ich an meinen Flügel und wollte nun Sonja das Klavier schenken. Aber der Transport von Basel nach Hamburg – dafür konnte man fast ein neues altes kaufen. Außerdem fiel mir ein, nachdem ich nun selbst endlich mit dem Pedal umzugehen gelernt hatte und nicht mehr auf diese Klangfülle verzichten mochte: Wie soll denn Sonja ein Pedal bedienen? Der Plan blieb also im Ansatz stecken. Dabei hätte es Sonja wahrscheinlich genügt, überhaupt ein Klavier zu haben und ab und zu ein paar Töne darauf zu spielen. Im Studentenheim stand ein Klavier in der großen Halle, und ich sehe sie noch davor sitzen und einzelne Töne spielen, ganz versunken dem Klang lauschend, den sie da produzierte. Sie konnte gar nicht spielen, aber sie hätte es so gern gekonnt. Und sie hörte gern andere spielen, stundenlang, sagte sie, und ganz egal wie. Als Kind hatte ich fünf Jahre lang Klavierstunde gehabt, davon war aber nach acht Jahren resignierter Pause nur noch ein einziges Bachstück verblieben, mit dem ich da im Studentenheim plötzlich vor Sonja herausrückte, auch zu meiner eigenen Überraschung, daß ich es überhaupt noch konnte. Sonja war tief beeindruckt, aber bei diesem einen Mal blieb es, bis ich plötzlich in Bremen den wilden Drang verspürte, wieder anzufangen. Als ich wieder ein kleines Repertoire eingeübt hatte, mit unendlicher Mühe, aber großem Eifer, habe ich Sonja ein Konzertchen durchs Telefon gegeben. Es war aber nur ganz gedämpft möglich, denn nach zehn durfte ich eigentlich nicht mehr spielen, wegen meiner empfindlichen »Untermieter«, und das Telefonieren ist ja erst nach zehn Uhr billiger. Trotzdem, es hat uns beiden gefallen, und Sonja sparte auch nicht mit Lob und Bewunderung – darin war sie überhaupt immer so großzügig. Für Sonja war ich im Laufe der Zeit der Inbegriff des Großartigen geworden, natürlich auf ihre Kosten. Was sie machte, taugte überhaupt nichts in ihren Augen. Andere aber berichten von einem manchmal unglaublichen Snobismus »dummen« Menschen gegenüber, den sie sich in deren Gegenwart natürlich nicht anmerken ließ. Diesen Snobismus hatten wir uns gemeinsam zugelegt und gepflegt. Er beruhte hauptsächlich auf einem fanatischen Interesse für Literatur und Musik, auch für Kunst, aber das etwas weniger. Wer dieses Interesse nicht teilte und sich etwa eher für Politik und Wirtschaft interessierte, den fanden wir gerne langweilig. Aber in dem Bemühen, gute Menschen zu sein und jeden gelten zu lassen in seiner Eigenart, gaben wir uns dann doch auch viel mit solch Andersartigen ab; sie waren ja sowieso in der Überzahl.

Ich nehme an, dieser Snobismus war eine Auswirkung unserer Außenseiterrolle, nicht nur weil wir lesbisch waren. Das haben wir beide aus unserer Kindheit und Pubertät so in unsere Beziehung mitgebracht, und es war ein sehr festigendes Band, die andern alle mehr oder weniger doof zu finden und nur uns beide so richtig prima, mit dem richtigen Gespür für alles, was wirklich gut und raffiniert und ausgefallen etc. war. Nun hatte ich aber früher gelernt, daß z.B. die italienische Oper von Bellini bis Puccini (diese beiden vor allem) geschmacklos sei. Das fand Sonja nun überhaupt nicht, und so lernte ich allmählich umdenken. Sonjas letzte Geschenke für mich waren Norma (zu Weihnachten 75) und Manon Lescaut (zu meinem Geburtstag im Januar). Und das letzte Stück Musik, das ich mit Sonja zusammen gehört habe, vormittags am 21. Januar, war das erste große Duett Norma-Adalgisa. Bei mir singt Shirley Verrett die Adalgisa. Bei ihr dafür Maria Callas die Norma. Aber das Duett wird nun mal von Adalgisa getragen, und so stellten wir es vorzeitig ab, weil die Frau so häßlich krächzte. Der ganze hehre Schmelz, der zu dieser Arie gehört, kam überhaupt nicht durch. Wir waren enttäuscht. Ich, weil meine Schwärmerei für dies Stück Musik nun so grundlos schien, da es entstellt wurde – Sonja, weil mir ihre Aufnahme nicht so recht gefiel, die ihr doch wegen der Callas teuer war. – Dann packte ich meinen Koffer, Sonja fuhr mich zum Bahnhof. So haben wir uns zum letzten Mal gesehen. Diese Stelle am Bahnhof, wo ich aus ihrem Auto stieg, sie ist mir verhaßt und unerträglich, und das Duett kann ich vorläufig nicht aushalten. Ganz Hamburg kann ich nicht aushalten, und dort wohnen die meisten meiner Freunde. Zehn Jahre lang habe ich in Hamburg gewohnt, vom Mai 63 bis Oktober 73, und sieben Jahre zusammen mit Sonja. Es war ein Schock für mich, als ich nach Sonjas Tod nach Hamburg mußte, um mit Freunden, Sonjas Freunden, zu sprechen. Mein jüngerer Bruder fuhr mich hin, natürlich über dieselbe Amsinck- und Ost-West-Straße, auf der ich immer mit Sonja nach Hamburg hineingefahren bin. Und er konnte ja nicht wissen, daß er mit dem Auto genau da am Bahnhof halten wollte, wo ich mich zwei Monate zuvor von Sonja verabschiedet hatte. Aber er verstand sofort und parkte woanders, und ich bemühte mich, so gut ich es vermochte, die Straßen, Häuser, Plätze und Geschäfte »sachlich« zu sehen, Sonjas Anteil daran zu subtrahieren. Ich erlebte genau das, was wohl viele durchmachen, wenn sie einen geliebten Menschen verlieren: einen mörderischen Haß auf all die toten Gegenstände, die immer noch existieren, während Sonja, die all dem den Sinn zu geben scheint, fort ist, zerstört. Was von ihr existiert, sind ihre Bilder (sie hat einige wenige wundervolle naive Bilder gemalt), die paar Fotos und ihre schöne feste runde Schrift, die ich so liebe. (Sie fand meine Schrift am schönsten, ich ihre natürlich. Jetzt findet keiner mehr meine Schrift am schönsten.) Und mein Kopf voller Erinnerungen – andere Köpfe natürlich auch. Aber in meinen Kopf sind sie wohl am schwersten und nachdrücklichsten hineingefallen – und das merke ich richtig erst jetzt, wo es zu spät ist. Zu spät wofür? – halten mir alle entgegen, die Sonja gekannt haben und es gut mit mir meinen. »Niemand konnte ihr helfen.« Aber ich glaube es besser zu wissen. Ich war der Staudamm, der Sonjas Todeswunsch und Selbstvernichtungstrieb sieben Jahre standgehalten hat. Erst als der Damm anfing zu bröckeln und der Wucht nachzugeben, etwa nach vier Jahren, wurde der Todeswunsch allmählich immer stärker. In den sieben Jahren hat sie keinen Selbstmordversuch unternommen, in den zweieinhalb Jahren danach drei, und der dritte ist ihr gelungen.

3. September 1976

Heute nachmittag habe ich in meinen griechischen Grammatiken die Kapitel über Subordination nachgeschlagen, um eine Hypothese zu überprüfen. Dabei stieß ich auch wieder auf eine alte Grammatik, die Sonja sich 1962, nach dem Abitur, gekauft hat. Ihre Bücher sind jetzt in meinem Besitz; ich habe sie geerbt. Sonja hatte die Angewohnheit, alle möglichen Zettel in ihre Bücher zu legen, auch Fotos und Zeitungsartikel. In dieser Grammatik fand ich Zettel mit Übersetzungsübungen, die sie beim Arbeiten mit dem Buch gemacht hatte. Außerdem einen Brief von Judith an sie, wohl einen der Zettel, die man sich im Heim unter die Tür schob, wenn man nicht mehr stören wollte. Judith schreibt:

Liebe Judith,
es war unbeschreiblich schön . . . Nun bin ich zum Umfallen müde und erzähl lieber morgen. Darf ich mit Dir reinfahren zu Floth?
Gruß! J.

Da Judith »Judith« heißt und ich auch, wollte Sonja auch lieber »Judith« heißen als »Sonja«. Den Namen hat sie nie gemocht. So nannten wir uns denn eine Weile alle drei »Judith«, und aus dieser Zeit stammt der Zettel. Später nannte sich Sonja auch eine Zeitlang »Lila«, dann »Virginia«, englisch ausgesprochen, nach Virginia Woolf, die sie sehr liebte, zuerst weniger wegen ihrer Werke als wegen ihres Aussehens: sensibel, intelligent, aristokratisch und ein bißchen dekadent. Sonja hatte Ähnlichkeit mit Virginia Woolf, und drei Fotos von ihr, z.T. aus Zeitungen, hat sie sich später kostbar einrahmen lassen. Und sie ist wie Virginia Woolf ins Wasser gegangen.

Was Judith da schreibt – ich weiß natürlich nicht, was so »unbeschreiblich schön« war. Vielleicht ein Konzert. Und Floth war Dozent für Althochdeutsch, zu dem sie immer gemeinsam gingen. Ich hatte die Prozedur schon hinter mir; auch das isolierte mich ein wenig von den beiden. Alle drei studierten wir Deutsch, Sonja außerdem Englisch, Judith Französisch und ich Griechisch und Latein.

Und noch einen Zettel fand ich in der Grammatik, einen Brief von Sonja, vielleicht an ihre Klassenkameradin Verena, die sie geliebt hat, noch mehr als ihre Deutschlehrerin. Von beiden wurde die Liebe jedoch nicht erwidert; sie ahnten wohl nicht einmal davon. Sonja schreibt:

Ma petite fille aimée,
wie unbeschreiblich gut tun Morgende in einem verlassenen Haus mit weit geöffneten Fenstern, die die feuchte Regenluft hineinlassen, und man ist leicht schauernd zwischen Kühle und wärmendem Lampenlicht und denkt nichts, sondern denkt nur in ganz reiner Musik und den rauschenden Regenfäden.
Und wie ist es, die Augen zu schließen? Man sieht sich auf einer langen grauen Landstraße im Regen fahren, langsam an den unendlichen schimmernden Pappelbäumen entlang, und ziellos aber nicht betrübt, sondern unendlich losgelöst, immer so weiter, und man weiß, wie sich die nasse Haut der Kühe anfühlt, die stumpf unter den Bäumen stehen, und wie das schwere Gras patscht, wenn man darauf tritt, und wie sich die Tropfen in die Holzplanken ziehen, die die Weiden umgrenzen, und wie sich die Kieselsteine hart und naß am Wegrande anfühlen.
Und wenn man die Augen öffnet, sieht man das vollkommenste Ballett und tanzt es mit, und daneben sieht man die Schulaula am letzten feierlichen Tage und das geliebteste aller Mädchen klavierspielen, und dann trägt einen das Einsetzen des Orchesters ganz fort, und man hört wieder zu denken auf und schwingt nur noch körperlos mit.
Und auf einmal kann man sich nicht mehr von dem Gedanken lösen, daß alles sehr bald und schnell zu Ende sein muß. Und doch kommt noch einmal ein Augenblick

Hier bricht dieser Briefentwurf ab. Bestimmt hatte Sonja nicht die Absicht, ihn abzuschicken; dazu war ihre Liebe zu der kühlen Verena wohl zu schüchtern. Ich kenne Verena nicht, aber ich nehme an, sie ist gemeint mit dem »geliebtesten aller Mädchen«, das Klavier spielt. Und sie ist vermutlich auch der Ursprung für Sonjas Liebe zum Klavier.

Sonja war, so glaube ich, neunzehn Jahre alt, als sie das schrieb. Ich kannte sie noch nicht; sie war noch nicht im Rollstuhl und hatte vielleicht gerade das Abitur hinter sich. Was meint sie wohl mit dem Satz »Und auf einmal kann man sich nicht mehr von dem Gedanken lösen, daß alles sehr bald und schnell zu Ende sein muß«? Vielleicht denkt sie da nur an das Abschlußkonzert in der Schulaula. Sie hat mir später erzählt, daß sie die Schule sehr ungern verließ, eben wegen Verena und der Deutschlehrerin. Das würde tatsächlich ja bald – nach dem Konzert nämlich – zu Ende sein müssen. Aber da ist noch die andere Lesart, die sich mir aufdrängt, jetzt, nachdem ich ihr kurzes Leben »überschauen« kann.

»Wie das nasse Gras patscht, wenn man darauf tritt ...« – »sieht man das vollkommenste Ballett und tanzt es mit ...« – Tatsächlich hatte sie acht Jahre Ballettunterricht. Und sie ging vor ihrem »Unfall« gerne stundenlang an der Ruhr spazieren, um ihrem Zuhause zu entfliehen. Es steckt so viel real Erlebtes in dieser schwärmerischen gehemmten Liebesphantasie.

Wenn ich ihren Stil mit meinem vergleiche, auch wie ich als Neunzehnjährige schrieb – es gibt wohl keinen größeren Unterschied. Ich kann mich nicht erinnern, solche Dinge jemals anders als ironisch gebrochen geschrieben zu haben, wenn überhaupt. Sie hat mir später zahllose Briefe in einem realistischeren, aber immer noch sehr farbigen musikalischen empfindungsreichen Stil geschrieben. Wir bewahrten diese unsere gesammelten Werke (ich war auch nicht schreibfaul) in einer eisernen Kassette auf. Später, als ich fortgezogen war, hatte Sonja sie in Verwahrung. Da Sonja so oft mit Selbstmord drohte, hatte ich eine panische Angst, unsere Briefe könnten einmal in unrechte Hände fallen, und im letzten August überredete ich sie zu einer gemeinsamen Vernichtungsaktion. Sehr widerstrebend willigte Sonja schließlich ein, wollte aber mit der Vernichtung selbst nichts zu tun haben. Ich verschwand also mit dem Kilo Briefe auf dem Klo, zerriß alles in Fetzen und spülte es weg, während Sonja im Wohnzimmer am Tisch brütete und sich betrank, glaube ich. Natürlich habe ich mich da immer wieder festgelesen auf dem Klo. Die ganze Wahnsinns-Intensität unserer ersten Liebe war hier dokumentiert. Nur die Briefe, die wir uns während ihres Aufenthalts in der Stoke-Mandeville-Klinik geschrieben hatten, verschonte ich, weil sie relativ »harmlos« waren. Als ich mein Zerstörungswerk vollbracht hatte, kam ich mit den geretteten Briefen zurück zu Sonja, die immer noch brütete. Wir lasen uns dies und jenes daraus wieder vor, mit einem schalen und sehr wehmütigen Gefühl, das wir beide durch Ironie zu überspielen versuchten. Das alles lag ja neun Jahre zurück. Wir waren anders geworden, soviel älter, und kaputt wie unsere Beziehung.

So besitze ich nun nur noch die paar Briefe, die Sonja mir in der Zeit vom November 73 bis Februar 76 geschrieben hat. Es sind wenige, weil wir uns meistens anriefen. Was wäre, wenn ich die andern vielen Briefe nicht vernichtet hätte? Ich bedaure es oft, daß ich sie nicht mehr habe, daß ich nicht auf die einfache Idee gekommen bin, *ich* könnte sie ja in Verwahrung nehmen. Auch im August zwang Sonja mich durch die ständige Gefahr ihrer extremen Gefühle zu einer Sachlichkeit und Kälte, die ich mir manchmal, eben bei Bedarf, sogar selbst glaubte.

Andererseits – wenn ich diese Briefe hätte, wäre das noch eine Belastung mehr. Ich lebe hier umgeben von Sonjas Nachlaß, Dingen, die sie mit in die Ehe gebracht hatte (es waren nicht viele), und Dingen, die wir uns zusammen angeschafft hatten, hauptsächlich Bücher. Ich war nur mit einer Matratze, meinem Schreibtisch und meiner Fachliteratur ausgezogen und überließ ihr den Rest, denn ich verdiente schon, während sie von ihrem Stipendium, Sozialunterstützung und Nachhilfestunden lebte. Oft, wenn Freunde mich fragten, hast du vielleicht dieses oder jenes Buch, antwortete ich ja, aber es ist bei Sonja. Wenn ich das betreffende Buch dann »auslieh«, war es für Sonja jedesmal wie eine erneute Trennung, und ich brachte es schleunigst zurück.

Jetzt ist die Situation umgekehrt. Sonja hat auch oft darüber geklagt, wie sehr die Wohnung und unsere gemeinsamen Sachen sie an mich erinnerten, aber trennen wollte sie sich um keinen Preis. Jetzt geht es mir ganz genauso und schlimmer. Immerhin war ich nicht gestorben, sondern nur ausgezogen, hundert Kilometer weiter weg (zunächst), telefonisch jederzeit erreichbar und mit dem Zug in anderthalb Stunden bei ihr.

Tatsächlich sind einige meiner Briefe, nämlich die, die ich ihr seit jenem August geschrieben habe, in falsche Hände geraten. Sonjas Mutter hat sie beim Ausräumen der Wohnung gelesen, und da ich sie darin »altes Ekel« genannt habe, will sie nun nichts mehr von mir wissen. Das ist nur gut so, denn ich hasse sie.

Wie es zu ihrem ersten Selbstmordversuch gekommen ist, schildert Sonja so: Sie war das einzige Kind. Als sie geboren wurde, 1942, war ihre Mutter 41 Jahre alt, ihr Vater 45. Vor dem Krieg besaßen die beiden in Dresden ein Riesenvermögen, der Vater eine gutgehende Textilfabrik, die Mutter ein großes Warenhaus. 1950 mußten sie in den Westen fliehen, und dem Vater gelang es durch zähen Fleiß, wieder zu einem ansehnlichen Wohlstand zu kommen. Aber der Glanz von früher war endgültig dahin. Die Existenzgrundlage besonders für die Mutter war zerstört. Geld ist in ihrem Leben immer das einzige gewesen, was zählte.

Nun sollte Sonja zur feinen Dame herangebildet werden, die ein bißchen Gitarre spielte, tanzte und sang, bezaubernd aussah und möglichst einen schwerreichen Industriellen heiraten sollte. Leider waren Sonjas Interessen von ganz anderer Art. Sie schien tatsächlich eine Art Intellektuelle werden zu wollen. Zwar sah sie bezaubernd aus und war immer appetitlich herausgeputzt, aber für Industriellensöhne zeigte sie kaum Sympathie. Es wurde ihr fast alles verboten, wofür sie sich interessierte. Zu Hause gab es keine Bücher, aber leihen durfte sie sich auch keine, wegen der »Ansteckungsgefahr«. Musik hören durfte sie nicht, denn das bedeutete Vernachlässigung der Schularbeiten. War die Mutter einmal aus dem Haus gegangen, kontrollierte sie anschließend, ob das Radio etwa warmgespielt war. Sonjas Freundinnen und Freunde waren alle nicht gut genug. Dem Vater, der eigentlich ein weicher und sanfter Mensch war, war das Gebaren seiner Frau zwar nicht recht, aber er getraute sich nicht aufzumucken. Sonja liebte natürlich ihren Vater, wurde aber durch seine Schwäche beständig enttäuscht und in dem Kampf gegen die Mutter alleingelassen. Das einzige Interesse, das auch von der Mutter unterstützt wurde, war die Malerei. Es konnte einer zukünftigen Dame der Gesellschaft ja nicht schaden, so ein hübsches kleines Hobby zu pflegen. Ja und das Ballett, das gefiel Sonja auch.

Nach dem Abitur sollte Sonja eigentlich für ein Jahr auf eine Nobel-Kochschule in der Schweiz, aber irgendwie schaffte sie es wohl mit endlosem Gezeter (anders war nicht durchzukommen), daß ihr ein Medizinstudium in Köln erlaubt wurde.

Sie war im zweiten Semester, hatte die Anfangsprüfungen mit Glanz überstanden und in den Semesterferien ein sechswöchiges Praktikum hinter sich gebracht. Sie fühlte sich recht wohl in Köln, endlich der täglichen Herrschsucht ihrer Mutter entronnen, und sie hatte ein paar nette Studienkameraden. Da kommt eines Tages im November die Mutter zu Besuch und trifft bei Sonja eine Freundin an, die doch die Stirn hat, sich mit Sonjas Kamm die Haare zu kämmen. Die Mutter schreit es der Freundin nicht gleich ins Gesicht, was sie von dieser Unverschämtheit hält (meine Unverschämtheiten erfuhr ich auch immer erst durch Sonja), aber anschließend kommt es im Auto zu einer Szene zwischen Sonja und ihrer Mutter, und bei einer roten Ampel steigt Sonja aus und läuft weg. Sie ruft ihren Vater zu Hause an; der redet begütigend auf Sonja ein: »Du weißt doch, wie Muttel manchmal ist. Du wirst sehen, das kriegen wir schon wieder hin.« Es ist Freitag, und Sonja schreibt noch einen erklärenden Brief an ihren Vater, den sie an seine Geschäftsadresse schickt. Natürlich arbeitet der Vater auch samstags, was soll er schließlich zu Hause. Am Samstag muß Sonja wie gewöhnlich zum gemeinsamen Wochenende nach Hause fahren. Als sie ankommt, arbeiten die Eltern im Garten. Mit dem aufsässigen Kind wird kein Wort gesprochen. Die Mutter hat, wieder mal, auf der ganzen Linie gesiegt, und man hat beschlossen, das Kind nach Erlangen zu schicken, damit es nicht mehr diesem schlechten Einfluß in Köln ausgesetzt ist. Da Sonja finanziell von ihren Eltern abhängig ist, sieht sie keinen Ausweg – überhaupt keinen, jemals aus ihrer Zwangslage wieder herauszukommen. Sie nimmt ihre letzten zwanzig Mark, schleicht sich unbemerkt aus dem Haus, kauft sich am Bahnhof eine Flasche Eckes Edelkirsch und fährt nach Köln. Sie weiß eine Mauer, von der man herunterspringen kann. Aber sie ist noch nicht ganz sicher und geht zu einem Freund, der normalerweise ständig in seinem Labor im chemischen Institut arbeitet. An dem Abend ist er nicht da. Sonja geht zu dieser Mauer, lange unentschlossen, geht auf und ab, trinkt den Edelkirsch, wird von besorgten Passanten angesprochen, deren Bedenken sie aber gekonnt zerstreut. Um vier Uhr nachts schließlich (»Sei nicht so entsetzlich feige, es ist doch nur ein Schritt!«) springt sie. »Rückwärts muß man springen«, sagt sie mir später. »Hätte ich das bloß gewußt!« Und: »Wenn ich dir aus Erfahrung einen Rat geben darf: Der Tod aus großer Höhe ist am besten. Man spürt den Aufschlag garantiert nicht.« Ihr Aufschlag wird durch ein Gebüsch gemildert. Ihre Füße sind völlig zerstört; ein Knochenstück ist herausgesprungen. Dadurch wird das eine Bein kürzer als das andere. Das Rückgrat ist nicht gebrochen; die Rückenmarksnerven sind nur sechs Stunden lang, bis sie gefunden wird, eingeklemmt. Dadurch sind die motorischen Nerven zerstört, aber nicht die sensorischen. Sie kann also ihre Schmerzen alle aufs deutlichste empfinden, und sie merkt auch, anders als die meisten Querschnittgelähmten, wenn sie aufs Klo muß oder sich mit der Zigarette ein Loch ins Bein zu brennen droht.

Als sie im Krankenhaus aufwacht, stehen die Eltern am Bett, in Schwarz. Das einzige, was sie zu sagen haben, ist: »Wie konntest du uns das nur antun! Wir haben doch immer alles für dich getan!« Der Arzt sagt »Arschloch« zu ihr.

Der Vater war an diesem Samstag ausnahmsweise nicht ins Geschäft gegangen. Er findet Sonjas Brief erst am Montag vor.

4. September 1976

Heute habe ich im Fernsehen den Film »In der Hitze der Nacht« gesehen und danach die Talkshow. Der Titelsong »In the Heat of the Night« mit Ray Charles erinnerte mich an unsere Soul-Phase. Sonja hatte ihre Vorliebe für Soulmusik aus England mitgebracht. Wieder gewöhnte ich mich an eine Musik, die ich eigentlich nicht mochte. Ich fand sie musikalisch nicht raffiniert genug, mochte z.B. die Stones viel lieber, Pink Floyd, Jefferson Airplane. Aber Sonja zuliebe habe ich dann auch immer viel Soul aufgenommen. Aretha Franklin, Wilson Pickett, Nina Simone. Aber darüber wollte ich eigentlich nicht sprechen.

Beide Sendungen behandelten das Minderheitenproblem. In dem Film: Rassenhaß in den Südstaaten; in der Talkshow trat eine mutige Frau auf, die früher ein Mann gewesen war. Sie war menschlich so echt und überzeugend, daß das Publikum und die Gesprächspartner nicht umhin konnten, sie zu akzeptieren. In dem Film ganz ähnlich: Der zunächst so widerliche rassistische Südstaatenpolizist gewinnt ein menschlicheres Verhältnis zu dem überlegenen schwarzen Polizeibeamten, als er erlebt, daß dieser »ist wie er«, daß er nämlich auch den stinkreichen Großgrundbesitzer haßt und am liebsten ruinieren möchte. Natürlich fühlte ich mich die ganze Zeit mit dem Schwarzen solidarisch, und die dumme Brutalität und völlig unbegründete Überheblichkeit des Weißen ihm gegenüber machte mich fast rasend. Es war so sehr mein eigenes Schicksal und das von Sonja, was da vorgeführt wurde. Allerdings waren wir einer derartigen offenen Diskriminierung nie ausgesetzt, weil wir uns ziemlich gut angepaßt hatten und unsere Doppelrolle streng durchhielten. Einem Schwarzen sieht man seine Hautfarbe an, aber daß wir beide lesbisch waren, sah man nicht. Mir war es immer besonders wichtig, es zu verbergen, und Sonja mit ihrem Rollstuhl war ja auch ein wunderbares Alibi. Für die meisten meiner Bekannten und Freunde war ich ein ungewöhnlich selbstloser und aufopferungsvoller Mensch, und ich ließ sie gerne in dem Glauben.

Heute hat sich diese Einstellung, unter dem Einfluß meines zweiten Analytikers, gewandelt. Zwar trete ich deshalb nicht als »militante Lesbe« auf, dazu bin ich immer noch zu ängstlich, und es läge mir wohl auch nicht, wenn ich mutiger wäre. Mit der Frauenbewegung hat sich das soziale Bewußtsein allgemein etwas geändert, und dadurch finde ich jetzt auch außen mehr Rückhalt. Ich bin also keine Pionierin, die mutig in den Schneesturm hinausstapft, sondern ich komme aus meiner schützenden Höhle (der angepaßten Schauspielerei und des Doppellebens) heraus, nachdem sich draußen das Wetter etwas erwärmt hat. Oder, um im Bild zu bleiben: nachdem die mutigen Pionierinnen einen Weg durch den Schnee gebaut haben. In diesem Sinne möchte ich mein Buch auch verstanden wissen: es soll helfen, diesen Weg weiter auszubauen. Ich stelle mich da mit sehr privaten Enthüllungen der Öffentlichkeit (falls ich einen Verlag finde). Ich könnte mir den Vorwurf des Exhibitionismus machen und den zusätzlichen Vorwurf, daß ich Sonjas Andenken in den Schmutz ziehe, statt ihr »ein Denkmal zu setzen«. Und ich bin oft genug im Zweifel, ob diese Vorwürfe nicht zutreffen.

Aber: was ich über mich selbst erzähle, muß und werde ich selbst verantworten; was ich über Sonja zu berichten habe, schadet ihr nicht, weil ihr nichts mehr schaden kann. Natürlich aber nützt es ihr auch nichts. Ich wünsche mir, daß die Leute, die es lesen, ein besseres Gefühl für die Probleme von Lesben und Behinderten bekommen, so wie es z.B. heute abend in der Talkshow zu erleben war, daß sich eine spontane Solidarität für die Probleme einer Transsexuellen entwickelte, und zwar (jedenfalls bei mir) um so mehr, je detaillierter und alltäglicher die Schilderung war. Zum Beispiel berichtete die Frau, daß der Bartwuchs ein besonderes Problem sei, das durch Hormone nicht gelöst werden kann. Sie hatte sich einer jahrelangen schmerzhaften Epilation unterziehen und während ihres Dienstes oft Kopftücher tragen müssen. Meine Reaktion war sofort: Die arme Frau, wenn man ihr nur helfen könnte – und so ist es sicher den meisten gegangen. Natürlich könnte man auch den radikaleren Standpunkt vertreten: Warum soll eine Frau bitteschön keinen Bart haben? Einen Schwarzen kann man auch nicht weiß färben, damit er besser »ankommt«, und die Weißen haben gefälligst ihren Terror abzubauen.

Diese beiden Sendungen also haben mir Mut gemacht, mit meinem Unternehmen fortzufahren. Es hat mich nämlich in den letzten Tagen, seit ich an Sonjas Geschichte schreibe, immer wieder beschäftigt: Wie wird dann dein Verhältnis zu anderen Leuten, wenn die all das über dich wissen? Und: Wieviel müssen sie eigentlich wissen, damit das Buch seinen Zweck erfüllt? Ja und welchen Zweck hat denn das Buch überhaupt?

Müssen sie z.B. wissen, daß wir uns mit »alte Mausi« angeredet haben? Mir bedeutet es viel, weil wir es so komisch fanden, eine Art Kontamination aus »alte Sau/Kuh/Schlampe« und »liebe/süße/kleine Mausi«. Ein sprachlicher Witz, aber eben ein ganz privater.

Jetzt reicht es mir mit dem Räsonieren. Ich gehe am besten zu Bett.

Samstag, 11. September 1976

Vor einer Woche habe ich die letzten Eintragungen gemacht. Inzwischen bin ich mit meiner Habilschrift ganz gut in Schwung gekommen. Bin bei der Einleitung und habe schon drei Unterkapitelchen davon erledigt. Ruhig, zuversichtlich und stetig vor mich hin. Ein ganz anderes Gefühl als damals bei meiner Doktorarbeit. Sonja und ihre und meine Doktorarbeit, das ist ein schweres Kapitel. Ich werde es später erzählen.

Da lag Sonja also in Köln im Krankenhaus, nach dem Sprung von der Mauer. Sie war ja nun schon querschnittgelähmt, und obendrein waren die Füße völlig kaputt, aber dort hat man sie so schlecht gepflegt, daß auch noch ihr Po kaputtging, der Po, auf dem sie dann den Rest ihres Lebens sitzen sollte, denn Stehen und Gehen ging ja nicht mehr. In kürzester Zeit hatte sie einen Decubitus so groß wie eine Untertasse. Ihre Ausscheidungen konnte sie nicht mehr kontrollieren, und so lag sie mit der offenen eiternden Wunde oft stundenlang im eigenen Saft. Wenn die Schwester endlich kam, wurde der Dreck von ihrem Po notdürftig entfernt; sie bekam ein neues Bettuch und einen Haufen Puder auf die Wunde. Zum Glück waren die sensorischen Nerven damals noch so wenig wiederhergestellt, daß die Schmerzen nicht allzu groß waren. Aber es fehlte nicht viel, und sie wäre zu Weihnachten an einer Blutvergiftung gestorben (am 2. Dezember war der Sprung). Die Wunde war inzwischen so groß wie ein Suppenteller. Da erinnerte sich ein Kollege von Sonjas Vater plötzlich an das Unfallkrankenhaus in Wuppertal, und sie wurde auf dessen Veranlassung sofort dorthin überführt. Dieses Krankenhaus ist spezialisiert für Querschnittlähmungen, und der Krankenpfleger Warmbier ist Spezialist für Decubitus. Als er Sonjas Riesenwunde sah, war er sprachlos vor Empörung. Es wurde sofort eine Schaumgummimatratze mit einem großen Loch in der Mitte für Sonja zugeschnitten, so daß die Wunde nicht mehr auflag, sondern frei in der Luft hing. Trotz intensivster Spezialpflege dauerte es fast ein ganzes Jahr, bis die Wunde ausgeheilt war. Sonja erzählt, das sei *das* Thema des Flurs gewesen: Wie lange noch, bis die Wunde zu ist? Einen Monat? Eine Woche? Einen Tag? – und als es endlich soweit war, wurde ein großes Fest gefeiert. Ich habe heute den Parsifal gehört, und diese Geschichte erinnert mich an Amfortas' Wunde, die auch nicht heilen will. Bloß brachten bei Sonja die »reinen Toren« nicht die Heilung, sondern diese Wahnsinnigen in Köln haben die Wunde erst künstlich entstehen lassen. Die Narbe, die zurückblieb, war tief und rissig und verschorft. Von dem weichen Polster war nicht viel übriggeblieben. Ich glaube, Sonja saß direkt auf dem Knochen.

Im Herbst 1964 wurde sie, nach zwei Jahren also, aus dem Krankenhaus entlassen. Den Führerschein hatte sie zum Glück schon vor dem Sprung gemacht, und so brauchte sie jetzt nur eine Zusatzprüfung für den Spezialwagen, den ihr Vater ihr angeschafft hatte, den kleinen mausgrauen Fiat 800, den sie so liebte. Auf der Einstiegstür prangten ihre Initialen, »SS«, desgleichen auf dem Nummernschild. Das hatten die Eltern liebevoll so eingerichtet, und nun war nichts mehr daran zu ändern. Sie wurde deswegen später von Passanten oft angepöbelt.

Mit dem Medizinstudium war es aus. Die Mutter beschloß, Sekretärin wäre nun wohl das Richtige für Sonja, aber Sonja widersetzte sich. Sie hatte vom Hamburger Philosophenturm gehört, ideal für Rollstuhlfahrer, und auch von dem rollstuhlgängigen Studentenheim in Othmarschen. Frau Dr. Elze, die Leiterin des Heims, setzte alle Hebel in Bewegung, bekniete die Eltern, und so durfte Sonja schließlich zum Sommersemester 65 mit einem Englisch- und Deutsch-Studium anfangen. Ich war damals im fünften Semester.

Sonja arbeitete mit Feuereifer, die Nächte durch, Altenglisch, Phonetik, Gotisch, Althochdeutsch, Bücherkunde, Einführung in die Literaturwissenschaft. Ich war nie so emsig gewesen und bewunderte sie. Damals schrieb ich gerade an einem Hauptseminarreferat über Musil. Ich las Sonja Teile daraus vor, aber sie sagte nur wenig dazu. Ich war enttäuscht, denn ich wollte gerade von ihr gern gelobt und anerkannt werden. Ich erkannte nicht, daß Sonja einfach zu schüchtern und unerfahren war und sich deshalb keine Blöße geben wollte. Ihr sonstiges Gebaren war ja so betont intellektuell, daß ich nicht recht wußte, woran ich war. Nicht genügend geliebt und gelobt, zog ich mich wieder ein bißchen zurück und überließ Judith das Feld. Judith hatte auch einen tollen Plan entwickelt: Sonja hatte ja das Auto, konnte aber allein auf Reisen nicht zurechtkommen. Sollten wir drei da nicht mit Joe nach Italien fahren? Alles war begeistert, aber ich wußte nicht so recht.

Ich sah mehr Probleme als Freude auf mich zukommen, war überhaupt damals unglaublich seßhaft aus Angst vor jedweder Veränderung. Trotzdem willigte ich fröhlich ein, da die andern so offensichtlich Feuer und Flamme waren. Joe wollte aber nicht ohne Harvey aus Berlin fahren, und Harvey nicht ohne seinen Freund Wilhelm, und ein paar Männer mußten es ja schon sein, um den Rollstuhl samt Sonja herumzutragen über die endlosen Treppen in Venedig – und so war ich plötzlich out. Eigentlich war es mir ja recht, aber ich war trotzdem irritiert. Später, als Sonja und ich uns dann ineinander verliebt hatten, habe ich ihr oft halb im Scherz, halb im Ernst vorgeworfen, das sei ja wohl ein bißchen gemein gewesen. Sonja schob dann Judith die Schuld zu, die habe gesagt, ich sei ja eigentlich prima, aber so als Reisegesellschaft? Immer so unlustig und phlegmatisch? Das könnte ganz schön die Stimmung verhunzen. Judith hatte mich richtig eingeschätzt – aber wer mag schon gern an seinen schwachen Stellen richtig eingeschätzt werden?

Unter Sonjas nachgelassenen Papieren fand ich einen Briefentwurf an mich, von dieser Italienreise. Über zwölf Jahre hat sie den aufgehoben; überhaupt warf sie fast nie etwas weg. Leider habe ich im Moment die erste Seite nicht, dabei bin ich sicher, daß die auch dabei war, als ich das im März alles gesichtet habe und die persönlichen Papiere, die mir aus den Büchern so entgegenfielen, in einen extra Karton legte. Ich bin sehr traurig, daß ich den ersten Teil nicht habe. Sonja schreibt:

daß mir Deine mit den vielen scharfen Gewürzen und Zwiebeln meinem sicher unverständigen Geschmack (keine Anspielung auf Deinen) mehr zugesagt haben. [Sie meint die Spaghetti.] *Das darf ich hier natürlich nicht verbreiten. Aber sonst ist das Essen recht gut – bis aufs Frühstück. Weißbrot, Weißbrot, Weißbrot ist halt nicht jedermanns Sache. Und Milch mit Kaffee entspricht auch nicht meinem Frühstücksideal.*
Liebe Judy, entschuldige bitte vielmals, daß ich diesen Erguß so schnöde unterbrochen habe. Ich wurde meiner Kontemplation entrissen und mußte wieder über Stock und Stein, Brücken und Kanälchen mitholpern.
In der Zwischenzeit sind wir aber weiter nach Florenz gelangt

Kaum war Sonja aus Italien zurück, verschwand sie plötzlich nach

England, zur Untersuchung in der Stoke-Mandeville-Klinik. Alle in Deutschland konsultierten Ärzte hatten gesagt, mit den furchtbaren und ständigen Spasmen müsse sie sich abfinden. Der Vater aber fand sich mit dieser Diagnose nicht ab und schickte sie in die Stoke-Mandeville-Klinik. Dort wurde sie erstmals von einem Spezialisten-*Team* untersucht, und es bildeten sich zwei Parteien: Der Neurologe plädierte dafür, die Rückenmarksnerven ganz durchzutrennen. Der Orthopäde wollte ihre Fußgelenke mit Schrauben versteifen. Und das geschah auch. Ich habe Röntgenbilder von Sonjas Füßen gesehen; es steckten tatsächlich ganz »normale« Schrauben darin, etwa ein Zentimeter Durchmesser, vier Zentimeter lang, mit Schraubenmuttern und -gewinde. Zwei Monate waren die Beine in Gipsen, die auf irgendeine mechanische Weise ruhiggestellt waren, wegen der weiterhin anhaltenden Spasmen. Aber die Spasmen waren doch stärker, und die frisch operierten Füße zuckten nun nicht nur gegen die schweren Gipse an, sondern auch noch gegen diese Apparatur. Sonja sagt, sie habe unvorstellbare Schmerzen gehabt – und solche Aussprüche hörte man fast nie von ihr. Ihre »normalen« Schmerzen nahm sie stoisch in Kauf. Aber der Orthopäde hatte recht gehabt: die Spasmen hörten dadurch wirklich auf, und die Füße wurden endlich belastbar. Das bedeutete in der Folgezeit einen enormen Zugewinn an Unabhängigkeit. Vorher z.B. konnte sie nur in ihrem Zimmer auf den Topf gehen. Wenn sie sich für längere Zeit aus dem Zimmer entfernte, mußte sie das langfristig vorher planen und möglichst nichts trinken, oder aber sie mußte es in Kauf nehmen, stundenlang auf nassen Mullbinden dazusitzen. Ich habe es in jenem ersten Semester oft erlebt, daß sie tatendurstig die fünfzehn Kilometer von Othmarschen bis zur Uni fuhr und dann, schon auf dem Parkplatz angekommen, in panischem Schrecken wieder zurückfuhr, weil sie plötzlich einen Haufen gemacht hatte oder machen mußte. Das war nach der Operation nicht mehr so schlimm. Wenn ich mitfuhr, sagte sie mir dann nur, ich sollte sie ganz schnell zum Klo bringen, und so stürmte ich denn mit ihr zum nächsten Klo, vorbei an den verdutzten Studenten, die eine so halsbrecherische Art, mit dem Rollstuhl daherzurennen, wohl unpassend fanden. Meist erreichten wir auch das Ziel mit Müh und Not, Sonja stemmte sich aus dem Rollstuhl, *stand,* und hangelte sich durch die Tür. Zuerst mußte ich noch mit aufs Klo, weil sie nicht gleichzeitig stehen und sich die Hosen herunterziehen konnte. Sie stand dann vor mir, die Arme um meinen Hals geschlungen, während ich sie auszog und dann behutsam auf den Sitz hinunterließ. Später aber wurde sie so geschickt, daß sie sich auch mit einer Hand stützen konnte und mit der anderen sich ausziehen. Allerdings konnte sie sich nicht behutsam hinunter-, sondern nur brutal fallenlassen. Auf diese Weise hat sie in unserer Wohnung in der Rutschbahn drei Klositze buchstäblich »zersessen«, auch wenn sie noch so dick und stabil waren. Als ich schon in Bremen wohnte, habe ich ihr noch den letzten Klodeckel geschenkt, weil ihrer einen gefährlichen Sprung hatte, der immer wieder das Fleisch des Oberschenkels einklemmte, wenn sie runterplumpste.

Natürlich lag in den versteiften Fußgelenken auch eine Gefahr: Sie durfte sich bei ihrer tollkühnen Akrobatik nicht den Fuß verknacksen. Aber einmal passierte es doch. Sie fiel so unglücklich auf ihren Fuß, daß man befürchten mußte, die starr sitzende Schraube habe nun alles zerstört, was an dem Fuß überhaupt noch zu zerstören war. Die deutschen Ärzte behaupteten aber, es sei vom Röntgenbild her alles in Ordnung. Sonja mußte drei Wochen liegen; der Fuß war dunkelblau und giftig angeschwollen. Hinterher wurde er grünlich, und so blieb er auch bis zu ihrem Tod, grünlich und abends immer noch geschwollener als der andere Fuß. Sonja fand den Anblick ihrer Füße, an den ich mich schnell völlig gewöhnt hatte, so peinlich, daß sie auch im heißesten Sommer immer dicke, undurchsichtige Strümpfe trug. Auf dem dreiwöchigen Krankenlager begann sie, Djuna Barnes zu lesen, und damals entstand der Plan ihres Dissertationsthemas.

Sonntag, 12. September 1976

Heute habe ich fünfeinhalb Stunden an dem vierten Unterkapitel meiner Einleitung gearbeitet. Es wurden nicht so viele Seiten wie gestern, aber der Stoff mußte auch größtenteils neu durchdacht werden. Ich bin ganz zufrieden mit mir. Wenn es weiter so friedlich und stetig vor sich hin wächst, kann ich mein Pensum in der festgelegten Frist bequem schaffen. Abends im Fernsehen ein Tatortkrimi. Diese Serien haben alle zu Sonjas Lebzeiten angefangen, ja zu der Zeit sogar, als wir noch zusammenwohnten, und sie laufen immer noch. Wir haben fast keinen dieser deutschen Serienkrimis ausgelassen; die amerikanischen mochten wir nicht. Meine Stimmung beim Schreiben ist heute mehr pflichtbewußt als engagiert. Es darf nicht in Routine ausarten, wie das Habilitieren, Klavierspielen und Abnehmen zur Zeit. Gewöhnlich bin ich eher lässig in allem und lasse mich gerne gehen und verwöhne mich mit Lesen, gutem Essen und Trinken und Fernsehen, statt zu arbeiten. Dann aber packt mich irgendwann das schlechte Gewissen, und ich beginne meinen Tag streng und planmäßig einzuteilen, allerdings mit bewußt eingebauten Vergnügungen (ein bißchen Fernsehen und Lesen im Bett), damit ich unter der eigenen Zuchtrute nicht doch schließlich rebellisch werde. In so einem Trott bin ich nun seit drei Tagen: Tagsüber wird eisern gearbeitet, ohne nach rechts und links zu blicken, ab acht wird ferngesehen, wenn es was gibt; sonst lese ich, und ca. zwischen zehn und elf Uhr fange ich an, an diesem Buch zu schreiben. Manchmal entfernt es mich von Sonja, dann wieder erlebe ich alles schmerzhaft noch einmal.

Während Sonja das Jahr in der Stoke-Mandeville-Klinik verbrachte, bestand ich meine Prüfung für die Aufnahme in griechische Oberseminare, schrieb meine »Oberseminarbewerbungsarbeit« über Euripides, wurde in die Friedrich-Ebert-Stiftung aufgenommen und verliebte mich in Frau Klinger. Sie war vierzig und ich dreiundzwanzig. Es fing damit an, daß sie bei mir Griechisch-Unterricht haben wollte, so im März 66. Zwei Monate lang umwarb sie mich auf eigentlich unmißverständliche Weise; ihre zweideutigen Berührungen und Beteuerungen machten mich angenehm verwirrt, aber ihre unverhohlene Bewunderung für meine Geistesgaben mochte ich nicht so recht. Sie erklärte sich nie, setzte mich aber beständig unter Alkohol, und als ich einmal am frühen Nachmittag von dem vielen Sherry schon recht hemmungslos war, wurde ich zum erstenmal aktiv und streichelte ihren nackten Arm. Sie ließ es geschehen, und wir küßten uns, und schließlich lagen wir auf dem Bett und ich liebkoste ihre Brüste. Für weitergehende Aktivitäten war ich zu schüchtern. Ich erwartete eigentlich, daß sie nun die Führung übernehmen sollte, aber sie blieb passiv. Ich sollte ihr wahrscheinlich helfen, ihren Mann zu vergessen, indem ich sie aktiv »nahm«. Ich war aber zu unerfahren und hatte auch kein rechtes Bedürfnis, sie körperlich zu lieben. Als ich ihren Unterleib einmal beim Aufstehen nackt sah, war er mir unappetitlich. In der Folgezeit bemutterte und bewunderte sie mich weiter, und ich küßte sie und streichelte ihre Brüste. Daß sie wenig dergleichen tat, machte mich auch nicht kühner. Aber ich vermißte nichts; es war mir recht so wie es war, weil sie mir geholfen hatte, Astrid zu vergessen. So verbrachten wir einen Sommer voller verliebter Heimlichkeiten, denn ihr eifersüchtiger Mann lauerte immer im Hintergrund. In meiner Vorstellung davon, wie eine echte Liebe auszusehen habe, drängte ich sie, ihren Mann zu verlassen und mit mir in eine Dachkammer zu ziehen und von meinem Stipendium zu leben. Ich würde alles daransetzen, so schnell wie möglich fertigzuwerden, um mehr zu verdienen, und sie sollte inzwischen Psychologie studieren. Ihr Mann war Geschäftsführer einer Ladenkette, und sie führte finanziell ein angenehmes Leben, nur fühlte sie sich wie in einem goldenen Käfig. Aber der war ihr doch letztlich lieber als eine Dachkammer. Sie sagte, ich sollte sie nicht so drängen, was ich heute sehr gut verstehe. Damals aber verletzte es mich. Ich fand sie unglaubwürdig mit ihren beständigen Klagen über die Ehe, wenn sie daraus keine Konsequenzen ziehen wollte.

In diesem Sommer schrieb Sonja mir aus England immer längere, immer poetischere und immer werbendere Briefe. Genau wie Frau Klinger erklärte sie sich niemals offen, und wenn man wollte, konnte man das alles auch als ganz harmlos interpretieren. So schwankte ich schon damals in meinen Gefühlen zwischen Sonja und Frau Klinger. Während Sonja diese Art Liebesbriefe schrieb (von denen sie später verschmitzt gestand, sie seien natürlich so geschrieben worden, um mich eventuell verliebt zu machen), erzählte sie doch gleichzeitig von ihrer unglücklichen Liebesaffäre mit Charles, einem verheirateten Arzt von der Stoke-Mandeville-Klinik. Wieder wußte ich nicht, was ich von all dem halten sollte. Daß jemand bisexuell sein könnte, war mir gefühlsmäßig nicht nachvollziehbar. Also hielt ich mich in meinen Antworten zurück, ließ aber auch die eine oder andere versteckte Liebeserklärung einfließen.

Dann im September kam noch Irene dazu. Zwischen uns war gar nichts; wir redeten bloß ganze Nächte hindurch, und sie schwärmte derartig von ihrer Freundin Elisabeth, die ihrerseits aber nur für Heidegger zu leben schien, daß ich mir auch da so meine Gedanken machte und mich innerlich für alles mögliche bereit hielt. Irene fühlte sich zur Dichterin geboren und war so besessen von dieser Idee, daß ich mich nie entscheiden konnte, ob ich sie nun verrückt oder genial finden sollte, denn sie zeigte mir auch ihre Gedichte nie. Die meisten zerriß sie sowieso.

So hing ich im Herbst 66 also zwischen drei Bindungen herum: einer konkreten, aber wenig aussichtsreichen, und zwei möglichen.

Dann kam Sonja im Oktober aus England zurück. Da der Aufenthalt dort insgesamt 50000 DM gekostet hatte, eröffneten ihr die Eltern nun, sie könnten unmöglich ihr Studium weiterfinanzieren, und sie sollte deshalb lieber als Sekretärin arbeiten. Wieder setzte sich Frau Dr. Elze ein, beschaffte ihr erst ein Überbrückungsstipendium von der evangelischen Kirche, dann wurde sie eine Weile von der Firma Bille über Wasser gehalten, bis schließlich ihr Fall von den Honnef-Stipendiumsleuten als Härtefall anerkannt wurde. Man fand, die Eltern hätten genug für das Kind bezahlt, und nun wäre der Staat an der Reihe.

Ich sah sie nach der langen Zeit nicht erst im Heim wieder, sondern besuchte sie zu Hause in Mülheim. Bielefeld, meine Heimatstadt, liegt nur eine Eisenbahnstunde von Mülheim entfernt. Die ganze Familie holte mich am Bahnhof ab; Sonja saß draußen im Wagen. Sie duftete überwältigend nach Shalimar, einem süßen schweren Parfum, das sie sich in England angewöhnt hatte. Wir waren sehr gehemmt bei der Begrüßung, versuchten natürlich zu überspielen. Ich erinnere mich auch, daß ich mir von meiner Cousine einen Mantel geliehen hatte, weil mir mein eigener für die Ansprüche der Familie Sanders nicht mehr fein genug vorkam. Sehr merkwürdig, wenn man sich so fast ekstatische Briefe geschrieben hat und dann beim ersten Wiedersehen nach so langer

Zeit nur ganz alltägliche belanglose Worte findet. Dann parkte der Wagen vor der Haustür; der Vater holte die Krücken aus dem Gepäckraum, und Sonja führte ihr neues großes Kunststück vor: Sich auf die Armkrücken hochstemmen, zum Stehen kommen und über zwei Stufen bis ins Haus gehen, wo der Rollstuhl wartete. Jetzt sah ich erst, wie klein sie eigentlich war und daß das eine Bein kürzer war als das andere, denn sie ging ganz schief, die eine Hüfte merkwürdig herausgedreht. Sie hatte mir so stolz geschrieben, daß sie nun wieder gehen könne, und ich hatte mich so sehr mit ihr gefreut. Dieser Anblick aber war wie ein Schock für mich. Ich hatte wohl eine Art Wunder erwartet, aber das hier war ein ganz mühseliges, langsames Vorsetzen des linken Beines und Nachschleifen des rechten. Im Rollstuhl, so fand ich in dem Augenblick, sah sie eigentlich viel besser aus. Während sich Sonja so abmühte, warf mir die Mutter hinter ihrem Rücken einen vielsagenden Blick zu: »Ist es nicht schrecklich? Das arme arme Kind!« Als Sonja sich dann endlich in den Rollstuhl fallengelassen hatte, sah sie mich erwartungsvoll an, halb stolz, halb ängstlich. Würde ich auch so unmenschlich reagieren wie ihre Eltern, die bereits gestanden hatten, daß sie den Erfolg für das viele Geld eigentlich eher mickerig fanden? Ich gab mir alle Mühe, begeistert zu sein. Ob es mir gelungen ist, weiß ich nicht. Sonja hatte ein halbes Jahr im Rehabilitationszentrum der Stoke-Mandeville-Klinik trainiert, um diesen Erfolg zu erzwingen, und das Pflegepersonal war auch ehrlich begeistert, weil die das bessere Augenmaß hatten. Aber wir ahnungslosen normalen Menschen reagierten offen oder versteckt enttäuscht, was im Laufe der Zeit mit dazu führte, daß Sonja das Gehen mit Krücken immer mehr vernachlässigte und schließlich ganz aufgab.

14. September 1976

Ich bin erkältet. Heute hat Tante Herta Geburtstag. Viertel nach zehn. Sonst schreibe ich um diese Zeit meinen täglichen Brief an Bella. Sie ist auch erkältet, noch schlimmer als ich. Morgen will sie endlich zum Arzt gehen – hoffentlich tut sie es auch.

Mein erster Besuch in Mülheim – ich erinnere mich nur an weniges. Daß ich mich bemühte, um Sonjas willen einen guten Eindruck zu machen. Frau Sanders war sehr dumm, sehr ungebildet, aber sie schüchterte mich durch ihre Vornehmtuerei ein. Der Ton zwischen ihr und Sonja war unecht. Oft war Frau Sanders weinerlich, schäkerte mit dem kleinen Hund, sprach zu Sonja wie zu einem kleinen Kind. Der Vater half in der Küche. Die Türpfosten, weiß gestrichen, waren mit Tesakrepp o.ä. beklebt, damit kein bleibender Schaden entstand, wenn Sonja daran stieß. Im Wohnzimmer lagen lauter kleine Orientteppiche, in denen Sonja sich oft verhedderte. Sie mußte mühselig manövrieren, um diese Hindernisse zu nehmen.

Dann saßen wir nebeneinander auf ihrem Bett, und sie spielte mir ihren Wagner vor, die Walküre, auf ihrem elenden Apparat. Dazu lasen wir aus einem Reclamheft den Text. Ich hörte und las zum erstenmal Wagner, und ich fand den Text lächerlich und die Musik konfus und genauso lächerlich pathetisch wie den Text. Sonja aber liebte diese Musik; sie hatte immer schon einen Drang zum Heftigen, Ekstatischen, und außerdem schwärmte ihre Mutter für Wagner. Er war für sie das Höchste in der Musik.

Ich merkte, daß Frau Sanders mich ablehnte und unmöglich fand, scheußlich angezogen und frisiert, keine Manieren und noch dazu arrogant. Sonja, die ihre Mutter haßte und doch voller Schuldgefühle steckte ob der Untat, die sie ihren guten Eltern angetan hatte, war unfrei und mir ziemlich fremd. An mehr erinnere ich mich nicht.

Dann kam Sonja wieder ins Heim zurück, und nun zog sie zu uns, Judith und mir, in den ersten Stock. Sie sollte ja auf Empfehlung der Ärzte soviel wie möglich trainieren, und dies, so fand sie, war ein guter Zwang zur Überwindung der Trägheit. Aber diese Lösung hatte viele Nachteile. Sie war doch da oben wie gefangen, denn öfter als einmal pro Tag schaffte sie die Prozedur des Treppensteigens und -hinuntergehens nicht. Die Küche war unten und der Zigarettenautomat, und der Milchmann hielt unten mit seinem Wagen. Immer mußte sie jemanden bitten, ihr dies oder jenes zu holen, und ich übernahm bald das Kochen für sie. Sie war von zu Hause sehr verwöhnt, denn ihre Mutter kocht ausgezeichnet (die Nobel-Kochschule in der Schweiz!), aber trotzdem behauptete sie, was ich kochte, schmecke wunderbar. Vielleicht gerade, weil es so kunstlos zusammengepanscht war. Meistens gab es »Reis mit Scheiß«, wie es im Studentenheim hieß, also Reis mit Rindfleisch aus der Dose. Überhaupt liebte Sonja meine Unordnung und Nachlässigkeit in den meisten äußerlichen Dingen. Sie fand da den Protest gegen das Wertsystem ihrer Mutter auf zwanglose Art verwirklicht. Meine Mutter hat mich zwar moralisch streng erzogen, mit der Vorstellung eines unerbittlichen Gottes, der jeden schlechten und egoistischen Gedanken ahndet, aber was wir sonst so trieben, war ihr ziemlich egal. Ich war so eine Art Unkraut, und Sonja eine zierlich zurechtgestutzte Zimmerpflanze.

Judith hatte sich im Frühjahr 66 in Norbert verliebt und war nun sehr davon absorbiert, und so kam es wie von selbst, daß Sonja und ich uns mehr zusammentaten. In den ersten beiden Wochen nach ihrem Einzug war diese Symbiose bereits fest etabliert. Irene zog sich allmählich von den nächtlichen Marathondiskussionen und Chopinschwärmereien zurück, und nun war statt dessen Sonja da, und zwar wesentlich massiver in ihrer Inanspruchnahme, nicht nur in praktischen Belangen. Wir aßen fast zu jeder Mahlzeit gemeinsam, meistens in meinem Zimmer, weil ich die Musikanlage und die Platten und den Kopfhörer hatte. Abends blieb es natürlich nicht beim Essen, sondern wir erzählten uns alles, was uns wichtig erschien, tranken dazu Picon oder Sherry und hörten Musik. Als ich Sonja meine Kopfhörer vorführte, mit den Violinkonzerten von Bach, gespielt von den Musici, war sie so tief erschüttert und ergriffen, wie ich es noch nie bei einem anderen erlebt hatte. Ich glaube, in dem Moment habe ich mich in sie verliebt. Das war auch meine Art, auf solche Musik zu reagieren, aber ich konnte es nie so offen ausleben wie Sonja. Bald wurde die Stimmung zwischen uns immer knisternder und erotischer. Ich ging aber immer noch sehr gern zu Frau Klinger und ließ mich da bemuttern. Ich erzählte ihr auch offen von meinen merkwürdigen Gefühlen für Sonja. Sie wollte die großzügige Geliebte sein und meinte, das wäre wohl »das Elementare« an mir, was da durchbräche. Aber ich sollte mich lieber hüten vor Sonja. Sie würde mich nie wieder loslassen. Sie, Frau Klinger, kenne eine alte Dame im Rollstuhl, die mit ihrer Hilflosigkeit die ganze Familie tyrannisiere. Diese Überlegung leuchtete mir durchaus ein, und ich bekam ein bißchen Angst vor einer engeren Bindung an Sonja.

Eines Abends aber hatten wir es verbal sehr weit getrieben mit der Flirterei; es war spät, alle anderen schliefen. Wir fühlten uns wie in einer warmen Höhle geborgen. Wie schon so oft vorher kam es mir wieder unnatürlich vor, daß wir einander trotzdem so steif gegenübersaßen, ich auf meinem Sesselchen, Sonja mit hochgelagerten Beinen auf meiner Couch. An dem linken Bein trug sie damals zur Stützung beim Gehen noch eine schwere Eisenschiene. Ich war traurig, daß ich wohl wieder mal aktiv werden mußte, wie bei Frau Klinger. Aber Sonja konnte ja nun wirklich nicht einfach so zu mir kommen. Da sagte sie plötzlich, sie habe so wahnsinnige Rückenschmerzen, ob ich sie nicht massieren könne. Oder irgend etwas in dieser Art; jedenfalls ergab sich plötzlich ein Grund, weshalb ich, statt auf meinem Sessel, hinter ihr auf dem Sofa saß. Ziemlich lange sagten und taten wir gar nichts. Die Spannung wurde immer unerträglicher, und schließlich gab ich nach und streichelte ganz offen und unmißverständlich ihr zartes schönes Gesicht. Sie begann zu stöhnen und flüsterte nur immer »Judith – Judith«, in einem Ton, der mich vollends fertigmachte. Eine so prompte und heftige Reaktion hatte ich nicht erwartet und war ich auch von meinen beiden früheren »Erfahrungen« überhaupt nicht gewöhnt. Wir ließen uns viel Zeit, wortlos, flüsterten nur ab und zu unsere Namen. Obwohl es ja so lange in der Luft gelegen hatte, seit fast anderthalb Jahren und dann, noch intensiver, seit drei Wochen, waren wir beide auch zutiefst überrascht und überwältigt. Anders als Frau Klinger war Sonja keineswegs passiv. Unsere Gesichter glühten, und sie erwiderte mein Streicheln schüchtern, aber mit unendlicher Zärtlichkeit und Hingabe. Dann küßten wir uns endlich. Auch das ganz anders als alles vorher. Sonja schien einen Riesenmund zu haben, der mich verschlingen wollte. Ich spürte sehr genau, daß das nicht »gekonnt« war, ein Produkt langer erotischer Erfahrung, sondern daß es ganz einfach mir galt, Sonjas natürliche Reaktion auf mich. Es lag in dieser ersten Begegnung eine Zärtlichkeit und Leidenschaft, gemischt mit Scheu und Unbeholfenheit, die ich nie vergessen werde. Wir blieben die ganze Zeit vollständig angezogen.

Schließlich mußten wir dann aber doch »eine rauchen« und begannen stockend über das Geschehene zu sprechen, zogen die ganze Geschichte von rückwärts auf und gestanden uns gegenseitig die schon lange angelegten Gefühle, die schließlich zu diesem Erlebnis geführt hatten.

Sonja schlief dann einfach auf meinem Sofa ein, was mich glaube ich irritierte. Ich zog mich in ihr Zimmer zurück, setzte mich auf ihr gemachtes Bett und rauchte im Morgengrauen eine nach der anderen. Mein Problem war jetzt vor allem Frau Klinger, denn ich fühlte so klar wie ich selten zuvor etwas gefühlt hatte, daß ich nach diesem Erlebnis ganz zu Sonja gehörte. Zwar hatte ich Frau Klinger von Sonja erzählt, aber Sonja nicht von Frau Klinger. Noch ein paar Tage vorher hatte ich in Frau Klingers Armen gelegen, und sie hatte mir, so beschwörend wie nie zuvor, beteuert, sie liebe mich so sehr, und ich dürfe das nicht einfach »aus jugendlicher Triebhaftigkeit« kaputtmachen. Daraufhin hatte ich gesagt, ich liebe sie auch, und ich wolle mich in acht nehmen. Ich beschloß in diesen Morgenstunden auf Sonjas Bett, nun reinen Tisch zu machen, Frau Klinger von dem Unausweichlichen zu erzählen und um Verzeihung, Verständnis und Freundschaft zu bitten. Ich war fest überzeugt, daß Frau Klinger mich verstehen und das neue Arrangement akzeptieren würde. Aber ich hatte die Tiefe der Gefühle unterschätzt, die sie entwickelt hatte. Anders kann ich mir die eisige Abwehr, mit der sie nach anfänglicher Großmut reagieren sollte, nicht erklären. Bis Januar machte sie gute Miene zum bösen Spiel, wohl in der Hoffnung, mein »Anfall« würde sich wieder legen. Dann aber warf sie mich, zitternd und kaum ihre lang angestaute Wut und ihr Verletztsein verbergend, buchstäblich aus dem Haus, forderte den Schlüssel zurück und erklärte, sie wolle nie mehr etwas mit mir zu tun haben. Daß ich so primitiv und tierisch reagieren könnte, hätte sie nie von mir gedacht. Da ich selbst besser wußte, daß meine Liebe zu Sonja weder triebhaft noch tierisch war, war ich bloß empört über diese falsche Einschätzung, und das half mir in der Folgezeit ein wenig, mit meinen Schuldgefühlen fertigzuwerden. Es war das erste Mal, daß ich jemanden verlassen hatte. Vorher war das immer nur mir passiert, Verlassen- oder jahrelanges Ignoriertwerden. Und ich wußte, wie weh es tut, hatte derartige Schläge aber immer »tadellos geschluckt«. Von dieser Erfahrung her konnte ich mich moralisch sogar noch ein bißchen überlegen fühlen. Ich hatte ihr ungefähr fünfzehn Platten geliehen, die fand ich drei Wochen später eines Tages in einem Paket vor meiner Tür. Aber meine Bücher bekam ich nie wieder, forderte sie auch nicht zuruck. Irgendwie faßte ich es als Bezahlung meiner Schuld auf. Ich sah Frau Klinger nie wieder, hörte nur einmal von Dritten, man habe sie in Blankenese gesehen, innig eingehakt mit ihrem Mann, bei einem Schaufensterbummel.

15. September 1976

Ich unterbreche nach anderthalb Stunden meine Arbeit an der Habilschrift. Es ist immer derselbe langweilige, hochgestochen formulierte Kram, wenn man den »Theoretischen Rahmen der Untersuchung« vorstellen muß. Nun habe ich diesen Punkt meiner Einleitung wenigstens abgeschlossen, und tapfer wollte ich mich an die ebenso obligate Zielsetzung machen, aber meine Gedanken schweifen heute immer wieder zu Sonja ab, in die Vergangenheit, jene seltsamen Wochen unserer ersten Liebe. Um auch keine Einzelheit zu vergessen, notierte ich beim lustlosen Entwerfen des Habiltextes alle Fremd-Einfälle (in des Wortes doppelter Bedeutung). Schließlich aber beherrschten Einfälle und Assoziationen aus diesem Bereich völlig die Szene. Ich gebe nach, schiebe die Pflicht beiseite, in der Hoffnung, daß die Invasion aufhört, wenn ich mich eine Weile ausgeschrieben habe.

Ich glaube, ich mußte direkt am Morgen nach dieser ersten Begegnung verreisen, nach Hause. Vielleicht haben wir noch nicht einmal zusammen gefrühstückt. Ich sehe mich nur ganz deutlich im Zug sitzen und Sonja mit meinem orangenen Filzstift einen leidenschaftlichen Liebesbrief schreiben. Orange war lange meine Lieblingsfarbe, und schließlich schenkten mir alle Leute orangene Dinge, Waschlappen, Pullover, Sammeltassen, Filzstifte – bis ich die Farbe nicht mehr ausstehen konnte. Dann wieder ein dunkles Loch in meiner Erinnerung. Ich komme von meiner Reise zurück, gehe direkt zu Sonja ins Zimmer, und sie tut ganz fremd und komisch. Druckst herum und rückt schließlich damit heraus, das ginge wohl nicht mit uns beiden. Wieso nicht? Ja, sie hätte ganz offen mit Judith gesprochen. Judith hätte auch meinen Brief gelesen (darüber war ich wie versteinert vor Empörung und Enttäuschung, zeigte es aber nicht. Eine ganze Zeitlang danach noch blieb ich Sonja gegenüber so mißtrauisch, daß ich jeden Brief zurückverlangte und eigenhändig im Klo vernichtete). Judith hätte gesagt, der Brief wäre wunderbar, vielleicht der schönste Liebesbrief, den sie je gelesen hätte (ich hatte ja auch viel Übung im Schreiben ekstatischer Liebesbriefe; Frau Klinger bekam sie auch immer von mir, und als ich besagten ersten Brief an Sonja schrieb, war mir der Gedanke zutiefst peinlich, und ich kam mir falsch vor, obwohl ich das meiste wirklich so empfand, wie ich es da schrieb. Meine Briefe damals waren wohl weniger Beschreibungen meines eigenen verliebten Zustands, obwohl sie so aussahen, als vielmehr Appelle: ich hätte gern genau das vom Gegenüber gehört, was ich da selbst zu Papier brachte).

Judith also hätte abgeraten, trotz der Schönheit meiner Empfindung. Und nun fände sie, Sonja, das eigentlich auch. Ich bekam also gleich zwei Schläge: Einmal hatte ich Sonja verloren, zum andern war mein mit aller strategischen Raffinesse im Heim verborgenes Geheimnis meiner lesbischen Veranlagung gelüftet. Ich fühlte mich wie aussätzig, als könnte ich niemandem mehr frei unter die Augen treten. Die Sache mit Astrid war ganz »unter uns« geblieben; außer ihr und mir wußten nur zwei davon, und die hielten den Mund und zogen sowieso bald aus. Daß ich so offensichtlich kein Interesse an Männern hatte, begründete ich Näherstehenden gegenüber damit, ich sei immer noch unglücklich in meinen Deutschlehrer verliebt. Ich malte das auch so plastisch und zwingend aus, indem ich einfach statt »Astrid« immer »mein Deutschlehrer« sagte, daß es allgemein geglaubt wurde. Daß Erika und Marina ein lesbisches Verhältnis gehabt hatten, wußte dagegen das ganze Heim, und es war mir eine peinigende Vorstellung, man könne sich womöglich über mich genauso das Maul zerreißen. Erika wurde dann von Marina im Stich gelassen, die sich einen kleinen Oberprimaner geangelt hatte. Eines Abends kam Erika zu mir und erzählte mir treuherzig und offen ihre ganze Geschichte. Sie sagte später, es sei auch ein Test gewesen; sie hätte doch gewußt, daß ich auch so sei – aber so etwas von raffinierter Verstellung, wie ich es an jenem Abend betrieben hätte, das hätte sie denn doch nicht für möglich gehalten und mir meine Lügengeschichte dann abgenommen. Erika sehnte sich nach ihrem Verlust nach einer neuen Beziehung, und ich wußte, daß sie sofort auf mich eingegangen wäre, wenn ich gewollt hätte. Aber ich wollte nicht; ihre patente jungenhafte Art lag mir überhaupt nicht, und außerdem war ich da auch mit Frau Klinger vollauf beschäftigt.

Heute sehe ich Sonjas »Verrat« natürlich viel weniger verkrampft, aber damals fühlte ich mich entblößt und existentiell bedroht. Mein »guter Ruf« war mir stets wichtiger als alles andere gewesen. Meine Angst war auch durchaus nicht unbegründet damals. Über Frau Dr. Elze z.B. gab es die wildesten Gerüchte in dieser Hinsicht, und aus dem Verdacht, sie treibe es mit Mädchen, zog man sogleich den absurden Schluß, mit ihrem Hund wäre das ja auch eine völlig unnatürliche Beziehung. Viele fanden, sie wäre als Heimleiterin untragbar und eine Gefahr für die Studentinnen, die ja von ihr abhängig seien. Solchen Diskussionen durfte ich beständig beiwohnen und konnte mir entsprechend lebhaft ausmalen, wie wohl über mich gehechelt werden würde, wenn . . . Und Erikas Unbekümmertheit hat später dazu geführt, daß man ihr nahelegte, aus dem Heim auszuziehen, ein halbes Jahr vor dem Examen. Man meinte tatsächlich, sie stelle auch eine Gefahr dar für die kleinen unmündigen Studentinnen. Das war vor acht Jahren, 1968. Inzwischen hat sich gottseidank einiges geändert, aber es ist immer noch alles andere als einfach, lesbisch zu sein.

Sonja hatte wohl keine Ahnung, an was für eine tiefe Wunde sie da bei mir gerührt hatte. Sie selbst war durch ihren Rollstuhl schon dermaßen Außenseiterin geworden, daß es ihr auf zusätzliche Abweichungen von der Norm nun kaum noch ankam. Warum Judith befunden hatte, ich wäre wohl nichts für Sonja, weiß ich nicht genau. Sie wußte wohl besser als ich, daß Sonja sich auch in Männer verlieben konnte – der erste war jener Harvey aus Berlin, der mit nach Italien gefahren war, nur war der leider homosexuell. Vielleicht hatte Judith auch meine Interessen im Auge und befürchtete, ähnlich wie Frau Klinger, Sonja könne imstande sein, mich total für sich zu beanspruchen und dadurch vollkommen unfrei zu machen, was dann ja schließlich auch eintraf.

Und Sonjas Motive? Es war ihr wohl alles zu neu und zu fremd, aus ihren phantasievollen, rauschhaften Mädchenträumen plötzlich in die Realität gefallen zu sein. Und mein Brief war sicher auch nicht wenig beanspruchend gewesen. Ich ging einfach von der Voraussetzung aus, daß wir uns liebten und daraus selbstverständlich sämtliche Konsequenzen ziehen würden – auch ganz schön absolut nach einer so kurzen Begegnung und Aussprache. Nachträglich schien mir die Tatsache, daß Sonja einfach einschlief, nicht mehr so überraschend. Ein bißchen Liebe und Zärtlichkeit, das wollte Sonja schon – aber keine so absolute Bindung, wie ich sie da so selbstverständlich entworfen hatte. Sie hatte mit ihrem neuen Zustand nach der Operation und mit der Wiederaufnahme des Studiums genug zu tun. Jetzt wollte sie auch noch Russisch dazunehmen. Harvey, den sie bei seinem neuen Freund in London besucht hatte, war nämlich Slawist; außerdem hatte sie schon immer eine ausgesprochene Schwäche für das Extreme und Leidenschaftlich-Hemmungslose in der russischen Literatur.

Das alles kann ich mir heute klug zurechtlegen; damals litt ich bloß darunter. Sonja hatte schüchtern gebeten, wir sollten aber doch um Gotteswillen Freundinnen bleiben, sonst würde sie es nicht aushalten, und ich willigte ein. In den beiden darauffolgenden Wochen lief alles ungefähr wie vorher. Wir aßen gemeinsam, ich begleitete sie zur Uni und zur Krankengymnastik, und Sonja war sehr lieb und schuldbewußt.

Ich war froh, daß ich Frau Klinger noch kein Geständnis abgelegt hatte und flüchtete in meinem Kummer wieder zu ihr. Ich konnte ihr aber nichts vormachen und erzählte ihr die ganze verquere Geschichte. Da sie ja, kaum begonnen, schon wieder aus war, fiel es ihr relativ leicht, großzügig zu sein und abzuwarten, bis ich mich wieder gefangen hätte.

Sonja erzählte ich nur, daß ich da so eine nette Bekannte hätte, die mich ab und zu besuchte und einlüde. Eines Abends kam ich wieder von Frau Klinger und ging noch zu Sonja hinein, um Gute Nacht zu sagen. Sonja war spürbar eifersüchtig, aber es passierte sonst nichts. Erst nach einem Besuch von Frau Klinger bei mir kam sie plötzlich und gestand, sie könnte es doch nicht aushalten ohne mich. Es wäre ihr unerträglich, nur »freundschaftlich« mit mir zusammen zu sein, immer in meiner Nähe. Dauernd hätte sie nur den Wunsch, mich zu berühren, zu streicheln und zu küssen wie damals; sie könne es nicht vergessen. Darauf konnte ich ehrlich nur antworten, daß es mir genauso ginge. Und ich stand auf und schloß die Tür ab und zog die Vorhänge zu, am hellichten Nachmittag. Was die andern denken mochten davon: Sonjas Auto ist da, Sonja ist nicht in ihrem Zimmer, Judith hat abgeschlossen und die Vorhänge zu – das war mir in dem Moment absolut gleichgültig, wohl zum erstenmal. Wir legten uns zusammen aufs Sofa und holten in fünf Stunden alles nach, was wir in der Zwischenzeit versäumt hatten. Wie es im einzelnen war, weiß ich nicht mehr. Wir waren nur beide wie berauscht voneinander. Gerne hätten wir Musik dazu gehört, aber das wagte ich nicht. Zu gut hatte ich die gehässigen Reden im Ohr: »Was wohl Erika und Marina da in ihrem Zimmer machen, bei der wunderbaren Musik und dem schummrigen Licht? Sie werden doch nicht etwa wieder arbeiten?« Wenn es sich um dieselbe Situation, aber um ein »zugelassenes«, »richtiges« Paar handelte, ein Mädchen und einen Jungen, dann klangen solche Kommentare kameradschaftlich-anerkennend. Da wurde eine sportliche Leistung vollbracht, eine kühne freche Tat, denn eigentlich war es glaube ich laut Heimsatzung verboten. Es hieß immer, Frau Dr. Elze könne wegen Kuppelei angeklagt werden, wenn so etwas ruchbar würde. Deshalb wurden nachts die nach Geschlecht streng getrennten Flure geschlossen. Lesbische Beziehungen waren ja auch damals nicht strafbar und fielen auch nicht unter irgendeinen Kuppelei-Paragraphen – aber die empfand man natürlich als anstößig im höchsten Grade.

22. September 1976

Ich liege im Bett im Herforder Stadtkrankenhaus, einen Tag nach der Operation (Schweißdrüsen-OP, wie es hier so schön selbstverständlich heißt. Wie lange, bis zu meinem 21. Lebensjahr, habe ich kaum gewagt, offen über diesen körperlichen Makel zu sprechen). Nun sind also die Schweißdrüsen unter den Achseln weggesäbelt. Zwei Stunden hat es gedauert, und die Ärzte haben sich dabei angeregt unterhalten über Eigenheim-Finanzierung und das Ausbeulen eines Kotflügels. Ich kam mir vor wie eine Maschine, die fachmännisch repariert wird. Wenn ich sagte, da und da tut es aber weh, trotz Betäubung, hielt man das für launisch. Heute früh bekam ich einen neuen Verband, mit Penicillin-Puder bestreut, und das tat so verdammt weh, daß ich einen Kreislaufschock bekam. Alles Blut aus dem Gesicht gewichen, sogar die Lippen kalkweiß. Mit einer Schmerztablette ging es dann bald wieder. Als ich »dem Professor« (so heißt das hier) bei der Visite von meiner Reaktion berichtete, hielt er wohl auch das für launisch. So was wäre ihm doch in seiner langen Praxis noch nicht vorgekommen. Eine Sensation – aber er hielte nichts von sensationellen Patienten. – Er scheint mich für undankbar und speziell renitent zu halten, aber das bekümmert mich nicht. Die Schwestern sind ausgesprochen lieb, und ich heile fleißig. Die Aussicht, nicht mehr bei jeder kleinsten Aufregung den kalten Schweiß unter den Achseln zu spüren, beflügelt mich und läßt mich diese Zeit hier gelassen durchstehen. Seit zwanzig Jahren leide ich daran; mein persönliches Stigma, um mit Goffman zu reden. In Sonjas Nachlaß fand ich sein *Stigma*-Buch. Es ist auf jeder Seite bunt angestrichen – mir scheint aber, daß nicht sie das gemacht hat, sondern ein anderer, von dem sie sich das Buch geliehen hat. Es sieht mir zu sehr nach Selbstmitleid aus, all die klugen Sentenzen zu unterstreichen, und das war nicht ihre Art. Ich muß das Buch unbedingt bald lesen.

Ich war nur als Kind im Krankenhaus, die üblichen Mandeloperationen und kleineren Kletterunfälle. Dann zweiundzwanzig Jahre nicht mehr. Ich mußte viel an Sonja denken in diesen Tagen. Sie hat Krankenhäuser gehaßt und weigerte sich, freiwillig hineinzugehen, selbst wenn sie fast in Lebensgefahr war (davon später). Sie scheint auch viel unter sadistischen Schwestern und hochmütigen, inkompetenten Ärzten gelitten zu haben. In den frühen sechziger Jahren herrschte ja auch dieser schlimme Schwesternmangel; die wenigen, die es gab, waren überlastet, unterbezahlt und sauer. Inzwischen sind junge Leute selig, wenn sie einen Ausbildungsplatz in der Branche kriegen. Mir kommt das jetzt zugute – für Sonja ist es, wieder mal, zu spät.

Ich habe emsig gelesen in diesen drei Tagen, doch ohne rechte Beteiligung. Mein persönliches Schicksal, erst unbestimmt drohend, dann unter Schmerzen und Selbstentfremdung überstanden, beschäftigte mich zu sehr. Dabei ist es, objektiv betrachtet, sicher eine lächerliche Sache, wird aber doch erfreulich ernst genommen von dem Personal hier, und das tut wohl. Ich mochte – und konnte wegen Unbeweglichkeit – auch keine Briefe schreiben. Das Weiterschreiben an meinen Sonja-Aufzeichnungen war mir ein Anliegen, aber nicht so zwingend wie sonst manchmal in Basel, wo ich es fast nicht aushalten kann, *nicht* weiterzuschreiben. Vorhin aber kam im Radio Schuberts C-Dur-Quintett, der Inbegriff des Ausweglos-Traurigen in der Musik, auch wenn es so forsch gespielt wird wie in dieser Aufnahme vom Tátrai-Quartett. Ich liege jetzt auch allein in meinem Zweibettzimmer; meine Mitpatientin ist heute früh entlassen worden. Ich kann nicht über Sonja schreiben, wenn jemand im Zimmer ist – da fallen mir ja sogar persönlichere Briefe schon schwer. Dieses Schubertquintett: Anderthalb Jahre hab ich auf die Wiederauflage der in meiner Musikzeitschrift so gerühmten Rostropowitsch-Aufnahme gewartet. Im Frühjahr 73 kam sie dann endlich raus. Unser Freund Jochen sagte schon von den Impromptus, Schubert klänge immer so »entzündet« (wobei ich mir gleich eine große Wunde mit giftig entzündeten Rändern vorstellte). Auf das C-Dur-Quintett trifft das noch mehr zu: Eine giftige Entzündung der Seele, so schmerzhaft, daß man innerlich schreit. Früher konnte ich das Gefühl manchmal genießen, besonders wenn ich mir mit Sonja darin so einig war (obwohl Kammermusik ihr »eigentlich« nicht so lag wie die eruptiven Wagner- und Verdi-Opern). Wie oft haben wir nach Erwerb der Platte dagesessen und konzentriert zugehört und uns nur ab und zu wortlos angesehen – die Musik sagte ja schon alles. Und von da bis zu unserer Trennung, meiner Trennung von Sonja sollte ich sagen, war es nur noch ein halbes Jahr. Alles hab ich ihr dagelassen bei meinem Auszug, nur um die Platten haben wir – gewürfelt, anders war es nicht zu schaffen.

23. September 76

Meine Achselhöhlen tun immer noch ziemlich weh, aber ich schreibe sowieso von Natur mit sehr wenig Druck (Druck vor allem muß ich vermeiden, z.B. darf ich mich auf keinen Fall aufstützen). Sonja drückte beim Schreiben so stark auf, daß sie oftmals die ansonsten wohlgehegten Bleistifte durch schiere Kraft zerbrach. Ihre kleinen quadratischen, wie abgearbeiteten und rissigen, nein, die Haut war nur sehr trocken, also diese Hände waren natürlich ungewöhnlich stark, durchtrainiert wie der ganze Oberkörper und vor allem die Schulterpartie und die Arme. Am liebsten mochte ich an ihrem Rücken die Stelle zwischen Arm und Schulter; sie war weich und nachgiebig wie Schaumgummi, zugleich fest, elastisch. Es machte fast plopp, wenn man mit dem Finger draufdrückte. Dieselbe Stelle ist bei mir schlaff und langweilig, eben normal. Sonja fand schließlich auch, nach längerem Zureden, daß sie da eigentlich was Besonderes und Eigenes und sehr Schönes hätte. Außer mir hat es niemand entdeckt und geliebt.

Ich hab so oft ihren Rücken massiert, und dabei ist mir auch diese meine Lieblingsstelle aufgefallen. Ihr Rücken war ein Feld von Narben. Den Po habe ich schon beschrieben. Vom ich weiß nicht wievielten Halswirbel bis etwa zur Mitte des Rückens zog sich eine lange tiefe Narbe über das Rückgrat, die durfte ich beim Massieren nicht bearbeiten. Rechts unten in Höhe der Niere ein tiefer Einschnitt von einer Nierenoperation, noch in der Wuppertaler Zeit glaube ich. Als mein Schallplattentick auf dem Höhepunkt war (der kam nach meinem Zeitungstick und war wesentlich kostspieliger) zahlte mir Sonja pro Minute Massage zehn Pfennig – absurd: wir hatten sowieso gemeinsame Kasse. Es war sehr anstrengend, sie zu massieren; sie wollte immer richtig durchgewalkt werden, und ich geriet schnell aus der Puste. Aber sie genoß es so offensichtlich und hörbar (Wonnegrunzen), daß ich oft »das Letzte aus mir herausholte«. Und wieder sparte Sonja nicht mit Lob: Ich sei besser als sämtliche Berufsmasseusen, und das spornte mich an. Ich selbst wollte nie massiert werden; es tat mir weh, außerdem hatte ich sowieso kein Bedürfnis. Bei Bella mußte ich umlernen. Als ich auf ihre Bitte nach Massage hin anfing, sie so zu beackern wie Sonja, fing sie vor Schmerzen fast an zu schreien – nichts da mit Wonnegrunzen. Vorher hatte ich nur gedacht, ich sei da wohl etwas empfindlicher als Sonja. Nun aber paßt es mir eher in das Bild ihres Arsenals von Selbstquälereien, aus denen sie auch eine Art Befriedigung zog.

Heute früh ist eine neue Patientin in mein Zimmer gekommen, frisch an den Krampfadern operiert. Sie schnarcht durchdringend und muß auf den Topf gesetzt werden; die Beine sind von oben bis unten bandagiert. Ich kann ja durch Sonja bestens mit dem Schieber umgehen, und als die Frau eine halbe Stunde auf die Schwester gewartet hatte, wollte ich ihr auch meine Hilfe anbieten, aber ich bin ja momentan mit den Armen gehandicapt, und so einen Eingriff in die Intimsphäre läßt man auch lieber von Professionellen ausführen. Auf dem Flur wollte mich gestern ein zahnloser alter Opa in den Oberschenkel kneifen, wobei er außerdem ungeschickt sein linkes Auge zukniff. Seitdem meide ich ihn und bin herablassend-kühl-abweisend. Vor den Ärzten dagegen entblößt man alles, was verlangt wird. Es gelingt mir dabei meist, mein Gefühl und damit auch mein Schamgefühl auszuschalten. Insofern fand ich es auch nur »abstrakt« inhuman, daß ich bei der Operation wie ein reparaturbedürftiges Auto behandelt wurde. In Wirklichkeit war ich den Automechanikern mit meiner eigenen Enthumanisierung längst zuvorgekommen.

Wie ging es weiter mit Sonja und mir nach dem ersten Bruch und der ersten süßen Versöhnung? Sonja fing zum erstenmal ihr Spiel an und zwang mich, es mitzumachen. Aus irgendeinem Grunde war es ihr peinlich, ihren »Rückfall« Judith gegenüber zuzugeben. So genoß ich eine Weile Judiths tiefe, unausgesprochene, aber deutlich spürbare Anteilnahme am Schicksal der abgewiesenen Liebenden, während ich in Wirklichkeit schon Nacht für Nacht mit Sonja schlief. Deutlich erinnere ich mich an eine Szene, wo Sonja und ich uns mit hochrotem Kopf in den Armen lagen, sitzend und angezogen, und es klopft. Judith kommt mit irgendeiner unschuldigen Frage in unser Idyll geplatzt. Sie merkt schon, daß etwas nicht ganz normal ist, so plötzlich fuhren wir auseinander und so verspätet kam Sonjas »Herein« – aber sie scheint zu denken, ich hätte mal wieder einen verzweifelten Vorstoß gewagt und wäre abgeblitzt. Und sie versucht mich mit warmen Blicken zu trösten und zieht sich eilig zurück.

Meine Arme schmerzen, und die Frau schnarcht so. Später mache ich vielleicht weiter. Es tut trotz allem gut, hier im Krankenhaus etwas Absorbierendes zu tun.

Drei Stunden später. Es wird schon allmählich dunkel, und gleich muß ich auf das Bett umziehen, denn das Lampenlicht erreicht dies Tischchen nicht, an dem ich schreibe. An die seltsame Abendbrotszeit habe ich mich schon gewöhnt (halb fünf). Jetzt fühle ich mich sogar abendlich, fast nächtlich. Sonst ist es um diese Zeit oft so, daß der Tag gerade anfängt. Ich gewöhne mich wirklich sehr schnell an alles. Dazu gehört wohl auch, daß ich vieles mitmache, was mir eigentlich nicht recht ist. Zum Beispiel dies Schauspiel damals für Judith – ich hätte mich gleich weigern sollen. Andererseits entsprach das Manöver doch meinem damals noch starken Drang, mein Lesbischsein um jeden Preis geheimzuhalten und niemandem zu trauen. Das Manöver blieb nicht lange undurchschaut, und Judith gab uns schließlich ihren Segen.

Die Nächte damals mit Sonja: Wir waren so unerfahren und linkisch, wie wir leidenschaftlich waren. Tagsüber fühlten wir uns unter Aufsicht des gesamten Heims bzw. der gesamten Studenten- und Dozentenschaft, wenn wir in der Uni waren. Natürlich waren heimliche tiefe Blicke und kurze Berührungen, scheinbar zufällige, um so aufreibender. Auch das eine permanente Entzündung, aber ohne giftiggrüne Ränder sozusagen. Mit Absicht pflegte Sonja damals als Shalimar-Duftwolke einherzurollen; auch das betäubte uns. Der Abend kam endlich, gemeinsames Essen, die Hände der anderen suchen und pressen, daß es wehtat. Ich streichelte Sonja zwischen den Beinen und griff unter ihren Pullover. Sie trug fast nie einen BH, brauchte sie auch nicht, bei dem trainierten Oberkörper – im Gegensatz zu mir. Meine Liebkosungen waren gezielt, oft kam ich mir kalt vor, nicht ganz bei der Sache, wie ich gewollt hätte. Wir durften uns nicht zu weit einlassen, denn jeden Moment konnte jemand klopfen, etwa um sich ein Lexikon oder Salz zu leihen. Sonja ließ auch diese Liebkosungen eher an sich geschehen und erwiderte sie wenig, was mich weiter hemmte und traurig machte. Immer war da der Abstand des Rollstuhls. Wollte sie mich zärtlich oder intimer berühren, so mußte das vorher geplant werden. Fast nie ging es spontan. Spontaneität war erst im Bett möglich, und das Bett erst gegen elf bis zwölf Uhr nachts, denn alle wußten ja, daß wir Nachteulen waren, und hätten sich sonst noch mehr gewundert als so schon – dachten wir. Wir verabschiedeten uns dann zum Schein voneinander, wenn ich Sonja zu Bett gebracht hatte (sie konnte damals ihr Bett nicht allein machen). Ich ging in mein Zimmer, machte ebenfalls mein Bett, und wenn alles ruhig war, schlich ich mich zu Sonja, schloß die Tür ganz ganz leise ab und legte mich auf sie. Oft waren wir beide nur halb ausgezogen. Ich schämte mich immer meines nackten Körpers, sogar in der Dunkelheit. Außerdem schwitzte ich und behielt deshalb lieber mein Unterhemd an, ein Herren-T-Shirt. Wir waren zwar wild entschlossen, uns jetzt endlich wirklich zu lieben, aber all diese äußeren und inneren Hindernisse! Jedenfalls: küssen konnten wir beide, und wir taten es ausgiebig. Sonja verschlang mich geradezu mit ihrem plötzlich so großen Mund. Sie hielt meine Zunge in ihrem Mund mit den Zähnen fest, daß ich zu ersticken glaubte. Sie zog mit ihrer Zunge Spuren auf meinem Hals. Das hatte vorher noch niemand getan, und ich war völlig überrascht, daß es mich so sehr erregte. Und sie entdeckte auch mein Ohr, und ich entdeckte es durch sie, eine Art zweites Geschlechtsteil in seiner Empfindlichkeit für ihre Zunge und ihr Stöhnen, durch die unmittelbare Nähe zu erschütternder Intensität verstärkt. Ich war größer als sie, und mein Hüftknochen lag genau zwischen ihren Beinen. Durch ihre verschiedenen Verpackungen hindurch versuchte ich sie damit durch Reiben zu befriedigen.

Mittwoch, 29. September 1976

Fast eine Woche ist es nun schon wieder her, seit ich diese Szenen zu schildern versucht habe. Es kommt mir so etwas schwer aufs Papier. Als ich es schrieb, saß ich an dem kleinen Tischchen im Zimmer 2307 in Herford, und gerade war eine frisch operierte Frau in mein Zimmer gefahren worden. Da hing sie am Tropf, eine Sauerstoffmaske auf dem Gesicht, und rasselte, röchelte und schnarchte. Aber als Mensch präsent war sie eigentlich nicht, und ich fühlte mich relativ ungestört, derart Gegensätzliches zu diesem traurigen Begleitgeräusch dabei aufzuschreiben. Am nächsten Tag hatte sie sich soweit erholt, daß sie wieder sehr präsent war, und ich kam von da ab nicht mehr in die Stimmung, mit meinen Bekenntnissen fortzufahren.

Gestern, Dienstag, wurde ich entlassen und fuhr zehn Stunden lang nach Hause. Ich hatte mich auf mein Zuhause gefreut; es kam mir dann aber fremd vor. Die Post, die sich in den paar Tagen angesammelt hatte, reichte mir nicht, obwohl ein paar liebe Briefe und Postkarten von Freunden dabei waren. Das Fernsehen voll von Politik (Wahlen) auf allen Kanälen, aber alles saft- und kraftlos. Ich ging früh zu Bett, demoralisiert auch durch die Feststellung, daß ich im Krankenhaus sechs Pfund zugenommen haben muß, obwohl ich immer ein Drittel zurückgehen ließ. War fast soweit, mir eine neue Waage kaufen zu wollen.

Heute früh schaltete ich mein Tonbandgerät ein und geriet in die erste Sinfonie von Brahms, danach die dritte. Ich fand die Musik schwermütig und wurde immer trauriger. Eigentlich haben die Brahms-Sinfonien (Sonja schrieb konstant *Symphonien,* auch *photographieren* statt *fotografieren*) gar nicht so einen starken Erinnerungswert – ich habe sie eben bloß mit Sonja zuletzt richtig gehört, weil sie sie beim Würfeln (Aufteilen der Schallplattensammlung) gewonnen hat und ich sie mir nicht wieder gekauft habe seither. Hab nur eine Radiosendung überspielt und auch nie wieder angehört danach, bis kurz vor meiner Abreise nach Herford. Da war aber Maria zur Ablenkung dabei, und die Trauer kam nicht so durch wie heute. Gegen all diese gemeinsame Musik von Sonja und mir muß ich erst immun werden. Das ist aber in diesem Leben fast nicht zu schaffen. In diesem Leben – neulich las ich irgendwo über die Untersuchungen von der Kübler-Ross mit Sterbenden und Menschen, die nach klinischem Tod wieder von den Ärzten zurückgeholt wurden. Die sollen sehr widerwillig gewesen sein, aus einem körperlosen, *schönen* Zustand aufgestört zu werden. Das hat mich so sehr getröstet. Es gibt mir das Gefühl, daß es Sonja noch gibt und daß es ihr gutgeht. Worüber ich dann traurig bin, ist oft nur noch die Tatsache, daß ich nie mehr mit ihr die kleineren und größeren Dinge erleben kann, die schön waren. Mein eigenes Leben wird mir in solchen Stimmungen im positiven Sinne gleichgültiger, wie wenn man als Kind im Oktober anfängt, sich auf Weihnachten zu freuen. Der Oktober und November und ein Teil des Dezembers, wenn auch vielleicht voll schöner Aussichten auf Pilze- und Bucheckernsammeln, Schneeballschlachten und Schlittschuhlaufen, werden dann auch gleichgültiger als dieses ersehnte Ziel.

Es ist heller Nachmittag, und natürlich sollte ich an der Habilschrift schreiben oder mich wenigstens auf einen Lehrstuhl bewerben (die Leute aus Utrecht haben ganz freundlich geantwortet). Aber da war erst dieser Brahms, dann hab ich meinen Koffer und den Sonja-Nachlaß vom Bahnhof abgeholt. Der Nachlaß: ein großer Umzugskarton mit den Bruchstücken ihrer Dissertation, die die Mutter in den Müll geworfen hatte, und die schließlich auf Umwegen erstmal im Keller meiner Eltern gelandet waren. Jetzt fühlte ich mich stark genug, den Karton zu mir zu holen. Da steht er auf dem Flur, fest zugeschnürt, aber wohlbehalten. Ob ich eine Versicherung abschließen wolle, hat mich der Mann bei der Gepäckaufgabe in Bielefeld gefragt. Merkwürdige Frage – konnte ich nur mit Nein beantworten. Was soll ich mit Geld anfangen, wenn die mir Sonjas Nachlaß verschlampen oder kaputtmachen? Durch die harmlose Frage wurde mir aber auch erst klar, daß ich vielleicht verantwortungslos handelte, und ich stellte mir die häßliche, Freud-inspirierte Frage, ob ich vielleicht den Nachlaß gar lossein wolle. Früher habe ich mir solche Fragen nicht nur immerzu gestellt, sondern sogar noch zu beantworten versucht. Das lasse ich jetzt, wenn es geht. Es kommt doch immer nur ein ganz armseliges Bild von mir dabei heraus, und es hilft niemandem.

In dem Koffer lag Sonjas letztes Bild, unvollendet und schön gerahmt von dem Glaser, der alle ihre Bilder in Hamburg gerahmt hat. Meine Schwester, die in Hamburg wohnt, hat das für mich erledigt und mir das Bild nach Herford mitgebracht. Dort sah ich es mir an, und es regte sich kein Gefühl in mir, wie vorher schon einmal. Kühl begutachtete ich den geschmackvoll gewählten Rahmen und packte es wieder ein. Heute habe ich es lange angestarrt und fing plötzlich an zu weinen, seit drei Wochen zum erstenmal. Es war insgesamt einfach zu viel, denn zuvor hatte ich auch noch die Fotos abgeholt, Abzüge von Sonja-Negativen aus über fünf Jahren. Sonja im Rollstuhl, lacht mich an; sitzt im Gras bei einem Picknick (ein furchtbares Picknick, wenn man es nachträglich überdenkt – das erzähle ich später alles genauer, aber *ich* weiß es *jetzt*, und es tut so weh), beugt sich herunter zu einer dikken Wurst von einem Hund, ich meine, der Hund sieht aus wie eine Schlummerrolle. Immer quält mich das Gefühl ihrer *Unschuld:* Sie war gutgläubig, vertrauensvoll, glaubte mir und an mich und wollte mit mir leben und glücklich sein, »bis an ihr Lebensende«. Ich aber strebte schon längst heimlich weg von ihr, und bei diesem Picknick mit Bella, die auf den Fotos auch so fröhlich dreinschaut, wurde es dann wirklich allmählich tödlicher Ernst. Tödlich sicher nicht durch das, was *ich* wollte, sondern durch das, was Sonja daraus *für sich* machte.

Das Bild habe ich jetzt aufgehängt, neben die anderen drei, die ich von ihr besitze. Es ist das größte von allen und zeigt Seehunde auf einem mit Bäumen bewachsenen Felsenriff, im Hintergrund das offene Meer mit zwei zierlichen Schiffen, im Vordergrund der Strand mit »Brandung«. Diese Brandung ist eine typisch Sanderssche, so wohlgeordnet und -aufgereiht wie bogenförmige Einfassungen von Tischdecken. Wahnsinnig komisch, bloß ist es eben alles andere als komisch, daß die Seehunde nur in der Form angedeutet sind. In Sonjas Kopf war das Bild komplett – so schilderte sie oft ihr Vorgehen beim Malen. Sonjas Kopf. Mein Kopf tut mir weh, denn hier ist mal wieder Föhn.

Erst heute ist mir aufgefallen, daß Sonjas Bilder fast alle in waagerechten Schichten aufgebaut sind. Selten hat sie irgend etwas kühn und klotzig in die Mitte gesetzt und Kleinigkeiten drumrumgruppiert. So ordentlich und schüchtern wie ihre Brandung war auch der Gesamtaufbau. Die Perspektive dafür um so kühner, weil sie nicht perspektivisch malen konnte. Die physikalischen Unmöglichkeiten, denen sie mit ihren Bildern Realität gab, sind einfach umwerfend. Wenn ich diese Dinge auf ihrer Malpappe entstehen sah, mußte ich mich sehr beherrschen, nicht zu lachen, denn dann hätte sie gefragt, was denn nun schon wieder »falsch« sei, und nicht geruht, bis es »richtig« und damit reizlos geworden wäre. Da gibt es Regen, der nur auf den Schirm einer Frau fällt, während es rechts und links davon trocken ist – »strichweise Regen« nannten wir das dann, und sie hat es gottseidank so gelassen. Balkons, die man nur durch das Fenster erreichen kann und die von einem Haus zum andern gehen, wobei aber die Häuser im rechten Winkel zueinander stehen. Sie malte auch einen Wasserbüffel, der *auf* dem Wasser stand. Leider aber hat ein Nachhilfeschüler ihr das gesagt, und sie hat es »korrigiert«.

29. September 1976, abends

Ich kann mich noch nicht an Basel und die Arbeitsverpflichtung gewöhnen. Ich verplempere meine Zeit mit Fernsehen und Zeitunglesen. Mein Hauptmotiv beim Schreiben heute ist: Vor dem Zubettgehen noch was Vernünftiges tun, um nicht zu sagen »leisten«. Im Fernsehen gab es eine Sendung über Karin Struck, Jahrgang 47 (vier Jahre jünger als ich, schon zwei ernstzunehmende Bücher veröffentlicht) – da erwachte in mir wieder der literarische Ehrgeiz. Ich bin beschämt darüber, deswegen »beichte« ich mal wieder. Es ist aber eine häßliche Spirale, im Sinne von Buschs »die Selbstkritik hat viel für sich«, Spirale aus Eitelkeit und Selbstbezichtigung, deshalb Schluß damit. Es wäre schön, wenn ich malen könnte wie Sonja. Jeder, der ihre Bilder sah, freute sich ganz einfach. Was ich hier mache, ist nichts zum Freuen, und meine wissenschaftlichen Arbeiten sind es genausowenig. Die sind anstrengend zu lesen, auch für mich.

Mein Buch über Sonja erleichtert mich oft: Wenn ich sehr geweint und gedruckst habe und dann nachgebe und schreibe, geht es mir nach etwa einer Stunde besser.

Mit meiner mehr chronologischen Schilderung bin ich vor einer Woche sozusagen mitten im Bett stehengeblieben. Ich erzählte von meiner Hüfte, mit der ich Sonja zu befriedigen versuchte, ausgerechnet. Ich selbst hatte davon nur indirekt etwas: mich erregte Sonjas Erregung. Ich tat alle möglichen eher brutalen Dinge, obwohl sie mir nicht liegen, weil sie ihr zu gefallen schienen. Zum Beispiel biß ich sie in die Brustwarzen. Ihr Stöhnen schien mir ein Stöhnen der Lust, und sie gestaltete es auch so, wohl um ihrerseits mir zu gefallen. Sehr spät erst klärte sie mich auf, daß es ihr eigentlich eher wehtue. Das hat mich dann grundsätzlich verunsichert. Sonja versuchte mich mit den Händen zu befriedigen, aber leider spürte ich nichts dabei. Ich empfand nur Lust, wenn ich sie erregte, aber das allein brachte mich wieder nicht zum Orgasmus. Was erfüllte sexuelle Liebe ist, habe ich erst durch Bella erfahren und nachdem ich durch drei Jahre Psychoanalyse ehrlicher in meinen Wünschen geworden war. Bella forderte mich in einem entscheidenden Augenblick sehr dringlich und liebevoll auf, nur an mich selbst zu denken, so als ob das in dem Moment ihr einziger Wunsch sei, den ich ihr erfüllen *müsse*. Dadurch erst konnte ich mir selbst den Egoismus erlauben, der offenbar dazu nötig ist, zum Orgasmus zu kommen. Vieles, was ich noch als technisch, tierisch, schmutzig, selbstsüchtig heimlich verachtete (und Sonja wahrscheinlich auch), das bejahte Bella vorbehaltlos und natürlich. Was Sonja und mir völlig abging, war Natürlichkeit im sexuellen Umgang miteinander. Uns war das Erotische, das Vorspiel, natürlich – und dann mündete die angestaute und auch bewußt angeheizte Spannung in etwas Verkrampftes. Daß es verkrampft war, gestanden wir uns nicht ein und konnten es auch nicht erkennen, denn unser Gefühl war ja tief und echt – wieso sollte da das, was wir mit unseren Körpern taten, um das überbordende Gefühl endlich zum Ausdruck zu bringen, plötzlich unecht und verkrampft sein? Wir hatten keine Erfahrung und keine Vergleichsmöglichkeiten, nur zeitlebens einen reichen Schatz an sexuellen Vorurteilen eingesammelt, gegen den wir uns jetzt durch scheinbar leidenschaftliche sexuelle Raserei zur Wehr setzten. Auf Sonjas Seite, die wohl letztlich doch noch »mehr davon hatte« als ich, führte dieser Kampf bald zu totaler körperlicher Erschöpfung. Auf meiner Seite führte er zu der Einbildung, ich sei frigide – erotisch und gefühlsmäßig hochgradig erregbar, aber beim Akt selbst zu technisch-perfekter Kälte erstarrt. Eine unreife Liebe – so würde die moderne Ehetherapie usw. das wohl heute nennen. Seltsam nur, daß unreife Liebe, auch zum Beispiel die der Pubertät, soviel tiefer zu gehen scheint als die reife, erwachsene.

Vierzehn Tage lang trieben wir das so, Sonja und ich, Nacht für Nacht. Sonja gab mir das Gefühl, ich dürfe sie um keinen Preis verlassen, um ein bißchen in Ruhe zu schlafen – obwohl ich natürlich oft hundemüde war. Wir trennten uns gewöhnlich zwischen drei und sechs Uhr. Sonja war aber damals nicht nur liebestoll, sondern auch noch weiterhin pflichtbewußt, sowohl was ihr Studium als auch was das ärztlich verordnete Training betraf. Fast täglich hatte sie um zehn Uhr morgens entweder einen Kurs in der Uni oder Heilgymnastik in Eppendorf. Dazu die tägliche Treppenschinderei mit den Krücken. Ich hatte mein Studium inzwischen quasi aufgegeben und begleitete sie zu sämtlichen Veranstaltungen, um ihr aus dem Wagen in den Rollstuhl oder aus dem Rollstuhl in den Wagen zu helfen. Ich verlor unendlich viel Zeit auf Fahrten nach Eppendorf, beim Warten während der Heilgymnastik, in ihrem Russischkurs, den ich mitmachte, teils um bei ihr zu sein, teils um diese Hilfsdienste auszuführen. Es gab viele im Heim, die das abwechselnd auch übernommen hätten, aber Sonja hatte sich auf mich versteift, und mir war diese völlige Beschlagnahmung gerade recht. Ich hatte damals ein lateinisches Oberseminar über Tibull zu absolvieren, zu dem ich nur ein einziges Mal erschienen bin.

Nach zwei Wochen derartiger täglicher und nächtlicher Unvernunft und Raserei erklärte Sonja mir plötzlich, sie habe sich wohl doch geirrt und liebe mich eigentlich nicht so recht. Das Ganze kam so seltsam heraus, distanziert und um Vergebung bettelnd zugleich, daß ich es einfach nicht begreifen konnte. Sie könnte es auch nicht erklären, meinte sie, aber so wäre es nun mal. Ich nahm das widerspruchslos hin, weil ich damals sowieso innerlich darauf trainiert war, abgelehnt zu werden, einfach so, ohne Angabe von Gründen auch nach den großartigsten Liebesschwüren und -beweisen. Hatte ich nicht an Frau Klinger genauso gehandelt? Aber der hatte ich immerhin einen handfesten Grund genannt. Sonja aber ließ mich sitzen ohne einen Grund und stellte sich als großes Rätsel hin. Des Rätsels Lösung war ganz einfach, aber ich war zu naiv und unerfahren, es zu sehen, und Sonja schämte sich, es mir zu sagen: Sie war körperlich am Ende und hatte Angst, im Studium zu versagen und die so mühselig errungene körperliche Selbständigkeit aufs Spiel zu setzen. Das erzählte sie mir aber erst Monate später, nachdem es zwischen uns zum drittenmal gekracht hatte.

Ich zog mich also wie befohlen zurück und litt entsetzlich. Wohlweislich hatte Sonja diesmal nicht gebeten, die Freundschaft solle aber bitte genauso weitergehen wie vorher, und zusätzlich hatte ich das auch strikt von mir gewiesen – zu meinem Schutz und auch, um mich wenigstens ein bißchen für den vernichtenden Schlag zu rächen. Nun mußte Sonja sich nach anderer Hilfe umsehen, und die leisteten hauptsächlich Erika und Judith. Erika studierte sowieso dieselben Fächer wie Sonja, und viele Übungen hatten sie gemeinsam.

2. Oktober 1976

Der Tod. Mariannes Mutter ist gestorben, 46 Jahre alt. Hat sich zu Tode getrunken. Gehbehindert, arbeitslose Arbeiterin, mit einem entstellenden Hautausschlag. Lebte zusammen mit der 78jährigen Oma, die sie versorgte. Ich fühle mich bedroht. Überall ist der Tod. Tritt wohl auch als Erlöser auf, wenn man, wie Mariannes Mutter, bloß noch wie leblos an Schläuchen hängt. Und ein Leben war das auch nicht. »Gibt es ein Leben vor dem Tod?« steht an der Uni, mit dicken schwarzen Buchstaben auf den Beton geschrieben. Im Krankenhaus fühlte ich mich eher von Genesenden als von Sterbenden umgeben. Daß das auch ganz entschieden ein Ort des Sterbens war, mochte ich nicht sehen, und es wird ja auch gekonnt verborgen. Hautklinik – da passiert sowieso nicht viel Schlimmes. Aber in den anderen Abteilungen wurde auch gestorben. Ich rauche und befördere damit meinen Tod. Schmerzen und Schönheit, das ist das Leben. Es war auch schön heute, vorher. Bella hat angerufen – nein umgekehrt, ich sie, und wir waren uns sehr nahe, weil wir offen über ein Problem sprechen konnten, über die Entfremdung voneinander, die wir beide spürten und unter der wir litten, obwohl wir sie auch bejahen – mußten. Wenn man bei unserer Entfernung nicht imstande ist, zur Tagesordnung überzugehen und sich immer nur sehnt, leidet man nur Schmerzen. Wir gestanden uns beide die Entfremdung ein und waren uns dadurch und danach wieder ganz nahe. Statt zu arbeiten, setzte ich mich hinterher hin und rauchte still drei Zigaretten, meine kleine Feier. Gleich darauf kam Mariannes Anruf, tonlos, gefaßt. Ich bin hilflos. Wir sind alle ausgeliefert. Vieles können wir machen, morgen z.B. wird gewählt, aber irgendwann verfaulen oder verfallen oder verunfallen wir, und bevor wir das tun, wird es uns auch noch viele Male vorgemacht; dabei werden wir immer mehr amputiert. Ganze Stücke unseres Lebens werden aus uns herausgerissen. Oder der Tod betrifft uns nicht selbst direkt, aber unsere Freunde. Wir müssen mit ansehen, wie sie leiden, dies Stück Tod durchmachen. Wir sterben ein Stück mit und unsere alte oder noch ganz frische Wunde reißt wieder auf. »Tod wo ist dein Stachel?« Wenn ich es nur glauben könnte. Das Requiem von Brahms ist sehr schön. Das hat auch Sonja behalten, deshalb kann ich jetzt nicht nachsehen, wie der Text da weitergeht.

Mozarts Requiem entdeckte Sonja noch einmal für sich kurz vor ihrem Tod. Wie lange wird mein Körper noch zusammenhalten? Er ist schon mehrfach geflickt, natürlich längst nicht so wie Sonjas, aber weiß ich denn, ob nicht schon irgendwo ein Krebs steckt? Ich rauche dreißig bis vierzig Zigaretten pro Tag seit sechzehn Jahren. Oft denke ich auch, ich schreibe hier mein Vermächtnis. Nachdem Sonja gestorben ist, bin ich die einzige Überlebende, die ihre Geschichte kennt. Irgendjemand nach mir mag sich dann dafür interessieren oder auch nicht. Warum hat wohl Robert Walser geschrieben? Nicht daß ich mich mit ihm vergleiche. Ich lese gerade seinen letzten dahergekritzelten Roman »Der Räuber«, der mir genial und sehr verrückt vorkommt. Er schreibt da so Sachen wie:

Die Farbe dieses Ausstattungsstückes war ein nicht allzu grünes Grün. Dieses Grün müßte sich in Schwarz vorzüglich ausgenommen haben.

Das ist so schön verrückt. Aber ob es für Walser schön war, verrückt zu werden? Ich sitze hier und kaue auf Welträtseln herum (könnte auch von Walser sein). Dabei rauche ich unentwegt. Wie lange etwa noch?

Später, abends. Inzwischen habe ich ferngesehen. Talkshow mit Münchenhagen, Christine Kaufmann und André Heller. Ob wohl viele den Fernseher nett und zustimmend anlächeln so wie ich? Es wurde mir zum erstenmal bewußt, und sicher mach ich das schon immer. Gut, wenn man allein wohnt (ich sage ja nicht *ist*), daß man das Fernsehen hat zum Anlächeln. Fotos im Fotomaton werden immer so blöd, weil man keinen Grund sieht, weshalb man sich selbst etwa anlächeln sollte. Man guckt eben verbiestert, jedenfalls die normalen Leute. Leute, die mit einem gelungenen Foto aus dem Fotomaton kommen, sind vielleicht nicht ganz richtig. Mir jedenfalls fast verdächtig. Ich produziere kokette Meinungen, Statements, wie André Heller. Dabei hab ich nicht ihn zustimmend angelächelt, sondern Christine Kaufmann. Sonja und ich mochten sie nie; dauernd trat sie mit Leidensmiene auf, und spielen kann sie wohl gar nicht. Darüber ist sie sicher traurig, deswegen guckt sie so. Sie ist aber ein ganz sympathischer Mensch. Wahnsinnig (ihr Lieblingswort) ängstlich, und behauptet doch von sich, sie fühle sich jetzt frei, erwachsen usw. In der zweiten Hälfte der Talkshow nahm man keine Notiz mehr von ihr; sie saß bloß da. Eine Zumutung, daß keiner sie ins Gespräch einbezogen hat.

Morgen sind also die Wahlen. Zum zweiten Mal fällt das mit der Olympiade zusammen. Ich denke deswegen daran, weil beide Ereignisse von 72 in meiner Erinnerung so eng mit Sonja verknüpft sind. Jetzt turnen und wählen sie schon wieder, und Sonja ist tot. Alles geht so serienmäßig weiter, und jedesmal tut mir diese Ungerechtigkeit weh. Wie hat Sonja doch damals gegen Brandt gezetert 69, und ich war so froh, daß die Koalition es geschafft hatte. Wir verstanden beide nichts von Politik; ich war nur vage für das soziale Engagement der SPD, und Sonja wählte eben wie ihre Eltern. Sie hätte es damals als Vatermord empfunden, etwas anderes als CDU zu wählen. Die ganze Woche, bis die Koalition endlich stand, durfte ich die Nachrichten nur per Kopfhörer hören, weil Sonja sie nicht ertrug, und sie empfand es als persönliche Beleidigung, daß ich mich über Brandts Sieg freute. Wenn Brandt auf dem Fernsehschirm erschien, bekam sie Wutanfälle; wenn Strauß kam, war sie hingerissen. Ich fand Brandt auch nicht immer geglückt, aber schon aus Ärger über Sonjas kindische Reaktionen blieb ich starr. Diesmal hätte sie wahrscheinlich FDP oder SPD gewählt, und ich darf gar nicht wählen, weil ich in der Schweiz wohne, zehn Minuten von der deutschen Grenze. Zwei Stimmen weniger, mit Mariannes Mutter drei. Vielleicht hat Mariannes Mutter Briefwahl gemacht. Dann wäre tatsächlich der Fall eingetroffen, mit dem ich mich untergründig während dieses Wahlkampfes oft beschäftigt habe: Zählen die Briefwahlstimmen derjenigen, die vor der Wahl sterben, zu Recht? Wenn Hans mir einen Nagel in den Kopf schlägt, gehört der Nagel dann mir? Das Problem haben die Juristen, soviel ich weiß, schon geklärt, und das erste brauchen sie ja nicht zu klären. Es wird Zeit, daß ich zu Bett gehe.

7. Oktober 1976

Ich fühle mich nicht zum Schreiben aufgelegt. Zu kühl innerlich. Aber zum Arbeiten auch nicht. Heute war ich zum erstenmal nach der Operation in der Uni. War ein merkwürdiges Gefühl, nicht zu schwitzen, denn sonst schwitzte ich immer in der Uni. Wo sonst, wenn nicht da? Ich war lange nicht dort und fühlte mich ganz fremd. Ein Gespräch mit Fritz Glaug über Gitarre- und Klavierspielen. Ich mag ihn und mochte ihn auch heute, er ist sehr klein und zierlich. Trotzdem spürte ich hauptsächlich Fremdheit. Herrn Welsch habe ich so lange nicht gesehen, daß ich seinen neuen Vollbart noch gar nicht kannte. Er steht ihm.

Der Habilitationszwang hält mich von meinem Buch ab. Und wohl auch die Tatsache, daß Müller nicht ständig Beifall klatscht. Wie ich das hinschreibe, weiß ich ja, daß er's lesen wird und finde die saloppe Formulierung unfreundlich, uns beiden gegenüber. Er klatscht ja nicht Beifall, sondern sagt nur, daß er es gut und wichtig findet. Ich selbst kann mir das nicht sagen, und so läßt der Antrieb nach. Woher hatte ich nur den Antrieb, meine Diss und die ganzen Aufsätze zu schreiben? Das war auch kein eigener Antrieb, sondern eher die nackte Angst vor noch Schlimmerem.

Mit Sonjas Geschichte war ich im Winter 1966 stehengeblieben, nach unserem zweiten Bruch. Ich lag also wieder elegisch-trostlos in meinem Zimmer und hörte Mozarts g-moll-Streichquintett. Schuberts C-Dur kannte ich da noch nicht, sonst wäre es wohl das gewesen. Um die Zeit las ich in der Zeitung, ein berühmter Hamburger habe sich umgebracht, mit g-moll-Quintett-Begleitung. Das fand ich sehr überzeugend. Zum Umbringen fühlte ich mich allerdings nicht; der Gedanke hatte mich immer geschreckt. Ich ließ Mozart stellvertretend meinen Schmerz ausdrücken, denn ich selbst hatte alle Hände voll damit zu tun, das Gesicht zu wahren: Sonja gegenüber gefaßt und nicht vorwurfsvoll aufzutreten. Immer noch ging ich ab und zu zu Frau Klinger, aber ich weiß nicht mehr, wie das war. Sicher seelisch sehr anstrengend für uns beide. Und Erika fing an, sich um mich zu kümmern. Sonja hatte ihr wohl von dem Desaster erzählt und sie gebeten, sich meiner anzunehmen. Das tat Erika sehr gern. Zunächst einmal machte sie mir jenen Vorwurf, daß ich es ja faustdick hinter den Ohren gehabt hätte bei ihrem ersten Offenbarungsversuch. Und dann: »Ich lasse nicht zu, daß Sonja dich kaputt macht. Du mußt nämlich wissen, daß auch andere dich mögen, sehr sogar. Ich zum Beispiel.« Und sie bot mir praktisch an, es doch lieber mit ihr zu versuchen. Mir war aber gar nicht danach zumute; ich sehnte mich doch nur nach Sonjas Leidenschaftlichkeit. Erika war so zärtlich, liebevoll und aufmerksam, wie man nur sein kann, auch nie wirklich aufdringlich, wollte eigentlich nur unbedingt mich vor weiteren Wunden beschützen. Aber ich fand es irgendwie absurd, von Erika beschützt zu werden. Ich fühlte mich viel älter, reifer und erfahrener als sie, und was sie da machte, war Kinderkram in meinen Augen. Ihre kleinen Liebesbriefchen, unter die Tür geschoben, während ich schon oder noch schlief, fand ich routiniert, süßlich und peinlich. Wie vorgefertigt. In diese Zeit fiel auch ihr Geburtstag. Natürlich waren Sonja und ich gemeinsam eingeladen, mit noch ein paar anderen. Ich sehnte mich so heftig nach Sonja, und um sie nicht immer ansehen zu müssen, spielte ich den Clown und kroch unter den Tisch, bewaffnet mit einer Blumenvase voll von dem häßlichen Wein, den wir damals tranken. Ich überspielte meine angespannten Nerven und meinen Kummer mit verkrampfter Lustigkeit, aber das kam anscheinend an. Erika erzählt diese Geschichte heute noch gern, natürlich ohne die Implikationen. Nur so: was ich für ein uriger Vogel bin.

Ein paar Tage später gingen wir auch so halb ins Bett. Sehr zärtlich und sehr angezogen. Ich dachte dabei immer nur an Sonja. Wie Erika mich küßte, das bewegte gar nichts in mir. Ich fühlte mich wie von einem kleinen Teddybär geliebt, aber ich wollte eine wilde und leidenschaftliche Frau. Ich sagte das sogar Erika, so offen es eben ging, und sie meinte, sie könne schon anders, aber sie wolle mich nicht verführen. Ich müßte erst ganz von Sonja loskommen. Sie könne sich sehr gut vorstellen, daß Sonja wieder schwach werden würde, und da brauchte ich ein Gegengewicht, um standhaft bleiben zu können. Schon, irgendwie fand ich das sogar vernünftig und sagte auch ehrlich, ich würde mich im Ernstfall bestimmt bemühen. Der Ernstfall trat auch bald ein, und wen hatte Sonja als Botin gewählt, weil sie selbst sich nicht mehr getraute? Erika. Denn Sonja hatte offenbar von der Romanze zwischen Erika und mir nichts mitbekommen, obwohl wir einige Male auch zu dritt waren. Erika kommt also zu mir und spricht von dem »härtesten Job ihres Lebens«. Sonja hätte mal wieder festgestellt, daß sie es ohne mich nicht aushalten könne, und sie, Erika, hätte den Auftrag, mir das mitzuteilen. Was sie hiermit täte. Ich habe sie wohl kaum ausreden lassen, mich nur knapp entschuldigt, daß ich eben ein ganz schwacher Mensch sei, aber ich könnte nicht anders. Erika war sehr fair.

Ich ging also zu Sonja. Sie hatte ihren dicken eisblauen Winterpullover an. Ich setzte mich ihr gegenüber auf das Sofa. Ein paar stockende, sehr beschämte Worte von ihr, und dann glitt sie mir auch schon entgegen, ließ sich praktisch fallen und von mir auffangen und überschüttete mich mit wilden und verzehrenden Zärtlichkeiten. Ihre Hingabe war so total, wie sie es immer schon gewesen war. Ich hatte keinen Grund, an ihren Gefühlen zu zweifeln. Die zwei Brüche, die sie inszeniert hatte, nahm ich als unbegreifliche Ungereimtheiten hin. Ich rechnete nicht damit, daß es sich etwa noch einmal wiederholen könnte.

Unsere endlich wiedergefundene Bindung wurde jetzt noch enger; wir wichen praktisch Tag und Nacht nicht mehr voneinander. Weihnachten kam näher und Sonjas Geburtstag. Zur Versöhnung hatte ich Sonja meinen Proust geschenkt; jetzt bekam sie einen großen Beardsley-Band, der damals gerade rausgekommen war, für 74 DM, das war ein Drittel meines damaligen Stipendiums. Worauf Sonja mir zu Weihnachten und zum Geburtstag die h-moll-Messe schenkte, damals meine Lieblingsmusik und heute auch noch. Nur gibt es inzwischen noch einiges auf derselben Stufe, viel Schumann und Schubert. Die h-moll-Messe hat Sonja gewonnen bei der Verlosung 1973, und jetzt hat ihre Mutter sie. Den Beardsley hat Frau Sanders sich auch unter den Nagel gerissen, wie überhaupt alle Kunstbände, die Sonja und ich uns angeschafft hatten. Zu Weihnachten häkelte ich Sonja einen langen dunkelblauen Schal, den ihre Mutter über Weihnachten noch mit lila Fransen verschönerte. Sonja war sehr stolz auf das Stück, und es kleidete sie auch phantastisch, zu ihrem rotgoldblonden Haar. Sonja hat den Schal bald irgendwo verloren und war lange traurig darüber. Immer wollte ich ihr einen neuen häkeln, aber irgendwie kam es nicht dazu. Statt dessen hat Erika einen bekommen, und ich glaube, den hat sie heute noch.

Einmal kam mein Bruder zu Besuch und schenkte mir eine Gitarrenplatte, Händel-, Marcello- und Albinoni-Bearbeitungen. Das Adagio von Albinoni, für das Irene so schwärmte. Ich fand noch viel schöner den Marcello, Bearbeitung des langsamen Satzes aus dem Oboenkonzert. Mein Bruder war Theologe (jetzt ist er Bauer in Griechenland) und kam damals ein paarmal, um mir verschiedene Möbel zu bauen, für meine ganze Musikapparatur, die sonst nicht in das kleine Zimmerchen gepaßt hätte. Sonja hatte ich viel von ihm erzählt. Ich verehrte ihn sehr und fand ihn menschlich vollkommen, fast wie den Heiland, selbstlos und gütig und zart. Er begleitete Sonja und mich zu einem Einkaufsbummel. Wir gerieten in einen Bilderladen am Gänsemarkt, wo Sonja und ich uns natürlich wieder für dieselben Lichtdrucke begeisterten, Morandi und Chardin. Ich behielt mein Geld zusammen, und Sonja kaufte beides und schenkte mir den Chardin. Damals hatten wir noch nicht gemeinsame Kasse. Mein Bruder machte mir hinterher leise Vorwürfe. Ich wüßte doch, daß Sonja praktisch kein Geld hätte, und ich hätte mich nicht so für den Chardin begeistern dürfen. Ob ich nicht gemerkt hätte, daß ich Sonja zu diesem Geschenk ja fast gezwungen hätte – so hart drückte er sich aber nicht aus. Doch, ich hatte es wahrscheinlich gemerkt, war aber nicht so selbstlos wie er. Ich genoß es, von Sonja über ihre Verhältnisse beschenkt zu werden, als Ausdruck einer spontanen verschwenderischen Liebe. In dieser Zeit wurde schon der Grundstein gelegt für später immer wahnwitzigere Geschenke, die wir uns gegenseitig machten, als »Beweis« für unsere unerschöpfliche Liebe, die die finanzielle Realität einfach ignorierte.

Mein Bruder schenkte uns beiden bei demselben Bummel je einen Keramikbecher. Kaum waren wir allein, sagte Sonja: »Wie häßlich diese Becher sind!« Ich fand das auch, aber es tat mir weh um meinen Bruder, denn er hatte es sehr lieb gemeint. Er hatte solche Becher auf unserem Frühstückstisch gesehen und wußte ja nicht, daß das nur die üblichen Sachen waren, die man im Studentenheim so erbt, wenn jemand auszieht und nicht allen Krempel mitnehmen will. Wußte nicht, daß wir die Dinger potthäßlich fanden. Und hatte gar nichts gemerkt von unserem hohen Anspruchsniveau, obwohl er es doch hätte merken müssen, als wir gemeinsam die Bilder betrachteten, fand ich. Ein liebenswerter edler Banause – das war so etwa Sonjas Urteil über meinen geliebten Bruder. Einerseits verletzte es mich, andererseits hob es ja wieder meinen und ihren einsamen Rang hervor.

24. Oktober 1976

Seit elf Tagen bin ich in Kopenhagen bei Bella. Heute nacht habe ich von Sonja geträumt. Ich verlangte dringend nach einem Dokument von ihr, mit dem ich weiterleben könnte. Ich wußte, daß ihr Besuch in meiner Welt zeitlich begrenzt war. Zuerst versprach sie, mir einen Brief aus ihrer Welt zu schreiben, dann fanden wir ein Interview mit Tonband praktischer. Ich befragte sie vor allem über die Nacht an der Elbe, wahrscheinlich weil ich chronologisch vorgehen wollte. Was Sonja sagte, habe ich vergessen, weiß nur, daß es nicht ganz schlimm klang. Und noch etwas sehr Wichtiges für mich: insgesamt gehe es ihr eigentlich gut. Meine Gefühle waren stark und überströmend. Endlich hatte ich sie wiedergefunden, wie ein unerwartetes Geschenk. Wir gestanden uns gegenseitig, daß wir füreinander die einzige große Liebe unseres Lebens wären. Noch während ich es sagte, bekam ich ein unsicheres Gefühl: Stimmt das eigentlich, und darf ich es sagen? Aber ich war dann doch im Traum ganz sicher, daß es stimmte.

Und meine Gefühle für Bella? Verschenke ich das Leben so einfach für eine Tote? Sonja stört meine Beziehung zu Bella. Ich steige zum Beispiel aus dem Auto und schlage bums die Tür zu, gleich fällt mir Sonja ein, die mir mühsam beibrachte, die Tür eben nicht so kräftig zuzuschlagen. Bei unserem Abschied, als Sonja mich zum Bahnhof fuhr am 21. Januar 76, besann ich mich sogar automatisch wieder darauf, obwohl wir doch schon zweieinhalb Jahre getrennt lebten. Ich war also bewußt rücksichtsvoll, und wir lächelten uns an – ein Stück Gemeinsamkeit, das ich weiter, sozusagen funktionslos, mit mir herumschleppte und -schleppe. Wenn ich jetzt Bellas Autotür zuschlage, bin ich mal laut, mal behutsam. Jedesmal aber denke ich an Sonja und bin dann weit weg von Bella.

Oder ich bin im Begriff, meine Zigarette mal wieder auf dem Waschbeckenrand liegenzulassen – eine Unsitte, die Sonja mir ebenfalls mühsam abgewöhnt hat. Sie mußte sich nämlich, um aufs Klo zu kommen, am Waschbecken abstützen, und wie oft hat sie nicht dabei in meinen klebrigen bräunlichen Zigarettenrest gegriffen. Wenn ich mich jetzt dabei ertappe, wische ich das Braune sorgfältig weg. Meist aber kommt es gar nicht dazu. –

Funktionslose eingeschliffene Rücksichtnahme ist eine besonders schmerzhafte Art von Verfolgung, habe ich festgestellt.

Dieses Waschbecken war mit der Zeit vom dauernden Aufstützen so wackelig geworden, daß ich beständig Angst hatte, es würde einer von uns doch noch einmal auf die Füße fallen. Überhaupt hatte ich oftmals Angst, ich könnte ebenfalls invalide werden, oder Sonja womöglich noch invalider. Letztere Angst ist mir genommen, dafür ist das andere Gefühl der Bedrohung gewachsen. Und ich denke: Wie unpraktisch, wenn dich jetzt dies Auto da umfährt und du wirst auch querschnittgelähmt, dann sitzt du damit ganz allein da, und sonst hätten wir uns vielleicht irgendwie gemeinsam durchgewurstelt. Oder Sonja hätte die Genugtuung gehabt, mit einem Menschen zusammenzuleben, der wirklich nachempfinden konnte, was sie täglich als normales Elend durchstand.

Ich war im Dezember 1966 stehengeblieben. Zehn Jahre ist das jetzt her. Sonja und ich haben zusammen allen möglichen Unsinn verzapft, nächtelang Limericks gedichtet, Collagen gemacht und das Klo mit unpassenden Sprüchen verziert, z.B. dem Hinweis »Für Einmalgebrauch« neben der Klopapierrolle. Sonjas schönste Leistung war der Kopf der Mona Lisa, auf eine Barlachfigur (»Singender Mann«) verpflanzt. Diese Collage prangte an ihrer Tür; später geriet sie in die Sammelmappe unserer gemeinsamen Werke und in Vergessenheit. Bei der großen Aufräumungsaktion im Herbst 1975 entdeckte Sonja das Werk wieder und klebte es an ihre Klotür gegenüber dem Eingang. Da hing es, als ich sie im Januar besuchte, und ich freute mich so, es wiederzusehen. Jetzt ist es verschwunden. Sonjas Mutter wird auch das in den Müll geschmissen haben.

Während ich meine Schals häkelte, machte Sonja Weihnachtsgeschenke aus Peddigrohr, wie sie es in der Beschäftigungstherapie im Wuppertaler Krankenhaus gelernt hatte. Aus der Zeit stammte auch ihr blaues Sparschwein in Form einer Kuh ohne Beine, von ihr selbst aus Ton gefertigt und heißgeliebt. Sie drohte, untröstlich werden zu wollen, wenn dem Tier etwas geschehen sollte. Jahrelang stand es dann in der Rutschbahnwohnung auf der Fensterbank neben dem Kaktus. Wo ist es jetzt? Ich war bei der Auflösung der Wohnung nicht dabei. Aber die meisten dieser persönlichen Dinge sind im Müll gelandet.

Peddigrohrarbeiten hat Sonja nach dieser Vorweihnachtszeit 66 nicht mehr gemacht, ich glaube, weil ich sie doof fand. Sie erinnerten mich an meine eigene, widerwillig durchgestandene Peddigrohrzeit in der Schule, und ich hatte wohl nur ein überlegenes Lächeln dafür.

Zum Geburtstag am 12. Dezember bekam Sonja von ihrer Mutter einen Marmorkuchen, den sie nicht mochte und den wir infolgedessen Mutterkuchen nannten. Daraufhin schmeckte er uns erst recht nicht mehr.

Sonja hatte sich aus England ein schwarzes chinesisches Kleid mitgebracht, ärmellos, mit goldenen Schriftzeichen bedruckt und sehr eng. Sie wünschte, daß ich es anziehen sollte, um damit auf der Vollversammlung des Studentenheims aufzutreten. Ich weigerte mich, weil ich mich darin unsicher fühlte. Zwar brachte es meine Figur gut zur Geltung (und deswegen bestand Sonja auch so hartnäckig darauf), aber ich hatte nie etwas derartig Ausgefallenes getragen und wollte lieber weiterhin unscheinbar bleiben. Sonja insistierte: Wenn ich doch wüßte, wie sehr sie mich in diesem Kleid lieben würde die ganze Zeit – wie könnte ich mich da nur unsicher fühlen! Die ganze andere Bagage ginge uns doch einen Scheißdreck an. Sie wollte es unbedingt durchsetzen, einmal um mich zu einer »positiven Erfahrung meiner Schönheit« zu zwingen, dann außerdem als Mutprobe und Liebesbeweis für sie. Ich weiß nicht mehr, wie ich mich schließlich entschieden habe. Wahrscheinlich aber hat meine Unsicherheit und nicht Sonjas Begeisterung gesiegt. Später versuchte sie auf weniger rigorose Weise, mich sicherer zu machen, und das zeitigte auch bessere Erfolge.

Ich wiederum zeigte eine Art missionarischen Eifer auf anderem Gebiet. Immer noch sprach sie oft davon, sie werde sich auf jeden Fall umbringen, sobald sie es verantworten könne, nämlich wenn ihre Eltern gestorben wären. Solche Aussagen fand ich sowohl an sich entsetzlich als auch beleidigend für mich. Sonjas Mutter pflegte später ähnliches über sich zu sagen, als ihr Mann gestorben war: »Wenn ich Klärchen (den Hund) nicht hätte, würde ich mich umbringen.« Daß es da außerdem noch ihre gelähmte Tochter gab, schien sie vergessen zu haben. Ich wünschte mir sehr, daß Sonja durch mich wieder mehr Zuversicht und Freude am Leben entwickeln würde. Als sie dann einmal sagte, sie dächte inzwischen schon weniger häufig und weniger sehnsüchtig an den Selbstmord, empfand ich das als großes Geschenk.

Sonjas Konflikt zwischen Haß auf ihre Mutter und tiefen Schuldgefühlen ihren Eltern gegenüber wurde immer schärfer, je näher das Weihnachtsfest rückte. Eines Abends betrank sie sich sinnlos und erbrach sich über ihren Schreibtisch, irre lachend. Ich war angeekelt und wütend darüber, daß ich das Erbrochene wegmachen mußte. So hatte ich Sonja nie gesehen, und es erschreckte mich. In der Nacht bevor sie nach Hause fahren mußte, um zur Weihnachtsfeier anzutreten, schrie und randalierte sie in so unbeherrschter Weise, »Ich will nicht! Ich bringe mich um!«, daß das ganze Heim es hören konnte und in Aufruhr geriet. Es war mir gräßlich peinlich. Ihre Gefühle verstand ich, aber ihre Art, sie rauszukotzen, war mir in der Seele fremd und zuwider. Heute hätte ich natürlich zu ihr gesagt: »Wenn du nicht nach Hause willst, dann laß es doch einfach. Niemand kann dich dazu zwingen.« Aber auf so eine ungehorsame Idee kam ich erst gar nicht. Auch für mich war Weihnachten ganz selbstverständlich das Familienfest, und »Familie«, das war nicht etwa Sonja und ich, sondern ihre Familie und meine. Ein lesbisches Paar ist keine Familie. Zehn weitere Jahre habe ich tatsächlich gebraucht, um mich selbst und meine Partnerin ernster zu nehmen. Das kommende Weihnachtsfest ist das erste, das ich nicht im Kreise der Familie, d.h. bei meinen Eltern, verbringe. Sonja hat nur ihr letztes Weihnachtsfest fern von zu Hause verbracht, dafür aber auch ganz allein. Ich war zu der Zeit wieder bei meinen Eltern und anschließend in Kopenhagen bei Bella. Ich meinte, eigentlich wäre mein Platz jetzt bei Sonja, ich dürfte sie nicht so allein sitzenlassen. Wieder das Schwanken zwischen Bella und Sonja. Bella wartete auf mich und freute sich auf die gemeinsame Zeit, und ich auch. Aber das alles ist zehn Jahre vorausgegriffen. Wir sind beim Weihnachtsfest 1966.

Sonja sagte, sie könne die ständige Reglementierung und Bevormundung und kleinliche Dummheit ihrer Mutter nur ertragen, wenn sie ab und zu einen Schluck Alkohol nehme. Ihre Mutter passe aber auf den eigenen Alkohol im Schrank auf wie ein Schießhund. Ich weiß nicht mehr, auf welchen Trick wir verfielen, aber jedenfalls bekam Sonja ihren Alkohol. Ich half ihr beim Ausdenken und Organisieren und fand das damals vollkommen in Ordnung. Jeder Weg, die Herrschaft der Mutter zu unterlaufen, schien mir richtig. Später sollte ich diejenige sein, die Sonja den Alkohol auszureden und manchmal sogar zu verbieten versuchte. Wenn ich das hier so aufschreibe, kann ich mich krankärgern darüber, wie unerwachsen und unfrei wir beide gehandelt haben. Immerhin war Sonja vierundzwanzig Jahre alt. Durch den Rollstuhl war sie aber in vieler Hinsicht faktisch abhängig, wie ein Kind, und für die Mutter war sie sowieso nie etwas anderes gewesen als ein widerspenstiges Kind, das, wenn nötig, zu seinem Glück gezwungen werden mußte.

Sonjas Protest gegen ihre Mutter war immer ein kindlicher, aufsässiger, unangemessener, bis auf dies letzte Weihnachtsfest. Die Mutter hatte ihr keinen Raum gelassen, erwachsen zu werden, und ich war ihr dabei auch keine große Hilfe, unfrei und ängstlich wie ich selbst war in vielen Dingen.

Während der Weihnachtszeit schrieb ich Sonja sozusagen pausenlos glühende Liebesbriefe. Ich saß oben in der Dachkammer meines Bruders und gab vor, schwer zu arbeiten für ein Referat. Die Bücher lagen auch immer neben mir bereit, falls plötzlich jemand eintrat. Meine Familie nahm ich kaum wahr; jede Stunde dieser Trennung empfand ich als quälend. In den Briefen steigerte ich meine Gefühle in eine unwirkliche Intensität. Sonjas Antwortbriefe waren in ähnlichem Ton gehalten, nur kamen sie etwas seltener. Ich litt darunter, verstand es aber, weil Sonja ja in ihrer Familie viel weniger frei war als ich.

Am Neujahrsmorgen holte mich Sonja von Mülheim aus mit ihrem Wagen ab. Ich war noch müde und unausgeschlafen von der Silvesterfeier. Bei Sanders' dagegen gab es zu Silvester meist eine Flasche Pikkolosekt für die drei, wenn man nicht überhaupt schon vor Mitternacht zu Bett ging. Dazu die traditionelle Heulszene der Mutter: »Wer weiß, ob wir das nächste Mal alle noch so schön beisammen sein werden!« Damit wollte sie andeuten, daß der Tod sie wohl balde dahinraffen werde. Nun sitzt sie da und lebt immer noch, als einzige der Runde.

Ich setzte mich also müde und verschlafen zu Sonja in den Wagen, und wir fuhren über die noch leere Autobahn nach Hamburg. Es war ein bißchen neblig und eher warm. Sonja hatte meinen Schal um sich geschlungen, und ich bewunderte die Fransen ehrlich aber widerwillig, da sie ja von ihrer Mutter stammten. Sonja war die ganze Zeit über sehr merkwürdig verschlossen und auf distanzierte Weise freundlich. Ich erkannte sie kaum wieder. Ich schob das zunächst auf ihre wahnsinnige Erkältung und auf die Schreckenszeit, die sie zu Hause mal wieder durchgestanden haben mochte. Überdies hatte ich selbst Schwierigkeiten, aus der Siedehitze meiner und ihrer Briefe in die Realität hinüberzufinden. So kamen wir denn wohlbehalten, aber an- und abgespannt in Hamburg an. Ich half Sonja nach oben, räumte den Wagen aus und packte alles in die Schränke. Als ich sie endlich umarmen wollte, wehrte sie ab. Sie müsse ernsthaft mit mir sprechen.

Und sie gestand mir in fremdem Ton, sehr künstlich, sie hätte sich in meinen Bruder verliebt. Gleich beim ersten Mal, als sie ihn damals gesehen habe. Ich verstand die Welt nicht mehr. Sonja und mein Bruder, ausgerechnet? Wenn Sonja mich geliebt hatte, wie konnte sie dann auf meinen Bruder verfallen? Wir waren doch so völlig verschieden. Sicher, er war der bessere Mensch – dafür fand ich mich intellektuell überlegen und unbedingt anziehender für jemanden wie Sonja. Aber was blieb mir übrig, als es hinzunehmen, da Sonja es nun einmal steif und fest behauptete? Ich war in der schwierigen Lage, meinen Nebenbuhler auch noch sehr lieb zu haben. Immer hatte ich mir für ihn einen Menschen gewünscht, der ihn liebte und den er lieben konnte. Ich zweifelte nicht daran, daß er Sonjas Gefühle erwidern würde, wenn er erstmal von seinem Glück erführe. Er war ähnlich arm dran wie ich es auch lange gewesen war: praktisch jedem Menschen verfallen, der nur ein bißchen Wärme und Interesse zeigte. Sonja untersagte mir aber, Ralf von dieser neuen Wendung zu erzählen. Ich tat es trotzdem, in einer langen Nacht im Januar 67.

25. Oktober 1976, Montag

Jetzt schreibe ich schon seit zwei Monaten an dem Buch. Die Abstände werden größer.

Noch so eine Rücksichtnahme, diesmal aber nicht funktionslos: Ich habe starken Haarausfall und muß mich eigentlich fortgesetzt damit beschäftigen, mir die Haare von meinen Kleidungsstücken abzusuchen. Früher warf ich sie einfach achtlos auf den Fußboden, bis Sonja mich darauf aufmerksam machte, daß die Haare sich in den Naben der kleinen Vorderräder ihres Rollstuhls festsetzten und daß sie überhaupt immer die Räder voller Haare hätte, was sie störend fände. Das war in der Rutschbahnwohnung. Aber auch nach dieser Ermahnung, wenn ich die Haare sorgfältig aus dem Fenster oder in die Mülltüte warf, las sie mit ihren Rädern noch so viele Haare und anderen Dreck vom Fußboden auf, daß ich die Naben regelmäßig von den Verfilzungen reinigen mußte. Zuerst puhlte und zerrte ich lange ohne nennenswerten Erfolg, bis ich auf die Idee kam, den ganzen Wust mit einem Feuerzeug wegzubrennen. Nach Sonjas Tod ging unser Staubsauger wieder an mich zurück. Als ich ihn zusammensetzte, um ihn wieder in Betrieb zu nehmen, sah ich die haarigen Verfilzungen an den kleinen Rädchen, auf denen die Saugbürste über den Boden gleitet. Das waren nun nicht meine Haare, sondern Sonjas. Da stand ich mit dem Staubsauger und weinte.

Sonja achtete sehr auf ihr Äußeres, natürlich auch auf ihre Haare, und auf ihre Zähne. Sie war stolz darauf, daß sie so selten zum Zahnarzt mußte, im Gegensatz zu mir. Mich ermahnte sie regelmäßig, besser auf meine Zähne zu achten, damit ich nicht vorzeitig mit einem künstlichen Gebiß dasäße – das wäre so ein unangenehmes fremdes Gefühl im Mund. Ich blieb trotzdem eher nachlässig und habe seit dem vergangenen Jahr vier Jacketkronen auf den Schneidezähnen. Was hat all die sorgfältige Pflege genutzt, habe ich mich bitter gefragt, wenn sie sich schließlich als Ganzes wegwarf? Sonja haßte und liebte ihren Körper, genau wie das Leben, und wie mich.

Ich erzählte also meinem Bruder, daß Sonja sich in ihn verliebt hätte, und die ganze übrige Geschichte dazu – er wußte bis dahin nicht, daß ich lesbisch bin. Wir brauchten eine ganze Nacht für dieses Gespräch. Dazu immer wieder seine Gitarrenplatte im Hintergrund und Ströme von dickem schwarzem Tee. Er war sehr lieb und sehr schweigsam; geredet habe ich hauptsächlich. Ich fühlte mich kreuzelend und psychisch durch den Wolf gedreht. Irgendwann am nächsten Nachmittag ging er dann in Sonjas Zimmer. Nach zwei Stunden kamen beide als glückstrahlendes Paar zu mir; wir hörten Händel und tranken Tee. Sonja lächelte selig, so schien es mir, und wieder konnte ich es einfach nicht begreifen. Sie gehörte doch zu mir und nicht zu meinem Bruder, der da so zufrieden und gleichzeitig teilnahmsvoll in der Ecke saß und Sonja so zärtlich anzusehen wagte. Ich war so empört und verletzt wie nie zuvor und meinte doch, mich für die beiden freuen zu müssen. Ich fand meinen Bruder fast unanständig, wie er sich so einfach, fast wie auf Befehl, in eine Frau verlieben konnte, die ihm vorher gar nichts besonderes bedeutet hatte. Von nun an übernahm er wie selbstverständlich Sonjas »Wartung«, trug sie über Stock und Stein (ich mußte ja zugeben, daß er das besser konnte als ich) und umsorgte sie auf liebevolle aber unbeholfene Weise. Wenn er sich dann bei Dingen, die ich inzwischen schon besser konnte, ungeschickt anstellte, wurde ich fast rasend, rührte aber entsagungsvoll keinen Finger und sah lieber weg. Sonja ließ alles geduldig mit sich geschehen. Viele intimere Dinge waren aber doch eher »Frauensache«, und es verwirrte mich sehr, daß Sonja diese Dinge jetzt viel mehr betonte als zuvor. Oft mußte ich sie aufs Klo begleiten, wenn sie etwa abends sagte, sie fühle sich körperlich zu schwach und unsicher, um allein zu stehen. Dann schlang sie auf dem Klo wieder die Arme um mich und sah mich dabei an in einer Weise, daß mir schwindlig wurde vor Verlangen. Statt Sonja wegen ihres zweideutigen Spiels mit uns beiden zur Rede zu stellen, genoß ich einfach die Brosamen, die ich noch bekam und fragte nicht weiter, verhielt mich aber völlig passiv, auch weil ich meinen Bruder nicht hintergehen wollte, denn ich nahm seine Liebe sehr ernst, auf welch obskure Weise sie auch immer zustande gekommen sein mochte.

Im Januar und Februar kam Ralf so oft er konnte von Münster, wo er studierte, nach Hamburg. In der Zwischenzeit schrieben die beiden sich Briefe, die Sonja mir zu lesen gab, sowohl ihre eigenen als auch Ralfs. Auch diese Aufforderung zur Indiskretion wies ich nicht zurück; vielmehr genoß ich schuldbewußt das Gefühl, Sonjas eigentliche Vertraute zu sein. Ralfs Briefe waren viel zarter, unausgesprochener, irgendwie abstrakter als meine es jemals gewesen waren. Ich konnte mich nur wundern, daß diese sparsame Kost Sonja genügte nach den Üppigkeiten, mit denen wir beide uns zuvor verwöhnt und betäubt hatten. Aber sie schien gerade das zu genießen. Auf meine Freundschaft wollte sie aber auf keinen Fall verzichten. Alles sollte nach ihrer Vorstellung so laufen wie bisher, bloß für das Bett war ich nicht mehr zuständig. Ob mein Bruder es jemals wurde, weiß ich nicht. Jedenfalls wollte er mir auch nicht wehtun und wünschte sich, daß sich meine verletzte Liebe in eine ruhige Freundschaft umwandeln könnte. Er hatte schon Heiratspläne und war sogar fast bereit, seine damalige Berufsvorstellung um Sonjas willen aufzugeben. Ursprünglich wollte er nämlich als Missionar in den Urwald gehen. Damals war dieser Plan fast wie ein Gelübde für ihn. Er war in einem schweren Konflikt, rang sich aber schließlich dazu durch, daß er ja auch Pastor werden könnte. Ein Rollstuhl im Urwald – das würde wohl nicht gehen. Es kam aber nicht dazu, daß diese Zukunftspläne sich noch weiter konkretisierten. Sonja stellte sich zu allem merkwürdig passiv und unentschieden. Oft kam sie hilfe- und ratsuchend zu mir: »Dein Bruder ist so komisch. Was meint er wohl hiermit?« und ich sollte ihr sein Verhalten oder eine Briefstelle erklären. Sie demonstrierte mir auf jede erdenkliche Weise, daß er ihr eigentlich sehr fremd war und daß wir beide viel besser zusammen paßten. Im Laufe der Zeit nahmen diese Beratungsstunden fast die Form an »Wie werden wir den Störenfried bloß wieder los?« Obwohl Sonjas Skrupellosigkeit meinem Bruder gegenüber mich maßlos irritierte und auch wütend machte, war ich doch zu sehr verliebt, als daß ich diese indirekten Angebote hätte ausschlagen können. Ralf ahnte nichts von der Entwicklung, die hinter seinem Rücken vor sich ging.

Hatte ich mein Studium schon während der ersten Hälfte des Wintersemesters sträflich vernachlässigt, so fiel es jetzt vollständig flach. Die einzige Tätigkeit, an die ich mich erinnern kann, ist Russischlernen mit Sonja – wahrhaftig für *mein* Studium völlig überflüssig. Sonja plagte sich außerdem mit einem Referat über Austins »How to do things with words« ab. Sie sollte auf fünf Seiten die Behandlung der Performativa darstellen. Zur Sprachphilosophie hatte *ich* sie überredet (ich hatte ja keine Ahnung, daß man ihr gleich mit Austin kommen würde), also fühlte ich mich für das Gelingen der Arbeit auch irgendwie verantwortlich. Sonja mühte sich eine Weile redlich ab und kam dann hilfesuchend zu mir. Ich hatte wegen eines Zeitungs-Artikels über Wittgenstein im Heim einen unbegründeten Ruf als »Sprachphilosophin« – aber von Austin verstand ich genauso wenig wie Sonja. Ihre Bitte um Hilfe zwang mich nun zur Aufgabe meiner resignierten Lethargie. Ich arbeitete mich sehr mühsam durch den schwierigen Text hindurch und schrieb Sonja das ganze Referat, für das sie dann eine 2+ bekam. Sie schilderte mir stolz und beschämt, wie zuvorkommend sie daraufhin plötzlich von dem Assistenten behandelt worden sei. Für mich war dieses Referat der Durchbruch zu einem wirklichen Verständnis der Sprachphilosphie, für Sonja war es der Anfang vom Ende jeder eigenständigen wissenschaftlichen Arbeit. Mit der Zeit wurde ich für sie zur lähmenden Autorität, die sowieso in allem besser war und auf die man sich im Notfall immer verlassen konnte. Das Verhängnis, das damals schon angelegt wurde, erkenne ich natürlich erst heute in seiner ganzen Tragweite. Damals hatte ich nur das aufrichtige Gefühl, ich müßte Sonja aus einer Patsche helfen, in die sie nur aufgrund der unsinnig überzogenen Anforderungen schuldlos hineingeraten war.

Im übrigen war ich damit beschäftigt, heimlich abzunehmen, teils um für Sonja besser auszusehen, teils um moralischen Druck auf sie auszuüben: »Sieh dir an, was für ein körperliches Wrack du aus mir gemacht hast! Der Liebeskummer nagt dermaßen an mir, daß ich immer mehr an Gewicht verliere!« In Wirklichkeit aß ich sehr gezielt Schlankheitsplätzchen und -breichen und ansonsten so wenig wie möglich. Ich nahm in vier Monaten dreißig Pfund ab. Meine Freunde und Bekannten begannen sich ernsthaft Sorgen um mich zu machen, und die erwünschte Wirkung auf Sonja blieb auch nicht aus: Einerseits fand sie mich schöner und anziehender so (vorher war ich tatsächlich ein schwerfälliges Pummelchen), und außerdem war sie beeindruckt, wie sehr meine unglückliche Liebe zu ihr mich offensichtlich von Tag zu Tag mehr reduzierte. Ich klagte still und ergeben über gänzliche Appetitlosigkeit und einen revoltierenden Magen, dabei hatte ich einen ganz gesunden Appetit. Ich fand aber das allgemeine Mitgefühl, das ich auf diese unlautere Weise erregte, vollkommen »verdient«, denn von *dem* Schmerz, der mich wirklich halb wahnsinnig machte, konnte ich ja kaum jemandem erzählen.

Nachdem Sonja mir zum drittenmal den Laufpaß gegeben hatte,

war ich psychisch so durcheinander und schlief so schlecht, daß ich zweimal hintereinander Frau Klinger versetzte, die mich immer noch regelmäßig zum Frühstück erwartete, etwa einmal pro Woche. Sie hatte sich ja wie gesagt zunächst zu einer großzügigen und abwartenden Haltung durchgerungen. Nun aber kam ich gar nicht mehr dazu, ihr die neuesten Entwicklungen mitzuteilen. Ihre Geduld war – wie mir schien, ganz plötzlich – zu Ende, und sie machte mir jene Szene, die ich bereits geschildert habe. Der lächerliche Anlaß war tatsächlich meine Verspätung zum Frühstück und die Tatsache, daß ich sie beim Frühstück davor versetzt hatte. Sie glaubte wahrscheinlich, Sonja und ich hätten die ganze Nacht herumgehurt und ich löge sie nur noch an. Meine gegenteiligen Erklärungen akzeptierte sie nun auf einmal nicht mehr. So hatte ich zu der Zeit nicht nur Sonja verloren, sondern auch sie. Und wie oft wäre ich damals gerne zu ihr geflüchtet, einfach um getröstet und verstanden und ein bißchen liebgehabt zu werden. Aber es war endgültig vorbei.

Irgendwann im Februar fuhr ich nach Hause, tief verstört und zum Skelett abgemagert, wie meine Mutter fand. Sie drang inständig in mich, ich solle ihr doch meinen Kummer anvertrauen, egal was es sei. Ich hatte seit zehn Jahren keine Träne mehr vergossen, und nun legte ich plötzlich los, brach – in meinen Grenzen – regelrecht zusammen. Meine Mutter war sehr besorgt um mich, weil sie mich noch nie so aufgelöst erlebt hatte. Ihr warmes Mitgefühl und ihre Sorge machten mich schließlich weich, und wider besseres Wissen »gestand« ich ihr alles. Sie war vermutlich auf ein uneheliches Kind gefaßt gewesen und insgeheim schon bereit, mir sogar eine solche Ungeheuerlichkeit zu vergeben – aber diese schreckliche Wahrheit überstieg ihre Kapazitäten an Toleranz und Verständnis, und dabei ist es bis heute geblieben.

Mitte März, ich weiß nicht mehr genau bei welcher Gelegenheit – doch, ich hatte mich gerade wieder beim Psychoanalytiker angemeldet, es war frühmorgens, und ich war auf dem Sprung zu ihm – zerplatzte dieser ganze böse Traum. Sonja erklärte mir, ich brauchte nicht zum Analytiker zu gehen. Ob ich denn immer noch nicht gemerkt hätte, daß sie nur mich liebe? Die Liebe zu meinem Bruder hätte sie doch bloß erfunden. Um mir nicht so weh zu tun und mich nicht zu verlieren. Sie hätte doch gewußt, wie sehr ich an meinem Bruder hinge. Und die Beziehung zwischen uns beiden sei ihr damals zu Weihnachten in Mülheim wieder mal einfach zu problematisch geworden. Warum, das könnte sie nicht genau sagen. Jedenfalls sei sie da auf meinen Bruder als Ausweg verfallen. Den hätte sie auch sehr sympathisch gefunden, aber mehr natürlich nicht. Ob ich das denn etwa wirklich geglaubt hätte? Sie hätte dann bald gemerkt, daß sie ja alles nur noch schlimmer gemacht hätte, hätte aber keinen richtigen Ausweg aus der verfahrenen Situation gewußt. Eins wisse sie jetzt aber ganz genau: Daß sie immer nur mich geliebt habe die ganze Zeit und mich auch immer lieben werde.

Das waren ungefähr ihre Worte. Ich war völlig sprachlos angesichts dieser Enthüllung. Zwar hatte ich natürlich auch gespürt, daß gefühlsmäßig zwischen uns eigentlich immer alles beim alten geblieben war, aber ein so wahnwitziges Manöver war meiner Denk- und Handlungsweise dermaßen fremd, daß ich nicht von allein auf des Rätsels Lösung gekommen war. Ich hatte lediglich geglaubt, ich sei nun kurz davor, Sonja nach einer zwar unglückseligen, aber doch wenigstens von ihr ernst gemeinten Verirrung wieder zurückzugewinnen. Der Clou war nun noch, daß sie im Ernst vorschlug, daß wir ja meinem Bruder gar nichts zu erzählen brauchten. Sie habe ihm ja sowieso die ganze Zeit etwas vorgespielt, ohne daß er es gemerkt hätte, und das könne doch nun ruhig so weitergehen. Man brauchte ihm nicht unnötig wehzutun, und daß mir bei dieser Lösung nichts genommen würde, das wüßte ich ja nun. Fast wäre ich auf diesen allerletzten Irrsinn auch noch widerspruchslos eingegangen, so demoralisiert und infiziert war ich bereits. Aber die Praxis, von Sonja anscheinend mühe- und für meine Begriffe gewissenlos gemanagt, ertrug ich einfach nicht.

Auf Einladung meines Bruders fuhren wir zu dritt, Ralf, Sonja und ich, nach Münster. Ralf wollte seiner »Zukünftigen« zeigen, wie er dort lebte auf seinem verfallenen Wasserschloß. Er war naiv und zärtlich und vertrauensvoll und merkte nicht, wie Sonja die ganze Zeit mit mir flirtete. Wahrscheinlich tat sie es so demonstrativ, um mir zu »beweisen«, daß ihre Gefühle wirklich nur mir gehörten. Aber es machte mich krank vor Scham und Mitleid mit meinem Bruder.

4. November 1976

An der Stelle mußte ich unterbrechen. Inzwischen bin ich wieder in Basel, schon seit einer Woche. Ich trage heute den schönen braunen Pullover, den Sonja mir 1974 zu Weihnachten geschenkt hat, dazu die karierte Hose, die wir vor bald sechs Jahren zusammen bei Selbach in Hamburg gekauft haben. Und die weichen schweinsledernen Schuhe, die ich damals so gerne haben wollte, aber wegen des hohen Preises nicht zu kaufen wagte. Sonja hat mich dann schließlich dazu überredet. Jetzt trage ich diese Schuhe seit sechs Wintern. Den Pullover und die Hose konnte ich lange Zeit nicht anziehen, weil ich zu dick geworden war. Den Pullover zusätzlich nicht, weil er so kostbar ist, aus reiner Schurwolle, nicht maschinenwaschbar natürlich. Bis zu meiner Schweißdrüsen-Operation mochte ich nur Pullover tragen, die man in der Waschmaschine waschen kann – sonst hätte ich wohl jeden Tag eine Stunde mit Handwäsche zugebracht. Jetzt wo ich nicht mehr schwitze, kann ich das schöne Stück ungehemmt tragen. Sonja kannte und bedachte natürlich mein »Grundübel« eigentlich, auch in ihren Geschenken, aber diesen Pullover hatte sie trotzdem ausgesucht, einfach weil er so schön ist, ein sanftes Kaffeebraun, das mir doch so gut stünde zu dem blonden Haar. Das stimmt auch. Ich bin traurig, daß Sonja sich nicht mehr mit über die große Umwandlung freuen konnte, die diese Operation für mich gebracht hat. Sie hätte die Bedeutung am besten ermessen können, denn sie hat ja sieben Jahre miterlebt, wie ich bis zu fünfmal am Tag die Wäsche wechseln mußte, ständig naßgeschwitzt vor Angst und Anspannung. Besonders, als ich an meiner Doktorarbeit schrieb. Für alle anderen muß meine Begeisterung eigentlich ein bißchen exotisch wirken.

Aber ich war im März 1967 stehengeblieben, auf der Fahrt Richtung Münster. Mein Bruder hatte uns ein Doppelzimmer in einem Dorfgasthaus reserviert. Es lag im zweiten Stock, und er trug Sonja hinauf, ich den Rollstuhl. Ein Doppelzimmer war billiger, außerdem brauchte Sonja natürlich Hilfe im Bad etc. Man wird sich denken können, was wir in dem Doppelzimmer gemacht haben, kaum daß mein Bruder aus der Tür war sozusagen. Sonja war in wollüstiger Stimmung; ich war eher vollständig zerrissen.

In dem Wasserschloß gab es dann ein Bratwurstessen am Kaminfeuer, dazu Glühwein. Es war eigentlich gemütlich, aber ich glaube, insgesamt gefielen Sonja der Lebensstil und die Umgebung meines Bruders nicht. Auch dies war ihr alles eher fremd, genau wie es mir immer fremd gewesen war. Schön für einen gemütlichen Abend, aber nicht für ein gemeinsames Leben. Das schienen auch die Blicke zu sagen, die sie mir zuwarf.

Sonja brachte uns am nächsten Morgen nach Bielefeld und fuhr selbst weiter nach Mülheim. Noch am selben Abend hatte ich eine Aussprache mit meinem Bruder. Er sagte, er hätte schon gespürt, daß Sonja in rücksichtsloser Weise mit ihm spielte. Das Gespräch brachte uns einander so nahe, wie wir selten gewesen waren. Ich sagte ihm, daß ich es gegen den Willen Sonjas klargestellt hätte; daß ich mit meinen Nerven ziemlich am Ende sei; daß ich natürlich nicht wüßte, ob ich nicht meinerseits schon nächste Woche wieder den Abschied bekäme. Daß ich es aber auf keinen Fall hätte aushalten können, wenn Sonjas kopflose Manöver und Intrigen das offene und ehrliche Verhältnis, das ich immer zu ihm gehabt hatte, untergraben hätten.

Wieder sagte Ralf wenig, nur soviel, daß er mir danke, daß ich ihm die Wahrheit gesagt hätte. Er hat glaube ich auch keine Aussprache mit Sonja gewollt, keine Rechenschaft verlangt. Er trat einfach von der Szene ab. Viel später hat er mir wie beiläufig erzählt, daß er in der Zeit danach beim Holzhacken für den Kamin sich immer wieder die Hand abhacken wollte.

In Sonjas Nachlaß fand ich noch zwei Briefe von Ralf, Liebesbriefe an Sonja. Außerdem ein Theologiereferat von ihm, daß er ihr sozusagen gewidmet hatte. Sie habe dazu beigetragen, daß er es so habe schreiben können. Diese Dinge lagen nicht in irgendwelchen Büchern eher zufällig verteilt, wie so viele Dinge, die Sonja nicht wegwerfen mochte. Sie waren säuberlich in einem Ordner abgeheftet. Die Briefe habe in ungelesen zerrissen, wie mein Stiefvater mir geraten hat. Und ich habe Ralf geschrieben, daß ich sie zerrissen habe und wie Sonja sie aufbewahrt hatte.

In der Folgezeit leistete sich Sonja keine derartigen Eskapaden mehr, außer einem Flirt mit zwei Heimbewohnern, ein halbes Jahr später. Als ich jetzt in Kopenhagen war, sprach ich mit Erika über Sonja. An die Zeit vor zehn Jahren erinnerte sie sich natürlich nicht mehr so genau wie ich. Sie sähe da nur so einzelne Szenen, die aber mit allen Einzelheiten. Zum Beispiel dieses Fest, wo

Sonja sich so unmöglich benommen hätte. Lag da auf dem Boden in Romeos Armen (so hieß der junge Libanese wirklich) und küßte ihn hingebungsvoll. Sie, Erika, habe innerlich geschäumt und nur einen Gedanken gehabt: Wenn jetzt Judith kommt und das sieht! Und dann hätte ich auch wirklich in der Tür gestanden – sogar was ich anhatte, wußte Erika noch: eben das chinesische Kleid von Sonja (diesen Aspekt hatte ich vergessen; an alles andere erinnere ich mich genauso). Eine würgende Verzweiflung und Eifersucht, und ich ging hin zu dem verliebten Paar und fragte Sonja, ob sie vielleicht müde wäre und ich sie in ihr Zimmer bringen sollte. Sonja erklärte, halb betrunken wie sie war, von Müdigkeit könne keine Rede sein, das sähe ich doch. Und Romeo beruhigte mich, er würde sie schon ins Bett bringen. Auch er ziemlich blau, ähnlich wie Kurt, der sich ebenfalls schmachtend um Sonja bemühte. Ich fühlte mich gedemütigt und zerplatzte fast vor Wut und Eifersucht. Daß ich diesen Casanovas nicht ins Gesicht schreien konnte, daß ich Sonja liebte und daß sie sie in Ruhe lassen sollten. Ich ging in mein Zimmer, in einem Aufruhr, wie ich ihn zuvor nur bei jenem ersten Auftritt des Paares Ralf-Sonja erlebt hatte. Es klopft, und John kommt herein, mit zwei Gläsern Sekt. Obwohl ich natürlich völlig abwesend bin, fühlt er sich aufgefordert, mir quasi eine Liebeserklärung zu machen. Ich mag ihn zwar, aber damit kommt er nicht weit. Endlich geht er.

Ich lege mich zu Bett, kann nicht schlafen und beschließe, mich nun wirklich endgültig von Sonja zu trennen. Ich gehe am nächsten Morgen nicht zu ihr. Meine Schwester kommt (sie wohnte damals auch im Heim) und erzählt von Sonja. So etwas von steinerweichender Reue hätte sie noch nie erlebt. Sonja weine die ganze Zeit, habe dick verquollene Augen. Sie sei in einem ganz verheerenden Zustand. Das sei ich auch, sage ich kalt, nur wäre ich nicht so theatralisch.

Schließlich hat mich Bettina dann doch weichgeklopft, und als ich Sonja sah, total am Ende vor Angst, mich wirklich zu verlieren, habe ich ihr mühsam wieder verziehen. Ich glaubte ihr ohne weiteres, daß die Flirterei der vergangenen Nacht nichts Ernstes war – in Kurt und Romeo konnte ich keine Konkurrenz für mich erkennen. Aber es hatte mir so irrsinnig wehgetan, daß ich ihr nun auch selbst wehtun mußte. Als ich sah, daß meine Drohung gewirkt hatte, konnte ich wieder einlenken.

Erika meint, es sei für Sonja auch wohl einfach wichtig gewesen, ihre Macht über Männer einmal zu spüren und auszukosten, besonders da sie im Rollstuhl war. Das fand ich jetzt sehr einleuchtend. Darauf bin ich damals und bis heute nicht gekommen, denn für mich war Sonja durch ihren Rollstuhl nie weniger liebenswert. Er war eine ständige Last im täglichen Leben, sicher, aber ich habe Sonja nie wegen des Rollstuhls weniger geliebt. Höchstens wegen einiger seelischer Konsequenzen, die er mit sich brachte, wie z.B. die eben geschilderte Szene. Neulich las ich, daß 87 % der Bundesbürger bereit sind, sich mit Schwerbehinderten zu befassen. Niemand aber ist bereit, eine/n Behinderte/n zu heiraten. Daraus kann ich nur folgern, daß diese Bundesbürger wohl niemals wirklich eng mit Behinderten zu tun gehabt haben, es sei denn als Pfleger oder als Familienangehörige. Bevor ich Sonja kennenlernte, hätte ich bei so einer Befragung wahrscheinlich auch geantwortet, ich würde nicht gern einen Behinderten heiraten. Aber durch den anderthalbjährigen engen persönlichen Kontakt mit Sonja war mir der Rollstuhl eine akzeptierte Selbstverständlichkeit geworden, etwa so wie meine Schwitzerei. Die fand ich zwar scheußlich lästig, aber es ist mir doch nie eingefallen, mich deshalb weniger zu mögen.

5. November 1976

Es ist schon spät, ich muß gleich zu Bett. Wenn ich so auf der Bettkante sitze und an der gegenüberliegenden Wand Sonjas Regale sehe, fange ich meist an, mit ihr zu reden, während ich mir die Socken ausziehe. Entweder auf Englisch oder auf Italienisch: »Sonja dear, how could you? And where are you now? How could you do that to me? Why did you leave me, for heaven's sake?! Non è colpa mia, sai, carina. Credimi, ti ho sempre amato e ti amo ancora.« So oder ähnlich geht das los. Dabei habe ich das Gefühl, durchaus noch bei Verstand zu sein. Nach der Ansprache lese ich meist noch ein Weilchen und pflege dann ganz friedlich einzuschlafen. Sonja schlief fast überhaupt nicht mehr, seit ich sie verlassen hatte, und vorher konnte sie schlafen wie ein Murmeltier. Sie nahm immer mehr Schlaftabletten, betrank sich, aber der Schlaf blieb trotzdem aus. Sie konnte mit dem Alleinsein nicht fertigwerden. Im Frühjahr 1975 kaufte sie sich schließlich einen kleinen Hund, Waldi genannt. Eine Woche lang schlief sie wieder ganz ordentlich, dann starb Waldi urplötzlich. Man hatte ihr in der Tierhandlung ein schon krankes Tier verkauft! Das kam bei der Obduktion heraus. Mußte das denn nun wirklich auch noch unbedingt sein, habe ich mich ohnmächtig und erbittert gefragt. Im August 1975 war ich noch vierzehn Tage bei ihr; auch da schlief sie wie in alten Zeiten.

März 1967: Nach den Stürmen, die ich in den letzten Eintragungen geschildert habe, kam jetzt eine relativ ruhige Zeit. Ruhig war sie allerdings nur insofern, als unsere Liebesempfindungen jetzt parallel liefen. Sonja schwankte von da an wirklich nicht mehr hin und her, bis auf die kleine Entgleisung bei dem Heimfest, die ich gestern erwähnt habe.

Sonja bekam erstmal eine schwere Nierenentzündung. Die hatte sie sich dadurch zugezogen, daß sie es einmal nicht rechtzeitig bis zum Klo geschafft und sich von oben bis unten vollgemacht hatte. Sie nahm immer Abführpillen, anders ging es überhaupt nicht, und die wirkten dafür dann oft mit solcher unberechenbaren Urgewalt, daß es ein reines Glücksspiel war, ob sie es wohl noch schaffen würde. Ich war nicht da, um ihr zu helfen, und andere mochte sie nicht fragen. Also schloß sie sich in ihrem Zimmer ein und machte sich an die Reinigung. Es dauerte anderthalb Stunden. Wenn ich dagewesen wäre, hätte ich sie kurzerhand in die Wanne gesetzt, vorher oder nachher mit hartem Wasserstrahl die Scheiße aus Unterhose und Strumpfhose gespült, und die Sache wäre in einer Viertelstunde erledigt gewesen, wie später so oft.

Das Zimmer hatte ein Waschbecken, nur mit kaltem Wasser. Um den Rollstuhl nicht überall mit Kot zu beschmieren, setzte sich Sonja gleich auf den kalten Fußboden, zog sich aus, wobei sie zwangsläufig sich und den Fußboden noch mehr beschmierte, und langte nun immer von unten hoch zu dem Wasserkran. Als sie selbst endlich sauber war, mußte auch noch der Fußboden gesäubert werden.

Eine Woche später hatte sie ihre Nierenentzündung, und noch eine Woche später bekam sie von ihren Eltern einen Heißwasserbereiter für ihr Zimmer. Sie mußte drei Wochen liegen, bei hohem Fieber. Der Arzt war sehr besorgt. Sie sollte Furadantin-Tabletten nehmen, aber da ihr davon immer so schlecht wurde, tat sie es nur selten. Ich war außer mir über diesen Leichtsinn, weil der Arzt so dringend darauf bestanden hatte. Aber Sonja machte sich nur über uns lustig. Sie hätte schließlich nicht zum erstenmal eine Nierenentzündung, und die Furadantin hülfen überhaupt nicht. Wieder diese mutwillig und herausfordernd selbstzerstörerische Einstellung, mit der mich Sonja bis zuletzt irritiert hat. Da sie nun völlig hilflos war, ich aber ja nicht ständig an ihrem Bett sitzen und auf ihre Wünsche lauschen konnte, bat ich Rudolf, eine Klingelleitung von ihrem zu meinem Zimmer zu legen. Zunächst war das eine praktische Sache, aber mit der Zeit, als Sonja schon lange wieder gesund war, entpuppte sich die Klingel als Tyrannisierungsinstrument par excellence, von Sonja virtuos gehandhabt, vor allem wenn ich Besuch hatte und sie eifersüchtig war. Und sie war immer eifersüchtig, wenn ich Besuch hatte. Immer wieder wurde ich unter den fadenscheinigsten Vorwänden herausgeklingelt. In einer Nacht sogar zwanzigmal hintereinander. Und da bemühte sie sich zuletzt nicht einmal mehr um Vorwände, sondern fragte nur: »Ist dein verdammter Besuch immer noch nicht weg? Ich will dich endlich bei mir haben!« Es war mir auch dem Besuch gegenüber gräßlich peinlich, daß ich so offensichtlich unter dem Pantoffel einer Wahnsinnigen stand. Ich konnte ja auch nicht sagen, daß sie meine Geliebte und normalerweise ganz vernünftig war, nur eben schrecklich eifersüchtig. Anfangs, nach den vielen Abfuhren, die sie mir erteilt hatte, fand ich ihre Eifersucht ja noch ganz liebenswert und bestätigend, aber schon bald glaubte ich darin zu ersticken. Wie oft habe ich diese Klingel verflucht und wollte die Schnur einfach durchschneiden. Was mich dann doch immer wieder davon abhielt, war die Angst, es könnte wieder so etwas passieren, wie ich es oben geschildert habe, und Sonja könnte sich dann nicht helfen.

9. November 1976

Der November ist diesmal sehr milde, ein schöner, meistens sehr klarer Spätherbst. All die schönen gedämpften Herbstfarben, ich genieße sie eigentlich zum erstenmal wirklich. Normalerweise lese ich immer irgendwas im Zug, aber jetzt schaue ich oft bloß hinaus. Die sanfte Schönheit der Schweizer Landschaft macht mich dann friedlich und glücklich.

Meine Stimmung beim Schreiben ist noch unbestimmt und konfus. Ich weiß noch gar nicht, was ich heute erzählen werde. »Ich bin der Welt abhanden gekommen«, so fühle ich mich seit einer Woche. Sitze fast immer nur am Schreibtisch oder vor dem Fernseher. Meine Habilschrift schreitet mächtig voran, und oft bin ich sehr zufrieden mit meiner Produktion, bekomme richtige Allmachtsgefühle. Wie hat sich doch meine Arbeitseinstellung geändert in den letzten drei Jahren!

Von Bella habe ich seit meiner Heimkehr nach Basel nichts gehört, also seit zwölf Tagen. Nur eine kleine nichtssagende Postkarte, und drei Anrufe meinerseits. Heute habe ich eigentlich ganz fest mit einem Brief gerechnet. Als ich den Postkasten leer fand, auch noch bei der Nachmittagspost, habe ich Bella laut und unflätig beschimpft. Das erleichterte ein bißchen. Bei der Arbeit hat mich die Enttäuschung zum Glück nicht gestört. Aber ich finde ihr Verhalten monströs, genau wie in Kopenhagen. Rückzug in sich selbst, Unzugänglichkeit, Verweigerung von Zärtlichkeit. Alleinsein zu zweit ist schlimm, da bin ich lieber richtig allein. Meist halte ich mich gut in dieser bejahenden Stimmung, aber als heute immer noch keine Post kam, hatte ich fast Angst, einzubrechen und ins Loch zu fallen. Fing mich aber mit der nett florierenden Arbeit wieder auf. Dann kam einer von diesen romantischen nostalgischen Filmen im Fernsehen, und wieder dachte ich, ich will doch lieber Liebe als ein friedliches konfliktfreies arbeitsames Dasein nur mit mir selbst als Gesellschaft. Dieses Abhängigkeitsgefühl aber, wenn man verliebt ist, und wenn man dann immer nicht bekommt, was man doch so dringend braucht – dann möchte man sich wieder von all den romantischen Verlockungen lossagen. Es sind doch nur so wenige Momente intensiver Erfüllung – ansonsten fühle ich mich seit neuestem am besten mit mir selbst bedient. Ich mache mir keine Vorwürfe, muß mich nicht an mich anpassen, stehle mir nicht die Zeit mit nutzlosen Erörterungen. Immer wenn die Schreibmaschine klingelt, denke ich, es ist vielleicht Bella, die plötzlich doch noch anruft. Sie kann mich mal.

Bis zum nächsten großen Einschnitt vergingen zwei Jahre, vom Frühjahr 67 bis Frühjahr 69. In diesen beiden Jahren haben Sonja und ich das Studium praktisch aufgegeben und nur »gelebt«. Sicher, das eine oder andere Referat wurde schon noch produziert, sogar meist mit Erfolg, aber das waren immer Saisonarbeiten. Ich hatte schon immer eher in diesem Stil studiert, aber für Sonja war das völlig neu – ich riß sie praktisch mit hinein in den Strudel der Arbeitsverweigerung und des ständigen schlechten Gewissens.

Ich hatte ein Oxford-Stipendium beantragt und bekam es sogar zugesprochen – von 200 Bewerbern waren nur 25 ausgewählt worden. Zwölftausend Mark für ein Jahr – damals eine Riesensumme für mich, und Oxford war das »Mekka« der klassischen Philologie. Aber ein Jahr Trennung – das wollten wir beide nicht, schon gar nicht, nachdem wir uns nun so mühsam zusammengerauft hatten. Also beantragte Sonja ebenfalls ein Stipendium, bekam es aber nicht. Sonja war so begeistert gewesen von der Idee: wir beide zusammen in England! Sie liebte nämlich England sehr, wahrscheinlich weil sie dort die zwei einzigen freien Jahre ihres Lebens verbracht hatte, zuerst als Austauschschülerin, dann in der Stoke-Mandeville-Klinik. Frei, das heißt: ganz weit weg von ihrer Mutter. Ich aber hatte größte Bedenken. Ich habe ja schon von meiner notorischen Seßhaftigkeit erzählt. England schreckte mich als unberechenbare Fremde schon genug; außerdem würde man da ja sofort merken, was für ein philologisches Würstchen ich in Wirklichkeit war – von wegen Hochbegabtenstipendium! Und dann noch mit allen organisatorischen Problemen eines Rollstuhls belastet; dazu die Vorstellung, man würde uns dort, wenn wir gleich als Paar anreisten, wegen Verdachts auf sexuelle Abnormität gesellschaftlich ächten. All das ängstigte mich derart, daß ich eigentlich froh war, daß Sonja das Stipendium nicht bekam. Aber wie sollte ich mich jetzt entscheiden? Ich hatte ja die Stipendienzusage, süß und ehrenvoll, immer noch. Eine ganze Weile habe ich, glaube ich, Sonja damit unter Druck gesetzt – eine subtile Rache für das, was sie mir zuvor angetan hatte. Ganz legal scheinbar, aber doch für Sonja, die sich mir nun sozusagen mit Haut und Haaren ergeben hatte, grausam genug. Sonja hatte auch alle meine Freunde, Verwandten und Bekannten gegen sich, ohne daß die es wußten, in welch lebensbedrohlichem Ausmaß sie »gegen« Sonjas Interessen waren, wenn sie mich zu dem Stipendium beglückwünschten. Obwohl ich innerlich aus Angst selbst dazu neigte, das Stipendium abzulehnen, habe ich doch die Entscheidung sehr lange hinausgeschoben. Für alle Außenstehenden mußte eine Ablehnung eine unbegreifliche Ungeheuerlichkeit sein, vor allem für die Ebert-Stiftung, der ich mich zu großem Dank verpflichtet fühlte, nicht nur wegen dieses Stipendiums, sondern wegen der großzügigen Finanzierung meines gesamten Studiums. Der Druck, den ich durch mein Zögern auf Sonja ausüben konnte, war sicher unbeabsichtigt, aber auch nicht unwillkommen. Von meinen Ängsten erzählte ich Sonja nicht viel, so daß ich schließlich wieder mal als die große Selbstaufopfernde dastehen konnte, als ich abgelehnt hatte. Ich hatte Sonja »meine Karriere geopfert«, und so mußte sie sich auch fühlen. Ich sehe erst jetzt, während ich das alles so aufschreibe, wie unauffällig (sogar für mich!) und effektiv ich Sonja immer mehr die Daumenschrauben angezogen und mich für alle erlittene Unbill schleichend und raffiniert gerächt habe. Das Raffinierte war, daß man mir nie eine Schuld nachweisen konnte. Ich war immer nur diejenige, die Sonjas Bedürfnissen nachgab, nicht etwa den eigenen (Oxford-Stipendium), oder die wegen Sonjas seelischer Grausamkeit körperlich dahinschwand und nicht etwa aus eigenem Entschluß (Abmagerungskur). Wenn dagegen Sonja sich für etwas rächte, tat sie es eigentlich immer in einer Weise, die ihr schadete oder sie selbst ins Unrecht setzte. Das reichte von Schreien, Randalieren, Sich-sinnlos-Betrinken bis zu Selbstmorddrohungen, Selbstmordversuchen und schließlich zum Selbstmord.

11. November 1976

Ich habe keine Zigaretten mehr, das ist mir lange nicht mehr passiert. An diesem Buch schreiben ohne Zigaretten – ich will es trotzdem mal versuchen. Ich las heute eine Rezension über einen Herrn namens Steffens, der ein Bekenntnisbuch über den Tod seiner Frau geschrieben hat – von geradezu abstoßender Offenheit, wie der Rezensent sagt, der man sich aber doch irgendwie nicht entziehen könne. Dann wird festgestellt, es fehle dem Mann die Reife. Nur seine eigenen Trauerleiden und das allmähliche Absacken in die Gosse seien Gegenstand des Buches. Von der Frau dagegen und von anderen Personen erführe man so gut wie gar nichts Authentisches, Überzeugendes. Natürlich habe ich mich mit dem Steffens verglichen. Ich leide nicht mehr so sehr wie noch vor einem Monat an Sonjas Tod, scheine ihn akzeptiert zu haben. Sonja lebt, bloß ist sie grade nicht da, nicht recht zugänglich, und das ist nicht so schlimm. So fühle ich mich eigentlich oft. Aber dann eben: Im »Spiegel« eine Art Stadtplan der Hamburger Innenstadt, durch die ich so oft mit Sonja gegangen bin. Schaufensterbummel, Einkaufen, Essen gehen – da steigen sofort die Tränen hoch, aber meist laufen sie wieder zurück nach innen. Unser letzter Einkaufsbummel war im August 75, als ich die vierzehn Tage bei ihr wohnte, um ihr den Einstieg in die Diss zu schreiben. Wie gewöhnlich blieben wir bald in einer Buchhandlung hängen; jede ging so ihren eigenen Interessen nach, blätterte herum (ich interessierte mich damals hauptsächlich für Musikbücher). Und dann standen wir an der Kasse: ein Drittel der Bücher doppelt! Was für eine Geldverschwendung, haben wir wohl beide gedacht: Früher, als wir noch zusammenwohnten, hätten wir nur ein Exemplar gebraucht. Und nun sitze ich da, zum Beispiel mit dem doppelten Egon Schiele, denn ich habe ja die Bücher »geerbt«.

Warum mußte ich auch erst jetzt operiert werden? Ich glaube, wenn ich damals, als wir noch zusammen waren, nicht immer so geschwitzt hätte und auf diese Weise meine innere Unsicherheit per Verstärker ins Ohr geblasen bekommen hätte – die Sache wäre weniger tödlich verlaufen. So aber kommentierte ich jede Unstimmigkeit mit einem Schweißausbruch und mußte natürlich versuchen, mich dagegen zu verwahren und zu verteidigen. Ich tat es, indem ich mich innerlich von Sonja distanzierte, mit der Möglichkeit spielte, mich zu trennen. Und ich wurde anfällig für andere Frauen, so wie ich es auch jetzt bin, seit die Beziehung zu Bella wieder mal so schwierig geworden ist. Gestern war ich im Konzert und sah eine sehr große, sehr sicher wirkende und elegant gekleidete Frau, Typ Lesbe, wie mir schien. Ich phantasierte mich in ein Gespräch mit ihr hinein, beobachtete sie von fern mit großem Wohlgefallen. Nach Schluß des Konzerts richtete ich es so ein, daß wir beim Warten auf die Garderobe nebeneinander standen. Aus der Nähe schien sie mir nicht mehr ganz so anziehend, und ich war froh darüber. Ließ mir meinen Mantel geben und fuhr friedlich nach Hause, vergaß die ganze Sache sofort. Und wie wäre dieselbe Geschichte früher gelaufen, zu der Zeit, als ich von Sonja enttäuscht, aber noch bei ihr war? Ich hätte mich in das Gefühl hineingesteigert, wäre sehr unglücklich gewesen über meine Schüchternheit (es fällt ja vermutlich sogar einem Mann schon schwer, in so einer Situation einen Vorwand zu einem näheren Kennenlernen zu erfinden, der nicht allzu plump wirkt – aber ich als Frau, die Kontakt zu einer Frau sucht?), hätte die Frau womöglich idealisiert statt ruhig ihre Mängel zu konstatieren und mich dann friedlich abzuwenden. Und ganz zum Schluß hätte ich wahrscheinlich »gebeichtet« und Sonja dadurch unsicher und unglücklich gemacht. Überhaupt immer dieser Wahrheitsfanatismus bei mir, eine Art Mitgift meiner moralischen Mutter. Sonja war frei von dieser Marotte, aber mit der Zeit wurde sie auch infiziert. Natürlich hat Wahrheitsliebe nicht nur schlechte Seiten.

Diese beiden Jahre, die jetzt zum Erzählen »anstehen«, die Zeit bis zu unserem Auszug aus dem Heim, ich sagte schon, sie verliefen weit weniger dramatisch als der Anfang. Das anfangs so vehemente Übel wurde ein schleichendes, aber immer noch sehr süßes. Zunächst einmal wollte ich jetzt stark werden, um Sonja selbst herumtragen zu können, wenn es notwendig war. Ich lieh mir das Bullworker-Gerät von meinem Stiefvater und trainierte fleißig. Das war aber so anstrengend, daß ich bald wieder aufgab. Meine Schwester schaffte es auch ohne Muskeltraining spielend, Sonja die Treppe hinaufzutragen, und ich beneidete sie sehr um diese Fähigkeit.

Zum Ausgleich wurde ich immer geschickter im Rollstuhlschieben. Wie gesagt konnte ich im Sturmschritt mit ihr durch dichte Studentenmassen jonglieren wie beim Slalom. Beim Stadtbummel konnte ich sie so schieben, bloß mit der rechten Hand, daß wir nebeneinander waren, wie normale Menschen, die zusammen spazierengehen. Ich konnte sie allein lange Treppen hinaufziehen und hinunterlassen. Oft, wenn ich heute sehe, wie manche Leute so, hilfsbereit aber ungeschickt, mit dem Rollstuhl umgehen, kribbelt es mir in den Fingern. Ich kenne ja auch von Sonja die Angst der Gelähmten, durch ungeschicktes Manövrieren, zum Beispiel bei Bordsteinkanten (man muß entweder den Rollstuhl kippen oder ihn rückwärts runterlassen) einfach aus dem Rollstuhl gekippt zu werden. Das ist ihrer Mutter auch zweimal gelungen.

Jetzt muß ich aufhören. Der Zigarettenmangel macht mich doch sehr nervös.

13. November 1976

Seit anderthalb Monaten steht der Umzugskarton mit Sonjas Nachlaß auf meinem Flur und versperrt den Durchgang und, da er vor einem Bücherregal steht (Sonjas Regal), auch den Zugriff zu Kindlers Literaturlexikon (Sonjas Lexikon). Ich schaffe es noch nicht, ihn zu öffnen. Das war nun wirklich Sonjas Ureigenstes (aber von der Mutter in den Müll geschmissen!!). Fast ist es, als meinte ich, das müßte Sonja schon selbst auspacken. Nur sie weiß ja richtig, wie die Bruchstücke der Dissertation zusammengehören. Vorhin habe ich auch wieder ihr unvollendetes Bild angestarrt. Der Süßmayr hat sich ja sogar an Mozarts Requiem gewagt und es vollendet. Und die Turandot ist auch von wem vollendet worden. Ich habe heute für Marianne zum Geburtstag eine Kuh auf ein rundes Holzbrett gemalt, Stil naiv. Auch auf dem Gebiet bin ich naiv. Ich hatte ein gemischtes Gefühl: Freude an dem gänzlich ungewohnten Tun, das sogar ganz nett gelang; ein schlechtes Gewissen (Willst du Sonja etwa auf dem Gebiet auch noch Konkurrenz machen?! Nun laß ihr doch wenigstens diese eine Sache, in der sie besser war! – Sonja meinte allerdings, ich sei auch da besser, nur täte ich es eben nicht, aus Zeitmangel). Dann als drittes Gefühl die schmerzlich-liebevolle Erinnerung an Sonjas erstes naives Bild, das auf eine ganz ähnliche Weise entstanden ist, in wenigen Stunden, Wasserfarbe auf Papier. Es war eine Überraschung für mich, die sie anfertigte, während ich auf einem dieser gräßlichen Ebertstiftungstees war, vor denen ich mich immer so lautstark gegrault hatte. Sonja wollte mir mit dem Bild eine Freude machen, mich wieder aufmöbeln, wenn ich zurückkäme. Fix und fertig gerahmt, in einem schönen altmodisch vergoldeten Rahmen, so lag es auf dem Tisch, als ich kam. Es hatte genau die gewollte Wirkung – ich war tief angerührt und von dem Bild begeistert. Das Lob fiel wohl auch so überzeugend aus, daß das den Anstoß für Sonjas weitere Schritte in der naiven Malerei gab, mit der sie später so viel Erfolg hatte. Daran also mußte ich immer denken heute, und zum Schluß meinte ich noch: Sollte ich vielleicht ihr unfertiges Bild vollenden? Ein Gemeinschaftswerk, das uns über ihren Tod hinaus verbindet? Ich werde es sicher nicht tun, selbst wenn ich in der Malerei Geschick entwickeln sollte. Ich will nicht in Sonjas Arbeit vergröbernd hineinpfuschen; lieber halte ich den unfertigen Anblick aus, der mich mehr als die meisten anderen Dinge an Sonjas unfertiges Leben erinnert. Jedes Leben ist natürlich eigentlich unfertig, wenn man schließlich stirbt. Aber die meisten Menschen sterben eben schließlich. Sonja starb nicht »schließlich« – obwohl sie immerhin die neun Jahre überlebt hat (um ganze drei Jahre), die ihr die Ärzte in der Kölner Klinik großzügig eingeräumt hatten.

Gestern habe ich einen ausgezeichneten Film im Fernsehen gesehen, aus einer neuen Serie, »Notsignale«. Da werden Fälle aus der Praxis eines Max-Planck-Instituts für Psychiatrie verfilmt. Der Film hieß »Barbara« und handelt von einem jungen Mädchen, das alkoholsüchtig geworden war, viermal versucht hatte sich umzubringen, mit Alkohol und Schlaftabletten, und schließlich in diesem Institut gelandet ist, wo man ihr nun hoffentlich helfen kann. So vieles erinnerte mich an Sonja. Das Gesicht von Barbara, als die Sozialhelferin sich nach dem vierten Selbstmordversuch um sie kümmerte: in sich verschlossen, völlig kaputt und ablehnend-aggressiv bis teilnahmslos. Fast erkannte ich Sonja in diesem Gesichtsausdruck. Die Situation war so furchtbar echt nachgespielt: Die Sozialhelferin gab sich unendliche Mühe, Kontakt zu der Kranken zu bekommen, Hilfe und Verständnis anzubieten, und alles wurde von Barbara mit einer angeekelten Miene verworfen. »Laßt mich doch in Ruhe, ihr Schweine alle! Da versucht ihr so blöde, mir zu helfen. Ist doch sowieso alles sinnlos. Mir kann sowieso keiner helfen, und ich will auch gar keine Hilfe. Schert euch doch alle zum Teufel!« Genauso war Sonja auch zu mir, wenn sie völlig auf dem Hund war und ganz offensichtlich *dringend* Hilfe brauchte. Sie machte es einem unheimlich schwer, das Helfen, gerade wenn es am nötigsten war. Das »Ihr könnt euch ja meinetwegen anstrengen, soviel ihr wollt, aber es ist zwecklos, ihr Arschlöcher alle!« war in solchen Fällen ihr letzter pervertierter Triumph, und damit hat sie mich auch oft an den Boden gebracht, wo ich ja auch hin sollte. Ich war keine trainierte Sozialhelferin und wurde nicht für den Job bezahlt, daß ich unbeirrt gute Miene zum kranken bösen Spiel machte. Ich war bloß verrückt vor Wut, daß mein gutes Wollen so zynisch in den Dreck getreten wurde und daß ich aus »humanen Gründen« trotzdem gezwungen war, bei Sonja auszuhalten, selbst wenn alles, was ich nur machte und anbot und vorschlug, verächtlich abgelehnt wurde. Ich habe damals diesen speziellen Zug von Sonja, das Triumphieren der Hilflosen über die Helferin, nie verstanden, geschweige denn verkraftet. Aber das kam alles mehr im Endstadium unserer Beziehung.

1967 aber waren wir noch sehr verliebt – ob richtig glücklich, weiß ich nicht. Damals hielten wir uns aber für glücklich. Ich bezweifle, daß wir Zugang zu unseren wirklichen Gefühlen hatten. Ich lerne das ja erst jetzt langsam, daß ich merke, in was für einer Stimmung ich eigentlich bin. Früher schrieb ich mir eher die Stimmung zu, die ich nach den Umständen, soweit ich sie überblickte, eigentlich hätte haben sollen. Und ich war verliebt, wurde wiedergeliebt, also war ich auch »glücklich«.

Da wir uns in dem Heim mit unserer »perversen« Liebe ausgestoßen fühlten, wollten wir gern mit »Gleichgesinnten« Kontakt bekommen. Als wir uns noch nicht zusammengetan hatten, hatten wir das, unabhängig voneinander, auch schon gewollt, aber wir hatten uns nicht getraut, die entsprechenden Etablissements aufzusuchen. Jetzt zu zweit fühlten wir uns stärker. Aber doch noch nicht stark genug – ich bat meine Schwester, sie möchte doch zur Verstärkung mitkommen. Sie tat es auch, gutmütig wie sie war, und unbefangen. Zuerst gingen wir ins Sunset 77. Die Besitzerin begrüßte uns freundlich-interessiert: »Waren Sie schon mal im Sunset?« – mit weichem »s« ausgesprochen, was Sonjas anglistisches Ohr beleidigte und in unseren Augen den ganzen Laden sofort deklassierte. Wir hatten ein verruchtes Publikum erwartet, aber es war nicht verrucht. Zuerst war es überhaupt nicht vorhanden; wir waren eine lange halbe Stunde die einzigen Gäste, und dann war es kleinbürgerlich und spießig. Die paar Frauen, die da waren, fand ich völlig unattraktiv und langweilig. Sie tranken lustlos ihr Bierchen an der Theke und gingen wieder. Etwas Bewegung kam auf, als eine einen Groschen in die Musicbox warf und ein Paar anfing zu tanzen. Ich wäre gerne aufgefordert worden. Selbst aufzufordern, wagte ich wieder nicht, und mit Sonja konnte ich ja nicht tanzen. Da forderte mich meine Schwester auf, das kühne Kind. Ich fand das lieb, es löste auch die Stagnation ein bißchen, aber natürlich war es in keiner Weise »aufregend«. Und wir hatten doch etwas »Aufregendes« erleben wollen. Nach diesem Tanz verließen wir die Bude schleunigst und hatten erstmal die Nase voll. Kann aber auch sein, daß wir noch am selben Abend in das nächste einschlägige Lokal gezogen sind, allerdings ohne meine Schwester, die sich mit ihrem Verlobten treffen wollte. Ich habe sie sehr vermißt im Dorian Gray, so hieß das Lokal. Vor allem ihre Muskelkraft. Wenn das Sunset (mit weichem »s«) eine langweilige biedere Kneipe gewesen war, so war dies jetzt ein verstaubtes plüschiges schmuddeliges Loch in verruchtem Lila. Wir versanken in einem der Plüschsofas und bestellten uns irgendeinen Drink. Die Wirtin, eine dickliche Mutti, betrachtete uns argwöhnisch, so schien es uns. Waren wir hier überhaupt richtig? Wieder mal waren wir nämlich die einzigen Gäste, und wir waren doch hergekommen, um unter Unseresgleichen zu sein. Plötzlich mußte Sonja aufs Klo, du lieber Himmel, und es duldete absolut keinen Aufschub, obwohl das Klo fast kilometertief im Keller lag. Ich war der Situation nicht gewachsen und kam fast um vor Scham. Da ich Sonja nicht allein hinuntertragen konnte, mußte die Wirtin uns helfen. Der war das ebenso peinlich wir mir, aber wir alle drei, Sonja, die Wirtin und ich, kamen ja um die Notwendigkeit nicht herum. Irgendwie meisterten wir es natürlich auch, aber unser erster Elan, schon durch die schmuddelige Atmosphäre mehr als gedämpft, war gänzlich dahin. Jetzt konnten wir uns noch nicht mal mehr überlegen fühlen, was uns anfangs noch ein bißchen geschützt hatte. Wir machten uns so schnell wie möglich aus dem Staube.

Nach einer längeren Erholungspause wollten wir es aber doch noch einmal wagen und gingen in die Ika-Stuben, das bekannteste Restaurant dieser Art, in das wir nur deshalb nicht zuerst gegangen waren, weil es uns fast *zu* bekannt war. Wir befürchteten, jemanden aus der Uni da zu treffen. Obwohl uns der Widerspruch dieser Angst schon klar war (die entsprechende Unidame wäre dann ja auch vermutlich lesbisch gewesen und hätte genausowenig Grund gehabt, sich über uns zu mokieren wie wir über sie), war sie doch trotzdem sehr stark, besonders bei mir. Aber schließlich gingen wir doch hinein. Das Lokal war schön voll, viele tanzende Paare, ganz nette anziehende Leute. Leider war frau nicht ganz unter sich; aus Rentabilitätsgründen waren auch schaulustige Männer zugelassen. Einen Rollstuhl hatte man da sicher noch nie gesehen, aber die Wirtin, eine patente, etwas männlich wirkende ältere Frau, war uns sofort sehr nett behilflich und brachte uns an einen hübschen Platz, von wo aus man die Tanzfläche gut überschauen konnte. Diesmal war die Atmosphäre schon recht knisternd und stimulierend. Es war eben nicht wie in einem normalen Lokal, wo das Erotische eine Komponente unter anderen ist, sondern hier stand die Erotik eindeutig im Mittelpunkt. Sonja wurde dadurch so animiert, daß sie ausgesprochen zärtlich wurde und mich immerfort auf die verwirrendste Weise streichelte und küßte, was mich ungeheuer erregte, da wir es zum erstenmal in der Öffentlichkeit taten. Die Wirtin freute sich offensichtlich über uns: »Na, ihr beiden seid wohl unheimlich verliebt!« Wenn ich so verstohlen (anders konnte ich selbst da nicht) um mich blickte, stellte ich fest, daß wir beide, sicher im Grunde die Schüchternsten in dem Lokal, an diesem Abend mit Abstand am »ausschweifendsten« waren.

Insgesamt eine ganz schöne und intensive Erinnerung, aber wir sind nicht wieder hingegangen. Aus Angst und Befangenheit. Auch das wäre vermutlich einfacher gewesen, wenn Sonja nicht im Rollstuhl gesessen hätte. Die Angst mochten wir uns nicht recht eingestehen und entwerteten deshalb lieber dieses eigentlich ganz gelungene Erlebnis: »Na ja, ganz lustig, aber doch ein ziemlich gewöhnlicher Laden.« Mondän war er sicher nicht, eher gut- bis kleinbürgerlich, und eigentlich hatten wir uns etwas sehr Elegantes und Exklusives gewünscht. Das gab es aber damals nicht in Hamburg.

Später habe ich noch einige Male die Wirtin auf der Straße getroffen. Sie sah derartig männlich aus, daß es mir peinlich war. Genau, wie es all die klugen Analysen über Homosexuelle, Schwarze und sonstige Scheußlinge feststellen: Wir haben das allgemeine Vorurteil so gut eingebimst bekommen, daß wir es gegen uns selbst, vor allem aber gegen unseresgleichen verwenden, besonders gegen »typische Vertreter«, in diesem Fall: gegen eine besonders männliche Lesbe, die nur sehr freundlich zu mir gewesen war.

15. November 1976

Vorgestern habe ich von unseren zum Teil so ernüchternden Streifzügen durch Lesbenlokale erzählt, und heute will ich von einer anderen Art Ausschweifung berichten, die uns genauso danebenging. Wir wollten irgendwie heraus aus der Enge des Studentenheims und die »große Welt« erleben. Und wir wollten unbeobachtet sein. Sonja wollte mir außerdem die große Welt zeigen, in der sie ja immerhin noch eher zu Hause war als ich. Wie man sich in einem hochvornehmen Restaurant wie selbstverständlich zurechtfindet – diese Sicherheit hatte sie mir eindeutig voraus, wenn sie auch durch den Rollstuhl wieder mal stark strapaziert und in Frage gestellt wurde. Wir beschlossen also, groß auszugehen, erst fürstlich zu speisen und uns anschließend in einem prunkvollen Hotelzimmer mit riesigem Doppelbett endlich einmal hemmungslos auszulieben. Am liebsten im Atlantic oder in den Vier Jahreszeiten – aber da machte ich Einwände und fand, lieber ein paar Schallplatten mehr und dafür vielleicht ein bißchen weniger große Welt. Schließlich wurde auch das fürstliche Essen von der Wunschliste gestrichen. Wir packten einen Koffer mit schönem Wein, Gläsern dazu, unserem Tonbandgerät mit den Popmusikbändern, außerdem Sonjas Schieber, und fuhren los. Diese Utensilien sollten uns das Hotelzimmer gemütlich machen, wenn es denn schon nicht das Atlantic sein konnte. Zuerst fuhren wir zum Hotel Berlin. Preis für ein Doppelzimmer siebzig Mark – das war uns auch zu teuer. Wir klapperten noch verschiedene Hotels ab, alles eher schäbig für die Preise, die sie verlangten – oder vollbesetzt. Damit hatten wir nicht gerechnet. Die Suche nach einem geeigneten Plätzchen für uns dauerte wohl ungefähr drei Stunden, immer bei wildem Verkehr mitten durch die Innenstadt, und die arme Sonja allmählich völlig entnervt und mutlos am Steuer, allein schon wegen der Parkplatznöte. Wir waren drauf und dran, kleinlaut ins Heim zurückzufahren, als wir schließlich doch noch ein Zimmer zu einem akzeptablen Preis, ich glaube vierzig Mark, fanden. Hotel Eden hieß das Ding, in der Nähe des Hauptbahnhofs, kam mir fast wie eine Absteige vor, aber es war wohl eigentlich ganz solide. Wirkte nach unseren hochgespannten Vorstellungen nur so entsetzlich trostlos und schäbig. Als wir endlich allein in unserem Zimmer waren und ich unsere Gemütlichkeitsutensilien ausgepackt hatte und nun mit der Orgie anfangen wollte, war Sonja auf ihrer Seite des Bettes schon eingeschlafen. Ich ließ sie schlafen und hatte ein unendlich schales Gefühl.

Wir gaben aber nicht so schnell auf und versuchten es noch einmal, diesmal gleich im Europäischen Hof, von dem ich schon wußte, daß es einen Fahrstuhl hatte und das mir von der Empfangshalle her ganz schick vorgekommen war. Wir verlangten nach einem Doppelzimmer; direkt nach einem Doppelbett zu fragen getraute ich mich nicht. Und da hatten wir dann auch gleich den Reinfall: ein Doppelzimmer mit zwei Einzelbetten, mindestens zwei Meter voneinander getrennt, Fenster zu einem trostlosen Hinterhof und lieblos möbliert. Trotzdem: Sonja war diesmal nicht schon allein durch die Zimmersuche völlig entkräftet, und wir legten gleich ordentlich los. Sonja meinte vielleicht, sie müßte etwas wiedergutmachen, und steigerte sich in eine sexuelle Raserei, die mit Geilheit wohl am treffendsten benannt ist. Wie ein wildes, völlig entfesseltes Tier schien sie mir, schäumend und keuchend. Wären ihre Beine nicht gelähmt gewesen, hätte sie mich glatt zermalmt oder plattgewalzt oder zerfleischt, so kam es mir vor. Je mehr sie aus sich herausging, desto befremdeter und besorgter wurde ich. Ich mußte ja auch aufpassen, daß sie nicht aus dem Bett fiel. Ich sehe sie noch über mir, mit entfesselten Haaren und Gesichtszügen auf meinem Oberschenkel reitend. Je mehr sie raste, desto kühler wurde ich, und schließlich befreite ich mich aus der Umklammerung und setzte mich auf das gegenüberliegende Bett. Ich muß da irgend etwas gesagt haben, vielleicht sogar das Wort »geil« – jedenfalls etwas, das in Sonja Grundsätzliches kaputtmachte, wie sie später immer wieder gesagt hat. Sie führte unsere sexuelle Disharmonie auf diese Nacht zurück. Jedenfalls habe sie da für sie angefangen. Sie habe sich mir völlig ausgeliefert, mit jeder Faser hingegeben, und ich hätte alles mit einem kalten höhnischen Guß vernichtet. Da ich es eigentlich überhaupt nicht schlimm gemeint hatte, wurde mir in der Situation die Tragweite meines »Versagens« auch gar nicht bewußt. Ich war ganz verblüfft, daß Sonja plötzlich so bitterböse war und mich auf keinen Fall mehr an sich heranlassen wollte. Wir schliefen dann getrennt ein, standen spät auf und aßen gleich zu Mittag in dem Hotelrestaurant. Um meinen Fehler (den ich gar nicht recht einsehen konnte) wieder gutzumachen, lud ich Sonja zu einem sündhaft teuren Essen ein. Das rettete aber die Stimmung auch nicht. Dann schlug ich vor, unseren Aufenthalt dort noch einen Tag zu verlängern. Obwohl ich überhaupt keine Lust mehr hatte, tat ich so, als läge mir unendlich daran. Aber Sonja gefiel diese Idee auch nicht, und so kehrten wir geschlagen in das alte verhaßte Heim zurück.

20. November 1976

Ich habe Sonja verloren, und ich habe Bella verloren. In zehn Minuten hat Bella Geburtstag, wird neununddreißig Jahre alt. Ich liebe sie immer noch, aber sie liebt mich nicht. Die Gründe für unser dreimaliges Versagen aneinander gehören nicht in dieses Buch. Aber als »historische Person« wird Bella noch eine zentrale Rolle spielen. Sie war der Anlaß dafür, daß ich Sonja verließ. Sie war auch der Anlaß dafür, daß ich mich mit Sonja wieder versöhnte, im Januar dieses Jahres. »Versöhnte« ist nicht das richtige Wort: daß ich wieder wie neue Augen für Sonjas guten Seiten hatte und mich erneut in sie verliebte.

Gestern war Luigi hier. Giovanna hat ihn verlassen. Wir zwei Verlassenen gingen dann miteinander ins Bett – es wurde trotz des trostlosen Anlasses eine ganz heitere, schwerelose Angelegenheit. Wir wußten uns beide zu nichts verpflichtet, wußten, daß wir uns nicht liebten, sondern nur brauchten. Das heißt, ich brauchte ihn eigentlich nicht, wollte ihm aber gern geben, was er brauchte, denn ich mag ihn sehr. Er war viel zärtlicher und leidenschaftlicher als Sonja oder Bella es jemals mit mir gewesen sind – trotzdem fühlte ich mich nur wohl, aber nicht weggerissen wie mit Bella oder Sonja. Liegt es daran, daß ich lesbisch bin oder daß ich ihn nicht liebe? Ich glaube letzteres, denn mit Erika ging es mir ja ähnlich wie mit ihm. Aber es war ein sehr schönes, wohltuendes, harmonisches Zusammensein.

Ich weine viel in letzter Zeit, mal über Bella, mal über Sonja. Und ich arbeite wenig. Die Zeit drängt aber.

Ich habe so viel abgenommen in den letzten Wochen, daß mir im Moment nur noch Sommerhosen passen, von früher, viele Jahre alt. Es ist aber sehr kalt, und neue will ich mir noch nicht kaufen, denn ich will noch mehr abnehmen. Also kramte ich meine uralten Strumpfhosen hervor und zog sie unter den Sommerhosen an. 1967 war das Jahr der bunten Strumpfhosen. Sie waren große Mode, geringelt, geblümt, gestreift – der Hippiestil hatte auch davor nicht Halt gemacht. Sonja kaufte sich ungefähr dreißig Paar Strumpfhosen. Sie meinte, sie müsse diese Mode ausnützen (wegen der Füße) – man könne ja nie wissen, wie lange das anhielte. Sie wollte so viele haben, daß sie bis ins hohe Alter versorgt wäre, falls die Mode nicht mehr wiederkäme. Fünf Paar hätten gereicht. Damals wollte sie aber noch lange leben.

Wir versuchten unsere Finanzen durch Nachhilfestunden aufzubessern. In Othmarschen wohnen viele reiche Leute mit vernachlässigten Kindern, die aber in der Schule möglichst glänzen sollen. Wenn sie den Glanz nicht von selbst erbringen, bekommen sie Nachhilfestunden, für die die Eltern ohne weiteres viel Geld zahlen. Ich hatte so einen kleinen Sohn eines reichen Kaufmanns in Pflege, Deutsch und Englisch glaube ich, elf Jahre alt. Ein ganz lieber Junge, außerdem bekam ich immer schönen Tee und wunderbaren Kuchen dazu. Die fünfzehn Mark waren auf angenehmste Weise verdient. Das Haus war »kultiviert«: die Tochter studierte Malerei (malte sehr gute Bilder), der Älteste arbeitete über Friedo Lampe, und die Dame des Hauses war sportlich-lässig, schwärmte für die Rolling Stones und verwikkelte mich nach der Nachhilfestunde gerne in »geistreiche« Bildungsgespräche, denn von den studierenden Kindern sah sie ja nicht mehr viel. Wegen der guten Bezahlung war Sonja zuerst sehr für diese Nachhilfestunden gewesen; sie fuhr mich auch jedesmal hin und holte mich wieder ab. Zu Fuß oder per Fahrrad hätte es zuviel Zeit gekostet. Nun mußte Sonja aber wegen der »geistreichen Gespräche«, die ich mit der Hausherrin führte und die mir angenehm waren, weil sie mir schmeichelten, öfter eine Weile auf mich warten. Als ich dann noch fröhlich erzählte, wie großen Eindruck ich da zu machen schien und daß ich demnächst auch außerhalb der Nachhilfestunden eingeladen werden sollte, wurde Sonja mißtrauisch und verbot mir, weiterhin dort Unterricht zu geben. Sie witterte einen neuen »Fall Klinger«, vielleicht nicht zu Unrecht. Obwohl ich gar nichts von der Frau wollte, genoß ich die Anteilnahme und Bewunderung, die ich dort bekam, auch die leibliche Verwöhnung – und der »Duft der großen Welt«, der vornehm heruntergespielte, aus allen Ecken aber hervorstrotzende Reichtum, gab mir das Gefühl, etwas Besonderes zu sein, da »das Besondere« geruht hatte, von mir interessiert Notiz zu nehmen. All dies entwickelte sich völlig unterschwellig, mir selbst und auch der Frau kaum bewußt, aber Sonja hütete jetzt ihr Eigentum mit rigoroser Strenge. Sie stellte mir irgendein Ultimatum, und ich mußte nachgeben, sehr sehr widerwillig, weil diese Hofierung durch die feineren Kreise, egal ob erotisch getönt oder nicht, einem damals tiefen Bedürfnis von mir entsprach.

Außerdem leitete ich ein Lateinkränzchen, bestehend aus vier Frauen, darunter eine Gräfin, eine Baronin und schließlich Astrid. Auch dies mußte ich auf Befehl von Sonja aufkündigen, so harmlos es auch war. Sonja war eifersüchtig und ertrug es nicht, und ich gab auch da nach, obwohl ebenfalls zähneknirschend. Ich weiß nicht, wieso ich all dies einfach so mit mir machen ließ und wie willenlos in allem nachgab. Vielleicht aus einer extremen Neigung zu Schuldgefühlen: Wenn es mir in den betreffenden Häusern und Kränzchen auch bloß gefiel und ich gar nichts »Böses«, Sonja Abträgliches vorhatte – ich war doch immer bereit, Sonjas ängstlichen Unterstellungen eine gewisse Berechtigtheit zuzugestehen, weil ich mein Fasziniertsein schon mit geistiger Untreue verwechselte. Und wenn ich mich mit anderen als mit Sonja wohlfühlte, war ich selbst schon bereit, das verdächtig zu finden.

Natürlich grollte ich meiner Gefängnisaufseherin, wenn ich auch zugleich das Gefühl hatte, zu Recht für ein nur mögliches, nicht einmal begangenes Verbrechen eingesperrt und bewacht zu werden.

Samstag, 27. November 1976

Ich habe längere Zeit nichts mehr aufgeschrieben, weil meine Erinnerungen an die zwei Jahre, die wir noch im Heim verbracht haben, so verwaschen sind. Einmal im Frühjahr 67 war Sonja zu Hause, bei ihren Eltern in Mülheim. Vielleicht weil man damals in den ersten Semestern während der Semesterferien kein Stipendium bekam und Sonja sich deshalb eine Weile zu Hause durchfüttern lassen mußte, so scheußlich das für sie und uns auch war. Ich verbrachte ebenfalls eine kurze Zeit zu Hause in Bielefeld. Mein Stiefvater (Christian) hatte geschäftlich im Ruhrgebiet zu tun und konnte mich mitnehmen. Ich wollte Sonja überraschen, aber das ging vollkommen daneben. Ihre Mutter laborierte gerade an einem lästigen Hautausschlag an den Beinen und wikkelte sich beständig aus und wieder ein und war sehr gereizt und nervös – wahrte aber durchaus die äußeren Formen der Höflichkeit. Ich spürte trotzdem sehr genau die eisige Ablehnung und die peinliche Unsicherheit, die dadurch auch in Sonja entstand. Kaum fünf Minuten dort, wurde ich schon mit dem kleinen Affenpinscher Klärchen nach draußen geschickt, Gassi gehen. Als ich wiederkam und die Mutter gerade mal in der Küche verschwunden war, erzählte Sonja mir, sie habe, kaum sei ich aus der Tür gewesen, meine Handtasche geöffnet: »Wollen doch mal sehen, ob die hier übernachten will und gleich eine Zahnbürste mitgebracht hat.« Sie fand aber nur zwei hartgekochte Eier, etwas Salz und den »Spiegel«, meine Reiselektüre. Auch das natürlich unmöglich als Handtascheninhalt einer jungen Dame. Eine ganz ähnliche Reaktion der Mutter wie damals in Köln, als sie die große Szene inszenierte, weil eine Freundin Sonjas Kamm benutzt hatte. Sie lebte offenbar in der ständigen Angst, man könne sie oder ihre Tochter »ausnutzen«. Sonja war natürlich zutiefst erbittert über das Verhalten ihrer Mutter, gleichzeitig gerührt und amüsiert, auf wie »abartige« Weise der Inhalt meiner Handtasche diesen Verdacht widerlegt hatte. Ich wurde zum Essen eingeladen, und um Sonjas willen blieb ich auch. Nach dem Essen fuhren Sonja und ich mit dem Auto nach Düsseldorf, wollten da ein bißchen durch die Straßen gehen. Aber es regnete, und so landeten wir in einem ungemütlichen Eiscafé. Ich versuchte

Sonja klarzumachen, daß sie nicht zu Hause bleiben könne, mit einer Mutter, die mich, Sonjas beste Freundin (soviel wußte sie ja!) derartig mies behandelte. Sonja wandte ein, es wäre ja eher ihr Fehler, denn sie hätte es mir ja verraten. Ansonsten wäre die Mutter doch ganz lieb zu mir gewesen. Außerdem müßte ich auch den Ausschlag bedenken, der sie wirklich sehr unleidlich mache, schon seit Tagen.

Unser Kompromiß war dann schließlich, daß Sonja und ich am folgenden Tag nach Hamburg zurückfahren wollten. Ich übernachtete in einem schäbigen Hotel in Mülheim; Sonjas Haus wollte ich nie wieder betreten. Daß ich auch konsequent sein konnte, hatte Sonja wohl fast nicht erwartet. Sonjas Launen und Intrigen und Gemeinheiten gegenüber war ich ja wirklich immer wie ein willenloser Waschlappen gewesen, aber das beschränkte sich, wie ich jetzt beim Aufschreiben erkenne, gottseidank nur auf sie. Ansonsten konnte ich offenbar schon feststellen, wo die Grenze des Erträglichen war.

Als ich dann abends einsam in meinem muffigen Hotelzimmer saß, rief Sonja mich plötzlich an. Sie habe ihrer Mutter die Wahrheit erzählt, und nun ließen die Eltern anfragen, ob ich nicht doch bei ihnen übernachten wolle (eigentlich hatten wir verabredet, sie solle sagen, ich sei von Düsseldorf aus direkt nach Hause gefahren). Ich lehnte ab. Ob ich dann am nächsten Morgen bei ihnen frühstücken wolle? Ich sagte nein. Nach dem Frühstück im Hotel holte mich Sonja dann ab, wie verabredet. Ihre Mutter, sagte sie, hätte meine Reaktion richtig gefunden. Wenn man sie derartig behandelt hätte, wäre sie auch nicht zum Einlenken bereit gewesen. Ob Sonja das erfunden hat, um die Ehre ihrer Mutter doch noch zu retten, weiß ich nicht.

Die Eltern machten sich Sorgen um Sonjas Zukunft. Sie waren ja beide »nicht mehr die Jüngsten«. Wer sollte sich um das Kind kümmern, wenn sie einmal nicht mehr wären? Das beschäftigte besonders den Vater ständig – jedenfalls glaubte Sonja das. Es mag schon sein, daß das stimmte – seinerseits hat er allerdings für ihre Zukunftssicherung wenig Effektives zustandegebracht. Aber das lag wohl mehr an seiner Naivität. Er konnte nicht wissen oder wollte nicht wahrhaben, wie seine Frau, wenn er zuerst stürbe, ihren Mutterpflichten nachkommen würde. Ich habe das ja damals auch nicht für möglich gehalten. Jedenfalls nahm ich diese an sich berechtigten Elternsorgen ernst, und wieder einmal verwünschte ich unsere Gesellschaft, in der lesbische Beziehungen einfach keine Beziehungen sind: nicht legal, gesellschaftlich und rechtlich nicht gestützt, im Gegenteil. Wäre Sonja ein Mann gewesen oder ich – wie ruhig hätten die Altchen da schlafen können! Zwar kam ich in den Augen der Mutter sozusagen aus der Gosse (d.h. aus einer Familie ohne Geld), aber daß ich durch meine Erfolge im Studium ganz »vielversprechend« war, soviel begriff sie schon.

Irgendwann in dieser Zeit – nachdem ich den oben geschilderten Affront bei mir verziehen hatte – ergab sich also eine Szene bei Sonjas Eltern, wo Sonja und ich erklärten, wir würden unser Leben lang zusammenbleiben und sie brauchten sich nun keine Sorgen mehr zu machen. Beide lächelten nachsichtig: »Ach die guten Kinder! Das denken sie jetzt, aber irgendwann wird Judith ja doch heiraten, und dann ist Sonja ganz allein.« Dem Vater aber lag die Sache wohl doch so sehr am Herzen, daß er gern bereit war, seine Sorgen wenigstens ein bißchen zerstreuen zu lassen. Er erinnerte sich an eine seiner Kolleginnen, die nun schon seit dreißig Jahren glücklich mit einer Frau zusammen lebte. »Eine Freundschaft kann auch ein sehr festes Band sein«, sagte er nachdenklich, »manchmal einfacher als eine Ehe« (wie recht er doch hatte, bei *der* Ehe!). Die Stimmung wurde direkt gerührt, und beide boten mir schließlich das Du an, mit dem Hinweis, daß sie das nur ganz ganz selten mal täten. Ich durfte sie fortan Tante Lilli und Onkel Wolfram nennen. Manchmal unterschrieb Frau Sanders ihre Briefe an mich mit »Deine Vizemutti«. Sie ist realistischer als ihr Mann es war und ahnte wohl die wirkliche Natur der Beziehung zwischen Sonja und mir. Anders als meine Mutter hatte sie niemals moralische Bedenken deswegen; vielmehr war sie so pragmatisch, es zu begrüßen, daß Sonja überhaupt so einen aufopferungswilligen Partner gefunden hatte, egal ob Frau oder Mann. Auf diese Weise war sie ja die Pflegeverpflichtung losgeworden. Obwohl sie mich immer verachtet hat, hat sie es mir später nie verziehen, daß ich Sonja verlassen habe. Meine Mutter desgleichen, wenn auch aus ganz anderen Motiven: Lesbische Beziehungen findet sie pervers und »schöpfungswidrig«, Untreue aber ist ebenfalls eine Todsünde.

Zwei Wochen nach Sonjas Tod war ich in Mülheim, um mit der Mutter die Erbschaftsangelegenheiten zu regeln. Zum Schluß fragte sie mich: »Warum hast du Sonja nur verlassen?!« Ich antwortete nach bestem Wissen: »Weil wir sonst beide kaputtgegangen wären.« Darauf sie: »Ja, Sonja war ein Faß ohne Boden. Immer nur geben, immer nur geben mußte man, und doch hat es alles nicht geholfen.« Das stimmt sogar – aber in diesem Satz fehlt das Objekt. Sie meinte »Geld«. Zur ihrer Selbstberuhigung hatte sie eine Liste angefertigt mit den gesammelten Geldbeträgen, die sie Sonja seit dem Tod des Vaters (1970) hatte zukommen lassen: 19000 DM. Diese Liste hat sie auch Sonja unter die Nase gehalten. Wenn sie statt dessen ein bißchen Verständnis und Wärme und Liebe gegeben hätte – sie hätte viel Geld sparen können und Sonja würde noch leben.

3. Dezember 1976

Bis jetzt haben Müller, Bella und Stefanie diese Aufzeichnungen gelesen. Müller und Bella sind für die Veröffentlichung, Stefanie ist dagegen, um meinetwillen, nicht weil sie das als Buch schlecht findet. Der Beruf, den ich anstrebe (Professur) ist ja ein ziemlich öffentlicher, und selbst wenn ich die Geschichte noch so sehr verfremdete, wäre sie doch durch den Rollstuhl leicht entschlüsselbar, auch weil ich schon relativ bekannt sei. Es sei auch gar nicht so sehr die lesbische Thematik, sondern überhaupt die radikal offene Art, über mein Privatleben auszupacken. Das alles hat mir sehr zu denken gegeben. Wahrscheinlich hat sie recht, und ich habe das bisher einfach nicht realistisch genug gesehen. Ich habe meine bisherigen positiven persönlichen Erfahrungen mit radikaler Offenheit zu stark verallgemeinert. Bis auf meine Mutter haben eigentlich alle Leute »menschlich« darauf reagiert. Das Gespräch wurde dadurch sogar meist sehr viel besser, ehrlicher, direkter auch auf seiten des jeweiligen Partners. Aber »die Öffentlichkeit« ist etwas anderes als ein konkreter Gesprächspartner, den ich wohl auch vorher intuitiv genau abgeschätzt habe, ob sie/er das Vertrauen auch verdient.

Diese Überlegungen haben mich zuerst sehr deprimiert. Ich hatte mir durch Müllers enorm positive Reaktion schon einen literarischen Erfolg zurechtphantasiert, denn ich halte ihn nach seiner Beurteilung von Carson McCullers für sehr kompetent in literarischen Belangen. Der therapeutische Aspekt, das Von-der-Seele-Schreiben, ist in der letzten Zeit etwas in den Hintergrund getreten. Anfangs habe ich sehr auch für Müller geschrieben, in Kopenhagen dann für Bella. Ich wollte unter anderem zeigen, wie empfindsam ich bin, was ich alles durchgemacht habe und wie lebendig ich schreiben kann. Wieder verfolgte ich gleichzeitig das bundesdeutsche Literaturgeschehen mit eifersüchtigem Interesse, wie schon damals, als ich die Kurzgeschichten schrieb. Das Motiv des literarischen Geltungsdrangs ist mir also genommen. Ein weiteres Motiv war das missionarische (in meiner Familie wimmelt es von Missionaren): Wie ich hier ja schon wiederholt angedeutet habe, möchte ich dadurch, daß ich den Mund auftue und mich »stelle« um nicht zu sagen »bloßstelle«, eine Bewußtseinsänderung bewirken, an der Arbeit der Frauen-, Lesben- und Behindertenbewegung mitwirken. Flucht nach vorn wie bei dieser Transsexuellen aus der Talkshow. Wenn in diesen Tagen seit Stefanies Kommentar mehr meine missionarische Stimmung überwog, dachte ich auch wohl, ich *müsse* den Mut zur Veröffentlichung haben. Wenn wir immer weiter fein stillschweigen, passiert nie etwas. Ich sehe mich da noch in der Uni stehen und diese Bekenntnisse hier fotokopieren, damit Freunde sie mal begutachten können. Wie ängstlich war ich schon da, die Leute könnten mir über die Schulter sehen und ein verräterisches Wort erhaschen. Wenn die Kopiermaschine mal wieder Ausschuß produzierte, den ich natürlich normalerweise in den Papierkorb tue, der da steht, sammelte ich ihn diesmal sorgfältig ein. Ich war so wütend auf meine ganze Umgebung, die mein Bewußtsein so krank gemacht hat, denn ich wußte ja, daß ich, wenn ich den Text etwa in der Zürcher Lesbengruppe fotokopiert hätte, keinerlei Angst empfunden hätte.

Es ist wohl eine Frage der Risikofreudigkeit und der Stärke, die ich mir so zutraue. Das schwankt aber bei mir noch sehr. In idealistischen Phasen denke ich so, alle Menschen sind Brüder – und Schwestern, und die werden mich schon nicht schneiden dann oder gar zerfleischen. Rechtlich können sie mir ja sowieso nichts anhaben. Aber ich weiß aus eigener bitterster Erfahrung, daß es rechtlicher Handhaben gar nicht bedarf, um wirksam zu strafen und ganz natürliche Impulse einzuschüchtern und fast totzutreten.

Vermutlich werde ich Stefanies Rat befolgen. Das hat den Vorteil, daß ich jetzt noch offener loslegen kann.

Wenn ich vor dem Fernseher sitze und lieber auf die nachtdunkle Fensterscheibe schaue, sehe ich Sonja da sitzen, als Schemen hinter der Scheibe. Es ist der Fernseher mit dem Blumentopf drauf, der sich im Fenster spiegelt. Der weiße Blumentopf ist mir Sonjas Kopf, die weiße Schmalseite des Fernsehers ihr Ärmel. Sonja hatte einen rostroten Trägerrock aus Kord, zu dem sie ihre hellen Blusen trug, und es gibt ein Foto von ihr, wo sie das beides anhat. Dieses Foto belebt sich da in der Fensterscheibe. Ich habe überlegt, ob ich den Blumentopf wegstellen soll. Es ist nicht einfach – daß sie mir auch ausgerechnet gegenübersitzt. Andererseits will ich sie nicht so auslöschen.

Heute habe ich mir Nieren gegrillt. Sonja und ich haben zu

Hause nie Nieren gegessen, höchstens mal im Restaurant. Wir wußten einfach nicht so recht, wie man die zubereitet. In meinem Kochbuch liegt ein hastig bekritzelter Zettel mit einem Rezept für Nieren. Das hat Sonja mir durchs Telefon nach Bremen durchgegeben. Ganz begeistert mußte sie mir mitteilen, was Birgit ihr da am Mittag grade beigebracht hatte: Wie heiß das Öl sein muß, was für ein Messer man braucht, um die zähen Nierenstränge zu entfernen. Jetzt ist die Schreibmaschine kaputt.

4. Dezember 1976

Eigentlich ist schon der fünfte, es ist nämlich fünf nach eins. Ich habe eben meine Schreibmaschine wieder repariert. Sonja bewunderte mich auch dafür, wie geschickt ich (in ihren Augen) im Reparieren von Haushaltsgegenständen war. Als ich schon in Bremen wohnte, sagte sie oft, sie vermisse mich auch deswegen schrecklich. Ich wußte wohl, daß ich im Grunde auf dem Gebiet gar nichts besonderes leistete, aber Sonjas grenzenloses Vertrauen beflügelte mich.

Den Blumentopf habe ich vorhin vom Fernseher auf den Flügel gestellt, außerdem die Gardine zugezogen. Jetzt saß Sonja mir nicht mehr gegenüber. Ich konnte es nämlich nicht mehr aushalten, hab sowieso den ganzen Tag an sie denken müssen, voll zärtlicher unendlicher Traurigkeit. Wie konnte ich bloß Sonja um Bellas willen verlassen! Ich bin dabei, mich von Bella zu lösen und entwerte sie deswegen, das ist mir auch klar. Aber je mehr Menschen ich so kennenlerne und bei mir prüfe, ob ich wohl mit ihnen zusammenleben möchte, desto mehr wird mir klar, daß ich so einen Menschen wie Sonja niemals wiederfinden werde. Ich klage hiermit die Gesellschaft an, mit ihrer Zwangsheterosexualität (das Wort habe ich gerade bei den Zürcherinnen gelernt). Mir war der Gedanke tief eingefleischt, daß sich eine Universitätskarriere nicht mit dem Bekanntwerden meines Lesbischseins vereinbaren ließe. Hatte einfach wahnsinnige Angst. 1972, nach meiner Promotion, bekam ich eine Stelle in einem Bremer Forschungsprojekt. Sonja war noch an der Hamburger Uni eingeschrieben. Daß ich nicht nach Bremen zog, begründete ich damit, daß ich in Hamburg meine Psychoanalyse hatte. Dann aber hörte die Psychoanalyse auf, Ende 73; außerdem kamen neue Mitarbeiter ins Projekt, die ich einarbeiten mußte. Also gab es keinen objektiven Grund mehr, weshalb ich in Hamburg bliebe, vielmehr sprach alles für Bremen. Mit Sonja nach Bremen zu ziehen, das hätte ich als praktisches Eingeständnis der wahren Natur unserer Beziehung empfunden. Was war aber damals noch die »wahre Natur« unserer Beziehung? Zärtlichkeit ja, und unzählige Gemeinsamkeiten, entstanden durch die vielen Jahre des Zusammenlebens, eine tiefe Verbundenheit – und Angst und Schrecken wegen Sonjas beständigen Exzessen! Worauf waren diese Exzesse zurückzuführen? Auf die nackte Existenzangst, mich zu verlieren. Und diese *ihre* Angst war nur die Folge meiner Angst, als Lesbe »entlarvt« zu werden. Diese Kausalkette ist doch einfach himmelschreiend. Daß Sonja an der bornierten Intoleranz dieser Gesellschaft letztlich zugrundegehen mußte, einer Intoleranz, die bei mir eine ständige Existenzangst hervorgerufen hatte. Ich könnte weinen und schreien über die Brutalität dieser ganzen Zusammenhänge, wie sie mir jetzt langsam aufgehen. Die Zürcherinnen haben gleich gefragt: »Hat sie sich umgebracht, weil sie lesbisch war?« Hat schon mal jemand gefragt: »Hat sie/er sich umgebracht, weil sie/er hetero (›normal‹) war?« Man sollte wirklich aussteigen aus einer Gesellschaft, die solche Lebensläufe zustandebringt.

1967 nahm ich an meiner ersten Tagung teil, in der Nähe von Kassel. Ich bekam jeden Tag einen Brief von Sonja und versuchte wohl auch, ihr meinerseits zu schreiben, aber der Ort war sehr abgeschieden, ohne Briefkasten, außerdem war man nie allein. Übernachtung in einem Schlafsaal. Auch da hatte ich beim Lesen der Briefe immer Angst, jemand könnte ein verräterisches Wort erhaschen. Auf dem Briefumschlag stand als Absender nur »Sanders«, das konnte ja auch mein Verlobter sein. Ich werde immer erbitterter, je länger ich über all diese Verstümmelungen nachdenke, die man an uns vorgenommen hat. Warum nur? Die Radikalfeministinnen sagen, weil der Lesbianismus die eindeutige Absage an das Patriarchat ist. Heute stolperte ich im Fernsehen über folgende Sätze: »Die Franzosen sind vertrauensvoll und überlassen ihren Gästen alles, vom Scheckbuch bis zur Gattin.« Dann: »Er trieb alle Arten von Sport: Golf, Reiten, schöne Frauen.« Früher hätte ich vielleicht sogar noch darüber gelacht.

Und was mache ich nun mit meinem Zorn über diese Zustände? Ich versuche Karriere zu machen und weiterhin gute Miene zum bösen Spiel. Neulich als Luigi da war, verlassen von Giovanna – alle haben ihn bedauert. Gleichzeitig ging mein »Verhältnis« mit Bella in die Brüche. Ich selbst kam noch nicht mal auf die Idee, das etwa miteinander zu vergleichen und ebenfalls allgemeinen Trost für mich zu reklamieren. Saß hier für mich allein und heulte, und nur allerengste Freunde konnten mir helfen, weil ich es nur denen erzählen konnte.

Ich habe hier in dieser Gesellschaft offenbar die Wahl, entweder die eine Hälfte von mir zu »verwirklichen«, wie es immer so schön heißt, oder die andere. Entweder mein Privatleben hinter ängstlich verschlossenen Türen zu betreiben, statt allgemein angesehen und unterstützt wie die Heterosexuellen, und dafür im Beruf keine Schwierigkeiten zu haben, oder mich zu bekennen und zu exponieren und die unvermeidlichen Folgen in Kauf zu nehmen. Da ich meinen Beruf liebe und auch glaube, daß ich gerade dafür begabt bin und außerdem davon existiere, ist die Wahl vorläufig klar. Früher habe ich mir vorgestellt, daß ich als Lehrstuhlinhaberin endlich freier sein können würde, aber Stefanies Bedenken haben mich aus diesem Traum aufgeweckt. Noch aber habe ich die Hoffnung nicht ganz aufgegeben, durch kluges taktisches Abschätzen der Möglichkeiten vielleicht doch auch noch meine andere Hälfte mehr zu »verwirklichen«. Aber wozu eigentlich, ohne Sonja?

Ich habe heute gar nicht richtig erzählt, nur gespuckt. Ich hasse diese Zustände, die Sonja in den Tod getrieben und mich kaputt gemacht haben. Ich sollte gegen die Zustände ankämpfen, aber verlieren will ich auch nichts – im Moment. Wer aber bei diesen Zuständen etwas erreichen will, muß wohl kämpfen und riskieren zu verlieren.

6. Dezember 1976

Ich bin tränenüberströmt, kann kaum die Buchstaben auf der Maschine erkennen. Den ganzen Tag schon voll dumpfer Trauer, und jetzt ist es losgebrochen. Ich mußte an die Zeit vor einem Jahr denken. Am 4. Dezember 75 schrieb ich in einem Brief an Bella:

So jetzt hab ich mir durch diese vielen assoziativ aneinander gereihten Fakten schon mal meine erste Bedrücktheit von der Seele geschrieben – es geht um Sonja, mit der ich nach dem mißglückten Julia-Telefonier-Versuch eine 3/4 Std. geredet habe, weil die Gelegenheit ja günstig war und ich mir allmählich doch Sorgen machte. Es gibt da aber auch wahrhaftig nur Elend zu berichten; sie versuchte tapfer zu sein, war aber zwischendurch immer tränenerstickt. Sie hat ab Mitte Oktober am laufenden Band nur Pech gehabt, erst den Knatsch mit der Mutter, dann das Auto kaputt, dann eine schlimme Erkältung, vom Pferd gefallen und sich das Kinn aufgeschlagen, sich wieder mal beim Kaffeekochen das linke Bein verbrüht, dann eine zweite Erkältung, und z.Zt. liegt sie mit der dritten im Bett, hat zu nichts mehr Elan, schreibt – natürlich – nicht an der Arbeit und hat große finanzielle Sorgen. Bei so viel Elend wurde mir ganz furchtbar elend und schuldbewußt ums Herz, wie es mir mit Sonja immer noch geht, dabei kann ich ja für dieses Pech nun wirklich nicht. Aber ich kann ihr auch nicht helfen, weder finanziell (der Flügel und Weihnachten und die Reise(n) nach Kopenhagen und der Analytiker wollen ja auch bezahlt werden) noch arbeitsmäßig, da ich jetzt dringend an meine Habilschrift muß. Ich sah das auch ganz klar und nüchtern und habe nichts Unmögliches in meinem Mitleid und in meiner Hilflosigkeit versprochen, aber dies Nichts-Versprechen hat mich unheimliche Nerven gekostet, und ich komme mir ganz schlecht und unmenschlich vor, wie jemand, der einem Schwerkranken die Hilfe verweigert und sich ausschließlich um sein eigenes Vergnügen (Kopenhagen, Flügel), um seine eigene Gesundheit (Analyse) und seine eigene Karriere kümmert, total selbstsüchtig. Der einzige Trost in dieser miesen Selbsteinschätzung ist, daß es nicht nur um mein Vergnügen, sondern auch um Dich geht, d.h daß Du mich auch brauchst, sonst hätte ich vermutlich gegen jede Vernunft angeboten, bei Sonja Weihnachten und Silvester zu feiern, denn sie will ganz allein in Hamburg bleiben. Ich hab mir aber das ganze Elend bewußt, um mich ein bißchen zu schützen, mit Ilses Ohren angehört, die immer wieder betont, daß Sonja ihre Krankheiten und Unglückssituationen ganz stark als Druckmittel einsetzt, womit sie ja früher bei mir auch immer Erfolg hatte, und daß man ihr nur dann wirklich hilft, wenn man sich diesem Druck widersetzt, denn daß sie solchen Druck fast zwanghaft ausüben müsse, verursache ihr ja auch Not und Schuldgefühle, und die könnte man ihr durch Festigkeit ersparen. Daß sie beide Tendenzen hat, zeigt ja auch die Tatsache, daß sie selten »angeweint« kommt, sich im Gegenteil verkriecht und an sich alles gern allein durchstehen will, wieder in übertriebener Weise. Wenn man sich dann nämlich mal meldet, kommt es doch in geballter Wucht aus ihr hervor wie ein Wasserfall, so schlimm, daß sie einen dann doch total erdrückt – und so ihre andere, gegenteilige Tendenz befriedigt. Um aber doch irgendwas zu tun, hab ich ihr angeboten, sie könnte im Februar zu mir kommen und hier arbeiten. Das wollte sie aber nicht, die »Sache« mit mir hätte sie noch nicht genügend verwunden – mehr wollte sie aber nicht darüber sagen, und ich hab auch tunlichst nicht weitergefragt. Auch da wieder das alte große Schuldgefühl bei mir natürlich sofort da. Ach Bella – Schuldgefühl, weil es mir besser geht mit Dir, ist das nicht widersinnig? Fast als dürfte ich mir das Glück nicht gönnen, weil Sonja es auch nicht hat, so wie ich früher nichts besichtigen mochte, was irgendwie mit Treppen zu tun hatte, weil Sonja auch der Zugang versperrt war. Zum Glück aber mache ich mir das alles jetzt mühsam klar, aber es bleibt doch ein großer Rest von Kummer und Hilflosigkeit.

Heute sage ich mir natürlich: Hätte ich doch bloß damals mehr auf meine innere Stimme gehört. Hätte ich mich doch weniger verhärtet gegen die arme Sonja, der es wirklich wahnsinnig drekkig ging.

Oft hat Sonja zu mir gesagt: »Wenn ich tot bin, ist es natürlich erstmal schlimm für dich, das glaube ich schon. Aber nach ein paar Monaten hast du es überstanden, und uns beiden ist geholfen.« Das sagte sie meist ganz ohne Bitterkeit oder anklagenden Zynismus, mehr wie eine kaufmännische Kalkulation der Vor- und Nachteile. Ich habe immer erschüttert und mit echterer Intensität als bei sonst irgendeinem Thema protestiert, als hätte ich damals schon gewußt, was ich jetzt durchstehen muß an täglicher Qual der Erinnerungen. Mein Gedächtnis war immer mein großes Kapital, willkommene Hilfe in fast allen Lebenslagen – jetzt ist es eine beständige Quelle des Schmerzens, mal dumpf und ohnmächtig, mal scharf und plötzlich zustechend. Lauter Trivialitäten, die mich da anströmen, und viel bittere Reue. Sonja war sehr zärtlich und anlehnungsbedürftig und wollte immer »kuscheln«, einfach warm mit mir im Bettchen liegen und mich spüren. Mir war das aber »langweilig«; ich konnte nie eine Situation einfach so vegetativ genießen. Ein zu angespanntes Temperament wohl, trotz meines sonstigen Phlegmas. Schließlich kam es in dieser Kontroverse gar so weit, daß Sonja sich zum Geburtstag wünschte, eine halbe Stunde mit mir kuscheln zu dürfen – aber noch nicht mal dazu ist es gekommen. Ich wähle diese unpersönliche Satzkonstruktion, weil es etwas leichter auszuhalten ist. Ich schäme mich meiner mir jetzt unbegreiflichen Halsstarrigkeit. Vielleicht gab es ja sogenannte »tiefere Gründe« für mein Verhalten – aber ich kann jetzt keine sehen, dabei bin ich doch wirklich geübt im Auf- und Erfinden tieferer Gründe.

Jedenfalls kann Sonja nicht behaupten, es würde nicht um sie gelitten. Ich weiß, daß ich mein Leben lang daran leiden werde; daß ich diese zehn Jahre und alle Einzelheiten, schöne und schreckliche, nie wieder aus dem Kopf kriege. Manchmal glaube ich fast, wenn Sonja das gewußt hätte, sie hätte es mir erspart. Und ich denke, ob sie mich wohl sieht, wie ich weine und schreibe und mich (meist weniger laut) abquäle Tag für Tag. Wird es sie reuen, oder ist es auch eine Art Genugtuung?

Ich habe einen großen Kasten voll gelber, mit Schreibmaschine beschriebener Karteikarten. Die verwende ich jetzt zum Aufbau meiner Tonbandkartei. Wir haben die Karten gemeinsam beschriftet vor neun Jahren im Studentenheim, Katalogisierung unseres Bücherbestandes. Eine völlig blödsinnige Arbeit, an der wir aber lange zäh festhielten, das beweisen die fünfhundert Karteikarten. Wir erfaßten nicht nur Buchtitel, sondern auch jedes einzelne Stück aus Anthologien. Ich kann mich nicht mehr auf unser Motiv für diese Zeitverschwendung besinnen. Wahrscheinlich wollten wir, da unser Lieben und Leben uns dem Studium so sehr entfernt hatte, wenigstens etwas tun, was so aussah wie »wissenschaftliche Beschäftigung«.

Übrigens fällt mir gerade zu meiner Erleichterung ein, daß ich Sonja vergangenes Jahr zum Geburtstag zweihundert Mark geschenkt habe. Und sie hatte natürlich nichts besseres zu tun, als mir zu Weihnachten die Norma zu schenken, für ungefähr sechzig Mark.

Irgendwann im Sommer 67 zog Sonja aus dem ersten Stock ins Parterre um, weil ihr das Treppensteigen zuviel geworden war. Da sie es praktisch gezwungenermaßen tat, war sie verzweifelt und erbittert über den Abstieg. Am ersten Abend in dem neuen Zimmer, in dem sie sich wie ein Erdferkel fühlte, schrie sie wieder das ganze Heim zusammen. Judith wollte sie trösten und versuchte, sie auf die Vorzüge des Umzugs hinzuweisen. Dafür wurde sie von Sonja praktisch rausgeschmissen. Sonja konnte aus dem gutgemeinten Trost wohl nur heraushören, daß Judith sie nicht verstehen wollte oder konnte oder zu bequem und selbstsüchtig war, sich richtig in ihre Lage zu versetzen. Judith, die wirklich über eine Engelsgeduld verfügte, besonders Sonja gegenüber, war zum erstenmal richtig böse. Sie kam zu mir und beschwerte sich, Sonja reagiere einfach unmöglich, und mit so was wolle sie auch nicht mehr befreundet sein. Ich war vollkommen verblüfft; so kannte ich Judith gar nicht. Ich versuchte zu vermitteln, und die beiden versöhnten sich wohl auch bald wieder.

Jetzt wohnte ich also oben und Sonja unten. Endlich konnte *sie* auch mal für *mich* kochen, und sie tat es mit immer größerer Sorgfalt, Hingabe und Begeisterung. Wie oft hat sie mir Rezepte vorgelesen, bei denen ich doch immer automatisch abschalte, gar nicht aus bösem Willen, eben automatisch. Aber meist zwang ich mich dann zum Zuhören. Das Kochen erfüllte für Sonja zwei Funktionen: Einmal für mich sorgen (Liebe geht durch den Magen) und eine Art Schuld abtragen, weil ich sonst fast alles für *sie* tun mußte, und zweitens mit ihrer Mutter konkurrieren, die sie nie an den Kochtopf gelassen hatte, weil das Kind ja sowieso alles falsch machte. Und anfangs machte sie auch noch alles falsch. Jene erste Zwiebelsuppe zum Beispiel, an der sie fünf Stunden herumgekocht hatte, schmeckte hinterher durch den zähen ausgekochten Käse wie flüssiger Kaugummi ohne Geschmack. Aber das änderte sich ganz schnell. Seit ich aus Hamburg weggezogen bin, habe ich keine Rouladen und kein Gulasch mehr gegessen, Sonjas besondere Spezialitäten (auch die der Mutter!). Ich koche selbst nicht ungern, aber das ist mir zu kompliziert und zu traurig.

Morgens kam Sonja unter mein Fenster gerollt, oft in der Finsternis, auch mühsam über Eis und Schnee, und rief mit ihrer hellen freundlichen Stimme: »Judith, frühstücken!« und ich schrie aus meinem Bett zurück: »Ich komme gleich!« Im Heim machten sie sich ab und zu lustig über dieses Ritual; mir selbst war es deshalb auch manchmal peinlich, aber es war doch auch immer wieder schön und rührend und sehr wohltuend. Unser Frühstück war karg, aber innig. Die meisten, die gemeinsam mit andern frühstückten, machten es sich »nett«, mit Kerze und Tischtuch, aber das fanden wir natürlich sowohl spießig als auch unpraktisch. So wurden dann nur die Bücher beiseite geschoben, und wir frühstückten an einer Ecke des nackten Tisches, ich in die Sofaecke gekuschelt, Sonja in ihrem Rollstuhl. Später habe ich sie aber auch oft geweckt und in der unglaublichen Beengtheit des kleinen vollgepfropften Zimmerchens das Frühstück »angerichtet«, während sie sich am Waschbecken wusch.

In der Küche war ein Schrank mit zwanzig Fächern für jede der Studentinnen des Flurs. Die andern bewahrten da ihre unverderblichen Lebensmittel auf: Zucker, Mehl, Gewürze – und es war üblich, daß man sich aus diesen Fächern nach Laune bediente, wenn einem etwas fehlte. Geriet bei einer solchen Suche mal jemand an unser Fach, so starrte ihm nur sorgfältig gestapeltes schmutziges Geschirr entgegen, das wir so alle zwei Wochen in einer mehrstündigen Sitzung wegspülten, zum großen Ärger der andern, weil dann die Küche praktisch gesperrt war. Wir galten als reichlich verrückt und freuten uns dessen. Der Absonderungseffekt war aber nur sekundär – wir fanden es wirklich einfach viel praktischer so und wunderten uns, weshalb die andern unsere zeitsparende Organisation nicht nachahmten.

11. Dezember 1976, Samstag

Ich komme grad aus Winterthur. In der Stunde bei Müller war ich ungewöhnlich lustlos und niedergeschlagen. Dachte, es läge an meiner Müdigkeit (nur fünf Stunden geschlafen) und an der Unzufriedenheit mit meiner Arbeit. Gemeinsam kamen wir dann auf die Idee, es könnte wohl auch die Polenreise sein, die mich bedrückt – auch so eine drohende Fremde wie damals England, und alle beglückwünschen mich dazu. Kaufte mir dann noch eine neue Hose für die Reise, verpaßte dadurch meinen gewöhnlichen Zug und wartete den nächsten in einem Restaurant ab, bei Kaffee, Omelett und Salat. Aus dem Lautsprecher gepflegte Popmusik, verbeateter Bach, langsame Stücke mit eher schwermütigen Melodien. Oder kam es mir nur so vor? Jedenfalls fuhr mir vorhin diese Musik dermaßen ins Gemüt, daß ich die Tränen kaum noch zurückhalten konnte. Immer wieder versuchte ich, meine Gedanken auf etwas anderes als Sonja zu lenken – ich wollte doch gerne wenigstens mein schönes Omelett aufessen, mich aber auch nicht als Heulsuse blamieren. Es ging nicht. Diese Musik machte mich so weich und krank, daß ich schleunigst das Lokal verließ. Draußen, ohne Musik, ging es gleich etwas besser, obwohl ich das Gefühl hatte, im Gesicht ziemlich verbissen auszusehen. Das war es also, dachte ich mir – nicht die Polenreise, nicht die Müdigkeit und auch nicht Unzufriedenheit mit meiner Habilproduktion. Wie Müller schon im März vorausgesagt hat: »Und dann werden Zeiten kommen, da sind Sie ganz traurig und wissen gar nicht, wieso – bis es Ihnen aufgeht, daß es Trauer um Sonja ist!« Deshalb schreibe ich auch jetzt, gegen meine Gewohnheit mitten am Tag, um mich abzureagieren durch die schriftliche Distanzierung.

Ich glaube, ich schreibe in letzter Zeit soviel über meine Trauer auch weil meine Schuldgefühle größer geworden sind, je mehr ich mich in die Verästelungen unserer Geschichte hineingewühlt habe. Ich sehe die Weggabelungen, mit meinem um Jahre erwachseneren Bewußtsein, und sehe genau, hier hättest du so und so handeln müssen. Ich hätte zum Beispiel meine Bremer Freunde ruhig ins Vertrauen ziehen können, sie haben es verdient, das weiß ich *jetzt.* Und dann hätte ich mit Sonja nach Bremen ziehen müssen, unverbrüchlich und selbstverständlich zu ihr stehen, wie sich das gehört für eine ordentliche Ehe, noch dazu mit einem behinderten Menschen. Statt dessen stieß ich Sonja in immer tiefere Zweifel, auf die sie mit immer entsetzlicheren Szenen und Besäufnissen reagierte, die mich wiederum immer weiter von ihr wegtrieben. 1970 fing das eigentliche Elend an, mit meiner Psychoanalyse. Scharff hatte schon bei dem Erstinterview gesagt, durch die Analyse könne meine Beziehung zu Sonja sich auflösen – und in meinem elenden Wahrheitsfanatismus hatte ich nichts besseres zu tun als Sonja das zu berichten, etwa ein halbes Jahr später, im August 1970, als ihr Vater gerade gestorben war. Sonja geriet völlig außer sich und weinte ungefähr drei Tage lang. Hatte sie nicht sogar dafür arbeiten wollen, als Sekretärin bei Wörthings, daß ich diese Analyse bezahlen konnte? Und das nun als Lohn für ihre Einsatzbereitschaft. Ich war damals noch so wissenschafts- und analysegläubig, daß ich diese düstere Prophezeiung von Scharff viel zu ernst nahm, etwa wie ein kerngesunder Mensch, der sich brav und ergeben zum Sterben hinlegt, weil eine Wahrsagerin ihm den Tod für die kommende Nacht vorausgesagt hat. Ich glaube nicht, daß ich Sonja mit dieser Eröffnung auch unter Druck setzen wollte – eher hoffte ich sie als Verbündete gegen dies drohende Schicksal zu gewinnen. Aber das war ein entsetzlicher, verhängnisvoller Fehler.

Zurück zu der Zeit im Studentenheim. Sonja gab einer Amerikanerin, der Frau eines Ölmanagers, Deutschunterricht. Die Frau war laut und ziemlich unbedarft, fast vulgär, aber ganz lieb und warmherzig. Die deutsche Sprache fand sie widerlich; eigentlich fielen ihr dazu hauptsächlich Obszönitäten ein. Sie erzählte zum Beispiel, beim Fahren auf der Autobahn müsse sie sich immer kaputtlachen, weil auf den Schildern so oft das Wort »Fahrt« stünde (wohl »Ausfahrt«, was sie gemeint hat). Sonja verstand erst nicht. Ja das wäre doch genauso wie englisch »fart«, »furzen«. Sie und ihr Mann hatten für die Zeit des Deutschlandaufenthalts ein großes Haus in der Nähe des Studentenheims gemietet. Einmal verreisten die beiden und baten uns, das Haus und den Hund Oily, einen gutmütigen Cocker, so lange zu hüten. Uns reizte die Sache hauptsächlich wegen des großen Doppelbetts, in dem wir schlafen sollten – endlich ein Haus ganz für uns allein! Gleich am ersten Abend brannte ich mit meiner Zigarette ein Loch in den kostbaren Mahagonitisch. Überhaupt mußten wir erleben, daß es für zwei schüchterne kleine Mädchen nahezu unmöglich ist, in fremder, anvertrauter und durchgehend kostspieliger Umgebung eine zünftige Orgie zu veranstalten. Wir getrauten uns ja kaum ein Kassler in der Pfanne zu braten. So haben wohl einzig Oily und Davisons von diesem Unternehmen profitiert.

Einen Nachhilfeschüler hatten wir gemeinsam, Clemens, einen ernsthaften gehemmten Knaben von damals elf Jahren. Für ein gemeinsames Gehalt von 250 DM pro Monat hatten wir uns um seine sämtlichen schulischen Belange zu kümmern, Deutsch, Englisch, Mathe, später noch Latein. Da ich sonst so viele Lateinschüler zu verarzten hatte (es gab ja nicht viele Lateinstudenten, und ganz Othmarschen war schwach in Latein, so schien es einem), übernahm Sonja ihn allein in den anderen Fächern. Schon bald aber machte sie der Matheunterricht hilflos und nervös, weil sie selbst in der Schule keine Mengenlehre gehabt hatte. Sie hätte sich die jeweiligen Kapitel nur mal in Ruhe durchlesen müssen, dann hätte sie das natürlich sofort kapiert. Aber sie traute es sich von vornherein nicht zu, während ich (mir war ja die Materie genauso fremd) selbstverständlich auf meinen gesunden Menschenverstand vertraute und mir sagte, was sie den Kleinen da abverlangen, das wirst du ja wohl auch noch verstehen. Und ich versuchte Sonja ebenfalls zu dieser Einstellung zu verhelfen, aber ohne Erfolg. Daß mir der Unterricht keine Schwierigkeiten bereitete, bestätigte Sonja wieder mal in der Überzeugung, ich sei ihr in fast allem überlegen.

Irgendwann in diesen beiden Heimjahren hat sie sich auch den Fuß verknackst, was ich ja schon mal kurz erwähnt habe. Sie kam mit den Krücken aus dem Klo, vor dem ich zur Vorsicht Wache stand. Machte eine falsche Bewegung, ich versuchte sie aufzufangen, aber wir stürzten gemeinsam hin. Dabei verstauchte sie sich den Fuß und ich mir den kleinen Finger, was ich noch zwei Jahre später spürte. Die Folgen ihrer Verstauchung blieben wie gesagt spür- und sichtbar bis zu ihrem Tod. Zunächst aber mußte sie drei Wochen liegen. Ich verlegte in der Zeit meinen Arbeitsplatz in ihr Zimmer, um sie bei Laune zu halten und ihr ihre Wünsche erfüllen zu können. An richtiges Arbeiten war so aber nicht zu denken, deshalb fing ich an, ein Drama im Stil von Joe Orton zu verfassen, den ich damals gerade entdeckt hatte und der mir ausnehmend gefiel. Sonja lag da und las sämtliche Werke von Djuna Barnes, während ich fröhlich eine Seite nach der andern an der Schreibmaschine füllte und das jeweils Produzierte sofort an Sonja weiterreichte, die sich genau wie ich köstlich amüsierte über das freche Stück. Erika durfte auch an unserem Vergnügen teilnehmen, aber sonst keiner, denn es ist so eine Art homosexuelle Burleske, betitelt »Richard die Dritte«. Anders als bei meinen späteren Kurzgeschichten habe ich bei dem Stück nie so richtig an Veröffentlichung gedacht, obwohl zwei Bekannte von uns, Lesben mit Kontakt zum Theater, mir dringend dazu rieten. Dazu hätte ich es aber aus der rein assoziativen Form in eine ordentliche bringen müssen, und das war mir immer zu lästig. Auch strebte ich nach der dreiwöchigen Arbeitsunterbrechung doch wieder nach ernsthafterer, studiumsbezogener Beschäftigung.

Ein paar Stunden später, abends halb neun. Diese bleierne Trauer geht mir heute einfach nicht aus dem Kopf und aus dem Magen. Vorhin schrieb ich auf meine Notizrolle an der Küchenwand das Wort »Bärenmacke«, was mich daran erinnern sollte, daß ich bei der nächsten Fahrt nach Weil ein paar Dosen Bärenmarke mitnehme. Sonja und ich hatten uns, wie wohl die meisten langjährigen Liebenden, eine Art Privatsprache angewöhnt. Dazu gehörte eben auch die Verkürzung des Vokals vor »r«. Wir gingen also nicht in den Garten, sondern in den Gatten, Briefmarken waren Briefmacken und so fort. Ähnlich wurden Lebensmittel zu Lehmsmitteln, Rouladen zu Rolläden. Wir hatten beide dieselbe Antenne für solche Späßchen und steigerten uns durch gegenseitigen Beifall zu immer kühneren Leistungen. Seit Jahren schon ist mir die Lust daran vergangen, weil niemand sich mehr mit mir freut. Bella zum Beispiel hat mich nie zu solchem Unsinn angeregt. Als ich dies Wort »Bärenmacke« so ganz automatisch aufschrieb, öffnete sich wieder diese ganze Welt von Gemeinsamkeiten, die ich nur mit Sonja hatte. Ich empfand so tiefen Schmerz und Hoffnungslosigkeit. Etwas Unersetzliches ist mir genommen worden, vielmehr: Habe ich Sonja nicht selbst weggeworfen? Und wieder dachte ich erbittert darüber nach, wie ich nur so blöd sein konnte und erkannte plötzlich ganz klar, daß ich Sonja auch deswegen immer heimlich entwertet habe, weil die Gesellschaft lesbische Beziehungen ächtet und straft. Je mehr ich selbst in die Gesellschaft »hineinwuchs«, desto bedrohlicher schien mir die Tatsache, daß ich mit einer Frau zusammenlebte. Und ich wünschte mir, für Sonja höchstens noch freundschaftliche Gefühle zu haben, damit ich »der Gesellschaft« mit »reinem

Gewissen« unter die Augen treten könnte. Introjektion nennt man das wohl, mit anschließender Projektion. Genauso, wie ich mich jahrelang nicht in die Uni wagte, weil ich nichts gearbeitet hatte (Sonja ging es später genauso). Sowie ich aber was getan hatte, fühlte ich mich stark und anerkannt – dabei wußten ja die Leute an der Uni weder das eine noch das andere und behandelten mich stets gleichbleibend freundlich. Also: Um mich selbst endlich sicherer zu fühlen, *mußte* ich an der langsamen Ruinierung unserer Liebe arbeiten. Damit bin ich an Sonjas Tod schuldig geworden und an mir selbst. Aber es hat mir auch fast niemand geholfen, noch nicht mal Scharff, der es hätte wissen müssen. Mich selbst zu akzeptieren, habe ich – halbwegs – erst *nach* Sonjas Tod gelernt. *Jetzt* könnte ich auch Sonja voll akzeptieren.

Nachts. 12. Dezember 1976

Sonjas Geburtstag. Vor einer halben Stunde wäre sie vierunddreißig Jahre alt geworden. Ingrid hat lieb geschrieben, meine Mutter angerufen, zu einem Zeitpunkt, wo ich gerade aus der Trauer ein bißchen raus- und in die Arbeit reingekommen war. Nach dem Anruf wieder Weinen. Die merkwürdigsten Ideen gingen mir heute im Kopf herum. Ich sah mich nach Mülheim fahren, mit dem Revolver vor die Mutter hintreten und erst sie und dann mich erschießen. Die Polizei findet verdutzt die beiden Leichen, daneben mein Buch hier, so als Aktenordner, zur leichteren Aufklärung des Falles. Dann sah ich mich ein paar Röhrchen Tabletten schlucken und hier in aller Ruhe sterben. Damit die Leiche nicht anfängt zu stinken, ein Brief an meine Mutter, Wohnungsschlüssel beigefügt. Ein versöhnlicher Brief: Alle waren nur sehr gut und lieb zu mir, kein Grund, daß sich irgendwer irgendwelche Vorwürfe macht. Bloß: Ich will ganz einfach da sein, wo Sonja ist – egal wo und wie das ist. Wer aber räumt hier die Wohnung aus, die gräßliche Nachlaß-Auflösung? Julia? Die Arme hat sowieso so viel zu tun. Wie ernsthaft sind nun solche Phantasien? Manchmal bekomme ich ein bißchen Angst, ich könnte vielleicht schließlich verrückt werden, wenn ich so weitermache.

Im Fernsehen ein zweieinhalbstündiger polnischer Film von Wajda, den ich mir trotz seiner Langatmigkeit ansah, weil ich übermorgen nach Polen fliege. Plötzlich kam eine Art hoher Böschung ins Bild mit einer langen schmalen Steintreppe, genau wie in Cranz im Alten Land, wohin Sonja, ihre Eltern und ich einmal um Ostern einen Ausflug gemacht haben, immer auf dem Deich entlang. Schließlich habe ich Sonja sehr vorsichtig Stufe um Stufe diese lange Treppe hinuntergelassen. Das war 67 oder 68.

Gestern waren Maria, Stefanie und ich bei Petra eingeladen. Wenn man mit Petra zusammen ist, kommt man immer irgendwann auf Pinneberg zu sprechen. Dreimal war ich in Pinneberg bei Joachim, zweimal mit Sonja, zuletzt allein, nach ihrem Tod. Bei unserem ersten Besuch war es kühl und feucht, Frühling 74, glaube ich. Anschließend gingen Sonja und ich noch auf den Friedhof bei der schönen alten Kirche, die leider geschlossen war. Die Harmonie, alles sehr wortlos, war so stark, daß es uns beiden wehtat. Sonjas gute Seiten, die ich immer noch liebte wie am Anfang, zogen mich so stark an, und ihre Trauer über unsere Trennung war so spürbar, obwohl sie keinen Ton darüber sagte, daß ich innerlich auf kühl und sachlich und nonchalant schalten mußte, indem ich mir bewußt die schrecklichen Seiten einer möglichen Rückkehr vor Augen hielt. Sonjas zwei Persönlichkeiten. Auf dem Friedhof in Pinneberg war nur die Sonja da, die ich liebte: zart und einfühlsam, schwermütig und schüchtern. Der graue, aber nicht trübselige Himmel, die feuchten, ein bißchen matschigen Wege, die alten Grabsteine und die nassen Trauerweiden – all das wirkte auf uns in völlig gleicher Weise, wie ein depressiver Zauber. Sonja erzählte, daß Joachim hier einmal stundenlang in der Morgendämmerung auf und ab gerannt war, als sein Freund ihn verlassen hatte. »Der arme Joachim!« sagte ich wohl dazu. Über sämtliche Implikationen, uns betreffend, haben wir tunlichst geschwiegen. Wir wußten, daß wir beide dasselbe dachten. Am Vormittag hatten wir einen Einkaufsbummel in der Rutschbahngegend gemacht, und da begegnete uns die nette Verkäuferin aus dem Bäckerladen. Sie blieb stehen und sagte zu uns: »Ach ist das schön, Sie beide mal wieder so zusammen zu sehen, wie in alten Zeiten!« Sie sah uns lieb und traurig an und ging dann weiter. Sonja fing an zu weinen, riß sich aber zusammen. Ich riß mich auch zusammen und weinte nicht. Dafür weine ich jetzt.

Joachim hat später, nach unserem Besuch, zu Sonja gesagt: »Ihr beide seid ja fast wie Abziehbilder voneinander.« Er hätte ja schon Sonja allein immer so wundervoll gefunden, und nun gleich im Doppel, das wäre fast zuviel gewesen. Derselbe Tonfall, dieselbe Wortwahl. Mir war das nie so aufgefallen, nur daß unsere Stimmen recht ähnlich waren und unsere Schrift auch, aber Joachims Beobachtung mag schon stimmen.

All das bricht auf in mir, wenn jemand »Pinneberg« sagt. Was soll ich nur machen? Es müßte eine Tablette gegen Erinnerungen geben. Oft grolle ich Sonja, weil sie mir alle Möglichkeiten aus der Hand geschlagen hat, endgültig. Ich habe mich zwar von ihr getrennt, aber ich habe die Tür doch immer offengelassen; zum Schluß, letzten Januar, sogar sperrangelweit. Und vierzig Tage später bringt sie sich um.

Nachts halb zwei, 19. Dezember 1976

Wieder ist Sonja mir den ganzen Tag in die Quere gekommen. Ich habe für Bella zu Weihnachten die Orgelkonzerte von Händel gekauft, und heute fing ich an, sie mir auf Tonband zu überspielen. Sonjas und meine Lieblingsmusik (unter vielem anderen). Ich mußte überspielen, weil diese Kassette Sonja gewonnen hatte, beim Würfeln. Ich setzte mir beim Überspielen den Kopfhörer auf, drehte ganz laut auf und fing an zu weinen. Ich hätte diese Quälerei ja auch lassen können und dachte auch die ganze Zeit daran, »nun pflege nicht auch noch deinen Schmerz«. Die Musik ist aber so schön, auch wenn mir alles wehtat. Das dritte Konzert mit dem Solocello im ersten Satz. Ich habe es zuletzt gehört, als Sonja Ende September 73 im Krankenhaus Quickborn lag, nach ihrem zweiten Selbstmordversuch in der Haseldorfer Marsch. Bella war bei mir, um mir in dem Schrecklichen beizustehen, mich zu trösten, während ich pausenlos Nachrichten über Sonjas Zustand einzuholen versuchte. Aus dem Trösten wurde dann ganz automatisch ein fast ununterbrochenes Lieben. Ich verstand mich selbst auch kaum, aber ich habe es wirklich fertiggebracht, Bella zu lieben, während Sonja mit dem Tod kämpfte. Irgendwo hielt ich das auch wohl für gesund, »lebensbejahend«, und ich wollte mich ja nicht von Sonja in den Abgrund ziehen lassen. Und dann habe ich, ohne vorher zu ahnen, was mir blühte, dieses Orgelkonzert erwischt. Sofort sah ich Sonja vor mir, unser gemeinsames Leben und was daran schön gewesen war, und weinte. Bella fragte mich besorgt und wie verständnislos: »Was hast du?« Ich konnte nicht antworten, und sie fragte noch dringlicher. Ich war fast wütend auf sie, daß ich das auch noch »in Pappe ausschneiden« mußte, wie die Dänen sich ausdrücken, wenn jemand schwer von Begriff ist. Sonja hätte im umgekehrten Fall nicht gefragt, sondern sofort verstanden, beim ersten Ton einer solchen Musik.

Und nun schenke ich also Bella die Orgelkonzerte – die Implikationen waren mir auch beim Kauf bewußt, aber es war ein günstiges Angebot, die Musik ist wunderbar und wird Bella bestimmt gefallen – also warum nicht, sagte ich mir. Ich kann und darf doch nicht alles immer nur durch diese Brille sehen. Sachlich und nüchtern bleiben. Aber ich bin es eben doch nicht, ich handle nur so und mache mir was vor. Was habe ich durch meine Sachlichkeit aus meinem Leben gemacht, aus Sonja und aus unserer Liebe? Wahrscheinlich war es damals wirklich meine einzige Chance, zu überleben, so tröstet mich Müller. Es ist mir so gelungen, mich Sonjas würgendem Zugriff zu entwinden, mit allen quälenden Einzelschritten, die dazu nötig waren. Sonja liegt apathisch auf ihrem Krankenlager, kaum von ihrem Selbstmordversuch genesen, und ich organisiere in ihrem Beisein (weil die Wohnung so eng war) per Telefon die Wohnungssuche, den Umzug. Packe vor ihren ungläubigen Augen meine Siebensachen in die Umzugskisten. Zusammen fahren wir los und kaufen neuen Hausrat für mich ein, Teller, Tassen, einen Fön (zusammen brauchten wir ja nur einen). Vom Gefühl her war es natürlich nicht auszuhalten, und wenn ich mehr darauf gehört hätte, wäre es auch gar nicht erst geschehen. Aber ich hörte nicht darauf, vereiste mich innerlich und blieb sachlich und organisatorisch. Im Hintergrund hatte ich ja auch Bella; meine Gefühle hatten jetzt da ihr Zentrum. In Bella sah ich damals allein das Heil für mich – einen Menschen, der leidenschaftlich sein konnte *und* vernünftig. Eine Art Spiegelbild. Sonja dagegen ließ sich von ihren Gefühlen (damals meistens Selbstverachtung, Schmerz, Angst und Haß auf mich) über jede erträgliche Grenze hinaustragen. Ich suchte einen Menschen, der stärker war als ich und meinte diese Stärke in Bella gefunden zu haben. Jetzt weiß ich mehr und sehe alles wieder anders, aber ich kann nichts mehr tun, nur sinnlos über die Trümmer nachgrübeln. Ich fühle mich furchtbar allein, obwohl ich weiß, daß ungewöhnlich viele gute Freunde es sehr lieb mit mir meinen und obwohl ich im Zusammensein mit denen auch so unbeschwert und glücklich sein kann wie früher nur ganz selten. Ich kann mich jetzt viel mehr öffnen. Aber ich habe niemanden, der ganz zu mir gehört.

20. Dezember 1976

Heute ist meine Stimmung, wenn ich an Sonja denke, zum erstenmal gelassener, zum erstenmal seit Wochen. Ich setze mich ans Schreiben wie an eine bereitwillig übernommene Pflicht. Heute mal keine Lamentationen. Ich werde wieder ein bißchen »erzählen«.

Ich habe da eine Liste mit Stichworten von den Sonja-Invasionen der letzten Monate. Daneben stehen die nach der Invasion rekonstruierten Jahreszahlen. Ich fange mal an, diese Stichworte, für die Jahre 67 und 68, »abzuarbeiten«.

Popmusik: Schon bevor Sonja aus England zurückkam, hatte ich angefangen, mich für die Popmusik der Zeit zu interessieren. Kaufte mir ein sündhaft teures (1500 DM, bei 300 DM monatlichem Stipendium) Tonbandgerät, das dann anfing zu stinken, wenn es warmgespielt war und mir im übrigen viel zu kompliziert war. Dazu hatte ich noch ein altes Grundiggerät. Regelmäßig nahm ich die englische Hitparade auf, hörte sie ab und überspielte die Rosinen auf ein »ewiges Band«. Mit diesem Rosinenband versuchte ich mich bei den Schülerinnen einer Haushaltungsschule beliebt zu machen, denen ich Deutschunterricht gab. Sie fanden mich unheimlich klasse, gar nicht wie eine olle Lehrerin, und ich fühlte mich geschmeichelt und so schön progressiv. Bei den Heimfesten war ich meistens Mauerblümchen gewesen; nun aber rückte ich mit meiner erstklassigen Musik an, wurde dafür geschätzt und hatte etwas Angenehmeres zu tun als unaufgefordert in der Ecke zu sitzen. Als Sonja dann kam, kriegte sie natürlich die Bänder auch vorgespielt, und wieder stellten wir fest, daß wir weitgehend denselben Geschmack hatten. Von nun an wurde Sonja in den Entscheidungsprozeß mit einbezogen: Was kommt auf das ewige Band, was wird rausgeschmissen? Wie üblich entwickelte ich auch diese Sache zu einem grandiosen Tick, und Sonja machte bereitwillig mit. Im Laufe von ein paar Monaten hatte sich folgendes Vorgehen etabliert: Ich nahm sämtliche Popmusiksendungen auf, die in Hamburg zu empfangen waren, also Bremen und NDR, pro Woche sicher fünfzehn Stunden. Dann setzte ich mich mit Kopfhörer hin und sortierte vor: Alle fünfzig Zähleinheiten hörte ich mir ein paar Takte an, und wenn sie vielversprechend klangen, wurde die Stelle notiert, für das Entscheidungs-Abhören mit Sonja. Nach getaner Arbeit lief ich mit den vorsortierten Bändern runter zu Sonja, und es war immer wieder ein großes gemeinsames Vergnügen, die gefundenen Goldkörner von ihr bestätigt und gewürdigt zu sehen. Selten verwarf sie etwas, bat nur allgemein um mehr Soul-Berücksichtigung. Wenn ich bei einem Stück unsicher war, half sie mir, es zu verwerfen oder anzunehmen. Es kamen wohl nicht mehr als drei Prozent der roh aufgenommenen Musik auf unsere ewigen Bänder. Ich besitze sie heute noch – wirklich ein wertvolles Dokument der Popmusik der späten sechziger Jahre, deren Qualität mir in den Siebzigern nicht wieder erreicht worden zu sein scheint. Fünfzehn Bänder à zwei bis drei Stunden. Diese Bänder hatten schon damals, als Sonja und ich uns trennten, einen so starken Erinnerungswert, daß sie sie nicht mehr haben wollte, aus Angst, sie könnte sie nicht vertragen. Deshalb nahm ich sie mit nach Bremen. In ihrem vorletzten Brief an mich, vom Januar 76 (Geburtstagsbrief) schreibt Sonja:

Weißt Du, ich wünsche mir sehr etwas von Dir: Könntest Du mir bitte, so nach und nach, ganz sutsche, unsere Popbänder für mich aufnehmen? Ich würde mich sehr darüber freuen, und emotional zu schaffen, wenn ich sie wiederhöre, habe ich, glaube ich, nicht mehr daran. Die Bänder bezahle ich Dir natürlich. Ich wollte Dich schon lange danach fragen, ob Du das wohl für mich tun würdest. Ich habe ja noch das eine Uhergerät.

Ich bin nicht mehr dazu gekommen, ihr diesen Wunsch zu erfüllen. Sonja erwähnt in dem Brief »das eine Uhergerät«. Zwar hatte ich ja schon zwei Tonbandgeräte, aber wir wollten gerne »unsere« Musik auch im Auto hören, während der vielen langen Fahrten von Othmarschen bis zur Uni; außerdem während unserer Auto-Ausflüge durch die Stadt und in die Umgebung. Nur im Auto waren wir ja eigentlich ganz allein miteinander; dort fühlten wir uns ein bißchen freier – nicht so, wie das vielleicht jetzt klingt, nach Petting und Rumknutschen wie in schlechten amerikanischen Filmen. Auf die Idee sind wir nie gekommen. Das war es also nicht; wir fühlten uns bloß wohl da so allein miteinander im Auto, und deshalb brauchten wir ein Batterie-Tonbandgerät, um es noch gemütlicher zu haben. Es kam natürlich nur das Beste für uns in Frage, und so gaben wir dann noch fleißiger Nachhilfestunden, um uns das teure Uhergerät anschaffen zu können. Wir fanden es so hervorragend, daß wir gleich noch ein zweites haben mußten, zum Überspielen. Wir waren uns ja der Gunst der Stunde wohl bewußt: Wann würde wohl wieder eine Zeit mit derartig guter Popmusik kommen (und damit hatten wir, scheint es bis jetzt, sogar recht)? Also mußten wir *jetzt* alles einsammeln und dokumentieren, und zwar technisch so gut wie möglich. Später, in vielen Jahrzehnten, würden wir dann gemeinsam als alte Omis im Lehnstuhl hocken und beim Abhören verträumt zueinander sagen: »Weißt du noch, wie wir gerade dies Stück damals gehört haben, als wir über die Elbchaussee fuhren, bei Teufelsbrück?«

Meine Uhr war natürlich auch nicht mehr gut genug für diesen heiligen Zweck. Immer nämlich, wenn ich gemütlich bei Sonja gesessen hatte und dann hocheilte, um in meinem Zimmer die Apparaturen für die Aufnahme einzuschalten, mußte ich feststellen, daß ich bis zu drei Minuten zu spät gekommen war. Vielleicht hatte ich da gerade das beste Stück versäumt. Das ging natürlich nicht, und so drängelte ich Sonja, ich müßte unbedingt eine Bulova Accutron haben – damals das Präziseste, was es gab: Maximalabweichung pro Monat eine Minute. Ich trage sie heute noch, und sie läuft immer noch so exakt wie zu Anfang. Wir hatten inzwischen gemeinsame Kasse, und ich hatte von meinen vorangegangenen Musikapparaturkäufen immer noch 1200 DM Schulden, die ich nicht weiter wichtig nahm, da ich eigenartigerweise nie gemahnt wurde. Sonja aber bedrückten diese Schulden. Von ihrem Vater her war sie gewöhnt, in Gelddingen sehr genau zu sein. Ich aber wußte von zu Hause nur, daß man auch mit Schulden prächtig leben kann. Also erfüllte mir Sonja diesen Wunsch, der bei mir seltsamerweise immer dringlicher geworden war. Ich erinnere mich noch genau an die Fahrt zu dem weit entlegenen Uhrmachergeschäft an der Hammer Landstraße – es gab damals nämlich erst ganz wenige Geschäfte, die meine Traummarke führten. Sonja war gutmütig und amüsiert über meine Besessenheit und hatte mit Recht das Gefühl, sehr großzügig zu sein. Ich war auch sehr dankbar, natürlich aber auch schuldbewußt, und ich fing an, mir zu wünschen, keine gemeinsame Kasse mehr zu haben, damit ich meine Schulden unbekümmert allein machen könnte.

Ich überlege jetzt schon die ganze Zeit, während ich das erzähle, warum ich wohl damals auf hochwertige Präzisionsinstrumente so versessen war, die ich mir eigentlich nicht leisten konnte. Es ist immer noch eine Schwäche von mir, nur jetzt nicht mehr so inkongruent, weil ich genügend Geld verdiene. All das gehörte wahrscheinlich zur Ausstattung meiner Gegenwelt, da ich mich in der normalen Welt nie so recht heimisch fühlte. Schon sehr früh hatte ich mich im Studentenheim unter den Kopfhörer zurückgezogen, der mir alle Nahrung zuführte, die ich sonst nicht bekam. Wenn ich mich nun schon selbst versorgen mußte, sollte es wenigstens vom Besten sein. Ja so ähnlich war es wohl. Und von Sonja und mit Sonja bekam ich anscheinend immer noch nicht genügend »Nahrung«. Da war der Ausweg in technisches Gerät zur Überhöhung des Lebensgefühls vielleicht gar nicht mal so schlecht gewählt.

Zweiter Teil

26. Oktober 1977

Fast zehn Monate habe ich keinen Strich an diesem Buch geschrieben. Die Habilschrift mußte fertigwerden, und nun ist sie fertig, schon seit über zwei Monaten. Ich hatte mir vorgenommen, nach der Erledigung dieser Pflicht gleich an Sonjas Buch weiterzuschreiben, aber ich war lange noch zu weit weg von ihr. Sicher wird dieser zweite Teil im Ton ganz anders werden als der erste. Anderthalb Jahre sind seit Sonjas Tod vergangen, und in dieser Zeit hat die Seele wohl so viel gearbeitet, daß ich mein Leben nun besser aushalte, daß Sonja nicht immer wie ein Messer in meinen Alltag hineinfährt.

In einem solchen entfernten Zustand mochte ich andererseits nicht über Sonja schreiben. Es wäre mir wie eine kalte sinnlose Berichterstattung und ein bloßes sachliches Aufarbeiten der Fakten vorgekommen – »Weil das Buch nun einmal angefangen ist, so soll es auch zu Ende kommen, sonst wäre ja ›die Arbeit‹ an dem ersten Teil umsonst gewesen«. Ich empfand es als Verrat, mich Sonja mit einer solchen Einstellung zu nähern, und wartete einfach ab, bis ein angemesseneres Gefühl käme. Als angemessen empfinde ich Weichheit, Liebe und Trostlosigkeit – und all das ist jetzt da, während ich schreibe. Ich sitze da, im Sessel, schreibe auf meinen Knien. Auf dem Schreibtisch ist kein Platz frei. Alles ist in der langen Zeit des Habilschriftproduzierens sehr ins Unordentliche verkommen und mir aus den Händen geglitten. Im Moment habe ich immer noch nicht genug Willenskraft oder Interesse, endlich wieder eine Art Ordnung herzustellen. Weiß ich denn, wie lange ich hier überhaupt noch bleibe? Wozu Ordnung machen, wenn dann doch alles in die Umzugskisten kommt, so daß man monatelang nichts so richtig wiederfindet.

Auf meinem Gesicht trocknen die Tränen, die ich vorhin habe kommen lassen. Dann ließ ich sie bei Schuberts »Lieber Farbe« noch ein bißchen mehr fließen. Der Schulfunk sagte heute, das beständige Fis in der Begleitung bedeute den Tod – und so etwas konnte nur Schubert schreiben, versicherten sie. Recht haben sie wohl, aber ich möchte auch so etwas schreiben können. Tränen und Schweißausbrüche allein sind nicht genug. Musikhören, besonders Schubert, ist schon ganz gut. Aber am besten wäre es, den

Schmerz im Klavier zum Zerspringen zu bringen. Sich wie Schubert in einen einzigen Ton verbohren, auf ihm herumsägen, mit einer gottverlassenen Melodie dazu. Bald will ich das Adagio aus der großen A-Dur-Sonate üben, Sonjas Lieblingssatz von Schubert.

Mir scheint, ich schreibe da einen anderen Stil als sonst. Ich achte manchmal auf die Worte; sie sollen auch als Verstärker dienen. Früher war ich nur genau: sie sollten möglichst echt das wiedergeben, was ich empfand und sah. Auch schon normalerweise nicht einfach, aber beim ersten Teil ging es meist ohne langes Nachdenken. Die Masse Stoff und Schmerz lief wie von selbst aufs Papier. Das ist jetzt irgendwie anders – vielleicht bloß, weil ich so lange pausiert habe.

Im Juli, mitten im Habil-Endspurt, mußte ich mich mit dem Gedanken an meinen eigenen Tod auseinandersetzen. Zwei Ärzte hatten Verdacht auf Rückenmarkstumor diagnostiziert. Vier Tage Warten bis zur endgültigen Diagnose (harmlose Nervenentzündung). Abwechselnd hörte ich Schubert, weinte vor mich hin und tippte pflichtbewußt mein Handgeschriebenes ins Reinere. Die Trauer um mich selbst war warm, fast angenehm – kein Vergleich mit dem wahnsinnigen schwarzen Schmerz um Sonja. Eine große Hilfe war es natürlich, daß ich im Mai Moodys Buch »Leben nach dem Tod« gelesen hatte und nun einigermaßen davon überzeugt war, nach dem Tod weiterzuleben – noch dazu soviel besser, daß man sich keinen Begriff davon machen kann. Ich hatte das Buch, wie vieles in dieser Richtung, wegen Sonja gelesen – und nun paßte es auch für mich. Es leuchtete mir ein, daß unsere Sehnsucht nach Liebe in diesem Leben nicht gestillt werden kann. Auch die innigste und größte Liebe bringt tausend Enttäuschungen – je tiefer sie ist, desto mehr vermutlich. Aber diese Sehnsucht sitzt vielleicht nicht nur sinnloserweise in uns, um uns zu quälen. Soll sie nach dem Tod unmittelbar in so überwältigender Weise gestillt werden, wie es diese Leute in dem Buch berichten, so wäre diese Sehnsucht nur eine Art Verheißung, Erinnerung an das Eigentliche, was »danach« kommt.

Ziellose Sehnsucht nach Liebe war es, was mich vorhin plötzlich so losweinen ließ wie schon lange nicht mehr. Von Bella habe ich mich im Mai getrennt. Ich erwartete viel mehr Liebe und Zärtlichkeit von ihr, als sie geben konnte oder wollte. Nun habe ich aber das bißchen, was sie immerhin gab, auch nicht mehr – ich habe niemanden, der ganz zu mir gehört, wie ich wohl schon im Dezember aufs Papier hier geklagt habe. Und wenn dann im Fernsehen ein Film kommt, wo gelungene Liebe gezeigt wird, sitze ich plötzlich enttäuscht davor und denke an mein Loch in der Brust. Großes Defizit. Ich esse auch wieder viel zuviel, Rauchen sowieso, und mehr Alkohol als früher. Oft alles zusammen. Und die vierte (oder erste) Droge sind Menschen – ich habe so viele, die lieb und freundlich zu mir sind, sogar behaupten, mich zu lieben (drei Stück immerhin zur Zeit) – aber immer ist es nicht so das Rechte. Zwei (Bella und Doris – von Doris vielleicht irgendwann Genaueres; in den letzten Monaten ist eben viel passiert) behaupten, mich zu lieben, aber was dann von ihnen kommt, sieht mir doch ganz anders aus. Deshalb mußte ich mich durch Trennung vor Süchtigwerden und dann ständiger Enttäuschung retten. Von Werner, dem Dritten im Bunde, vielleicht ein anderes Mal.

Immer finde ich Haare in der Suppe, und wenn ich die Suppe dann weggeschüttet habe, trauere ich ihr hinterher. Aus diesen Erfahrungen mit mir ziehe ich zur Zeit oft den deprimierenden Schluß, daß ich mich auf ein Leben im Alleingang einstellen muß. Da sind drei Leute, die sie lieben oder wenigstens bis zu ihren einseitigen Trennungsdiktaten geliebt haben – und sie sitzt enttäuscht vor der großen Liebe im Fernsehen. Der Frau ist nicht zu helfen.

Die Tränen brennen schon weniger auf der Haut; ich hab mich wieder ein bißchen eingeschrieben nach der langen Pause, und ich habe mir eine große Tüte Chips aus der Küche geholt. Immer schon war ich versessen auf Chips. Die besten Chips gab es bei Wuttig. Wenn wir vom Markt kamen, hielt Sonja oft da, ohne daß ich sie extra gefragt hatte, lachte nachsichtig und aufmunternd (falsche Wörter) und sagte so was wie: »Komm nun hol dir schon deine Chips!« Heute kaufe ich mir das Zeug, ohne über den Preis nachzudenken, aber damals war es ein Luxus, den sie mir liebevoll gestattete. Noch im Auto riß ich dann meist eine der Tüten auf und fing gierig an zu futtern. Damals hatte ich ja noch Sonja, aber trotzdem fehlte mir immer »irgend etwas«. Es lag auch weniger an Sonja als an meiner allgemeinen Ängstlichkeit, in der Uni und als Lesbe.

Sonjas Nachsicht mit meinen Schwächen – zum Dank brachte ich für sie auch jeweils was von Wuttig mit, Sherry oder kandierte

Walnüsse, und für uns beide zum Abendessen die gute Gulaschsuppe aus der Dose, anzureichern mit dem Sherry und unserer »Bärenmacke«.

Schreiben darüber hilft immer noch so gut wie vor einem Jahr. Nachdem ich nun wieder einigermaßen hineingekommen bin, will ich das Buch jetzt zu Ende bringen, ohne mich wieder so unterbrechen zu lassen. Sonja dabei lebendig werden lassen, in mir vor mir sehen und der ziellosen Sehnsucht ein Ziel geben. Sie war und ist die große (zerstörende und wunderbare) Liebe meines Lebens, auch wenn ich mich oft bemüht habe, anderes zu glauben und zu denken (Bella).

Mittwoch, 23. November 1977

Seit der letzten »Eintragung« schon wieder fast ein Monat vergangen. Verlassenheit und Trostlosigkeit werden dumpfer. Mitte November war ich eine Woche zu Hause in Bielefeld. Wollte eigentlich arbeiten, spielte aber hauptsächlich Klavier – Schuberts »Liebe Farbe«. Quälende Auseinandersetzungen mit meiner Mutter, die unbeirrt daran festhält, daß Homosexualität Sünde sei. Entsprechend verweigert sie mir jede Hilfe und Solidarität. Während Christian und meine Geschwister sich teilnehmend nach meinen »Gefühlsdingen« erkundigen, was allein hilft, weil es ein bißchen wärmt und das Gefühl lindert, in einer Welt leben zu müssen, die nicht die meine ist – statt dessen kann ich mit meiner Mutter endlos nur über die *Voraussetzungen* meines Kummers und Alleinseins streiten. Es macht mich immer wieder besonders verzweifelt, daß ausgerechnet meine eigene Mutter das unmenschliche Prinzip, das mich hier knebelt und niederdrückt, am reinsten verkörpert. Es bleibt mir nur übrig, sie auszuhalten, so wie ich auch die sonstige Unterdrückung aushalten muß. Aber ich fühle, daß meine Verzweiflung und damit meine Risikobereitschaft wächst. Was habe ich schließlich zu verlieren? Ich meine damit hauptsächlich dies Buch hier. Ich habe manchmal Lust, es so wie es ist, ohne Verschlüsselung, zu publizieren und mich dann einfach umzubringen. Der Tod aus großer Höhe ist der beste, sagte Sonja. Rückwärts springen, und dann werde ich sie wohl wiedersehen. Leider sehe ich sie fast nie mehr im Traum, und ich habe doch in letzter Zeit so viel gelesen von Leuten, die solche innigen Erlebnisse mit ihren lieben Verstorbenen dauernd haben. Ich scheine kein gutes Medium zu sein. Bin wohl doch zu realistisch – dadurch natürlich auch weniger in Gefahr, an all dem wahnsinnig zu werden. Wie eine dauerndc Operation ohne Narkose. Nicht mal örtlich betäubt.

Zurück ins Studentenheim. Nehmen wir gleich den Winter 1968. Da hatten wir es nämlich satt und beschlossen auszuziehen. Die treibende Kraft dabei war Sonja, wie so oft. Ich selber schreckte vor dieser eheähnlichen Festlegung zurück.

Würde ich mit Sonja in einer gemeinsamen Wohnung leben, so wäre sie vollständig auf mich angewiesen, und ich damit allein für sie verantwortlich – und lebenslang festgebunden, so fürchtete ich. Sie lieferte sich mir vertrauensvoll aus und nagelte mich damit fest. Ich ließ sie aber in ihrem plötzlichen Eifer gewähren, weil ich meine untergründigen Bedenken erbärmlich fand. Das sollte echte Liebe sein? Und so machte ich tapfer mit, obwohl ich kaum sah, wie sich der Plan konkretisieren ließe, vor allem finanziell. Wohnungen sind in Hamburg schrecklich teuer – die Baukostenzuschüsse lagen durchschnittlich bei 10000 DM. Völlig unmöglich für uns.

1968 ist in die Zeitgeschichte eingegangen als das Jahr der Studentenrevolte und der Vernichtung des Prager Frühlings. Für uns war es nur das Jahr der Wohnungssuche. Wir brauchten die Einwilligung von Sonjas Eltern – sie waren ja die einzigen, die eventuell finanziell würden aushelfen können. Da der wahre Grund – daß wir die ständige Bespitzelung satt hatten – nicht genannt werden konnte, argumentierten wir hauptsächlich mit sanitären Gründen. Es passierte immer wieder, daß Sonja nicht mehr rechtzeitig aufs Klo kam (oft einfach, weil es besetzt war) und sich die Hose vollmachte, nicht mit einem adretten Würstchen, sondern mit einem durchdringend stinkenden, flüssigen Brei (Produkt der elenden Verdauungspillen). Das einzig Vernünftige und nicht von vornherein Erniedrigende in einer solchen Situation ist eine *eigene* Badewanne, in die man sich in dem bekackten Zustand hineinsetzt (bzw. hineingesetzt wird), um sich und die verschmutzte Kleidung abzubrausen. Nach eingehender Ausmalung leuchtete das den Eltern auch ein, besonders dem an sich ja sehr lieben Vater. Er dankte mir aufrichtig und gerührt, daß ich Sonja weiter beistehen wolle und mit ihr aus- und zusammenziehen. Er versprach, uns finanziell zu helfen, so gut er könnte.

Vorher hatten wir jedoch schon einen Versuch aus eigener Kraft gestartet, im Sommer 1968. Ein halber Bungalow weit draußen in Wellingsbüttel, Miete 450 DM. Nur zwei Monatsmieten Kaution. Wegen des Rollstuhls war ja Ebenerdigkeit oder Fahrstuhl Voraussetzung. Wir unterschrieben beide den Mietvertrag, Sonja sehr glücklich und zuversichtlich, ich voller Skrupel. Mein »Einkommen« betrug damals 400 DM, Sonjas etwa 300. Damit kamen wir kaum aus, weshalb wir ja auch beständig Nachhilfestunden gaben. In den Elbvororten hatten wir beide einen gutzahlenden Kundenstamm – aber in Wellingsbüttel würden wir den erst einmal finden müssen. Außerdem machte die Vermieterin einen sehr neugierigen Eindruck auf uns. Ich hatte größte Bedenken, daß wir da möglicherweise noch mehr unter Bespitzelung zu leiden haben würden als im Heim. Sonja wurde schließlich von meinen Skrupeln angesteckt, und zwei Tage nach dem Unterschreiben des Mietvertrags fuhren wir sehr klein und zerknirscht zu der Vermieterin und baten, den Vertrag rückgängig machen zu dürfen. Sie reagierte boshaft und schnippisch und weigerte sich, uns die vorausgezahlte Kaution zurückzugeben. Ein schlimmer Schlag für uns – 900 DM war ein gemeinsames Monatseinkommen. Ich ging noch zu einem Rechtsanwalt, aber der sagte bloß, die Frau sei leider im Recht, und verlangte für diese Auskunft weitere fünfzig Mark, wenn ich mich recht entsinne.

Nach diesem Reinfall zogen wir also die Eltern Sanders doch ins Vertrauen, obwohl es uns beiden zuwider war, besonders Sonja, die ja dauernd zu hören bekam, was sie die Eltern bereits alles gekostet hatte. Regelmäßig studierten wir die Wohnungsanzeigen im Hamburger Abendblatt. Es gab kaum Wohnungen ohne Baukostenzuschuß, und wenn, dann waren es rollstuhlfeindliche Altbauwohnungen mit endlosen Treppen. Im Herbst überlegten wir lange, ob wir nicht in ein verfallendes kleines Haus, in der Gaußstraße, ziehen sollten. Ein üble finstere Straße in Altona, die uns solche Angst machte, daß wir gar nicht erst zur genaueren Besichtigung in das Haus hineingingen. Gegenüber eine Barackensiedlung. Aber es schien das einzige, was preislich für uns zu verkraften war. Daher malten wir uns eine heroische Idylle aus, um uns den fast unheimlichen Entschluß leichter zu machen: Wir würden halt sehr viel Geld für Einbruchssicherung ausgeben, eine einmalige Ausgabe bloß – und innendrin würden wir es aber ganz ganz gemütlich haben, mit Büchern bis an die Decke, schönen Bildern, einem Kamin womöglich. – 1975 lasen wir in der Zeitung, daß der Frauenmörder Honka auch in dieser Straße wohnte, und fühlten uns nachträglich in unserer dumpfen Angst bestätigt.

9. Dezember 1977, Freitag

Schon wieder sind mehr als zwei Wochen vergangen seit dem letzten Schrieb. Und ich hatte, bei Beginn des zweiten Teils, zuversichtlich verkündet, von nun an würde es zügig vorangehen. Ich weiß nicht, ob es bloß daran liegt, daß einem die Gegenwart immer am nächsten steht – jedenfalls glaube ich fast, ich fühle mich in diesem Herbst noch elender als im vergangenen. Nicht mehr ganz so sehr wegen Sonja, sondern meinetwegen. Es ist als ob die starken Seile, die mich früher mit »dem Leben« verbunden hielten, völlig durchgescheuert und fadendünn geworden wären. »Ich kann das Alleinsein nicht aushalten« – das hat Sonja immer wieder gesagt, und ich konnte es wohl bloß theoretisch nachvollziehen. Zwar war ich auch allein, das heißt ich lebte allein in meiner kleinen Bremer und dann Baseler Wohnung, aber ich hatte – wieso, weiß ich auch nicht – ein Gefühl des Dazugehörens, und zwar vermutlich durchgehend. Jedenfalls erinnere ich mich nicht an solche Einbrüche, wie ich sie jetzt immer erlebe. Jetzt habe ich das Gefühl des Dazugehörens nur noch bei aktuellen Kontakten, bei Telefonanrufen, Besuchen, die ich mache oder bekomme, und wenn ich in der Uni bin. Sonst sofort das große Loch und beflissene Bemühung, es zuzustopfen, zum Beispiel mit Klavierspiel, bis es nicht mehr funktioniert und ich doch weine. Das Schreiben hier ist auch so eine Bemühung.

12. Dezember 1977, abends halb zehn

Heute ist Sonjas Geburtstag. Ich sitze im Sessel und spreche in mein neues Diktiergerät, das ich mir heute nachmittag bei Exlibris gekauft habe. Eigentlich ist es Unsinn, zu sprechen statt gleich in die Maschine zu schreiben. Ich fühle, daß es mir peinlich ist. Und wie peinlich wäre es Sonja erst gewesen. Aber ich versuche es trotzdem; vielleicht sind es nur die Anfangsschwierigkeiten. Vielleicht schaffe ich es auf diese Weise doch eher, meinen Plan auszuführen und dieses Buch bald zu Ende zu schreiben. Vielleicht spreche ich bald ganz locker und direkt, und ungestört durch dieses neue Medium, das mir jetzt noch so unheimlich entgegensurrt.

Es ist mir bis jetzt ganz gut gelungen, diesen Tag über die Runden zu bringen. Gestern nacht war die eigentlich schwierige Zeit, weil Sonja und ich immer zusammen in unsern Geburtstag hineingefeiert haben. Da Sonja mich immer so fürstlich und überschwenglich beschenkte, fühlte ich mich auch dazu verpflichtet, obwohl es eigentlich meinen Neigungen widersprach. Ich fand in den späteren Jahren unserer Beziehung, daß diese Art von Geschenken auch merkwürdige Bestechungsversuche wären – Versuche, uns unsere Liebe finanziell um so großartiger zu beweisen, je fragwürdiger sie geworden war.

Jetzt hab ich mir das Gesprochene noch einmal angehört und ein bißchen mehr Vertrauen zu dieser Methode gewonnen. Das Vertrauen kommt vielleicht daher, daß mich meine eigene Stimme, meine Betroffenheit beim Sprechen, fast selbst betroffen gemacht hat. Ich dachte da ganz einfach, das könnte Sonja doch eigentlich nicht peinlich sein. Wenn sie es hören würde, und sie ist vielleicht jetzt bei mir, würde sie die Echtheit spüren.

Aber ich will jetzt weitererzählen von unserer Wohnungssuche. Es ist noch kurz von zwei mißglückten Versuchen zu berichten. Der dritte hat dann endlich geklappt.

Erst kam noch eine Wohnung in der Fuhlsbütteler Straße, fast ebenso entlegen wie die in Wellingsbüttel, aber wesentlich anonymer. Wir wären da zwar fast von allem abgeschnitten gewesen, was uns in Othmarschen wichtig und vertraut geworden war, aber es gab unten in dem Hochhaus einen großen Aldi-Laden, so daß immerhin die Lebensmittelversorgung und damit eine Art Autarkie in einem wichtigen Bereich gesichert war. Bei Aldi besorgten wir immer unsere Grundnahrungsmittel: Konserven, Brot, Sherry und meine Chips in großen Kartons à 25 Tüten. Die Qualität dieser Chips fiel sehr verschieden aus. Allgemein waren sie nicht ganz so gut wie die von Wuttig, aber dafür auch viel billiger. Manche Kisten waren durchgehend von ausgezeichneter Qualität, aber bevor ich mir eine kaufte, probierte ich vorsichtshalber immer eine der Tüten schon im Laden. Ich glaube, ich erzähle das deswegen, weil man so was eigentlich nicht tut, mit einer halb angegessenen Tüte an der Kasse erscheinen. Aber gerade deswegen machte es mir Spaß; ich fand es auf harmlose Weise provozierend, ähnlich wie unsere eigenwillige Spülmethode im Studentenheim. Sonja machte mit, fand es auch lustig – wahrscheinlich, weil ihre Mutter es vollkommen unmöglich gefunden hätte.

Beim Thema Aldi und Einkaufen fällt mir noch sehr vieles ein, was mir wichtig geworden ist und was mir jetzt, nach Sonjas Tod, das Einkaufen – gerade bei Aldi oder in anderen Supermärkten – oft so schwer macht. Eine Woche nach Sonjas Tod ging ich zusammen mit Wenzel in den großen Toom-Supermarkt in Würzburg, ganz zuversichtlich – und ich merkte erst, als ich dort war, daß ich es nicht aushalten konnte.

Ich schob immer den Einkaufswagen und Sonja sich selbst. Manchmal bildeten wir aber auch absichtlich ein Verkehrshindernis: Ich schob Sonja und Sonja den Einkaufswagen. Einmal gab es ein Sonderangebot von Sesam-Knäckebrot bei Aldi, das uns beiden so gut schmeckte. Deshalb kauften wir ungefähr fünfzig Pakete, weil das Zeug ja jahrelang nicht schlecht wird. Und wir verstauten es in Sonjas Kleiderschrank, ganz oben. Dort lagerte es zwei Jahre lang, bis zu unserem Umzug. Dann lagerte es in unserer neuen Wohnung weitere Jahre, bis wir es irgendwann doch weggeschmissen haben, obwohl es da natürlich immer noch nicht schlecht war.

Also: da gab es zwar so einen Aldi-Laden in dem Haus, das wir uns ausgesucht hatten, aber der Baukostenzuschuß war doch wieder zu hoch. Zuerst hatten wir gedacht, wir könnten es irgendwie schaffen. Die nächste Wohnung war noch abgelegener, draußen in Glinde. Und wie ich von dort mal allein, ohne Sonjas Chauffur, in die Uni kommen sollte, war mir schleierhaft. Aber die Aussicht, unseren eigenen Hausstand zu gründen, schien uns beiden inzwischen so verlockend, daß wir immer wieder solche Bedenken beiseiteschoben und uns erst endgültig entmutigen ließen, wenn wir vor Ort gewesen waren, die endlose Reise hinter uns gebracht hatten, und wenn dann dort auch noch so entmutigende Dinge passiert waren wie in Glinde – die an sich mit der Qualität der Wohnung nichts zu tun hatten: Der Winter 1968/69 war eiskalt. Die Straßen nach Glinde waren vereist. Das Malheur, von dem ich erzählen will, hängt mit technischen Besonderheiten von Sonjas Rollstuhl zusammen. Er hatte Spezialreifen, etwa wie ein Rennrad. Dies, damit das Gewicht des Rollstuhls reduziert würde. Für wen, weiß ich allerdings nicht, denn Sonja trug ja ihren Rollstuhl sowieso nie, und ich hätte natürlich auch einen etwas schwereren Rollstuhl tragen können. Diese Spezialreifen hatten damals die unangenehme Eigenschaft entwickelt, immer wieder von den Felgen abzurutschen und sich um die Naben zu schlingen, mit dem Erfolg, daß Sonja weder vor noch zurück konnte. Wenn so was im Studentenheim oder sonst in einem warmen Haus passierte, war es nicht so schlimm. Man konnte Sonja aus dem Rollstuhl herausheben und auf einen Stuhl setzen und versuchen, den Reifen wieder irgendwie an seinen Platz zu bringen. In Glinde aber hatten wir gerade die Wohnung besichtigt (nicht so schlecht eigentlich) und waren auf dem Rückweg zum Auto. Und da passierte es, mitten auf dem völlig vereisten, sowieso kaum befahrbaren Baugrundstück. Der Rollstuhl war nicht mehr manövrierbar, das Auto noch in weiter Ferne. Weder konnte ich Sonja auf das Eis setzen, noch konnte ich sie bis dorthinten hin zu dem Auto tragen – dazu war ich viel zu schwach. Noch konnte ich den Rollstuhl reparieren, während Sonja drinsaß. Ich versuchte es trotzdem eine ganze Weile, ohne Handschuhe, und meine Finger froren an dem Leichtmetall fest. Sonjas Beine wurden langsam auch zu Eis, und ihre Nase wurde immer bläulicher. Und ich hatte schon wieder große Angst vor ihrer nächsten Nierenentzündung. Nach langem vergeblichen Herumprokeln fiel mir schließlich der Hausmeister ein, der uns die Wohnung gezeigt hatte. Ich lief zurück zu dem Hochhaus, suchte ihn, fand ihn endlich, und er half uns, trug Sonja ins Auto, während ich noch versuchte, den Rollstuhl zu reparieren. Ob es mir gelungen ist, weiß ich nicht mehr. Das Ende der Geschichte ist in meinem Gedächtnis ausgelöscht. So gab dieses Erlebnis, das eigentlich mit der Wohnung nichts zu tun hatte, doch letztlich den Ausschlag, daß wir uns nicht für sie erwärmen konnten. Der wirkliche Grund war wohl eher die Abgelegenheit, die uns, die wir sowieso schon ziemlich außerhalb jeder normalen gesellschaftlichen Bindung lebten, noch weiter abgeschnitten hätte. Davor hatte ich die größte Angst, und Sonja verstand sie wenigstens.

Stunden später. Ich liege jetzt im Bett, und hier bewährt sich natürlich mein neues Diktiergerät prächtig. Ich kann völlig entspannt und warm und geschützt durch meine Bettdecke, ohne die Anspannung des Am-Schreibtisch-Sitzens, mich meinen Erinnerungen, Gedanken und Assoziationen hingeben. Ich hab das Licht ausgeschaltet und spreche wie im Traum, betätige nur noch diese beiden Hebel – Record und Stop. Das ganze Buch wird dadurch sicher immer weniger kunstvoll und immer echter. Ich habe so viel getrunken heute nacht, ich glaube mehr als einen Liter Wein, und ich bin mit Ruth ins Bett gegangen. Die Tatsache, daß ich jetzt anschließend nicht an Ruth denke, sondern an Sonja, ist für mich eine Art Rettung. Wenn ich an Ruth dächte, wäre das ein Zeichen, daß ich mich infiziert hätte, süchtig geworden wäre, daß die nächsten Wochen wieder unendlich schwierig, voll unerfüllter Sehnsüchte, Einbrüche, vergeblicher Aufschwünge dahingegangen wären. Aber die Infektion mit Ruth konnte nicht stattfinden, weil sie so ehrlich war, mir gleich zu sagen, daß sie nur meine Zärtlichkeit genieße. Solche trockenen und fairen Auskünfte verhindern von vornherein, daß ich mich in der Tiefe meiner Seele infiziere. Ich bin Ruth dafür sehr dankbar. Wir haben das Zusammensein trotzdem beide genossen, und ich hatte auch keine Schuldgefühle, daß es, ausgerechnet, an Sonjas Geburtstag war. Ich dachte während der Zeit nicht an Sonja und finde mich deswegen auch nicht verwerflich.

Es ist ganz merkwürdig, ins Dunkel zu sprechen, nur mit dem Rot der Kontrollampe vor Augen. Es erzeugt eine ganz seltsame Intimität, und jetzt bin ich doch nicht mehr so dagegen, das Gerät gekauft zu haben. Ich könnte mir vorstellen, wenn ich nur mit der Zeit lerne, es freier und souveräner zu handhaben, daß es ein ausgezeichnetes dokumentarisches Instrument sein wird, gerade für die Geschichte von Sonja. Wenn ich all die Gedanken, die ich an Sonja habe, wenn ich im Bett liege, einfach laut denke und auf Band spreche, hemmungslos, ohne Rücksicht auf Formulierungen, Wortwahl usw., dann könnte vielleicht ein wirklich authentisches Dokument zustandekommen, weil ich eben nachts im Dunkeln am intensivsten an sie denke und an ihr leide. Während ich hier spreche, merke ich, daß schon ein kleiner Fortschritt gemacht ist, aber ich formuliere natürlich immer noch sehr bewußt. Vielleicht kann ich davon wegkommen. Ich weiß aber nicht, ob es für das Buch gut wäre. Vielleicht muß ich es hinterher um so mehr redigieren. Aber es wäre gut für den Fluß der Gedanken und die Authentizität.

Ich möchte jetzt von unserem, endlich, geglückten Versuch erzählen. Es handelt sich um die schon so oft erwähnte Wohnung Rutschbahn 32. Sie gehörte Wilhelm Friedrich Serke, einem Baulöwen in Hamburg, der inzwischen an Fettsucht oder was weiß ich gestorben ist und der damals überall die Hochhäuser aus dem Boden schießen ließ. Unser Haus war aber kein Hochhaus; es hatte fünf Stockwerke und lag in einer etwas – ja nicht finsteren, aber auch keineswegs gediegenen Gegend von Hamburg, in Eimsbüttel. Gegenüber ein Krankenhaus, in der Nähe eine Polizeistation und eine Feuerwehr, weshalb wir eigentlich pausenlos entweder Martinshörner von Unfallwagen, die Feuerwehr oder die Polizei mit Blaulicht und Hupe über die Straße donnern hörten, als wir dann dort wohnten.

Die erste Besichtigung der Wohnung war ziemlich schwierig, denn es lag hoher Schnee, in dem Sonja mit ihrem Rollstuhl fast steckenblieb. Der Schnee war in der Gosse zu einem hohen Wall aufgeschichtet, und wir hatten auf dem Bürgersteig geparkt. Ich brachte es fast nicht fertig, den Rollstuhl an Sonjas Tür zu bugsieren, weil da so ein großer Schneehaufen lag. Es klappte dann doch irgendwie, und Herr Rabe, der Hausmeister, zeigte uns die Wohnung. Sie lag im vierten Stock, und zuerst dachten wir, es würde wieder nicht gehen, weil der Fahrstuhl zu eng wäre. Aber es paßte gerade: Rechts und links neben Sonjas Reifen etwa noch 5 cm Raum. Und wenn ich mich ganz schmal machte und den Po einzog, paßte ich gerade noch hinter die Rückenlehne ihres Rollstuhls. Der Fahrstuhl war ungefähr einen Quadratmeter groß.

Dann die Wohnung: L-förmiges großes Wohnzimmer und eine winzige Küche, ein kleines Bad und ein winziges Abstellzimmer, von dem Wohnzimmer durch eine Pappwand getrennt. Dieses kleine Nebenzimmer wurde dann später mein Arbeitszimmer. Was uns zuerst zurückstieß, war die schwarze Tapete mit wirklich entsetzlich geschmacklosen Weingläsern, Chiantiflaschen, Reben und ähnlichen weinseligen Ornamenten auf der ganzen Breitseite der Wohnung, ungefähr acht Meter lang. Das heißt, mich schreckte das nicht so sehr. Es kam mir natürlich geschmacklos vor, aber – jedenfalls war ich nicht bereit, Geld dafür auszugeben oder Arbeit einzusetzen, um diese Tapete loszuwerden. Sie war eigentlich der einzige Nachteil dieser Wohnung. Der Fahrstuhl funktionierte. Die Entfernung zur Uni war optimal: ich konnte in zehn Minuten zu Fuß dort sein. Der Fahrstuhl paßte, und sogar die Türen paßten. Das war auch sehr oft bei unserer vergangenen Wohnungssuche ein Handicap gewesen, daß die Wohnungen zwar vielleicht ohne Baukostenzuschuß waren, wunderbar, reizende Vermieter, aber: die Türen waren zu eng für den Rollstuhl. Sonja paßte einfach nicht hindurch. Sie mochte deshalb zum Beispiel auch nie bei mir zu Hause in Bielefeld übernachten (abgesehen davon, daß sie die Ressentiments meiner Mutter fürchtete): auch da waren die Türen zu schmal. Sie kam mit ihrem Rollstuhl nicht ins Gästeklo, nicht ins Bad.

Hier waren also, in der Rutschbahn, die Türen einmal breit genug und – es gab keinen Baukostenzuschuß, nur eine Kaution von drei Monatsmieten, also etwa 1300 DM, denn die Miete betrug 425 DM. Ein weiterer Vorteil war, daß sie für zehn Jahre festgeschrieben war.

An der Stelle war das Band voll, und ich schlief gleich ein.

15. Dezember 1977, Donnerstag

Ich mache eine kleine Zigarettenpause beim Klavierüben. Es ist schön, daß ich mit dem neuen Gerät auch solche kurzen Momente ausnutzen kann, um an dem Buch weiterzuarbeiten.

Ich fahre fort mit der Rutschbahngeschichte. Als wir uns dazu entschlossen hatten, diese Wohnung zu nehmen, benachrichtigten wir Sonjas Vater. Er hatte ja versprochen, uns finanziell zu unterstützen. In drei Dingen mußten wir seine Hilfe in Anspruch nehmen: Erstens war da die Kaution, die wir allein nicht aufbringen konnten. Zweitens die Miete, die für uns beide in der Anfangszeit sicher eine zu große Belastung sein würde. Wir wollten ihn bitten, einen Teil davon monatlich, für ein Jahr zunächst, zu übernehmen. Drittens brauchten wir Möbel. Außer dem Rollstuhl, Sonjas Schreibtisch und Hängeregalen, meinem häßlichen Stellregal aus Preßholz und meiner Musikanlage hatten wir nichts. Für die Teppiche und Gardinen wollte mein Stiefvater sorgen: er ist Textilingenieur. Wir unterbreiteten Herrn Sanders unsere Bitten und Finanzierungsvorstellungen in einem langen Telefongespräch. Er setzte sich daraufhin an seinen Schreibtisch, rechnete alles durch, und dann rief Frau Sanders zurück. Sie war plötzlich ganz begeistert von der Idee. Immer wenn es irgendwo etwas zu organisieren und neu einzurichten gab, war sie voller Betriebsamkeit, was man ja auch Einsatzfreude nennen kann. Jedenfalls ließ sie in dem Gespräch durchblicken, Sonja habe es allein ihrem Zureden zu verdanken, daß Vati sich schließlich zu allem bereiterklärt hätte. Sonja wisse ja, wie schwerfällig er manchmal sei, daß er alles immer viel zu genau nehme. Ich hatte eher den Eindruck, und Sonja auch, daß der arme Mann nur sehr gewissenhaft war und nichts voreilig versprechen wollte, was er hinterher vielleicht wieder würde zurücknehmen müssen. Zum Schluß des Anrufs kam er auch noch an den Apparat und versprach, er werde in der nächsten Woche, am Samstag, wenn er nicht ins Geschäft müßte, nach Hamburg kommen, um mit uns zur Firma Serke zu gehen, die Kaution zu bezahlen und das Weitere schon mal organisatorisch mit uns vorzubesprechen.

»Typisch«, sagte Sonja, »sie spuckt die großen Töne, und er kommt und opfert sein Wochenende.« Und er kam, mit seinem vornehmen, etwas altmodisch-unbeholfen geschnittenen, schweren dunkelblauen Mantel. So rührend und freundlich sein ovales Gesicht mit den wasserblauen Augen. Mit ihm im Hintergrund kamen wir uns dann bei der hochherrschaftlichen Firma Serke auch würdig genug vor, einen Mietvertrag zu unterzeichnen. Vorher war das immer eher so eine Aktion gewesen, wie wenn zwei kleine Kinder erwachsen spielen. Zuerst aber hatte er mit uns die Wohnung besichtigt und alles wunderbar gefunden. Auch er entwickelte jetzt etwas von jenem Tatendurst, den seine Frau schon am Telefon gezeigt hatte. Er blieb sehr lange, und sehr oft, auf dem Klo. Sonja sagte: »Der Arme scheint auch Verdauungsstörungen zu haben.«

Wir vereinbarten, daß er bis auf weiteres Sonjas Mietanteil, 212, 50 DM, bezahlen würde. Im Heim hatten wir je 90 DM Miete bezahlt.

Aus der Zigarettenpause sind doch vier Zigaretten geworden. Ich gehe erstmal zurück ans Klavier.

Später. Nach dem Spielen hab ich Nachrichten gesehen und bin darüber vor Müdigkeit fast eingeschlafen. Bin dann ins Bett gegangen und hab versucht zu schlafen, aber es ging nicht. Wieder eine Stunde Klavier, danach Beschäftigung mit Weihnachtsgeschenken, sehr widerwillig, weil ich eigentlich lieber an dem Buch weiterarbeiten wollte. Ich hab jetzt, wie üblich, wieder mal alles auf morgen verschoben, auf den letzten Tag, wo es nun einmal erledigt werden *muß* und dann auch wird. Jetzt aber will ich mich ganz auf Sonja konzentrieren. Ich überlege noch, wie das mit der Miete war. Ich glaube, wir haben so argumentiert, daß der Umzug ja eigentlich Sonjas wegen stattfand, wegen ihrer sanitären Probleme. Ich profitierte zwar auch davon und war deshalb bereit, eine etwas höhere Miete auf mich zu nehmen, aber die Hälfte meines Stipendiums konnte ich einfach nicht dafür einsetzen. So einigten wir uns, daß Sonja und ich die eine Hälfte der Miete zahlen würden und Herr Sanders die andere. Ich denke jetzt mit großem Widerwillen über diese Dinge nach und komme mir fast wie ein Krämer vor. Es war aber trotzdem berechtigt, so mit Herrn Sanders zu verhandeln. Von unserer Ehe und eigentlich schon lange gemeinsamen Kasse wußte ja niemand etwas. Je härter und sachlicher ich verhandelte, desto weniger Verdacht konnte auf uns fallen. Auch das war sicher ein Motiv.

Abends fuhren wir ihn dann zum Hauptbahnhof. Wieder war irgend etwas mit seiner Verdauung nicht in Ordnung. Er klagte ärgerlich und verschämt über seine »blöden Hämorrhoiden«. Die Bahnsteige des Hamburger Hauptbahnhofs sind nur über lange Treppen nach unten zu erreichen. Deswegen verabschiedeten Sonja und ich uns oben am Geländer und sahen ihm nach, wie er da unten ganz allein in den Zug stieg, ein bißchen unbeholfen und doch würdig. Das Bild ist mir sehr scharf im Gedächtnis geblieben, weil Sonja es später noch oft voller Reue erwähnt hat. Wir wußten ja damals nicht, daß er Krebs hatte. Mastdarmkrebs. Wir erfuhren es erst vier Wochen später. Und wir haben uns noch fast darüber lustig gemacht, wie eilig er da in den Zug strebte, weil wir dachten, der Arme kann es schon wieder mal nicht erwarten, aufs nächste Klo zu kommen.

Nachdem nun der Umzug offiziell feststand, Termin 1. April 1969, hatten wir alle Hände voll zu tun, unsere Sachen fuhrenweise in die Wohnung zu schaffen. Eine Umzugsfirma zu beauftragen, hätte sich bei der Geringfügigkeit unserer Habseligkeiten nicht gelohnt, meinten wir. Und außerdem war es natürlich zu teuer; wir mußten ja jetzt wahnsinnig sparen. Also nahmen wir das alles selbst in die Hand und fuhren wohl zehnmal hin und her in Sonjas kleinem Wagen, immer bis obenhin vollgepackt. Bücher-, Geschirr- und Kleiderkartons. Die Kartons hatten wir uns natürlich bei Aldi besorgt.

Einen ganzen langen Abend haben wir auch mit dem Versuch verbracht, diese elende Tapete abzukratzen. Wir weichten sie, wie man uns im Heim geraten hatte, mit viel Wasser ein und gingen dann mit einem Spachtel ans Abkratzen, Sonja unten und ich oben, auf einem Stuhl stehend oder sogar auf einer extra dafür gekauften Leiter. Nach zwei Stunden hatten wir je einen ungefähr tellergroßen weißen Fleck geschafft. Also völlig aussichtlos, auf diese Weise voranzukommen. Inge Peters, die zufällig von unseren Umzugsplänen gehört hatte und von der schrecklichen Tapete, stimmte Sonja völlig darin zu, daß man mit so einer Tapete unmöglich leben könnte. Man könnte doch nicht immerzu bloß wegsehen! Sie kannte einen Maler, der das als Schwarzarbeit und im Handumdrehn sehr ordentlich erledigen würde. Das geschah auch an einem Sonntag, und Sonja und ich konnten nur staunend bewundern, mit welcher Geschwindigkeit er das schwarze Zeug von der Wand löste. Ich gab Sonja dann anschließend recht: Die hundert Mark hatten sich wahrhaftig gelohnt! Die Wand strahlte in wunderbarem Rauhfaserweiß, und der Raum wirkte auf einmal fast doppelt so groß: hell und licht und freundlich.

Eine Woche nach jenem Besuch von Herrn Sanders kamen die Eltern gemeinsam aus Mülheim an, mit ihrem großen BMW, vollgepackt mit Regalbrettern, die Herr Sanders speziell für uns hatte anfertigen lassen. Er hatte bei seinem ersten Besuch dafür extra die Wände ausgemessen. Beide waren voller Schwung und Tatkraft, kamen schon ganz früh am Morgen an, weil sie den Samstag mit uns zusammen ausnutzen wollten, um die notwendigsten Möbel an diesem einen Tag einzukaufen. Zuerst fuhren wir in ein riesiges Möbellager in Wandsbek, glaube ich. Die Möbel waren verhältnismäßig billig, aber doch für uns erstens viel zu teuer, und zweitens scheußlich. Deshalb konnten Sonja und ich uns mit unserem ursprünglichen Vorhaben doch durchsetzen, das nur der Mutter zuwider gewesen war: gebrauchte Möbel in einem der zahlreichen Hamburger Gebrauchtmöbellager einzukaufen. Bei Schlüter fanden wir auch gleich auf einen Schlag einen riesigen Kleiderschrank und eine Polstergarnitur in moosgrünem Plüsch mit Troddeln – zwei freundliche und gar nicht klobige Sessel und eine Klappcouch. Die war für mich zum Schlafen gedacht, weil sie ja in der Mitte die »Klappfurche« hatte, die, wie Frau Sanders befürchtete, für Sonjas Rücken nicht gut war. Außerdem noch ein runder holzgerahmter Spiegel und eine kleine Wäschekommode. Herr Sanders war so schön in Fahrt, daß er sogar anfing, den Preis herunterzuhandeln, bestimmt zum erstenmal in seinem Leben. Ganz verschmitzt war er und stolz auf seinen Erfolg.

Bei Otteni fanden wir einen riesigen Schreibtisch für mich, an dem ich noch heute arbeite. Dazu einen gepolsterten Schreibtischstuhl für Sonja. Fehlte eigentlich nur noch ein Tisch für die Sitzgarnitur, eine Liege für Sonja und ein Schreibtischstuhl für mich, und Lampen. Sonjas Liege war merkwürdigerweise am schwersten aufzutreiben. Schließlich fanden wir sie dann aber doch, ganz kurz vor Geschäftschluß, in einem sehr trödeligen Trödelladen. Die Originalmatratze steht noch heute in meinem Schlafzimmer, für eventuellen Besuch. Ich habe sie bei meinem Auszug nach Bremen als vorläufiges Notlager mitgenommen. Sonja hatte damals nämlich schon eine neue (abgelegte) Matratze von Inge Peters geschenkt bekommen. Sie hat auf der Trödelmatratze so oft ins Bett gemacht, daß die Spuren auf beiden Seiten noch deutlich zu sehen, ja eigentlich zu riechen sind. So etwas bleibt also von einem Menschen, den man geliebt hat: Haare im Staubsauger und Urin in der Matratze.

Mein Schreibtischstuhl und unser Wohnzimmertisch stammten aus dem teuersten Möbelgeschäft in Hamburg, in das Frau Sanders natürlich zuallererst gestrebt war. Da wir in den Ramschläden so schnell nichts Passendes finden konnten, kehrten wir nun dorthin zurück, und Herr Sanders schenkte uns einen sehr teuren Tisch: weiß Schleiflack, rund, mit einer »Öl-Hydraulik« zum Rauf- und Runterbewegen. So hatten wir in einem einen richtigen »Couchtisch« und einen Arbeits- und Eßtisch für uns beide. Herr Sanders kam in richtig niedliche Spendierlaune und schenkte mir noch einen schönen massiven Holzstuhl mit schwarzem Kunstledersitz – anatomisch richtig geformt, wie es hieß. Auf diesem Stuhl sitzend habe ich meine ganze Dissertation verfaßt. Heute steht er in meinem Schlafzimmer. Ich sitze wenn möglich nicht darauf, denn er ist schrecklich hart. Er dient mir hauptsächlich nachts als Kleiderablage. Ich schmeiße meine Sachen beim Zubettgehen in Richtung dieses Stuhls, und sie bleiben irgendwie an ihm hängen.

Am Nachmittag hatten wir tatsächlich alle Einkäufe erledigt: eine vollständige Wohnungseinrichtung für uns zwei. Herr Sanders war ganz aufgekratzt und freute sich fast genauso wie wir darüber, daß alles so gut gelungen war. Ihm gefielen auch unsere Möbel – genau wie sie uns gefielen. Nur Frau Sanders konnte ihren Abscheu vor all dem abgelegten Ramsch fremder Leute kaum unterdrücken. Ihr Motiv war wohl nicht, daß sie ihrer Tochter nur das Beste und Schönste gönnen wollte, sondern Sonja sollte natürlich weiterhin ein mögliches Aushängeschild ihrer Familie sein, und mit so einer zusammengestoppelten Studentenbude war das kaum zu leisten. Aber sie fand sich doch recht bald damit ab, mit süßlicher Miene und »Ach Gott, ihr guten Kinder!« An diesem Tag hab ich besonders gut verstanden, warum Sonja ihren Vater so sehr viel mehr liebte. Als ein paar Wochen später die Nachricht kam, daß er an Krebs erkrankt war und daran sterben würde, war ich so traurig, als ob ich einen guten väterlichen Freund verlieren sollte.

Einige der Sachen wurden sogar noch am selben Tag in die Wohnung geliefert, andere kamen erst Anfang der nächsten Woche. Während ich die Möbelpacker an die richtigen Plätze dirigierte, tobte Frau Sanders mit ihren Putzutensilien durch die Wohnung und stellte eine Sauberkeit und Ordnung her, wie ich sie fast noch nie gesehen hatte. Sie schuftete wirklich wie ein Pferd. Für wen sie schuftete, weiß ich nicht, aber das Resultat, die ganze Wohnung im Ultraglanz, war natürlich für Sonja und mich eine riesige Freude. Auch später hat uns Frau Sanders ja noch manchmal dort besucht, und wir haben jedesmal vorher fast eine ganze Woche wie wahnsinnig geputzt, aber kaum hatte sie ihren Kaffee bei uns getrunken, sprang sie schon auf und legte los mit dem Putzen, bis alles »wirklich« sauber war. Sie konnte einfach nicht anders. Mir sollte es ja recht sein, und ich nahm diese Tätigkeiten, besonders die Resultate, dann fast gleichmütig und dankbar an, aber Sonja erlebte es als Einmischung in ihre eigenen Angelegenheiten, als Bevormundung und als versteckten Tadel, daß wir Schweine wären. Das Schwein war natürlich vorwiegend ich, aber es war Sonja, die die Schuldgefühle hatte.

Bettzeug und Bettwäsche hatten die beiden uns auch von einem Großhandel mitgebracht, so daß wir dann wirklich zum 1. April einziehen und unsere erste Nacht in unserer eigenen Wohnung verbringen konnten. Ich weiß noch, es war der 31. März 1969. Sonja und ich waren spätabends nach elf Uhr mit unserer allerletzten Bücherfuhre von Othmarschen abgefahren. Ich fuhr, ich weiß nicht mehr aus welchem Grunde, als erste in dem vollgepackten Fahrstuhl nach oben, räumte alle Sachen in die Wohnung und kam dann nach unten zu Sonja. Ich hatte oben gesehen, daß es gerade zwölf Uhr geworden war, erster April. Sonja hatte mich vorher so oft und für meine Begriffe fast grausam in den April geschickt oder merkwürdige practical jokes mit mir gemacht, daß ich jetzt in einem Anfall von Übermut ihr da unten meldete, es wäre etwas Entsetzliches passiert. Wir hätten bei unserer letzten Fuhre am Nachmittag vergessen, das Wasser im Bad abzustellen, und die ganze Wohnung stünde unter Wasser. Der Parkettfußboden wäre schon fast aufgeweicht – ich malte es alles fürchterlich aus. Sonja war völlig fertig, noch dazu nach den vergangenen Strapazen. Sie fing an zu weinen, und ich tröstete sie und sagte: »Es ist sicher nicht so schlimm, und wir bringen das schon in Ordnung. Komm erstmal nach oben. Wir machen uns einen Tee oder setzen uns hin und trinken Wein. Die Hauptsache ist doch nun erstmal, daß wir unsere eigene Wohnung haben, zum erstenmal zusammen und allein schlafen können.« Sie ließ sich dann auch gutwillig trösten – was blieb ihr auch anderes übrig. Wir fuhren zusammen hoch, ich schloß die Wohnung auf – und sie sah, daß es alles nicht stimmte. »Erster April!« sagte ich zu ihr, und sie mußte schrecklich lachen und sagte, so furchtbar und so gut wäre sie noch nie in den April geschickt worden. Ich hätte in einer ähnlichen Situation wahrscheinlich viel »humorloser« reagiert. Sie aber bewunderte mich, daß ich die Geschichte bis zum Überraschungseffekt, durch alle Stadien, eiskalt durchgehalten hätte. Später hat sie sich noch oft daran erinnert. Das wäre auf diesem Gebiet wohl meine großartigste Leistung gewesen. Ich hatte so was natürlich geahnt, als ich das ganze inszenierte, und auch nur deshalb hatte ich es so lange durchhalten können.

Ich weiß nicht mehr, ob wir dann noch gefeiert haben oder ob wir gleich müde ins Bett gesunken sind. Ich weiß nur noch, daß wir an einem dieser Abende, vielleicht eben auch am ersten, einfach so dasaßen und Chopin hörten, die Nocturnes, in der noch fast leeren Wohnung. Es hallte – die Bücher waren noch nicht eingestellt. Die Musik klang uns so schön, wie wir es noch nie vorher gehört hatten. Wir drehten die Lautstärkeregler ganz auf, vielleicht um unsere Nachbarn zu testen, und niemand klopfte gegen die Wand, den Fußboden oder die Decke. Es war wunderbar.

Die ersten Wochen gingen jetzt mit Einräumen, Fortschaffen der Kartons, Anbringen der Lampen und ähnlichem vorbei. Jeder Tag war bis ins letzte ausgefüllt. Aber überarbeitet haben wir uns eigentlich nicht. Machten auch viele Pausen und saßen einfach nur rauchend und staunend da. Daß wir überhaupt so weit gekommen waren! Daß wir es wirklich geschafft hatten! Ich hatte im Heim gedacht, ich würde mich in das Neue nur ganz schwer einleben, aber das Gegenteil war der Fall: ich weinte dem Heim keine Träne nach. Sonjas Elan und Zuversicht hatten mich angesteckt; außerdem sah ich jetzt ja, daß es wirklich alles funktionierte, mit dem zuverlässigen Vater im Hintergrund, der uns schon helfen würde, wenn wir denn in Not geraten sollten. Mein tiefes Mißtrauen gegenüber dieser Veränderung meines Lebens hatte sich in eine vorbehaltlose Bejahung verwandelt. Ich fühlte mich endlich frei mit Sonja, und die gemeinsam durchgestandenen Widrigkeiten hatten uns einander sehr nahe gebracht. Ob wir uns damals noch sexuell geliebt haben, weiß ich nicht. Ich glaube, es spielt auch eigentlich keine Rolle, aber für Sonja wohl doch (berichtete Bella mir jedenfalls später aus intimen Gesprächen mit Sonja). Mir ist heute eingefallen, daß diese Zeit ja bereits nach unserem Aufenthalt in Büsum lag, den ich ganz zu Anfang des Buches beschrieben habe. Unser Liebesleben wird im April sicher kaum anders gewesen sein als ein halbes Jahr vorher in Büsum. Die Gemeinsamkeit bestand in sehr vielen Zärtlichkeiten, einfühlenden Worten, Tröstungen, gemeinsamem Durchstehen und Überwinden von Schwierigkeiten. Es war überhaupt keine Frage, daß wir endgültig zusammengehörten, vor allem jetzt, nachdem meine Vorbehalte durch die florierende, anscheinend so positive Realität in der Rutschbahn widerlegt worden waren.

Unsere Euphorie dauerte wohl zwei oder drei Wochen, und dann kam die Nachricht von der Krankheit des Vaters. Frau Sanders rief an und berichtete, er wäre zu seinem normalen halbjährlichen Checkup gegangen, den er als Geschäftsführer routinemäßig durchführen ließ. Der Arzt hätte sie anschließend beiseitegenommen und ihr seine Diagnose, Mastdarmkrebs, mitgeteilt. Diese Einzelheiten kamen allerdings erst in späteren Telefonaten. Der erste Anruf bestand praktisch aus nichts anderem als (ich habe es selbst mitgehört): »Vati hat Krebs. Unheilbar wahrscheinlich. UND DASS DU MIR JA NICHT AN MEIN GELD GEHST!!« Sonja verstand natürlich überhaupt nicht, was die Mutter eigentlich damit sagen wollte. Sie hatte mit der entsetzlichen Nachricht so zu tun, daß sie schon deshalb den Nachsatz gar nicht auffassen konnte. Aber auch als wir darüber sprachen, verstand sie nicht, was damit überhaupt gemeint sein könnte. Wieso sollte sie denn die Möglichkeit haben, an irgendwelches Geld zu gehen? Aber davon später mehr Einzelheiten.

Unser ganzer Aufschwung war mit einem Schlag zunichte, denn Sonja lag am Boden. Der Einsatz ihres Vaters für unsere Wohnung und unser Selbständigwerden sah jetzt fast wie ein Vermächtnis aus. Sonja weinte, weinte, weinte. Und wenn es ihr mal gelungen war, etwas aus der Trauer herauszukommen, dann kam bestimmt ein Anruf ihrer Mutter, in dem sie über die neuesten, fast immer nur schrecklichen, Entwicklungen und Einzelheiten berichtete. Der Vater kam sofort ins Krankenhaus. Man stellte fest, daß er bereits inoperabel war, und um einen Darmverschluß oder was weiß ich zu verhindern, bekam er einen Anus praeter. Ihm selbst sagte man, das sei nur vorübergehend, um irgendwelche Heilungsprozesse am After nicht zu stören. Ob er all diese

Bagatellisierungsversuche jemals geglaubt hat, kann ich nicht beurteilen. Es ist ja fast nicht anzunehmen. Andererseits hat er, wie ich schon gesagt habe, für die Zukunftssicherung seiner behinderten Tochter nichts unternommen, sondern das (falls er die Lage überschaute) alles seiner Frau überlassen. Das zeugt von einer fast verbrecherischen Kurzsichtigkeit, Schwäche oder Naivität, wie man nachträglich einfach feststellen muß. Deshalb ist es freundlicher anzunehmen, er habe den Ärzten geglaubt.

Das geschah also im April, und das ganze darauffolgende Jahr, bis zu seinem Tod am 3. Juli 1970, wurde nur davon bestimmt.

Aber noch etwas anderes geschah im April: Wir erfuhren von der Existenz Bellas. Erika war ja schon vor uns aus dem Heim ausgezogen und wohnte jetzt ganz in unserer Nähe in einem möblierten Zimmer. Sie war auf einer Tagung gewesen und hatte sich dort in eine dänische Deutschlehrerin verliebt, auf Gegenseitigkeit, wie sie sagte. Diese Dänin war Bella. Wir wußten bis dahin nur, daß Erika mit Sabine ein etwas schwieriges Verhältnis hatte. Sabine war uns nicht sonderlich ans Herz gewachsen, aber nun tat sie uns natürlich schrecklich leid, denn Erika war offensichtlich fest entschlossen, aus dieser Begegnung mit Bella sämtliche Konsequenzen zu ziehen. Sie stand kurz vor dem Staatsexamen und plante, anschließend zu Bella nach Kopenhagen zu ziehen, das heißt im darauffolgenden Januar. Sie zeigte uns ein Bild von Bella. Ziemlich nichtssagend, strahlend, unkompliziert, oberflächlich, wie wir fanden. Außerdem gar nicht besonders hübsch oder anziehend. Erika gab das auch zu, halb lachend, sagte aber, Bellas Qualitäten lägen eben woanders, und das würden wir schon auch noch erkennen. Wo sie lagen, konnten wir natürlich nicht wissen, vermuteten aber, im sexuellen Bereich. Schließlich war Bella Dänin, und Erika und Bella hatten kaum Gelegenheit gehabt, sich sehr gründlich kennenzulernen, außer vielleicht auf diesem Gebiet.

Während ich das erzähle, bin ich eigentlich merkwürdig kühl. Die ganzen späteren Verirrungen und Verwirrungen hab ich natürlich im Bewußtsein, aber im Moment lebe ich ganz in diesem April und empfinde nur das, was wir damals dachten, als wir Bella nur durch Erikas begeisterte Erzählungen kannten. Wir glaubten, es wäre wohl eine von Erikas üblichen, überstürzten Verliebtheiten in unmögliche Leute, die wir auch im Heim schon des öfteren miterlebt hatten und uns kaum erklären konnten, außer mit ihrer allgemeinen verzweifelten Notlage. Da wir Erika aber sehr gern hatten, wünschten wir ihr natürlich alles erdenklich Gute und hofften mit ihr, daß Bella nun wirklich die endgültig Richtige wäre.

27./28. Dezember 1977, nachts viertel vor drei

Weihnachten ist vorbei. Ich liege im Bett und versuche zu schlafen. Kann nicht, bin schwer erkältet. Ähnlich wie ich jetzt war Sonja an ihrem letzten Weihnachtsfest schon seit Wochen schwer erkältet. Nach Neujahr ging sie endlich zum Arzt, der eine Angina feststellte und sie »krankschrieb« (berufstätig war sie ja nicht). Birgit sagte mir später, nach Sonjas Tod, daß diese Krankheit wohl die erste war, die Sonja sich gegönnt und genossen hat. Sie war krank und pflegebedürftig und konnte daher zum Beispiel auch Fürsorge von ihrer Mutter verlangen – laut Birgit in ihrem »präsuizidalen Zustand« (Birgit ist Medizinerin) einer ihrer größten (und gleichzeitig vergeblichsten) Wünsche.

Auch dieses Weihnachtsfest wieder voller Erinnerungen an Sonja. Merkwürdig, wie oft sie irgendwie mit Essen zusammenhängen. Bettina hatte am Heiligabend für jeden ein großes Rinderfiletsteak gemacht. Als ich das Steak da auf meinem Teller liegen sah, mußte ich an das Blockhouse in Hamburg denken, in das Sonja und ich manchmal gegangen sind, um etwas zu feiern oder auch uns aus einer Niedergeschlagenheit wieder nach oben zu bringen. Ich sehe da jetzt die schwere Eingangstür vor mir, durch die wir nicht ohne die Hilfe des Personals hindurchkamen. Es hätte eigentlich gehen müssen, überlege ich mir jetzt, wenn Sonja mit der Rechten die Tür an die Seite gestemmt und ich sie gleichzeitig über die Eingangsstufe gehoben und dann hineingeschoben hätte. Aber es ging eben doch nicht; ich weiß nicht mehr, weshalb. So zog schon unser Eintritt in das Lokal die allgemeine Aufmerksamkeit auf sich. Wie in allen Situationen, die ähnlich waren wie diese, half ich mir durch Vogel-Strauß-Taktik über die Peinlichkeit hinweg: Ich sah einfach nicht um mich her, sondern konzentrierte mich voll auf meine Aufgabe – hier auf Sonja, auf diese Tür, auf die schwere Wolldecke, die vor der Tür hing und auch noch bewältigt werden mußte, dann auf die Suche nach einem Tisch, der für uns geeignet war. Das Personal war immer sehr lieb, aber das konnte das Gefühl der Unsicherheit nur lindern, nicht aufheben.

Wenn die erste Befangenheit vorüber war, ging es uns aber meistens gut. Wir saßen da und rauchten, während wir auf unser

Steak warteten. Meine mitgebrachten Spezialgewürze, Rauchsalz und grobgehackten Pfeffer, hatte ich schon vor mir aufgestellt. Als Beilage bekam Sonja ihr Knoblauchbrot und die Barbecue-Kartoffel und ich gedünstete Champignons. Zusammen bestellten wir uns einen Riesenteller Salat, in den wir gemeinsam hineingabelten, bis das Steak namens »Mrs Blockhouse« serviert wurde. »Mr Blockhouse« war riesenhaft und für uns zu teuer – die »Mrs« war ja schon luxuriös genug.

Das Blockhouse bedeutete uns sehr viel. Die Stunden, die wir dort verbrachten, waren festlich und unbeschwert, trotz des manchmal schwierigen Beginns und des häufig eher negativen Anlasses. Aber die gemütliche, warme, umsorgte Stimmung am offenen Feuer und das Gefühl, daß wir uns gemeinsam etwas sehr Schönes gönnten, hatte doch oft die erwünschte Wirkung: Der Abend war gerettet, manchmal sogar die Woche.

Ich erinnere mich ganz besonders an drei Essen im Blockhouse, wegen ihrer speziellen Anlässe. Zweimal feierten wir bestandene Teilprüfungen meines Rigorosums. Sonja hatte jeweils draußen auf dem Flur gesessen und mich erwartet die halbe Stunde lang, als einzige. Danach ging es sogleich ins Blockhouse; es war das Nächstliegende, nur zwei Minuten von der Uni entfernt. Obwohl es ja zwei Essen waren, sind sie in meiner Erinnerung zu einem geronnen. Ich war ganz benommen und mit meinen Gedanken noch in der Prüfung, bei den einzelnen Fragen – und konnte noch nicht fassen, daß es damit nun überstanden war, der ganze Stress, die ganze Angst, und mit der Note »Sehr gut«. Ich war stolz, irgendwo, aber richtig ins Gefühl und ins Bewußtsein gedrungen war es mir noch nicht. Sonja war so glücklich mit mir; sie strahlte und freute sich. Wenn sie gekonnt hätte, wäre sie wahrscheinlich herumgetanzt vor Glück. Ich selbst stellte nur wieder mein großes Defizit an Ausdrucksfähigkeit fest. Irgend etwas wollte wohl raus und jubeln – aber ich konnte sowieso noch nie jubeln. Das dämpfte auch Sonja ein bißchen, aber sie kannte mich ja und ließ sich nicht beirren und zog mich so allmählich aus meiner merkwürdig geistesabwesenden Starrheit heraus. Ich werde diese beiden Essen nie vergessen.

Das dritte Essen, von dem ich erzählen wollte, ist mir vom Verlauf her kaum noch in Erinnerung. Nur eine Szene vorher, vor der Eingangstür, weiß ich noch ganz genau. Es war im Oktober 1973. Sonja hatte ihren zweiten Selbstmordversuch hinter sich – den

Selbstmordversuch, den sie meinetwegen unternommen hatte. Er lag etwa vierzehn Tage zurück. Wie ich schon geschrieben habe, hatte ich mich wegen Bella von ihr trennen wollen, ohne das jedoch Sonja offen sagen zu können. Ich war unglaublich verliebt in Bella damals. Meine Gefühle für Sonja kann man eigentlich gar nicht beschreiben. Da war die alte Zärtlichkeit und Fürsorge und Nähe und Intimität und gleichzeitig der verzweifelte Drang, mich von ihr freizumachen, um mit Bella zusammensein zu können. Sonja ahnte davon überhaupt nichts. Ich hatte ihr ja nur gesagt, daß ich mich von ihr trennen wollte, weil ich sie nicht mehr liebte – nicht, weil ich eine andere liebte.

Nun war Bella aus Oldenburg, wo sie einen Teil ihrer Herbstferien verbracht hatte, nach Hamburg gekommen, mit dem zwischen uns beiden abgesprochenen Ziel, mich nach Kopenhagen mitzunehmen. Die ganze Vorgeschichte, wie es dazu gekommen ist, ist so grotesk, so schrecklich, daß ich es noch heute kaum begreifen kann. Vergessen sowieso nie. Ich werde das alles später genauer schildern.

Jetzt (weil ich gerade beim Thema Blockhouse bin) nur soviel, daß ich vor Verliebtheit in Bella, vor Schuldgefühl Sonja gegenüber und vor Anspannung, mir nichts anmerken zu lassen, so zu tun als wäre überhaupt nichts los, vollkommen overstrained war. Bella aber bewältigte diese Situation mit einer Gelassenheit und Sicherheit, die mich verblüffte, zum Teil empörte, zum Teil ängstigte, zum Teil aber auch sicher und ein bißchen übermütig und freier machte.

Das muß ich jetzt vielleicht doch ein bißchen näher ausführen. Bellas plötzliches Auftauchen (plötzlich für Sonja) hatte Sonja fast schockiert. Sonja war noch rekonvaleszent – sie hatte aus dem Krankenhaus einen schlimmen Decubitus mitgebracht, obwohl sie da nur drei Tage gelegen hatte. Sie schämte sich außerdem wegen ihres Selbstmordversuchs, und sie wußte, daß ich im November, also in vierzehn Tagen, ausziehen würde. Durch verzweifeltes Wohlverhalten versuchte sie, mich in meinem Entschluß umzustimmen, da ich ja nur gesagt hatte, ich könnte sie nicht mehr lieben, weil sie selbst durch ihre Eifersucht, ihre »Pranke«, ihre Trunksucht, ihre zügellosen Exzesse gegen mich meine Liebe systematisch ruiniert hätte. Sie wollte sich also alle Mühe geben, fühlte sich aber noch nicht stark genug und zweifelte sehr, ob sie dieses lebenswichtige Ziel auch erreichen könnte.

In so eine Situation platzte also Bella hinein, obwohl Sonja ihr auf vorheriges telefonisches Anfragen gesagt hatte, sie wünsche nicht, daß Bella diesmal, wie sonst üblich, auf der Rückfahrt von Oldenburg nach Kopenhagen bei uns hereinschaue. Bella hat es doch getan, natürlich weil sie *mich* sehen und mitnehmen wollte. Als sie ankam, waren wir zuerst alle drei sehr nervös und befangen. Sonja fügte sich dann, widerwillig, wohlerzogen, etwas fremd. Um die gespannte Stimmung zu lockern, beschlossen wir, Malefiz zu spielen. Und während wir da am Tisch saßen und würfelten und ich überhaupt nicht mitkriegte, wie das Spiel eigentlich lief, streichelte Bella mich unter dem Tisch am Knie.

Sonja saß links von mir; ihre Beine waren keine zehn Zentimeter von diesem Streicheln entfernt. Es erregte mich sofort, und gleichzeitig fand ich es ungeheuerlich. Ungeheuerlich, weil Bella doch wußte, was unser Betrug für Sonja bedeutete, weil Bella genau wußte, daß Sonja vor vierzehn Tagen einen Selbstmordversuch gemacht hatte.

Zwei Stunden vorher waren wir zusammen ins Bett gegangen, heimlich, in einer Pension in der Nähe. Leidenschaft war für mich in einer solchen Situation gestattet, aber nicht Flirten, Frivolitäten wie diese da, unterm Tisch mein Knie streicheln und überm Tisch tröstend und verständnisvoll mit Sonja reden, die da mit dick vom Weinen verquollenen Augen sitzt und verbissen vor sich hin würfelt, in ihrem Kummer. Ich spürte den Kummer und ich spürte gleichzeitig die Verlockung, die von Bella ausging. Mein Gemüt und meine Sinnlichkeit waren völlig voneinander getrennt in diesem Augenblick.

Aber ich wollte ja eigentlich von dem Moment erzählen, bevor wir dann zu dritt ins Blockhouse gingen – wieder mal, um den Abend vielleicht doch noch zu retten. Und da stand ich nun und half Sonja wie üblich in den Rollstuhl hinein. Auf der gegenüberliegenden Seite des Autos war Bella ausgestiegen und sah zu uns hinüber. Und während Sonja noch unten – unten, wie immer – damit beschäftigt war, sich in den Rollstuhl hinüberzuarbeiten, natürlich völlig auf diese Aufgabe konzentriert, hatte ich ja oben meinen Kopf frei (ich brauchte nur den Rollstuhl hinzuhalten) und sah Bella an. Diesmal war ich diejenige, die flirtete. Ich sah sie verzehrend an (das ist wohl das Wort) – zu lange und sehr leidenschaftlich. Und sie erwiderte diesen Blick – und dann gingen wir ins Blockhouse.

Dieser Blick in dieser Situation ist es, den ich nicht vergessen kann, wenn ich ans Blockhouse denke, und wenn ich nur ein Steak sehe, vier Jahre später als Weihnachtsessen serviert.

Das vorige Weihnachtsfest und Silvester/Neujahr habe ich mit Bella in Bielefeld gefeiert. Nach dem Tiefpunkt im Herbst war uns nochmal eine Versöhnung gelungen. Silvester saßen wir zusammen in unserem kleinen Gästezimmer und sprachen über unsere Zukunft und dieses Buch hier, das Bella übersetzen wollte. Sie war in dem Buch schon mehrfach sehr schlecht weggekommen, je nachdem wie ich in meiner ständig schwankenden Einstellung zu ihr sie sah. Und sie hatte die Größe, das zu verstehen und zu bejahen und jedwede Streichung zu ihren Gunsten strikt abzulehnen. Diese Größe hat sie heute noch, obwohl wir uns jetzt endgültig getrennt haben und sie gar nicht weiß, was ich noch alles über sie erzählen werde – wie ich es auch heute getan habe. Sie hat mir sozusagen einen Blankoscheck gegeben. Das verpflichtet natürlich. Aber noch mehr fühle ich mich dem verpflichtet, was ich jeweils beim Sprechen für die Wahrheit halte – also dem, was ich empfinde.

Mit Bella habe ich dreimal Silvester gefeiert. Mit Sonja keine einzige solche Erinnerung. Wir haben immer getrennt feiern müssen.

Ich gehe morgen zum Arzt mit meiner Erkältung, weil sie schon sieben Wochen alt ist und überhaupt nicht besser wird und mir allmählich Sorgen macht. Es war auch die Länge dieser Erkältung, die mich so stark an Sonjas letzte Angina erinnerte. Ich hab mich auch schon gefragt, ob meine Erkältung, ähnlich wie Sonjas Angina, mit zu einer Art präsuizidalem Syndrom gehört.

1. Januar 1978, nachts zwanzig vor zwei

Ich sitze auf dem Klo. An diesem Ort hab ich noch nie an meinem Buch gearbeitet. Aber warum eigentlich nicht? Das Klo war für Sonja und mich ein Ort des besonderen Vertrauens. Ich mußte ihr ja oft helfen, aufs Klo zu kommen, aufpassen, daß sie nicht stürzte. Deshalb fand ich es selbstverständlich, mich in diesem intimen Bereich nicht vor ihr auszuschließen, die sich nicht vor mir ausschließen konnte. Wie sehr diese Intimität und Offenheit uns verband, merkte ich eigentlich erst, als sie in Frage gestellt war – nachdem ich mich getrennt hatte und nach Bremen gezogen war. Wenn ich sie von Bremen aus besuchte und sie oder ich dann aufs Klo gingen, schlossen wir die Tür voreinander ab, was vorher niemals passiert wäre. Ich empfand das als einen ganz starken und schwerwiegenden Verlust an Vertrautheit. Obwohl Sonja und ich niemals darüber gesprochen haben, bin ich sicher, daß sie die Sache selbst genauso empfunden hat. Wie sie sie bewertet hat, weiß ich nicht.

Heute ist also Neujahr, seit anderthalb Stunden. Der vergangene Silvesterabend ist der erste gewesen, den ich ganz allein verbracht habe. Ich wollte eigentlich was Sinnvolles, Nützliches tun, fleißig sein, aber ich habe die ganze Zeit vorm Fernseher gesessen. Meine Stimmung war überhaupt nicht festlich, silvestermäßig, sondern völlig alltäglich. Daß ich nicht gearbeitet oder wenigstens Klavier geübt habe, liegt wohl hauptsächlich an meiner Trägheit. Zugleich natürlich auch der bewußte Versuch, in einer Situation, wo alle Welt sich zur Euphorie gezwungen fühlt, nicht durch den evidenten Mangel an Euphorie depressiv zu werden.

Neujahrstag 1978, nachmittags viertel nach zwei

Ich gehe draußen spazieren vor meinem Haus. Es ist strahlendes, warmes Wetter, aber frisch. Ich bewege mich aus Gesundheitsgründen und weil ich gerade mal wieder dabei bin, das Rauchen aufzugeben. Ich habe gelesen und auch selbst erfahren, daß man sich bewegen und beschäftigen muß, um nicht dauernd daran zu denken, daß einem eigentlich die Zigarette fehlt.

Ich habe fast noch nie von selbst den Wunsch entwickelt, spazierenzugehen. Aber heute ist das Wetter wirklich ungewöhnlich schön und meine Einstellung zur Gesundheit plötzlich positiver. Ich bin selbst darüber erstaunt, »daß es mich plötzlich hinaustrieb«.

Sonja ist vor ihrem ersten Selbstmordversuch, vor ihrer Querschnittlähmung also, eine leidenschaftliche Spaziergängerin gewesen. Wie ich schon geschrieben habe, auch aus Fluchtgründen, um nicht mit ihrer Familie zusammensein zu müssen. Wenn Sonja nicht schon im Rollstuhl gewesen wäre, als wir uns ineinander verliebten, hätte es sicher oft Meinungsverschiedenheiten wegen Spaziergängen gegeben. Ich war immer sehr widerspenstig, wenn man mich dazu aufforderte. Es langweilte mich. Und nun, da sie selbst nicht mehr losrennen konnte und ich es nicht mochte, waren wir uns auch in diesem Punkt von vornherein einig, wenn auch von Sonja aus gezwungenermaßen. Man hat mir später oft Vorwürfe gemacht, daß ich Sonja nicht öfter mit »in die Natur« hinausgenommen habe, zu Spaziergängen, bei denen ich sie schob. Für meine Begriffe tat ich es schon oft genug. Aber Bella, Erika und wohl auch andere fanden, ich hätte es noch viel öfter tun sollen. Für die war es ja leicht, so was zu fordern, da sie sowieso gern spazierengehen. Für mich war wohl das Spazierengehen immer nicht »produktiv« genug. Rein rezeptiv, und die rezeptiven und kontemplativen Fähigkeiten waren damals bei mir nicht sehr weit entwickelt. So war ich ja auch unfähig, auch nur eine halbe Stunde mit Sonja »bloß« zu kuscheln. – Es gibt aber doch einige gemeinsame und sehr schöne Spaziergänge, an die ich mich noch oft erinnere und von denen ich, wenn sie chronologisch an der Reihe sind, erzählen werde.

Ich war nicht traurig gestern, das Silvesterfest so allein feiern zu müssen, und heute bin ich auch nicht traurig über mein Alleinsein. Ich hoffe so sehr, daß ich die schlimme Phase, da ich mich mit dem Alleinsein nicht abfinden konnte, mich ihm ausgeliefert fühlte, überwunden habe. Jetzt sehe ich sehr deutlich auch die positiven Seiten: die Freiheit und das Fehlen von Spannungen zwischen mir und einer Partnerin. Ich glaube, ich werde in Zukunft diesen Frieden, den ich jetzt erlebe, sehr hochhalten und gegen alle Angriffe – vor allem meine eigenen, von innen her – verteidigen. Die vielen offenbar so glücklichen Paare, die eingehakt an mir vorübergehen, haben zwar anscheinend einander, aber auch alle Langeweile und Streitigkeiten *miteinander,* die ich natürlich auch mit Sonja (oder mit Bella) regelmäßig erlebt habe. Alleinsein als etwas Positives, das ich wirklich nur dann aufgeben werde, wenn man mir dafür etwas sehr Kostbares zum Tausch anbietet, also wenn ich eine Partnerin finde, mit der ich wirklich in den meisten Belangen glücklich sein kann und übereinstimme – vor allen Dingen intellektuell und gemütsmäßig. Das ist eigentlich ein sehr guter Entschluß zum neuen Jahr.

Ich sehe viele gelangweilte und verdrossene Pärchen; außerdem Mütter, die mit ihren Kindern zu kämpfen haben. Aber ich sollte nicht vergessen, daß meine stille Zufriedenheit sicher auch mit dem wunderbaren Wetter zusammenhängt.

Der Kinderspielplatz im Park ist noch fast leer. Die Spielgeräte sind noch nicht wieder installiert, obwohl es wie gesagt das herrlichste Osterwetter ist, Vorfrühlings- oder Frühlingswetter. Genau hier war ich vor nun fast zwei Jahren mit Bella, zu Ostern, auch bei herrlichem Wetter. Wir waren so entspannt und voller Vertrauen auf die Zukunft wie ganz selten. Es war ein wunderbarer Spaziergang. Er dauerte etwa eine Stunde – dann mußte Bella fort, zum Zug nach Kopenhagen. Es war genau einen Monat nach Sonjas Tod. Dieser Selbstmord hatte Bella so aus der Fassung gebracht, daß sie, ganz entgegen ihrer sonstigen Nüchternheit und Vorsicht in ihren Entschlüssen, per Telefon ankündigte, sie würde den Rest ihrer kurzen Ferienwoche zu einer Reise nach Basel nutzen. Ich sagte, ich hätte aber Besuch von Katharina und Marianne. Das mache ihr nichts, meinte sie – auch ganz ungewöhnlich für Bella. Sie zahlte also diese Riesensumme für die Reise (für sie fast noch riesiger, weil sie unter den Zahlungen für ihr neues Haus fast zu Boden gedrückt wurde) und kam für nur drei Tage, die Ostertage. Ihr Motiv: sie wollte mit mir über das sprechen, was geschehen war, weil sie damit allein nicht fertig wurde, weil ich nicht damit fertig wurde, und sie meinte, das könnte für uns eine ganz entscheidende Wende bringen. (Ganz zu Anfang habe ich ja schon geschrieben, daß ich mich vorher wieder mal von Bella getrennt hatte, daß ich dann bei Sonja vorbeigefahren war und mich wieder neu in sie verliebt hatte. Das war Ende Januar 1976. Der Selbstmord war am 2./3. März und das Treffen zwischen Bella und mir Anfang April.) Vor ihrer Rückfahrt gingen wir genau den Weg, den ich jetzt gehe, ziemlich nah an den Geleisen und frei von Spaziergängern. Die benutzen die normalen Wege und nicht diesen lauschigen Schleichweg. Wir wollten damals gern allein sein, genau wie ich jetzt, vor allen Dingen, um in Ruhe sprechen zu können.

Wieder einmal dieser (wohl nur scheinbare) Widerspruch in meinem Leben: der Widerspruch zwischen Liebe zu Sonja und Trauer um sie, und Liebe zu Bella und auch Trauer um sie. Noch heute, und wahrscheinlich in Zukunft immer öfter, vermischt sich meine Trauer um Sonja mit Trauer um Bella. Es ist mir, als wären beide gestorben. Jedenfalls von der Qualität der Erinnerungen her. Als hätte ich zu beider Tod mit beigetragen. Die Vermischung liegt natürlich mit daran, daß Sonja nie in Basel gewesen ist, sondern nur Bella (insgesamt dreimal). Die äußerlichen Anknüpfungspunkte für Erinnerungen an Sonja sind in meiner Wohnung, in unseren gemeinsamen Möbeln, ihren Bildern, vielen Alltagsgegenständen, meinen Kleidungsstücken, die sie mir geschenkt hat. Die Auslöser für Erinnerungen an Bella liegen in ganz Basel und Winterthur und Zürich verstreut, und auch in meiner Wohnung.

2./3. Januar 1978, nachts viertel nach drei

Ich liege im Bett und kann nicht schlafen und denke an Sonja. Schon seit Wochen versuche ich mich daran zu erinnern, was eigentlich im Jahr 1969 passiert ist, nachdem wir in der Rutschbahn eingezogen waren. Die sozusagen »einschneidenden« Ereignisse beginnen nämlich erst 1970. Das Jahr davor, 1969, war das Jahr des allmählichen Aufbaus unserer neuen Existenz und des rapiden Abbaus der Gesundheit von Sonjas Vater, und damit gleichzeitig der Zuversicht und Ausgeglichenheit von Sonja. Die tödliche Krankheit des Vaters lähmte zuerst all ihre Energie – und wieviel Energie hatte sie doch bei der Wohnungssuche bewiesen! Jetzt wäre eigentlich das Studium endlich mal wieder dran gewesen, aber Sonja kam damit nicht klar. Ich übrigens auch nicht, aber das fiel zunächst nicht so auf, weil meine Aufgabe »nur« darin bestand, die Dissertation fertigzumachen. Der von mir selbst festgesetzte Abschlußtermin war Ende 1970 – ich hatte also noch fast zwei Jahre Zeit.

Sonja aber hatte ein Referat über Wilhelm Raabe zu beenden, das eigentlich schon am Schluß des Wintersemesters, vor unserem Umzug, hätte abgegeben werden sollen. Nun arbeitete sie daran den ganzen Sommer, dann im Herbst – vor Weihnachten hatte sie es immer noch nicht fertig. »Arbeiten« ist eigentlich auch nicht der richtige Ausdruck; besser und genauer ist, daß es ihr auf der Seele lag und sie bedrückte und daß sie gerade deswegen nichts daran tat, genau wie ich übrigens mit meiner Dissertation.

Nachdem Sonja sich ein ganzes Jahr vergeblich mit diesem Zehn-Seiten-Referat herumgeschleppt hatte, riet ich ihr, die Sache einfach aufzugeben und ein interessanteres Thema anzupacken. (Sie stöhnte – und wohl mit Recht – über ihren Raabe genauso wie schon in Büsum das Jahr davor über ihren 800-Seiten-Trocken-Fontane. Beide Autoren wurden in einem Seminar über den deutschen Realismus abgehandelt, und beide in ihren entlegeneren und langweiligeren Werken.) Absichtlich hatte ich diesmal nicht selbst in ihre Arbeit eingegriffen, sie an mich gerissen und schnell zu Ende geschrieben. Ich hatte jetzt doch allmählich Angst, Sonja könnte in wissenschaftlicher Hinsicht zu sehr von mir abhängig werden. Das letzte Referat, das sie noch im

Heim für ein englisches Hauptseminar zu machen hatte, hatte zur Hälfte ich geschrieben. Eine Interpretation eines der frühen Gedichte von Gerard Manley Hopkins. Vollkommen unverständliches und abstruses Ding, für meinen Geschmack. Ein viel zu schwieriges Thema. Sogar die bekanntesten Hopkins-Spezialisten, unter ihnen der Professor selbst, waren mit dem Poem nie zurechtgekommen, konnten seinen geheimen Sinn nicht ergründen (ich vermute ja, es hat überhaupt keinen). Wieder einmal war Sonja also überfordert – nicht weil sie zu dumm für die Sache war, sondern weil die Sache eigentlich unlösbar war. Man mußte sie wie den gordischen Knoten durchhauen, und dazu hatte Sonja natürlich nicht das nötige Selbstvertrauen. Sie plagte und plagte sich, stellte eine intelligente Hypothese nach der andern auf, mußte sie wieder verwerfen. Wochenlang ging es um nichts anderes zwischen uns als um dieses blöde Gedicht. Sie wurde nicht rechtzeitig fertig und bekam Aufschub für eine Woche. Am Abend vor dem Abgabetermin brach sie fast zusammen in ihrem ganzen Wust von Exzerpten, Material und Hypothesen. Eine totale Konfusion. Da packte mich der Mut der Verzweiflung, ich ließ sie erzählen, was sie ungefähr hatte sagen wollen, korrigierte, strich, warf unzählige schöne Ideen, die aber kein Ganzes ergaben, einfach weg (auch hier krankte Sonja daran, daß sie nichts wegwerfen konnte) und diktierte ihr in dieser letzten Nacht fünfzehn Seiten einfach skrupellos in die Maschine. Sonja war schon sowieso alles egal, sie gehorchte willenlos und dankbar.

Sie bekam dann für das Referat eine der ganz wenigen Einsen, die dieser Professor je vergeben hat. Der Assistent, der seinerseits nie eine Eins bekommen hatte, wurde richtig giftig zu ihr. Aufgrund dieses großen Erfolges konnte Sonja es dann wagen, den Professor um die Doktorvaterschaft für ihre geplante Barnes-Dissertation zu bitten. Er wollte aber lieber bloß Doktor-Patenonkel werden, wenn man so sagen kann. Er sei ja nur Spezialist für englische Lyrik und verwies auf seinen Kollegen Milz, den Amerikanisten. Den mochte Sonja aber nicht leiden; er war zwar immer sehr lieb und aufmerksam zu ihr, strich ihr übers Haar, nahm sie in seinen Sprechstunden bevorzugt dran und schenkte ihr sogar mal eine Rose, aber fachlich fand sie ihn zu oberflächlich. Er war auch menschlich oberflächlich, wie sich nach Sonjas Tod in erschütternder Weise herausgestellt hat. Ich erzähle das, wenn es dran ist.

13. Januar 1978, nachmittags halb drei

Gestern hatte ich Geburtstag. Um fünf Uhr nachmittags etwa gratulierte Rita mir per Telefon. Rita ist Rita Vetterli, die das Buch »Aus der Rollstuhlperspektive« geschrieben hat. Ich lese es gerade zum zweitenmal. Will versuchen, darüber eine Rezension (vielleicht für »Emma«) zu schreiben. Das Buch sollte eine ganz weite Verbreitung finden. In der radikalen Ehrlichkeit, im Stil und Anliegen ist es ganz ähnlich wie meins. Unsere beiden Bücher ergänzen einander: Sie schildert das Leben einer Behinderten mit Nichtbehinderten, ich das Leben einer Nichtbehinderten mit einer Behinderten. Bei mir kommt die lesbische Problematik noch hinzu, bei ihr das Problem der Sexualität überhaupt, der notorisch nicht erwiderten Liebe. Das klingt hier alles so trocken und heruntergeleiert. Als ich das Buch las, packte es mich derartig, daß ich immer mehr den Wunsch hatte, diese Rita persönlich kennenzulernen. Seit dem 12. Dezember, Sonjas Geburtstag, suche ich außerdem eine/n geeignete/n Empfänger/in für tausend Mark oder Franken, die ich zum Andenken an sie an Behinderte spenden wollte. Nun schien mir Rita die richtige Empfängerin oder wenigstens kompetente Verteilerin. Ich versuchte ihre Adresse herauszukriegen, und es klappte fast auf Anhieb: Ich bekam erst die Telefonnummer ihrer Mutter, und die gab mir die Nummer ihrer Tochter. Die Stimme der Mutter: leidend und ein bißchen quäkig – das ganze Gespräch aber sehr lieb und offen und vertrauensvoll. Mit Rita dasselbe: Zuerst dachte ich, ich hätte schon wieder die Mutter am Apparat. Ich erzählte, wie tief mich ihr Buch bewegt hätte, und die Sache von dem Geld. Natürlich wollte sie es nicht für sich; durch ihr Buch wären die schlimmsten Geldsorgen jetzt behoben, aber für ihren Verein (Club für Behinderte und ihre Freunde) nähme sie es gern. Ich war ein bißchen traurig; hätte so gerne gehabt, daß sie das Geld für sich verwendet – sie war mir durch das Buch schon so nah und vertraut geworden. Aber ich weiß, Sonja hätte genauso reagiert. Als Frau Bille ihr damals spontan einen neuen Wagen schenken wollte (den Sonja so gut hätte gebrauchen können!), mochte Sonja sich auch nur mit Müh und Not die Reparatur ihres alten bezahlen lassen.

Als ich Rita schließlich meinen Namen nannte, lachte sie und sagte: »Offenbach wie Jacques!« Jacques ist einer der beiden männlichen »Helden« ihres Buches: Sie beschreibt sehr eindringlich ihre verzweifelte und beständig zurückgewiesene Liebe zu ihm. Dieser kleine, nebensächliche Einwurf beschäftigte mich dann, über Gebühr. Was mochte sie damit gemeint, angedeutet haben? Ich ließ es dann auf sich beruhen. Nachträglich, jetzt, scheint es mir doch nicht weniger implikativ als ich es gleich empfunden habe.

Für eine/n auch nur halbwegs einfühlsame/n Leser/in ist ihr Buch auch ein Appell, sie zu lieben. Da sitzt sie und schreit nach Liebe, fast egal in welcher Form und von wem, ob Frau oder Mann. Und hier sitze ich und schreie nach Liebe, egal ob von einer gesunden oder einer behinderten Frau. In meinem ersten Anruf hatte ich nur soviel preisgegeben, daß ich sieben Jahre mit meiner Freundin zusammengewohnt hätte, daß sie sich umgebracht hätte und daß ich nun ein Buch über sie schriebe, wie gesagt praktisch das Pendant zu Ritas Buch. Sie zeigte großes Interesse, es mal zu lesen.

Am nächsten Tag (Sonntag, heute ist Freitag; die Ereignisse haben sich seitdem überstürzt) schrieb ich ihr einen Brief, würdigte nochmal ausführlich ihr Buch und argumentierte dann, daß ich nicht einsehen könne, warum die Liebe einer/s Behinderten geradezu zwangsläufig unerwidert bleiben müsse. Nannte einige Gegenbeispiele aus meiner Bekanntschaft und zum Schluß mich selbst, daß und wie sehr ich Sonja geliebt hätte. Und legte die ersten 136 Seiten meines Buches, quasi als Beweis und Illustration, dazu.

Am Montagabend, ich hatte gerade Besuch, gegen neun Uhr abends ein Anruf von ihr. »Ah Frau Vetterli, wie schön, daß Sie anrufen«, sage ich erfreut aber steif. Sie dagegen, spontan, wie überwältigt, und sehr herzlich: »Du ich mußte dich einfach anrufen. Ich bin mitten in deinem Buch. Wir müssen unbedingt zusammen darüber reden. Da ist so vieles, was ich mit dir besprechen möchte. Hast du überhaupt ein bißchen Zeit?« Und ich gestehe, leichthin, daß ich eigentlich Besuch hätte, aber das mache nichts, die könnten sich auch eine Weile allein vergnügen. Obwohl ich das wiederholt sehr dringlich unterstreiche (ich möchte um nichts in der Welt, daß sie ausgerechnet jetzt *nicht* weiter spricht mit mir; diese spontane »Umarmung« hat mich fast fassunglos gemacht), will sie aber nun nicht mehr – sie hätte dann doch immer das Gefühl, zu stören und aufhören zu müssen. Und sie breitet einen detaillierten Plan für unser nächstes Treffen aus, Samstag in einer Woche, Einladung übers Wochenende zu ihr. Ich wäre am liebsten gleich am nächsten Morgen zu ihr gefahren, aber sie hat noch so viel anderes vor. »Übers Wochenende?« frage ich nochmal nach. »Und übernachte ich dann im Hotel, oder wie?« »Nein, bei mir natürlich. Wir müssen doch die ganze Nacht miteinander reden über alles.« Sie weiß also jetzt, daß ich lesbisch bin, weiß, daß ich eine Behinderte geliebt habe, weiß vom Lesen, wie ähnlich unsere Empfindungen und Reaktionen auf unsere Mitmenschen sind – und lädt mich so einfach ein, bei ihr zu übernachten, mit allen Anzeichen der Begeisterung über die Entdeckung einer tiefen inneren Verwandtschaft. Und mein Buch sollen wir dann zusammen lesen, meint sie noch. Wie denn etwa? Nebeneinander sitzend, am Tisch (oder gar im Bett), oder soll ich es ihr vorlesen?

Da ist also eine ganz starke, spontane Einladung mit allen möglichen Implikationen, auf der anderen Seite die Ablehnung meiner Bitte, noch länger, jetzt, mit mir zu sprechen. Und die Ablehnung meines Vorschlags, sie gleich sofort, so schnell wie möglich zu sehen. Doch das sind jetzt nachträgliche Überlegungen, nach noch weiteren zwiespältigen Erlebnissen mit ihr von ganz ähnlicher Art.

Ich kehre also zu meinem Besuch zurück, noch völlig gefangen von dem Gespräch. Fange, nachdem ich fast geschafft hatte, das Rauchen aufzugeben, vor lauter Anspannung wieder an zu rauchen. Die Fortsetzung dieses intensiven Gesprächs fehlt mir, also muß ich rauchen.

Als der Besuch gegen zwei endlich weg ist, lese ich noch zwei Stunden in meinem Sonja-Buch, versuche es mit Ritas Augen zu lesen, mir vorzustellen, was sie sich beim Lesen etwa gedacht haben könnte. Ich schlafe erst gegen sechs Uhr morgens ein. Es scheint, als hätte ich mich verliebt in sie.

Als ich nachmittags aufwache, kann ich wieder an nichts anderes denken als an diese Rita. Dabei muß ich doch *dringendst* an meinem Vortrag für das Habilkolloquium arbeiten. Da ich mich also sowieso auf nichts anderes mehr konzentrieren kann, kann ich ihr ja eigentlich auch einen Brief schreiben, über meine Reaktion auf ihren Anruf. Beim Schreiben frage ich mich plötzlich, warum ich sie eigentlich nicht anrufe. Aber ihre starken Rückzugstendenzen von gestern hemmen mich. Brieflich geht es besser.

Nachdem ich mich in dem Brief etwas ausagiert habe und ruhiger geworden bin, rufe ich sie dann abends doch an, mit dem Einleitungsvorsatz, ihr zu sagen, so, jetzt hab ich ja keinen Besuch mehr, wir können also in Ruhe reden. Weitermachen, wo wir gestern stehenblieben. So weit komme ich aber nicht. Kaum hab ich mich gemeldet, wieder diese spontane Art, die ich so gern habe, weil sie meine Hemmungen wegräumt: »Du ich bin so froh, daß du anrufst. Das wollte ich eigentlich auch schon die ganze Zeit.« Auf meine erstaunte Frage, warum sie es denn dann um Gottes willen nicht getan habe: Ja sie hätte doch nicht so aufdringlich erscheinen wollen und schon wieder anrufen. – Hab ich mich denn gestern wahrhaftig so unklar ausgedrückt, frage ich mich verwirrt. Aber dann redet sie schon weiter. Besonders zwei Sachen bleiben in meinem inzwischen fast süchtigen Ohr hängen: Sie hätte fast die ganze Nacht dagelegen und von mir geträumt, und sie wäre irgendwie fast eifersüchtig auf Sonja. In ihrem Buch wertet sie irgendwo Eifersucht als ein Indiz für wirkliche Verliebtheit. Ich erinnere mich sehr gut an die Stelle, während sie mir das mitteilt. Der Weg ist also frei, denke ich, und halte nun mit dem, was mich den ganzen Tag beschäftigt und wie verfolgt hat, auch nicht mehr länger zurück. Dann nimmt aber das Gespräch plötzlich eine andere Wende, es kommen unmißverständliche Gesten des Rückzugs, ähnlich wie gestern schon. Sie erzählt lang und breit von ihren Gefühlen für Jacques, den sie für den nächsten Tag erwartet. Den gibt es also immer noch, nach nunmehr vier Jahren (das Buch schrieb sie anscheinend vor vier Jahren). Warum tut sie das, frage ich mich. Ich erzähle ja auch nichts von meinen noch vor drei Tagen so zwiespältigen Gefühlen für Ruth, vielmehr hoffe ich, daß ich die jetzt besser überwinden kann, ja ich bin fast sicher. Ich sage dann, jetzt sei ich aber auf Jacques eifersüchtig. Dazu hätte ich keinen Grund, meint sie – Jacques wolle ja sowieso nichts von ihr. Als ob das ausschlaggebend wäre! Mich machen *ihre* Gefühle für ihn eifersüchtig, und es verwirrt mich sehr, einerseits zu hören, daß sie von mir träumt, andererseits daß sie mit Jacques schlafen möchte. – Aber auch das sehe ich erst nachträglich so etwas klarer, nach unserem inzwischen vierten Telefongespräch. Am Dienstagabend überwog für mich noch eindeutig das Glück über ihre offenbar so zärtlichen Empfindungen für mich. Ja sie sei auch in mich verliebt, erklärte sie zum Schluß, nicht ohne vorher festgestellt zu haben, daß das Verlieben bei ihr wohl so funktioniere wie früher bei meinem Bruder Ralf: praktisch jedem Menschen verfallen, der nur ein bißchen Wärme und Interesse zeigt. Hm, nun ja. Ist ja wahr, funktioniert bei mir ja auch immer noch ähnlich, aber möchte ich nun wohl gerade so was von ihr hören?

Unser Gespräch wird dann dadurch unterbrochen, daß sie ins Bett gebracht werden muß. Ich kann mich noch lange nicht beruhigen und schreibe schließlich an meinem nachmittags begonnenen Brief weiter. Wie gesagt, meine Zweifel haben noch nicht die Oberhand. Es wird ein ziemlich eindeutiger Liebesbrief. Garantie dafür, daß ich mich nicht vergaloppiere, sind mir ihre eigenen Worte am Telefon. Ich spinne das einfach konsequent weiter.

Am nächsten Tag, Mittwoch, stecke ich den Brief auf der Fahrt zur Uni ein. Dort anstrengende Projektsitzung. Ich kann aber gut folgen und mitarbeiten.

Abends um halb elf rufe ich sie an. Vorsatz: Ich will mich teilnahmsvoll erkundigen, wie sie wohl den Tag mit Jacques überstanden hat. Wieder komme ich gar nicht erst dazu, diesen schützenden Vorwand, ihre Stimme zu hören, zur Sprache zu bringen. Vielmehr sagt sie gleich, sie sitze nun seit einer Viertelstunde am Telefon und ringe mit sich, ob sie mich anrufen solle. »Herrgott,« (ich werde fast unbeherrscht) »warum tust du es dann nicht? Ich warte doch genauso wie du!« Die Erklärung: Sie wolle, irgendwie, dem Jacques auch nicht so einfach untreu werden und mich anrufen, kaum daß er weg sei. Deswegen sei sie froh, daß *ich* ihr das nun abgenommen hätte. Das verstehe ich wohl. Erinnert mich an eine lange überwundene Phase, meine Liebe zu Astrid damals. Wenn meine Liebe zu ihr auch keineswegs erwidert wurde, sollte doch diese Liebe nicht zu solcher Kleinlichkeit entarten, daß ich mich deswegen gleich von der Nächstbesten trösten ließe. Liebe als absolute Größe, die ihre eigenen Moralgesetze hat, unabhängig von den Beteiligten.

Gut, aber immerhin: Sie hatte da am Telefon gesessen und mit sich gerungen. Noch ein paar Sätze über Jacques waren uns vergönnt, dann sollte sie schon wieder ins Bett gebracht werden. Ich bat sie, doch ihr Telefon mit ins Bett zu nehmen, damit ich sie nach der Prozedur noch einmal anrufen könne. Wieder Rückzug: Nein, das wolle sie nicht, sie müsse nun erstmal über alles nachdenken. Vielleicht aber könne sie mich morgen anrufen und mir zum Geburtstag gratulieren. Wenn sie es nicht schaffte, dürfte ich aber nicht denken, sie dächte nicht an mich. Das fand ich nun wieder sehr lieb, und es tröstete mich.

An meinem Geburtstag fuhr ich in die Altstadt, um ein Schmuckstück für sie zu kaufen. Ihr Foto auf dem Buchumschlag zeigt sie mit einem Kettchen und einem Armband – sie scheint also an solchen Dingen Spaß zu haben. Morgens im Bett war ich mit der Idee aufgewacht, wenn wir uns erst kennen- und eventuell lieben gelernt hätten, sollten wir gemeinsam und unabhängig voneinander eine Art Tagebuch darüber schreiben und das dann zu einem neuen Buch kontaminieren: tägliche Darstellung und Gegendarstellung. Ihr Buch, mein Buch und dieses dritte Buch würden dann so eine Art Trilogie bilden.

Nachmittags kam dann also ihr Geburtstagsanruf – und er hat dann erst diese ganze Skepsis ausgelöst, die den Ton der heutigen Eintragung bestimmt und mich so weit von ihr entfernt und wieder »auf mich selbst zurückgeworfen« hat und auf meine sonstigen Lebensanker hier, meine Freunde, die gute treue Ruth, mit der ich am Abend ins Theater gehen sollte. Ruth hatte diesen Vorschlag gemacht, weil sie es nicht ertragen mochte, daß ich meinen Geburtstag allein verbrächte, wie ich gleichgültig angedeutet hatte.

Also dieser Anruf: Erst eine freundliche Gratulation zum Geburtstag. Dann: sie hätte die ganze Nacht von Jacques geträumt. Ja und meinen Brief hätte sie auch bekommen. Sie wolle sich dazu aber jetzt nicht äußern, das ginge besser schriftlich. Am Abend würde sie mir einen Brief schreiben. Nun bin ich sehr unsicher: Bedeutet dies nun etwas Positives oder etwas Negatives? Jedenfalls deutete sie mit keinem Wort an, daß sie sich über den Brief gefreut hätte. Ich hatte auch ein Foto von mir eingelegt. Auch dazu kein Kommentar, etwa daß sie mich gerne ansähe oder so. Sie hätte mich gleich erkannt, hieß es bloß (ich hatte noch Fotos von Sonja und Bella beigefügt, um die sie gebeten hatte), und zwar: an meiner Brille. Well . . .

Dann berichtete sie von ihren Erlebnissen des Morgens. Sie sei ja nun über Jacques so traurig gewesen. Zum Glück sei eine Bekannte aufgekreuzt, die sie im Dezember, nach Lektüre des Buchs (»Aus der Rollstuhlperspektive«) angerufen hätte. Die lebe auch mit einer Behinderten zusammen (offenbar lesbisch).

Sie hätten auch über mich gesprochen, außerdem eine Lesbenplatte abgehört. Daraus entnahm ich für mich folgende Botschaft: Schön, sie ist also in ihrem Kummer um Jacques hübsch abgelenkt worden. Außerdem gibt es offenbar außer mir noch viele, die in ähnlicher Weise auf den Appell ihres Buches reagiert haben wie ich, und es wird sicher noch viele andere in Zukunft geben. Ich bin gar nicht so einmalig, wie ich dachte, und wir gehören gar nicht unbedingt so »schicksalhaft« zusammen, wie ich mir eingebildet hatte. Die »Schicksalhaftigkeit« reduziert sich darauf, daß wir beide unsere Erlebnisse ansprechend bis gar ergreifend formulieren können – und auch da wird es sicher noch viele andere geben.

Ich war traurig und ernüchtert. Was wird nun wohl in dem Brief stehen? Das frage ich mich die ganze Zeit und sammle hier so meine Abwehrkräfte gegen Ritas zwiespältige Mitteilungen und Botschaften. Dieser Wesenszug war aus ihrem Buch, so ehrlich und geradeheraus es geschrieben ist, nicht zu entnehmen. Wie sie selbst sagt, hat sie keine Erfahrung mit gegenseitiger Verliebtheit, nur mit einseitiger. Daraus mag eine starke, vielleicht unbewußte, Verteidigungshaltung resultieren. Sie provoziert einen zu sich hin – und weist einen gleichzeitig zurück. So handelt jemand, der gewohnt ist, mit einem üblen Ausgang zu rechnen. Da ich insgesamt nicht so viele Rückschläge erlitten habe wie sie, bin ich natürlich weniger mißtrauisch, operiere jedenfalls am Anfang einer Beziehung nicht gleich an zwei Fronten, sondern behalte meine Vorbehalte (die ich natürlich auch immer habe) erstmal für mich, in der Hoffnung, sie könnten sich auf die Dauer als falsch herausstellen.

Mal sehen, was ich nun morgen in dem angekündigten Brief zu hören kriege. Ich mußte das hier aufschreiben, weil Rita mich erstmal lahmgelegt hat. Jetzt ist sie dran, sozusagen. Es ist zwar ein Exkurs in meinem Sonja-Buch, aber es paßt doch ausgezeichnet zum »Thema«.

Montag, 23. Januar 1978, abends kurz nach sechs

Gestern um diese Zeit ist meine Beziehung (falls es je eine gegeben hat) mit Rita zu Bruch gegangen. Der Brief, von dem ich in der letzten Eintragung schrieb, war so, wie ich es erwartet hatte: ein Rückzieher. Sie sei plötzlich so unsicher geworden. Und überhaupt: in was sie sich denn schon verliebt habe – eine Gestalt in einem Buch, eine Stimme am Telefon. Sie kenne doch mein Aussehen, meine Bewegungen, meinen Körper gar nicht. In mein Foto hätte sie sich nicht verliebt.

Ich war zutiefst verletzt, schrieb aber einen Brief zurück, in dem ich das ganze Verständnis, das ich für ihre Reaktion aufzubringen imstande war, zusammenkratzte. Die (der) Stärkere (Nichtbehinderte) darf der Schwächeren ja nicht weh tun, selbst wenn die sie quält.

Ihre Reaktion auf meine Antwort: daß ich so verletzt sei, hemme sie wahnsinnig. Bis jetzt hätte sie sich so sehr auf unser gemeinsames Wochenende gefreut. Ich solle doch abwarten, uns Gelegenheit geben, uns erstmal richtig kennenzulernen, tastend, vorsichtig aufeinander zuzugehen. Sie könne nicht mehr richtig essen; Jacques und Judith lägen ihr im Magen. Das klang ja nun schon wieder etwas besser; ich hatte Mitleid mit ihrem Magen und schrieb einen weiteren Brief, mit allem Positiven, was ich für uns überhaupt noch sehen konnte. Ich will diesen Exkurs in meinem Buch auch nicht weiter ausdehnen als nötig; nur vielleicht das »allgemeiner Relevante« zeigen, das mir an unserem ersten und letzten gemeinsamen Wochenende aufgegangen ist.

Wir trafen uns wie verabredet in Winterthur am Bahnhof. Wie ich denn nun ihr Aussehen fände, fragt sie mich irgendwann. »Besser als ich dachte«, antworte ich. Wie sie denn meins fände? Nun, sie hätte sich mich nicht so groß vorgestellt, außerdem ein weniger volles Gesicht. Der Anfang ist eigentlich, nach den vorangegangenen Belastungen, noch ganz gut gegangen, denke ich.

Wir steigen dann gemeinsam in den Zug, mit Hilfe eines »Behinderten-Freundes«, der sich prompt zu ihr gesellt hat, während ich das Gepäck herbeischleppe. »Behinderten-Freunde« wären eine ganz seltsame Kategorie von Menschen, erklärt sie mir im

Zug. Er hätte auch gleich versucht, an ihr herumzutappen. Während ich noch mit Sonja zusammenlebte, ist mir derartiges nie aufgefallen, und Sonja auch nicht. Im Zug fährt sie fort, es gebe übrigens auch eine neue Art von Pornographie, Pornographie mit Behinderten. Was sollen diese Mitteilungen? Stuft sie mich vielleicht auch als leicht perverse »Behinderten-Freundin« ein?

Wir erzählen uns dies und das, ich zum Beispiel von meiner Kindheit. Ich muß sie immerfort ansehen, möchte mich an sie gewöhnen, warte auf ein Zeichen von Sympathie. »Du siehst mich immer an«, sagt sie »und scheinst immer was zu denken. Ich denke eigentlich überhaupt nichts.« »Ich denke, daß ich dich gerne anfassen möchte«, sage ich einfach, weil es stimmt. Sie errötet sehr und sagt: »Das kannst du doch ruhig.« Vorsichtig streichle ich ihre Hände, sehr konzentriert, sehr befangen. Sie erwidert das Streicheln ein kleines bißchen. Wir sitzen da im Gang, manchmal kommen Leute vorbei und gehen aufs Klo gegenüber. Unsere Hände gehen wieder auseinander, und sie sagt: »Du ich bin leider überhaupt nicht mehr verliebt in dich. Ich bin bloß schrecklich müde und kaputt.« Ich schlucke. Der Schlag hat gesessen. Ich sehe sie freundlich und traurig an, während sich vor Enttäuschung alles in mir zusammenkrümmt, und sage bloß: »Das ist unheimlich hart, was du da sagst.« »Ja ich finde das auch hart«, sagt sie, »aber ich will dir doch nichts vormachen.«

Das war kurz vor unserer Ankunft in Solothurn. Ich fühle mich elend und tief ernüchtert. Zurückschlagen, sich rächen oder wenigstens fliehen darf man nicht: Sie braucht ja jetzt Hilfe; allein kommt sie keinen Zentimeter vorwärts.

Wir fahren mit dem Taxi zu ihrem Wohnheim. Die komplizierte Prozedur, die es gebraucht hat, um sie ins Taxi und wieder hinaus zu bringen, hilft mir ein bißchen, meiner Niederlage auch etwas Positives abzugewinnen. Das ist ja alles schrecklich, denke ich. Der Körper völlig verdreht und in sich verkrüppelt, der Kopf sackt nach hinten weg. Mein Gott, was für Schwierigkeiten würden auf mich zukommen, wenn ich mich darauf einließe! Sie gibt dem freundlichen Taxifahrer sehr gefaßt und gelassen und routiniert alle notwendigen Anweisungen, die er stark und geschickt ausführt. Ich komme mir da hilflos und überflüssig vor. Außerdem habe ich ihren einleitenden Tiefschlag natürlich noch lange nicht verkraftet. Die verschneite Solothurner Landschaft, kalt und grau, gleitet an uns vorüber, aber ich nehme sie kaum wahr.

Wie soll ich mich jetzt überhaupt noch verhalten? Gut, sage ich mir, freundschaftlich ist ja wohl das einzige, was da übrigbleibt.

Im Zimmer angekommen, muß sie erstmal auf den Topf. Wieder gibt es Mißverständnisse. Ich denke natürlich an Sonja, die, wenn sie mußte, immer dringendst mußte, sonst wurde alles naß. Gerate in leichte Panik. Die ist aber offenbar gar nicht so nötig. Auf ihre Bitte, ihr behilflich zu sein, schlage ich vor, sie solle doch lieber die Pflegerin kommen lassen, weil ich denke, die wird das schneller und geschickter können, da sie ja mit Ritas spezieller Behinderung viel besser vertraut ist. Aber auf Rita hat das wohl zuerst bloß so gewirkt, als wolle ich einfach nichts damit zu tun haben, als sei ich feige und von ihrem Körper bereits irgendwie abgestoßen.

Sie erzählt viel von sich, von dem Erfolg des Buches, von den Kritiken darauf, vom Leben im Wohnheim, von ihren unglücklichen Liebesgeschichten. Ich reagiere interessiert (bin ich auch) und einfühlsam. Über mich fragt sie wenig bzw. nichts, über »unsere Liebesgeschichte« spricht sie nicht, bis ich das Problem beherzt anschneide. Was sollen wir nun aus dieser merkwürdigen Beziehung machen? Freunde haben wir ja beide mehr als genug. Was uns fehlt, ist ein Mensch, den wir lieben und der uns liebt. Da sind wir uns ganz einig, daß wir deswegen uns gar nicht erst der Anstrengung unterziehen müssen, aus dem, was da gewesen ist, nun eine »gute Freundschaft« zu drechseln. Also eine klare Trennung, schlage ich vor, und sie stimmt zu.

Abends soll ich sie ins Bett bringen. Als erstes muß ich ihr die Haftschalen aus den Augen entfernen. Ich habe große Angst, ihr dabei wehzutun: Nie würde ich wollen, daß *mir* jemand Fremdes in den Augen herumfuhrwerkt. Ich an ihrer Stelle würde den armen Helfern diese Not ersparen und lieber eine Brille tragen. Ich stelle mich so ungeschickt an, wie es nur geht, scheint mir. Sie gibt ruhig und klar ihre Anweisungen, scherzt, erzählt irgendwelche Anekdoten, denen ich nicht folgen kann, weil ich mit der fremden Aufgabe ringe. Ablenken, das kann sie gut, aber nicht auch noch ermutigen, sagen, daß man irgend etwas gut und richtig gemacht hätte. Überhaupt habe ich an diesem ganzen Wochenende kaum etwas Positives über mich gehört, nur über andere. Wie leicht und locker Alfons ihre Behinderung zu nehmen wußte, wie sie bei ihm fast gar nichts anzuordnen und zu bitten brauchte. Also auch auf diesem Gebiet habe ich versagt, obwohl ich mir doch einbildete, etwas davon zu verstehen. Auf meine spätere Frage, ob ich mich sehr ungeschickt angestellt hätte, sagt sie nüchtern: »Ja, ziemlich.« Ich hatte immer solche Angst, ihr wehzutun, war deshalb zu zaghaft in meinen Operationen und zog alles unnötig in die Länge. Mit dem unbeweglichen Kopf kam ich nicht zurecht und nicht mit ihren langen Haaren. Warum besteht sie überhaupt auf langen Haaren, wenn die doch so schwierig sind bei diesem Kopf? Und warum muß sie ein Nachthemd tragen? Sonja trug nie eins. Ich wäre wie ihr Vater, lacht sie. Der verfluche auch immer ihre Kontaktlinsen und die langen Haare. Aber sie ist ja eine »emanzipierte Behinderte«. So eine »emanzipierte Lesbe« möchte ich auch mal sein!

Sie hat mir mit vielem so weh getan – aber ihr Elend ist ja immerzu so viel größer und schlimmer als meins, daß meine spontanen Reaktionen, mich zur Wehr zu setzen, sofort abgeblockt werden. Das war wohl die wichtigste Erkenntnis, die ich aus diesem Wochende mitgebracht habe – eine nachträgliche Erkenntnis auch über meine Probleme mit Sonja. Klar, so muß es mir ja auch dauernd mit Sonja ergangen sein – woher sonst wohl auch meine ständigen Schweißausbrüche? Damals ist mir das nur niemals richtig deutlich geworden, weil mir überhaupt meine Gefühle, besonders die aggressiven, selten so weit bewußt wurden, daß ich sie aus ruhigem Abstand analysieren und verstehen konnte.

Die Behinderung muß ja bei der/dem Behinderten permanente Aggressionen und Wut auslösen, ganz diffuse, und Neid auf die Gesunden. Diese negativen Gefühle müssen irgendwie raus, und oft richten sie sich gegen diejenigen Gesunden, die grad da sind. Die Gesunden möchten sich wehren, aber – wie schon gesagt – man schlägt doch nicht gegen Schwächere! Also fressen die Gesunden ihre Wut in sich hinein und haben womöglich noch Schuldgefühle deswegen, sofern sie sie überhaupt bemerken und nicht gleich auf Magengeschwüre, Schweißausbrüche oder Migräne ausweichen. Es nützt also gar nicht so viel, wenn man den sogenannten »Ekel gegenüber dem Nichtnormalen«, der immer als das Hauptproblem genannt wird, überwindet (*mein* Problem war das ja sowieso nie!). Das Problem, das ich eben zu schildern versucht habe, ist viel zerstörerischer.

Hinzu kommt, daß man, wenn man eine/n Behinderte/n wirklich liebt, selbst behindert wird, weil man sich nicht anders als identifizieren kann. Alle unschuldigen Vergnügungen, an denen der/die Partner/in nicht so ohne weiteres teilnehmen kann, werden einem selbst verleidet. Und man haßt jede Treppe und jedes unzugängliche WC.

Samstag, 28. Januar 1978, nachmittags vier Uhr

Es geht mir mittelmäßig, aber die Wunde, die Rita mir zugefügt hat, heilt doch allmählich. Vor allem dadurch, daß die Trennung absolut ist, daß ich dadurch gar nicht erst süchtig auf Briefe und Anrufe zu warten brauche. Wie schon im Fall Bella, kommt mir dies wie Mord mit Selbstmord vor. Rita ist »für mich gestorben«, ich bin »für sie gestorben«. Der Unterschied zwischen Bella und Rita besteht lediglich darin, daß es Bella leidtat, mich zu verlieren, während es Rita nur leidtat, mir wehzutun – vermissen würde sie mich schon nicht. Also hier eigentlich bloß Mord – für Rita bin ich nicht gestorben, weil ich wohl gar nicht erst dazu gekommen bin, überhaupt zu leben.

Heute früh war ich bei Müller; war mir wieder eine große Hilfe. Ich hatte die ganze Woche sehr darauf gewartet, die Rita-Geschichte mit ihm durchsprechen zu können. Er prophezeit mir für die nächsten Monate weitere Verwicklungen ähnlicher Art. Das kann ja heiter werden. Letzte Woche sagte er, ich schiene grad das nachzuholen, was andere Anfang zwanzig durchmachen – in dem Alter also, wo ich zuerst durch Astrid lahmgelegt und dann mit Sonja wie festgebunden war. Heute hat er mir wieder sehr dringlich geraten, ich sollte kontinuierlich an meinem Buch weiterschreiben. Ich wollte das Schreiben ja eigentlich von der »richtigen Stimmung« abhängig machen, und die fehlt mir eben in letzter Zeit oft, entweder weil ich *zu* depressiv oder aber durch meine Arbeit zu sachlich gestimmt bin. Aber beim ersten Teil des Buchs hab ich mich ja auch manchmal »lustlos« an die Schreibmaschine gesetzt und war dann doch nach ein paar belanglosen Einleitungsbemerkungen wieder mittendrin und zutiefst engagiert.

Heute sollte ich mich eigentlich auf eine H-2-Professur in Hamburg bewerben. Gestern hab ich über dem Ausschreibungsformular gebrütet und wußte nicht, ob ichs tun sollte. Hamburg – viele Freunde wohnen da, außerdem Bettina, Harald und Annette, meine kleine Nichte, die ich so liebe (im letzten Mai geboren). Andererseits – wenn ich ausgerechnet in *den* Räumen unterrichten sollte, in denen ich nicht nur als Studentin so lange gelitten habe, sondern auch mit und wegen Sonja –, wenn ich ausgerechnet Kollegin von Milz werden sollte, der nach ihrem Tod so gefühllos reagiert hat –, wenn ich ausgerechnet im Univiertel, wo wir gewohnt haben, jeden Tag von Berufs wegen herumlaufen muß und dann an jeder Straßenecke, in jedem Buchladen, in jedem der kleinen Restaurants, in der Sparkasse und im Blockhouse von Erinnerungen überfallen werde? Jeden Tag über den Parkplatz, wo ich Sonja immer aus dem Auto raus- und wieder reingeholfen hab so viele Jahre lang. Ich liebe Hamburg, die Oper, die Innenstadt, die Alster. Aber ich liebe Hamburg wegen Sonja oder mit Sonja – wird es mir nicht ohne sie nur immerfort wehtun? – Ich beschloß dann, die Sache einfach von Müller entscheiden zu lassen, und er riet mir strikt und ohne zu zögern, mich zu bewerben. Wenn ich die Stelle bekäme und doch dort Freunde hätte, würde sich allmählich ein neues Bild von Hamburg aufbauen. Natürlich besonders dann, wenn ich eine Freundin hätte. Mag schon sein, und ich wünschte es sehr. Vielleicht würde ich aber auch in Hamburg, mit einer anderen Freundin, gerade besonders große Schuldgefühle haben.

Jedenfalls bewerbe ich mich nun. Wahrscheinlich wollen sie mich sowieso nicht.

Wir sind also wieder mitten in Hamburg, weit weg von Solothurn. Jetzt nur noch zurückdrehen, in das Jahr 1969. Es war auch das Jahr der Wagner-Opern und das Jahr des Bella-Einzugs in Hamburg. Sie hatte von ihrer Schule ein Vierteljahresstipendium erwirkt, um ein bißchen in Hamburg zu studieren. Sie wohnte in derselben Wohnung wie Erika zur Untermiete. Erika stand kurz vor dem Examen und mußte die ganze Zeit büffeln, und Bella fühlte sich oft einsam, sagte sie mir später. Sie hätte sich immer bei Sonja und mir am wohlsten gefühlt, wäre viel lieber öfter mit uns zusammen gewesen als mit den vielen Studentencliquen, die Erika sonst so kannte. Das haben wir gar nicht gewußt. Wir hielten ja Bella für etwas oberflächlich und dachten, solche Bierfêten und Studentenpartys wären genau ihr Geschmack. Die beiden kamen nicht oft zu uns. Wir fanden das dann immer sehr nett und natürlich auch »ungezwungen«, weil wir ja alle lesbisch waren – aber mehr auch nicht. Es wurde hauptsächlich getrunken. Erika und Bella waren noch schrecklich verliebt, »schmusten« und tanzten miteinander. Sonja und ich schmusten nur, wenn wir allein waren (bis auf jenen Ausflug in die Ika-Stuben). Die Art, wie Bella tanzte, gefiel mir überhaupt nicht; ich fand ihre Bewegungen zickig und affig. Später haben Bella und ich manchmal zusammen getanzt, in Kopenhagen. Wenn sie »ausgelassen« (für mich: zickig) tanzte, gefiel es mir so wenig wie eh und je, gleichzeitig kam *ich* mir vor wie ein unbeholfenes Kalb. Aber ich fand es wunderbar, eng umschlungen mit ihr zu tanzen.

Bella liebte Hunde über alles, besonders Cocker-Spaniels (wie oft war ich eifersüchtig auf diese Tiere, mit denen sie sich aufs zärtlichste beschäftigen konnte, nachdem sie *mich* tagelang wie ein Möbelstück behandelt hatte). In dieser Liebe zu Hunden trafen sich Sonja und Bella – Erika und ich dagegen wollten nie einen. Bellas Geburtstag fiel in die Zeit ihres Hamburg-Aufenthalts, und zum Trost für das Unverständnis ihrer Geliebten malte Sonja für Bella einen ockerfarbenen Cockerspaniel, thronend auf einem zierlichen Tischchen, rechts und links davon schwere rote geraffte Samtvorhänge, der Fußboden dekorative schwarzweiße Fliesen. Um den Hals trug er ein rotes Herz mit seinem Namen: Plautus. Den hatte ich beigesteuert. Bella war natürlich begeistert. Heute hängt das Tier in ihrem kleinen Schlafzimmer, gegenüber dem Kopfende ihres Bettes. Zuerst mochte ich nicht hinsehen, wenn ich mit ihr im Bett lag. Aber ich gewöhnte mich daran – also könnte ich mich wohl auch wieder an Hamburg gewöhnen.

Die Wagner- und überhaupt unsere Opernphase fing im Herbst 1969 an. Ich schnitt für Sonja sämtliche Sendungen aus Bayreuth auf Tonband mit; wir schafften uns dazu die Reclam-Texte an. Sonja war hingerissen und schwelgte in dieser Musik, die mir so verworren und schwülstig vorkam. Ich fand zuerst nur die Instrumentalhits gut, Tannhäuser- und Tristan-Ouvertüre, einiges aus dem Fliegenden Holländer. Aber ich kniete mich um Sonjas willen hinein und fand es schließlich alles selbst sehr schön, bis auf so Durststrecken wie Wotans langes Gefasel im zweiten Akt der Walküre.

Mehr fällt mir an Wesentlichem zu 1969 nicht ein: Sonjas Hopkins-Referat, unser Umzug, die Krankheit ihres Vaters, Bellas Auftreten und Aufenthalt, Beginn der Opern-Phase und unser beider weiteres Stagnieren im Studium. Anfang 1970 begann die Wein-Phase, eingeleitet durch einen extrem edlen Tropfen, den ich Sonja zum Geburtstag im Dezember geschenkt hatte (irgendeinen 1959er Graacher Mosel, fünfzehn Mark, den wir ganz andächtig in ganz kleinen Schlückchen aus ebenfalls sehr edlen Geburtstagsweingläsern tranken). Fast jedes Jahr hab ich Sonja dann neue Weingläser zum Geburtstag geschenkt; sie zerbrach so viele beim Spülen, wie auch anderes Geschirr, einfach durch schiere Kraft beim Anfassen. Sonja pflegte bei uns zu spülen, und ich trocknete ab – sie hielt so gerne ihre Hände in warmem Wasser. Unser Lieblingsspiel beim Spülen war, daß ich die umgekehrt abgestellten Töpfe mit nur einer Hand aufhob. Ich konnte sie so greifen, weil ich eine ziemlich große Spannweite in den Händen habe (meine Klavierlehrerin ist allerdings anderer Meinung). Sonja versuchte dann dasselbe – vergeblich immer, mit ihren kleinen Händen und den relativ kurzen Fingern. Sie sagte, sie hätte eben die Handwerkerhände ihres Vaters geerbt – sie paßten irgendwie überhaupt nicht zu ihrem zarten, fast »aristokratisch schönen« Gesicht. Ausgleichende Gerechtigkeit: Sie hatte das schönere Gesicht, ich die schöneren Hände. Die schönsten Hände, die ich kenne, hat Bella.

In ihrer harmlosen, genießerischen Form hielt sich unsere Weinphase etwa bis April 1970, dann begann langsam die Phase von Sonjas Alkoholismus. Sie setzte ein mit dem Beginn meiner Psychoanalyse (Mai 1970), die deshalb von mir in Angriff genommen wurde, weil das Stagnieren im Studium nun einfach nicht mehr zu übersehen und zu vertreten war. Ende 1970, so hatte ich meinen Stipendiengebern stolz verkündet, würde ich die Arbeit einreichen. Im März hatte ich zwar etliche Bücher gelesen, viel nachgedacht und unzählige Zettel bekritzelt, aber es stand noch kein Wort Text da, und ich hatte keinerlei brauchbares Gesamtkonzept gefunden. In der Uni waren Sonja und ich, in unserer Schuldbewußtheit, nur noch ganz selten anzutreffen.

Dienstag, 31. Januar 1978, mittags ein Uhr

Warum soll ich auch für dieses Buch hier immer nur die müden Nachtstunden reservieren? Ich bin zur Zeit ein bißchen in einem Konflikt, auf welche Beschäftigung ich – neben meiner eigentlichen Arbeit – den Hauptakzent legen soll. Ich sehe gern fern, und ich lese gern. Ich bekomme gern Briefe, also muß ich auch selbst welche schreiben, was ich oft auch gern tue. Ich bin gern mit Freunden zusammen. Und schließlich möchte ich so gern gut klavierspielen können, aber das Üben ist oft so mühsam. Gestern hat mir Frau Walther ins Gewissen geredet, aus dem Klavierspielen würde nur dann wirklich etwas, wenn man sozusagen davon besessen wäre, jede freie Minute ans Klavier strebte. Das hab ich nun in der letzten Zeit gar nicht mehr getan, fast anderthalb Monate nicht. Keine Spur von Besessenheit, nur Resignation und Trägheit. Das hatte ich auch schon Müller gebeichtet bzw. berichtet. Der meint nun, dies Buch hier sei eigentlich *die* Aufgabe für mich. Er sieht wohl meine Begabung eher auf schriftstellerischem Gebiet als auf musikalischem, und Frau Walther sieht da ja auch nicht soviel. Und was finde ich? Mal dies und mal das. Daß ich musikalisch nur Durchschnitt bin, weiß ich wohl. Wissenschaftlich bin ich ziemlich weit vorangekommen; das ist das einzige, was bisher von vielen honoriert wurde. An meine schriftstellerische Begabung glaubt vorerst nur Müller, ja und Werner aus Stockholm. Andere, die das Buch bisher lasen, finden es allerdings »wichtig«.

Vermutlich werde ich schließlich doch meine Freizeit wie bisher »einteilen«: Ich tue ziemlich planlos das, was mich grad am meisten interessiert. Es wird sich dann schon zu etwas Sinnvollem ausbalancieren.

Der Beginn meiner Psychonalyse ist jetzt dran, 1970, der Anfang vom Ende. Sie hat meine, von meiner Mutter her wohl, sehr starren Moralbegriffe durcheinandergebracht: »Wenn man jemanden liebt, bedeutet das nicht unbedingt Treue bis ans Lebensende.« Ich wurde durch die Analyse ganz allmählich selbständiger, auch ehrlicher, in meinen Empfindungen und Entschlüssen, und Sonja hinkte bald hoffnungslos hinterher. Und das Ganze fing so harmlos an. Eigentlich wollte ich nur mal wieder das Rauchen aufgeben, diesmal per Hypnose. Ich las eine Broschüre von einem Dr. Dachs aus Soest, der versprach, einen durch hypnotischen Heilschlaf vom Rauchen zu kurieren. Aber nicht nur das meinte er zu können. Auch Examensängste bekäme er auf diese Weise gut in den Griff. Das war im Februar 1970, vor genau acht Jahren. In diesem Jahr sollte ich meine Dissertation schaffen, von der bisher nur achtzehn Seiten standen. Von welchem Wissen und wie überhaupt ich das Rigorosum bestreiten und überstehen sollte, war mir unerfindlich. Ich hatte doch überhaupt nie ernsthaft studiert – einzig aus Angst und Minderwertigkeitsgefühl. Wenn ich im Studium mal was Schriftliches vorgelegt hatte, war das immer sehr gut bewertet worden, aber diese Art Beruhigung, wie schon in meiner Schulzeit, reichte jeweils nur für ein paar Stunden. Dann fing ich wieder an, an mir zu zweifeln, mich zu ängstigen und entsprechend vor der Arbeit davonzulaufen – bis es sich beim besten Willen nicht mehr hinausschieben ließ.

Ich weiß noch genau, wie und wo ich den Entschluß faßte, nun endlich etwas gegen diese lähmende Angst zu unternehmen: Ich kam aus der Uni und wartete auf die Straßenbahn. Ich überlegte da: »Vielleicht schaffst du ja, auf irgendeine wunderbare Weise (wie vorher auch schon immer alles) Dissertation und Rigorosum doch. Und vielleicht schaffst du sogar dein Lebensziel, eine Professur, auf ebenso unerklärlich-wunderbare Weise. Aber dann – wirst du vielleicht deshalb weniger Angst haben und endlich mal in Ruhe arbeiten, zuversichtlich, wie die andern alle es anscheinend können? Nein!!!« So unsicher die Prämissen waren – die Schlußfolgerung stand, für jede erdenkliche Entwicklung meiner Zukunft, schon eindeutig fest. Und dabei strebte ich doch eigentlich bloß nach so einem unerreichbaren Posten, um durch die gesicherte und angesehene gesellschaftliche Stellung selbst endlich sicherer zu werden.

In diese ebenso klare wie bittere Erkenntnis platzte nun Dr. Dachs mit seiner optimistischen Heilsbotschaft. Endgültig angstfrei durch hypnotischen Heilschlaf in ein paar Wochen!! Das Nichtrauchen war mir darüber gänzlich uninteressant geworden. Aber woher sollte ich das Geld für die teure Kur nehmen? Gab es nicht vielleicht was ähnliches auch in Hamburg? Ambulant wäre es doch bestimmt viel billiger. Ich fragte Birgit, unsere Mediziner-Freundin, die mit der psychosomatischen Abteilung der

Uni-Klinik Eppendorf zusammenarbeitete. Sie sagte, soweit sie wüßte, gäbe es da zwei Leute, die auch Hypnose machten: Scharff und Majewski. Sie riet mir zu Scharff, und ich bekam einen Termin für ein »Interview«. Als ich Scharff dann meinen Wunsch nach Hypnose vortrug, sagte er, so was mache er aber gar nicht, und die Majewski auch nicht. Aber wo ich nun schon mal da wäre, sollte ich doch ruhig mal erzählen, was mich bedrückte. Ich tat es und faßte in diesem ersten Gespräch schon gleich ein tiefes Vertrauen zu ihm, weil er so freundlich und offen mit mir redete. Nach dem Gespräch sagte er, er bezweifle grundsätzlich, daß eine Hypnose mir helfen könne. Sie nütze – wenn überhaupt – nur bei eng umschriebenen Phobien. Meine Ängste wären aber doch sehr diffus und lägen ziemlich tief versteckt. Ich brauchte nach seiner Ansicht eine ausgewachsene Psychoanalyse. Er hätte sogar vielleicht bald einen Platz frei. Aber es würde ungefähr fünfhundert Mark monatlich kosten, und die Krankenkasse würde das vermutlich nicht bezahlen.

Mit diesem zwiespältigen Ergebnis der Unterredung ging ich zu Sonja. Daß Scharff schon gleich in diesem Gespräch angedeutet hatte, meine Beziehung zu ihr könne sich durch eine Analyse eventuell auflösen, erzählte ich ihr natürlich nicht, so sehr hatte es mich selbst erschreckt.

Sonja arbeitete schon seit einiger Zeit hin und wieder als Telefonistin in der Speditionsfirma Wörthing. Das grauenvolle Dahinsiechen ihres Vaters machte sie unfähig, sich am Schreibtisch auf irgend etwas Studiumsbezogenes zu konzentrieren. In dem Betrieb fühlte sie sich gefragt und geschätzt – vor allem gab es da eine sehr warmherzige mütterliche Frau, zu der sie bald ein gutes kollegiales Verhältnis bekam. Sie fühlte sich fast wohl dort, gerade weil sie mit der Arbeit total unterfordert war. Die Kunden liebten ihre Stimme am Telefon, ihre freundliche liebe Art, auf sie einzugehen. Sie war für das Unternehmen ein eindeutiger Gewinn und wurde immer wieder gebeten, doch öfter dort zu arbeiten. Wann war sie wohl sonst schon mal derartig beliebt und gefragt gewesen? Und sie brachte einen Haufen Geld nach Hause, der uns allerlei zusätzlichen Luxus erlaubte: teuren Wein, in schöne Restaurants essen gehen, Opernbesuche.

Als ich niedergeschlagen von Scharff zurückkam, sagte Sonja also folgendes: »Das ist doch überhaupt kein Problem. Ich werde eben ein bißchen öfter bei Wörthings arbeiten. Zu was anderem bin ich ja im Moment sowieso nicht imstande, und es macht mir auch noch Spaß. Ich arbeite jetzt für dich, und wenn du dann mit Hilfe der Analyse gesund geworden bist und Karriere gemacht hast (sie zweifelte ja nie an mir!) und ich vielleicht aus meinem Tief wegen Vati rausgekommen bin, dann hilfst du mir eben finanziell weiter, wenn es nötig sein sollte.«

Natürlich wollte ich das nicht annehmen und suchte nach anderen Lösungen. Es klappte auch: die Friedrich-Ebert-Stiftung zahlte 75%, die Studentenkrankenkasse 10%. Den Rest konnte ich wohl selber schaffen.

Am 12. Mai 1970 ging es dann los. Viermal pro Woche, jeweils morgens um acht Uhr, wanderte ich zu Scharff und legte mich da auf die Couch. Der intensive Einstieg in mein Innenleben beanspruchte zunächst all meine seelischen und geistigen Energien. Ich träumte fleißig die schaurigsten Sachen und beichtete sie gewissenhaft. Scharff nahm sie alle freundlich und verständnisvoll, aber ziemlich schweigsam auf. Um ihm nicht sozusagen wehrlos ausgeliefert zu sein, las ich ein ganzes Jahr lang alles über Psychoanalyse, was ich nur kriegen konnte – statt an meiner Dissertation zu arbeiten. Zwei Monate vor dem Abgabetermin stand noch immer nur sehr wenig auf dem Papier. Ich wußte ja aus Erfahrung, daß ich manchmal auch in einer Woche zwanzig »sehr gute« Seiten für Referate aus dem Nichts produzieren konnte, macht in zehn Wochen zweihundert Seiten (genug für eine Diss) – aber nun fing ich doch an zu zweifeln und ging Scharff um ein Attest für die Ebertstiftung an, mit dessen Hilfe wir Verlängerung für ein Jahr erbitten wollten. Es klappte sogar – und erst da fing ich allmählich ernsthaft an, Text zu produzieren. Was mich schließlich dazu befähigte, war einmal natürlich die pure Notwendigkeit (ich hatte ja noch nichtmal das Staatsexamen und konnte ohne Abschluß höchstens Sekretärin werden), zum andern aber auch Scharffs und Sonjas unerschütterliches Vertrauen, trotz meiner beständig demonstrierten Unfähigkeit bzw. selbstquälerischen Verweigerung.

Wenn ich von meinen Scharffsitzungen zurückkam, morgens um zehn, ging ich bei unserem feinen Lebensmittelladen Lipp vorbei, kaufte Roggenbrötchen für Sonja und Krabbensalat für mich, dann weiter zum Bäcker, wo ich meine weißen Brötchen für den Krabbensalat bekam. Damit kam ich zurück in die Wohnung. Wenn Sonja noch im Bett lag, machte ich für uns beide das Frühstück an ihrem winzigen Tischchen zurecht. Oder Sonja hatte schon unseren »hydraulischen« Tisch gedeckt und erwartete mich mit dem dampfenden Tee. Ich erzählte ihr alles ausführlich, und sie hörte verständnisvoll und neugierig zu, hin und wieder auch befremdet. Manchmal schöpfte sie Verdacht, ob ich ihr auch wirklich alles erzähle. Das tat ich sicher nicht. Bei Scharff konnte ich meinen Wahrheitsfanatismus voll ausleben; bestimmt kam da auch viel angestauter Groll auf Sonja zum Vorschein. Und das mochte ich Sonja dann natürlich nicht beichten, höchstens in sehr abgemilderter Form, und das war schon problematisch genug. Ich geriet mit meiner Wahrheitsliebe in heftige Konflikte. Unter dem Wahrheitsanspruch der Analyse mußte ich all meine negativen Gefühle für Sonja schonungslos ins Auge fassen, und sie wurden nicht bestraft, was für mich einer Ermutigung gleichkam. Ohne die Analyse hätte ich diese Gefühle abgedrängt und sie hätten sich nicht immer »schärffer« zwischen Sonja und mich schieben können. Sonja gegenüber war ich bis dahin fast immer sehr ehrlich gewesen, hatte mich eben mit Hilfe von Schweißausbrüchen innerlich so weit verdreht, daß diese Ehrlichkeit uns nicht gefährlich werden konnte: Da war ja nur Positives für Sonja übriggeblieben. Nun war ich in meinen Frühstücksberichten oft zu bewußter Unterdrückung wesentlicher Informationen gezwungen. Viele dieser Frühstücke waren ungetrübt schön und gemütlich und entspannend und voller Nähe für mich, andere waren aber auch von Schuldgefühl zerfressen.

Sonja spürte wohl, wie ich allmählich von ihr Abstand bekam. Zunächst reagierte sie, die mich anfangs so selbstlos unterstützt hatte, mit unflätigem Gezeter und zynischem Spott über mein »verdammtes Seelenklo«. Dann wollte sie, um mit meiner Entwicklung Schritt zu halten, selbst eine Analyse haben. Die verweigerte man ihr aber, mit der Begründung, daß sie invalide sei. Ich konnte es nicht fassen. Scheißanalyse, wenn sie tatsächlich solche Prinzipien hat! Auf mein wiederholtes Bohren bei Scharff sagte der nur sehr geheimnisvoll: Ja es gäbe natürlich auch einige unorthodoxe Analytiker, die zum Beispiel sogar mit todgeweihten Krebskranken noch eine Analyse anfingen. Was sollte denn das nun heißen?? Mehr äußerte er aber nicht – zog sich in sein verhaßtes überlegenes Schweigen zurück.

Ich hatte schon immer gefunden, daß Sonja viel nötiger Therapie brauchte als ich. Gleich nach ihrem Selbstmordversuch hätte man doch damit anfangen müssen! Ich hatte ihr immer dazu geraten, aber sie wollte nie – bis jetzt, da sie unsere Beziehung und damit sich selbst bedroht sah. Was sie dann schließlich bekam, war eine Gesprächstherapie bei Dr. Betz, einem Kollegen von Scharff: ein zarter Schöngeist mit Sinn für Malerei und Musik (Scharff war eher bloß politisch interessiert, zu meinem Kummer). Die Stunde kostete fünfzig Mark (meine nur vierzig), und Sonja bekam auch nicht 75% ersetzt von irgendeiner Stiftung, sondern bezahlte 90% selbst mit ihren Verdiensten bei Wörthings. Eine »schlechtere«, »weniger vollwertige« Therapie als meine, dafür aber teurer und allein von ihr selbst zu tragen. Daß sich aus Sonjas einer Benachteiligung, dem Rollstuhl, nun so zwangsläufig die nächste entwickelte, statt kompensiert zu werden, wie ich es für anständig gehalten hätte, machte mich fast krank vor Schuldgefühl, dabei konnte ich ja nichts dafür, daß die Analytiker so borniert und die Krankenkassen so geizig waren.

Hätte ich aus Solidarität und Protest meine Analyse aufgeben sollen, die offenbar auf so inhumanen Fundamenten ruhte? Ich konnte es nicht, weil ich inzwischen all meine Hoffnungen auf sie setzte und so wohltuend spürte, wie ich ganz allmählich stärker wurde. Aber es geschah auf Sonjas Kosten.

Mittwoch, 2. Februar 1978, halb elf, abends

Es war doch nicht gut, daß ich letztesmal schon mittags mit dem Schreiben anfing. Danach war der ganze Tag fürs Arbeiten verloren. Ich konnte mich nicht mehr von den Erinnerungen loslösen. Wenn ich nachts schreibe, geht das, auch mit Hilfe von Rotwein, anschließend nur in den Schlaf hinüber und hinein.

Meine Mutter hat mir zum Geburtstag ein paar Apfelsinen geschickt, die ich inzwischen aufgebraucht habe, mit meiner Zitruspresse ausgepreßt. Sonjas Eltern haben uns eine Zitruspresse geschenkt, die viel angenehmer war als meine jetzt, nicht so laut und handlicher. Zwei Jahre lang haben wir uns so gut wie jeden Morgen ein Orangensäftchen gegönnt, und wenn es für jede nur eine Apfelsine war, oder nur eine halbe. Dann tranken wir den Saft eben aus unseren kleinen Whiskygläschen, wie eine edle Kostbarkeit. In diesen zwei Jahren waren wir fast nie erkältet und schrieben das unserem Saft zu. Das wird aber auch wohl das einzige gewesen sein, was wir für unsere Gesundheit taten. Nein – Sonja betätigte auch noch ab und zu ihren Expander. Sie sagte, sie sei schon wieder soviel schwächer als damals in der Stoke-Mandeville-Klinik. Aber wie schwach ich erst war, im Vergleich zu ihr! Bei mir bewegten sich die Gummistränge kaum zwei Zentimeter, selbst wenn ich mit aller Kraft daran zog, und mit rotem Kopf. Bei Sonja dagegen gingen die beiden Haltegriffe fast mühelos auseinander.

Und ab und zu lief sie damals auch noch mit Krücken, einmal vom Sofa bis zum Klo und wieder zurück, wenn sie es nicht lieber bei dem Hinweg bewenden ließ und auf dem Klo sitzen blieb. Ich ging neben oder hinter ihr her, um aufzupassen, daß sie nicht hinfiel. Es muß jedesmal eine schwere Mutprobe für Sonja gewesen sein, je seltener sie trainierte, desto mehr. Die geringste falsche Bewegung – und sie hätte ganz übel hinstürzen können, mit Krankenhaus und allem. Es lag also eine große Verantwortung auf mir. Ich durfte auch dabei nicht reden oder gar Witze machen. Einmal hatte ich kommentiert: »SS marschiert!«, worüber sie so lachte, daß ich sie auffangen und zu einem Stuhl schleifen mußte. Seitdem wurde die Übung nur noch konzentriert und schweigend durchgeführt.

Im August 1970 hatte Sonja eine Urlaubsvertretung bei Wörthings. Jeden Tag war sie von morgens acht bis abends um fünf weg. Ich sollte derweil das bißchen Haushalt versorgen und fleißig promovieren. Statt zu promovieren, zog ich aber den Haushalt unendlich in die Länge (wohl nie wieder war es bei uns so ordentlich wie damals) und quälte schuldbewußt unsere beiden Wellensittiche Wally und Konrad. Ich griff in ihren Käfig und wollte sie streicheln. Sie sollten zu mir so lieb sein wie sie oft zueinander waren. Natürlich hackten sie nach mir vor lauter Angst. Ich bekam sofort einen Schweißausbruch, jagte sie wütend in ihrem Käfig herum, bis ich einen von ihnen zu fassen kriegte. Den stopfte ich dann in einen Strumpf und ließ ihn durch die Luft kreisen. Oder ich scheuchte sie mit einem Handtuch durch die Wohnung, bis wir alle außer Atem waren. Je grausamer ich war, desto mehr schwitzte ich. Ihr verängstigtes jämmerliches Kreischen befriedigte mich auf ganz merkwürdige Weise. Ich beichtete diese Untaten jeden Morgen aufs neue bei Scharff, der sie, wie alles, verständnisvoll aufnahm. Eine Erklärung für diesen Zwang fand er vielleicht genausowenig wie ich – jedenfalls gab er mir keine.

Bis zur Fertigstellung meiner Diss rollte jeden Abend im Bett derselbe Film vor meinem inneren Auge ab: Ich zerlegte meinen Körper mit einem Messer oder schnitt mir alle Körperteile in Scheiben ab. Es blutete nie, nur sauberes weißes Leichenfleisch, und es tat auch nicht weh.

Von meinen anatomischen Operationen erzählte ich Sonja wohl, nicht aber von meinen Wellensittich-Quälereien. Ich schämte mich zu sehr. Die Analyse hatte mich da anscheinend zu etwas »ermutigt«, was vorher immer unter Verschluß gewesen war.

Wenn Sonja müde und froh, mich wiederzusehen, von der Arbeit nach Hause kam, geriet mein Schuldgefühl auf den Höhepunkt. Ich hatte nichts, aber auch wirklich gar nichts, an meiner Diss getan, nicht mal meine Hrotsvitha auch nur angefaßt – und außerdem hatte ich noch ihre geliebten kleinen Wellensittiche auf sadistische Weise gequält (ich hatte eigentlich keine Vögel haben wollen, aber nun hing auch ich sehr an ihnen).

In der Anfangszeit fragte Sonja immer noch hoffnungsvoll: »Na, wieviel hast du denn heute geschafft?« Später fragte sie nur noch: »Na, hast du denn heute was geschafft?« und zum Schluß fragte sie überhaupt nicht mehr. Später, Jahre später, als *sie* an ihrer Diss schreiben sollte, ging es umgekehrt, nur daß ich inzwischen schon gelernt hatte, daß es am klügsten ist, so was überhaupt erst gar nicht zu fragen. Offiziell hat Sonja etwa vier Jahre an ihrer Diss gearbeitet, mit Doktorandenstipendium und allem. Aber sie hat nie eine Zeile endgültigen Text produziert. Mitte 1976 lief das Stipendium ab. Im Februar (heute vor zwei Jahren) hat sie noch einen letzten Anlauf gemacht und wie besessen gearbeitet, jeden Tag acht Stunden lang. Damals sagte sie mir am Telefon: »Erst jetzt verstehe ich wirklich, was du durchgemacht hast, als du an deiner Diss arbeitetest.« Und einen Monat später ist sie in die Elbe gegangen.

Ich aber habe nur einen selbstmörderischen und noch nicht mal schmerzhaften Anatomiefilm ablaufen lassen.

Es war sehr heiß in dem August, 1970. Ich erinnere mich an ein Wochenende, wo wir beide nur mit BH und Unterhose bekleidet dasaßen bzw. rumliefen. Ich klagte verzweifelt über meine ständige Arbeitsflucht, denn zu dem Zeitpunkt bildete ich mir ja noch ein, die Arbeit müsse im November eingereicht werden. Sonja war so lieb und mitfühlend, obwohl sie es damals ja noch nicht so richtig aus eigener Erfahrung heraus verstand. Sie schlug dann vor, ich sollte doch vielleicht mal versuchen, ihr zu diktieren, so wie ich ihr zuvor das Hopkins-Referat auf einen Sitz runterdiktiert hätte. Wir versuchten es also. Sie saß an unserem Hydraulik-Tisch, und ich wanderte auf und ab, in meiner spärlichen Bekleidung, und diktierte ihr in wenigen Stunden über dreißig Seiten, die dann tatsächlich den Grundstock und Anfang meines endgültigen Textes bildeten. Sie schrieb mit ihrer schönen schnellen Schrift in eine große karierte Kladde, die ich noch heute habe. Es ging also doch, wenn da nur jemand saß, freundlich und vertrauensvoll den nächsten Satz abwartend. Natürlich korrigierte ich mich dauernd, und Sonja strich und schrieb um mit einer Engelsgeduld.

1975 diktierte ich Sonja wieder eine Diss, oder den Anfang davon – diesmal ihre eigene, und diesmal nicht in Unterhose und BH, sondern gänzlich nackt. Sie auch. Das war der heiße August 75, wo die Lüneburger Heide brannte, zehn Tage lang. Aber das kommt später.

Mit dem so durch Diktieren und freundliches Zureden und Ermuntern angelegten Grundstock konnte ich dann sogar auf einen

Kongreß fahren und erntete große Anerkennung. Das war mein zweiter Kongreß, nach drei Jahren Verschwinden in der Versenkung. Ich traf dort auch Stefan Lange wieder, den ich auf der ersten Tagung kennengelernt hatte. Er war inzwischen Professor in Bremen geworden – und sollte sich ein Jahr später an mich erinnern und mir jene Stelle anbieten, deretwegen (u.a.) ich dann schließlich nach Bremen zog.

Auch Erika kam zu dieser Tagung, als Abgesandte der Uni Kopenhagen. Anfang des Jahres war sie zu Bella gezogen, und nun kriselte es bereits. Erika hatte sich während der Sommerferien in Bellas »Verflossene«, Bente, verliebt. Bente war verheiratet und hatte zwei kleine Kinder. Erika glaubte, Bente sei nun wirklich die große Liebe ihres Lebens. Mir tat vor allem Bella schrecklich leid – heute verstehe ich natürlich besser, weshalb Erika auf Bente flog bzw. von Bella so frustriert war. Bei Bella war nach Erikas Kopenhagen-Umzug dermaßen der Alltag ausgebrochen (36 Stunden Unterricht pro Woche, da Erika zunächst noch keine Stelle hatte und nichts verdiente), daß für »die Liebe« kaum noch Raum oder Kraft oder Zeit blieb. Oh wie ich das doch ganz genau kenne bei Bella. Sie ist treu wie Gold, ja – wie man halt auch seinen Möbeln treu sein kann. Jetzt bin ich wohl ein bißchen gehässig.

Trotzdem sehnte Erika sich vage nach Bella, während dieser Tagung. Sie freute sich über dieses Gefühl, hatte sie doch wegen ihrer Verliebtheit (deren Ursachen sie damals auch nicht so klar begriff) riesige Schuldgefühle.

Auf der nächtlichen Rückfahrt von der Tagung lernte ich einen jungen Mann kennen, der sich ganz allmählich betrank und mir dabei erzählte, daß er noch jede Frau gehaßt habe, neben der er morgens im Bett aufwachte. Er war sehr intelligent und hatte auch Charme. Er warb um mich, und schließlich ließ ich mich von ihm küssen – der erste Mann, bei dem mir das nicht geradezu widerlich war. Was ist bloß mit mir los, fragte ich mich. Er wollte meine Adresse, um mich demnächst zum Essen einzuladen. Ich gab sie ihm nicht wegen Sonja, ließ mir aber seine geben. Erika war in demselben Zug mitgefahren, aber im Liegewagen. Sie hatte mich in ersichtlicher Sorge mit dem Menschen alleingelassen, und als sie uns da am Morgen vorfand, ihn ostentativ verliebt und mich so verschämt, rief sie mich freundschaftlich und komplizenhaft zur Räson: »Mach bloß keine dummen Geschichten, du!«

Einmal hab ich später diesen Jens angerufen, aber er war nicht zu Hause. Seitdem ist er aus meinem Leben verschwunden.

Von den Wellensittichen hab ich Sonja dann schließlich doch erzählt, aber von Jens nie. Die Wellensittiche hat sie mir verziehen, obwohl sie mein Verhalten durchaus nicht begriff – genausowenig wie ich ja damals.

Jens war mein erster »Seitensprung« – erstes Resultat des Befreiungsprozesses in der Analyse. Ich war einfach neugieriger auf »das Leben« geworden, auf »meine Möglichkeiten«, gestattete mir erstmals, wenn auch voller Schuldgefühle, neben der Symbiose mit Sonja eine Art Eigenleben. Das ging nur deshalb, weil Scharff diese Schuldgefühle immer wieder milde auffing und abschwächte. Sonst hätten sie mein Verhalten (bzw. mein Nichtverhalten oder Stillehalten) weiterhin diktiert.

Samstag, 4. Februar 1978, nachts kurz vor elf

Ich möchte das Buch jetzt eigentlich wirklich zügig zu Ende schreiben, am besten jeden Abend ein paar Seiten. Es geht jetzt in der Chronologie langsam auf die Katastrophe zu, und meine Rolle in diesem Stück wird immer finsterer und erbärmlicher. Ich kann es manchmal kaum aushalten, darüber so detailliert zu berichten. Die letzte Eintragung hat mir zum Beispiel noch den ganzen nächsten Tag auf dem Gemüt gelegen – auch weil ich ja schon wußte, daß es alles immer noch schlimmer kommt. Bisher war ich ja mehr so das edle Opfer von Sonja – die natürlich auch nicht anders konnte. Jetzt wird der Spieß umgedreht, und Sonja wird zu meinem Opfer. Es wird viel Mut und Kraft erfordern, vor meinen miesen Charakterzügen und Manövern nicht die Augen zu verschließen und alles genauso strikt zu verzeichnen wie bisher.

Dieser schon vorgezeichnete Grundton der kommenden Eintragungen steht meiner Absicht entgegen, zügig zum Schluß zu kommen. Ich muß nämlich in den beiden kommenden Monaten nicht nur gewissenhaft für meine Projektstelle arbeiten, sondern nebenher auch noch meinen Vortrag für das Habilkolloquium fertigmachen. Grund genug eigentlich, wieder eine lange Pause einzulegen wie schon letztes Jahr um diese Zeit, da ich den Abgabetermin für die Habilschrift so nahe vor der Nase hatte, aber noch kaum Schriftliches vorzuweisen.

Trotzdem – ich will es noch eine Weile tapfer versuchen, das alles unter einen Hut zu bringen. Wenn mich das Buch zu sehr zermürbt, höre ich eben wieder auf, bis nach dem Kolloquium.

Dies Jahr gibt es schon wieder eine Fußballweltmeisterschaft. Im heißen Sommer 1970 gab es die erste und letzte, die Sonja und ich zusammen, an unserem Kleinstfernseher, verfolgt haben. Wir saßen dabei immer eng zusammengekuschelt auf meinem grünen Plüschsofa, das Gerätchen einen Meter vor uns auf dem Schleiflacktisch. Chips, Aschenbecher, Wein, Zigaretten – alles stand griffbereit. Wenn die deutsche Mannschaft spielte, waren Hamburgs Straßen wie ausgestorben. Während ich das Spiel zwar gespannt, aber schweigend und gesittet verfolgte, kämpfte Sonja bis zur letzten Sekunde lautstark mit. Wenn »wir« ein Tor geschossen hatten, brüllte sie genauso laut wie die Leute über uns, stieß mir in die Rippen und klatschte in die Hände. Mein gesammeltes Benehmen irritierte sie manchmal, genau wie mich ihr Benehmen irritierte. Aber eigentlich mochten wir wohl beide gerade diese Eigenheiten aneinander. Ich war immer Sonjas ruhiger Blitzableiter beim Fernsehen, und sie drückte alles so schön impulsiv aus, wie ich es eigentlich auch gern getan hätte. Wenn es etwas Trauriges oder richtig Sentimentales gab, weinte sie, und ich legte tröstend den Arm um sie, lachte wohl sogar, worüber sie dann auch meistens wieder ins Lachen kam. Und wenn es einen Horrorfilm gab oder einen spannenden Krimi, griff sie bei den schlimmsten Stellen immer nach meiner Hand und quetschte sie fast zu Mus mit ihrer Bärenstärke – das kleine Sönnchen. Hier in Basel habe ich einmal einen Vampirfilm abschalten müssen, weil mir ihre quetschende Patschhand so fehlte.

Das Tollste, was Sonja sich in dieser Hinsicht geleistet hat, war ihre Reaktion auf das Spiel zwischen Deutschland und Italien um den dritten Platz, bei dieser Weltmeisterschaft. Die deutsche Niederlage ging ihr so an die Nieren, daß sie am folgenden Tag einfach im Bett liegenblieb. Diese Art des Mitgehens fand ich nun schon nicht mehr komisch oder liebenswert, sondern nur kindisch, ähnlich wie schon ihre Reaktion auf den Sieg der Koalition im Wahljahr 1969. Sie machte eben fast alles total, mit massivem Einsatz des ganzen Gefühls, egal ob der Anlaß so einen Einsatz nun rechtfertigte oder nicht.

Ich erinnere mich an ein paar herrliche Spaziergänge um einen kleinen See in der Nähe der Alster, jeweils vor diesen Entscheidungsspielen. Wir wollten es eben alles so ausführlich wie möglich genießen; auch das Vorspiel gehörte mit dazu. Goldene Spätnachmittage, Kinder spielten friedlich auf der Wiese, viele Hunde wurden von ihren Frauchen oder Herrchen ausgeführt, und einige Leute standen am See und fütterten die Enten und die Schwäne. Das war auch Sonjas Lieblingsbeschäftigung. Ich fuhr sie bis dicht an den See, und sie warf unsere mitgebrachten Brotreste hinein und freute sich über alles wie ein Kind. Ich habe sie so sehr geliebt in diesen Augenblicken, ihre Kindlichkeit und zärtliche Fürsorge für die Tiere und ihre rührende Dankbarkeit, daß ich sie (endlich) mal zu einem Spaziergang mitnahm. Das Glück und die Harmonie waren vollkommen.

Die Weltmeisterschaft 1974 habe ich mir dann, in Bremen, allein ansehen müssen. Die meisten Spiele versäumte ich, weil es mir ohne Sonja zu bedrückend war, weil ich so sehr an »unsere« Weltmeisterschaft vor vier Jahren denken mußte. Als die nämlich zu Ende war, waren wir beide ganz traurig gewesen, daß wir auf die nächste nun vier Jahre würden warten müssen – es war doch alles so wunderbar spannend gewesen, ein herrliches gemeinsames Erlebnis, das wir so am liebsten jedes Jahr gehabt hätten. Damals stand es für uns beide ganz fest, daß wir die nächste auch so miteinander durchleben würden ...

Wir klammerten uns auch deshalb so eifrig an dieses »Weltereignis«, um wenigstens für ein paar Stunden zu vergessen, was inzwischen in Mülheim passierte. Sonjas Vater lag im Sterben. Ein paar Wochen höchstens noch, hatten die Ärzte gesagt – grauenvolle Wochen für den Vater, wie wir alle wußten. Aber wir konnten da ja gar nichts mehr tun – also war es besser, wenn man sich davon ablenkte.

Er starb am 3. Juli. Frühmorgens kam ein Anruf von den Nachbarn, Sonja solle sofort kommen, wenn sie den Vater noch lebend sehen wolle, es stehe sehr schlimm um ihn. Wir packten das Nötigste zusammen und fuhren los, in sengender Hitze. Würde Sonja überhaupt autofahren können, mit dieser psychischen und noch dazu physischen Belastung? Sie schaffte es. Sehr ernst, todtraurig, aber gefaßt. Sie war auch dankbar, daß das gräßliche Leiden nun endlich zu einem Ende kommen sollte. Als wir den Wagen vor dem Haus in Mülheim parkten, stürzte gleich eine Nachbarin herbei, umarmte Sonja weinend und sagte, ihr Vater sei vor einer Stunde »eingeschlafen«. Die Mutter sei noch im Krankenhaus.

Die Firma des Vaters kümmerte sich weitgehend um die gesamte Organisation der Bestattung, um den trauernden Hinterbliebenen diese Last abzunehmen. Bei Sonja war die Annahme von Trauer weiß Gott berechtigt – aber soweit ich es beurteilen kann, hatte Frau Sanders doch durchaus Mühe, dieser so freundlichen, ganz selbstverständlichen »Unterstellung« auch gerecht zu werden. Wenn wir zu dritt, »unter uns«, waren, tat sie sich keinen Zwang an und war vollauf damit beschäftigt, sich für die Beerdigung möglichst schick und standesgemäß einzukleiden. Die Wahl fiel dann schließlich auf ein Kostüm zu fünfhundert Mark, das ihre schlanke Figur vorteilhaft zur Geltung brachte. Ich traute kaum meinen Augen, als ich all diese Vorbereitungen miterlebte, wie in einem Modesalon. Sonja sah müde schon gar nicht mehr hin, wie ihre Mutter da vor dem Spiegel ein Kleid nach dem andern aus der umfangreichen Sendung ausprobierte, die sie sich aus dem feinsten Geschäft in Düsseldorf hatte kommen lassen. Wenn Abgesandte der Firma, manchmal gar die verhaßte Chefin (verhaßt, weil sie eine gesellschaftlich höhere Stellung einnahm als Frau Sanders) kam/en, spielte die Mutter die trauernde Witwe, zerfahren, hilflos und weinerlich. Sie wanderte jeden Tag ins Krematorium, wo der Vater zur letzten Besichtigung aufgebahrt lag. Sonja weigerte sich strikt, ihren Vater in dem geschminkten Zustand noch einmal zu sehen, und die Mutter legte ihr das als Kälte und Herzlosigkeit aus. Wie schon immer, begriff sie ihre Tochter auch hier nicht und machte ihr mit unflätigem Zetern das Herz noch schwerer: »Ich weiß ganz genau, daß Vati das nie verstanden haben würde. Und überhaupt, was sollen denn die Leute denken?!« Sonja war diesmal viel zu traurig, um zurückzuzetern, blieb aber standhaft. Wenigstens konnte ich ihr ein bißchen den Rücken stärken, als sie mich, von all dem entnervt und unsicher gemacht, fragte, ob sie denn wirklich so eine schlechte Tochter sei.

Nach der pompösen Einäscherungsfeier (wie es sich eben gehört für einen Geschäftsführer) fuhren wir beide sofort zurück nach Hamburg.

Sonntag, 5. Februar, nachts viertel nach zwölf

Ich wollte schon eher anfangen zu schreiben, aber ich hatte noch so lange Besuch. Jetzt bin ich eigentlich müde und möchte viel lieber in Fritz Zorns Buch »Mars« weiterlesen. Vieles aus der Kindheit von Fritz Zorn hat mich an meine eigene Kindheit erinnert, besonders das Verhältnis zum eigenen Körper. Ich wollte auch nie mitturnen (als Frau kann man ja immer die Tage vorschützen, und ich dehnte sie immer über eine Woche aus) und hatte im Turnen eine Zementfünf bis zum Abitur. Mit der Pubertät setzte bei mir das Schwitzen ein. Zweimal ging ich zur Tanzstunde, dann blieb ich da weg. Ich schwitzte und stank ja bloß, und keiner forderte mich auf.

Sonja liebte meinen Körper wirklich, gerade weil er so weich und untrainiert war. Manchmal war sie richtig verrückt nach »meinem Fleisch« – ich konnte es gar nicht verstehen, denn leider gelang es ihrer zärtlichen Liebe nicht, meine so viel tiefer sitzende Selbstverachtung zu überwinden.

1970 bekamen wir noch oft Besuch von Sabine, Erikas verlassener Freundin (die nächste Verlassene von Erika, Bella, stand uns damals auch schon fast ins Haus; wir beschwerten uns darüber bei Erika, wir hätten es nun aber langsam satt, ihre geknickten Herzen wieder aufzupäppeln). Sabine hatte auch im Heim gewohnt – Erika und sie waren fast zur gleichen Zeit ausgezogen. Noch im Heim hatte es eine gespielte Liebesszene zwischen Sonja, Sabine und mir gegeben. Ich weiß gar nicht mehr, was der Anlaß dazu war, sehe nur das Arrangement deutlich vor mir: Sonja sitzt im Rollstuhl vor dem Tischchen, ich in meiner Sofaecke, Sabine neben mir. Mit dem linken Arm schlängelt sich Sabine unter meinen Pullover und streichelt lasziv meine Haut, mit ihren langen weichen Fingern – mit dem rechten Arm tat sie wohl dasselbe bei Sonja. Wir lachten dann hinterher darüber, als sei es nur ein lustiger Scherz gewesen – aber mich hatte es sehr erregt. Es hatte Spuren hinterlassen, denn erotische Spannung gab es damals zwischen Sonja und mir nicht mehr. Die Spannung beruhte wohl auch stark darauf, daß es verboten war – das Verbotensein der lesbischen Liebe überhaupt war für mich glaube ich immer einer der wesentlichsten Anreize. (»Kein Feuer, keine Kohle kann brennen so heiß / als heimliche Liebe, von der niemand nichts – wissen darf!«) Dieses Gefühl hier war verboten wegen Sonja und auch Erika, und ich unterdrückte es fügsam. Aber solche Unterdrückungen wurden im Laufe meiner Analyse wieder rückgängig gemacht – und kaum hatte ich die Geschichte mit Jens hinter mir, fiel mir Sabine wieder ein. Ich empfand das als absoluten Fremdkörper in meinem Innenleben und bat Sonja um Rat und Hilfe. Menschlich, gefühlsmäßig und intellektuell war Sabine mir völlig fremd – ich hatte da nur so ein vages, aber immer stärker werdendes Begehren, eine Sehnsucht nach dem »erotischen Gefühl«, das ihre Berührung damals in mir geweckt hatte. Das alles gestand ich Sonja offen und sehr verwirrt und bedrückt – schob diese merkwürdige Entwicklung auch voll auf meine Analyse. Sonja war schwer verletzt, aber trotzdem kooperativ: »Ja, dann mußt du es eben ausprobieren, sonst kommst du wohl von diesem Wahn nicht los.« Und sie gab mir für einen Abend Ausgang.

Ich marschierte also los, mit dem erklärten Ziel, mit Sabine möglichst ins Bett zu gehen, um Klarheit über meinen komischen Anfall zu gewinnen. Sabine wohnte ganz in der Nähe; ich hatte sie noch nie in ihrem Zimmer besucht. Sie arbeitete damals gerade an ihrer Staatsexamensarbeit, über die Puritaner, glaube ich. Sie war völlig überrascht über meinen unangekündigten Besuch, freute sich aber. Von meinen Absichten hatte sie natürlich keinen blassen Schimmer. Für sie war ich mit Sonja fest liiert. Von daher interpretierte sie meinen Besuch von vornherein so eindeutig »freundschaftlich« und verhielt sich entsprechend alltäglich und unerotisch, daß es ganz einfach plump und unpassend gewesen wäre, auch nur das geringste von meinen Wünschen durchblicken zu lassen. Also ließ ich mir geduldig ihr puritanisches Manuskript vorlesen und kommentierte es, so gut es ging. Nach zwei Stunden verließ ich sie, ohne mein Thema auch nur entfernt angedeutet zu haben. Ich litt sehr unter meiner Unfähigkeit, *meine* Interpretation der Situation zum Tragen kommen zu lassen – hoffnungslos schüchtern. Andere, so dachte ich, hätten sicher versucht, das Steuer wenigstens ein bißchen an sich zu reißen. Aber diese »negative Entwicklung« kam ja meinen gleichzeitigen Absichten, nämlich der Beziehung zwischen Sonja und mir keinen Schaden zuzufügen, durchaus entgegen – und so verließ ich Sabine zwar gedemütigt, aber trotzdem zufrieden und irgendwo erleichtert. Sonja werde ich wohl erzählt haben, die Faszination sei dann angesichts der Wirklichkeit spurlos verflogen – was *auch* irgendwo zutraf. Es war eben insgesamt eine völlig verrückte Geschichte.

Scharff erzählte ich dies alles voller Schuldgefühl und Befremden, im Ton schärfster Selbstanklage – also praktisch aus Sonjas Perspektive, die ich mir inzwischen zu eigen gemacht hatte. Daß ich bei Sabine eine Verletzung erlebt hatte, war mir bis dahin kaum zu Bewußtsein gekommen, so sehr überwog für mich der Schuldaspekt. Als Scharff dann, spontan wie selten, bemerkte, dieser Mißerfolg müsse mir doch schrecklich weh getan haben, war ich völlig verblüfft, daß man die Sache auch *so* sehen konnte. Statt mich zu strafen, wie ich es für einzig verdient gehalten hätte, hatte der Mann plötzlich Mitleid mit mir – mir mir, statt mit Sonja.

Selten hat mich in dieser Analyse etwas so überrascht wie diese Reaktion. Sie wirkte in der Folgezeit als weitere Ermutigung für ähnliche Befreiungseskapaden.

Der Fehler dieser »klassischen« Analyse (im Gegensatz zu der »unorthodoxen«, die ich jetzt bei Müller habe) war wohl, daß immer nur für mich Partei ergriffen wurde, niemals für Sonja. Zwar akzeptierte Scharff die Tatsache, daß ich lesbisch war, aber es war doch wohl trotzdem ein ausgemachtes Ziel zwischen uns beiden, daß ich befähigt werden sollte, dereinst »normal« zu werden und einen Mann lieben zu können. Ich selbst sah mein Lesbischsein damals noch als psychische Krankheit an. Das Ziel, von dieser Krankheit befreit zu werden, rechtfertigte alle Mittel. Ein logischer erster Schritt waren die Tendenzen, mich aus der Bindung an Sonja zu lösen. Jeder Schritt, selbst wenn es vorerst nur andere Frauen und noch nicht die anzustrebenden Männer waren, wurde unterstützt.

Wenn Scharff die Beziehung zwischen Sonja und mir überhaupt von Anfang an ernster genommen hätte, hätte er wohl auch öfter zu ihren Gunsten argumentieren können (so wie Müller es für Bella getan hat) – und uns damit *wirklich* geholfen. Ich hätte mich dann entweder überzeugt von Sonja trennen können oder aber überzeugt bei ihr bleiben. Von Bella habe ich mich selbständig und überzeugt getrennt. Von Sonja habe ich mich schließlich wie in einem Fieberanfall getrennt – nicht unähnlich jenem, den ich neulich mit Rita erlebt habe.

Montag, 6. Februar 1978, abends elf Uhr

Heute habe ich kaum gearbeitet. Nur den Fritz Zorn zu Ende gelesen und etwa zwei Stunden die schrecklichen Klavierübungen betrieben, die Frau Walther mir letztesmal verordnet hat. Sie tun den Händen allerdings wirklich sehr gut – hab jetzt schon, obwohl ichs erst seit ein paar Tagen mache, das Gefühl viel größerer Kraft und Gelenkigkeit.

Es tut mir nicht gut, jeden Abend an diesem Buch zu schreiben. Ich gerate in einen Sog der Vergangenheit und vernachlässige meine Pflichten, vor allem den Habilvortrag. Ich neige ja sowieso dazu, meine Pflichten zu vernachlässigen, und das Buch treibt mich noch weiter von ihnen ab. Ich lebe nur noch in diesem Herbst 1970, wo ich einen Mist nach dem andern machte. Heute steht meine Affäre mit Irene auf dem Programm.

Als Sonja in England war, hatte ich doch diese kurze, aber sehr intensive Freundschaft mit Irene gehabt, noch während ich mit Frau Klinger zusammen war. Irene gab sich sehr intellektuell und sehr geheimnisvoll, mit ihrer Philosophie (Lacan: sie hat sogar eine grundlegende Bibliographie über ihn zusammengestellt) und ihrer Dichterei. Ihre Intensität und ihre Traurigkeit faszinierten mich. Eine gegenseitige Verliebtheit hätte wohl durchaus dringelegen, aber wegen Sonja kam es dann nicht dazu.

In diesem Herbst 1970 nun hatte sich Irene plötzlich meines Bruders bemächtigt. Ich hatte ihr früher sehr viel von ihm vorgeschwärmt, und als wir beide uns dann etwas aus den Augen verloren hatten, wird wohl meine Schwester immer mal wieder von ihm erzählt haben, wie er da einsam auf seinem Wasserschloß lebte und was für ein wunderbarer Mensch er war. Jedenfalls machte sich Irene plötzlich auf zu ihm und quartierte sich gleich für mehrere Wochen bei ihm ein.

Als ich, wie ich es meistens tat, den ersten Advent zu Hause in Bielefeld verbrachte, traten dort auch Ralf und Irene auf, als Liebespaar. Ich war aus mehreren Gründen ein bißchen eifersüchtig: Irene hatte *ich* doch damals entdeckt – und nun bekam mein Bruder ihre Liebe. Und bis dahin war *ich* immer das intellektuelle Wundertier in meiner Familie gewesen – jetzt schien Irene mir meinen Rang streitig zu machen. Mein Intellekt war aber damals das einzige, worauf ich mir etwas zugute hielt. Wie sollte ich mich denn in meiner Familie behaupten, wenn mein einziger Trumpf durch Irene nivelliert wurde? Sie war auch in der Friedrich-Ebert-Stiftung und schon fertig mit ihrer Dissertation – im Sommer hatte sie sie in sieben Wochen hingeschrieben: 270 Seiten. Ich hatte von meiner noch keine Zeile stehen und gerade meinen Abgabetermin mühsam um ein Jahr hinausgeschoben. Sie hatte die Arbeit erst in zwei Jahren abzugeben und wollte jetzt faulenzen (u.a. bei Ralf) und sich das von der Ebertstiftung bezahlen lassen.

Wie ich es schon immer mit meinen Rivalinnen gemacht habe: statt sie zu bekämpfen, verliebte ich mich in sie. Demütige Anbetung ist mir immer leichter gefallen als Aggression. Ich konnte Wellensittiche quälen, aber mehr noch nicht.

Am Abend des ersten Advent – die andern schliefen schon alle, während ich noch las – kam Irene in ihrem hochgeschlossenen Nachthemd an mein Bett. Wir sprachen von unserer intensiven Freundschaft damals vor vier Jahren und wie traurig es wäre, daß das dann so auseinandergegangen wäre, und wie wunderbar es sich nun alles gefügt habe, daß wir hier plötzlich wieder säßen und uns so nahe wären. Das waren aber mehr Irenes Worte. Sie fielen wie Heroin in meine Seele und machten mich süchtig. Es waren nicht nur ihre Worte, sondern auch ihre Haltung, ihr unergründlicher Gesichtsausdruck, der alles mögliche andeutete und versprach. Sie saß mir auch viel zu nahe, war mir regelrecht »auf die Pelle gerückt«. Will sie nun Ralf oder mich, oder uns beide, fragte ich mich verwirrt und blieb betont sachlich und reagierte ironisch, wo sie innige Töne anschlug.

Der Familienrat beschloß, daß Irene das Weihnachtsfest bei uns feiern sollte.

Die drei Wochen bis dahin verbrachte ich damit, daß ich mir mit Scharffs Hilfe über meine Gefühle klarzuwerden versuchte (ohne Erfolg) und wieder mit dem Abnehmen begann, um eventuell für Irene attraktiver auszusehen. Ich schaffte aber in der kurzen Zeit nur zwei Pfund – Sonja hatte mich, ein paar Jahre zuvor, doch wohl weit mehr engagiert. Sonja erfuhr von alledem nichts. Ich schämte mich einfach zu sehr und wollte ihr nicht wieder unnötig wehtun, wußte ich doch selbst kaum, was da in mich gefahren war.

Zu Weihnachten bekamen Irene und ich den Hobbykeller zur

Übernachtung angewiesen. Meine Mutter litt es nie, daß verliebte heterosexuelle Paare in ihrem Hause im selben Zimmer übernachteten, solange sie noch keinen Trauschein hatten. Daß ich lesbisch bin, wußte sie ja inzwischen – aber sie hatte es wohl verdrängt. Außerdem war Irene ja auch Ralfs Freundin.

Irene flirtete aber konstant mit uns beiden. Außerdem rauchte sie Haschisch und war die ganze Zeit wie entrückt. Dazu hörte sie sämtliche Klavierkonzerte von Mozart per Kopfhörer, mit einer Hingerissenheit, die mich noch verliebter machte, wie früher schon Sonjas Reaktion auf meine Lieblingsmusik. Und wir redeten da unten wieder die Nächte hindurch, wie auch schon in der ersten Phase unserer Beziehung. Die erotische Spannung spitzte sich immer mehr zu, und schließlich legte ich mich zu ihr ins Bett und wir liebten uns. Sie klagte: »Warum hast du mich so lange warten lassen?! Warum bist du damals, am ersten Advent, so kalt und ironisch gewesen?« Ich wurde wirklich nicht recht schlau aus ihr und sagte: »Aber da ist doch mein Bruder!« Sie meinte dazu nur, sie liebe uns eben alle beide, außerdem noch den armen Jan Weber (mit dem spielte sie, das wußte jeder im Studentenheim) und Roy, einen Amerikaner, der aber wieder nach Amerika zurückgegangen war. Und noch einen kleinen Hippie, auf dessen Namen ich mich nicht mehr besinne – er versorgte sie mit Hasch.

Ich litt unter meiner Verliebtheit in so ein verderbenbringendes Wesen, und unter schweren Schuldgefühlen Ralf und Sonja gegenüber. Irgendwie war ich froh, als das Weihnachtsfest endlich vorbei und ich wieder zu Hause bei Sonja war. Aber ich kam von Irene nicht los.

Im neuen Jahr beschäftigte mich das Problem, wie ich mich von Sonja fortstehlen könnte, um wieder mit Irene zusammenzusein. Ich überlegte krampfhaft hin und her, aber so wie die Dinge bei uns lagen (engste Symbiose seit vielen Jahren), ging es nur, indem ich einfach die Wahrheit sagte. Dieser Fall lag ja viel schlimmer als Sabine, weil ich selbst viel weniger dagegen war, weil Irene mir nicht so in der Seele fremd war wie Sabine und weil Irene mich »liebte«. Also fiel mir das Geständnis auch unendlich schwer. Es war für Sonja und mich eine entsetzliche Tortur. Sonja sagte, wenn ich jetzt einfach zu Irene ginge, brauchte ich auch nie mehr wiederzukommen. Ich ging trotzdem fort, durch Nacht und Wind und Eis und Schnee sozusagen. Irene saß gemütlich in ihrem kleinen Zimmer, mit Jan Weber zusammen. Der wußte schon, daß sie mich auch »liebte«, verhielt sich aber sehr lieb, eher wie ein mitleidiger Bruder. Dann kam Frau Dr. Elze auf einen zwei Stunden langen Schwatz, und zum Schluß, als die endlich weg war, rückte der Hippie mit seinem Hasch-Nachschub an, über den Irene mir einen detaillierten Vortrag hielt.

Nachdem ich mir diesen Besuch unter derart schweren Opfern erkämpft hatte und meine geheimen Wünsche nun so (bewußt oder unbewußt) brutal übergangen sah, mit einem ostentativen Aufmarsch ihrer sämtlichen Verehrer, geriet ich in eine schlimme seelische Panik. Ich haßte sie und war zutiefst erbittert über mich, daß ich ihr nun auch noch verfallen sein sollte. Sie schien sich allerdings keiner Schuld bewußt und versuchte mich von ihrer Philosophie zu überzeugen, daß man durchaus sehr viele Menschen gleichzeitig sehr intensiv lieben könne. Mir leuchtete das überhaupt nicht ein, und ich kämpfte darum, von ihr loszukommen. Eine Beichte bei meinem Bruder sollte mir dabei helfen, außerdem Sonja. Sie hat Schreckliches durchgemacht damals, weinte gottsjämmerlich, stunden- und tagelang, und ich verfluchte mich selbst und meinen Wahn.

Eines Abends rückte Irene samt ihrem treuen Vasallen Jan Weber zu einer Aussprache an. Wir nahmen Hasch, alle vier, und dann ging es los. Tatsächlich, Irene »kämpfte« um mich. Jan war versöhnlich und lieb und versuchte Sonja von Irenes guten Absichten zu überzeugen. Irene erklärte, sie liebe mich so sehr – von Sonja dagegen könne man das wohl nicht behaupten. Ihre Liebe sei bloß Egoismus. »Das stimmt«, nickte Jan. »Sieh dir mich an. Ich liebe Irene ja auch, und es tut mir gar nicht weh, daß sie auch Judith liebt – so sehr liebe ich sie.« Und so weiter, und so weiter. Es war einfach grotesk. Sonja war so zynisch, kalt und boshaft, wie ich sie sonst nur im Umgang mit ihrer Mutter kannte. Ich saß bloß da und schwitzte wie verrückt und sagte kaum ein Wort in diesem Streit. Sie kämpften tatsächlich beide um mich, und ich hing dazwischen, hin- und hergerissen, hilflos. War diese Irrsinnsszene überhaupt Wirklichkeit?

Scharff, dem ich täglich unser aller Leid klagte, wußte auch kaum, was er dazu meinen sollte. Die Erlösung brachte mir schließlich mein Bruder, Mitte Februar 1971. Wir sprachen über Irene und ich klagte über meine brachliegende Diss, und daß Irene offenbar soviel tüchtiger sei als ich. Da lachte er bloß gutmütig. »Du ich hab ja nun wirklich lange ›wissenschaftliche Gespräche‹ mit ihr gehabt, aber sie redet doch hauptsächlich konfuses Zeug. Also wirklich, sie kann dir auch nicht entfernt das Wasser reichen – auch wenn du vielleicht im Moment stagnierst mit deiner Arbeit. Ich bin überzeugt, wenn deine fertig ist, daß sie allemal, hundertmal besser sein wird als die von Irene.«

Damit war für mich tatsächlich der Bann gebrochen – und nach einer Woche war der ganze böse Traum wie fortgeblasen. Erst dadurch, daß ausgerechnet diese Worte als Heilmittel gewirkt hatten, erkannte ich dann etwas von den ganzen unseligen Zusammenhängen, auf die selbst Scharff nicht gekommen war. Irene war keine Rivalin mehr auf intellektuellem Gebiet – also brauchte ich sie auch nicht mehr krankhaft anzubeten. Ich trennte mich von ihr, und Sonja und ich kamen endlich wieder zur Ruhe. Von da ab arbeitete ich stetig an meiner Diss, und im November desselben Jahres reichte ich sie ein. Ich bekam eine Eins dafür, Irene nur knapp eine Vier für ihre, die sie ein halbes Jahr nach mir einreichte.

Im Sommer 1974 ist Irene gestorben. Es heißt, sie habe Selbstmord begangen, aber ganz sicher ist es nicht. Es kann auch eine Überdosis Heroin gewesen sein. Jan Weber hatte sich schon bald nach jener makabren Unterredung von ihr getrennt und sprach fortan nur noch haßerfüllt von ihr.

Mein armer Bruder und ich haben zweimal dieselbe Frau geliebt, und beide haben sich umgebracht. Darüber kann man auch endlos nachgrübeln. Er sagte mir dazu: »Du und ich, wir haben beide einen Hang zum Absoluten und damit zum Tode, aber wir sind zugleich auch noch ein bißchen realistisch und vernünftig. Wir fühlen uns zu den Menschen hingezogen, die auch diesen Hang zum Tode haben, in noch katastrophalerer Form. Und sie fühlen sich von uns angezogen, weil sie sich verstanden und zugleich aufgehalten und aufgefangen fühlen bei uns.« – Ich glaube, er hat recht.

Mittwoch, 8. Februar 1978, Mitternacht

Heute ein kurzes Gespräch mit Stefanie, wieder über die Veröffentlichung dieser Aufzeichnungen. Ich könnte sie ja vielleicht auch bereinigen, sozusagen die lesbische Komponente herausfiltern. Damit ich nach der Veröffentlichung einigermaßen friedlich leben und unterrichten kann. Sie hat irgendwo so sehr recht – trotzdem wäre Filtern sinnlos. Dann besser gar nicht veröffentlichen.

Warum aber mag ich nicht filtern? Weil es mir um die Wahrheit geht, nicht um irgendeine »höhere« Wahrheit, sondern um unsere, Sonjas und meine Wahrheit. Es geht mir auch nicht um Geschmack und Ästhetik und Moral, sondern um Echtheit. Angesichts dessen, was da mit und durch und an uns geschehen ist, verbieten sich sowohl ästhetische als auch »Filter«-Überlegungen.

Und warum veröffentlichen? Die Idee des Denkmals ist mir immer noch so wichtig wie am Anfang. Sonja ist gestorben, bevor sie auch nur den Mund auftun konnte, in irgendeiner Hinsicht. Ihre Dissertation liegt in Bruchstücken in meinem Karton, immer noch dort, wo ich ihn vor anderthalb Jahren hingestellt habe, immer noch fest verschnürt. Zu einer Ausstellung ihrer Bilder ist es nie gekommen, weil sie alle schon immer verkaufen mußte, bevor sie die gehörige Mindestanzahl beisammen hatte. Wer kann Sonja jetzt leben lassen, wenn nicht ich? »Ein Klaglied im Mund der Geliebten« – wenigstens das soll sie sein. Und es soll ein Klaglied sein, das Sonja hätte akzeptieren können. Ich weiß, daß sie diese Form des rein assoziativen Aufschreibens, die ich dafür gefunden habe, akzeptiert hätte. Einem anderen Maßstab fühle ich mich nicht verpflichtet. Dieser Maßstab ist mir der strengste, den es gibt.

Vielleicht können sich andere in unserer ganz persönlichen Wahrheit wiedererkennen. Mich jedenfalls bewegt es, wenn ich mich in einem Buch auf irgendeine Weise wiedererkennen kann. Was mich nicht bewegt, finde ich nicht gut. Und was mich bewegt, finde ich gut, auch wenn es vielleicht nach den geltenden Maßstäben stellenweise »nicht gelungen« ist. Genug der Reflexionen und Verteidigungen.

Ich erzähle also einfach weiter. Heute ist wieder ein Teil des

Denkmals dran, der Sonja nicht so gut steht, und mir genausowenig. Wir sind eben keine geeigneten Denkmalsfiguren. Ich will ja auch mit meinem Buch nicht sagen, ich habe sie geliebt, weil sie so und so wunderbar war, noch weniger: *obwohl* sie so und so furchtbar war. Ich habe sie eben einfach geliebt, und ich liebe sie immer noch.

Unsere Reise nach Kopenhagen, Januar 1971 – mitten in meiner Irene-Affäre. Bella und Erika hatten uns so oft und so herzlich eingeladen, daß wir den Besuch nun endlich wahr machen wollten. Wir wollten auch unsere aktuellen Probleme mit unseren guten alten Freundinnen besprechen; außerdem schien es uns eine geeignete Ablenkung. Durch eine Reise kann man auch Abstand gewinnen, dachten wir.

Bei der Überfahrt Puttgarden-Rödby mußte Sonja im kalten Bauch des Schiffes sitzenbleiben, in ihrem Auto (Gefahr von Nierenentzündung!), während ich an Deck die obligatorischen zollfreien Einkäufe tätigte. Es war schlimm für mich, da oben allein herumzustiefeln, gar das offene Meer zu genießen, während Sonja bloß den Autogestank genoß. Warum war mir das alles zugänglich, die doch mit Natur nur halb soviel anzufangen wußte wie Sonja? Dieses ständige Mitleid hat Sonja und mir so viele Genüsse von vornherein verpestet.

Meine zweite Überfahrt nach Rödby machte ich zweieinhalb Jahre später mit Bella, sozusagen auf der Flucht vor Sonja. Ich konnte es kaum ertragen. Jetzt hatte ich ja eine Frau, mit der ich alle Genüsse problemlos teilen konnte, aber vor lauter Erinnerungen konnte ich auch da nichts genießen. Dachte oben mit Bella die ganze Zeit nur an Sonja, die damals tapfer im Schiffsbauch geblieben war.

Nach überstandener Schiffahrt gerieten wir dann gleich in die skandinavische Kälte und Dunkelheit. Alles schien uns bloß fremd und unwirtlich und stockdunkel. Es schneite, und die Gegend war so völlig unbewohnt und einsam die ganze Zeit. Die Dunkelheit besserte sich dann allerdings, als uns endlich einfiel, daß es nur die völlig verschmutzten Scheinwerfer waren, die immer wieder den ganzen Straßendreck ansogen. Ich reinigte sie dann mehrmals während der Fahrt.

Es ist mir noch heute unbegreiflich, wie Sonja so schlafwandlerisch sicher durch ganz Dänemark, ohne Landkarte und Stadtplan, zielstrebig bis in Bellas kleinen Hinterhof hineinfuhr, der weiß Gott abgelegen am allerletzten Ende von Kopenhagen lag.

Zur Begrüßung freudiges Hallo von den beiden. Eine herzliche wohltuende Aufnahme nach der kalten fremden Fahrt. Besonders Bella schien sich riesig zu freuen – merkwürdig, wie sehr sie an uns beiden hing, die wir sie doch immer eher gleichgültig behandelt hatten. Es rührte uns sehr. – Wir bedeuteten für Bella eben auch »Hamburg« – die drei Monate ihrer Liebe mit Erika, die wohl die einzig glücklichen waren. Jetzt lagen schon fast ein Jahr Unsicherheit und Verzweiflung hinter ihr, die sich immer mehr verdichteten, je intensiver Erikas Beziehung zu Bente wurde.

Beide Paare hatten also ganz ähnliche Probleme. Analyse- und geständnisbegeistert, wie ich damals war, predigte ich wohl das Lob der radikal offenen Aussprache. Berichtete darüber, wie Sonja und ich immer alles restlos ausdiskutierten und wie gut uns das doch immer hülfe. Von Bella und Erika kam wenig Resonanz. Als Erika und ich in den Keller stiegen, um das Bettzeug raufzuholen, bat sie mich, nicht immer so sehr auf dem Thema Bente herumzureiten. Die Sache wäre ihr nämlich leider wirklich sehr ernst, und Bella überlebe zur Zeit nur durch radikale Verdrängung. Daß Irene nur eine Affäre wäre, sicher durch die Analyse begünstigt, wäre ja klar – auch Erika kannte ja Irene sehr gut aus dem Heim und wußte, daß wir beide im Grunde gar nicht zusammenpaßten. Mit Bente wäre das aber eine ganz andere Geschichte – sie wäre genau ihr »Typ«. (Heute ist Erika auch schon ein Stück weiter und liebt eine Frau, die »eigentlich« überhaupt nicht ihr »Typ« ist – glücklich und in Freuden seit vier Jahren.)

Diese Themen waren damit also tabu. Was gab es sonst noch? Wir bekamen die touristischen Attraktionen von Kopenhagen gezeigt: Tivoli, Wachablösung, Altstadt, Pornogeschäfte. Es war gerade Ausverkauf, und Sonja erstand für unseren Haushalt sechs flache Teller mit blauem Rand – made in Great Britain.

Bellas Wohnung fanden Sonja und ich (wo sie nicht skandinavisch-sachlich war, ein Stil, der uns nicht lag) großenteils geschmacklos. Auf der Fensterbank geschmackloser Nippes, Snoopy everywhere, in Ton, in Gips und in Plüsch und auf Plakaten. An den Wänden geschmacklose Bilder, konfus angeordnet, und scheußliche Plastiklampen. Wo die Wohnung Stil hatte, hatte sie keinen Pfiff, sondern war steril – und wo sie kitschig war, da war sie nur kitschig und sonst nichts. Arme Bella – ich räche mich hier für ihre spätere Kritik an *meinem* Geschmack. Gleichzeitig will ich die Unvorhersehbarkeit meiner späteren Gefühle für Bella zeigen – sie paßte wirklich »eigentlich« nicht zu mir. Daß ich mich einmal in sie verlieben könnte, hätte ich jedenfalls damals weit von mir gewiesen. Sonja ist ja auch zwei Jahre nicht auf diesen Verdacht gekommen, als es zwischen Bella und mir schon einen Krach und wieder eine Versöhnung gegeben hatte. Bella war wirklich die letzte, in der sie eine Konkurrenz für sich erblickt hätte – und irgendwo mit Recht.

Aber jetzt die Sache, weswegen ich das alles eigentlich erzähle: Sonja und ich wurden im Schlafzimmer der beiden einquartiert; Erika und Bella schliefen im Wohnzimmer auf Couch und Luftmatratze. Als alle schon endgültig zur Nachtruhe verstaut waren, fiel Sonja ein, daß ihr das Wasser am Bett fehle, ohne das sie nie schlafen konnte. Sie bat mich, es ihr zu holen, und ich bat sie, sie solle doch versuchen, einmal ohne Wasser durchzukommen. Ich getraute mich nämlich nicht, in T-Shirt und Unterhose (meine übliche Nachtbekleidung) durch das angrenzende Wohnzimmer zu gehen, wo die beiden lagen und schliefen. Einerseits wollte ich sie nicht stören (wußte ich denn, was sie grade taten?), aber meine eigentliche Angst war, in diesem Aufzug gesehen zu werden. Das klingt vielleicht unglaublich, und heute würde ich so was auch tun, ohne mit der Wimper zu zucken – aber damals war ich eben noch stockneurotisch, gerade in diesem Punkt, und Sonja wußte das genau. Sie wußte zum Beispiel, daß ich mir in der Pubertät selbst auf trickreiche Weise Mittelohrentzündungen beigebracht hatte, bloß um nicht mit der Klasse ins Landschulheim fahren zu müssen, wo ich mich dann ja im gemeinsamen Schlafsaal vor den anderen Mädchen ausziehen mußte. Ein schrecklich wunder Punkt bei mir.

Sonja legte aber meine Bitte als krasse Boshaftigkeit aus und steigerte sich in eine ihrer unvergeßlichen lautstarken Szenen. Sie schrie und schimpfte schließlich so unflätig und unbeherrscht, daß mir von der Peinlichkeit der ganzen Situation fast schlecht wurde. Was mochten bloß Bella und Erika denken?! Ich haßte Sonja aus tiefstem Herzen für ihre Unbeherrschtheit und krasse Rücksichtslosigkeit unseren Gastgeberinnen gegenüber; sie haßte mich für meine mangelnde Hilfsbereitschaft, und ich haßte sie noch obendrein für ihre tiefe Verständnislosigkeit meiner neurotischen, unüberwindlichen Gehemmtheit gegenüber. Wenn ich von jemandem Verständnis erwartet hätte, dann doch von ihr. Wir waren Lichtjahre voneinander entfernt.

Mein Problem war: Ich *konnte* mich damals nicht »halbnackt« sehen lassen – weiß Gott warum, aber ich konnte es nicht. Die Maßstäbe dieser so sexualbefreiten Welt (besonders der Dänen) kannte ich natürlich auch – wenn ich mich also angezogen hätte, bloß um Wasser zu holen, hätte ich mich automatisch der Lächerlichkeit preisgegeben. Und Sonjas Rollstuhl zwang mich nun zu einem von beidem. Ich war vor Wut auf sie und mich und vor Scham völlig kaputt.

Heute denke ich mir, daß Sonja bei dieser Gelegenheit einfach ihre ganze angestaute Wut auf mich (wegen Irene) herausgekotzt hat und ihre Wut auf ihren hilflosen Zustand.

Ich blieb dann hart, und Sonja weinte sich in Schlaf, während ich wohl die ganze Nacht noch wach lag. Erika und Bella haben beim Frühstück taktvoll alles übergangen – kein Wort davon, daß sie auch nur das geringste gehört hätten. Bella hat mir später erzählt, sie hätten alles gehört und mich schrecklich bemitleidet. Von mir hätten sie überhaupt nichts vernommen, nur Sonjas entsetzliches Zetern und Schreien. Sie hätten gedacht, es ginge mal wieder um Irene. Bella hätte Sonja ja so gar nicht gekannt, aber Erika hätte ihr erklärt, solche Anfälle kenne sie schon aus dem Heim.

Ich glaube, diese Szene zeigt endlich mal sehr deutlich auch etwas von meiner Behinderung durch meine spezielle Neurose. In vieler Hinsicht war ich damals noch genau so gelähmt und behindert wie Sonja. Zwei Behinderungen, das ergibt etwas »Mühsames«, wie schon Rita in ihrem Buch sagt. Nur: bei mir bestand endlich Aussicht auf Heilung, und natürlich mußte ich mich daran klammern.

Montag, 13. Februar 1978, nachts viertel vor eins

Viel zu spät eigentlich. Drei Tage war ich jetzt nicht in der Uni, und schon sacke ich wieder leicht durch. Die Uni, die Leute, die ich da treffe und die Funktion, die ich da seit Anfang Februar wieder habe – all das ist mir ein Gerüst, an dem ich neuerdings ganz gut aufrecht stehen kann. Wenn ich abends nach Hause komme, *freue* ich mich direkt über das Alleinsein, aber wie ich sehe, auch wieder nicht allzu lange.

Jetzt ist ja die Uni viel besser für mich zu ertragen, weil ich nicht mehr schwitze. Als ich vor zweieinhalb Jahren in meinem ersten Projekt arbeitete, hat sie mich auch oft seelisch festgehalten, zugleich war ich aber immer spätestens nach einer Stunde naßgeschwitzt und sehnte mich nach der Dusche und nach frischer Wäsche. Einmal naßgeschwitzt, blieb ich dann in dieser feuchtklebrigen Verfassung, bis ich endlich nach Hause konnte. Dort beruhigte mich in der Regel schon die frische Wäsche, und ich schwitzte nicht länger.

So vieles Äußere und Innere ist besser geworden mit mir, aber Sonja ist tot. Und Bella ist für mich gestorben. Vorhin phantasierte ich vor mich hin, ich wollte nach überstandenem Habilkolloquium stracks nach Kopenhagen fliegen und Bella dort in das teure Scandinavia-Hotel zum Essen einladen, so wie wir es im letzten März ausgemacht hatten, als ich »zur Probe« in Kopenhagen war, um zu testen, wie wir im Alltag miteinander zurechtkämen. Die Probe ist negativ verlaufen.

Winter 1970/71. Damals fing Sonja glaube ich auch an, von mir zu verlangen, ich sollte unten in den Anlagen vor unserem Haus die Möwen und Tauben mit Essensresten füttern. Meine neurotische Reaktion darauf war etwa dieselbe wie beim Wasserholen in Kopenhagen. Ich war störrisch, weil ängstlich gehemmt. Unsere Essensreste waren so unappetitlich: schwitzige Käse- und Wurstrinden, Fleischfett und altes Brot in einer Plastikschüssel. Mit so was mochte ich mich nicht im Fahrstuhl und in der Öffentlichkeit sehen lassen, und ich mochte mir auch keine Vorwürfe von Passanten zuziehen, daß ich den Platz mit so widerlichem Zeug beschmutzte oder die lieben Tierchen damit vergiftete. Sonja verstand meine Ängste kaum – natürlich geschah auch nie etwas von dem, was ich da befürchtete, bloß malte ich es mir eben alles intensiv aus. Wieder war ich durch Sonjas Rollstuhl in einer Zwickmühle: Sie konnte ja ihre Tierliebe wegen der Bordsteinkanten nicht selbst ausüben, und ich konnte es eigentlich auch nicht (hatte deswegen auch gar nicht erst solche Bedürfnisse). Aber meine Behinderung war bloß befremdlich und schwer begreifbar, ihre war so schön real. Also mußte ich mich jedesmal überwinden und grollte ihr dafür, daß sie mich durch ihre verdammte Tierliebe überhaupt in diese Situation brachte, auf jeden Fall eine mißliche Figur abzugeben. Wenn ich mich weigerte, war ich »verrückt«, wenn ich es tat, war ich dem Spott der Umwelt ausgesetzt (wie ich mir ja fest einbildete). Innerlich warf ich Sonja vor, die Tiere mehr zu lieben als mich – ein Vorwurf, der sich mit Bella wiederholt hat. Eine kleine Erleichterung war dann schließlich, daß wir für die gefräßigen Tiere extra frisches Brot bei Aldi einkauften, das wenigstens nett und adrett aussah.

Im Laufe der Analyse sind diese Hemmungen dann bald spurlos von mir abgefallen. Heute sind sie mir fast genauso unbegreiflich, wie sie Sonja damals waren. Aber es war ein schweres Problem für mich früher – eines von vielen ganz ähnlicher Art.

In der Zeit meiner Irene-Geschichte besuchte uns auch Tsching Feng noch öfter. Er war Jurist, stammte aus Taiwan (überzeugter National-Chinese), sprach ein nur sehr schlecht verständliches Deutsch und liebte Sonja aufrichtig. Er hatte mit uns im Heim gewohnt und war etwa zur selben Zeit ausgezogen wie wir. Promovierte offiziell über internationales Recht (in Taiwan war er schon Richter gewesen), stagnierte aber genauso wie wir beiden. Inzwischen hat er glaube ich eine ganz gutgehende Vertretung für Taiwan-Konserven, ist mit einer (laut Sonja) ganz süßen Chinesin verheiratet und hat eine entzückende kleine Tochter. Damals, 1970, hauste er in einem elenden Loch, wo wir ihn einmal besucht haben.

Tsching Feng war ein wirklich guter, sehr geradliniger und zuverlässiger Mensch. Das ist weiß Gott viel – aber mehr konnten wir auch nicht an ihm finden. Wenn wir ihn besuchten oder einluden, war das für uns mehr ein sozialer Hilfsdienst als ein Vergnügen.

Als ich damals noch so unglückselig mit Irene herumkrebste, weinte Sonja viel, und ich saß völlig zerknirscht und hilflos daneben. An einem solchen Abend besuchte uns plötzlich Tsching

Feng. Sonja erklärte, sie weine mal wieder über ihren Rollstuhl, aber ich nahm Tsching Feng in meinem kleinen Arbeitszimmerchen beiseite und erklärte ihm die Zusammenhänge, so gut es ging. Er wußte bis dahin auch nichts über unsere wirkliche Beziehung zueinander. Er machte sich sofort große Hoffnungen, Sonja »retten« und heiraten zu können, wenn ich sie verließe. Er glaubte sogar, sie mit Hilfe einer chinesischen Bekannten, die sich mit Akupunktur auskannte, von der Lähmung befreien zu können. Damals war Akupunktur noch nicht so in wie heute; man fand das bloß obskur – wie wir ja vieles an Tsching Feng obskur fanden.

Zu meinem und Sonjas Kummer machte Tsching Fengs Heiratsangebot mich noch nicht mal eifersüchtig – ich hätte mir für Sonja gewünscht, daß ich wenigstens eifersüchtig gewesen wäre. Es hätte sie etwas gestärkt. Aber es war einfach zu klar, daß er für sie als Partner nie in Frage kommen konnte – nicht die geringste Gefahr für mich.

Was war noch in diesem so ereignisreichen Winter? Unsere Entdeckung der Hamburger Oper. Es fing an mit dem Hamburger Debüt von Joan Sutherland, in Julius Cäsar. Joan Sutherland war (und ist noch) meine Lieblingssängerin. Es war phantastisch – und noch dazu trotz Rollstuhl recht einfach und überdies dank Rollstuhl auch um die Hälfte billiger. Sonja durfte kostenlos eine Begleitperson mitnehmen, und dadurch konnten wir uns später regelmäßig die besten Plätze in den ersten Parkettreihen leisten. Auch brauchten Behinderte niemals in den langen Schlangen anzustehen, sondern bekamen die Karten sofort, wo andere manchmal die ganze Nacht vor der Opernkasse kampiert hatten, wenn zum Beispiel Birgit Nilsson im Ring des Nibelungen sang (haben wir insgesamt dreimal miterlebt). Diese Opernbesuche waren alle wunderbar für uns, auch wenn es mal eine weniger gelungene Vorstellung war (ziemlich selten, denn es war noch die Glanzzeit der Hamburger Oper, unter Liebermann, der auch häufig so distinguiert im Parkett saß). Durchschnittlich sind wir in den zweieinhalb Jahren, die uns bis zu meiner Trennung noch verblieben, wohl jede Woche einmal in die Oper gegangen, wie andere ins Kino gehen. Sonja zog sich meist schön festlich an, ich nur in der Anfangszeit, denn bald wurde mir diese Umgebung wirklich so vertraut wie ein Kino, und das Hamburger Publikum war so nett gemischt, manche in großer Gala, andere schlunzten eben hin, wie sie grad aus dem Büro oder aus der Uni kamen.

Nach der Oper gingen wir manchmal noch eine Pizza oder ein Steak essen, waren angeregt und glücklich und redeten über die Sänger/innen, die Inszenierung, die Oper selbst, die Musiker (wir saßen meist links in der Nähe der Bläser, und selten haben wir von den Hornisten einen richtigen Ton gehört, aber es soll ja auch sehr schwierig sein, auf diesem Instrument einen richtigen Ton hervorzubringen. Wir warteten schon immer auf diese vertrauten falschen Töne, und wenn sie kamen, grinsten wir uns zufrieden an). Später, als wir immer öfter in die Oper gingen, konnten wir uns so viele anschließende Essen nicht mehr leisten und feierten den Rest des Abends zu Hause bei einer Flasche Wein, wobei Sonja mir obligatorisch das Programmheft vorlas. Allmählich wurden wir auf dem Gebiet Oper recht gebildet und konnten uns über vieles gerührt amüsieren, was da in den Programmheften verbrochen wurde.

Ich möchte, daß die Leser/innen merken, wie schön das alles für uns war – selbst wenn gleichzeitig so finstere Unterströmungen imgange waren wie die Irene-Geschichte. Hoffentlich habe ich dafür die richtigen Worte gefunden.

Es gab auch bei diesen Opernbesuchen kein einziges Mal ein sanitäres Unglück, und wenn doch eins geschehen wäre, dann hätte uns unser Freund, der Saaldiener, sofort tatkräftig geholfen.

Das einzige Unglück, das passierte, war der streikende Fahrstuhl in unserem Haus, als wir in den Lohengrin wollten. Rechtzeitig eine halbe Stunde vor Beginn der Oper standen wir frisch herausgeputzt vor der Fahrstuhltür – und er war wieder mal kaputt. Zu spät, um noch Hilfe herbeizuschaffen. Also mußte Sonja zurückbleiben. Ich verbrachte meinen ersten und einzigen Opernabend ohne sie und fand es trostlos – und wieder mal so ungerecht, denn ich interessierte mich gar nicht so brennend für den Lohengrin wie Sonja.

Pfingstsonntag, 14. Mai 1978, abends halb neun

Knapp drei Monate sind seit meiner letzten Eintragung vergangen. Ich mußte pausieren, um mich ganz auf mein Habilitationskolloquium am 24. April konzentrieren zu können. Das ist also inzwischen glücklich überstanden, und noch zwei weitere wichtige Dinge sind passiert. Zwei Nackenschläge, die mich aber glaube ich psychisch ein Stück vorwärts gebracht haben.

Irgendwann im März erfuhr ich von Erika, daß Bella so Anfang Februar ihr Haus verkauft hat und zu Bente gezogen ist. Eine Geschichte fast wie Schnitzlers Reigen. Bente war Bellas erste Freundin; sie haben in ihren zwanziger Jahren fünf Jahre lang zusammengelebt. Dann verließ Bente Bella und heiratete Svend, von dem sie dann bald zwei Kinder bekam. Zwei Jahre später lernte Bella Erika kennen und damit auch Sonja und mich. Erika zog zu Bella nach Kopenhagen, lernte hier Bente kennen und verliebte sich in sie. Bente erwiderte diese Liebe, und es begann eine dreijährige Quälerei für alle vier, Bella, Erika, Bente und Svend, und für die Kinder natürlich auch. Erika trennte sich schließlich von Bella, deren psychische Betreuung inzwischen Sonja und ich übernommen hatten. Aber Bente trennte sich nicht von Svend, wegen der Kinder und um ihm nicht wehzutun, wie sie sagte. Die Trennung brachte sie erst fertig, als eine andere, Kirsten, auf den Plan getreten war und sie strikt forderte. Im vergangenen Jahr, etwa um diese Zeit, haben Bente und Kirsten sich getrennt, kurz nach meiner Trennung von Bella. Und nun also, ein gutes halbes Jahr später, haben Bella und Bente sich wiedergefunden, nach zehn Jahren Irrfahrt. Da ich mit Bella keinen Kontakt mehr habe, weiß ich nicht, wie es dazu gekommen ist. Eine starke Attraktion werden für Bella die beiden Kinder gewesen sein, die sie schon immer, von Anfang an, heiß geliebt hat, vorbehaltloser wohl als sonst je irgendeinen Menschen.

Während ich also noch treuherzig phantasieren konnte, nach der Habilitation nach Kopenhagen zu fliegen, um mit Bella das große Ereignis und womöglich gar eine Versöhnung zu feiern, hatte sie sich bereits, und nun hoffentlich endgültig, mit Bente getröstet. Es war mir eine bittere Lehre: Ich hatte mit meinem dumpfen Gefühl, daß sie mich eigentlich gar nicht liebte, offenbar doch recht gehabt. Zwar hatte *ich* mich von ihr getrennt, aber ihr Verhalten ließ mir auch keine andere Wahl. Schlimm nur, daß ich vier Jahre und zum Schluß noch diesen Fußtritt (die neue Ehe Bella-Bente) gebraucht habe, um das in aller Klarheit einzusehen, ohne das letzte Hintertürchen von irrationaler Hoffnung.

Eine andere, vielleicht noch quälendere Beziehung hat etwa zur gleichen Zeit ebenfalls ihr Ende gefunden – die Beziehung zu meiner Mutter. Zu ihrem Geburtstag Mitte Februar hatte ich ihr Mary Dalys Buch »Kirche, Frau und Sexus« geschenkt. In dem Buch hatte ich viele Stellen vehement angestrichen, die die Diskriminierung der Frau durch die Kirche kritisierten. Ich wollte gern meine Mutter mit folgender Argumentation auf meine Seite ziehen: »Wenn du zugibst, daß die Kirche, bestens auf Bibelzitate gestützt, der Frau Jahrtausende lang Unrecht getan hat, dann mußt du logischerweise auch zugeben, daß die Diskriminierung der Homosexuellen, ebenfalls auf Bibelzitate gestützt, genauso ein Unrecht ist.«

Es hat aber nichts genützt. Man kann auch sagen, es hat nur im negativen Sinn etwas genützt. Meine Mutter schrieb mir nämlich einen Brief, in dem sie nicht mehr die Bibel als Kronzeugen anrief. Ihre Ablehnung reduzierte sich damit auf den nackten, unmenschlichen Kern: Einfacher persönlicher Abscheu vor der Homosexualität und den Homosexuellen.

Auf diesem niederschmetternden Resultat habe ich dann zwei Monate lang herumgekaut, kräftig unterstützt (um nicht zu sagen: angetrieben) von meinem Analytiker. Ich *müsse* mich nun endlich von ihr lösen, meinte er grimmig – ob ich es denn immer noch nicht begreifen könnte! Fast konnte ich es nicht, verteidigte sie immer wieder und wies auf alle ihre lieben Seiten hin. Sie könne doch offenbar nicht anders.

Ich wußte nicht mehr, wem auf dieser Welt ich denn nun überhaupt noch vertrauen sollte. Da war Müller mit seiner kalten Wut auf meine Mutter – einer Wut, die ich wohl besser selbst schon vor Jahrzehnten zustandegebracht hätte. Alles, was Müller mir bisher geraten hatte, hatte mir zum Guten verholfen, daran konnte ich mich immerhin vom Verstand her halten. Aber dieses? Meine »arme Mutter« so zu verletzen?! Es war, als ob ich plötzlich zwei Mütter hätte, beide zutiefst verfeindet, ich aber von beiden in gleicher Weise abhängig.

Ich konnte kaum mehr an die so nahe und drohend bevorstehende Habilitation denken. Fast jeden Abend schrieb ich meiner Mutter anklagende, beschwörende, bettelnde Briefe, die ich dann nicht abschickte. Nachts wachte ich in meinem klatschnaß geschwitzten Bett auf.

Schließlich siegte der Verstand, unterstützt von einem kleinen bißchen Gefühl, über den größeren Teil meines Gefühls – ganz ähnlich wie bei meiner Trennung von Bella. Das Gefühl würde schon allmählich hinterherkommen, so hoffte ich, wenn ich erstmal einen definitiven Entschluß gefaßt, verkündet und praktiziert hätte.

So ist es dann auch geschehen. Meine Mutter weiß jetzt, daß ich sie weder sehen noch anrufen noch ihr schreiben will, solange sie ihre Einstellung nicht grundlegend ändert. Alle meine Geschwister und Christian stehen auf meiner Seite. Das war zwar schon immer so, aber die Situation ist doch jetzt auch für sie anders, denn vorher hatte ich ja noch nie so entschlossen den Aufstand geprobt. Ich habe ihnen gesagt: Meine Arbeit ist getan. Zwölf Jahre Reden und Argumentieren, Betteln und Schreien und sogar Sonjas Tod – all das hat nichts in ihr bewegt. Jetzt seid ihr dran, vielleicht könnt ihr etwas in Bewegung bringen. – Sie wollen es mit allen Kräften versuchen, aber der Ausgang ist natürlich ungewiß. Da ich aber nun gar nichts mehr erhoffe und erwarte, kann es ja nur noch positive Überraschungen geben. Ich glaube zwar, daß es zur Psychohygiene meiner Mutter gehört, in mir den Sündenbock zu haben, wie es allgemein zur Psychohygiene der Gesellschaft gehört, in uns Homosexuellen den Sündenbock zu haben – aber man kann ja nie wissen. Vielleicht findet sie schließlich doch durch diesen extremen Schock zu einer auch für ihre Psyche gesünderen, verstehenden Liebe. Vielleicht ist sie aber auch bloß froh, daß sie ihre komische Tochter nun endlich los ist und sich nicht ständig zu Liebesbeweisen an eine im Grunde eklige Person überwinden muß. Was ich mir wünsche, ist klar, aber der weniger erwünschte Ausgang würde mich nicht mehr verletzen.

Ich fühle mich seltsam befreit, seit ich nicht mehr mit solchen im Kern vergifteten Liebesbeweisen rechnen muß. Es kam mir in letzter Zeit oft so vor, als stünde ich auf dem Scheiterhaufen und meine Mutter säße daneben und läse mir mit ihrer lieben Stimme amüsante Geschichten vor. Das Vorlesen *kann* ja durchaus eine liebevolle Handlung sein, auch fürsorgliches Stricken von Pullovern und Socken, aber wenn man auf dem Scheiterhaufen sitzt, sollte es einem doch pervers vorkommen. Mir ist es erst in letzter Zeit gelungen, es so pervers zu finden wie es ist.

Es gibt Eltern, die sich zusammentun, um gegen die lebenszerstörende Diskriminierung ihrer homosexuellen Kinder zu kämpfen. Ob meine Mutter wohl jemals bis dahin kommt?

Ich bin so weit weg von Sonja. Ihr Elend ist mir im Laufe dieser persönlichen Überlebensübungen in den Hintergrund gerückt. Wäre ich doch nur damals so stark gewesen wie jetzt! Aber 1971, vor jetzt sieben Jahren, hatten wir uns knapp von Irene erholt, und nun sollte ich binnen neun Monaten meine Dissertation abschließen. Ich schrieb in drei Monaten tatsächlich 120 Seiten zusammen und schickte sie Ende Mai an meinen Doktorvater nach Frankfurt. Er hatte inhaltlich nichts zu kritisieren, fand die Arbeit aber zu kurz. Diese Reaktion fand ich verletzend und wissenschaftlich unangemessen – was hat denn die Länge mit der Qualität zu tun? Sonja stand wie immer voll auf meiner Seite, auch weil der Ton seines Briefes so herablassend und ironisch war. Ich wollte den Doktorvater wechseln, fand auch einen anderen, aber der riet mir, ich solle, in meinem Interesse, gute Miene zum bösen Spiel machen und die Arbeit halt noch ein bißchen längen. Wenn man eine wissenschaftliche Laufbahn anstrebe, sei es nicht gut, es gleich mit dem Doktorvater zu verderben. Der säße schließlich am längeren Hebel.

Dieser kluge Ausweich-Doktorvater hatte mich als Assistentin haben wollen, aber nun bekam er einen Ruf nach München, wohin ich wegen der Analyse nicht mitkonnte. In Hamburg sah ich sonst für mich keine Berufschancen mehr auf meinem eigentlichen Gebiet. Deshalb antwortete ich auf eine Anzeige der Firma Philips, um mich zur Systemanalytikerin ausbilden zu lassen. Mitte Juli – es war brüllend heiß und ich schwitzte noch mehr als sonst – trat ich zum Eignungstest an und fiel durch, obwohl ich reichlich Beruhigungspillen geschluckt hatte. Es mußte also wohl an mir liegen, schloß ich verzweifelt. Endlich war es herausgekommen, daß ich doch ziemlich dumm war. Es war ein massiver Schock – die einzige Stütze meines Selbstbewußtseins war mir genommen. Noch am Morgen hatte Sonja mir Mut gemacht: »Diesen lächerlichen Test schaffst du doch spielend!« Und nun stieg ich mit meiner Niederlage in die glühende U-Bahn, um zu ihr zu fahren. Sie arbeitete schon lange ganztags bei der Firma Wörthing. Als sie mich sah, kam sie aus ihrer Telefonzentrale gerollt und tröstete mich, schimpfte auf die »blöden Tests« und die »blöde Firma«, die sich so ein Goldstück wie mich durch die Finger gehen ließ. Sie war von allem, was sie sagte, fest überzeugt, und das tat mir unendlich wohl, obwohl ich selbst nicht daran glaubte und mich nur langsam erholte. Sonja nahm sich gleich den Rest des Nachmittags frei und tat alles, um mich wieder aufzurichten.

Was sollte nun nach der Promotion, also Ende des Jahres, aus mir werden? In den Schuldienst konnte ich nicht, weil ich kein Staatsexamen hatte. In der Woche, während der wir gemeinsam hin- und herüberlegten, kam ein Brief aus Bremen mit der Anfrage, ob ich nicht Lust hätte, in einem Forschungsprojekt über das Rheinland im Mittelalter mitzumachen. Das Angebot kam von Stefan, den ich 1967 kennengelernt und das Jahr zuvor bei der Tagung in Stuttgart wiedergesehen hatte. Damals war er für mich noch »Professor Lange«. Ich rief ihn zu Hause an und bedankte mich für das ehrenvolle Angebot – aber leider würde es wohl nicht gehen. »Warum nicht?« – »Nun, erstmal habe ich noch gar keinen Studienabschluß.« – »Aber den machen Sie dann ja bis Ende des Jahres.« – »Außerdem kann ich nicht von Hamburg weg wegen meiner Analyse.« – »Sie können ja hin- und herfahren. Wo Sie arbeiten, ist doch egal. Sie müssen nur ein- bis zweimal pro Woche nach Bremen kommen.« – »Aber ich bin auch nicht Mediävistin, sondern eher Philologin. Von mittelalterlicher Geschichte habe ich zum Beispiel fast keine Ahnung.« – »Sie sollen sich ja auch gerade um die philologische Seite kümmern. Außerdem waren Philologen schon immer die besten Mediävisten.«

Soviel unverdienter Kredit auf einmal – ich war ganz verwirrt und überwältigt. Meine bisherigen Erfahrungen mit Professoren waren alle ganz anders gewesen. Jedes bißchen Vertrauen mußte man sich mühsam erarbeiten, und das gängige Verhalten eines Professors war einschüchternd statt ermutigend. Aber Stefans Reaktion war ja nicht bloß ermutigend – es war ein unbeirrtes Festhalten an einer auf den ersten und sogar zweiten Blick direkt ungeeigneten Mitarbeiterin.

Ich unterschrieb also begeistert meinen Vertrag und konnte nun, mit diesem festen Rückhalt, der mich buchstäblich aus einer schier ausweglosen Situation und tiefen Niedergeschlagenheit errettet hatte, die restlichen Hindernisse bis zur Promotion viel besser überwinden. Ich stürzte mich erneut in die Arbeit und nahm sogar zwischendurch mit einem Referat an einem Kongreß in Kopenhagen teil. Erika gehörte dort zum Organisationskomitee; wir bewohnten zwei benachbarte Zimmer in dem Studentenheim. Zwar wohnte sie noch immer bei Bella, traf sich aber fast täglich irgendwo in der Stadt mit Bente. Sie erzählte mir sehr Inniges von der lieben Bente. Vielleicht könnte ich sie auch in diesen Tagen endlich kennenlernen. Sie wäre sehr schüchtern, und bestimmt würde ich sie auch gleich mögen. Auch Bella kam viele Kilometer weit angefahren, um mich wiederzusehen. Sie wirkte nervös und traurig. Sie hatte liebevoll für uns gekocht und lud uns zum Abendessen ein. Es verlief den Verhältnissen entsprechend angespannt. Das allen Beteiligten auf dem Magen liegende Thema Bente durfte nicht berührt werden. Bella tat mir entsetzlich leid, aber Erika verstand ich auch. Nur konnte ich es nicht recht begreifen, daß sie immer noch bei Bella wohnte.

Die Kopenhagener Tagung fand Mitte August statt, und danach begann ich mit der Verlängerung meiner Dissertation. Es ging nun alles soviel leichter. Mitte Oktober hatte ich das Manuskript soweit, daß meine Mutter mit dem Tippen anfangen konnte, wie sie mir versprochen hatte. Aber sie hatte das Versprechen glatt vergessen und saß gerade an einer anderen Dissertation, die genauso dringend fertigwerden mußte. Ich nahm das so als ganz normal hin, aber Sonja schäumte vor Wut und schrie: »Das ist mal wieder typisch! Typisch!!«

Ich selbst hatte nun keine Zeit mehr zum Tippen, weil ich noch den Schluß dichten und alles durchkorrigieren mußte. Also sprang Sonja ein. Diese drei Wochen bis zur Abgabe der Arbeit waren ein einziger Stress und doch so wunderbar, daß ich sie nie vergessen werde. Während ich in meinem kleinen Arbeitszimmerchen beschwingt und zuversichtlich herumdachte, hörte ich immer durch die Pappwand Sonjas emsiges Tippen. Jedesmal, wenn ich heute meine Arbeit aufschlage, die fotomechanisch abgedruckt ist, sehe ich das von Sonja produzierte akkurate Schriftbild und denke an diese Zeit, in der sie so selbstverständlich und bis zur totalen Erschöpfung mit mir an einem Strang zog.

Meine Mutter bezahlte ihr dreihundert Mark für das Tippen, weil ihr Versäumnis ihr leidtat.

Freitag, 19. Mai 1978, nachts halb eins

Eigentlich wollte ich schon den ganzen Abend weiterschreiben, aber ich war wieder zu träge. Dabei gibt es noch so vieles nachzutragen über dieses Jahr – 1971. Beim letztenmal bin ich schon im November angekommen, als ich endlich meine Dissertation einreichen konnte. Ich gehe noch einmal zurück bis in den Sommer, um von Sonjas Einstieg in die naive Malerei zu erzählen. Wir waren bei einem unserer Ausflüge in die Umgebung in das Museum Breken im Sachsenwald gekommen. Der Besitzer, Adolf Palisander, sammelt naive Kunst und stellt sie dort aus. Sonja hatte sich dadurch angeregt gefühlt. Sie suchte wohl auch nach irgendeiner Tätigkeit, mit der sie sich behaupten oder »profilieren« konnte, denn ich promovierte ja ziemlich fleißig, konkrete Berufschancen zeichneten sich ab – während sie immer noch, ihren Fähigkeiten völlig unangemessen, bei Wörthings beschäftigt war. Aber studieren konnte oder wollte sie immer noch nicht, vielleicht auch deswegen, weil inzwischen schon so lange Zeit verstrichen war, seit sie das letztemal ernsthaft studiert hatte. Aber sie wollte auch etwas Wichtiges und Schönes tun, womit sie als ebenso tüchtiger Mensch im Leben dastehen könnte wie ich.

Sie sah also diese naiven Bilder in dem Museum und hatte mit Recht die Vorstellung, so etwas könnte sie wohl auch. Ich hatte ja schon das kleine Bild von ihr gemalt bekommen (Stilleben mit Kaffeekanne, Brot, Apfelsine und Fresienzweig) und unterstützte sie kräftig. Sie setzte sich also an ihren Schreibtisch und fing an, den Blick aus unserem großen Fenster auf das gegenüberliegende, leicht gammelige Krankenhaus abzumalen, mit der kleinen Anlage und den Bänken davor, wo ich im Winter immer den Vögeln das Futter ausstreuen mußte. Im Hintergrund die schönen mächtigen Sandersschen Kastanien mit den kleinen weißen oder rosa Dreiecken (das sollen die Kastanienkerzen sein). Das Bild ist inzwischen fast historisch zu nennen, denn das Krankenhaus ist umgebaut worden. Heute sieht es da ganz anders aus, viel weniger anheimelnd (nostalgisch). Das Bild ist wunderschön geworden, auch weil es eine Mischung aus Phantasie und Realität war: Die Anlage wurde parkähnlicher als sie in Wirklichkeit ist, und die laute Straße verschwand ganz. Aber die aggressiven metallischen Hochhäuser im Hintergrund blieben.

Obwohl sie dies Bild noch mit Wasserfarben malte, war ihre Technik auch damals schon eher »ölfarbig«: alle Blättchen der Kastanien und Birken und Büsche einzeln gemalt und farblich sorgfältigst gegeneinander abgestimmt. Das ganze Bild ist in einem hellen frühsommerlichen Grün in allen möglichen Schattierungen gehalten. Als es endlich, nach über 150 Stunden Arbeit, fertig war, war es Spätsommer, und wir fuhren damit in das Museum Breken, um es den »Experten« vorzulegen.

Der Besitzer des Museums, der meistens auf Reisen ist, war wieder nicht da. Sein Vertreter war ein leicht öliger, sehr redegewandter junger Mann, der seine Kennerschaft stolz zur Schau trug und Sonja ziemlich gönnerhaft, aber doch auch anerkennend behandelte. Wir hatten uns auf diesen Eintritt ins Kunstleben nach besten Kräften vorbereitet, indem wir das Bild schön lila rahmen ließen, für dreißig Mark, was damals eine ziemliche Summe für uns war. Und nun bot dieser Mann mit seinem gönnerhaften Ton fünfzig Mark für das Bild, an dem Sonja über drei Monate lang gemalt hatte. Ich war schrecklich empört und sagte Nein – dann würde *ich* es schon lieber kaufen. Ich böte zweihundert Mark. Woraufhin er sagte: »Ja, gut, dann nehmen Sie es doch. Aber bei uns hat sie immerhin die Chance, gesehen zu werden. Das kann sehr wichtig für sie sein, wenn sie mehr Bilder malt. Wir hängen das Bild hier in einer der nächsten Ausstellungen auf, und außerdem wissen Sie ja, daß wir jedes Jahr einen Kalender mit Bildern aus der Sammlung des Museums Breken machen. Es ist sehr gut möglich, daß ihr Bild dafür ausgewählt wird und daß sie dadurch sehr bekannt wird.«

Ich ließ mich dann schließlich von diesen Versprechungen einwickeln, denn Sonja war offensichtlich so glücklich, daß man ihr Werk überhaupt akzeptierte, daß ich ihr das nicht durch meine Streitbarkeit verderben wollte, obwohl ich auf diesen Mann stinkwütend war. Für drei Monate Arbeit nur zwanzig Mark! Aber ich glaubte damals seinen Versprechungen und fand dann schließlich, daß die viele Arbeit vielleicht doch nicht so schlecht investiert war.

Die Geschichte hatte noch ein Nachspiel: Ein paar Monate später rief der Mann Sonja an und erzählte ihr, Inge Meisel (eine alte Freundin des Museums) hätte sich brennend für das Bild interessiert und gleich fünfhundert Mark geboten. Selbstverständlich hätte er es nicht herausgerückt. So ein wunderbares Bild – um keinen Preis würde er das verkaufen! Er meinte wohl wirklich, diese neue Mitteilung wäre für Sonja eine reine Freude.

Übrigens ist das Bild niemals auf irgendeinem Kalender gedruckt und auch niemals in einer der Ausstellungen aufgehängt worden. Es ist gleich in Palisanders Privatsammlung verschwunden.

In der Adventszeit wurde vom Museum Breken jedes Jahr ein Weihnachtsbasar mit Bildern unbekannter, »aufstrebender« naiver Malerinnen und Maler veranstaltet. Der Reinerlös ging an das Museum, das sich offenbar als unterstützungswürdige kulturelle Einrichtung versteht. Nachdem Sonja Mitte November mit dem Tippen meiner Dissertation fertiggeworden war, setzte sie sich hin, um in aller Eile noch ein Bild für den Basar fertigzukriegen. Wieder ein Aquarell, und wieder malte sie in der peniblen Art, die sie schon immer hatte, jede Dachschindel einzeln. Ich mußte mich ja nun auf das Rigorosum vorbereiten, deswegen konnte sie sich die langweilige Dachschindelei nicht mit lauter Musik erträglicher machen. Die Lösung des Problems war der Kopfhörer. Immer und immer wieder hörte sie die h-moll-Messe. Seitdem assoziiere ich die h-moll-Messe mit Sonjas Dachschindeln.

Das Bild wurde wegen des Zeitdrucks nicht ganz so schön wie ihr erstes. Es wurde nicht gekauft, und wir nahmen es wieder zurück. Ich weiß gar nicht, wo es dann geblieben ist. Vielleicht bekam es ihre Mutter zu Weihnachten.

Wir waren auch auf dem Basar, um uns den Betrieb einmal anzusehen. Natürlich war unser eigentliches Interesse, wie die Leute nun wohl auf Sonjas Bild reagieren würden. Obwohl wir uns lange dort aufhielten und alles gründlichst begutachteten, hörten wir doch nie die erwünschten Worte hinter unserem Rükken: »Kuck mal da, dieses tolle Bild da! Das gefällt mir von all den Sachen hier am besten. Wissen Sie vielleicht, von wem das ist?« Nie hatte Sonja Gelegenheit, auf eine solche Frage wie wegwerfend zu antworten: »Es ist von mir.«

Und was taten wir dann schließlich? Wir kauften ein ziemlich mittelmäßiges Bild von einer Bäuerin aus Holstein. Der junge Mann hatte es in den höchsten Tönen angepriesen. Wir waren ja inzwischen beide im psychoanalytischen Denken geschult und mußten uns zu Hause ernüchtert eingestehen, daß wir das Bild bloß genommen hatten, um sozusagen mit gutem Beispiel voranzugehen. Wir selbst konnten Sonjas Bild ja nicht gut kaufen. So hing denn das ungeliebte Bäuerin-Bild lange Zeit wie eine Art Störenfried über meinem grünen Sofa. Wir hatten es doch nun mal gekauft und wollten nun auch dazu stehen. Ich hab keine Ahnung, wo es jetzt ist, nach der Auflösung des Nachlasses. Es interessiert mich auch überhaupt nicht.

Das war also das Ende des Jahres 1971. Irgendwann im Januar stand mir das Rigorosum bevor. Mit all den Gebieten, über die ich nun geprüft werden sollte, hatte ich mich während meines Studiums überhaupt nicht oder nur oberflächlich beschäftigt. Ich mußte also fürchterlich büffeln, um mir wenigstens einen gewissen Standard zu erarbeiten. Für Stoff von sechs Jahren hatte ich etwa zwei Monate Zeit. Ich arbeitete täglich zwölf Stunden, fuhr auch über Weihnachten nur ganz kurz nach Hause, während Sonja bis Neujahr in Mülheim bei ihren Eltern bleiben mußte. Damit ich inzwischen nicht zuviel Zeit mit dem Kochen verlöre, hatte Sonja mehrere Portionen ihres herrlichen Gulaschs vorgekocht und eingefroren. Ich brauchte es mir nur warmzumachen und fühlte mich jeden Mittag aufs neue wunderbar versorgt und liebevoll unterstützt in meinem harten Endspurtdasein.

Aber Sonjas Wille, mir in allem beizustehen und mich »durchzubringen«, führte auch zu Problemen. Meine Lateinprüfung sollte in Frankfurt stattfinden, und Sonja hatte sich ganz selbstverständlich gedacht, daß sie mich dorthin und anschließend wieder zurückfahren würde. Ich hatte aber Angst davor – vor allem Angst vor möglicherweise plötzlich auftretenden sanitären oder sonstigen organisatorischen Unglücksfällen. Ich empfand die Prüfung als eine Situation, in der ich alle meine Kräfte für mich freihalten müßte. Eine Helferin, die selbst viel hilfsbedürftiger war als ich, konnte da zur unerträglichen Belastung werden. Ich wollte unbedingt auf Nummer sicher gehen, und mein Stiefvater und meine Schwester hatten mir angeboten, mit mir nach Frankfurt zu fahren und mir seelischen Beistand zu leisten. Sonja konnte nicht verstehen, daß ich dieses Angebot annahm und ihres zurückwies. Ich konnte reden und argumentieren wie ich wollte – für sie blieb immer nur das vernichtende Gefühl, unerwünscht zu sein. Dabei hatte sie doch versprochen, keine Verdauungspillen zu nehmen und während der ganzen Fahrt so gut wie nichts zu trinken. Sie konnte nicht begreifen, daß mir schon allein diese

Vorstellung zuwider war, daß sie sich so für mich herumquälen müßte. Die ersten zehn Tage im Januar redeten wir fast pausenlos nur über dieses Thema – Sonja schrie, weinte, fühlte sich gedemütigt und betrank sich sinnlos. Ich verstand sie wohl, mußte aber aus eigenem Überlebensdrang an meiner Vorstellung festhalten. Und ich war schrecklich wütend auf sie, daß ihre »Hilfsbereitschaft« jetzt nur noch die Konsequenz hatte, daß sie mir über eine Woche der kostbaren Vorbereitungszeit kaputtmachte – von der Wirkung auf meine sowieso schon überreizten Nerven ganz zu schweigen. Ihre Exzesse trugen natürlich nur immer mehr dazu bei, mich in meinem Mißtrauen ihrer Hilfe gegenüber zu bestätigen. Diese Zeit war einfach unerträglich.

Ich fuhr dann mit Christian und Bettina nach Frankfurt, alles ging gut dort, und Sonja hatte inzwischen ihre tiefe Enttäuschung verwunden und stand mir nun während der beiden letzten Prüfungen in einer wirklich vorbildlichen Weise bei. Ohne ihre Hilfe wäre alles sehr sehr viel schwieriger geworden.

Ich erinnere mich besonders an die Vorbereitung für die Griechischprüfung. Ich sollte in der Ilias geprüft werden, hatte von den 24 Büchern aber nur 15 im Original gelesen. Ich mußte aber damit rechnen, daß man mich auch über Stoff zum Beispiel aus dem 23. oder 24. Buch befragen würde. Mir blieben nur noch zwei Tage Zeit – also konnte ich mich nur noch mit Hilfe der deutschen Übersetzung über diesen Stoff informieren. Die las ich nun also mit bleiernem Kopf und ausgelaufenem Gehirn und war so müde, daß ich immer wieder fast einschlief. In der Nacht vor der Prüfung sagte Sonja: »So. Jetzt legst du dich hin, hier ist dein Kaffee, und ich lese dir den Rest vor mit sämtlichen Anmerkungen.« Ich fügte mich dankbar und kaputt. Ich lagerte mich also auf das grüne Sofa und Sonja las vor. Immer wenn ich einzuschlafen drohte, hob sie ihre Stimme, laut, noch lauter, fast bis zum Diskant, und ich wachte wieder auf. Ab und zu durfte ich ein bißchen einnicken, wenn sie nämlich den nächsten Topf Kaffee kochte.

Am Morgen in der Prüfung wurde ich dann tatsächlich über die Bestattung des Patroklos aus dem 23. Buch verhört, die Sonja mir noch im Morgengrauen, selbst völlig am Ende ihrer Kraft und trotzdem durchhaltend, vorgelesen hatte.

Sonntag, 28. Mai 1978, nachts zehn nach zwölf

Heute Abend hab ich im Fernsehen den Film »Die verlorene Ehre der Katharina Blum« gesehen. Am Ende des Films erschießt Katharina Blum den Mann von der Presse, der ihr zu der verlorenen Ehre verholfen hat. Ich als Lesbe habe erst gar keine Ehre zu verlieren, weil ich noch nie eine gehabt habe. Solange ich noch glauben konnte, ich wäre einfach ein Mensch, meinte ich wohl, ich hätte auch so eine Art Ehre. Aber als ich, so zwischen siebzehn und zwanzig, langsam begriff, daß ich kein Mensch, sondern nur eine Lesbe bin, merkte ich auch, daß ich meine Ehre nur solange hätte, wie ich mich als Mensch verkleidete.

Ich fand es nicht nett von Katharina Blum, daß sie ihren Peiniger erschossen hat. Ich käme gar nicht auf so eine Idee. Es wäre auch viel zuviel Arbeit, all die Leute umzulegen, die mir meine Ehre von vornherein nicht gegeben haben.

Ich möchte wieder mal aussteigen aus allem. Die Uni erlebe ich zur Zeit als ein Netz von Fallstricken. Und dabei ist mir klar, daß ich derzeit sozusagen noch wie im Paradies lebe. Sollte ich wirklich eine Professur bekommen, wird dieses Netz immer dichter werden. Homosexuelle erschießen, vielleicht aus Ökonomiegründen, nicht ihre Peiniger, sondern eher sich selbst.

Dann im Fernsehen weitere Beweise von Zivilcourage. Jane Fonda berichtete von ihrer vierjährigen Arbeitslosigkeit unter Nixon, weil sie Filme gegen den Vietnamkrieg gedreht hatte. Aber Jane Fonda hat Geld, einen reichen Vater. Vierjährige Arbeitslosigkeit bedeutet nicht die Zerstörung ihrer materiellen Existenz. Wenn ich nach außen so auftrete, wie mir innerlich zumute ist, kann ich damit rechnen, daß meine Existenz schwer gefährdet ist. Also spiele ich vorerst weiter mit und reibe mich wund in meinem Netz.

Neulich saß ich mit Susanne im Bahnhofsrestaurant in Winterthur. Sie hatte mir die »Lesbenfront« mitgebracht. Ich hätte die Zeitung sehr gerne gleich am Tisch durchgeblättert; es ist auch ein Kapitel aus diesem Buch hier darin abgedruckt, unter Pseudonym natürlich. Statt dessen packte ich aber die Zeitung gleich ängstlich in meine Aktentasche, damit sie niemand sah. Ich schämte mich vor Susanne; sie gehört zur Gruppe der Radikallesben in Zürich. Wieder zerrieben zwischen zwei Normen: Die Norm, die die um mich herumsitzenden Gäste repräsentierten, und die neue, mir gemäßere Norm der radikalen Lesben, mutig zu sein, damit überhaupt eine Chance besteht, daß sich an unserem Schicksal mal etwas ändert. Ich spürte zwar, daß Susanne mich verstand und mir meine Feigheit nicht übelnahm, aber ich war doch sehr unglücklich in diesem Moment, wie zwischen zwei Mauern zu Mus gequetscht.

Vor einigen Monaten habe ich im Fernsehen ein Konzert mit Christoph Eschenbach als Dirigenten gesehen. Ich glaube, daß er homosexuell ist, und ich saß da und fühlte mich leicht angewidert bis sensationslüstern, als ich ihm zusah. Wenn ich selbst schon nicht besser bin als meine Mutter, wie kann ich da von ihr Humanität verlangen?

Das Phänomen des jüdischen und des schwarzen Selbsthasses ist soziologisch recht gut erforscht. Der homosexuelle Selbsthaß ist wohl ähnlich einzuordnen, aber er ist doch noch wesentlich komplizierter. Daß man Jude/Jüdin ist oder Neger/in, weiß man, sobald man überhaupt mit dem Denken anfängt, also in frühester Kindheit. Daß man homosexuell ist, beginnt man in der Pubertät zu ahnen; als unausweichliches Faktum begreifen es die meisten erst zwischen siebzehn und zwanzig, viele noch später. In den »prägenden« Jahren davor hat man reichlich Zeit gehabt, alle Vorurteile über die Homosexualität voll in sich einzusaugen, und um so schlechter wird man sie wieder los. Ich bin jetzt fünfunddreißig und kämpfe immer noch darum. Als Homosexuelle/r hat man auch nicht automatisch einen Rückhalt in einer Gruppe, es sei denn, man exponiert sich so kühn und kompromißlos wie die radikalen Lesben. Man ist ein/e einsame/r Einzelkämpfer/in ein Leben lang und begeht wahrscheinlich eher Selbstmord, als sich zu organisieren und um Veränderung zu kämpfen.

Was ich heute über Sonja und mich zu erzählen habe, paßt sehr gut zu diesem Thema. Nach dem bestandenen Rigorosum bekam ich erstmal eine schwere Erkältung und lag zehn Tage im Bett. Für Anfang März hatte sich eine Journalistin vom »Sonntagsblatt« bei uns angesagt. Sie wollte Sonja für eine Porträtserie über naive Maler interviewen. Das immerhin war durch den neuen Kontakt zum Museum Breken zustandegekommen.

Kurz vor ihrem Besuch ging Sonjas Auto zu Bruch. Ein betrunkener Stadtstreicher war uns einfach quer vor das Auto gelaufen.

Ich dachte, jetzt ist alles aus, aber Sonja konnte noch ausweichen und fuhr gegen einen Baum, so daß nur ihr Auto kaputtging, der Stadtstreicher aber nur leicht verletzt wurde. Wir alle drei, Sonja, der Stadtstreicher und ich, wurden mit einem Unfallwagen ins Hafenkrankenhaus transportiert. Das Krankenhauspersonal war sehr lieb und aufmerksam zu Sonja. Den Stadtstreicher, der immerhin als einziger wirklich verletzt war, behandelten sie mit kaum verhohlenem Abscheu. Sonja aber hatte Schuldgefühle, daß sie dem Mann eine Platzwunde am Kopf beigebracht hatte. Außerdem die ganz normalen Schuldgefühle, die man als wohlsituierter Bürger einem Stadtstreicher gegenüber hat. Wir waren hauptsächlich froh und dankbar, daß ihm nichts Ernsthaftes passiert war; an das Auto konnten wir erst ziemlich viel später denken. Aber als wir den ersten Schock verarbeitet hatten, waren wir doch sehr traurig über das kaputte Auto. Was sollte Sonja jetzt machen? Der Stadtstreicher war nicht versichert, und Sonjas Versicherung kam für solche Schäden nicht auf. Die Reparatur des Wagens sollte ungefähr 1500 DM kosten, die wir natürlich nicht hatten.

Sonjas Mutter mochten wir nicht fragen, denn sie klagte sowieso immer nur darüber, daß sie seit Vatis Tod kaum auskäme und sich deshalb nur noch von Kartoffelstückchen ernähre. Damit sollten Sonjas berechtigte Ansprüche auf einen angemessenen Teil des beträchtlichen Erbes von vornherein im Keim erstickt werden. 1963, kurz nach Sonjas erstem Selbstmordversuch, hatten die Eltern, vermutlich auf Betreiben der Mutter, ein Testament aufgesetzt, in dem es hieß, Sonja solle enterbt werden, falls sie es beim Tode eines der beiden Ehepartner wagen sollte, ihren Pflichtteil zu beanspruchen. So jedenfalls hat Sonja es mir nach dem Tod des Vaters erzählt, und ich war damals zu dumm, um diese Ungeheuerlichkeit juristisch untersuchen zu lassen. Wenn ich damals schon Müller gehabt hätte, hätte der mir sicher sofort zu einer Rechtsanwältin geraten, genau wie im März 1976, als ich mit der Mutter über Sonjas Nachlaß verhandeln mußte.

Das also war etwa unsere Situation, als diese Journalistin zu dem Interview anrücken sollte. Ich dachte mir dazu: »Es macht sicher keinen guten Eindruck, wenn Sonja mit einer Frau zusammenlebt.« Obwohl es mich brennend interessiert hätte, bei dem Interview stillschweigend dabeizusitzen, verschwand ich doch für zwei Stunden und trieb mich wie heimatlos in der Stadt herum. Als ich dachte, jetzt könnten sie ungefähr fertig sein, rief ich an, ob die Luft rein sei und kehrte dann in meine Wohnung zurück. Ich hatte mich vorsorglich in das Bewußtsein dieser Journalistin hineinversetzt und konnte mich, Sonjas Lebensgefährtin, von daher nur noch als Makel auffassen, den man besser geheimhält.

Stefan hat mir neulich bei einem Spaziergang erklärt, wie man sich an der Uni »klug« verhält. Durch die lange Habil-Abgeschiedenheit bin ich wohl etwas naiv geworden. Damals, 1972, als ich für die Zeit dieses Interviews in der Versenkung verschwand, war ich da klug oder nicht? War Jane Fonda klug, als sie ihre Filme über Vietnam drehte? Sie sagte stolz: »Ich habe jetzt einen Job, aber Nixon ist arbeitslos.« War Filbinger klug, als er 1945 das Todesurteil gegen den Marinesoldaten unterschrieb?

Sonja erzählte mir dann alles brühwarm. Für ihre Malerei hatte sich die Journalistin kaum noch interessiert, als sie die Geschichte von dem Autounfall erfahren hatte. Das war doch etwas, was direkt zu Herzen ging: »Arme gelähmte Frau schuldlos in größte Existenznot geraten. In ihrer sowieso minimalen Bewegungsfreiheit auf den Nullpunkt reduziert.« Sie malte es alles sehr schön aus in ihrem rührseligen Artikel. Sonja und ich waren sehr traurig und bitter, daß man sie als Künstlerin kaum ernstgenommen hatte und daß ihr Schicksal nur als Nahrung für sensationslüsterne Tränendrüsen herhalten mußte.

Aber wir waren in unserem Urteil zu scharf. Der Artikel hatte nämlich eine geradezu märchenhafte Wirkung, weil er eine gute Fee auf unser Unglück aufmerksam machte, die wir sonst nie erreicht hätten. Es war an einem Sonntagmorgen im März. Sonja lag im Bett, ich saß daneben und wir frühstückten, als das Telefon klingelte. Es meldete sich Frau Bille, und sie fragte mich, ob sie Frau Sanders sprechen könnte. Ich gab Sonja den Hörer und hörte staunend mit, was sich da abspielte. Frau Bille hatte den Artikel beim Frühstück gelesen und wollte nun gleich helfen. Sie war sehr knapp und sachlich und sagte bloß, Sonja sollte sich doch ein passendes neues Auto kaufen und ihr die Rechnung schicken. Soviel Güte und Großmut konnte Sonja kaum annehmen. Schließlich einigten die beiden sich darauf, daß Frau Bille die Reparatur des alten Wagens bezahlen würde. Wir waren wie erlöst und tief bewegt und taten im Geiste sofort jener Journalistin Abbitte. Ohne ihre »ergreifende Darstellung« des Vorfalls hätten wir auch nicht diese Errettung erlebt.

Sonntag, 4. Juni 1978, abends zehn Uhr

Vor zwei Tagen kam ein Brief von meiner Mutter. Sie hatte die ersten hundertsechzig Seiten dieses Buches gelesen. Keine Spur von Verständnis oder Mitgefühl für das, was mit Sonja und mir geschehen ist. Ja, sie hätte schon einiges dazu zu sagen, aber sie könnte sich ja nicht von mir einfach so erpressen lassen. Mit »Erpressung« meinte sie meine Forderung, sie solle ihr Urteil über mich widerrufen mit allen Konsequenzen (zu Diskussionen war ich nicht mehr bereit).

Zu meiner ganzen Geschichte war ihr wieder mal nichts anderes als sie selbst eingefallen. Klarstellen müsse sie auch, daß sie niemals von einem »unerbittlichen Gott« gesprochen habe, denn sie habe selbst erfahren, daß er »erbittlich« sei. »Jesus died for somebody's sin, but not mine«, singt Patti Smith. Als ich diesen Song neulich bei dem Frauenfest immer wieder ins Ohr gedröhnt kriegte, fiel mir regelmäßig meine Mutter ein. Ob Patti Smith wohl eine ähnliche Mutter hat?

»Ich habe kein Recht, Dich zu verurteilen«, schreibt meine Mutter, »und ich verurteile Dich nicht.« Ihr ganzer Brief ist nichts anderes als eine einzige Verurteilung – aber sie verurteilt mich ja nicht. Wie schön für mich. Man könnte leicht schizophren werden von solchen Sprüchen. Susanne hat mir neulich von ihrer Mutter folgenden Ausspruch erzählt: »Wenn andere Frauen lesbisch sind, habe ich ja nichts dagegen, aber bei dir kann ich es nicht vertragen.«

Dieser letzte Brief meiner Mutter ist für mich ähnlich lehrreich wie Bellas plötzliche neue Ehe mit Bente. Beides hat mir die letzten Illusionen geraubt und mich mit den nackten Tatsachen konfrontiert, die ich nun auch endlich begriffen habe: Sie beide haben mich in Wirklichkeit nie geliebt.

Es lohnt sich nicht, ihnen hinterherzutrauern. Halte ich mich lieber an diejenigen, die nicht behaupten, mich zu lieben, aber mir wenigstens nicht schaden. Weg mit dem lähmenden Selbstmitleid, das aus solcher Trauer folgt. Ich will das alles wie einen Schutthaufen hinter mir lassen und jetzt unabhängig neue Dimensionen meines Lebens auskundschaften.

1972 war mein erstes Jahr der Berufstätigkeit. Sonja malte sehr fleißig an weiteren Bildern, und ich fuhr jede Woche zweimal nach Bremen. Zunächst sah alles noch ganz rosig aus. Ich hatte zwar Schwierigkeiten, mich an meine neuen Arbeitsbedingungen zu gewöhnen, aber ich fand mich doch allmählich in alles gut hinein. Stefan war ein sehr geduldiger Chef, und meine neuen Kollegen mochten mich. Ich wurde auch oft zu privaten kleinen Festen eingeladen und blieb dann meist über Nacht, weil der letzte Zug nach Hamburg schon um halb elf fuhr.

Sonja begann eine Gefahr zu spüren. Jetzt war da nicht nur Scharff, der mich so bedrohlich von ihr wegzerrte – die »Bremer Clique« war ihr noch viel verdächtiger, weil ihre Kontrollmöglichkeiten nicht so weit reichten. Und sie konnte mir Bremen auch nicht mehr einfach verbieten wie damals das Lateinkränzchen und die Nachhilfestunden in der reichen Othmarscher Familie – unsere Existenz hing ja davon ab. In ihrer wütenden Ohnmacht verfiel Sonja wieder aufs Trinken. Die Ohnmacht wurde auch noch dadurch verstärkt, daß ich jetzt beruflich erfolgreich war, während sie immer noch keinen Strich an ihrer Dissertation über Djuna Barnes schrieb. Und die Bilderproduktion ging nicht so schnell voran, wie sie sich das wünschte. Wir hatten Kontakt zu der berühmtesten Galerie für naive Maler in Deutschland bekommen, und der Besitzer zeigte sich auch sehr angetan von ihrem Probebild und wollte bald eine Ausstellung von ihr machen – aber dazu müßte sie mindestens fünfzehn Bilder fertig haben, und sie hatte erst zwei. Sie brauchte für ein Bild, damit es ihren hohen Ansprüchen genügte, mindestens zwei Monate, Blättchen für Blättchen und Grashalm für Grashalm mit einem Pinsel der Minimalgröße 001 auf die Pappe gesetzt. Für sie lag ein »herzeigbarer« Erfolg also noch in weiter Ferne, während ich jeweils recht stark und munter aus Bremen zurückkehrte.

Schon bald, so ab Mai 1972, fand ich Sonja dann meist stockbetrunken oder zumindest unangenehm angeheitert zu Hause vor. Ich wollte ihr alles erzählen, was ich erlebt hatte, aber sie war nicht mehr aufnahmefähig und lallte nur noch. Mehrmals saß sie, wenn ich die Wohnungstür aufschloß, direkt davor auf dem Fußboden in ihrem eigenen Urin und lachte mich von da unten wie irre und herausfordernd an. Nun hatte sie mich ja wieder voll in ihrer Gewalt: Ich mußte sie irgendwie aufs Klo oder in die Badewanne bugsieren, wobei sie mir in keiner Weise Hilfe leistete. Sie hing völlig schlaff in meinen Armen und war dadurch fast unmöglich »manövrierbar«, und genau das schien sie zu genießen und beabsichtigt zu haben. Ich ekelte mich vor ihr und haßte und verachtete sie, daß sie sich so erniedrigte und mich so quälte.

Wir wurden mit dieser neuen Entwicklung der Dinge beide nicht fertig. Ich fing bald an, jeden Morgen bei Scharff nur noch über Sonja zu klagen und hin- und herzuüberlegen, wie ich mich aus dieser Entwicklung zum Abgrund hin noch rechtzeitig befreien könnte. Aber ich stieß ja immer wieder gegen dieselbe Wand: Es stand fest, daß bei einer Trennung ihr nächster Selbstmordversuch fällig war, und diesen Gedanken konnte ich nicht ertragen. Also hielt ich weiter aus und wurde immer unglücklicher und zorniger. Ich lebte ja jetzt in Bremen in einer menschlich so gesunden Umgebung – lauter Ehe- und Freundespaare mit »normalen« Schwierigkeiten, »normalen« Freundschaften und »normalen« Vergnügungen. Mein Zuhause kam mir dagegen bald wie das Inferno vor: Abends eine besoffene Sonja, morgens Sonja in Reue und Tränen aufgelöst, ich zwei Stunden wie steinern daneben. Dann allmähliches Nachgeben meinerseits (ihr Elend war ja nicht zum Aushalten!), gegen Mittag verzieh ich ihr, und sie versprach hoch und heilig, es käme nie wieder vor – und am Abend war sie dann oft schon wieder betrunken. Und so weiter, wieder und wieder.

So etwa verliefen die letzten anderthalb Jahre unseres Zusammenlebens: Sonja versank immer mehr in Selbstverachtung, weil sie nichts »leistete« und weil sie trank und mich quälte, und wenn sie die Selbstverachtung nicht mehr aushalten konnte, griff sie wieder zur Flasche. Wenn zufällig kein Alkohol mehr im Hause war und ich mich weigerte, ihr den auch noch zu holen, beschimpfte sie mich, daß ich ihre Behinderung ausnütze. Wenn sie nicht im Rollstuhl säße, könne sie sich ja jederzeit so viel Alkohol heranschaffen wie sie wollte. Ich wußte diesem Argument nichts entgegenzusetzen und holte ihr das Zeug von dem kleinen Kiosk um die Ecke, wo ich bald Stammkundin war.

Was ich bis jetzt geschildert habe, ist mehr so ein Bild der vorherrschenden Grundstimmung in diesen letzten anderthalb Jahren. Sonja ist aber nie eine richtige Trinkerin geworden – und natürlich gab es auch in dieser Schlußphase unserer Beziehung noch viele schöne Erlebnisse. Zum Beispiel mein erster Urlaub in jenem heißen Juli 1972 – zum erstenmal in meinem Leben hatte ich das Gefühl, mit aller Berechtigung faulenzen zu dürfen. Vorher hatte ich zwar auch oft nichts anderes getan als gefaulenzt, aber stets mit schlechtem Gewissen.

Als ich am Tag vor dem Urlaub abends von Bremen nach Hause kam, gingen Sonja und ich zur Feier des Tages in unserer kleinen Pizzeria essen. Wir saßen draußen auf dem Bürgersteig an einem der kleinen Tischchen. Ein wunderbarer Sommerabend, lau und warm – wir waren glücklich und machten Pläne, wie wir diese Zeit jetzt genießen wollten. Sonja wäre am liebsten mit mir ins Blaue verreist, aber ich traute mich noch nicht. Immer schwebte mir die Angstvorstellung etwa eines Achsenbruchs in den Alpen vor – und dann der Rollstuhl, Sonja macht in die Hose, usw. Sonja fand zwar meine Ängste unsinnig, aber ich überzeugte sie dann, daß doch ein Urlaub in Hamburg auch sehr schön sein könnte, wenn man es nur richtig anstellte. Und zu Hause hatten wir doch alles, was wir zur Gemütlichkeit brauchten: unsere Musikanlage, den Farbfernseher (wir hatten uns einen gemietet, als ich wußte, daß ich einen festen Job kriegen würde), keinen Ärger mit Treppen oder zu engen Klotüren.

Und so eroberten wir dann Hamburg für uns in diesen vier Wochen. Die Oper hatte leider Sommerpause, aber wir waren ja auch noch nie in Planten un Blomen gewesen und in Hagenbecks Tierpark, und wie viele schöne Restaurants gab es noch auszuprobieren.

Es wurde ein schöne Zeit: Von Sonjas Trinkerei keine Spur mehr – sie hatte mich ja wieder ganz für sich. Nun kamen all die langen Spaziergänge, die wir uns vorher nicht gegönnt hatten. Zwei Tage verbrachten wir allein in Hagenbecks Tierpark, der uns schon wegen seiner schön wilhelminischen Anlage so gefiel. Die beiden Tage sind mir deswegen so gut in Erinnerung, weil ich überhaupt nicht schwitzte, obwohl es irrsinnig heiß war. Es gab bis dahin seit dem zwölften Lebensjahr kaum einen Tag in meinem Leben, an dem ich nicht geschwitzt habe. Ich muß mich also ganz leicht und gelassen und froh gefühlt haben, und Sonja auch. Wir standen lange bei den Menschenaffen und den Elefanten herum, ekelten uns gemeinsam vor dem roten Hinterteil der Paviane und grausten uns vor einem würgenden Fischotter. Er sah aus, als ob er an seinem Fisch ersticken würde, hustete furchtbar und wirkte wie im Todeskampf. Wir wollten grade Hilfe holen, als er sich dann endlich befreite.

In dieser Zeit trat auch Käthe in unser Leben, ein junger Spatz, der aus dem Nest gefallen war und den Bettina uns zur Pflege gebracht hatte. Obwohl wir über Käthes Geschlecht nicht Bescheid wußten, bekam sie natürlich bei uns einen Mädchennamen. Sonja hatte damals sehr lange Haare, und Käthe betrachtete die als ihr Nest. Sie war so zahm und zutraulich, wie unser Wellensittich Wally aggressiv war. Gut vierzehn Tage hielt sie uns ständig in Atem, trank aus unseren Teetassen und fraß vom Tellerrand die Suppe mit. Als sie dann richtig fliegen konnte, mußten wir notgedrungen Abschied nehmen, und Sonja tat das in ihrer ganz eigenen Weise. Sie brachte es sowieso kaum übers Herz, den Liebling in die kalte fremde Welt zu entlassen – und wenigstens sollte Käthe noch ordentlich Nahrung mit auf den Weg bekommen. Sie fraß zu der Zeit am liebsten Haferflocken, und so fuhren wir denn mit Käthe und einer großen Tüte Haferflocken in die Alsteranlagen (wo Sonja immer so gerne die Enten fütterte und dabei auch viele lustige Spatzen gesehen hatte – und Käthe sollte doch gleich nette Gesellschaft haben). Sonja ließ sie an einer Stelle fliegen, wo schon ganz viele Spatzen herumpickten, und streute dann die ganzen Haferflocken am Rand des Spazierwegs entlang, zum großen Erstaunen der anderen Spaziergänger. Ich schämte mich natürlich ein bißchen des Aufsehens, aber ich war damals nicht mehr ganz so verklemmt wie zwei Jahre vorher und konnte Sonjas zärtliche Fürsorge für Käthe auch einfach so genießen. – Käthe war übrigens kein bißchen treu, flog nicht in ihr Nest in Sonjas Haar zurück. Kaum war sie freigelassen, konnten wir sie schon nicht mehr von den anderen Spatzen unterscheiden. Ein ganz seltsames und recht frustrierendes Gefühl.

Von Bella bekamen wir in dieser Zeit viele trostlose, nach Selbstmord klingende Briefe aus München, wo sie mutterseelenallein eine Art Bildungsurlaub verbrachte. Erika war aus der gemeinsamen Wohnung endlich ausgezogen. Sonja und ich beschlossen, Bella in Zukunft öfter übers Wochenende nach Hamburg einzuladen.

Mitte August mußte ich beruflich zu einer Tagung nach Lausanne. Meine Eltern nahmen mich im Auto bis Offenburg mit. Dort hatte ich etwa zwei Stunden Zeit, bis mein Zug fuhr, und wanderte ein bißchen in der Altstadt herum. Sonja fehlte mir – ihr hätte das alles auch so gefallen wie mir. Zum Ersatz schickte ich ihr eine Postkarte mit dem Bild einer alten Apotheke. Sie hat diese Apotheke dann in eines ihrer Bilder eingebaut (ihr Analytiker hat es für 450 DM gekauft). Diese Postkarte stand lange auf ihrem Schreibtisch.

Seit ich in Basel wohne, komme ich bei meinen Reisen zwangsläufig immer wieder durch Offenburg, und manchmal muß ich dort umsteigen. Ich bin absichtlich nie wieder in die Altstadt gegangen – ich konnte diese Apotheke nicht sehen. Vor einem Monat aber kam ich zum erstenmal mit dem Auto nach Offenburg; Julia fuhr mich hin. Ich warnte sie nicht vor bestimmten Einfahrtsrouten – wir werden ja nicht ausgerechnet an dieser Apotheke vorbeikommen, hoffte ich. Aber es passierte doch, und es stieg mir alles wieder hoch – ich mußte weinen. Julia war tröstlich und sehr lieb – und bald ging es dann wieder.

Als ich in Lausanne war, hatte Sonja noch knapp vier Jahre zu leben, eins davon mit mir. Die Tagung dort dauerte eine Woche, während der ich Sonja drei Briefe schrieb. Unser schöner Urlaub steckte noch in mir drin; das Trinken war ausgewischt. Ich sehnte mich einfach nach ihr und fühlte mich allein.

Im September gab es dann die Olympiade, die wir aufgeregt in allen Einzelheiten am Fernseher mitmachten. Ich hätte für Bremen arbeiten sollen, aber da ich nicht strikt unter Aufsicht war, ließ ich mich gehen. Auch da wieder: innige Gemeinschaftsgefühle mit Sonja – und durch das Attentat auf die Israelis fühlten wir uns wie persönlich angegriffen und um ein intensives harmonisches Erlebnis betrogen.

Während ich dies schreibe, läuft die Fußballweltmeisterschaft in Argentinien. Ich sehe kaum hin. Ohne Sonja hat das alles seinen Glanz verloren. Sonja hat sich umgebracht, und ich mache hier so meinen Alltag. Und in Argentinien foltern sie, und die Welt feiert da ihr Fußballfest.

Montag, 5. Juni 1978, abends zehn Uhr

Mir ist noch die Frage nachgegangen, *warum* Sonja sich wohl durch meine Berufstätigkeit in Bremen, meine neue Verankerung dort, so bedroht gefühlt hat. Wenn sonst einer von zwei Ehepartnern beruflich vorwärtskommt, muß das doch den andern nicht beunruhigen. Beunruhigend wird es erst, wenn diese berufliche Stellung davon abhängt, daß man auch den »richtigen« Ehepartner hat. Schon zu Beginn der Nazizeit, zum Beispiel, war es für einen Beamten äußerst ungünstig, eine jüdische Frau zu haben – und die jüdische Frau mußte sich natürlich bedroht fühlen, auch wenn sie der Liebe des Mannes noch so sicher war. Würde er nicht vielleicht doch eines Tages dem Druck nachgeben? Und Sonja konnte ja damals, nach meinen verschiedenen »Affären«, noch nicht mal mehr meiner Liebe sicher sein. Und nun erlebte sie ständig, wie ich von meinen Bremer Freunden als »Ledige« behandelt wurde – sie wurde niemals mit eingeladen, und das nicht nur aus geographischen Gründen, sondern weil ich selbstverständlich nicht mehr erzählt hatte als daß ich da halt so mit einer armen Gelähmten zusammenwohnte, die mir obendrein noch oft genug das Leben zur Hölle machte (ich ließ das manchmal durchblicken, einerseits, um mich von dem häuslichen Stress durch fremdes Mitgefühl etwas zu entlasten, andererseits, um ja keinen Verdacht von »Perversität« aufkommen zu lassen).

Es ist wohl überdeutlich, was für Lehren aus diesen Zusammenhängen für mich zu ziehen sind. Ich muß jetzt, wo ich das alles besser begreife und nicht mehr *nur* Mit-Opfer und mitschuldig bin, handeln und alles tun, was eventuell zu einer Humanisierung in diesem Bereich beitragen kann. Zum Beispiel dies Buch so schnell wie möglich veröffentlichen – und vorher so gut wie möglich schreiben. Es werden doch nicht *alle* so reagieren wie meine Mutter. Sicher gibt es auch viele Unentschlossene oder bloß Unwissende, die man noch erreichen kann.

Was macht man aber in so einer Lage, wenn man sich bedroht fühlt? Man besinnt sich auf seine eigenen Ressourcen, sucht nach Möglichkeiten, sich selbst stark zu machen. Das tat Sonja auch – sie suchte, aber sie fand nichts, weil sie nur da suchte, wo ich schon was gefunden hatte: im wissenschaftlichen Sektor. Deshalb mußten ihr nun auch meine wissenschaftlichen Erfolge, bei denen sie doch selbst so treu mitgeholfen hatte, im höchsten Maße bedrohlich vorkommen. Je mehr sie mich bewunderte, desto schlechter fand sie automatisch sich selbst – und in dieser Situation war das das reine Gift. Sie verhielt sich also eigentlich nur konsequent bei der Gelegenheit, von der ich heute erzählen will.

Wir hatten unseren Entschluß vom Sommer in die Tat umgesetzt und die arme Bella zur Ablenkung für ein Wochenende nach Hamburg eingeladen. Am Freitagmittag kam sie an. Ich hatte an dem Tag in Bremen zu tun und stieß erst abends dazu. Sonja saß betrunken an unserem weißen Tisch, redete das übliche Gefasel, schwankte in dem Rollstuhl hin und her und fuhr immer wieder in die Küche, um sich dort »heimlich« einen Korn zu genehmigen. Auf dem Tisch standen Reste von leckeren Teig-Schinkenröllchen – Sonja hatte also schon unseren Gast in Ehren empfangen und bewirten wollen, aber irgendwas mußte gänzlich schiefgelaufen sein. Bella saß sichtlich ratlos und verlegen auf dem Sofa. Sie wußte bis dahin nicht, daß Sonja sich des öfteren betrank. Sie bemühte sich, Sonja nichts von ihrem Befremden merken zu lassen, aber ich war so verärgert, daß ich Sonja ziemlich direkt zur Rede stellte. Es war aber nichts aus ihr herauszubekommen. Bella erklärte mir irgendwann, als Sonja grad auf dem Klo war, sie hätte schon gleich nach dem Mittagessen mit dem Trinken angefangen und bis zu meinem Kommen nicht damit aufgehört. Ihr, Bella, wäre das alles sehr schwierig und peinlich gewesen, und sie hätte gar nicht gewußt, was sie mit dieser Situation nun anfangen sollte.

Des Rätsels Lösung sah ich erst am nächsten Morgen in meinem Arbeitszimmer – an dem Abend war ich nicht mehr hineingegangen. Dort stand ein Paket von meinem Verlag mit dreißig Exemplaren meiner frisch gedruckten Dissertation. Sonja *wußte*, daß ich schon seit einiger Zeit begierig auf diese ersten »greifbaren« Früchte meiner (und ihrer!) endlosen Mühen wartete, aber sie hatte es mir einfach verschwiegen. Das Paket war am Freitagmorgen angekommen und hatte ihr einen so schweren Schock versetzt, daß sie sich mit Alkohol betäuben mußte, obwohl Bella da war. Damals konnte ich das alles nicht so souverän einordnen wie jetzt – ich war bloß tief verletzt über den zerstörerischen Neid, den ihr Handeln verriet. Ich hatte doch erwartet, daß sie sich mit mir freuen würde.

Zwar arbeitete Sonja in diesem Jahr nicht mehr so viel bei

Wörthings, um mehr Zeit zum Malen zu haben, aber sie nahm einen Job als Nachhilfelehrerin für Kinder von Mitarbeitern dieser Firma an. Damit verdiente sie erstens gut, und zweitens war sie ganz ungewöhnlich erfolgreich. Sie unterrichtete fast nur Hauptschüler, die aus trostlosen Familien stammten. Sie nahm sich viel Zeit für die persönlichen Sorgen dieser Kinder und hatte die Gabe, ihnen dadurch in kürzester Zeit den Rücken so gewaltig zu stärken, daß der Rest fast von allein lief. Viele dieser Schüler sind ihr noch lange treu geblieben, als sie schon längst in der Lehre waren. Einer zum Beispiel brachte immer seine neuesten Schallplatten mit, die er zu Hause nicht hören durfte. Seine Eltern hielten das für »blöde Negermusik«, und er liebte Sonja dafür, daß ihr diese Musik gefiel.

Das waren doch wirkliche, große Erfolge für Sonja – aber da es keine Erfolge beim Schreiben der Diss waren, zählten sie nicht für sie. Es waren doch nur Nebensächlichkeiten – und oft stöhnte sie darüber, daß sie immer wieder nur die allersimpelsten Sachen zu unterrichten hatte, was sie vom Stoff her furchtbar anödete. Natürlich fühlte sie sich intellektuell nicht ausgefüllt – aber das, was sie ausgefüllt hätte, ängstigte sie bis zur völligen Lähmung.

So ging dies Jahr 1972 zu Ende, und dann kam im Januar 1973 mein Geburtstag. Wir hatten wieder Bella übers Wochenende eingeladen, und sie war mit Sonja in der Stadt herumgezogen, um all die teuren Geschenke für mich einzukaufen – Berge von Büchern und Schallplatten und die erste Handtasche meines Lebens. Sie hatte zweihundert Mark gekostet und war so weich und edel und dabei praktisch, daß ich ganz überwältigt war. Ich trage sie immer noch ständig mit mir herum, und sie ist schon arg ramponiert, aber ich mag keine andere, solange bis sie auseinanderfällt. Bella hatte die Einkaufsorgie getreulich mitgemacht, obwohl in großer Sorge, ob Sonja sich denn da wohl nicht übernähme. Erika und sie hätten sich nie derartig beschenkt (sie mich später auch nicht, übrigens). Sonja und ich lachten damals nur gutmütig über solche Kleinlichkeit. Wir waren ja eben auch nicht Erika und Bella.

Dann wurden bei köstlichem Wein die Platten angespielt – zum vollständigen Abspielen waren es viel zuviele. Als die g-moll-Sonate von Schumann drankam, in der rasenden Aufnahme mit Martha Argerich, waren Sonja und ich sofort wie elektrisiert, während Bella nur freundlich und verständnislos dasaß. Sie begriff überhaupt nichts von der gewaltigen traurigen Leidenschaft dieser Musik, die für Sonja und mich in dem Moment wohl die Quintessenz unserer Liebe und unseres Lebensgefühls zum Ausdruck brachte.

Ich erzähle das deswegen, um noch einmal zu zeigen, wie geradezu widersinnig es eigentlich war, daß ich Sonja acht Monate später wegen Bella verließ. An jenem Geburtstag hätte ich über so eine Idee bloß gelacht.

Wir sprachen dann mit Bella über das, was diese Musik spontan in uns ausgelöst hatte, und erzählten ihr, daß zum Beispiel Djuna Barnes auf schriftstellerischem Gebiet für uns etwas ganz Analoges bedeutete. Bella hatte noch nie etwas von ihr gelesen, und Sonja griff in ihren Büchervorrat (wir hatten grade etliche Barnes-Bücher vom Ramsch aufgekauft, weil wir sie da nicht liegen sehen mochten: an die zwanzig Exemplare von »Nachtgewächs« (Nightwood)) und widmete ihr schwungvoll einen Band. Sie war schon leicht angesäuselt (diesmal aber angenehm), und die Schrift geriet ein bißchen zittrig und der Text pathetisch – aber es war eben Sonja. Ich erinnere mich an diese Widmung deshalb so genau, weil ich das Buch nach Sonjas Tod bei Bella wieder in der Hand gehabt habe, zu einer Zeit, als mit Bella mal wieder alles querlief. Da stand ich mit dem Buch in der Hand und erinnerte mich an jene Geburtstagsfeier und daran, was Bella zu diesem unserem Lieblingsbuch eingefallen war: Sie fand es ziemlich krankhaft und merkwürdig. In diesem Moment konnte ich mir wieder mal nicht verzeihen, daß ich Sonja wegen Bella verlassen habe.

Ja wie konnte es dazu kommen? Da waren Bellas endlose traurige Briefe, die von einer, wie mir schien, unendlichen Liebesfähigkeit zeugten. Wenn Sonja mich schlecht behandelte, was ja damals immer öfter vorkam, sehnte ich mich nach einer anderen, weniger zerstörerischen Liebe, in der ich mich wirklich geborgen fühlen konnte. Und dann fiel mir manchmal eben auch Bella ein, so als greifbare Konkretisierung dieser vagen Wünsche. Aber das allein reichte natürlich noch nicht aus, um es wirklich zur Tat und zum Bruch kommen zu lassen. Es mußte erst noch etliches andere hinzukommen.

In diesem Frühjahr ging erstmal Sonjas gerade frisch repariertes Auto endgültig ein – woran, weiß ich nicht mehr. Wir waren wieder mal ratlos und dachten natürlich zuerst an unsere gute Märchenfee. Wir hatten auch schon einen recht guten Gebrauchtwagen in Aussicht, für 7000 DM. Aber es war Sonja so peinlich, jetzt doch noch das zu erbitten, was sie auch schon eher hätte haben können, ohne sich zuvor noch eine so teure Reparatur bezahlen zu lassen. Schließlich faßte Sonja sich doch ein Herz, und gemeinsam setzen wir ein Bittschreiben an Frau Bille auf. Der Scheck mit den 7000 DM kam postwendend, und plötzlich waren wir stolze Besitzer eines wie neu wirkenden Ford 17M – ein ganz ungewohnter Luxus, um den zum Beispiel Frau Sanders uns offen beneidete, weil sie nur einen Volkswagen fuhr. Zum Dank hat Sonja Frau Bille das schönste und größte Bild geschenkt, das sie je gemalt hat. Bei aller Verehrung, die ich für diese großzügige Frau empfinde – ich glaube nicht, daß sie dieses Geschenk würdigen konnte. Sie nahm es mehr aus menschlichen Gründen an, um Sonja überhaupt die Möglichkeit einer Dankabstattung zu geben. Aber Interesse für Malerei und gar naive hat sie nach meinem Eindruck nie gehabt. Schade – aber ich finde es trotzdem irgendwie richtig, daß sie dieses Bild hat.

Mit dem neuen Prunkstück fuhren wir dann für drei Tage nach Dresden, um einen alten lieben Onkel von Sonja zu besuchen. Wir erregten damit gewaltiges Aufsehen. Die Zeit in Dresden war schön und harmonisch – nichts ließ ahnen, daß wir uns in einem halben Jahr trennen würden. Es gibt ein paar Fotos von unserer Dresdenreise, und da sehen wir beide sehr glücklich und zusammengehörig aus – und waren es auch.

Anfang April mußte ich für eine Woche zu einer Tagung nach Paris. In der freien Zeit lief ich allein in der Stadt herum und hatte Lust, in ein Lesbenlokal zu gehen, traute mich aber nicht. Wieder diese plötzliche vage Sehnsucht nach einer anderen Liebe, ja direkt einem Rausch, nach unserer langjährigen erotischen Abstinenz. Meine Schwester kam dann noch für drei Tage dazu, und ich erzählte ihr schuldbewußt von meinen ziellosen Wünschen. Sie bekam Sorge um Sonja und hat sie in der Folgezeit wohl auch mal vor mir gewarnt.

In einem der großen Kaufhäuser am Boulevard Haussmann kaufte ich für Sonja eine silberne Plastikrose und trat dann damit als Rosenkavalier vor sie hin. Sie freute sich so über diese kleine Anspielung, und ich hatte ein noch schlechteres Gewissen wegen meiner untreuen Gedanken. Die silberne Rose kam in unsere schönste Glasvase und stand noch jahrelang auf dem Fensterbrett neben Sonjas Schreibtisch. Damals war das wirklich ein ausgefallenes Mitbringsel. Heute findet man sie überall. Die große Drogerie um die Ecke ist voll davon. Der Anblick tut mir aber nicht mehr so weh wie noch vor zwei Jahren.

Im Mai oder Juni traf ich Ferdinand Walz wieder, den ich zwei Jahre zuvor auf der Tagung in Kopenhagen kennengelernt hatte, zusammen mit seiner netten Frau. Er hatte damals in Hamburg eine Gastprofessur. Ich hätte ihn gern mal zu mir nach Hause eingeladen, aber ich wollte keinen Verdacht wegen meiner Lebensgemeinschaft mit Sonja aufkommen lassen. Also trafen wir uns in einem Restaurant zum Essen. Er ist nur wenig älter als ich und ich bewunderte ihn mächtig wegen seiner Gastprofessur und fühlte mich geschmeichelt, daß er sich für mich interessierte. Eigentlich erlebte ich ihn wohl vor allem als beruflichen Konkurrenten und war nur deswegen empfänglich für seine Werbung – ein ähnlicher Fall wie Irene. Es kam aber noch hinzu, daß die Analyse mich so weit gebracht hatte, daß ich grundsätzlich bereit war, es auch mal mit einem Mann zu versuchen, einfach um zu sehen, wie ich das wohl finden würde. Von der erotischen Färbung dieser Beziehung erzählte ich Sonja vorläufig nichts – es war mir auch alles noch viel zu vage und zu neu, und da ich mich nicht in ihn verliebt hatte, hatte ich auch kein Beichtbedürfnis.

An einem Freitagabend im Juni (wir hatten grade mal wieder Bella eingeladen), hatte ich mich mit Ferdinand verabredet, und diese Verabredung endete damit, daß wir zusammen ins Bett gingen. Er war lieb und zärtlich, ein bißchen sachlich und überlegen, weil ich ihm gestanden hatte, ich wäre lesbisch und für mich sei es das erstemal mit einem Mann. Dafür wäre ich aber gar nicht mal so ungeschickt, lobte er wohlwollend. Ich empfand nichts Angebrachtes dabei, war aber mit mir zufrieden, daß ich mich wenigstens warm und vertraut gefühlt hatte. Nachts gegen drei Uhr kehrte ich nach Hause zurück. Sonja, so erzählte mir Bella später, hatte sich die ganze Zeit wie wahnsinnig gebärdet und beständig die Polizei alarmieren wollen. Sie hätte die ganze Nacht am Fenster gesessen und nach mir Ausschau gehalten. Es wäre ihr mit allem guten Zureden nicht gelungen, Sonja zur Ruhe zu bringen.

Diesmal hatte *ich* also Bella ihr Hamburg-Wochenende verdorben, hatte sie als Gast vernachlässigt und durch meinen Fehltritt eine Stimmung heraufbeschworen, die ich am nächsten Tag nur schwer wieder einrenken konnte. Aber ich war selbst so reinsten

Gewissens, daß ich wohl doch schließlich auch auf Sonja überzeugend gewirkt haben muß. Gegen meine *Gedanken* in Paris war diese *Tat* mit Ferdinand ein lächerlicher Klacks, fand ich.

Zur Festigung des wiederhergestellten Friedens planten Sonja und ich einen dreiwöchigen Italienurlaub für Ende August bis Mitte September. Ich lernte schon seit einem Jahr fleißig Italienisch, und außerdem hatten wir ja jetzt ein großes und sicheres Auto, das sich schon einmal auf einer längeren Reise bewährt hatte (Dresden). Diese Probereise hatte mir auch in sanitärer Hinsicht den nötigen Mut gemacht. Es war alles reibungslos verlaufen bis auf eine Infektion, die Sonja sich auf einem der Tankstellenklos zugezogen hatte, da sie ja nur runterplumpsen und sich nicht mit der erforderlichen Vorsicht hinsetzen konnte. Die Infektion war dann aber bald ausgeheilt.

Wir fuhren stolz und zuversichtlich zu einem weit abgelegenen Italia-Reisebüro und buchten alles im voraus – garantiert rollstuhlgängig. Damit waren meine letzten Bedenken zerstreut. Sonja freute sich wie verrückt auf die Reise – sie war als Kind oft mir ihren Eltern in Italien gewesen und liebte das Land und die Italiener über alles. Und ich war jetzt auch voll gespannter optimistischer Erwartung.

Im Juli fuhr ich noch schnell für eine Woche zu meinen Eltern nach Schweden, in ihr Sommerhaus. Auf der Überfahrt zog mich eine Frau in ihren Bann, in die ich alles mögliche hineinphantasierte. Ich sprach kein Wort mit ihr und dachte nur besorgt: »Wo soll das denn alles noch hinführen mit mir? Was tue ich Sonja an, die mir doch so verzweifelt ergeben ist?« Aber sie war eben nicht nur ergeben, sondern wurde in ihrer Angst auch immer grausamer in der Wahl der Mittel, mit denen sie mich an sich zu binden versuchte. Immer häufiger und entschlossener drohte sie mir mit Selbstmord. Einmal, nach einer endlosen Szene, war sie schwer betrunken und machte sich im Bad zu schaffen, während ich schon völlig zerwrungen und in ohnmächtiger kalter Wut im Bett lag. Als sie dann überhaupt nicht wiederkam, stand ich auf, um nach ihr zu sehen. Sie saß am Waschbecken und hielt die Hände unter den Wasserstrahl, ritzte mit einer Rasierklinge an ihrem Handgelenk herum und schimpfte leise, daß es alles nicht klappen wollte. Ich reagierte nicht wie erwünscht mit zärtlicher Besorgnis, sondern mit kaltem angewidertem Befremden, weil der pure Erpressungscharakter dieser Handlung so offensichtlich war.

Bei anderen Gelegenheiten suchte sie mich besoffen an meinem Bett heim, in einer wollüstigen Stimmung, die mir bei der Kombination mit Trunkenheit nur widerlich war. Ihre Zärtlichkeit schlug dann auch sofort in brutale Wut um, und ihre sehnsüchtige Umarmung wurde zu einer Umklammerung, die mir fast das Genick brach. Oft hatte ich in dieser Zeit Angst, sie könnte mich im Schlaf ermorden – sie sprach auch manchmal davon, um es gleich wieder zurückzunehmen: Wie ich denn sowas überhaupt glauben könnte, sie täte doch niemandem was zuleide, höchstens sich selbst!

Ein wahnsinniges Auf und Ab, diese letzten Monate. Es ging immer Schlag auf Schlag: Angriff – Reue – Versöhnung, erneuter Angriff, noch tiefere Reue, Liebesbeteuerungen und Versprechungen, denen ich nicht mehr glauben konnte. Nachgeben meinerseits, weil ich ihr Elend nicht aushalten konnte, bis zum nächsten Zusammenbruch und Angriff.

Und dann kam der 10. August, der das Ende unserer Beziehung (nicht unserer Liebe, wie ich später begriffen habe) einleitete.

Samstag, 10. Juni 1978, abends zwanzig nach acht

In zwanzig Minuten fängt das Fußballspiel Tunesien gegen Deutschland an. Ich wollte eigentlich bis dahin noch etliches an meinem Buch getan haben, aber statt dessen hab ich lieber, zwei Stunden lang, Klavier gespielt. Was mir jetzt zum Erzählen bevorsteht, ist ziemlich zermürbend, und es scheint, als ergriffe ich dankbar jede Fluchtmöglichkeit. Im Moment getraue ich mich nur deshalb anzufangen, weil ich weiß, daß ich in einer Viertelstunde, nämlich zum Fußballspiel, wieder aufhören werde.

Zum Wochenende vom 10. bis zum 12. August 1973 hatten Sonja und ich wieder Bella eingeladen. Besonders ich hatte ja einiges wieder gutzumachen nach jenem letzten Wochenende, das ich durch meine Ferdinand-Eskapade so gründlich verdorben hatte. Aber Sonja hatte wohl auch ein schlechtes Gewissen, weil sie das ganze Ausmaß ihrer verzweifelten Angst vor Bella voll ausgelebt hatte.

Um es nun alles so schön wie möglich zu machen, hatten Sonja und ich reichlich Wein und Sekt und gutes Essen herangeschafft (Sekt war Bellas Lieblingsgetränk). Und mit all dem wollten wir es uns dann am Abend so richtig gemütlich machen. Wir tranken alle ziemlich viel und wurden immer ausgelassener. Immer wieder lief die Polnareff-Platte, die ich aus Paris mitgebracht hatte, dazwischen auch »Bridge over troubled water«. Eine sehr erotisierende Stimmung – nur fehlte die Erotik (genauso kam es mir übrigens neulich auf dem Frauenfest vor; ich fand es ungemütlich und bitter frustierend).

An jenem Augustabend sang also Polnareff immer wieder sein »Love me, please love me«, Bellas Lieblingsstück, bei dem sie regelmäßig in Erinnerungen an ihre schönste Zeit mit Erika versank. Aber sie war jetzt schon wieder so weit, daß sie es aushalten konnte.

Bella war den ganzen Abend überaus aufmerksam zu mir. Eigentlich hatte ich ja die Gastgeberpflichten, aber immer war sie es, die mir wieder nachschenkte und mir Feuer gab, sozusagen noch ehe ich überhaupt den Gedanken an eine Zigarette gefaßt hatte. Dieses Verhalten war eigentlich gar nichts Ungewöhnliches bei Bella – sie ist schon immer so gewesen. Aber an jenem

Abend empfand ich es als eine ganz persönliche, an mich gerichtete Aufmerksamkeit, ja Zärtlichkeit. Es gab mir ein ganz neues, eigenartiges Gefühl von Stärke, so als müßte mir an diesem Abend alles gelingen, was ich nur wollte. Ich war ganz plötzlich in eine Art übermütige Eroberungsstimmung geraten: Wie würde Bella wohl reagieren, wenn ich sie einfach streichelte? Sie war meine langjährige gute Freundin, und lesbisch war sie obendrein, außerdem seit langem einsam und unglücklich. Einfach kalt abweisen würde sie mich also nicht, wie ich es sonst bei jedem noch so schüchternen Annäherungsversuch an eine fremde Frau grundsätzlich befürchten mußte. (Nie weiß man genau, ob die andere nicht vielleicht doch heterosexuell ist, mag sie sich auch noch so verführerisch gebärden. Ich denke da zum Beispiel an Frau Klinger – mit ihr habe ich auch deshalb so lange Zeit bis zu meiner ersten »Tätlichkeit« gebraucht, weil ich eine Riesenangst vor dieser normalerweise zu erwartenden kalten Dusche hatte.)

Jetzt ist das Spiel gegen Tunesien angelaufen.

Drei Stunden später. Das Spiel ist zu Ende; zwischendurch bin ich mehrmals fast eingeschlafen. Sonja wäre über die schlechte Leistung der deutschen Mannschaft empört gewesen. Ich ärgere mich bloß, daß ich damit so viel Zeit verplempert habe.

Zurück zu meiner beginnenden Liebesgeschichte mit Bella. Noch ist ja nichts passiert. Von außen sieht alles harmlos, freundlich und harmonisch aus. Vielleicht haben Bella und ich an dem Abend auch ein bißchen miteinander getanzt nach dieser Musik – ich weiß es nicht mehr genau. Jedenfalls sehe ich uns da mitten im Zimmer einander gegenüber stehen – Sonja war gerade auf dem Klo verschwunden. Vielleicht machten wir uns da nur so ganz allgemeine Sympathieerklärungen, etwa, wie gut es doch wäre, daß wir befreundet wären und uns zur gegenseitigen Unterstützung hätten. Kurz, ich weiß einfach nicht mehr, was es war, das das Terrain vorbereitet hatte für meine »Aktion«, die ich da startete. Ich streichelte tatsächlich Bellas Haar, ihre Wange und ihren Hals. Bella sah mich fragend, verwundert, ernst und besorgt an und nahm meine Hand von ihrem Hals weg. Lieb, aber unmißverständlich schüttelte sie den Kopf. Ich war gar nicht sehr verletzt, eher auch erleichtert. Schämte mich ein wenig, daß Bella offenbar moralisch die Stärkere war. Der Rest des Abends verlief wie der Anfang, nur daß ich mit leichten Schuldgefühlen zu kämpfen hatte, die sich aber bald verflüchtigten.

Am nächsten Morgen gemeinsames Frühstück; dann mußte ich zum Einkaufen gehen. Ich fragte Bella, ob sie Lust hätte mitzukommen, aber sie wollte lieber bei Sonja bleiben. Ich weiß noch, wie ich da im Gemüseladen stand und ein bißchen traurig und beleidigt war, daß Bella diese seltene Gelegenheit, mit mir allein zu sein, nicht ausgenutzt hatte. Es war, als hätte sie zum zweitenmal ernst den Kopf geschüttelt. Das alles interpretierte ich aber nur in sie hinein. In Wirklichkeit hat sie sich dabei überhaupt nichts gedacht, wie sie mir viel später sagte, als ich sie einmal danach fragte.

Für den Nachmittag hatten wir einen Picknick-Ausflug in die Haseldorfer Marsch geplant. Wir packten unsere neue Plastik-Kühltasche voll schöner Eßwaren und fuhren los (diese Kühltasche hatten wir uns für die Reise nach Dresden zugelegt, und wir waren sehr stolz auf sie. Sie war doch ein sichtbares Zeichen dafür, daß wir auch andere Unternehmungen zustandebringen konnten als bloß Opernbesuche.) Wir fanden dann auch ein sehr schönes Plätzchen auf einer Wiese unter Apfelbäumen. In der Nähe grasten friedliche braune Kühe. Es war sehr warm und still. Bella und ich hoben Sonja aus dem Rollstuhl und setzten sie auf die mitgebrachte Decke, und dann ging es los mit dem Futtern. Bella zog sich aus bis auf den Schlüpfer und den BH; sie nützt nämlich grundsätzlich jede Gelegenheit, um braun zu werden. Wir haben damals einige Fotos gemacht, die ich nach Sonjas Tod noch ein paarmal wieder angesehen habe. Davon habe ich schon erzählt. Alles sieht ganz unschuldig, harmlos und vergnügt aus – und war es auch wieder an diesem Nachmittag. Zum Beispiel machten wir ein paar Ratespiele. Diejenige, die raten mußte, begab sich weiter weg, während die andern beiden sich den zu ratenden Gegenstand ausdachten. Wenn Sonja mit Raten dran war, gingen natürlich Bella und ich zum Ausdenken weiter weg. Wieder eine Gelegenheit, bei der wir allein waren, aber ich hatte gar kein Bedürfnis mehr, sie auszunutzen; war eigentlich nur noch verwundert über meine »unpassenden Gefühle« vom Abend vorher. Sie waren weg. Bella war für mich wieder so alltäglich und vertraut wie eh und je. Ich war froh, daß ich wieder so eine sachliche, fast gelangweilte Einstellung zu ihr gefunden hatte.

Am Abend aber ging es wieder los. Wieder tranken wir und hörten dieselbe Musik, Sonja verschwand auf dem Klo, und Bella und ich saßen da und sahen uns an. Ich saß auf dem grünen Sofa, sie ziemlich nah bei mir auf dem grünen Sessel. Ich griff nach ihrer Hand, hielt sie fest und streichelte ihren Arm und sagte dazu vor mich hin: »Du ich finde deine Hände so schön.« »Wieso denn?« sagte Bella und sah mich wieder lange und fragend an, aber schon weniger ernst und besorgt als am Abend vorher. Sonja kam wieder vom Klo zurück, und wir taten, als wäre nichts gewesen. Aber von nun an machte Bella mit. Wenn sie mir jetzt Feuer gab, berührte sie wie unabsichtlich und ein bißchen zu lange meine Hand. Ich spielte mal wieder den Clown und saß in dieser Rolle auch wohl für eine Weile unter dem Tisch, stockbetrunken, wie ich vorgab. Wenn ich von dort unten um das Feuerzeug bat, gab Bella es mir und preßte dabei meine Hand. Diese freiwilligen Berührungen, ihr Mitspielen, lösten in mir eine lange nicht mehr erlebte, tiefe sinnliche Erregung aus – sicher auch, weil es alles so heimlich, verboten und gefährlich war. Meine beiden werbenden Handlungen waren ja sehr direkt gewesen. Bella dagegen verstand offenbar etwas von dem, was man »Flirten« nennt – eine Kunst, die ich nie beherrscht habe. Ich nahm das, was da geschah, plötzlich ungeheuer ernst, während es für sie, wie ich später erfuhr, zunächst nur ein kleines, prickelndes Spiel mit dem Feuer war, das ich angefangen hatte und bei dem sie dann halt, mehr aus Neugier, mitmachte. Für mich war aber in dem Moment dieses Spiel, einfach durch ihr Mitmachen, bereits leidenschaftlicher Ernst.

Als Sonja wieder mal auf dem Klo war, gingen Bella und ich an das große Fenster, um »frische Luft zu schöpfen«. Wir standen sehr nahe beieinander. Wir hätten uns jetzt umarmen und küssen können, und ich hätte das auch sehr gerne getan. Aber lange Zeit rührten wir uns beide nicht. Dann drehte ich mich zu ihr und legte meine Hände um ihre Taille und zog sie an mich. Ihr Körper fühlte sich gut an; er paßte gut zu meinem. Und Bella *stand;* unsere Köpfe waren ungefähr auf gleicher Höhe. Zu Sonja mußte ich mich immer hinunterknien oder hinunterbeugen. Nie hatte ich sie um die Taille fassen und an mich heranziehen und dabei ein Nachgeben ihres Körpers spüren können. Es war eine ganz neue Erfahrung für mich, die mich noch weiter erregte.

Wieder war ich sehr direkt zu Bella. Wir hatten ja nicht viel Zeit, uns zu verständigen; Sonja konnte jeden Moment zurückkommen. – Ich sagte also zu ihr: »Du ich weiß gar nicht, was mit mir los ist. Ich weiß nur, daß ich dich so sehr mag, Bella, und bei mir haben möchte. Willst du nicht nachher, wenn Sonja schläft, zu mir ins Bett kommen? Sie ist ja schon fast betrunken und wird bestimmt nichts merken.« Bella sagte: »Ich mag dich auch sehr, Judith. Aber ich weiß noch nicht, ob ich nachher komme. Vielleicht.« Sie wußte aber in dem Moment schon, daß sie es nicht tun würde, daß sie statt dessen wie üblich ihre Schlaftablette nehmen würde. Und ich rechnete auch gar nicht mit ihrem Kommen. Es wäre mir in der Tat unmöglich gewesen, Bella zu lieben, während Sonja kaum fünf Meter weiter entfernt schlief. Nicht so sehr aus Treue, sondern aus Angst davor, entdeckt zu werden und Sonja tödlich zu verletzen. Weshalb also hatte ich Bella das gesagt? Ich glaube, es war einfach wieder dieser Übermut und dieses neue Gefühl von Stärke, alles, auch das Ungeheuerlichste, wagen und sagen zu dürfen, ohne abgelehnt zu werden. Tatsächlich war ja dies das erste Mal, daß ich bewußt etwas in Gang gesetzt, jemanden buchstäblich verführt hatte. Bei den Malen davor war immer ich die Verführte gewesen. Ich genoß es mit einem ganz neuen Stolz, die Aktive, Werbende zu sein. Und da ich in der Rolle noch so unerfahren war, überzog ich sie gleich.

Die Nacht verlief dann ganz keusch: Wir alle schliefen fest ein, kaum daß wir uns hingelegt hatten, so viel hatten wir getrunken. Da ich ja Bella in meinem Bett gar nicht erwartete, vermißte ich sie auch nicht und war nicht verletzt, daß sie meiner Einladung nicht nachkam. Im Gegenteil – ich war erleichtert, denn ich hätte sie ja nur wieder zurückschicken können.

Der nächste Tag wurde dann sehr schlimm für mich – der erste Tag von ungefähr fünfzig ganz ähnlichen, aber eher noch viel schlimmeren Tagen. Ich sehnte mich nach einem Liebesbeweis, einem Verständigungszeichen von Bella oder einem Kuß – aber immer war Sonja dabei, völlig arglos und lieb zu uns beiden Verschwörerinnen. Immer wieder sah Bella mich todernst an, und viel zu lange, und auf diese Blicke reagierte ich jetzt schon automatisch mit heftigster sinnlicher Erregung, die ich aber eben nicht ausleben durfte. Es lagen Versprechungen in diesen Blicken, die mich vor Sehnsucht fast rasend machten. Ich war jetzt nicht mehr die Handelnde oder aktiv Bestimmende; ich war schon längst die restlos an Bella Ausgelieferte.

Während Sonja sich in der Küche liebevoll um unser Mittagessen kümmerte, hatte Bella sich mit nacktem Oberkörper auf Sonjas Sofa gelagert, und ich sollte ihr nun den Rücken massieren.

Ich tat es sehr sachlich und gewissenhaft. Nicht ein einziges Mal verirrten sich meine Hände zu einer Liebkosung. Ich empfand diese Situation als doppelt pervers – einmal, weil ich die Frau, die ich so sehr begehrte und die mich offenbar auch wollte, nicht umarmen, streicheln und küssen durfte, obwohl sie da halbnackt an meiner Seite lag; zum andern, weil ich solche Wünsche hatte, während Sonja ahnungslos für uns das Essen zubereitete. Es war einfach unerträglich.

Nachmittags gegen fünf ging Bellas Zug nach Kopenhagen. Die Zeit bis dahin stand ich unter einer seelischen Anspannung, wie ich sie seit Jahren nicht mehr erlebt hatte: Bella und ich waren keine Minute mehr allein, um uns irgendwie zu verständigen, und bald sollte sie weit fort sein. Der Bahnsteig war die allerletzte Gelegenheit; dorthin konnte Sonja ja nicht mitkommen. Sie fuhr uns bis vor den Hauptbahnhof. Bella verabschiedete sich leichthin von uns beiden im Auto und sagte: »Judith, du brauchst nicht mitzukommen, sonst ist Sonja hier so allein. Ich finde mich schon allein zurecht.« Ich fühlte mich, nach allem, was geschehen war, von dieser Art Abschied wie erwürgt, denn ich war doch selbstverständlich davon ausgegangen, daß Bella auf unsere allerletzte Gelegenheit, miteinander allein zu sein, genauso ungeduldig gewartet hätte wie ich. Um mich zu vergewissern, wie wir denn nun eigentlich miteinander stünden, lief ich ihr nach bis auf den Bahnsteig. Sonja hatte ich so obenhin gesagt: »Du ich seh nochmal nach und bringe Bella noch zum Zug, das ist doch netter«, und Sonja fand das auch. Ich erwischte Bella kurz vorm Besteigen des Zuges; wir hatten nur noch zwei Minuten Zeit. »Warum hast du mich einfach weggeschickt?« fragte ich sie. »Willst du mich nicht?« »Ach Judith«, sagte sie, »natürlich will ich dich; hast du das nicht gemerkt? Aber wir müssen doch vernünftig sein. Denk doch an Sonja. Das alles geht doch nicht. Wir hatten ein schönes Wochenende zusammen, und nun muß es aufhören, das weißt du doch selbst.« Der Zug fuhr an, und sie stieg ein. Gewinkt hat sie nicht.

Ich ging ganz langsam zurück zu Sonja. Meine Gefühle waren in einem unbeschreiblichen Aufruhr, aber ich durfte mir doch nichts anmerken lassen. Es war ein schöner warmer goldener Spätnachmittag, und Sonja hatte große Lust, noch ein bißchen mit mir an der Alster spazierenzugehen. Mir war alles egal – was auch immer ich jetzt tun würde mit Sonja, es würde für mich unendlich schwierig sein. Meine Gedanken waren bei Bella, zerissen zwischen Leidenschaft, Hoffnung und endgültigem Abschied. Und mein Körper ging da neben Sonja spazieren, redete freundlich mit ihr über die Leute und darüber, ob wohl Käthe gerade hier irgendwo herumflöge und über Bellas Besuch, der »diesmal zum Glück ohne Komplikationen verlaufen war«. Ich kann diesen Spaziergang in seiner äußeren Schönheit und Harmonie und seiner inneren Entsetzlichkeit wirklich nicht beschreiben. Sonja war doch so liebevoll und voller Vertrauen; alles um uns herum war so schön und friedlich, wie es nur sein konnte. Und ich fühlte in mir eine Leidenschaft und Hingerissenheit, von der ich wußte, daß ich um sie kämpfen würde und daß ich damit bewußt Sonjas endgültiges Verderben heraufbeschwor.

Hätte ich doch in dem Moment mit Sonja über alles reden können, wie ich es früher im Fall Irene getan hatte. Aber der Fall Bella lag anders. Ich empfand diese Verliebtheit nicht als schädlichen Fremdkörper in meinem Innern, da ich Bella als geradlinigen, anständigen Charakter kannte. Wenn ich ihre Liebe erringen könnte, würde ich sie ganz besitzen, das wußte ich. Bella würde nicht mit mir spielen wie Irene, und sie würde mich nicht quälen wie Sonja.

Ich wollte diese Liebe wirklich, und deshalb schloß ich Sonja von vornherein aus. Jetzt weiß ich, daß das ein schrecklicher Fehler war – einer von den vielen, die ich begangen habe. Aber ich glaube nicht, daß ich in dem Zustand, in dem ich damals war, überhaupt eine Wahlmöglichkeit gehabt habe.

Montag, 12. Juni 1978, nachts viertel vor eins

Nach diesem Wochenende mit Bella waren es noch genau vierzehn Tage bis zu unserer geplanten Italienreise. Wieviel lieber wäre ich, statt nach Italien, zu Bella nach Kopenhagen gefahren! Ich war so schrecklich verliebt in Bella, aber ihrer noch so unsicher. Sie war auf dem Bahnsteig so vernünftig und besonnen gewesen, während ich jetzt die ganze Zeit nur noch an sie denken konnte. Ein Anfall von Besessenheit (wie ja schon öfter), aus dem ich nicht mehr herauskam – im Gegenteil, ich steigerte mich auch bewußt noch immer mehr hinein. Um meine Sehnsucht wenigstens mit einem Surrogat zu befriedigen, las ich jetzt in meinem Arbeitszimmer heimlich alle Briefe, die sie uns in den letzten Jahren geschrieben hatte, mit ganz neuen Augen. Wir hatten überhaupt kein Foto von Bella, aber da waren ja die Bilder von dem Picknick, und ich brachte den Film sofort zum Entwickeln. Unser Fotoladen um die Ecke brauchte dafür fast eine ganze Woche, und als ich sie zum festgesetzten Termin endlich abholen wollte, waren sie immer noch nicht fertig. Ich hätte vor Enttäuschung weinen können. Aber am Tag darauf hatte ich sie dann endlich. Ich ging damit nicht sofort nach oben zu Sonja. Ich mußte erst eine Weile mit ihnen allein sein. Das war alles, was ich jetzt von Bella hatte: ein paar Fotos, die ich immer wieder süchtig ansah. Wie schön Bella war – diese Augen, das leicht ironische Lächeln, das weiche braune Haar, ihre schönen nackten Arme! Als ich endlich mit den Fotos zu Sonja kam, tat ich natürlich eher gleichgültig, lobte vor allem, wie hübsch Sonja darauf getroffen war.

Wovon sollte ich mich sonst ernähren, in meiner hilflosen verliebten Sehnsucht? Ich konnte Bella nicht anrufen: das Telefon stand auf Sonjas Schreibtisch, und sie war immer zu Hause. Ich konnte Bella nicht schreiben: jeden Moment konnte ja Sonja in mein Zimmer kommen und mich ertappen. Bella konnte mir auch nicht schreiben, denn Sonja und ich lasen ja ihre Briefe immer gemeinsam. Nach Bremen fuhr ich damals nicht (dann hätte ich ihr unterwegs schreiben können), denn ich hatte Urlaub. Aber irgendwann muß ich doch eine Stunde für mich gehabt haben; jedenfalls schrieb ich Bella einen Liebesbrief von anderthalb Seiten. Ich erklärte ihr, daß ich ihre Reaktion auf dem Bahnhof wohl vernünftig gefunden hätte, daß aber mir alle Vernunft abhanden gekommen wäre. Ich müßte immerzu an sie denken, und ich hätte sie sehr lieb. Das war glaube ich sogar gleich am Montag nach ihrer Abfahrt.

Am Mittwochnachmittag hatte Sonja ihre Gesprächstherapie-Sitzung – eine Stunde frei für mich. Ich rief Bella an, mit maßlos schlechtem Gewissen, denn Sonja und ich hatten natürlich gemeinsame Telefonkasse – und nun sollte sie auch noch für meine betrügerischen Aktionen Geld bezahlen. Aus einer Telefonzelle konnte ich auch nicht anrufen, denn wir führten über alle Ausgaben genau Buch, und der fehlende Betrag wäre aufgefallen. – Bella hatte meinen Brief schon bekommen, und ich fragte sie, sehr schüchtern und ängstlich und schuldbewußt, wie sie ihn aufgenommen hätte. »Was glaubst du wohl?« sagte sie. »Ich denke doch auch die ganze Zeit an dich. Ich will es gar nicht, aber ich kann auch nicht anders. Ich will dich anrufen oder dir schreiben – aber ich kann ja nicht! Was soll ich um Gottes willen machen? Ich hab dir so viel zu sagen!« Ich hatte mir für diesen Fall schon etwas überlegt und sagte, sie könnte mir postlagernd an das Postamt 36 schreiben (ich hatte extra ein entlegeneres Postamt gewählt, weil ich fürchtete, unser Briefträger könnte sonst so »freundlich« sein, mir den Brief ins Haus zu tragen). Ich war so glücklich und erleichtert, daß sie mich nicht wieder so vernünftig zurechtgewiesen hatte und dachte von nun an nur noch an ihren Brief. Jetzt mußte ich nur noch irgendwelche Vorwände erfinden, um regelmäßig zu diesem Postamt zu kommen. Auch das war gar nicht einfach, aber ich schaffte es. Zweimal war ich vergeblich dort, und beim dritten Mal hatte ich endlich ihren Brief. Wieder ein sehr vernünftiger, sehr ernster Brief, typisch Bella, aber auch ein sehr vielversprechender. Sie ging noch einmal auf meine Betteinladung ein und entschuldigte sich quasi. Ich müsse nämlich wissen, daß sie sehr zärtlich sein könne – und sie hätte sich vor einer allzu tiefen Verstrickung gefürchtet. Sie wolle es eigentlich gar nicht – aber ich störe sie maßlos während ihres Unterrichts. Von solchen Sätzen lebte ich dann und trug sie wie einen großen Schatz mit mir herum.

Das war also die eine Seite: Ich war wahnsinnig verliebt in sie, und sie hatte zärtliche Gefühle für mich und war stark verunsichert – aber was konnten wir nun praktisch daraus machen? Sie wußte es nicht, und ich wußte es auch nicht. Um meine Liebe irgendwie auszudrücken, schickte ich ihr die Nocturnes von Chopin. Sie sollten an meiner Stelle all das sagen, was ich ihr nicht selbst sagen durfte. Die Ausgabe (29 DM) mußte ich durch irgendwelche Lügerei in unserem Ausgabenheft kaschieren. Es tat mir furchtbar weh.

Nachdem ich auf diese Weise mit dem Betrügen angefangen hatte, ging ich auch immer öfter unter irgendwelchen Vorwänden aus dem Haus, um Bella von Telefonzellen aus anzurufen. Auch das war gar nicht einfach, denn die meisten Telefonzellen in der Nähe unserer Wohnung (bei denen ich also zum Beispiel beim Einkaufen schon mal vorbeikam) waren für Auslandstelefonate nicht geeignet. Ich litt furchtbar unter meiner miesen Lügerei, aber ich konnte gar nicht anders als meine einmal begonnene Werbung um Bella nun in großem Stil fortzusetzen. Ich mußte sie unbedingt für mich gewinnen und handelte wie unter einem Zwang.

Meine Bemühungen blieben bei Bella auch nicht ohne Wirkung; sie erwärmte sich immer mehr. Ihre Briefe wurden immer zärtlicher; ihre Stimme am Telefon auch. Je mehr ich mir meines Erfolges sicher wurde, um so mehr grauste mir vor der Italienreise. Ich wußte ja, daß ich die ganze Zeit sowieso nur mit meinen Gedanken in Kopenhagen sein, mich dorthin wünschen würde, daß aber Sonja währenddessen selbstverständlich annehmen würde, wir gehörten jetzt mehr denn je zusammen, und daß ich es irgendwie fertigbringen mußte, ihr dieses Vertrauen nicht zu zerstören.

Ich selbst war mir meiner Gefühle so sicher, daß ich Sonja am liebsten alles gesagt hätte, aber ich wußte ja noch nicht, wie eine richtige Begegnung mit Bella ausfallen würde, ja noch nicht einmal, wie sie überhaupt zustandezubringen wäre. Und es wäre verantwortungslos gewesen, Sonja auf ein solches, bloßes Phantasiegebilde hin in die absolute Verzweiflung zu treiben. Ich *mußte* erst einen wirklichen »Test« mit Bella erlebt haben, bevor ich Sonja etwas sagen konnte. Sollte der Test negativ verlaufen, brauchte Sonja nie etwas davon zu erfahren; ich würde schon allein darüber hinwegkommen.

Aus diesen Überlegungen heraus nahm ich also diese ganze nervenzerfetzende Schauspielerei auf mich, aber ich wurde darüber fast verrückt.

An einem Abend während dieser vierzehn Tage vor unserer Italienreise war Sonja wieder mal betrunken, und ich am Ende mit mir selbst. Ich sagte da zu ihr, daß ich bei dem Gedanken an unsere gemeinsame Reise überhaupt keine Freude mehr empfände und motivierte das damit, daß ich ja nicht wüßte, wie oft sie sich in Italien betrinken würde. Wieder kam eine dieser schrecklichen Szenen, an deren Ende wir uns, wie gewöhnlich, versöhnten und uns entschlossen, die Reise nun doch auf alle Fälle anzutreten – sie würde schon schön werden. Zwar glaubte ich, jedenfalls für mich, nicht mehr daran, aber ich meinte, ich dürfte Sonja diesen großen Wunschtraum der letzten Jahre, um den sie so sehr gekämpft hatte, nicht aus eigennützigen Gründen kaputtmachen. Wenn ich mich dann, eventuell, von ihr trennen würde, sollte sie jedenfalls vorher noch eine schöne Zeit gehabt haben.

Sonja und ich fuhren also am Morgen des 26. August los in Richtung München, wo wir für zwei Nächte gebucht hatten. Das Wetter war phantastisch; Sonja war froh und glücklich. Wir hörten beim Fahren unsere italienischen Schlager, die ich während der letzten Monate aufgenommen hatte, damit wir auf angenehme Weise mit der Sprache vertraut würden. Ich war zwar innerlich sehr schwermütig, vor allem wegen Sonja, in die ich mich ja hineinversetzte und deren Schock ich schon immerzu vorausfühlte, aber trotzdem blieben all diese neuen Reiseeindrücke doch auch auf mich nicht ohne Wirkung. Und es waren nicht nur die Reiseeindrücke; es war auch Sonjas liebe, glückliche, unbeschwerte Verfassung.

Als wir in München angekommen waren und unsere Sachen im Hotel verstaut hatten, gingen wir aus zum Essen, in ein Mövenpick-Restaurant. Ich wollte die ganze Zeit so gerne Bella anrufen, aber ich wußte nicht, wie ich es anstellen sollte. Ich hatte auch noch keine Auslandstelefonzelle gesehen. Aber direkt neben dem Hotel lief in einem Kellerkino Chaplins Film »Der große Diktator«. Ich schlug Sonja vor, wir könnten doch nach dem Essen noch in diesen Film gehen, in der heimlichen Hoffnung, sie würde ablehnen und ich könnte dann allein gehen und anschließend telefonieren. Wie erwartet war sie zu müde von der langen Fahrt, die sie phantastisch gemeistert hatte (800 km an einem Stück). Außerdem hatte sie Angst vor den vielen Stufen, was ich ja auch einkalkuliert hatte. Sie sagte also: »Geh du nur. Ich geh dann schon ins Bett und freu mich, wenn du wiederkommst.« Ich ließ sie dann in dem Hotel zurück, sah mir den Film an (damit ich auf Anfragen auch passend antworten konnte) und dann, endlich, konnte ich mit Bella sprechen. Sie hatte gerade meine Chopin-Platten bekommen und sagte, sie hätte sie den ganzen Abend wieder und wieder gehört und dabei sehr sehr zärtlich an mich gedacht, und sie sehne sich so nach mir. Das waren genau die Worte, nach denen ich lechzte. Ich war reich belohnt worden für mein entsetzliches Betrugsmanöver. Es war das erstemal, daß Bella sich so unverhüllt sehnsüchtig gezeigt hatte.

Voll zärtlicher Gedanken an Bella und noch wie betrunken von ihren Worten kam ich in das finstere kleine Hotelzimmer zurück. Sonja lag angezogen auf ihrem Bett und schlief; neben dem Bett standen zwei leere Weinflaschen. Sie wachte auf und lallte mich an und war bissig und aggressiv. Ich hatte sie furchtbar enttäuscht, weil ich sie gleich am ersten Abend alleingelassen hatte. Und sie verachtete sich selbst, weil sie doch nicht so stark gewesen war, wie sie versprochen und auch von sich selbst erwartet hatte. Sie hatte sich so einen strahlenden Urlaubsbeginn vorgestellt, und nun war das alles in einer trüben Pfütze versickert – und das nur (so mußte sie ja annehmen), weil sie im Rollstuhl war, nicht fünfzig Stufen tief getragen werden wollte und sich den ganzen Tag mit Chauffieren abgeschunden hatte.

Es ist mir schon fast peinlich, wie oft ich in diesen Aufzeichnungen das Wort »Schuldgefühl« gebrauche – und hier ist es wieder mal fällig. Ich war vor lauter Schuldgefühl genauso kaputt wie Sonja, versuchte sie zu trösten, aber es gelang mir nicht, da sie nicht mehr aufnahmefähig war. Und so legte ich mich neben sie in das Doppelbett und vertiefte mich wieder in meine Phantasien um Bella und in das wunderbare Telefongespräch, das ich da bekommen hatte. Und Sonja hatte gar nichts bekommen.

Sonntag, 18. Juni 1978, nachts drei Uhr

Eigentlich schon viel zu spät, um mit dem Erzählen noch anzufangen, aber ich möchte es trotzdem versuchen. Wir sind immer noch in München. Am Morgen nach dem mißglückten Urlaubsanfang mußte Sonja im Hotel das WC hüten; sie hatte am Abend noch ihre Verdauungspillen genommen. Für mich eine willkommene Gelegenheit, mir schon mal ein bißchen »die Stadt anzusehen«. Statt dessen setzte ich mich gleich ins nächste Café und schrieb einen Liebesbrief an Bella. Er wurde nicht sehr lang, weil ich mich Sonja gegenüber zu sehr schämte. Als ich wieder ins Hotel zurückkam, war sie auch schon mit ihrer Prozedur fertig, und wir konnten aufbrechen, um gemeinsam die Stadt zu erobern. Den Nachmittag hatten wir uns für das Nymphenburger Schloß reserviert, das uns beiden im vergangenen Jahr bei der Fernsehübertragung der Olympischen Spiele (Dressurreiten) so gut gefallen hatte. Nun schlenderten wir also erstmal durch die Geschäftsstraßen zur Frauenkirche, wo wir einen wunderschönen jungen Priester sahen, um den es uns sehr leidtat, daß er nicht geheiratet werden durfte. In einem Kaufhaus kaufte ich mir eine braune Kordhose, die ich dann durch ganz Italien schleppte. Und dann gerieten wir in ein öffentliches Mormonen-Chorkonzert vor dem Rathaus. Der Chor wurde per Handzettel als »einer der besten Chöre der Welt« angepriesen, aber davon war nicht viel zu bemerken. Ihr bigottes rechtschaffenes Gehabe ärgerte uns obendrein, und wir ließen sie stehen und ohne uns weiterjubilieren.

Von unserem Ausflug zum Nymphenburger Park habe ich nicht mehr viel in Erinnerung. Die Anlage beeindruckte uns schon – aber war es im Fernsehen nicht viel schöner gewesen? Vielleicht haben wir auch einfach die besten Stellen des Parks nicht so schnell gefunden. Ich schob Sonja über die breiten Sandwege und saß dann lange Zeit auf einer Bank, Sonja vor mir, und wir versenkten uns in die Gartenanlage und die Springbrunnen. Waren da wirklich Springbrunnen? In meinem Gedächtnis sieht es jedenfalls so aus. Wir wollten so gern beeindruckt sein, aber es gelang uns nicht recht. Ich schwitzte hauptsächlich und wäre lieber unter der Dusche gewesen.

Zwei Fotos gibt es von Sonja und Judith im Nymphenburger Park. Von mir eins auf der Bank; ich sehe ernst und gelangweilt aus. Von Sonja eins im Rollstuhl, aus ganz weiter Entfernung fotografiert, so daß sie fast als Punkt verschwindet. Dieses Bild war von mir als Parodie auf ein Ferienfoto gemeint. Später, von der obersten Plattform des schiefen Turms in Pisa, habe ich noch ein ganz ähnliches Foto von ihr geknipst. Ziemlich schwarzer Humor, mit dem wir uns manchmal über unsere mißlichen Bedingungen lustig machten (es war allerdings mehr *meine* Art von Verarbeitung: Besser den Tatsachen ins Auge sehen und sie sogar noch bissig unterstreichen, als sie zu verdrängen). Weshalb ich aber Sonja schon in Nymphenburg zum Punkt schrumpfen ließ, kann ich nicht mehr sagen. Vielleicht war es ein symbolischer Ausdruck für die Schrumpfung unserer großen Urlaubserwartungen. Damals konnte ich den Widersprüchen und Abgründen in unserem Leben noch nicht so wie jetzt beschreibend zu Leibe rücken. Meine Methode war es, schwarze Witze über solche Dinge zu machen. Die Kurzgeschichten, die ich fünf Jahre vorher geschrieben hatte, waren auch von dieser Art.

Inzwischen mache ich nur noch selten schwarze Witze, weil die wenigsten mich verstehen. Neulich abend saßen wir zu viert beim Doppelkopfspiel. Ruth erzählte, daß der homosexuelle Freund von Rainer Werner Faßbinder Selbstmord begangen hätte. Wir hatten ihn grade vor drei Wochen in dem Film »Deutschland im Herbst« gesehen. Ich sagte dazu ganz spontan: »Ja das ist doch so üblich bei Homosexuellen.« Maria, der ich vor ein paar Monaten erzählt hatte, daß ich lesbisch bin, verstand meine Reaktion nicht und war fast entrüstet über meinen herzlosen Kommentar, was mich wiederum verwunderte. Ich hatte darauf gerechnet, daß sie die bittere Selbstironie begreifen würde.

Nymphenburg ist uns also nicht besonders geglückt, aber es war immerhin ein Versuch, aus den Trümmern unseres Ferientraums wieder etwas Schönes für uns aufzubauen. Es konnte natürlich nicht sofort gelingen, und deshalb setzten wir unsere Bemühungen am Abend im Hofbräuhaus fort. Das sollte nun also urige, deftige, echt bayrische Atmosphäre sein. Sonja hatte schon befürchtet, es würde mir wohl nicht recht zusagen, aber man konnte ja nie wissen – sie jedenfalls wollte unbedingt hin und alte Erinnerungen auffrischen. Wir tranken jede ein Maß Bier und aßen dazu ihre geliebten Weißwürste, Salzbrezen und Radis. Um uns herum viele Touristen und viele betrunkene arme Schweine, die ihr Bier auf die Tische und den Fußboden verschütteten. Dazu bayrische Radaumusik. An der Kasse kamen wir mit einem Rumänen ins Gespräch, der Sonja unbedingt zwei Mark schenken wollte, weil sie im Rollstuhl saß. Da wurde es auch Sonja allmählich zuviel, und wir kehrten ins Hotel zurück.

Am nächsten Tag sollten wir abends in Verona sein. Sonja hatte ausgerechnet, daß wir noch Zeit für einen Abstecher nach Gmund am Tegernsee hatten, um eine Bauernfamilie zu besuchen, bei der sie als Schulkind zweimal in den Ferien gewesen war. Sie wollte mir gern diese Stätte ihrer Kindheit zeigen, wo sie so glücklich gewesen war. Auf der Fahrt dorthin sah ich zum erstenmal in meinem Leben so etwas wie Berge (im Zug nach Lausanne das Jahr davor hatte ich kaum aus dem Fenster gesehen). Ich wurde sehr still und nahm alles staunend in mich auf. Die Bauernfamilie war von unserem Besuch völlig überrascht. Sie hatten ja Sonja als springlebendiges Mädchen in Erinnerung, und nun saß sie da so arm im Rollstuhl. Das hatten wir uns vorher gar nicht richtig klargemacht, und nun war da erstmal eine schwere Betretenheit zu meistern, statt ein begeistertes Wiedersehen zu feiern. Wir blieben nur etwa eine halbe Stunde und bekamen frische Kuhmilch zu trinken, den Stolz des Hauses. Ich fand diese Milch ekelhaft: dick und fettig und klumpig – ich konnte sie einfach nicht hinunterbringen.

Jetzt konnte uns eigentlich nur noch Italien retten, und fluchtartig machten wir uns auf dorthin.

Montag, 19. Juni 1978, nachts zehn vor zwei

Ungefähr fünf Stunden habe ich mich jetzt um das Schreiben herumgedrückt. Es ist einfach eine Quälerei für mich, diese Italienreise nochmal durchzustehen.

Von Gmund kamen wir dann nach Garmisch, wo wir gebührend an Richard Strauss dachten. Gerade in der letzten Zeit waren wir immer öfter in Strauss-Opern gegangen. Sonjas Lieblingsoper war Elektra, trotz aller Verehrung für Wagner und die italienische Oper. Die beste Erklärung für diese Elektra-Vorliebe hat Joachim gefunden, als er nach Sonjas Tod ausführlich mit der Mutter zu tun bekam: Natürlich, das war Klytemnästra, fürchterlich in ihrer Unmenschlichkeit, die den Vater ermordet hatte. Und Elektra – das war Sonja selbst.

Von Garmisch ging es über die funkelnagelneue Brenner-Autobahn durch die Alpen. Ich machte immer größere Augen, und Sonja triumphierte still vor sich hin. Nun hatte sie mich endlich soweit, daß mir bei dem Stichwort »Alpen« nicht mehr immer nur ein Achsenbruch einfiel.

Nach wenigen Stunden schon die italienische Grenze – erste Gelegenheit, mein frisch gelerntes Italienisch auszuprobieren. Ich kam aber nicht dazu; die Zollbeamten fertigten uns ganz automatisch auf Deutsch ab. Weiter nach Bozen/Bolzano, wo wir unser erstes italienisches Restaurant betraten. Die Mittagszeit war längst vorbei; wir hatten die italienische Sommerzeit ganz vergessen. Wir bekamen daher nur noch ein merkwürdiges Rest-Menü: Thunfisch mit kalten weißen Bohnen in viel Öl. Sonja beruhigte mich: Das würde bestimmt nicht so bleiben; überhaupt wäre das ja auch noch gar nicht richtig Italien.

Mein Italienisch war in Bozen natürlich auch noch nicht gefragt, aber schon kurze Zeit später mußten wir in Rovereto (der Ort bestand aus einer Zementfabrik und fünf Häusern) von der Hauptstraße runter, um zu tanken. Sonja wollte auch den Ölstand und das Batteriewasser kontrollieren lassen: Ich sollte das mal dem Tankwart klarmachen, meinte sie vertrauensvoll. Der verstand aber meine mühsam gestotterten Sätze dreimal überhaupt nicht und erzählte mir alles mögliche, was ich wiederum nicht verstand. Aber schließlich bekamen wir dann doch, was wir wollten.

Die italienischen Alpen, die unheimliche Böcklin-Landschaft des Alto Adige, beeindruckten mich noch viel stärker als unsere Fahrt durch Österreich. Alles einsam, graugrün und verlassen, und rechts und links türmten sich die kahlen kalten Felsen in den verhangenen Himmel.

An der langen Einfahrtstraße nach Verona auf beiden Seiten alle hundert Meter die scheußlichen grellen Reklameschilder, deren Italienisch ich im Vorbeifahren eifrig studierte. Sonja hatte mich schon auf das Nebeneinander von Geschmacklosigkeit und Eleganz, Schönheit und Häßlichkeit vorbereitet, und nun begrüßten wir beide diese Geschmacklosigkeit wie eine gute alte Bekannte. Die Häßlichkeit kam dann auch gleich hinterher: graue staubige Vorstadthäuser und -straßen. Verona gab sich wirklich überhaupt keine Mühe, uns etwa mit historischer Pracht zu empfangen. Da wir darauf vertrauten, daß es ja wohl nicht so bleiben würde, mochten wir das sehr: es war eben »italienisch«.

Wir hatten keinen Stadtplan und mußten uns nun nach unserem Hotel durchfragen. Allmählich bekam ich darin Übung, und Sonja bekam Übung im Umgang mit dem wahnsinnigen Verkehrsgetümmel. Sie war schon immer eine glänzende Autofahrerin gewesen; aber hier, so schien es mir, leistete sie auf Anhieb schier Übermenschliches. Ich wußte bis dahin nicht, daß es solche engen Straßen, wie sie in Verona üblich zu sein schienen, überhaupt gab und daß man in solchen Straßen nicht nur fahren, sondern sogar noch parken kann. Die meisten Italiener fuhren zweckmäßigerweise auch viel kleinere Wagen als wir: überwiegend kleine Fiats und Austins. Unser Hotel lag ganz in der Nähe der Arena (ungefähr drei Minuten zu Fuß), und wir fanden sogar einen Parkplatz direkt davor. Es war viel ehrwürdiger und vornehmer als das Münchner Hotel; unser Zimmer hatte ein breites bequemes Doppelbett und ein aufwendig gekacheltes Bad. Ein Luxus, von dem wir uns angenehm verwöhnt fühlten und der uns in noch gehobenere Stimmung versetzte. Wir verstauten schnell unsere Sachen, machten uns ein bißchen frisch und stürzten uns dann in das italienische Abendgewühl. Die Straßen und Plätze waren voller lebhafter, fröhlicher, gestikulierender Menschen. In unserem Führer hatten wir gelesen, daß die Piazza delle Erbe an einem Sommerabend das Schönste sei, was man in Italien erleben kann. Also strebten wir dorthin, um zu essen. Es war wirklich ganz anders als alles, was ich bisher jemals an Plätzen gesehen hatte. Wir fühlten uns wie in ein lebendes, pulsierendes Mittelalter versetzt, weil die den Platz umgrenzenden hohen Häuserfassaden nicht zu Tode balsamiert waren (wie es ihnen in Deutschland unweigerlich geschehen wäre), sondern in ihren uralten Gammelfarben sanft den Trubel da unten beleuchteten. Sonja und ich sahen uns bloß an und wußten – genauso hatten wir es uns gewünscht und vorgestellt. An Bella dachte ich nicht mehr.

Wir fanden schließlich sogar noch ein freies Tischchen vor einem der vielen Restaurants, und bald setzten sich noch drei andere Gäste zu uns. Wir freuten uns schon auf den ersten längeren Kontakt mit »echten Italienern«, aber es waren Franzosen, und nun mußten wir unser Schulfranzösisch herauskramen und stellten im Laufe der Zeit fest, daß es noch ganz gut funktionierte.

Alles an diesem Abend machte uns beschwingt und fröhlich. Das Essen war so gut und dabei so billig, der Wein auch, und die ganze Stimmung war so gelöst und heiter wie schon lange nicht mehr. Und Sonja genoß ihren Triumph, mir nun endlich beweisen zu können, daß sie immer recht gehabt hatte mit ihrer Idee, daß ein gemeinsamer Urlaub, noch dazu in Italien, für uns beide und für unsere Beziehung wie ein Lebenselixier wirken würde.

Nach diesem schönen Essen bummelten wir noch lange durch die pittoresken (so muß man wohl wirklich sagen) Gassen der Altstadt. An manchen Stellen roch es so schön alt und feucht und muffig. Dann zurück ins Hotel, wo wir in unseren grandiosen Prunkbetten sofort in tiefen Schlaf fielen.

Als wir aufwachten, war es schon so spät, daß wir zum Frühstück in dem kaltglänzenden Marmor-Speisesaal ganz allein waren. Vor dem italienischen Weißbrot hatte mich Sonja ja schon vor Jahren brieflich gewarnt – und tatsächlich: es schmeckte mir wie Pappe. Sonja trank caffè latte und ich eine cioccolata, damit ich nicht schon gleich da ins Schwitzen käme.

Dann machten wir uns an unsere touristische Arbeit: Das Scaligergrab – warum war es bloß so berühmt, fragten wir uns. Die Piazza Dante mit den vielen Tauben. San Zeno haben wir nicht geschafft; ich sah die Kirche erst zwei Jahre später, 1975, zusammen mit Bettina und Francesco. Die Arena – wieder mal unzugänglich für Sonja. Ich stieg also allein hinauf und winkte ihr von dort aus zu. Auch 1975 stieg ich da wieder herum, mit Bettina. Sonja lebte damals noch – genau acht Monate. Ich sehnte mich nach ihr bei dieser zweiten Arenabesteigung und sah sie immer noch dort unten auf dem Platz sitzen und mir lieb und aufmunternd zuwinken. Sonja wußte ja, wie weh es mir tat, jedesmal, wenn sie irgendwohin nicht mitkonnte, und immer wieder hielt sie mir lange vernünftige Vorträge darüber, daß ich mir um Gottes willen nicht vorstellen dürfte, sie litte darunter, wenn ihr bestimmte Dinge verwehrt waren. Sie bestand jedesmal mit Nachdruck darauf, daß ich mir diese Erlebnisse auf keinen Fall entgehen lassen dürfte. Es würde sie viel mehr quälen, wenn ich auf sie »Rücksicht nähme«. Mein Gott, wie lieb Sonja war, und ich spürte es und liebte sie auch für all dies. Kopenhagen war ziemlich weit weg. Da war nur noch Sonja, Verona, Italien. Die Italiener gefielen mir auch so gut – ihr Wesen war dem Wesen Sonjas so ähnlich, so im besten Sinne extravertiert, spontan und ausdrucksfähig.

Sonntag, 25. Juni 1978, nachts zwei Uhr

Heute ist Brigitte gekommen und hat mir die beiden Bilder gebracht. Vor einem Monat hab ich sie bei ihrer Ausstellung gekauft. Das eine Bild ist ganz eindeutig ein Porträt von Sonja aus der Spätzeit, obwohl Brigitte Sonja nie gesehen hat, nicht mal ein Foto. Es war mir so unheimlich, als ich da in der Ausstellung herumging und Sonja mich plötzlich aus diesem Bild ansah. Jetzt hängt es schräg neben meinem Schreibtisch, neben den Bildern, die Sonja selbst gemalt hat. Den ganzen Abend mußte ich immer wieder hinsehen. Vor allem sieht Sonja auf dem Bild kaputt aus, aber auch schön, und verächtlich. Sie ist mit dem Leben fertig, schon ganz weit weg, fast nicht mehr bei uns. Vorwurfsvoll wirkt sie auch auf mich, aber das liegt wohl eher an *meinen* Schuldgefühlen. Interessant auch Brigittes Kommentar zu ihrem »Porträt«: Sie findet die Frau kalt und vernichtend, als könne sie ohne weiteres jemanden töten, zum äußersten entschlossen. Brigitte dachte mehr an Mord, ich natürlich an Sonjas Selbstmord. Es ist wirklich ein unheimliches Bild, verfolgt mich auch überallhin mit den Augen.

Das Bild soll auf den Umschlag dieses Buches kommen. Man kann darin auf einen Blick erkennen, wovon ich hier seit bald zwei Jahren schreibe.

Von Verona fuhren wir nach Florenz. In der Nähe von Modena machten wir Station, um zu tanken. Als wir weiterfahren wollten, sprang der Wagen nicht an. Ein Mechaniker war nicht aufzutreiben. Ein paar hilfsbereite Italiener machten sich wortreich am Motor zu schaffen. Es sei die pompa di benzina, meinte einer – aber das nützte uns auch wenig. Nach langem mühseligem Kauderwelsch handelte ich schließlich die Zusicherung heraus, daß sich in drei Stunden jemand um uns kümmern würde. Als ich mit dem Resultat zu Sonja zurückkam, die immer wieder probiert hatte, funktionierte der Wagen ganz plötzlich wieder, und es konnte weitergehen.

Auf der Karte hatte Florenz so nahe ausgesehen – aber wir hatten nicht mit den Apenninen gerechnet. Keine von uns beiden hatte sich je für Geographie interessiert (Sonja aufgrund eines Traumas, das eine sadistische Lehrerin ihr im Abitur zugefügt hatte). Und nun staunten wir, waren müde und enttäuscht, daß unser »kurzer Sprung nach Florenz« so gar kein Ende nehmen wollte. Ein Tunnel folgte dem andern; ich habe nie wieder so viele Tunnels auf einmal erlebt. Die Italiener, besonders die mit großen Lastwagen, machten sich einen Sport daraus, das Überholverbot in den Tunnels, unter ohrenbetäubendem Gehupe, zu ignorieren. Mit war das ziemlich ungemütlich und ich kam mir gefährdet vor, obwohl Sonja auch mit dieser Situation hervorragend fertig wurde. *Sie* hätte ja Ursache zum Stöhnen gehabt, aber sie beklagte sich fast nie während der ganzen Reise, denn sie fühlte sich verantwortlich – fast wie ein Reiseunternehmer, der auch gezwungenermaßen aus allem das Positive herauszuholen versucht.

Die Einfahrt nach Florenz ähnlich scheußlich wie die nach Verona, und der Verkehr noch wahnwitziger und gefährlicher. Ich wurde auf meinem Beifahrersitz immer verspannter und bewunderte gleichzeitig Sonjas souveräne Gelassenheit. Sie fuhr einfach wieder meisterhaft – und freute sich über mein Lob.

Unser Italia Reisebüro hatte nicht schlecht für uns gebucht – das Hotel kam uns vor wie ein Märchenschloß, hoch über Florenz gelegen, inmitten eines blühenden Gartens mit kleinem Swimmingpool (der das Bild etwas störte) und mit einem wunderbaren Blick auf die Stadt und die Kuppel des Doms. Wegen des Rollstuhls konnten wir nicht das für uns reservierte Prachtzimmer im ersten Stock beziehen, sondern wurden in einem Nebengebäude untergebracht, das insgesamt einfacher, aber doch angenehm und bequem eingerichtet war.

Hier wohnten wir mit Halbpension, und bis zum Abendessen hatten wir noch eine Stunde Zeit. Ich stellte mich unternehmungslustig, sagte, ich würde gerne einen kleinen Spaziergang machen, um die unmittelbare Umgebung zu erkunden. Sonja war so kaputt, daß sie sich lieber auf dem Bett ein wenig ausruhen wollte, und genau damit hatte ich gerechnet.

Während der langen beschwerlichen Fahrt hatte ich ja viel Zeit gehabt (und Sonja alle Hände voll zu tun). Ich war in Gedanken wieder bei Bella gewesen. Statt mich zu freuen, daß ich sie in Verona fast hatte vergessen können, hatte ich deswegen Schuldgefühle und wollte ihr nun so schnell wie möglich schreiben. Ich fand aber in der kurzen Zeit keine Bank, auf die ich mich setzen konnte, nur stille Vorstadtstraßen und eine laute Hauptstraße.

Bella mußte also noch ein bißchen warten, bis ich eine bessere Gelegenheit gefunden hätte.

Voller Schuldgefühl kehrte ich zu Sonja zurück und war um so netter zu ihr. Die neuen Eindrücke nahmen mich auch bald wieder gefangen. Das hervorragende, ausgedehnte italienische Abendessen mit der so überaus aufmerksamen Bedienung (es kümmerten sich gleich vier Kellner um unseren Tisch) – wir fühlten uns reich entschädigt für die langen Strapazen dieses Tages, und vor uns lagen fünf Tage in diesem abgeschiedenen Paradies, Florenz mit all seinen sagenhaften Schätzen zu unseren Füßen. Am nächsten Morgen sollte es losgehen, aber erst hatten wir noch einen schönen Sommerabend in einem verwunschenen Park vor uns. Wir setzten uns an einen der Gartentische, ließen uns Chianti bringen, entspannten uns, redeten leise miteinander über das große Wunder, daß wir tatsächlich hier saßen. Aber Entspannung ist nicht Ablenkung – so wie es die Piazza delle Erbe gewesen war. Je mehr ich »entspannte«, desto mehr merkte ich, daß mir das Entspannen nicht lag – ich schweifte unwillkürlich ab nach Kopenhagen und schämte mich. Sonja spürte, daß irgendwas nicht so war, wie es hätte sein können und sollen, aber sie mochte nicht daran rühren, aus Angst, meine Einsilbigkeit und mangelhaft verhohlene Schwermut liege möglicherweise an ihrem Rollstuhl. Sie hoffte wie ich auf den nächsten Tag und auf eine Wiederholung der Stimmung, die wir in Verona miteinander gehabt hatten.

Montag, 26. Juni 1978, nachts halb zwei

Vorhin hat Julia angerufen – meine Mutter hatte sie am Telefon sprechen wollen, als sie gerade nicht da war. Nun wollte Julia wissen, ob sie meiner Mutter dann bei dem zu erwartenden Zweit-Anruf bestimmte Dinge sagen oder besser nicht sagen sollte.

Ich habe in den letzten Wochen natürlich oft an meine Mutter gedacht, aber dieses war das erste Mal, daß es mir wieder richtig wehtat. Ich war einerseits wütend, daß sie jetzt anfängt, meine Freunde in unsere Privatfehde mit einzubeziehen und ihnen damit nervenzerrende Gespräche aufzuzwingen. Andererseits kam sofort wieder ein Funken meiner uralten Hoffnung hoch, ein Ziehen in der Herzgegend und im Magen: »Ich bin ihr also doch nicht ganz gleichgültig.« Diesen zerstörerischen Funken galt es auszutreten, damit er nicht zum Steppenbrand wurde. Zwei Stunden Arbeit, inneres Herumhängen, dann war ich damit fertig. Es herrscht jetzt wieder die schöne Gleichgültigkeit der letzten Wochen, die ich mir so schrecklich mühsam errungen hatte. Wehe mir, wenn meine Mutter wieder in meiner Seele Fuß fassen sollte. Ich muß dieses Gift jedesmal entschlossen ausspeien, sollte es wieder mal bis in meinen Mund gelangen.

Gut, daß Julia eine so treue Alliierte ist. Daß sie in diesem Buch bisher kaum vorgekommen ist, liegt nur daran, daß ich sie erst im November 1973 kennengelernt habe – und noch sind wir im September dieses Jahres.

Unser erster Tag in Florenz. Es fing jetzt an, sehr sehr heiß zu werden. Auch ein Grund, weshalb ich mich mit meiner Schwitzerei so vor Italien gefürchtet hatte. Deshalb ja hatten wir uns den September gewählt, und nun wurde es einer der heißesten September des Jahrhunderts in Italien.

Als erstes hatten wir uns natürlich den Dom und das Battistero vorgenommen (schön kühl). Für den Nachmittag dann die Uffizien. Der Domplatz, der Dom und das Battistero waren derartig von Touristen überfüllt, daß uns die Besichtigung doch arg verleidet wurde. Sehr lange haben wir uns da nicht aufgehalten – von oben hatte uns das alles auch viel besser gefallen. Also ließen wir uns lieber wieder durch die Straßen treiben wie schon in Verona. Wir tranken hier einen Caffè, dort einen Cappuccino, aßen hier eine Pizza und dort ein Gelato. Im Laufe dieses friedlichen Müßiggangs gelangten wir auf die große Piazza vor dem Palazzo Vecchio mit ihren weltberühmten Statuen, die wir nun andächtig bewundern wollten. Leider hatten wir beide nicht viel Sinn für Skulpturen. Deshalb hatten wir auch keineswegs den Ehrgeiz, uns den David etwa noch im Original anzusehen – die Kopie hier auf dem Platz genügte uns eigentlich völlig. Da standen wir also herum und schämten uns, daß sich die rechte Andacht nicht einstellen wollte, während wir uns gegenseitig die Hymnen aus unserem Führer vorlasen. Die vielgerühmte, einsame Größe dieser künstlerischen Spitzenleistungen offenbarte sich uns einfach nicht. Der David war zwar schon wirklich ziemlich schön, so trotzig und voller Grazie, aber auf dem kleinen Kitsch-Aschenbecher, den wir uns an einem der Stände kauften, war er doch eigentlich noch netter. Später, zu Hause in der Rutschbahn, machten wir uns einen Spaß daraus, unsere Zigaretten auf Davids edelstem Körperteil auszudrücken und damit etwaige Gäste gleich doppelt zu schockieren: Einmal durch die Profanierung des Kunstwerks, dann durch die unbekümmerte Demonstration von perversem Sadismus. Wenn Ihr uns zu Außenseitern stempelt, gut – wir übernehmen die Rolle und spielen sie Euch noch besser vor als vorgesehen.

Ich machte noch ein paar Fotos von »David mit Fräulein im Rollstuhl«, und dann zogen wir in die Uffizien. Hier war Sonja vor acht Jahren schon einmal gewesen, mit Judith, Harvey und Joe, und ohne mich. Damals hatten die beiden Männer sie eine endlose Treppenflucht hochschleppen müssen, aber jetzt gab es einen Fahrstuhl für uns. Mit den Bildern kamen wir gleich viel besser zurecht als mit den Bauwerken und Statuen. In einem der ersten Räume, die wir betraten, hing Paolo Uccellos Battaglia di S. Romano. Trotz des grausigen Sujets verliebten wir uns auf den ersten Blick in das Bild und blieben sehr lange davor stehen. Die molligen Pferde mit ihren Speckhälsen und kleinen Köpfen, die gedrungene Perspektive und besonders das so merkwürdig nach hinten ausschlagende Pferd auf der rechten Seite erinnerten mich so schön an Sonjas Bilder. Sonja beschloß, Uccellos Konturentechnik demnächst auf ihren Bildern auszuprobieren.

Am nachdrücklichsten aber ist mir da Vincis Annunciazione im Gedächtnis geblieben. Wir betraten den kleinen stickigen Raum voller erlesener Kunstwerke (auch Bronzinos dicken Knaben mit dem Spatz in der fetten Patschhand und dem herrlichen weinroten Prachtwams gibt es da), und sofort wurden sie alle, einfach durch die Anwesenheit der Annunciazione, für uns auf einen zweiten oder dritten Platz verwiesen. Wir fanden es fast unfair, diese doch auch sehr schönen Bilder hier zusammen mit der Annunciazione aufzuhängen – sie konnten doch dadurch nur an Glanz einbüßen. Merkwürdig schien uns, daß unser Führer alle Bilder des Raumes als gleichberechtigt abhandelte. Aber es gab uns natürlich das schöne Gefühl, eine ganz persönliche und zugleich gemeinsame Entdeckung gemacht zu haben.

Auch nachdem wir die vielen Botticellis eingehend betrachtet hatten, blieben wir bei unserem Urteil, daß die Annunciazione alle anderen Bilder des Museums deklassierte. An Botticelli gefiel mir vor allem, daß die meisten seiner Frauen Sonja so ähnlich sehen. Obwohl ich ihn nicht so recht mag, weil ich ihn zu süßlich finde, steht sein Primavera-Bild doch seit Jahren in meinem Bücherregal, weil es einem Paßfoto von Sonja (aus der Zeit, wo sie noch nicht im Rollstuhl war) so unglaublich ähnlich sieht. Da ich das Paßfoto nicht habe, nehme ich eben Botticelli.

Aus den Fenstern der Uffizien hat man einen wunderbaren Blick auf die alten Ziegeldächer und den Ponte Vecchio. Sonja konnte das aus ihrer Rollstuhlperspektive nicht so ohne weiteres sehen, aber wenn sie sich hochstützte, konnte sie doch wenigstens ein paar kurze Blicke darauf werfen. Wir waren jetzt auch von der vielen Kunst langsam ziemlich übersättigt und fanden, ein Spaziergang über den Ponte Vecchio würde uns guttun.

Von weitem oder von oben gesehen ist der Ponte Vecchio natürlich viel schöner, als wenn man mitten darauf ist. Von innen ist er mehr wie eine ernüchternde Ansammlung touristischer Kitschbuden. Deshalb blieben wir dort auch nicht lange, sondern suchten nach einer Stelle, von der aus wir den trägen graugrünen Arno (der jetzt aber vom Spätnachmittagslicht vergoldet wurde) zusammen mit dem Ponte Vecchio in aller Ruhe betrachten könnten. Ich weiß nur noch, daß sich diese Suche wegen der hohen Ufermauer, die Sonja wieder beständig die Sicht versperrte, gar nicht einfach gestaltete. Von der Schönheit des Gesamtpanoramas konnte ich ihr sozusagen nur berichten. Die elliptischen Bogen der Brückenpfeiler sind wirklich von einer unglaublich schönen Harmonie – diesmal hatte unser Führer nicht übertrieben, fand ich. Aber was nützte das groß, wenn Sonja sich in diesen Anblick nicht beschaulich vertiefen, sondern ihn nur sekundenweise erhaschen konnte?

Damit endete unser erster Kunstausflug nach Florenz. Wir fuhren zurück ins Hotel, wo schon das phantastische Abendessen auf uns wartete. Danach saßen wir wieder bis spät in die Nacht bei unserem Chianti in dem warmen Garten, beredeten nochmal ausführlich alle Eindrücke dieses Tages und machten Pläne für den nächsten, wobei wir nur ab und zu von der Hauskatze und einem zutraulichen älteren amerikanischen Ehepaar unterbrochen wurden. Bella war zweitausend Kilometer weit weg, und ich vermißte sie nicht.

Donnerstag, 29. Juni 1978, nachts kurz vor zwölf

Meine Gäste sind weg. Maria fand Sonjas Porträt nicht gut – es war ihr zu elegisch. Wenn es nicht ein Porträt von Sonja wäre, fände ich das wahrscheinlich auch und hätte es nicht gekauft. Genau wie mir Botticellis Bilder »eigentlich« zu süßlich sind. »Süßlich« oder »elegisch« kann ein Bild nur sein, wenn man seinen Ausdruck als unecht empfindet. Der Ausdruck auf dem Sonja-Porträt ist so echt, daß ich manchmal kaum hinsehen kann – aber woher soll Maria das auch wissen. Sie kannte Sonja ja nicht.

Florenz, zweiter Tag. Sonjas Pillen hatten schön früh gewirkt, so daß uns von dem Vormittag noch ziemlich viel Zeit zum Besichtigen blieb. An diesem Tag hatten wir das Museo delle opere del duomo vor, nachmittags Fiesole und abends ein Orgelkonzert in San Miniato del Monte.

In dem Museum war außer uns fast niemand, und schön kühl war es auch. Wir studierten ausgiebig alle Einzelheiten der Reliefs von Luca della Robbia, machten uns immer wieder gegenseitig auf besondere Schönheiten aufmerksam – da spürte Sonja plötzlich, daß sie schon wieder aufs Klo mußte. Es kam zum Glück nicht häufig vor, daß sie sich in ihrem Urteil » So, für heute bin ich mit der Prozedur fertig« täuschte – aber hier war es also wieder mal geschehen, am denkbar ungünstigsten Ort. Sonja wand sich gequält in ihrem Rollstuhl herum, um das drohende Malheur womöglich aufzuhalten, während ich zu dem Museumsdiener raste, um nach einem Klo zu fragen. Zum Glück verstand er mich sofort und verwies mich, ohne eine Miene zu verziehen, auf die Bonifatius-Statue. Gleich dahinter, links, sei ein Klo. Als ich Sonja endlich dahin gebracht hatte, war es schon passiert: Die Hose und Strumpfhose mit braunem Brei verkleistert, ihr blütenweißes Kleid und der Rollstuhl verschmiert. In dem winzigen Klo gab es ein kleines Waschbecken mit kaltem Wasser. Sonja zog sich aus, tränenüberströmt, und fing an, ihr stinkendes Zeug auszuwaschen, während ich mich auf die Suche nach einem Wäschegeschäft machte. Der Museumsdiener erklärte mir, wieder ohne eine Miene zu verziehen, wo ich eins finden könnte – es war gottseidank nicht weit bis dahin. Ich überlegte unterwegs fieberhaft, was wohl »Unterhose« auf Italienisch heißt, versuchte es dann bei der Verkäuferin mit »Slip«, worauf sie mir Krawatten brachte. Schließlich bekam ich aber doch meine »mutandine« (nie mehr werde ich das Wort vergessen) und rannte damit zurück zu Sonja. Sie war immer noch am Weinen und am Auswaschen. Gemeinsam brachten wir das traurige Geschäft zu Ende (dauerte wohl fünfundvierzig Minuten) und verließen dann das Museum, das sich inzwischen schon ziemlich angefüllt hatte. Sonjas Gesicht war verheult, und sie roch noch stark. Es war uns wie ein Spießrutenlauf. Der Museumsdiener sah neugierig hinter uns her. Zurück zum Parkplatz, mitten durch die Menschenmenge und von dort ins Hotel und in die Badewanne. Arme Sonja – wir waren beide vollkommen fertig.

Sonja wollte den Rest des Tages am liebsten im Bett bleiben, aber ich fühlte, daß sie das nicht munterer machen würde, und beharrte auf dem Ausflug nach Fiesole und dem Konzert. Das schöne Hotelessen, eingenommen in pieksauberem und duftendem Zustand, machte Sonja dann auch schon wieder sicherer und vergnügter, und so fuhren wir denn los, nach dem Motto: Nur nicht unterkriegen lassen! Die toskanische Landschaft war uns dabei auch eine große Hilfe. Für mich war sie eigentlich *das* große Erlebnis dieser Italienreise, erst hier um Florenz und dann um Siena. Es war eine wunderbare Medizin für Sonja, daß ich von dem Anblick dieser Landschaft so tief beglückt und angerührt war, wie sie mich bis dahin selten erlebt hatte. Immerhin war *sie* es ja, mit *ihrem* Auto, die mir das alles bieten konnte. Ganz allmählich erholte sich ihr zertretenes Selbstgefühl wieder.

Typisch für die toskanische Landschaft sind die verstreuten okkerfarbenen Häuser mit thronenden Tonlöwen rechts und links auf den Pfosten des Eingangstors. So einen Löwen wollte Sonja unbedingt für unser Wohnzimmer haben – wir fanden aber, trotz ständigen Suchens, erst in Genua einen, fast am Ende der Reise, weit weg von der Toskana. Ein ganz freundlicher, gemütlicher Löwe, etwa sechzig Zentimeter hoch, mit vorgestreckter Vorderpfote, auf der ich später, wenn ich Sonja besuchte, immer meine Handschuhe ablegte. Meine Mütze bekam er auf den Kopf. Wir haben ihn beide sehr geliebt – wo Frau Sanders ihn wohl hat verschwinden lassen?

Wir kamen bei diesem Ausflug auch an eine einsame Straße, die links von einem Mäuerchen begrenzt war. Dahinter fiel der Berg steil ab ins Tal. Man hatte von dort einen herrlichen Blick auf Florenz, auf terrassierte Weinberge, Ölbäume und Zypressen. Sonja blieb im Auto sitzen, und ich setzte mich auf das Mäuerchen. Den Anblick konnte sie nicht aushalten. Sie hatte Angst, ich würde hinunterstürzen. Obwohl ich diese Angst natürlich absurd fand, tat sie mir sehr wohl. Hatte denn sonst schon mal jemand so aufgeregt um mein Leben gezittert und gebangt? Um es noch ein bißchen mehr zu genießen, provozierte ich Sonja und stieg noch *auf* die Mauer, angeblich, um sie mit ihrer Angst zu necken, in Wirklichkeit aber, um den Verzweiflungsschrei zu hören, den sie dann auch tatsächlich ausstieß. Da stieg ich natürlich sofort wieder runter, und wir fuhren weiter.

Neulich war ich hier in Basel in einem Orgelkonzert. Es gab Reger, wie damals in San Miniato del Monte. Aber in San Miniato gab es nur esoterisches Tirilieren, während in Basel die Orgel ordentlich brauste, wie es sich gehört. Ich hätte das Brausen lieber mit Sonja erlebt. Es war unser dritter Abend in Florenz, wieder so ein wunderbar warmer, nach Blüten duftender. In der Pause standen wir nebeneinander an der Balustrade der großen Terrasse und sahen auf die fernen Lichter der Stadt. Ich hätte gerne meinen Arm um Sonja gelegt und sie geküßt und liebgehabt. Statt dessen holte ich uns eine Coca-Cola von den geschäftstüchtigen Mönchen und sagte zu Sonja: »Wir wüßten wohl beide nicht, wie schön das hier ist, wenn wir heute früh nicht dies Pech gehabt hätten.«

Mittwoch, 5. Juli 1978, nachts zehn nach zwölf

Heute habe ich fünf Stunden lang einen dänischen Artikel ins Deutsche übersetzt, und dann kam im Schweizer Fernsehen auch noch ein Film in dänischer Sprache mit deutschen Untertiteln. Es tat mir das alles nicht mehr sehr weh, aber es hat mich seltsam berührt und beschäftigt. Gestern vor zwei Jahren, am 4. Juli 1976 (Amerikas Zweihundertjahrfeier) haben Bella und ich Hochzeit gefeiert. Schon an unserem einjährigen Jubiläum waren wir geschieden – seit zwei Monaten. Die Stimmung also in diesen Tagen allgemein bei mir zu dänisch. Und auch in meiner Italienerzählung ist Bella jetzt wieder an der Reihe.

Am dritten Tag in Florenz mußte Sonja morgens wieder das Klo hüten, und ich fuhr zwecks »weiterer Kunstbesichtigung« in die Stadt. Es war schwer für mich, ein brauchbares Plätzchen zum Schreiben an Bella zu finden – die Einrichtung des Cafés gibt es ja in Italien kaum. Es gibt nur die Bars, wo man stehend seinen Caffè trinkt, oder die Restaurants, wo man etwas essen muß. Schließlich fand ich doch eine Art Café, ziemlich schmieriges Ding. Ich setzte mich in eine Ecke und fing an zu schreiben. Es war mir alles sehr mühsam: die trübe Stimmung (es regnete draußen) und mein schlechtes Gewissen – aber ich wollte doch nun Bella nicht untreu sein. Allmählich gelang es mir dann aber, mich in die gewünschte Intensität hineinzusteigern. Nach getaner Arbeit fuhr ich ins Hotel zurück, wo auch Sonja schon fertig war.

Nachmittags gingen wir in den Giardino di Boboli – ich notierte innerlich: ein guter Platz, um an Bella zu schreiben. Wieder in die Innenstadt, schon mal ein bißchen Geschäfte ansehen und eventuell was einkaufen (den großen Einkauf hatten wir für Mailand, unsere Endstation, vorgesehen – dort wollten wir unser gesamtes Restgeld verprassen). Sonja fand ein schönes Strickkleid und einen großen, weichen schwarzen Florentiner Filzhut, der ihr ein vornehmes und geheimnisvolles, leicht exotisches Aussehen verlieh. Zwischendurch besichtigten wir San Lorenzo, wovon Sebski uns so sehr vorgeschwärmt hatte. Er sei einmal dort gewesen, und die Gewalt dieses Eindrucks hätte ihn beinah dazu gebracht, nun Mönch zu werden. Sebski als Mönch – eine groteske Vorstellung. Als ich Sonja verlassen hatte, ist sie zweimal mit dem geilen alten

Kerl ins Bett gegangen, aus Mitleid (er war mal wieder am Bankrottieren und am Weinen), Betrunkenheit (sie hatten zusammen eine Flasche Whisky ausgetrunken) und zum Zweck der endgültigen Selbsterniedrigung.

In der Nähe von San Lorenzo gibt es die Mediceer-Gräber von Michelangelo zu besichtigen. Viele meinen, das sei der absolute Höhepunkt von Florenz. Uns beiden gefielen aber Michelangelos kolossale Frauenleiber so wenig, daß wir den Rest auch nicht weiter betrachten mochten. Die beiden Busenkugeln von »La Notte« zum Beispiel so völlig verkehrt am Oberkörper festgeklebt – ein schlimmer Anblick, und um so schlimmer noch, da es ja so wunderbar gelungen sein soll.

Am Spätnachmittag fuhren wir zurück, um auch mal unseren Hotel-Komfort auszukosten. Ich schaukelte auf der Kinderschaukel und stand ein bißchen im Swimmingpool herum, während Sonja am Rand des Beckens lässig ihren Campari schlürfte und hin und wieder ein Foto von mir machte. Auf einem dieser Fotos liege ich im Badeanzug, mit geschlossenen Augen, im Liegestuhl neben dem Schwimmbecken. Sonja gefiel dieses Foto aus irgendeinem Grund besonders gut – ich hab ihr nicht gesagt, daß ich genau da wieder mal sehr sehnsüchtig an Bella dachte, wie immer dann, wenn grad keine intensive Abwechslung imgange war.

Abends hatten wir vom Fenster unseres Zimmers aus eine längere Unterhaltung mit dem kleinen Calabresen, der uns immer die große Käseplatte brachte, die Sonja verschmähte, während ich mich auf den Gorgonzola stürzte. Er schien unschlüssig, um welche von uns beiden er sich nun in dieser verführerischen Mondnacht besonders bemühen sollte, und da wir ihm auch keine Hilfestellung gaben, wurde »nur« ein intensives Gespräch über seine Heimat daraus. Zum Abschied haben wir noch ein Foto von ihm gemacht. Er steht da in stolzer Siegerpose. Wir versprachen ihm hoch und heilig, ihm das Foto zu schicken. Wollten das auch tun, aber das Leben und Sterben ist uns so sehr dazwischengekommen, daß es nicht geschah.

Die nächste Etappe nach Florenz war Siena. Dort hoffte ich den ersten Brief von Bella zu kriegen. Die Adressen in Verona und Florenz hatte ich ihr gar nicht erst gegeben – man weiß ja, wie langsam die italienische Post ist. Natürlich konnte der Brief nur an Sonja und mich gemeinsam gerichtet sein, aber um doch wenigstens eine Art persönlicher Mitteilung zu bekommen, hatte ich ein Code-System erfunden. Wenn Bella schrieb »Sicher lernt ihr in Italien besonders fleißig Dänisch« – dann sollte das für mich heißen »Ich liebe Dich« oder etwas in der Art. Sonja hat fröhlich gelacht über Bellas skurrilen Humor.

Das kam aber erst, als wir im Hotel waren. In Siena angekommen, fuhren wir nicht sogleich in unser Hotel, sondern erstmal auf den Campo. Wir parkten den Wagen im Schatten und setzen uns draußen vor eine Bar, mit Campari und Coca-Cola. Es war alles ziemlich still, brütende Mittagshitze, nachmittags halb drei. Der Campo war in der Tat genau so schön, wie wir es überall gelesen hatten, ein Juwel von einem mittelalterlichen Platz. Trotzdem, die Hitze war derartig, daß wir bald beschlossen, doch zunächst mal in unserem Hotel Schutz zu suchen. Wir stiegen ins Auto – es stand inzwischen in der prallen Sonne – und es sprang nicht an. Vor der Bar hatten wir unter einem Sonnenschirm gesessen – jetzt machte uns diese Irrsinnshitze fast wahnsinnig, und es gab ja kein Entkommen. Es mußte hier, an Ort und Stelle, versucht werden, den Wagen wieder in Gang zu bringen. Sonja probierte, wieder und wieder – nichts. Ich stand als nutzlose Gesellschaft daneben, schwitzte in Strömen, die Kleider klebten uns am Körper, und unsere Gesichter wurden krebsrot. Nach einer halben Stunde etwa gaben wir auf und schlichen in eine andere Bar, die ein bißchen im Schatten lag. Wir bestellten uns einen Caffè und warteten ab, daß der Schatten über das Auto wüchse. Fragten nach einer Autowerkstatt. Die wäre ganz weit weg, sagte man uns. Nach einer halben Stunde Erholung wollten wir es ein letztes Mal probieren, bevor wir weitere Schritte unternahmen. Sonja mußte auch dringend aufs Klo. Und da – sprang der Wagen an, als wäre nie etwas gewesen. Wir hatten auch ein Strafmandat bekommen, wegen falschen Parkens. Ein Polizist versuchte, uns etwas klarzumachen. Wir verstanden *davon* natürlich kein Wort.

Verglichen mit dem Florentiner Hotel war das in Siena ein kleiner Abstieg, sowohl was das Essen als auch was das Zimmer betraf. Aber wenigstens war unser Zimmer kühl – unsere drei Siena-Tage mußten wir hauptsächlich in diesem Zimmer verbringen, denn es wurde von Tag zu Tag immer noch heißer.

Freitag, 7. Juli 1978, nachmittags halb drei

Den Rest unseres ersten Siena-Tages verbrachten wir in unserem Hotel, das wieder etwas außer- und oberhalb der Stadt lag. Von der riesigen Terrasse aus hatte man einen weiten Blick ins Tal und über die Stadt. Aber man konnte die Terrasse nur abends oder frühmorgens betreten. Tagsüber hätte man auf den glühenden Steinen glatt eine Pizza backen können. Das Hotel schien zu der Zeit merkwürdig unbewohnt; der Speisesaal war abends kaum zu einem Viertel gefüllt und auch die Terrasse fast immer menschenleer.

Unser Zimmer war eine Sinfonie in einem belegten Gelb – dort blieben wir also am ersten Abend, auf unseren Betten, ruhten uns aus und studierten dabei unser mitgebrachtes Material über Siena. Am nächsten Morgen, früh bevor die Hitze hereinbräche, wollten wir durch die Altstadt bummeln und dann über Mittag ausführlich den Dom besichtigen. So geschah es dann auch. Die Altstadt deprimierte uns schrecklich in ihrer schmutzigen Armut und Verfallenheit – diese Seite Italiens bedrückte uns hier noch viel stärker als in Verona und Florenz. Es wirkte alles nur düster, nicht mehr »pittoresk«, wohl auch deswegen, weil es in dem Stadtteil, den wir da erwischt hatten, kaum noch Menschen zu geben schien – keine Geschäfte, Bars oder Restaurants.

Um so pompöser, geradezu unanständig kostbar, wirkte dann der Dom von Siena auf uns. Zuerst mußte eine ziemlich hohe Treppe bewältigt werden. Ich schaffte es sogar ganz ohne Hilfe, Sonja da hinaufzuziehen. Für sie ja eine recht gefährliche Situation, aber ihr Vertrauen zu mir war grenzenlos, und mein Vertrauen zu mir selbst war meist auch größer als das zu fremden Helfern, die solche Arbeit aus Unkenntnis und Ungeschicklichkeit oft eher erschwerten als erleichterten.

Im Dom (draußen wurde es immer heißer) blieben wir dann sehr lange, zwei bis drei Stunden. Vor allem studierten wir eingehend die Marmorintarsien des Fußbodens, wobei wir uns abwechselnd vorlasen, was die einzelnen Quadrate darstellen sollten. Arbeitsam und sorgfältig fanden wir uns da, aber es war immerhin eine interessante Arbeit. Auch das Sterbezimmer der hl. Katharina gab es dort irgendwo zu sehen. Es wirkte klösterlich, rein, weiß, asketisch. Ob sie wohl lesbisch war und die Intellektualität und Askese als »lebbaren« Ausweg wählte?

Die Zeit der schlimmsten Mittagshitze verbrachten wir in dem Hotelzimmer mit Postkartenschreiben, dann ging es wieder los zu einem kleinen Einkaufsbummel. Die Gegend, in die wir diesmal kamen, war schon weniger trostlos, ja direkt elegant. Für tausend Lire erstanden wir eine Gabriella-Ferri-Platte, die wir hinten im Auto ablegten, wo sie durch die Hitze binnen zwei Stunden leider völlig verbogen wurde. Aber die Ferri scheint zäh zu sein: Sie hat die Tortur prima überstanden und schreit ihre Gesänge noch heute tapfer von dieser Platte.

Außerdem kauften wir uns noch einen handbemalten Keramikkrug, gefüllt mit einem Kräuterlikör, sienesische Spezialität. Ich glaube, der Trank hieß »Lacrimae di Siena«. Wir öffneten den Krug erst in Hamburg; der Likör war unangenehm süß und klebrig, aber damit hatten wir schon gerechnet. Es war uns auch mehr auf das schöne Gefäß angekommen. Auch dieses ist sicher von Frau Sanders in den Müll geworfen worden.

Viel mehr weiß ich nicht mehr von Siena, nur, daß ich auch von hier einen Eilbrief an Bella losließ, während Sonja im Hotel auf dem Klo saß.

Die nächste Station war Sestri Levante am ligurischen Meer. Unser Reiseberater in Hamburg hatte gemeint, nur Kultur könnte man doch auf die Dauer nicht aushalten, und wir sollten uns doch auch ein paar Tage Badeferien am Meer gönnen. Für Sonja kam Baden ja sowieso nicht in Frage, und ich kann nicht schwimmen – aber wir hatten uns überreden lassen, uns aber auf alle Fälle einen Badeort ausgesucht, dessen nähere Umgebung landschaftlich interessant sein sollte.

Das Schönste an Sestri Levante (als wir den Ort sahen, tauften wir ihn gleich »Sestri Irrelevante«) war wohl die Fahrt dorthin. Wir brachen nachts um vier Uhr auf – nur so konnten wir einigermaßen sicher sein, vor Ausbruch der tödlichen Mittagshitze in unserem nächsten Hotel zu sein. Wie sich die schwarze Nacht allmählich graurosa färbte und immer mehr von der wunderbaren toskanischen Landschaft enthüllte – das werde ich nie mehr vergessen. Um sieben Uhr waren wir in Volterra, das uns wie eine gottverlassene mittelalterliche Festung vorkam. Ich stieg aus und warf einen kurzen Blick in eine Kirche, in der schon ein Meßdiener herumhantierte. Aber insgesamt war uns das berühmte Volterra eher unheimlich, und wir fuhren schnell weiter. Gegen zehn werden wir wohl in Pisa gewesen sein. Das wenigstens wollten wir doch noch schnell mitnehmen. Eine meiner Kurzgeschichten heißt »Der schiefe Turm von Pisa«, und nun war ich maßlos erstaunt, daß er tatsächlich mitten auf einer Wiese steht, genau wie ich es mir ausgedacht hatte. Während Sonja unten herumrollte, stieg ich schnell auf den Turm, warf ein paar Blicke in die Runde und auf Sonja, knipste auch das Bild von ihr, und dann ging es schon weiter.

Wir schafften es tatsächlich, der Hitze zuvorzukommen, aber unser Hotelzimmer spielte leider nicht mit: Es war heiß und stikkig, und hier sollten wir nun fünf Tage bleiben. Nachdem wir eine Weile auf unseren Betten herumgeschwitzt hatten, zogen wir los, um zu sehen, wie der Ort denn nun aussähe. Sehr malerisch gelegen, sicherlich, mit gleich zwei hübschen Buchten, aber der malerischste Teil war für den Rollstuhl praktisch unzugänglich: ein steiler waldiger Hügel mit weitem Blick aufs Meer.

Wir setzten uns in eine kleine kühle Bar mit Blick auf Bucht und Badefreuden. Es schien uns alles eher langweilig bzw. nicht zu »unserer Art« passend. Da kamen wir mit einem Sestri-begeisterten Ehepaar aus Köln ins Gespräch. Er stellte sich als »Dr. Wiegand« vor. Eigentlich sei er Archäologe, aber nun müsse er sich mit Übersetzungen durchschlagen. Er sprach anregend und interessant, war aber derartig eitel, daß seine Frau uns viel besser gefiel, obwohl sie nur selten zu Wort kam. Ich war außerdem mißmutig, daß ich *meinen* »Dr.« bescheiden unterschlagen hatte – Dr. Wiegand würde bestimmt nicht mit seinem pfauenartigen Radschlagen aufhören, bevor ich ihm nicht beigebracht hatte, daß er es mit »seinesgleichen«, sogar einer Altphilologin, zu tun hatte. Seine Mißeinschätzung klärte sich dann auch irgendwie auf, und das Gespräch besserte sich. Jetzt durfte plötzlich auch seine Frau ab und zu den Mund auftun. Heraus kam die erstaunliche Liebes- und Lebensgeschichte dieses Paares: Sie hatten einander gerade zum drittenmal geheiratet. Immer war sie es gewesen, die ihn und sein erstickendes egozentrisches Verhalten nicht mehr hatte ertragen können. Dann war er jeweils zusammengebrochen, hatte Besserung geschworen, und sie hatte sich breitschlagen lassen, auch weil sie ihn ja »irgendwo« mochte und ganz und gar verstand – und die Geschichte war wieder von vorne losgegangen.

Insgesamt mochten wir beiden Paare uns aber und beschlossen, am nächsten Abend gemeinsam draußen auf der Mole essen zu gehen.

Mittwoch, 16. August 1978, nachts zehn nach elf

Ich könnte ja jetzt einfach mit meiner Sestri-Geschichte fortfahren und so tun, als dächte ich wirklich an Sonja. Dabei denke ich dauernd an Maja, die ich doch noch nie gesehen habe. Ich war drei Wochen in Südengland, Urlaub, und diese Wochen waren fatal ähnlich wie damals meine drei Wochen in Italien. Natürlich hat mich all das Fremde, Neue stark interessiert, gereizt und oft schön abgelenkt, aber eigentlich habe ich doch durchweg vor mich hin geträumt und dachte dabei auch daran, daß ich in meiner bisherigen Darstellung der Italienreise wohl vieles ungenau gezeichnet habe. Das Denken an, das Fixiertsein auf Bella hat in Wirklichkeit einen viel breiteren Raum eingenommen, als ich es mir nachträglich eingestehen wollte. Es war mir auch nicht mehr so eindrücklich gegenwärtig, weil es ja ein *Zustand* war. Ereignisse behält man besser im Gedächtnis, und sie lassen sich auch besser erzählen.

Anfang Juli war ich auf einer Wochenendtagung über Homosexualität, von der evangelischen Kirche veranstaltet, in der Nähe von Zürich. Es waren auch ungefähr dreißig Lesben da. Das Problem Homosexualität wurde auf allen Ebenen abgehandelt: theologisch, psychologisch, soziologisch, emanzipatorisch. Die Sache war halt als Tagung definiert, und so wurde sie auch durchgezogen. Natürlich war auch erwünscht, daß man sich menschlich näherkommen sollte, und offene Lebensbeichten waren sehr willkommen. Die meisten waren darin natürlich nicht geübt, und ich preschte oft mit meiner diesbezüglichen Routine durch, gab viel zuviel von Persönlichstem ab, während die andern meist in der Tagungsteilnehmerrolle verharrten. Abends war ich leicht erschöpft und enttäuscht, daß es nicht so recht lebendig hatte werden wollen. Beim Nachtessen saß eine etwa fünfzigjährige Kindergärtnerin neben mir. Ob sie auch lesbisch wäre, fragte ich sie (es waren auch Journalistinnen da, Theologinnen, Sozialberufliche – man wußte nie so recht, wo die einzelnen hingehörten). Verschämt bejahte sie – das hätte sie vor mir hier noch niemandem gesagt. Und dabei war es klar, daß sie sich nach einer Freundin sehnte, daß sie eigentlich nur deshalb hergekommen war, weil sie in ihrem Dorf keine Kontakte kriegen konnte. Sie, und ich auch, wir wurden nun wieder mit Reden und Diskutieren abgespeist. Ich spürte, daß sie sich sehr für mich zu interessieren begann, so einsam war sie und so froh, daß jemand sie persönlich wahrgenommen hatte. Aber ich merkte, daß ich mich bald mit ihr langweilen würde, deshalb blieb ich dann reserviert und ganz allgemein, damit ihr nicht noch mehr zustieße.

Von den anderen Frauen zog mich auch keine an. Ich übernachtete dann in Zürich bei Susanne. In ihrem mit Frauen- und Lesbenliteratur vollgestopften Regal fand ich das Buch »Puppe Else« von Maja Mendele. Ich schlug es in der Mitte auf und las mich immer intensiver fest. Vieles kam mir vor, als hätte ich selbst es schreiben können. Das Buch handelt von der unerwiderten Liebe einer Lesbe zu einer heterosexuellen Frau. Die Ich-Erzählerin erlebt das mit dreiunddreißig, für mich war das der Normalzustand von meinem zehnten bis zum zwanzigsten Lebensjahr. Von daher die Erfahrungen natürlich stark verschieden, aber die Gefühlsqualitäten glichen sich erschreckend. Schon da fing ich an, mich in die Intensität, die Verzweiflung und Sensibilität dieser Schreiberin zu verlieben. Ich faßte den Entschluß, ihr zu schreiben. Ich wollte sie unbedingt kennenlernen. Große Angst hatte ich, daß sie eventuell inzwischen ganz glücklich mit irgendeiner Frau zusammenleben könnte. Die Aufzeichnungen stammen aus den Jahren 73 und 74. Daß sie keine Fiktion waren, erkannte ich an der unglaublichen Ähnlichkeit mit meinen eigenen Aufzeichnungen.

Am zweiten Tag der Tagung fühlte ich mich dann gegen mein inneres Suchen bestens gewappnet. Ich war schon verliebt, hatte ein konkretes Ziel. Keine dieser anderen Lesben konnte mir mehr interessant werden, und vor allem war ich im Umgang mit ihnen von meiner eigenen, jeweils schon alles vorwegnehmenden Enttäuschtheit befreit.

Am Montag schrieb ich der Maja einen Brief und wartete dann sehr ungeduldig auf Antwort. Sie kam nicht – *ich* hätte auf einen solchen Brief postwendend geantwortet. Sie wird wohl grad in Urlaub sein, redete ich mir zu. Als nach zwei Wochen noch immer kein Brief da war, setzte ich einen Annoncentext für die Courage auf. Ich wollte endlich aktiv was für mich tun, endlich jemanden finden, damit diese erniedrigende innere Such- und Suchteinstellung aufhörte, die einen darauf reduziert, Menschen nicht mehr als Menschen zu erleben, sondern in erster Linie als mögliche oder unmögliche Partnerinnen. Maja hatte ich da also bereits »seelisch verarbeitet« – sie wird wohl in derartigen Leserbriefen geradezu erstickt sein und hat nun keine Lust mehr, auf meinen Brief auch noch einzugehen, dachte ich.

Dann fuhr ich nach Würzburg zu Julia und Wenzel. Vorsorglich ließ ich aber doch meine Post dahin nachschicken, für die kurze Woche. Man konnte ja nie wissen – vielleicht kommt Maja doch erst aus dem Urlaub zurück. Und tatsächlich, genau an dem Morgen, an dem ich nun überhaupt mit nichts mehr rechnete, lag ein Päckchen für mich da, als ich aufstand. Julia hatte ich von meinen neuerlichen Verwirrungszuständen nichts erzählt – sie findet es so befremdlich an mir, daß ich mich in Leute verliebe, die ich noch nie gesehen habe. Ich tue ihr leid, daß es mit mir in meinem Notstand so weit gekommen ist. Ich wehre mich eigentlich gegen eine solche Beurteilung meiner Person, neige aber bei Julia leicht dazu, mich mit ihren Augen zu sehen. Ich habe mich aber nicht in »irgendjemanden« verliebt, sondern in Maja Mendele, und Julia hat ja das Buch überhaupt nicht gelesen, und sie weiß auch nicht, wie man sich fühlt, wenn man so ein Buch schreibt wie ich hier und dann ganz plötzlich liest, wie eine andere so ganz ähnlich schreibt. Ist das etwa keine Art, einen andern Menschen wirklich sehr intensiv kennenzulernen, viel besser vielleicht, als wenn man sich bloß sieht und etwas miteinander spricht?

Jedenfalls riß ich nun den so lang ersehnten Brief nicht gleich an mich, verschlang ihn, sondern aß erstmal gesittet mein Frühstück und redete mit Julia über ganz andere Dinge. Eine höchst schwierige Konzentrationsleistung, auch nervlich zermürbend. Da saß nun meine beste Freundin, und ich mochte nicht mit ihr über das reden, was mich vor Anspannung bald platzen ließ. Verhielt ich mich damit falsch oder richtig? Ich wußte es nicht. Aber etwas anderes wäre mir natürlicher gewesen.

Maja schrieb: »Ihr Brief ist einer von der Art, wie man ihn wohl nur einmal im Leben bekommt. Die meisten Menschen aber werden nie so einen Brief bekommen. Ich danke Ihnen dafür.« Ein gewaltiger Einstieg, fand ich, sehr große Worte – genau so groß, wie ich sie mir erhofft hatte. Ihre beiden früheren Bücher hatte sie mir dazugelegt. Wenn mir die nicht zusagen sollten, könnte ich meine Einladung nach Basel auch ruhig widerrufen, oder auch nie mehr von mir hören lassen.

Ich setzte mich gleich hin und antwortete, dankte für den schönen Brief und die Bücher. Am liebsten würde ich gleich das nächste Flugzeug nehmen, um sie zu sehen, aber nun müßte ich ja erstmal nach England. Ich wußte da schon, daß England für mich ähnlich werden würde wie Italien. Deshalb verbrachte ich die folgenden vier Tage bis zu meinem Reiseantritt mit Überlegungen, wie ich es anstellen könnte, sie *vorher* noch zu sehen. Aber das war ja wieder so unvernünftig, und Julia und Wenzel waren so vernünftig. Was hätten die wohl gedacht? Und Maja erst, von so einem Überfall? Ich hätte mir ja gleich alles von vornherein verderben können. Trotzdem, der Gedanke ließ mich nicht los, während ich doch gleichzeitig meine Habilschrift druckfertig machen mußte. Sowieso ein hartes Stück Arbeit, die blöde Zusammenfassung zu schreiben und eine Erklärung dafür zu finden, wieso die Arbeit eher wie ein wilder Baum geraten ist statt wie eine ordentliche geometrische Konstruktion. Und nun konnte ich meine Gedanken gar nicht mehr auf diesen Punkt konzentrieren, weil sie allesamt in Richtung Maja wegstrebten. Ich fing sie dann aber mühsam doch wieder ein und brachte alles noch in letzter Sekunde fertig.

Von Würzburg fuhr ich dann nach Darmstadt zu Katharina, um von dort aus mit ihr die Reise nach England anzutreten. Auf der Fahrt überlegte ich, ob ich nicht lieber von Frankfurt aus gleich ein Flugzeug nach Berlin nehmen sollte. Katharina natürlich vorher telefonisch um Aufschub der Reise bitten, für ein, zwei Tage. Das fand ich dann aber unzuverlässig von mir, unvernünftig ja sowieso. Aber eigentlich sollte man nicht so mit halbem Herzen nach England fahren, auch nicht Urlaub machen wollen, der sowieso keiner werden kann. Dazu ist doch beides zu schade. Schließlich gab ich dann jedoch nicht mir selbst nach, sondern Katharina und Maja. Die eine wollte ich nicht zurücksetzen, die andere nicht durch mein Ungestüm überfordern.

Die beiden Bücher von Maja hatte ich inzwischen schon halb gelesen. Sie sind eine genauso erschreckende Mischung aus Sensibilität, Grausamkeit und Kälte wie der Anfang von »Puppe Else«. An diesen Anfang hatte ich mich nur schwer gewöhnen können, genau wie an ihre Schrift. Sie schien mir wie spitze Dolchstiche. Ich fand aber zu den Büchern trotzdem einen Zugang, weil sie mich an meine eigenen Kurzgeschichten erinnerten. *So* hatte ich geschrieben, bevor ich mit der Psychoanalyse in Berührung kam. Während der Analyse habe ich dann lange Zeit nichts mehr geschrieben, dafür selbige Grauslich- und Unerquicklichkeiten regelmäßig auf der Couch erzählt. Und ich erinnerte mich an Kafkas und Poes kalte Horrorvisionen, die mich in der Pubertät so tief angezogen hatten, an ihr trauriges Schicksal und ihre zarte Seele. Mit all dem hatte ich mich damals identifizieren können. Und Kafkas »Briefe an Milena« – gibt es wohl schönere Liebesbriefe?

Vor meiner Abreise nach England schickte ich dann Maja mein Buch hier, mit dem Hinweis, sie könne ja nun ihrerseits überprüfen, ob sie mich nach der Lektüre noch kennenlernen wolle. Ich hatte das Buch eigentlich für Katharina mitgenommen. Hinzugefügt hatte ich eine Adresse in Plymouth, wo wir etwa nach einer Woche ankommen wollten.

Weshalb schreibe ich das eigentlich alles auf? Es tut mir gut, es schafft ein bißchen Distanz. Rausschmeißen kann ich es später immer noch.

In England gab es so viel zu sehen, daß wir doch nicht so früh nach Plymouth kamen. Ich hatte mir ausgerechnet, daß frühestens am Samstag ein Brief angekommen sein könnte. Katharina hatte ganz Deutschland weit hinter sich gelassen – wie konnte ich ihr verständlich machen, daß ich schon so früh nach Post aus der Heimat verlangte? Die Plymouth-Adresse war nämlich die *ihrer* Freunde, und schon als ich die noch in Darmstadt von ihr erfragt hatte, schien es sie leicht zu verwundern. Um es ihr halbwegs verständlich zu machen, deutete ich vage etwas von der Geschichte mit Maja an. Bis wir dann, am Donnerstag der zweiten Woche, endlich in Plymouth waren, rief ich fast jeden Tag dort an, ob wohl Post für mich gekommen sei. Als ich dann noch erfuhr, daß die Post vom Kontinent nach England normalerweise zwei Tage braucht, war ich sehr enttäuscht. Am Donnerstag, in Plymouth angekommen, ohne Brief, war ich schwer erschüttert. Die Stadt gefiel mir sowieso nicht, und ich legte mich erstmal zu Bett. Dort formulierte ich in Gedanken einen traurigen Entschuldigungsbrief: Es täte mir leid, daß ich mich mit meinem Machwerk so aufgedrängt hätte. Sie möge es mir nur bitte wieder zurückschikken und im übrigen die Sache vergessen. Nach zwei Stunden kam aber wieder eine positivere Stimmung in mir auf, und ich konnte ihr doch eine ganz muntere Postkarte schreiben. Aus England zu schreiben, hatte ich versprochen. Ich redete mir ins Gewissen, daß doch ihr Brief diese großen Worte enthalten hatte – und wie kam ich überhaupt dazu, sie für so wetterwendisch zu halten? Es konnte doch schließlich vielleicht auch an der Post liegen.

Von Plymouth fuhren wir nach Cornwall. Wie schon damals Italien, war natürlich auch England für meinen verquälten Zustand immer wieder eine großartige Hilfe. Ich liebte so ungefähr alles, was mir da geschah und begegnete, und Katharina war eine prima Reisekameradin. Ihr einziger Fehler war, daß sie nicht Maja war. In Plymouth noch hatte ich mir einen großen Stapel Bücher gekauft, in die ich mich dann mit der üblichen Intensität verbiß. »I have my books and my poetry to protect me«, sangen mir Simon and Garfunkel aus dem Auto-Cassettenrecorder vor – ein Song, der mir schon so oft aus der Seele gesprochen hat.

Endlich dann, am Mittwoch, kam ein aus Plymouth nachgeschickter Brief an, wieder als ich meine Enttäuschung eigentlich gerade zu Ende durchgearbeitet hatte. Und was für ein Brief! Konsequent behandelt sie mein Buch als Literatur, sogar als »große« (genau wie Müller sich ausdrückte, und nur er). Majas Reaktion ist aber irgendwie noch persönlicher. Zum Beispiel will sie wissen, was denn das mit meinem sogenannten Rückenmarkstumor war. Wie eine ernsthaft besorgte Freundin. Dann Vorschläge für unser geplantes Treffen. Meinen Vorschlag, uns gleich Mitte August, nach meiner Rückkehr, zu treffen, lehnt sie ab – aber es geschieht nicht verletzend. Sie selbst sei zu gehetzt, jetzt kurz vor ihrem Urlaub.

Wie gesagt, mir ist schon lange klar, daß ich mich in sie verliebt habe. Was *sie* empfindet, weiß ich nicht. Ein weniger ängstlicher, skrupelhafter Mensch würde es vielleicht wissen – in den Briefen gibt es etliche Anhaltspunkte. Aber bis wir uns dann im September sehen, werde ich wohl in dem besessenen Zustand verbleiben, in dem ich damals mit Bella war, bis ich in München explizit am Telefon hörte, sie sehne sich nach mir. Auch deshalb schreibe ich hier vor mich hin, denn in Briefen kann ich es Maja nicht sagen, weil ihre Briefe zu derartigem nicht einladen. Daß etwas imgange ist, ist schon klar, aber es bleibt vorerst schön untergründig. Und deshalb werde ich hier in meinem Buch so direkt. Das Untergründige kann ich wohl, wenn es sein muß, aber es liegt mir nicht. Alles, was unausgesprochen bleibt, reizt, überreizt dann meine Phantasie, und das ist sehr schlecht für meine Arbeit. Morgen werde, muß ich aber endlich wieder fürchterlich arbeiten. Es ist noch so viel zu tun, bis wir uns endlich sehen.

Gestern rief ich Maja in ihrem Verlag an. Ich hatte es in meinem Antwortbrief aus England so leichthin angekündigt. Den hatte sie aber noch nicht bekommen. Die Post ist doch sehr langsam von und nach dort. Ich hatte schreckliches Herzklopfen und konnte kaum vernünftig reden. Und wie gut mir gleich ihre Stimme gefiel! Ich sah sie irgendwie vor mir. Zart wirkte sie auf mich, und lebendig, sehr lieb und freundlich. Ich stelle mir vor, wie sie kompetent mit den Kollegen und Autor/inn/en spricht, mit dieser Stimme.

Dieses Erlebnis ihrer Stimme war wichtig für mich wegen der grausigen, entsetzlichen Aspekte ihrer Bücher. Sie schildert mit Vorliebe und mit großer Kälte sinnlich Abstoßendes. Ich habe ja schon oben gesagt, wie ich damit klarzukommen versuchte. Als Literatur ist es hervorragend gemacht, aber wie ist der Mensch, der so was schreibt? Vielleicht doch ein bißchen genauso kalt und grausam? Nach der Stimme kann sie es nicht sein.

Nach diesem Anruf vergaß ich im Postamt vor lauter Benommenheit, meine Rechnung zu bezahlen. Rauchte erst eine Zigarette, lief dann zu meinem Fahrrad, bis es mir plötzlich einfiel.

Und Sonja? Das Bild, das jetzt schräg neben meinem Schreibtisch hängt, ist gestern verrutscht. Fast wäre es heruntergefallen. Es war mir wie eine bittere Anklage. Heute früh habe ich es wieder gerade gerichtet. Meine Gefühle für Maja haben sich dadurch nicht verändert. Sie schreibt übrigens, ob ich schon daran gedacht hätte, daß der Stoff sich gut verfilmen ließe. Ich habe tatsächlich schon daran gedacht, aber immer mit Schaudern. Ich empfand solche Gedanken als Sakrileg Sonja gegenüber. Ihr Leiden und Sterben auch noch zu kommerzialisieren, entsetzlich!

Wie aber Maja das so schrieb, erinnerte es mich an gewisse Worte von Müller: »Am Ende des Buches werden die Leser auch wissen wollen, wie es *Ihnen* geht. Sie werden sich wünschen, daß es Ihnen besser geht, daß sie das alles gesund überstanden haben. *Sie* sollten dann irgendwie mehr in den Vordergrund rücken.« Auch so eine »kommerzielle«, sachliche Feststellung, fand ich immer, halb empört wegen der seelischen Grobheit Sonja gegenüber, halb zustimmend, eben weil das Interesse an mir mir wohltat. Im Moment scheine ich selbst in diese Richtung einzuschwenken. Plötzlich meine ich, daß ich ein Recht darauf habe, daß der Rest meines Lebens auch ohne Sonja glücklich sein könnte und sollte. Daß, obwohl Sonja tot ist, ich auch wichtig bin.

Freitag, 18. August 1978, nachts zwanzig vor zwölf

Es ist schon schlimm, daß ich ständig an Maja denke. Warum tue ich es immer so traurig? Sie war doch so freundlich am Telefon, schien sich aufrichtig auf unsere demnächstigen gemeinsamen Tage in Juist zu freuen. Ihre Briefe spontan und persönlich, voll rückhaltloser Bewunderung meiner schriftstellerischen Qualitäten. Warum denke ich trotzdem, sie wird mich dann sicher doch nicht mögen? Daß ich sie eventuell auch nicht mögen könnte, kommt mir dagegen gar nicht in den Sinn. Liegt es vielleicht an der Erfahrung, die ich grad mit Rita durchgemacht habe? Nein, es liegt glaube ich an meiner Mutter. Ich habe sie, wie man es als Kind eben nicht anders kann, geliebt, und ein Vater war ja nicht da. Und dann wurde ich nicht von ihr wiedergeliebt. So assoziiere ich denn Verliebtheit bei mir immer noch automatisch mit Enttäuschung, wie ein Naturgesetz.

Ich habe Maja zwei Fotos von mir geschickt. Mir gefallen sie ganz gut, aber ich rechne jetzt damit, daß sie von meinem Aussehen enttäuscht sein wird, um so enttäuschter noch, als das Buch ihr ja so gut gefallen hat. Wieso, zum Teufel, kann ich nicht einfach mal ganz selbstverständlich davon ausgehen, daß ich ihr auch gefallen könnte? Ich selbst bin so gut wie entschlossen, jedes Foto von ihr schön zu finden.

Schluß jetzt damit. Zurück nach Sestri Irrelevante. Ich will von dem Abendessen an der Mole erzählen, mit jenem Ehepaar Wiegand aus Köln. Es verlief in angeregtem Bildungsgespräch, aber durch die Frau kamen auch persönlichere, wärmendere Elemente hinein. Sie wollte mir auch den hier so besonders herrlichen Sonnenuntergang zeigen. Um den richtig zu sehen, mußte man aber über eine lange Treppe auf eine Plattform steigen. Dort mit mir allein, fragte sie mich, wie ich denn das Zusammenleben mit Sonja aushielte. Ob es nicht sehr schwer für mich wäre? Sie bewundere mich. Ich dachte an Bella, und daß es im Moment für mich ja wirklich schwer auszuhalten war. Davon aber erzählte ich ihr natürlich nichts. Trotzdem nahm ich die Gelegenheit wahr, ein wenig zu klagen. Es erleichterte mich irgendwie; außerdem zerstreute es den Verdacht von Perversität, von dem ich mich ja ohnehin immer bedroht fühlte.

Wir alle hatten reichlich Chianti getrunken, aber Sonja war volltrunken. Eigentlich hätten wir besser zu Fuß nach Hause spazieren sollen, aber Sonja meinte, sie könne noch bestens fahren und würde uns alle sicher heimbringen. Ich widersprach nicht, weil ich von Hamburg wußte, daß sie auch in volltrunkenem Zustand noch jedesmal ausgezeichnet zu fahren verstand. Aber die Straßen Hamburgs kannte sie, und diese Molenstraße war Fremde und außerdem recht tückisch mit ihren vielen Kurven. Das Ehepaar war nur eingestiegen, weil es auf meine beruhigenden Worte schließlich vertraute und auch nicht spielverderberisch oder beleidigend sein wollte. Sonja fuhr also fröhlich los, nahm eine der Kurven falsch – und schon hingen wir mit dem linken Vorderrad über dem Hafenbecken. Zum Glück hatte sie gerade noch rechtzeitig gebremst, sonst wären wir allesamt ins Wasser gefallen. Sonja war so blau, daß sie gar nicht richtig mitgekriegt hatte, was passiert war. Wir andern drei hatten einen schweren Schock und krabbelten irgendwie aus dem Auto. Sofort waren aus einer gegenüberliegenden Bar an die vierzig Italiener herbeigestürzt. Sie redeten auf Sonja ein, was sie jetzt zu tun hätte, während sie ihre Hilfsaktionen mit Brechstangen oder was weiß ich beginnen wollten – aber Sonja lachte bloß irre vor sich hin. Ich erklärte den lieben Helfern, daß sie nicht aussteigen könne, weil sie gelähmt sei. Da interpretierten sie dann auch gleich ihr besoffenes unangemessenes Verhalten als Schock, waren voller Mitleid, zogen sie heraus, wobei sie immer weiter in einem fort lachte. Mich beruhigten sie, ich sollte mich ausschließlich um meine arme Freundin kümmern und sie schön zu Bett bringen – den Rest würden sie erledigen. Das Auto sollten wir uns am nächsten Tag dann vor der Bar wieder abholen. Polizei wäre gar nicht nötig, die machten ja sowieso bloß immer Mist, wie man wisse. Und übrigens wäre grad vor einer Woche ein französisches Auto in das Becken gefallen – wir hätten großes Glück gehabt. So wütend ich auf mich selbst (weil ich die Situation vorher so falsch eingeschätzt hatte) und auf Sonja war, so dankbar war ich diesen hilfsbereiten Italienern. Was hätte man wohl bei uns in Deutschland aus einer solchen Situation gemacht? Natürlich wäre die Polizei gekommen, kein Mensch hätte sich persönlich derartig engagiert wie diese vielen hier, und wir hätten die schlimmsten Scherereien gekriegt.

Als das Ehepaar seinen Schock verwunden hatte, verzieh es uns beiden großmütig, daß wir sie in Lebensgefahr gebracht hatten.

Auch an den übrigen Tagen, die wir noch in Sestri blieben, waren wir noch ein paarmal nett zusammen, machten voneinander Erinnerungsfotos und versprachen, uns in der Heimat dann mal zu schreiben.

An einem der fünf Sestri-Tage schrieb ich wieder mal an Bella; im übrigen langweilten wir uns da und schwitzten in der mörderischen Hitze. Und wir machten ein paar Ausflüge in die Umgebung, mit unserer Kühltasche, nach La Spezia und nach Portofino und Santa Margherita. In Santa Margherita ließ ich mir von einem Herrenfriseur die Haare schneiden – Stefan schwor auf italienische Friseure. Aber dieser hat meine Frisur ziemlich verhunzt, so daß ich auf allen Urlaubsfotos seit dem Zeitpunkt sehr häßlich und kahlgestutzt aussehe. Außerdem aßen wir einmal Frutta di mare, die mir nicht schmeckten. Nein, in dieser Gegend gelang nun eigentlich nichts mehr so richtig. Alles heiß, langweilig, badeörtlich; außerdem lag Cholera-Gefahr in der Luft. In Neapel waren schon viele daran erkrankt, wenn nicht gar gestorben. Wir waren froh, als wir endlich vom Meer weg und zu unserer letzten Station, nach Mailand, aufbrechen konnten.

Samstag, 19. August 1978, nachts elf Uhr

Diese Verliebtheit ist wie eine intermittierende Krankheit. Den ganzen Nachmittag hing ich blöd rum, konnte mich noch nicht mal aufs Klavierspielen konzentrieren. Jetzt endlich geht es wieder besser. Auch ohne daß ich mich hier erstmal therapeutisch »freischreibe«, habe ich wieder genügend Kraft, über Italien weiterzuerzählen.

In Mailand wohnten wir in einem Hotel in der Via Boscovich, ganz in der Nähe des Bahnhofs. Ein Brief von Bella erwartete uns schon. Sie schrieb wieder irgendeinen »skurrilen« Code-Satz, und der war für mich so zu lesen: »Ja, ich erwarte Dich in Kopenhagen nach Deiner Tagung in Antwerpen.« Das nämlich war mir bei meinem endlosen An-Bella-Denken schließlich als Lösung eingefallen: Ende September mußte ich ja zu dieser Tagung. Von dort würde ich nach gehaltenem Vortrag vorzeitig aufbrechen und statt nach Hamburg einfach nach Kopenhagen fahren. Für Sonja würde meine Rückkehr dann aussehen, als käme ich gerade frisch aus Antwerpen.

Als ich diesen Code-Satz gelesen hatte, fing ich dermaßen an zu zittern und wurde so rot im Gesicht, daß ich mich von Sonja fort unter die Dusche flüchtete. Selten wohl in meinem Leben habe ich so ausgiebig geduscht – bis ich mich endlich wieder in der Gewalt hatte und Sonja mit harmlosem Gesicht unter die Augen treten konnte. Wir gingen dann in einem kleinen, recht guten Restaurant um die Ecke essen. Vorher hatten wir noch jede Menge Kunstbände eingekauft, die in Italien so unglaublich billig waren, sieben Mark etwa: Holbein, Fra Angelico, Ingres, Bosch, Vermeer, Brueghel, Cranach, Präraffaeliten, Nazarener, Whistler. Die hat jetzt alle Frau Sanders.

In der Nacht haben wir uns geliebt, bzw. ich versuchte, Sonja zu lieben. Bella habe ich das später erzählt. Sie verstand mich nicht.

Es war das erste Mal, nach langen Jahren. Wie es dazu kam, weiß ich nicht. Nur, daß es uns nicht gelang, daß es aber auch nicht trostlos oder verkrampft war. Es war nicht so, daß ich Sonja über ein Leid hinwegtrösten wollte, von dem sie ja noch gar nichts ahnte. Auch Schuldgefühle wollte ich nicht abarbeiten, und auch nicht versuchen, etwas zu retten und zu kitten, was nicht mehr zu retten war. Vielleicht wollte ich Abschied nehmen? Vielleicht habe ich sie geliebt, weil ich ja nicht weinen durfte.

[*Nachtrag am 16. Oktober 1980:* Meine Freundin Christina schreibt mir, nachdem sie diesen Absatz gelesen hat: »Liebe Judith, jetzt muß ich lachen! Du findest alle möglichen Gründe, warum Du nochmal mit Sonja geschlafen hast in Italien – nur den meiner Meinung nach zutreffenden nennst Du nicht: Du bist vor körperlicher Sehnsucht nach *Bella* zu Sonja ins Bett gegangen und wegen Deiner totalen seelischen Überangespanntheit, weil der Besuch in Kopenhagen bei Bella endlich ins Haus stand.« Christina mag recht haben; ihre Deutung klingt so plausibel – mir fast *zu* plausibel.]

In Mailand wollten wir der Kultur aus dem Wege gehen, bis auf die Scala, natürlich, und nur noch gut essen, herumbummeln und einkaufen. Leider gab es zu der Zeit nur Ballett in der Scala, und für den Carla-Fracci-Abend war schon alles ausverkauft. Also mußten wir auf Coppelia ausweichen. Es war dann aber gar kein »Ausweichen« – die Aufführung war einfach herrlich. Wunderbare Ausstattung und Kostüme und von einer Lebendigkeit und Präzision, wie wir es in Hamburg nie gesehen hatten (allerdings waren wir auch nicht oft im Ballett). Das ganze Drum und Dran vornehm und festlich. Alle Besucher hochelegant, die Saaldiener in atemberaubender schwarzgoldener Livree, das Gestühl rot und vergoldet, der Vorhang schwerer roter Samt – wie gräßlich karg und nüchtern war dagegen die Hamburger Oper! Die an sich ja etwas seichte Musik wurde so schwungvoll, mitreißend gespielt, daß der Abend ein vollkommener Genuß war – wenn eben Kopenhagen jetzt nicht so nahegerückt wäre. Ich weiß nicht mehr, wie ich mich da gefühlt habe. So verrückt vermutlich, daß ich es verdrängt habe.

Am nächsten Morgen: Klo für Sonja, »Stadtbesichtigung« (Brief an Bella) für mich. Ich schrieb ihn in der Galleria Vittorio Emanuele, an einem der Restaurant-Tischchen. Am Abend vorher hatte ich da noch mit Sonja gesessen und den wunderbaren Ballettabend nachgefeiert.

Während ich meinen Brief schrieb, starrte mir fortwährend das Wort »BELLA« in die Augen, von irgendeinem italienischen Plakat. Überhaupt hatte ich es während der ganzen Reise schwierig gefunden, immer wieder mit diesem Wort konfrontiert zu werden, es zu hören und selbst zu sprechen: Bel-la – mit dem schönen, sinnlichen langen L.

Nachmittags kam die erste Einkaufstour. Zuerst wollten wir uns Schuhe kaufen. In Italien begannen die Damenschuhe gerade wieder spitz zu werden, während die Herrenschuhe noch vorne rund waren. Sonja konnte mit ihren kaputten Füßen nur runde Schuhe tragen. Als wir das Schuhgeschäft betraten, fragten wir erst nach einem Paar Damenschuhe für mich, Größe 41. In dieser Größe gäbe es in Italien wohl nur Herrenschuhe, meinte die Verkäuferin, während sie mitleidig meine Füße musterte. Nun gut – ob sie denn dann wenigstens Herrenschuhe Größe 35 hätten (für Sonja)? Auch damit konnte sie, natürlich, nicht dienen, und betrachtete uns nun schon mit einer Mischung aus Mitleid und Gereiztheit. Sonja und ich haben noch oft gelacht über diese schöne Szene. Wir brachten schließlich aber doch noch beide je zwei Paar Schuhe aus Italien mit, denn nicht alle Schuhgeschäfte waren modisch so streng up to date wie dieses da.

Dann sollte ich einen Jeans-Anzug bekommen. Während ich mich in der Hitze unlustig in Verschiedenes hineinzwängte, kam Sonja in die Umkleidekabine. Wir müßten sofort zurück ins Hotel, sie müßte plötzlich einen Haufen machen, vielmehr sie wäre schon voll. Ich warf sofort alles von mir, zog mich wieder an und raste mit Sonja davon. Die Verkäuferin, die mich so lange und geduldig beraten hatte, wußte gar nicht, wie ihr geschah. Ich weiß nicht mehr, was ich ihr als Erklärung zurief – doch: Meiner Freundin sei plötzlich schlecht geworden, wir kämen aber wieder zurück. Das taten wir auch; den Jeans-Anzug habe ich heute noch. Ich trug ihn dann in Antwerpen und in Kopenhagen – seitdem nur noch ganz selten.

Italienische Platten wollten wir auch noch kaufen. Ich schwärmte zu der Zeit für eine Reihe italienischer Schlagersängerinnen: Gabriella Ferri, Milva, Patty Pravo. »Pazza idea« von Patty Pravo war damals unter den ersten Nummern der italienischen Hitliste. Dauernd hörten wir es im Autoradio, und immer dachte ich dabei an Bella. Ich kaufte die Platte gleich doppelt, einmal für uns und dann als Mitbringsel für Bella: ich hatte ihr schon öfters davon geschrieben. Wie ich es schaffte, das Geschenk, unbemerkt von Sonja, bis Kopenhagen durchzuschmuggeln, weiß ich nicht mehr. Sonja ahnte wohl, daß ich beim Anhören der dunklen, manchmal leidenschaftlich schreienden Stimmen italienischer Sängerinnen etwas empfand, was für unsere Ehe nicht gerade förderlich war, daß ich da eine Sehnsucht nach etwas Rauschhaftem auslebte, das wir in unserer Beziehung schon lange nicht mehr hatten, aber sie störte meine Unternehmungen nicht. Vielleicht empfand sie selbst etwas ganz ähnliches, wenn auch weniger intensiv. Zu Hause spielten wir uns diese Platten vor, fanden sie schön und kitschig zugleich. Daß wir sie gemeinsam kitschig finden konnten, half uns über das bittere und schale Gefühl hinweg, daß wir das Schöne daran, das Wilde, Leidenschaftliche, Rasende nicht mehr miteinander hatten.

Am Abend vor unserer Heimreise gaben wir unser gesamtes restliches Geld in einer Salumeria aus, für Chianti, Salame, Parmigiano und ähnliche schöne Freßsachen. Es wurde ein riesiger Karton voll. Nun hatten wir uns also mit handgreiflichen Erinnerungen jeglicher Art soweit ausgerüstet, daß wir einigermaßen getröstet abfahren konnten: Wir selbst und unser Zuhause würden von Italienischem nur so strotzen.

Am ersten Tag der Heimfahrt wollten wir bis Mülheim kommen. Dort sollte der Mutter von unseren wunderbaren Unternehmungen berichtet werden. Es war wieder entsetzlich heiß. Gegen Nachmittag machten wir in Bruchsal Rast. Ich habe ein Bild von Sonja in Bruchsal: Sie sieht vollkommen erschöpft aus. Das Auto sprang da wieder nicht an. Wir riefen Frau Sanders an, daß wir es an dem Tag wohl nicht mehr schaffen würden. Wieder besann sich das komische Auto nach einiger Zeit, und Sonja fuhr tatsächlich in diesem völlig kaputten Zustand noch bis Mülheim. Je näher wir dem Ort des Schreckens kamen, desto einsilbiger wurden wir. Ich dachte schon sowieso nur noch an Bella, weil ich ja wieder nichts zu tun hatte als bloß auf dem Beifahrersitz zu sitzen und Sonjas Durchhaltekraft mit anzuschauen.

Übernachtung dann in Mülheim. Am nächsten Morgen großer Reisebericht. Sonja war stolz, ihrer Mutter sichtbar demonstrieren zu können, daß wir beide ganz allein solche grandiose Urlaubsreise hatten bewältigen können. Der Filzhut und anderes zugänglich Verstaute wurden als Beweis vorgeführt. Mehr habe ich von Mülheim nicht behalten.

Weiterfahrt nach Hamburg. Dort gewaltiges Auspacken, Ausbreiten aller Schätze. Große Mengen von Post hatten sich außerdem angehäuft – und dann sollte Bella angerufen werden, da sie uns ja als einzige so getreulich nach Italien geschrieben hatte.

Sonja sprach mit ihr; ich wollte lieber nicht, weil ich Angst hatte, meine Stimme würde zu sehr zittern. Ein, zwei Sätze haben wir dann aber doch gewechselt. Es war mir fürchterlich, ihre geliebte Stimme so Belangloses reden zu hören und Sonja so vergnügt dabeisitzen zu sehen. Noch knapp zwei Wochen – dann würde ich Bella endlich in die Arme schließen und sie, zum erstenmal, küssen.

Sonntag, 20. August 1978, nachts viertel vor zwölf

Das Fernsehen interessiert mich nicht mehr; ich kann sowieso meist nicht folgen, denke immer noch und immer wieder an Maja. Ich kann an diesem Fall jetzt gut studieren, am lebenden Objekt sozusagen, wie ich mich damals mit Bella gefühlt habe: Es ist genauderselbe, verrückte Zustand, und er gründet sich genauso auf kaum ein Fetzchen gemeinsam erlebte Realität. Nur auf grandiose Wünsche, Hoffnungen und Phantasie. Bekommt die Phantasie ein Bröckchen konkrete Nahrung, etwa einen Brief, das Hören einer Stimme am Telefon, beruhigt sie sich nicht etwa, sondern arbeitet noch fieberhafter. Bekommt sie keine Nahrung, wird die alte, schon so oft durchgekaute Nahrung wieder von vorne durchgekaut, wird der alte Brief zum fünfzigsten Mal gelesen, werden die wenigen Sätze am Telefon, die ich behalten habe, zum hundertsten Mal im Kopf hin- und hergedreht. Ein eigenes Ich ist praktisch nicht mehr vorhanden. Statt dessen hatte sich da Bella breitgemacht, hat sich da Maja breitgemacht. Und trotzdem soll dies nicht mehr vorhandene Ich etwas produzieren, die erwarteten Gefühle für Sonja oder jetzt die erwarteten wissenschaftlichen Einfälle für das Projekt. Wenn ich mich sehr ernsthaft, ja gewaltsam zusammenreiße, gelingt es mir jetzt manchmal, sogar über längere Zeit. Dann fühle ich mich merklich besser, bin wieder Herrin in meinem eigenen Hause. Damals mit Bella wollte ich das aber gar nicht sein, und außerdem kannte ich da auch noch keine solchen Selbstbehandlungstechniken wie jetzt. Heute habe ich viel Liegengebliebenes stramm erledigt und fühlte mich dadurch wieder recht gesund. Nur keine Pause machen, dachte ich, dann geht das wieder los, und wozu denn?

Die Italienreise habe ich nun also abgehandelt, gottseidank. Sie dauerte drei Wochen, und das Erzählen hat mich fünf Wochen und 41 Schreibmaschinenseiten gekostet und eine schier übermenschliche Selbstüberwindung. Und der Rest wird nun noch schlimmer werden – zum Glück habe ich aber einiges davon schon früher berichtet, wenn es mich grade befiel.

In der Woche nach meiner Rückkehr mußte ich schleunigst meinen Vortrag für Antwerpen fertigmachen – und was tat Sonja inzwischen? Sie fing an, für ihre Diss, wenn auch noch zaghaft, ein bißchen Text zu produzieren. Ich weiß es deshalb so genau, weil sie es mir später so bitter, bitter vorgeworfen hat: »Ich war so glücklich und froh von unserer gemeinsamen Reise, hatte endlich Vatis Tod verarbeitet, endlich ein bißchen Vertrauen zu mir selbst – da kommst du und trittst mich, und alles, kaputt.«

In Antwerpen bekam ich zwei Briefe gleichzeitig, einen von Bella und einen von Sonja. Obwohl ich ja nur sechs Tage weg sein sollte, hatte Sonja mir gleich geschrieben – eine liebe, zärtliche rührende Geste. Mit Bellas Brief dagegen hatte ich fest gerechnet und wäre bitter enttäuscht gewesen, wenn ich ihn nicht gekriegt hätte. Ich las beide Briefe auf dem Klo – wo hatte ich sonst Ruhe? Sonja erzählte in allen Einzelheiten von ihren Haushaltstätigkeiten des Morgens, an dem sie schrieb – eigentlich gäbe es ja nichts Wichtiges zu erzählen, aber sie wolle mir doch auf alle Fälle zu meiner Tagungstortur einen lieben Brief schreiben. Sie vermisse mich sehr, besonders jetzt so nach der Reise, aber ich solle mich dadurch nicht stören lassen und schön erfolgreich heimkehren. In Liebe, Dein Sönnchen. Was dagegen Bella schrieb, weiß ich nicht mehr. Sonjas Brief rührte und bewegte mich tief – aber Sonja hatte mich schon so oft tief gerührt und dann doch immer wieder brutal verletzt. Und überhaupt würde ich jetzt zu Bella fahren, so!

Ich rief Sonja an, ich würde noch zwei Tage länger dortbleiben, ich hätte eine Gelegenheit, Brüssel kennenzulernen, Kollegen hätten mich eingeladen. Mein Vortrag war am dritten Tagungstag, und anschließend fuhr ich nach Kopenhagen. Aufenthalt in Hamburg, wo ich zwei Literflaschen Wein besorgte. Wein kann man in Dänemark ja fast nicht bezahlen, und den würden wir schon brauchen, um die Angespanntheit des Anfangs zu überstehen. Während ich den Wein kaufte, dachte ich: Wenn du jetzt die Straßenbahn nähmst, wärest du in einer Viertelstunde bei Sonja. Sie sitzt allein und treu in unserer Wohnung und denkt, du wärst in Antwerpen.

Bella holte mich am Bahnhof ab. Sie nahm die Situation gelassener als ich, legte gleich liebevoll den Arm um mich. Es gefiel mir so gut, wie sie das Auto durch den Kopenhagener Verkehr steuerte. In Hamburg war sie mir immer irgendwie schüchtern, unterlegen vorgekommen – hier war sie sehr souverän und sicher. Es machte mich, wenn möglich, noch verliebter. Zu Hause wurde ich in die Badewanne geschickt, nachdem ich sie umarmt und geküßt hatte – dieser erste, so lang ersehnte Kuß. Ich fand das sehr richtig so – Bella hatte die Situation überlegen in der Hand. Sie würde schon dafür sorgen, daß sich alles in angemessenem Tempo und genießerisch entwickelte. Die einzelnen Funktionen der Badezimmereinrichtung wurden mir erklärt – als ob ich da fortan in alle Ewigkeit wohnen sollte. Während ich also badete (ich fühlte mich gar nicht dreckig, aber Bella ist so eine Sauberkeits- und Ordnungsfanatikerin; außerdem wollte sie mich wohl erstmal beruhigen, normalisieren) richtete Bella das Abendbrot. Züchtig nebeneinander sitzend, nahmen wir es ein. Von Sonja wurde nicht gesprochen; statt dessen erklang mein Chopin, bei Kerzenlicht. Danach die italienische Platte. Wir tanzten zusammen, immer enger, zärtlicher und leidenschaftlicher. Wie Bella mich anlächelte, sich an mir bewegte! Ich brannte lichterloh, wie man so sagt, und Bella glühte immerhin schon recht intensiv. Aber sie schien mir immer noch sehr gelassen.

Dann baute sie mir mein Bett zurecht und verschwand im Badezimmer. Wir sollten also wohl nicht zusammen schlafen, dachte ich enttäuscht, aber fügsam. Ich genoß es immer noch, ihr hier so die Führung zu überlassen. Während ich also gespannt in meinem Bett lag, räumte sie noch fröhlich summend in ihrer Wohnung herum, löschte das Licht und stieg dann zu mir ins Bett. Ich war richtig überrascht. Sie tat es nämlich genau so selbstverständlich und gelassen, wie sie vorher aufgeräumt hatte. Das ist vielleicht dänische Art, dachte ich – aber deutsch ist mir eigentlich lieber.

Als wir unsere nackten Körper spürten, verlor sie etwas von ihrer Seelenruhe. Jetzt wurde sie strahlend und glücklich. »Mein Gott«, sagte sie, »ich hatte schon fast ganz vergessen, wie schön das ist.« Zuerst war sie zärtlich, aber allmählich bekam sie etwas Wildes, Finsteres, Verschlingendes. Ihre großen Augen über mir, sie schienen mich gar nicht mehr zu sehen. Es machte mich völlig verrückt, daß ich nun endlich diese Leidenschaft in ihr ausgelöst hatte.

Es hatte also geklappt, und es klappte immer zwischen uns beiden. Sexuell waren wir »wie für einander geschaffen«. Wir verbrachten drei lange glückliche unendlich verliebte Tage miteinander, und dann mußte ich zurück. Ich war jetzt fest entschlossen, mich von Sonja zu trennen. Bella hatte zwar gesagt, sie könne noch nicht sagen, ob sie mich liebe – aber so was sage sie eben erst nach reiflicher Überlegung. Verliebt wäre sie natürlich, das hätte ich ja wohl gemerkt. Ich meinte gemerkt zu haben, daß sie weit mehr als verliebt war, aber in ihrer Anständigkeit so große Worte nicht ohne eherne Garantie aussprechen wollte.

Als ich aus »Brüssel« (Bella und ich nannten später diese erste Begegnung immer »Brüssel«) auf dem Hamburger Hauptbahnhof angekommen war, rief ich zum Abschied nochmal Bella an. Sie bemitleidete mich: »Du Arme, jetzt zurück in die Höhle des Löwen.« Diese Worte mochte ich nicht. Arme Sonja – sie wartete da doch nur ganz lieb auf mich. Aber es war vielleicht nur unidiomatisches Deutsch von Bellas Seite.

Beim Wiedersehen mit Sonja war ich traurig, schuldbewußt und reserviert. Reserviert, weil ich ja nun langsam die Trennung vorbereiten mußte, und dazu hätte liebevolles Verhalten wohl kaum gepaßt.

An einem der nächsten Tage erklärte ich Sonja, ich würde nun baldmöglichst nach Bremen ziehen und sie nicht mitnehmen. Es wäre beruflich notwendig, daß ich das nun endlich täte; alle erwarteten es eigentlich von mir, seit bekannt sei, daß die Analyse Ende des Jahres aufhören würde, weil Scharff nach Stuttgart ging. Daß ich das tun würde, hätte ich schon vor der Italienreise gewußt, aber ich hätte ihr die nicht unnötig verderben wollen. Es sei eben so, daß ich sie nicht mehr liebe, wegen ihrer fürchterlichen Trinkerei.

Sonja konnte und wollte es einfach nicht glauben. Als sie allmählich begriff, daß es mir ernst war, weinte sie nur noch, stunden-, tagelang. Dann würde sie sich eben umbringen, erklärte sie. Und sie schrieb in meinem Beisein an die fünf Abschiedsbriefe. Ich redete ihr, wie immer völlig zerstört bei diesem Thema, gut zu: Sie hätte mich mißverstanden, die Trennung wäre doch keineswegs endgültig, es wäre mehr eine Therapie für uns beide. Ich liebe sie ja, aber nicht *die* Sonja, die sie inzwischen geworden sei. Ich wolle mich von ihr lösen, damit wir beide Gelegenheit hätten, erwachsen und selbständiger zu werden, um dann, auf einer neuen, besseren Ebene, wieder miteinander zu leben. Was ich da sagte, glaubte ich natürlich nicht – aber das Wichtigste war jetzt, Sonja eine Hoffnung zu geben, damit sie überleben könnte.

Obwohl Sonja sich verzweifelt an diese vage Hoffnung zu klammern versuchte, wurde sie immer depressiver und selbstmörderischer. Ich wagte kaum, sie alleinzulassen, aber manchmal mußte ich eben doch aus dem Haus. Eines Nachmittags mußte ich Schiffskarten für meine Eltern besorgen. Bei der Gelegenheit holte ich mir auch gleich einen Brief von Bella beim Postamt 36 ab. Um ehrlich zu sein: die Schiffskarten waren für mich ein willkommener Vorwand gewesen, dorthin zu kommen. Als ich, nach etwa anderthalb Stunden, nach Hause kam, war Sonja fort. Auf dem Tisch ein Abschiedsbrief, eine halbe, gekritzelte Seite: »Bitte verzeih mir, was ich jetzt tue. Aber ich kann nicht leben ohne Dich. Es hat keinen Zweck, nach mir zu suchen, keiner wird mich finden. Meine Methode ist diesmal ganz sicher. Ich habe Dich geliebt, wie ich nie einen Menschen geliebt habe. Verzeih mir! Dein dummes Sönnchen.«

Es ist wohl unnötig, zu erzählen, wie ich mich da fühlte. Ich kann es auch nicht erzählen. »Dein dummes Sönnchen« – das fand ich so fürchterlich, daß ich fast selbst aus dem Fenster gesprungen wäre. Aber ich mußte sie suchen, suchen lassen. Ich rief die Polizei an. Die ließen sich fast eine Stunde Zeit, kostbare Zeit. Endlich kamen zwei vierschrötige Polizisten in die Wohnung. Ob ich denn irgendwelche Beweise für meine Befürchtung hätte – vielleicht wäre sie nur einkaufen gefahren? Ich hätte die beiden erwürgen können. Zeigte ihnen den Brief, wenn sie es denn anders nicht glauben wollten. Darauf setzten sie sich gemächlich in Bewegung.

Ich muß jetzt erstmal aufhören.

Dienstag, 22. August 1978, nachts kurz nach zwölf

Gestern habe ich einen Brief von Maja bekommen. Für mich war es ein Liebesbrief. Ihr Foto gefällt mir, immer mehr. Jetzt brauche ich hier nichts mehr über sie zu schreiben, kann es ihr direkt nach Berlin schreiben und es ihr in Juist selbst sagen.

Sonja ist so weit weg. Sie war auch weg, wo ich vorgestern nicht mehr weiterkonnte. Ich sah sie schon immer von irgendeiner Brücke gesprungen und zerschmettert. Oder von einem Parkhochhaus? Oder war sie vor einen Baum gefahren? Ich rannte weinend im Zimmer hin und her, und wenn ich überhaupt denken konnte, sah ich solche Bilder. Ich betete, Lieber Gott, mach daß sie noch lebt, daß wir sie rechtzeitig finden. Irgendwann rief ich Bettina und Harald an. Sie kamen sofort. Harald der einzige von uns dreien, der noch Ordnung im Kopf behielt und nach Taten drängte. Er fragte mich aus wie ein Kriminalkommissar. Ich solle jetzt genau überlegen, was Sonja in der letzten Zeit vielleicht beiläufig erwähnt hätte. Immer fielen mir nur Hochhäuser und Brücken ein, weil Sonja diese Todesart stets so warm empfohlen hatte. Aber jetzt, vom Rollstuhl aus, wäre das ja kaum zu schaffen, meinte Harald. Sonst fiel mir aber nichts ein, also fuhr er los, um Brücken und Parkhäuser abzusuchen.

Dabei hätte mir doch die Haseldorfer Marsch eigentlich einfallen müssen, das schöne, *einsame* Plätzchen, wo wir unser Picknick mit Bella gehabt hatten. Dort hat sie schließlich ein kleiner Bauernjunge nachts um elf gefunden. Er war gottseidank neugierig gewesen, was dies ungewohnte Auto um diese Zeit in dieser Gegend da noch wollte. Sonja hatte fünfzig Schlaftabletten genommen, die sie sich in verschiedenen Apotheken zusammengekauft hatte, bevor sie dorthin fuhr. Außerdem fand man eine halb ausgetrunkene Flasche Cognac – sie hatte irgendwo gelesen, damit könnte das Sterben dann nicht mehr schiefgehen. Ich weiß nicht, wie lange sie da schon in tiefer Bewußtlosigkeit lag, als der Junge seinen Vater und dieser Krankenhaus und Polizei benachrichtigt hatte. Gegen zwölf rief mich jedenfalls die nette Ärztin aus dem Krankenhaus Quickborn an. Man wisse nicht, ob sie durchkäme, wegen der Kombination mit Alkohol wäre es eben so schrecklich schlimm, aber sie täten alles, was sie könnten, und es gäbe auch noch eine kleine Chance. Sie würden mich über alles auf dem laufenden halten.

Jetzt erst, mitten in der Nacht, konnte ich Bella anrufen. Nein, ich hatte es schon vorher getan, gegen zehn, als Sonja noch nicht gefunden und Harald noch unterwegs war. Eigentlich wollte ich es nicht – jetzt meine neue Geliebte anrufen, nachdem meine andere Geliebte meinetwegen zum Sterben weggefahren war. Aber Bella – sie hatte schließlich auch damit zu tun. Nach dem ersten furchtbaren Schrecken und Verständnislosigkeit, daß ich sie erst so spät anriefe, auch ihre Reaktion wie Haralds: Vorschläge, was man jetzt alles tun müsse. Geschimpfe auf die dämliche deutsche Polizei – in Dänemark würden solche Fälle viel besser bearbeitet. Sie würde den Frühzug nehmen. Morgen mittag um zwölf wäre sie bei mir.

Als sie kam, war Sonja noch in der Krise, aber es sah doch schon besser aus. Man machte mir jetzt ziemlich konkrete Hoffnungen, daß sie wohl überleben werde.

Während Sonja da im Auto saß, mit Tabletten und Cognac im Magen, und auf das Wegsacken wartete, hat sie mir geschrieben, in ein kleines Notizheft, das sie zufällig in der Handtasche hatte. Die Schrift von Seite zu Seite immer zerstörter, die leidenschaftlichen traurigen Worte immer – ich weiß kein Wort dafür. Als mir die Polizei dies Dokument überbrachte, ich es las, weinend, verfluchte ich mich selbst, daß diese Töne in meiner Seele nicht mehr ankommen konnten. Wie eine Taubgewordene, die Schuberts C-Dur-Quintett »hört« – weiß, daß es erklingt und sich daran erinnert, wie es für sie war, als sie noch hören konnte.

Ich habe schon über dies Todes-Wochenende mit Bella berichtet, wie wir uns trotz allem geliebt haben. Am Montag schenkte mir Bella eine langstielige rote Rose: Sie wisse jetzt, daß sie mich liebe.

Vor ihrer Abreise nach Kopenhagen schenkte ich ihr eine elektrische Zahnbürste. Elektrosachen sind teuer in Dänemark, und sie hatte meine immer so prima gefunden. Es war ja nun alles egal – wie ich die Ausgabe (60 DM) in Sonjas und meinem Ausgabenheft verbuchen würde. Alles war überhaupt in der Auflösung begriffen.

Nachdem ich Bella zum Zug gebracht hatte, mußte/durfte ich nach Quickborn fahren. Vorher hätte es keinen Zweck gehabt, hatte die Ärztin gesagt. Ich hatte den Analytiker, Betz, gebeten, das erste Gespräch mit Sonja zu führen, aber der Kerl hat sich gedrückt. Ja, mal sehen, vielleicht werde er hinfahren, hat er gesagt. Seine Reaktion am Telefon dermaßen unbeteiligt, daß es mich fror. Und diesem Menschen vertraute Sonja, hing an ihm mit der ganzen Abhängigkeit, die eine Analyse zustandebringen kann. Ein Bild, das sie mir hatte schenken wollen, hatte sie an ihn verkauft, nur weil er es eben wollte und sie darüber so gerührt war.

In Quickborn dann das Gespräch, das ich ganz zu Anfang, vor jetzt zwei Jahren, geschildert habe.

Zwei Tage später kam Sonja nach Hause; soviel ich mich erinnern kann, noch nicht mal in einem Krankenwagen, sondern in ihrem eigenen Auto. Sie saß wieder auf einer bereits ziemlich großen Wunde, Decubitus. Ich konnte diese Krankenhauswirtschaft nicht begreifen. Sonja ließ sich dann willig zu Bett bringen und pflegen. Ich war ja hart geblieben, aber erstmal war sie noch zu kaputt, um gleich an den nächsten Selbstmordversuch zu denken. Teilnahmslos, zutiefst depressiv, ließ sie alles mit sich geschehen.

Der Mutter, die übers Wochenende zweimal angerufen hatte, wie es ihrem Sönnchen gehe, habe ich von vornherein vorgelogen, sie sei in Plön, telefonisch nicht erreichbar. Den Ärzten und der Polizei hatte ich gesagt, man dürfe die arme Frau nicht unnötig schockieren; sie sei schwer herzkrank und würde es vielleicht nicht überleben. Sie hat tatsächlich eine Herzneurose, aber ihre schweren Herzanfälle kriegt sie immer nur dann, wenn die Chefin des Vaters in einem teureren Kleid als sie selbst auftreten kann. Bella bewunderte mich, wie ich da am Telefon, nachdem ich vorher immerzu geweint hatte, plötzlich so muntere Geschichten von Sonjas angeblicher Plönreise erzählen konnte. Man merkte meiner Stimme wirklich nichts an. Das wenigstens konnte ich ja für die arme Sonja tun: ihr den entsetzlichen nachträglichen Zirkus mit dieser Mutter ersparen.

Am 8. Oktober, etwa eine Woche nach Sonjas Selbstmordversuch, mußte ich zu einer Tagung nach Tübingen. Die Tagung in Stade, die vorher stattgefunden hatte, hatte ich abgesagt, aber zu dieser Tagung *mußte* ich; ich war mit einem Vortrag angemeldet. Von dem Vortrag stand noch kein Wort auf dem Papier. Ich saß dauernd nur an Sonjas Bett, und wir redeten über unsere nicht gemeinsame Zukunft, ich ständig auf vernünftig geschaltet und Sonja sich an diese »Vernunft« anklammernd – was hatte sie auch sonst? Als ich dann schließlich doch Angst wegen meines Vortrages kriegte und Sonja davon vorklagte, half *sie* mir, meine wüsten Gedanken zu ordnen. Saß da mit ihrem kaputten Po in ihrem Bett und schrieb auf, was ich ihr diktierte. Ja, sie wollte jetzt schon anfangen, *die* Sonja zu werden, die ich dann eventuell wieder lieben könnte – vielleicht konnte sie es sogar schaffen, daß ich gar nicht erst auszog.

Auf der Fahrt nach Tübingen schrieb ich wieder einen langen Liebesbrief an Bella, bekam dort auch einen glühenden Liebesbrief von ihr (wohl den einzigen dieser Art, den ich je gekriegt habe) und hielt erfolgreich meinen Vortrag. Wie bringt man es wohl fertig, drei so verschiedene Leben gleichzeitig zu führen? Es scheint fast das Normale zu sein, da man uns ja ständig selbstverständlich abverlangt, Privat- und Berufsleben streng zu trennen. Selbst bei schwerster Verzweiflung und extremer Verliebtheit irgendwo wissenschaftliche Vorträge zu halten, ganz sachlich. Bei einer harmlosen Grippe dagegen wird man gleich bereitwillig krankgeschrieben. Nicht normal ist heute wohl eher, wenn man sich darüber wundert.

In ihrem Brief schrieb Bella, sie führe in den Ferien nach Oldenburg zu Erikas Eltern, und anschließend *müsse* sie mich sehen, bei sich haben, lieben wie verrückt, nach Kopenhagen mitnehmen. Egal wie, sie müsse mich sehen, und wenn es in Tel Aviv wäre, sonst würde sie wahnsinnig. Ich war hingerissen von dieser Leidenschaftlichkeit und rief sie an, sie solle dann kommen und ich würde mitkommen nach Kopenhagen, auf jeden Fall. Sonja würde es zwar kaum verstehen können, daß ich ihr von den wenigen Tagen, die wir noch gemeinsam hätten, noch weitere abknappsen wollte – aber irgendwie würde ich es hinkriegen. Ich könnte ja zum Beispiel sagen, ich brauche nach den ganzen extremen Stürmen jetzt einfach mal ein bißchen Abstand, mit einer so guten alten gemeinsamen Freundin.

Mittwoch, 23. August 1978, nachts viertel nach zwölf

Heute wieder nichts gearbeitet, nur den Schreibtisch aufgeräumt, was allerdings auch ziemlich nötig war. Sonja räumte auch immer ihren Schreibtisch auf statt zu arbeiten, und wie ich inzwischen erfahren habe, tun das die meisten, die geistig etwas produzieren müssen und sich nicht dazu aufraffen können.

Bella kam dann also (wie ich schon früher erzählt habe, trotz Sonjas Ablehnung ihres Vorschlags) nach Hamburg. Wir beide trafen uns am Bahnhof und gingen erstmal im Parkhausrestaurant für vierzig Mark essen. Für Sonja war ich noch in Bremen und würde erst am Spätnachmittag zurückkehren. Das Essen war schön, aber auch quälend. Nicht, weil ich da mal wieder an Schuldgefühlen gelitten hätte, sondern weil ich Bella so sehr begehrte und sie in der Öffentlichkeit noch nicht mal zärtlich ansehen, geschweige denn ihre Hand berühren durfte. Dann fuhren wir in eine Pension in der Nähe unserer Wohnung, mieteten ihr ein Zimmer für eine Nacht, gingen in das Zimmer und fielen uns wie Ertrinkende, Süchtige um den Hals, zogen uns aus und liebten uns. Danach mußte ich zurück zu Sonja. Bella wollte eine Stunde später dann »direkt aus Oldenburg kommend« dazustoßen.

Wie ich das bisher so erzählt habe, sieht es so aus, als sei die Beziehung zwischen Bella und mir hauptsächlich eine sexuelle gewesen. Da stimmt aber nicht. Allerdings verdanke ich es Bella, daß ich überhaupt weiß, wie schön sexuelle Liebe sein kann – und wir waren ja beide in dieser Hinsicht seit Jahren völlig unterernährt. Ich kann aber andererseits »bloße« Sexualität überhaupt nicht empfinden oder genießen, wie andere das anscheinend können. Ich muß zuerst einmal den Menschen wirklich lieben – diese Besessenheit empfinden. Die aber ist noch keine Garantie für sexuelle Erfüllung, wie ich mit Astrid, Frau Klinger, Irene und Sonja erlebt habe. Ob diese Besessenheit nun aber Liebe ist, ob sie wirklich den andern Menschen meint oder ob sie nicht eher ein bloßes Notstandssymptom ist (wie Julia argwöhnt) – wie soll ich das wissen? Verliebtheit ist es sicherlich. Es werden einem so viele Theorien angeboten, was Liebe sei. Aber über Homosexualität haben sie mir auch schon so viele Theorien angeboten – das meiste unbrauchbarer, sogar mörderischer Mist, wie ich jetzt meine.

Bella kam dann also zu Sonja und mir, und wir verbrachten jenen fürchterlichen Nachmittag und Abend mit Malefizspiel und Blockhouse-Besuch. Dann zurück in unsere Wohnung, Wein trinken. Schließlich bringe ich Bella zum Übernachten in ihre Pension. Dort möchte ich sie wieder lieben, aber Bella wehrt ab. Sie wolle nicht, so gehetzt, zwischen Tür und Angel, dazu sei ihr unsere Liebe zu schade und zu kostbar. Wenn, dann wolle sie mich ganz und ausführlich. Schöne Worte, die mich genauso glücklich machten, wie wenn wir uns geliebt hätten.

Wieder zurück ins Kalte: das Wechselbad hörte ja nun überhaupt nicht mehr auf. Am nächsten Morgen gemeinsames Frühstück, und Sonja bekommt jenen Vorschlag von meiner Kopenhagenreise zu hören – nur für zwei, drei Tage, sagen wir beschwichtigend. Sonja ist schon wieder soweit bei Kräften, daß sie anfängt zu zetern und zu randalieren: Das hätte sie von Bella nie erwartet, daß sie dermaßen gegen sie arbeiten würde. Ich brauchte gar keine »Erholung« in Kopenhagen! Sie, Sonja, gäbe sich doch solche Mühe, mich in meinem Entschluß umzustimmen, und nun mache Bella ihr diese Chance kaputt. Wie sie mir denn ihre Liebe und neugewonnene Vernunft beweisen könne, wenn ich in Kopenhagen wäre?! Bella solle sich doch zum Teufel scheren! Bella war noch nie in ihrem Leben von jemandem so angezetert worden; sie stand einfach auf und ging. Sonja und ich waren wohl gleichermaßen verblüfft. Mir waren diese Ausbrüche ja schon so zur Gewohnheit geworden, ich erlebte ihre Anlässe auch jedesmal so mit Sonjas Augen, daß ich gar nicht mehr wußte, wie so was auf einen »normalen« Menschen wirkt, der sich nicht automatisch in alles einfühlt und der noch ein Gefühl für seine ganz eigene persönliche Würde bewahrt hat und für die Grenzen, die er andern Menschen einzuräumen bereit ist.

An der Tür flüsterte Bella mir zu, sie würde jetzt bis fünf in ihrem Wagen auf mich warten. Wenn ich bis dahin nicht gekommen wäre, führe sie allein nach Kopenhagen. Wie kreuzunglücklich sie darüber sein würde, wüßte ich ja. Aber sie könnte hier wohl nichts mehr tun.

Ich weiß nur noch, daß meine Schwester dann irgendwie dazukam. Nach Sonjas Selbstmordversuch hatte ich ihr alles von Bella und mir erzählt. Sie ist sehr ähnlich wie ich, fühlt sich auch immer zu sehr in alle ein. Obwohl sie es lieber gesehen hätte, daß ich jetzt bei Sonja bliebe, trat sie doch wie immer voll auf meine Seite, in selbstverständlicher schwesterlicher Solidarität.

Da ich völlig entschlußlos war, übernahm sie jetzt die Regie, ging mit mir in mein Arbeitszimmer, sagte, ich solle meine Sachen packen und zu Bella gehen. Sie würde inzwischen bei Sonja bleiben und sie schon wieder zurechtbiegen. Das geschah dann auch. Bettina hat schwere und schließlich auch erfolgreiche Arbeit geleistet an jenem Tag. Sie vermochte Sonja einzureden oder begreiflich zu machen, daß sie ihre Liebe jetzt am besten beweisen könne, wenn sie mich einfach das tun ließe, was ich nun mal wolle – so unverständlich mein Wunsch auch sei.

Flucht nach Kopenhagen dann also, Überfahrt nach Rödby, mit Bella auf dem Schiff. Dabei fast nur Gedanken an die arme Sonja, auch die arme Sonja, die vor drei Jahren unten im Schiff hatte sitzenbleiben müssen.

Je näher Kopenhagen dann kam, um so mehr erholte ich mich allerdings tatsächlich. Dort wieder nur Liebe, Tröstung, friedliche Geborgenheit bei Bella – und Maß und Vernunft.

Nach meiner Rückkehr hatten Sonja und ich noch zehn Tage gemeinsam. Am 1. November sollte ich nach Bremen ziehen. Bettinas Bearbeitung hatte derartig gewirkt, daß Sonja jetzt sogar schon langfristig denken konnte: Sie würde mich nun in meinem befremdlichen Willen sogar noch unterstützen – auf diese Weise müßte ich dann ja irgendwann merken, daß sie wirklich schon sehr reif und vernünftig geworden war. So fuhr sie mich also sogar zu einer weit entlegenen Hi-Fi-Großhandlung, wo ich mir eine Musikanlage für meine Bremer Wohnung kaufen wollte. Wir hatten ausgemacht, daß sie die gesamte Wohnungseinrichtung behalten sollte, und ich hatte einen Anschaffungskredit aufgenommen. Daß meine Wohnung zuerst vollkommen kahl sein würde, war mir gleichgültig, aber ohne Musikanlage hatte ich sozusagen noch nie leben können, auch nicht, bevor ich Sonja kennenlernte.

Morgens am 2. November kam der Möbelwagen. Meine zwölf Bücher-, Kleider-, Schallplatten- und Geschirrkartons, der Stuhl von Herrn Sanders, die Matratze und mein Schreibtisch wurden fortgeschafft und ich mit ihnen. Sonja saß dabei, in ihrem Rollstuhl. Sie weinte nicht, sah mich nur die ganze (gottseidank kurze) Zeit an. Zum Abschied umarmten wir uns, wortlos.

24. August 1978, Donnerstag, nachts fünf nach zwölf

»Heute ist der 24. August 1976« – mit diesem Satz habe ich vor zwei Jahren angefangen. Giovanna – sie ist völlig aus meinem Leben verschwunden, wie aus Luigis. In den zwei Jahren habe ich mich in vier Frauen verliebt (Doris, Ruth, Rita, jetzt Maja), habe Bella geliebt und verloren und bin mit zwei Männern ins Bett gegangen (Luigi und Werner). Und trotzdem behaupte ich in diesem Buch durchweg, ich liebe Sonja, immer noch. Ob das wohl noch jemand glauben wird bzw. beim Lesen geglaubt hat? Bin ich oberflächlich oder bin ich bloß, gottseidank, irgendwo auch ein Stehauffrauchen? Besonders liebesfähig oder eigentlich eher liebesunfähig? Es ist mir nicht egal, aber »sooft ich mich auch frage, ich gebe keine Antwort« (Zitat aus Majas »Buch-Handlungen«; sie schreibt manchmal wirklich wunderbare Sätze).

Heute bin ich vor meiner häuslichen Arbeitsunfähigkeit in die Uni geflohen und dort den ganzen Tag verblieben. Früher konnte ich gerade zu Hause besser arbeiten, mich besser konzentrieren. Jetzt scheint es mir dort besser. Immerhin kann ich da nicht an Majas Buch gehen, nicht an ihre Briefe und nicht an dieses Buch. Es ist ein Arbeitsort, an dem zwar auch oft nicht gerade viel gearbeitet wird, aber auf ausgerechnet sehnsüchtige Gedanken kommt man da wenigstens nicht ganz so automatisch. Alle, die man so trifft, denken selbstverständlich von einem, man arbeite ganz fleißig und gewissenhaft – und das hilft dabei, es dann schließlich auch zu tun. Bis ich nach Juist fahre, werde ich jetzt jeden Tag in der Uni sein, von morgens bis abends. Auch nicht morgens erst die Post abwarten. Die Sucht und die Sonja-Vergangenheit hier dürfen erst am Abend wieder um sich greifen.

Da saß ich nun also plötzlich, oder endlich, in Bremen. Und Sonja in Hamburg. Ich solle nichts von mir hören lassen, bis sie sich wieder »gefangen« hätte, hatte sie mich gebeten. Und dabei kam ich doch fast um vor Sorge um sie, um ihr Leben. Würde sie es wieder versuchen? und wie? und wann? Zugleich mußte ich in der Uni nun endlich wieder »ranklotzen«. Seit Anfang Oktober schon war Luigi, mein neuer Projektkollege, da, und ich sollte ihn einarbeiten. Das lenkte mich auch wieder ein bißchen ab und tat mir wohl, denn Luigi und ich mochten uns auf Anhieb. Nie wieder habe ich mit jemandem so gut und intensiv zusammenarbeiten können wie mit ihm. Außerdem war er genauso musikbesessen wie ich. Und dann entdeckte ich in diesem ersten Bremer Monat noch Julia, die sich seitdem, und immer mehr, als wahres Gottesgeschenk für mich erweisen sollte. Sie war Assistentin bei Alkow, Germanistik, »wohnte« im dritten Stock der Uni, ich mit Luigi im zweiten Stock. Wir wurden bald unzertrennlich. Von meinem ganzen Vergangenheitswust hatte ich zunächst nur angedeutet, daß meine gelähmte Freundin sich habe umbringen wollen, weil ich nach Bremen gezogen war. Diese Erklärung wirkte ja auf jeden völlig ausreichend: daß ein gelähmter Mensch schon an sich keine Lust zum Leben habe, und wenn ihm dann noch so eine gewohnte Stütze im Alltag geraubt wurde . . . So hatte ich auch alle meine andern Bremer Kollegen und Freunde abgespeist, und sie fanden es vollkommen glaubwürdig. Sonja tat ihnen schon leid, aber gleichzeitig fanden sie es gut, daß ich mich nun endlich aus dieser »erstickenden« Beziehung (wie die meisten gefunden hatten) befreit hatte.

Obwohl Julia nie behauptet hat, mich zu lieben (sie liebt Wenzel), habe ich von ihr mehr Liebe, Verständnis, Einsatzbereitschaft erfahren als je von einem andern Menschen vor- oder nachher. Etwa so, wie die Liebe einer Mutter idealerweise sein sollte – Julia ist allerdings nie »mütterlich« zu mir. Mir fällt nur kein vernünftiges Wort dafür ein. »Nächstenliebe« ist zu schwach – »Freundschaft« könnte es treffen, aber eine Freundschaft, wie sie den meisten Menschen sicher nie widerfährt, geschenkt wird. Und ich wende das Wort »Freund/in« ja sonst auf viele Menschen an. Ich sagte damals zu Scharff, zu dem ich immer noch einmal pro Woche ging, wenn ich in Hamburg meine Stilübungen abhielt, in Julia hätte ich jemand gefunden, die mir eigentlich alles gab, was ich wohl seit meiner Kindheit vermißt hatte: Geborgenheit, Vertrauen, unbedingte Zuverlässigkeit, Wärme, nie eine Sekunde Langeweile – und für all dies müßte ich erstmals nicht mit erotischer Verstrickung bezahlen, die sich bei mir ja immer, wie gesetzmäßig, in etwas Ungesundes, Wahnsinniges, Zerstörerisches entwickelt hatte bis dahin. Und Geld bezahlen, wie bei Scharff, brauchte ich auch noch nicht mal für diesen Balsam. Scharff konnte Ende des Jahres fast beruhigt nach Stuttgart umsiedeln.

Julia wird sich sicher schrecklich graulen, wenn sie diese Hymne liest. Aber es mußte hier nun endlich mal gesagt werden. Aus all den Verwicklungen, die sich jetzt bald noch mit mir und Bella und Sonja ergeben sollten, hätte ich ohne Julia niemals heil herausgefunden.

Drei Wochen nach meinem Auszug hatte Bella Geburtstag, am 21. November. Über einen Monat hatten wir uns nicht gesehen, nur geschrieben und angerufen, und das Anrufen war auch schwierig gewesen, weil ich erst nach drei Wochen mein Telefon bekam. Nun fuhr ich für fünf Tage nach Kopenhagen. Zum erstenmal erlebte ich da Bella, wie sie ist, wenn sie von der Arbeit gestresst ist – vorher kannte ich nur eine Ferien- oder Wochenend-Bella. Ich selbst kannte ja Arbeits-Stress auch zur Genüge, kannte auch viele Kollegen im Stress – aber Unistress ist wohl ein anderer als Schulstress (sagt mir auch Katharina). Aber Bettina ist doch auch Lehrerin – und niemals habe ich sie etwa als unzugänglich erlebt, wie es mir dann bei Bella geschah und in Zukunft noch so oft geschehen sollte. Ich spürte, daß ich in diesem strengstens eingeteilten Leben von Bella ein störender Fremdkörper war, selbst wenn ich meine nach einem Monat schmerzlicher Trennung angestauten Bedürfnisse noch so sehr, mich einfühlend, herunterschraubte. Sie liebe mich, sagte Bella – aber mehr als diese Zusicherung bekam ich oft nicht. Am dritten Abend meines Besuches fühlte ich mich da so fremd und eigentlich unerwünscht, daß ich in meinem Bett, wo ich nun alleine liegen mußte, laut weinte. *So* hatte Sonja mich nie behandelt. Und Bella stieg noch nicht mal aus ihrem Bett im Nebenzimmer, um mich wenigstens mit Worten zu trösten. Ich erlebte das als mörderische Kälte und Ablehnung. Von ihr war es wohl eher nur als »Zufriedenlassen« gemeint.

Zum Wochenende dann taute sie aber wieder auf, und es wurde doch alles wieder ziemlich schön und innig. So sei sie nun leider mal, sagte Bella. Außerdem sei es doch in den meisten Ehen so. Man müsse sich doch nicht beständig um den Hals fallen, wenn man sich liebe. Das wollte ich ja auch gar nicht, aber überhaupt zärtlich wahrgenommen werden wollte ich schon. Bella aber nahm oft nur noch ihre Arbeit wahr. Sie hatte auch nicht nur die Schule, sondern studierte nebenbei noch an der Uni. Für Aufgaben, die ich mit meiner Routine leicht mit links erledigte, brauchte sie unendlich viel Kraft und Energie. Sie wollte mit diesem Studium »Akademiker« werden (in Dänemark ist man als Lehrer nicht etwa automatisch Akademiker wie bei uns), weil sie sich als Nichtakademikerin immer irgendwie unterbewertet, verachtet gefühlt hatte. Deswegen hatte sie auch einen ausgeprägten Haß auf »die Akademiker«. Nun hatte sie da in mir eine Akademikerin vor der Nase, noch dazu eine ziemlich erfolgreiche. Diese Akademikerin war ihr zwar in der Ausbildung und im Status weit voraus, so weit, daß Bella sie nie mehr würde einholen können – aber dieselbe Akademikerin lag da im Bett und weinte und bettelte wie ein Säugling um ihre Liebe. Wie mag das wohl auf Bella gewirkt haben? Ich hatte oft den (nicht beweisbaren) Eindruck, daß ich mit für das büßen mußte, was die dänischen Akademiker ihrem Ego angetan haben mochten. Das alles ist mehr eine Zusammenfassung meiner gesamten, vierjährigen Erfahrung mit Bella. Damals, bei diesem Geburtstagsbesuch, spürte ich nur, daß ich in ihrem Alltag störte. Ich dachte mir dann, ich wäre wohl, süchtig von Natur, wieder mal viel zu anspruchsvoll gewesen, und meine vernünftige Bella hätte recht. Ich wollte mich nun bemühen, auch so vernünftig zu werden. Mit der Zeit würde es mir dann schon gelingen. Von Unvernunft, Raserei, Wahnsinn, Tod, Selbstmord aus Liebe hatte ich ja auch nachgerade genug erlebt. Das hier war wohl das Richtige, wenn eine Beziehung auf die Dauer halten sollte.

Donnerstag, 31. August 1978, abends zwanzig nach elf

Den ganzen Tag hab ich in der Uni Briefe diktiert; jetzt diktiere ich hier an meinem Buch weiter. Ich bin froh, daß ich mich wieder recht gut im Griff habe. Meine Kollegen sind mir dabei auch eine unschätzbare Hilfe. Als ich heute abend nach Hause kam, war ich sogar immer noch voller Tatendrang und konnte anderthalb Stunden sehr konzentriert Klavier üben. Dann wollte ich mich gleich an die Schreibmaschine und dies Buch hier setzen, aber ich war wohl inzwischen einfach zu erschöpft. Ich konnte ein inneres Zittern und Restlos-Überdrehtsein nicht loswerden.

Von Maja kam vorgestern ein zweiter Liebesbrief. Ungefähr acht Stunden habe ich gebraucht, um den zu verkraften. Zum erstenmal erlebte ich bewußt, daß man auch Schönes »verkraften« muß. Mein Kopf war so voll von diesem Brief, wie aufgeblasen, daß ich glaubte, er müsse platzen. Mit der gleichen Post waren ungefähr dreißig Bücher aus England angekommen; außerdem ein vier Seiten langer Brief von Julia. Beides hätte ich normalerweise intensiv und ausführlich genossen, aber diesmal hatte ich dafür einfach keinen Platz mehr in meinem Kopf oder in meiner Seele. Julias Brief überflog ich; richtig gründlich aufnehmen konnte ich ihn erst am nächsten Morgen. Und die vier Bücherpakete sind heute, nach zwei Tagen, noch immer nicht ausgepackt.

Zurück in die Vergangenheit. Gut zehn Tage nach jenem »durchwachsenen« Treffen in Kopenhagen besuchte Bella mich erstmals in Bremen. Diesmal ging alles gut – es war ja auch Wochenende. Nachdem Bella wieder fort war, bekam ich folgenden Brief von Sonja:

Samstag, 1. Dez. 1973

Meine liebe Judith,
ich möchte Dir nur noch einmal kurz sagen, daß ich festen Willens bin, tapfer durchzuhalten. Ich werde mein Versprechen halten und Dich nicht weiter bedrängen, und ich will versuchen, viele Bilder zu malen und fleißig zu arbeiten. Und ich will auch ständig an mir selbst arbeiten, daß ich es auch um meinetwillen tue, damit ich Dir wirklich als erwachsener Mensch wieder gegenübertreten kann. Du

bist mir zu teuer, als daß ich Dich durch meine leidenschaftlichen Unüberlegtheiten zerstörte und damit krank machte. Daß das zum Beispiel kein vorübergehendes, im Augenblick so gut gemeintes, aber doch nicht durchzuhaltendes Versprechen ist, will ich Dir dadurch beweisen: Ich werde auf Alkohol völlig verzichten (natürlich mit Hilfe von Tabletten) und eine regelrechte Kur von mindestens einem halben bis einem Jahr machen. Daran siehst Du, daß ich nicht nur fest entschlossen bin, Dir den Kummer, den Du meinetwegen oft gehabt hast, zu ersparen, sondern daß ich mir damit auch selbst helfen will. Ich werde mich sehr bemühen, eine Sonja zu werden, die Du wieder so recht akzeptieren kannst. – Ich werde von nun an nicht mehr schreiben. Nach dem letzten Anruf hatte ich aber doch das Bedürfnis, Dir (und auch mir) noch ein paar Worte mit auf den Weg zu geben, die mir irgendwie für uns beide lebenswichtig erscheinen. Sie möchten Dir auch Deinen Seelenfrieden, was meine Person betrifft, so gut es geht wiedergeben. Trotz aller Trauer finde ich es tröstlich zu wissen, daß ich Dich wirklich geliebt habe und von ganzem Herzen lieb habe. D. Sonja

Eine Woche nachdem sie mir diesen Brief geschrieben hatte, fuhr Sonja freiwillig in die psychiatrische Klinik Ochsenzoll. Sie spürte, daß sie wieder kurz davor war, sich umzubringen. Um sich daran zu hindern, lieferte sie sich dort ein – und aus. Die Ärzte hatten kaum Zeit, mit ihr zu sprechen. Sonja wurde nur mit Tabletten ruhig-, um nicht zu sagen kaltgestellt und dann in einen Schlafsaal mit Geistesgestörten, Alkoholikerinnen und anderen gestrandeten Menschen verfrachtet. Diese »Therapie« hat aber gewirkt: Am nächsten Abend verließ Sonja die Anstalt wieder, mit dem Gefühl, daß ihre Lebensbedingungen, verglichen mit denen der zwangsweise Eingelieferten, geradezu glänzend waren.

In der Anstalt hatte sie auch Besuch von einer Bekannten ihrer Eltern bekommen. Ich habe sie nie kennengelernt, aber sie muß eine sehr vernünftige und nette Frau sein. Ihre Tochter war mit einem Homosexuellen befreundet, und den schickte sie nun zu Sonja, damit er sie wieder ein bißchen aufmunterte. Es war Joachim. Die beiden waren sofort fasziniert voneinander. Wie Sonja mir am Telefon erzählte, war er, wenn auch vielleicht nicht intelligenter, so doch literarisch und musikalisch viel gebildeter als ich. Außerdem weniger träge; vielmehr quirlig und immer zu wunderbaren Unternehmungen aufgelegt – vorzugsweise gemeinsamen Opernbesuchen. Es dauerte kaum eine Woche, da hatte sich Sonja in Joachim verliebt. Es war dies ja auch die Zeit ihres Geburtstags, und er hatte ihr – ganz einfach so – die neue Kleiber-Aufnahme des Freischütz geschenkt. Und am Geburtstagabend wollten sie zusammen in Elektra gehen.

Ich hatte am 12. Dezember, es war ein Mittwoch, wieder meine Stilübungen in Hamburg abzuhalten. Sonja hatte mir ja verboten, sie zu besuchen, aber an diesem Tag konnte ich einfach nicht anders – ich mußte sie sehen und ihr ein Geschenk bringen. Es durfte nur etwas nicht Belastendes und Unbelastetes sein: Kein Buch und vor allem keine Schallplatte. Am besten irgendein Gegenstand zum Hinstellen. Ich kaufte ihr nach langem Überlegen (das Schenken von Gegenständen zum Hinstellen war mir so ungewohnt) eine mattbunt gestreifte Glasschale. Da hinein ließ ich von einem Blumengeschäft ein riesiges fröhlichbuntes Blumengesteck applizieren. Ich hatte dann ziemliche Schwierigkeiten, das schwere, unhandliche, noch dazu zerbrechliche Gebilde unbeschädigt zu Sonjas Wohnung zu balancieren.

Ich klingelte – voller Angst, was ich Sonja mit meinem Besuch vielleicht antäte. Ihre Mutter öffnete mir. Die beiden hielten gerade zusammen an unserem Tisch ein Geburtstagskaffeestündchen ab. Sonja und ich hatten uns anderthalb Monate nicht gesehen. Sie behandelte mich kühl, fremd, beherrscht, aber freundlich. Später sagte sie mir, sie sei in dem Moment vor Freude, Überraschung, vor Schmerz und Trauer wie wahnsinnig gewesen, und dann wäre eben nach außen hin diese komische Beherrschtheit herausgekommen. Wenn sie mich nicht *so* behandelt hätte, hätte sie nur weinen, losheulen können, und das hätte sie nicht gewollt.

Da die ganze Szene, vor allem auch wegen der Anwesenheit der Mutter, so ungenießbar war, verabschiedete ich mich schon nach fünf Minuten. Ich sagte, ich müßte jetzt zu meinem Analytiker, würde aber danach gerne noch einmal bei ihr hereinschauen, wenn ich dürfte. Ich dürfe, sagte Sonja – ihre Mutter wäre dann schon wieder auf der Rückreise nach Mülheim. Sie sei extra für diesen Nachmittag gekommen, damit Sonja nicht so allein wäre.

Nach der Analyse, etwa gegen sechs Uhr, fuhr ich also wieder zu Sonja. Wieder war alles sehr fremd und schwierig; ich weiß nicht mehr, worüber wir gesprochen haben. Etwa nach einer Viertelstunde klingelte es, und Joachim wirbelte herein. Er wollte Sonja zur Oper abholen. Von diesem Plan hatte Sonja mir bis dahin nichts erzählt. Ich hatte mich schon gewundert, für wen oder was sie sich wohl so hübsch gemacht hatte.

Ich war eifersüchtig auf Joachim. Neben seiner munteren, aufgekratzten, lebhaften Art, sich zu geben, wirkte ich nur langweilig und hölzern. Er wäre mir so wahnsinnig ähnlich, hatte Sonja mir gesagt – nur nicht so niederdrückend, sondern aufbauend, belebend, erfrischend. Genau das, was sie jetzt nötig hätte. Ich fand da, daß Joachim mir überhaupt nicht ähnlich war. Seine Lebhaftigkeit empfand ich als aufgedrehtes Getue. Daß Sonja uns beide so einfach gleichsetzen konnte, beleidigte mich fast. Seine von allen möglichen Bildungsanspielungen durchsetzte Konversation wirkte auf mich wie Protzerei. Gerne hätte ich im wissenschaftlichen Stil dagegen angeprotzt, aber das war mir wieder zu billig. Also blieb ich einfach langweilig. Ich mußte mich ja nun wohl für Sonja freuen, daß sie so schnell fast eine Art Ersatz für mich gefunden hatte, der ihr in vieler Beziehung sogar noch besser zu gefallen schien als ich und ihr außerdem so offensichtlich wohltat. Joachims außergewöhnliche Qualitäten habe ich dann erst im Laufe der Zeit anerkennen und schätzen gelernt. Er wurde Sonjas treuster, zuverlässigster, verständnisvollster Freund und hat ihr bis zum Schluß, durch alle Krisen, beigestanden. Immer und immer wieder hat er den Karren mit aus dem Dreck gezogen.

Joachim seinerseits soll an jenem Abend auf mich eifersüchtig gewesen sein und Sonja verwundert gefragt haben, was sie denn ausgerechnet an mir so hinreißend fände. Sich wegen so einem plumpen Klotz umbringen zu wollen – das könne er gar nicht verstehen. Sonja wird mich da sicher verteidigt haben, aber natürlich wird seine Verurteilung und Verächtlichmachung meiner Person ihr auch gutgetan und geholfen haben, weiter Abstand zu gewinnen.

Sonja, meine Sonja, feierte nun also erstmals ihren Geburtstag ohne mich. Ich hatte doch den Abend bei ihr verbringen wollen, mit ihr. Und nun zogen die beiden ab, sogar noch in Elektra, unsere Elektra. Und beide schienen begeistert von dieser Aussicht. Meine eigenmächtige Einmischung in Sonjas neue, selbständige Existenz, die sie sich da aufzubauen begann, hatte für mich mit einer eindeutigen Niederlage geendet. Es gefiel mir überhaupt nicht. Mich allein sollte Sonja lieben, ganz und gar. Die Gewißheit, jederzeit, wenn ich es wollte, zu ihr zurückkehren zu können und mit offenen Armen empfangen zu werden, war mir sehr wichtig. Sie war auch noch nicht ernsthaft bedroht, denn Joachim war ja zum Glück homosexuell – eine Liebesbeziehung würde sich daraus nie entwickeln können.

Als ich mir, ziemlich schnell, auf all diese bösen Schliche gekommen war, verachtete ich mich tief: Ernährt werden wollte ich also weiterhin von Sonjas Anbetung, ihrer bedingungslosen Gebundenheit an mich. Es war wohl der Boden gewesen, aus dem ich bis dahin all meine Kraft bezogen hatte. Aber ihr etwas dafür zurückgeben, das wiederum wollte ich nun auch nicht mehr. Ich schämte mich sehr meines Egoismus. Aber dadurch, daß er mir wenigstens sehr klar geworden war, konnte ich immerhin verhindern, daß er meine Handlungen beeinflußte. In meinen Worten unterstützte ich also in Zukunft diese Beziehung zwischen Joachim und Sonja. Freute mich am Telefon mit ihr, daß sie ihn gefunden habe – was ihr aber wiederum auch nicht so recht gefiel. Viel lieber hätte sie mich natürlich rasend vor Eifersucht erlebt.

Meine Mutter wußte von allem, was etwa seit August geschehen war, nur, daß ich Sonja »letztlich aus beruflichen Gründen« verlassen hatte und daß sie sich deswegen hatte umbringen wollen. Sie hatte uns alle beide bemitleidet, meinen Entschluß aber nach Kräften unterstützt. Irgendwie begann sie aber im Laufe der Zeit daran zu zweifeln, daß ich allein aus so sachlichen Gründen fortgegangen war. Sie vermutete, daß eine andere Frau dahintersteckte, ahnte vielleicht sogar von Bella – ich weiß nicht, durch welche geheimen Quellen. Und nun verlangte sie doch tatsächlich pausenlos, telefonisch oder brieflich, ich solle »bekennen« – Sonja, vor allem aber ihr. Mir war klar, daß, wenn ich ihr die Wahrheit erzählen würde, sie diese sofort an Sonja weitergeben und sie damit töten würde. Deshalb wich ich ihren bohrenden Fragen aus und schwieg hartnäckig. Mein Schweigen kam für sie einem Schuldgeständnis gleich. Ich sagte zu ihr: »Ich weiß nicht, *was* du vermutest. Aber wenn du irgend etwas von solchen unsinnigen Vermutungen an Sonja weitergibst, dann bringst du sie damit um. Das ist dir hoffentlich klar. Misch dich nicht in diese Angelegenheit ein. Sie geht dich nichts an. Du verstehst überhaupt nichts von all den Zusammenhängen. Ich habe gute Gründe, todernste

Gründe, so zu handeln wie ich handle, und wehe dir, wenn du dich einmischst!« Das hier ist nur eine ganz oberflächliche, grobe, kurze Zusammenfassung der endlosen Auseinandersetzungen, die ich mit meiner Mutter auch in dieser Sache auszustehen hatte. Ich war ja damals noch viel abhängiger von ihrem Urteil, und es war allein die Todesangst um Sonja, die mich dazu befähigte, kalt und hart zu bleiben. Allmählich erfuhr meine Mutter doch von meiner Beziehung zu Bella, aber sie hat Sonja tatsächlich nichts davon verraten. Vielleicht ist es mir doch gelungen, sie zu überzeugen – vielleicht aber auch Bettina oder Christian. Ich hätte mich schon damals von meiner Mutter trennen sollen. Sie hat mir wirklich fast immer nur geschadet. Sie hat immer gerade dann, wenn es für mich sowieso am schwierigsten war, die Dinge noch schwieriger, noch komplizierter, noch entsetzlicher gemacht.

Dritter Teil

Dienstag, 7. November 1978, morgens zehn Uhr

In einer halben Stunde geht mein Bus in die Uni. Eine gute nüchterne Gelegenheit, endlich wieder an meinem Buch weiterzuschreiben.

In den letzten beiden Monaten ist mit mir so viel passiert, daß ich keinerlei seelische Kraft für Sonjas Geschichte mehr übrighatte. Alles wurde anderweitig aufgebraucht, so sehr, daß ich zum Schluß das Gefühl hatte, mein Ich oder Selbst sei sozusagen vollständig ausgelaufen. Ich will hier nur ganz kurz skizzieren, wie das gekommen ist und wie ich mich schließlich wieder gefangen habe.

Im September war ich zehn Tage lang mit Maja auf Juist zusammen. Es war so, wie ich es mir gewünscht hatte: die Vollkommenheit schlechthin. Nie eine Sekunde Langeweile (wie etwa auch mit Julia) und dazu aber noch etliches mehr – eben das Gefühl, *ganz* verstanden und geliebt zu werden und wiederzulieben. Ein Schatz, den ich nie wieder verlieren möchte.

Dann platzten aber die vielen Antworten auf meine Courage-Anzeige in das Idyll. Es war mir eine Selbstverständlichkeit, alle dreißig freundlich, aber natürlich abschlägig zu beantworten. Maja meinte, einige (die nettesten) Frauen sollte ich mir aber doch auf jeden Fall einmal ansehen. Ich tat es – und schon eine Woche nachdem ich von Juist zurückgekommen war, verbrachte ich eine – meinerseits eher karitative – Nacht mit Antoinette und verreiste am Morgen darauf zu einem Kongreß. Antoinette war mir schon im Mai einmal recht gefährlich geworden, allerdings ohne daß sie es bemerkt hatte. Sie wohnt hier in Basel und gehört zum weiteren Kreis meiner Bekannten. Und nun hatte sie da auch auf meine Anzeige geschrieben, ohne zu ahnen, daß ihr Brief ausgerechnet bei mir landen würde. Noch am selben Abend, als ich ihren Brief vorfand, lud ich sie zu einem Gespräch darüber ein. Sie hatte sich in ihrem Schreiben ein Dreiecksverhältnis gewünscht: Neben ihrem jüngeren Freund David, den sie liebe, wünsche sie sich halt noch eine zärtliche Freundin. Die Worte »Nähe und Selbständigkeit zugleich« in meiner Anzeige hatten sie deshalb besonders angesprochen. Sie ist neunundreißig Jahre alt und hat noch nie eine Beziehung zu einer Frau gehabt, wünscht sich das aber schon lange. Ich erklärte ihr in jenem Aufklärungsgespräch, daß eine derartige Konstruktion für mich unakzeptabel sei – sie solle doch selbst entsprechend inserieren, sicher gebe es etliche Frauen, die sich ähnliches wünschen. Ich hatte auch von meinem Sonjabuch gesprochen. Sie wollte es gern lesen, und ich gab es ihr, auch weil sie sich mit ihrem Brief vor mir »entblößt« fühlte. Sie sollte mit dieser Entblößung nicht so allein dastehen, und dies Buch ist ja entblößend genug. Es scheint aber für bestimmte Gemüter auch ein gefährliches Buch zu sein – genau wie Majas Buch für mich so gefährlich war, daß ich mich prompt in sie verliebte, ohne auch nur zu ahnen, wer überhaupt dahinter steckte.

Jedenfalls geriet Antoinette über meinem Buch nun ganz offensichtlich in Flammen. Sie warb um mich, unmißverständlich, und ich gab diesem Werben nach, indem ich am dritten Abend schließlich mit ihr ins Bett ging. Ich wollte glaube ich lediglich die Spannung reduzieren, die sich da zwischen uns angestaut hatte. Während ich mit ihr im Bett lag, dachte ich schuldbewußt an Maja und David. Was tat ich denn da eigentlich schon wieder? Ich wußte genau, daß ich Mist machte.

Sonntag, 12. November 1978, nachts halb eins

An der Stelle mußte ich also zum Unibus und hatte seither keinen Antrieb mehr, weiterzumachen. Auch heute abend ist der Antrieb eher mäßig. Die eigentliche »Trauerarbeit« ist ja geleistet; ich war damit fertig so etwa im Mai. Genau wie Müller prophezeit hatte: zwei Jahre. Jetzt aber ist das Schreiben ein immer erneutes Aufreißen einer Wunde, die nach endlosem Schwären endlich verheilt ist.

Antoinette – soll ich hier diese Geschichte überhaupt weitererzählen? Sie hat ja doch mit Sonja gar nichts zu tun, nur mit mir und den merkwürdigen Launen von Lesben im allgemeinen (vielleicht aber nur meine ganz eigenen merkwürdigen Launen?) Während ich auf dem einwöchigen Kongreß war und in den wenigen Pausen an Maja dachte und schrieb, von der mich allerdings nicht eine einzige Zeile erreichte, und anrufen kann man sie nicht – in dieser Zeit also schrieb Antoinette einen Roman von neunzig Seiten, eine rasende Liebesphantasie über mich sozusagen.

Als ich von dem Kongreß heimkehrte, fand ich endlich drei Briefe von Maja vor (vierzehn Tage waren seit Juist vergangen, und ich verlangte nach diesen Briefen wie nach Rauschgift), dazu aber auch ein Schreiben von Antoinette, ich könne mir in ihrem Büro, wenn ich wolle, ein Päckchen mit mehreren Briefen abholen, die sie inzwischen an mich geschrieben habe. Diese »mehreren Briefe« entpuppten sich als jene Liebesphantasie – sie selbst war inzwischen nach Italien verreist, hatte verreisen müssen, so war es schon lange vorher geplant gewesen. Ich las dann sogleich am Montag zweimal diese »Briefe« – so sehr hatte sich bisher noch niemand tätlich für mich ins Zeug gelegt. Nur Sonja, die hatte sich meinetwegen sogar umbringen wollen. Wie brutal ich da schreibe.

Die neunzig Seiten der Antoinette waren mir wie ein Spiegelbild meines eigenen öfter mal ausbrechenden Wahnsinns. Der letzte war eben jener Wahnsinn um Maja, der sich in diesem Buch ja auch breitgemacht hat. Ich sah mich dadurch in einer äußerst komplizierten Lage. Zum erstenmal produzierte eine andere ähnlichen Wahnsinn wie ich, eine, die sonst, nach außen hin und beruflich, genauso prächtig und reibungslos funktioniert wie ich.

Und solcher Wahnsinn galt nun auch noch mir, die ich mich damit bisher immer ganz allein gefühlt habe. Normalerweise hätte ich darauf sehr intensiv reagiert, aber ich war doch schon besetzt: *Mein* Wahnsinn hieß Maja, und nicht Antoinette! In diesem Sinne schrieb ich ihr dann auch einen behutsamen, dankbaren, aber unmißverständlich ablehnenden Brief nach Italien. Ich wußte so genau, wie es ihr in Italien erging – so wie mir, als ich dort mit Sonja war und mich in jeder Sekunde nach Bella sehnte.

Das geschah Anfang Oktober. Inzwischen sind sechs Wochen vergangen – zehn Tage davon war ich in Berlin bei Maja. Wieder war alles so wunderbar, vollkommen wie auf Juist. Und nächste Woche fahre ich wieder für zehn Tage nach Berlin.

Antoinette ist hier, in Basel. Wir könnten uns theoretisch jeden Tag sehen. Das geht aber nicht; die ganze Geschichte ist noch zu frisch, wund und kompliziert. Also haben wir uns gemeinsam auf einen Jour fixe geeinigt, an dem wir zusammen essen gehen, oder ins Kino, oder einfach bloß dasitzen und reden. Ich mag sie sehr, erwidere auch ihre Zärtlichkeit, fühle mich im Gespräch mit ihr lebendig und angeregt. Aber sexuell kann es zwischen uns nicht klappen, weil dieser Bereich bei mir durch Maja einfach total besetzt ist. Eine zärtliche Freundschaft also – für mich etwas absolut Neues, etwas, was ich mir über mich selbst bisher niemals hätte vorstellen können. Ich kenne platonische Freundschaften mit Frauen oder aber Liebesbeziehungen, nicht so ein seltsames, verwirrendes Mittelding. Die Zärtlichkeit wird auch automatisch aufhören, wenn Maja hier ist, mit mir zusammenlebt.

Ich bin müde und mag nicht mehr schreiben. Das alles ist ja eigentlich Stoff für ein ganz anderes Buch, das ich sicher niemals schreiben werde. Dieses reicht mir völlig. Es macht mich müde, von diesem Stoff nur so einzelne Tupfer zu berichten statt der genauen Zusammenhänge. Trotzdem – andeuten mußte ich diese Sachen jedenfalls. Sie sind wie eine Art Seelenschutt, den ich erst wegräumen muß, um wieder zu Sonjas Geschichte ganz durchzudringen. Der ganze Schutt ist, wie gesagt, bei weitem nicht fortgeräumt, wohl aber ein schmaler Durchgang gebahnt, durch den ich wohl beim nächsten Mal wieder schnell bis zu Sonja vorstoßen kann.

Mittwoch, 15. November 1978, nachts kurz vor zwölf

Heute bin ich zum erstenmal seit zweieinhalb Monaten wieder richtig bereit zu schreiben. Nach Sonjas Geburtstag ist jetzt der Jahreswechsel und das neue Jahr dran: 1974. Das erste Jahr unserer Trennung.

Über Silvester hatte ich Bella zu fünf Tagen Sylt eingeladen. Wollte man mit Bella etwas Schönes unternehmen, mußte man sie dazu einladen, weil sie selbst so viel für ihr neues Haus abzubezahlen hatte. Rückblickend muß ich zugeben, daß diese Tage nicht so schön waren, wie ich es mir erhofft hatte. Kein Vergleich etwa mit dem, was ich zur Zeit mit Maja erlebe. Damals aber mochte ich das natürlich nicht wahrhaben, zum Beispiel daß ich mich mit Bella viel langweilte, was sie spürte und was sie zu heftigen Attacken (immer indirekt aufgehängten, aber trotzdem sehr deutlichen) gegen meinen akademischen Status reizte. Ich dachte: Das sind eben so die normalen Anfangsschwierigkeiten einer Beziehung – war es mir mit Sonja damals nicht noch viel schlimmer ergangen?

Als ich wieder nach Bremen zurückgekehrt und Bella wieder in Kopenhagen war, kam ein Brief von Sonja (die Telefon- und Besuchssperre hatten wir inzwischen aufgehoben. Ich hatte Sonja dazu überreden können, daß wir anläßlich meiner wöchentlichen Hamburg-Fahrten (Uni-Lehrauftrag) doch gemeinsam ihre Dissertation besprechen könnten). Sonja schreibt also:

2. 1. 74

Liebe Judith,
ich hoffe, daß Du auch für die Horses etwas Zeit findest. (»Horses« ist »A Night Among The Horses« von Djuna Barnes.) *Abgesehen davon ist es aber auch ein herrliches Buch, wie Du ja weißt. Ich bin ganz schön unter Druck innerlich und sitze mit Herzklabastern meine acht Stunden am Schreibtisch ab und wünschte, ich wäre Verkäuferin.*
Ich habe mich nun doch dazu durchgerungen, mich nicht allein auf Nightwood (von Djuna Barnes) *zu spezialisieren, sondern die Hauptpersonen aller Werke zu behandeln mit »etwas« erheblich weniger Penibilität und der Hoffnung, das Ganze mit einem Hauch*

von künstlerisch-wissenschaftlicher Genialität zu gestalten, wenn ich mich mal so blöd ausdrücken darf. Eine Dissertation scheint ja doch etwas mehr sein zu sollen als ein Referat, und wenn ich mich schulmeisterlich über Nightwood allein auslasse, kommt das einem Referat schon verdammt nahe, auch wenn ich noch so gute Ideen dazu habe.
Ach, dear, auch wenn das Leben manchmal noch so beschissen ist, die größte Scheiße hast Du hinter Dir. Das weißt Du ja auch, aber so steckt Dir die Erinnerung daran bestimmt nicht mehr in den Knochen.
Ich freue mich, Dich am 9. hier zu sehen, hoffe, mit etwas Vernünftigem aufwarten zu können (und das bezieht sich nicht allein aufs Essen) und daß ich Dich mit meiner Dummheit nicht allzu sehr plage. Herzliche Grüße bis dann – Deine Sonja

»Liebe Judith« und »Deine Sonja« schreibt sie ganz nüchtern und gefaßt.

Die verabredete Arbeitssitzung am 9. Januar muß ganz gut verlaufen sein. Ich erinnere mich nicht mehr genau daran, aber das entnehme ich aus dem Brief, den Sonja mir am Tag darauf zum Geburtstag schrieb:

Hamburg, den 10. 1. 74

Meine liebe, gute Judy,
zu Deinem 31. Geburtstag wünsche ich Dir von ganzem Herzen, daß Du immer besser und leichter den nächsten Geburtstagen entgegensteuerst und so schnell wie möglich Professor wirst und letzteres womöglich nicht nur Dir selbst zuliebe. Ich hoffe auch sehr, daß der heutige, morgige und Geburts-Tag schön verläuft und bin natürlich traurig, daß wir ihn nicht recht zusammen feiern können. Ich bin gespannt, wie Du Aida nun schließlich finden wirst, ob Du allerdings jetzt noch die Zeit findest, sie richtig zu hören, ist wohl fraglich. Ich bin kaum aufgestanden – und es ist schon fast wieder Nachmittag.
Ilse kommt gleich mit ein paar Lebensmitteln vorbei, die sie für mich besorgt hat; sie will Dir auch schreiben, weil sie vergessen hat, gestern Dein Geschenk vorbeizubringen. Und da werde ich Ilse bitten, den Brief gleich einzustecken, damit Du ihn hoffentlich auch am Samstag hast.
Komisch, meine Hand ist so verklemmt, daß mir das Schreiben or-

dentlich schwerfällt. Alles wird so krikelig und omahaft. Ich hatte heute vormittag ein lustiges Erlebnis in der Badewanne. Erstaunlich, daß so etwas nicht schon eher passiert ist: ich hatte, bevor ich in die Wanne ging, die Waschmaschine angestellt. Na, alles übrige wirst Du Dir nun schon fast denken können. Ich saß in wunderbarer duftender rosa Rosmarinweihnachtslotion und dachte, wie schön, all das Rosa und die saubere Wärme, als ein Strahl des schmutzigsten Wassers sich in mein kleines Himmelreich ergoß und gar nicht wieder aufhören wollte und mein schönes Badewasser in die übelste Plörre verwandelte, ruck-zuck. Erst wollte ich böse werden, aber was hätte das genützt, so habe ich dann also ziemlich gelacht und hatte dann nur etwas Sorge, daß ich den Rollstuhl noch trockenen Fußes erreichte (nach dem Baden), bevor die Waschmaschine mich wieder foppen wollte. Nun sitze ich aber sauber an Deinem Geburtstagsbrief!
Haare und Geschirr muß ich nun noch waschen und leider noch etliches aufräumen, bevor ich mich an diverse Arbeiten begeben kann.
Es war wirklich sehr schön gestern, und ich finde auch, wir sollten uns möglichst nächsten Mittwoch wiedersehen, auch wenn ich mit der Arbeit noch nicht so weit gediehen bin. Ich melde mich vorher noch per Postkarte.
Schätzchen, ich wünsche Dir alles Gute und muß wohl versuchen, den Samstag als den 12. und 31. zu verdrängen, und werde mir die besagte Fernsehsendung für uns beide ansehen und Dir genau berichten, wie es war (auch in Farbe). Ich habe mir gestern abend noch die Diskussion über das Hebbel-Stück angesehen, um Lämmert persönlich kennenzulernen, und ich war erstaunt, wie jung er noch ist oder wirkte, und freute mich, daß er von allen Diskussionsteilnehmern der klügste war, obendrein auch sehr sympathisch.
Ich umarme Dich herzlichst und bleibe weiter Dein *Sönnchen.*

Das Hebbel-Stück war »Maria-Magdalena« in der Bearbeitung von Franz Xaver Kroetz, ist mir beim Abtippen des Briefes eben wieder eingefallen. Nach der gemeinsamen Arbeit werden wir beide da noch ein wenig, wie in alten Zeiten und um es alles friedlich zu halten, in die Röhre geschaut haben. Und dann mußte ich fort, um kurz vor Mitternacht den letzten Zug nach Bremen zu kriegen. Bei Sonja zu übernachten wäre natürlich einfacher gewesen, aber es war uns noch zu gefährlich. So verbrachte sie den Rest des Fernsehabends allein, wohl nur mäßig von Lämmert getröstet, auf dessen »Bauformen des Erzählens« sie sich bei ihrer Arbeit häufig stützte.

Wir trafen uns jetzt mittwochs regelmäßig zum »Arbeiten« – unser Hauptanliegen aber war wohl, nach dem Trennungsschock wieder eine erträgliche neue Basis zu finden. Wir konnten es ja eigentlich beide ohne einander nicht gut aushalten. Die Situation erinnert mich sehr an meine jetzige mit Maja/Bella in weiter Ferne (Berlin/Kopenhagen) und Antoinette/Sonja so nah (Basel/Hamburg). Antoinette und Sonja beide stürmisch, nur allzu bereit, mich mit ihrer Liebe jederzeit zu verwöhnen, zu überschütten. Der eigentliche »Gegenstand« meiner Sehnsucht dagegen viel zurückhaltender, zumindest aus der Ferne. Nie bekam ich genug und mußte mich dann schwer in acht nehmen, Sonjas Verlockungen nicht zu erliegen und auch nicht dem Wunsch, sie in ihrem Leid kurzfristig, notdürftig und letztlich schädlich zu »trösten«.

Am Vorabend meines Geburtstags, kurz vor Mitternacht, rief Sonja mich an, überströmend vor Liebe und Zärtlichkeit. Ich hatte gedacht, es sei Bella – aber die war eben am Sparen. Ich gab Sonja bald nach, wurde ähnlich zärtlich wie sie, hielt meine Gefühle nicht mehr künstlich und therapeutisch im Zaum. Wir redeten wohl über eine Stunde. Ich spielte ihr den letzten Satz aus Schumanns d-moll-Klaviertrio vor, den ich gerade entdeckt hatte. Es war wie am Geburtstag das Jahr zuvor: eine Musik (und auch von Schumann!), die Bella nie begriffen hätte und auf die Sonja sofort und trotz Telefon-Verstümmelung genauso reagierte wie ich. Zuerst lachten wir darüber, glücklich, triumphierend – dann weinten wir beide.

Eine Woche später schreibt Sonja mir auf einem kleinen gelben Zettel:

17. 1. 74

Liebe Judy,
anbei das neulich Erarbeitete; ich hab's für mich noch mal abgetippt, vielleicht ist Dir der Durchschlag auch irgendwie nützlich. Es ist jetzt (bzw. sono le sei e dieci) 6 Uhr 10 in der Frühe und obwohl ich sieben Stunden an Djuna gesessen und 3 Stunden Italienisch gelernt habe, ist an Schlaf nicht zu denken. Von Mitternacht

bis $^1/_2$4 Uhr habe ich schlaflos im Bett ausgehalten, daraufhin bin ich zornentbrannt aufgestanden und erledige jetzt einigen Schreibkram. Nun habe ich extra keinen Alkohol getrunken und keine Schlaftabletten genommen, und das ist die Quittung. Aber morgen bzw. heute abend muß ich wohl hoffentlich müde genug sein – sicher schlafe ich dann bei André Chenier ein. Anyhow, ein herzliches Grüßchen für heute und auch sonst!

Dein Sönnchen

Seit unserer Trennung konnte Sonja nicht mehr richtig schlafen – ich schrieb das ja schon mal. Zu ihrem psychischen Elend, dem Arbeitsdruck, nun auch noch dies. Später dann rief sie mich in ihrer Schlaflosigkeit immer öfter mitten in der Nacht an, um zwei, um drei, um vier, redete verzweifelt auf mich ein, eine Stunde, zwei Stunden, manchmal noch länger, endlos im Kreise. Ich konnte diesen Strom nie energisch zum Stillstand bringen, der mich nun auch den Schlaf und sie so viel Geld kostete, das sie ja gar nicht hatte. Ihre Telefonrechnungen waren astronomisch, bis zu sechshundert Mark im Monat.

Und Italienisch lernte Sonja nun so fleißig im Hinblick auf unseren nächsten Italien-Urlaub – das war so eine Utopie, die wir uns gemeinsam zum Trost zurechtgelegt hatten. Italien, das doch so schön gewesen war, in Sonjas und irgendwie auch in meinen Augen – unser Gelobtes Land. Ich selbst fuhr schon Mitte Februar wieder nach Italien, diesmal mit einer Bremer Studentengruppe, halb dienstlich sozusagen. Und während ich in Italien war und traurig-zärtlich-selbstironische Postkarten an Sonja schrieb und feurige Briefe an Bella, entdeckte Bella in Kopenhagen beim Lesen dieser Briefe, daß sie nicht imstande sei, diese Glut zu erwidern und wir uns infolgedessen besser trennen sollten, bevor ich ihr noch hilfloser und endgültig verfallen wäre.

Pfingstsamstag, 2. Juni 1979, 21.15 Uhr

Wieder ist seit der letzten Eintragung über ein halbes Jahr verstrichen. Ich konnte mich nicht aufraffen; mein chaotisches »Privatleben« und alle möglichen Arbeitsverpflichtungen ließen mir keine Kraft übrig. In diesem Semester muß ich meine Antrittsvorlesung halten, zu der bis jetzt nur ein paar unausgearbeitete Ideen vorliegen. Diese Aufgabe ängstigt mich: Schon wieder soll ich da, diesmal vor großem, kritischem, teilweise erlauchtem Publikum Bedeutsames von mir geben. Ich stehle mir trotzdem diese Zeit jetzt für mein Sonjabuch, damit es endlich fertig wird, ja damit ich es endlich vom Halse habe. Fast drei Jahre sitze ich nun schon daran. Ob wohl Sonjas Mutter inzwischen tot ist? Dann brauchte ich wenigstens die sie betreffenden Stellen nicht mehr zu verfremden. Das alles ist ja auch Arbeit und kostet mich Zeit, die ich nicht habe.

Am 2./3. März war Sonjas Todesnacht. Sie jährte sich zum drittenmal. Um die Zeit träumte ich viel von Sonja. Zum Beispiel traf ich mich mit ihr am Bahnhof Mülheim. Wir wollten gemeinsam ihr Grab besuchen (das ich ja bisher gemieden habe). Während ich sie durch die engen Straßen zum Friedhof schob, stellten wir uns vor, was wohl die Mutter zu dem Anblick sagen würde, wenn sie jetzt plötzlich um die Ecke käme. Zu Tode erschrecken würde sie sich, meinten wir, und diese Vorstellung befriedigte uns.

Ende Februar 1974 bekam ich also von Bella den Abschied. Eine mir wirklich begreifliche Erklärung dafür gab sie mir nicht. Nur so viel, daß es von ihrer Seite wohl alles ein großer Irrtum gewesen sei. Sie hätte es so gerne gewollt, um ihre eigenen Probleme darüber zu vergessen (Erika), aber sie sei offenbar immer noch zu sehr in diese »alte Geschichte« verwickelt.

Zuerst versuchte ich natürlich verzweifelt, sie umzustimmen, aber vergeblich. Dann konnte ich nichts anderes mehr tun als absolute Trennung, das heißt vor allem Briefstopp, zu verlangen. Ich mußte wenigstens sichergehen, daß nichts mehr von ihr zu erwarten war, damit ich nicht in die selbstzerstörerische Manie des Wartens auf Briefe oder Anrufe verfiele.

Nachdem ich diesen Schmerz etwa drei Wochen lang allein geschleppt und währenddessen in der Uni noch roboterartig vor mich hin funktioniert hatte, weihte ich Julia in »alles« ein. Ich brauchte Schutz, vor allem vor mir selbst, vor meinen anfallartigen Wünschen, nach Kopenhagen zu reisen oder wieder mit Sonja anzufangen, und Julia gab mir diesen Schutz. Ich erzählte ihr jeweils vertrauensvoll von meinen Anfechtungen, und sie entschied, was zu tun bzw. zu unterlassen sei – meistens letzteres. Mir selbst mochte ich nicht mehr folgen: Was mir so einfiel, geriet mir oder anderen regelmäßig zum Schaden.

Einmal zum Beispiel fiel es Bella ein, auf einer »harmlosen« Postkarte einen »harmlosen« Freundschaftsdienst zu erbitten: Ob ich ihr wohl ein Ersatzbürstchen für ihre elektrische Zahnbürste besorgen könne; in Dänemark wären sie nicht zu kriegen. In meiner seelischen Abhängigkeit von Bella interpretierte ich diese Bitte gleich als einen verklausulierten Beweis ihrer Sehnsucht nach mir – direkte Beweise hatte ich ihr ja sozusagen selbst verboten. Julia erkannte sofort die Gefahr und nahm die Sache in die Hand, besorgte Bella ihr Zahnbürstchen und schickte es ihr. Daraufhin kamen auch keine »harmlosen Bitten« mehr an mich.

Eines Abends, im April glaube ich, rief Sonja mich an: Sie könne es nicht mehr aushalten vor Trauer und Alleinsein – ob ich nicht gleich zu ihr kommen könnte. Ich packte eine Flasche von dem teuren Wein ein, den ich vor der Italien-Exkursion kistenweise für Bella und mich bestellt hatte, und nahm den nächsten Zug. Ich hatte mich auf einen schwierigen Balance-Akt des Tröstens eingestellt (nicht vor lauter Mitleid und eigener Verzweiflung um Bella zu weit gehen!!), aber dazu kam es gar nicht. Sonja war wie in Trance und weinte vor Erleichterung über das ersehnte Wiedersehen. Was ich aber sah, waren riesige Brandblasen auf ihren Beinen, auf der Hand und am linken Arm. Große Teile der Haut hingen in Fetzen herunter. Ich schrie sie an, wann und wie denn das passiert sei, ob der Arzt schon dagewesen wäre, wieso sie nicht im Krankenhaus wäre. Sonja meinte gleichgültig, es täte zwar scheußlich weh, aber das passierte ihr doch dauernd, daran hätte sie sich doch inzwischen längst gewöhnt. Morgens beim Kaffeekochen wäre es passiert. Sie hätte nachts wieder nicht geschlafen, wäre dann morgens so zittrig gewesen und hätte das kochende Wasser über sich gegossen statt in die Kaffeekanne. Von Arzt und Krankenhaus wollte sie nichts wissen, die machten es ja höchstens alles noch schlimmer. Sie wäre so glücklich, mich jetzt bei sich zu haben, und ich sollte mich doch über diese lächerliche

Sache nicht so aufregen. Natürlich regte ich mich weiter auf und rief schließlich gegen Sonjas Willen den Notarzt an. Als der endlich kam, war Sonja von meinem Wein schon leicht betrunken. Der Arzt konnte es nicht fassen, daß das bereits vor zwölf Stunden geschehen sein sollte und daß inzwischen noch nichts unternommen worden war. Normale Patienten würden bei derartigen Brandverletzungen vor Schmerz pausenlos schreien oder wimmern. Sonja lächelte dazu verächtlich. Auf keinen Fall ginge sie ins Krankenhaus, er solle sich fortscheren, sie habe ihn schließlich nicht herbestellt. Da versuchte er es mit einer anderen Taktik und erklärte, zwingen könne er sie zwar nicht, er müsse sie aber darauf hinweisen, daß äußerst entstellende Narben zurückbleiben könnten, wenn sie sich nicht sofort in Behandlung begäbe. Erst da lenkte sie ein und ließ sich abtransportieren. Ich fuhr im Krankenwagen mit. Der Bereitschaftsdienst im Krankenhaus war mal wieder überlastet. Über eine Stunde mußten wir in einem zugigen kahlen Raum warten. Von dem Arzt dann das gleiche wie schon von dem Notarzt: Wieso sie denn nicht vor Schmerzen schriee? Er müsse schon sagen, das sei wirklich tapfer, alle Achtung. Dann kam Sonja in die Obhut einer energischen Oberschwester, die ihr (wie mir schien, eher ungeschickt) den Arm, die Hand und die in Spasmen zuckenden Beine mit schwarzer Brandsalbe zuschmierte. Diese Behandlung fand in einem dunklen Flur statt. Ich konnte Sonja nur hilflos über das Haar streichen und ihr versprechen, sie so bald wie möglich mit einem Haufen schöner Bücher zu besuchen. Dann wurde sie zum Schlafen in ein dunkles Zimmer geschoben.

Sonja blieb etwa zehn Tage im Krankenhaus. Alles verheilte gut, keine entstellenden Narben. Ein junger Pfleger, der sich immer besonders nett um sie gekümmert hatte, besuchte sie später öfter auch mal zu Hause. Ein halbes Jahr später rief Sonja mich seinetwegen einmal mitten in der Nacht an. Diesmal hatte *sie* den Notdienst rufen müssen. Der arme Kerl, offenbar ein labiler, ausgeflippter Typ, hatte vor ihren Augen die Terpentinflasche leergetrunken, die immer auf ihrem Maltischchen stand, und sich anschließend in gräßlichen Krämpfen am Fußboden gewälzt. Sonja sagte, das sei das Grauenhafteste gewesen, das sie je erlebt habe.

Irgendwann in diesem Frühjahr habe ich für Sonja einen Antrag auf Graduiertenförderung geschrieben, einen schematischen

Entwurf ihres Dissertationsvorhabens. Ich mußte alles mehr oder weniger erdichten, aber im Formulieren und Ausdenken wissenschaftlicher Projekte hatte ich inzwischen schon eine verläßliche Routine. Sonja bekam das Stipendium für zunächst ein Jahr ohne Komplikationen zugesprochen.

Ich habe nur wenig Post von Sonja aus dieser Zeit. Meistens rief sie mich ja nachts stundenlang an. Aber da ist doch eine Postkarte vom 11. Mai 1974:

Darling,
I'm in a terrible rush – will Dir nur per ein paar Zeilen erstmal ganz lieb danken für Dein liebes Buchgrüßchen (ich hatte ihr »Portrait of a Marriage« von Nicolson geschenkt), *was ich sehr nostalgisch aber erfreut gleichzeitig, of course, in meinem Briefkasten gestern fand mit Deinen lieben, mir sehr nahegehenden Worten.*
Ich konnte mich den ganzen Morgen heute von Portrait of a Marriage nicht losreißen. The household is in a mess, I'm not yet fit to show myself to other people. In ten minutes though I have to leave. Birgit und Klaus haben mich zum Mittagessen eingeladen. Ich freue mich. Es ist ein strahlender Tag, er könnte nicht schöner sein, und ich wünschte, ich könnte ihn doppelt erleben – einmal für mich, mit meinem Buch und meiner Musik beim Malen des Elefantenbildes, was dann nämlich heute fertigwürde, was mich sehr reizt. Ich freue mich, daß ich nun wieder ein Bild mehr habe, und es ist *schön. Ich schreibe Dir wieder, wollte eben nur, daß Du schnell von mir hörst.*
Stay fine. Ich liebe Dich und bin auch manchmal ohne Anstrengung tapfer. Deine Sonja.

Im Sommer besuchte mich Sonja auch einmal in Bremen. Ich hatte sie schon oft dazu eingeladen, aber begreiflicherweise hatte sie keine große Lust, diese neue, fremde, verhaßte Realität, die krassen Beweise meiner Unabhängigkeit, in Augenschein zu nehmen. *Ich* erlebte ihre Abwehr aber auch als Desinteresse. Nachmittags um drei wollte sie kommen. Ich war angespannt und ängstlich verkrampft. Julia hielt sich für alle Fälle im Hintergrund bereit. Irgendwann wollte sie auch »zwecks Arbeitsdiskussion« dazustoßen. Ich hatte Sonja schon erzählt, daß Julia sich in fremde Dissertationsvorhaben hervorragend hineindenken konnte und daß schon viele aus solchen Gesprächen mit ihr großen Gewinn gezogen hatten. Sonja verhielt sich dazu reserviert. Sie hatte Angst, sich nun womöglich auch noch vor Julia zu blamieren. Außerdem war sie natürlich eifersüchtig; gleichzeitig beneidete sie mich um Julia und wünschte sich für sich selbst auch so einen unverbrüchlichen Beistand.

Sonjas Wagen hielt also unten vor meinem Haus. Ich lief runter und half ihr in den Rollstuhl. Schob sie zu meiner Haustür, wo sie gleich mein Klingelschild »Dr. J. Offenbach« entdeckte und sich eine schnippische Bemerkung dazu nicht verkneifen konnte: »Na, da bist du ja wohl stolz, daß Dein Doktor endlich auf dem Klingelschild prangt!« Ich war verstimmt, sagte aber nichts dazu. Sie hatte alle möglichen berechtigten Gründe zur Aggression gegen mich. Nun kamen sie eben etwas schief und an einem mir besonders unangenehmen Ende heraus.

Dieser Besuch sollte auch ein Schritt zur »Normalität« zwischen uns werden, aber er mißlang, trotz der tapferen Anstrengungen aller Beteiligten. Sonja redete, ein wenig hilflos und nervös, über ihre Dissertation, Julia klärte scharfsinnig und souverän, und Sonja fühlte sich immer ungemütlicher und unterlegener, sozusagen dem Beschuß einer doppelten Judith ausgesetzt. Sie erklärte ziemlich bald, sie müsse nun dringend wieder nach Hause. Julia ging, und Sonja und ich waren noch eine Weile allein zusammen. Sie setzte sich aus dem Rollstuhl auf das Sofa, und ich setzte mich neben sie. Als sie anfing zu weinen, legte ich sacht den Arm um sie und zog sie an mich. Sie begann mich zu streicheln, meine Brust und meine Beine. »Dieses weiche Fleisch, so weiß«, sagte Sonja und grub ihre Hände in meine schlabbrigen Oberschenkel. Ich empfand furchtbares Mitleid und Schuldgefühle und wieder Befremden über ihr Stöhnen und ihre Hingerissenheit angesichts meines »Fleisches«, das mir ja eben hauptsächlich häßlich vorkam. »Wenn ich sie jetzt noch weiter ›tröste‹«, dachte ich, »mache ich alles noch schlimmer.« Ich setzte mich weg von ihr, in den Sessel. Kurz danach brach sie auf, fuhr allein nach Hamburg zurück. Beim Abschied wieder leicht aggressiv, und verzweifelt. Auf sie wartete zu Hause die leere Wohnung, auf mich wartete Julia, mit der ich alles besprechen konnte, die mir dabei half, mich wieder zu distanzieren von dieser dunklen, abgründigen Seite meines Lebens. Vernunft und Wärme und Schutz für mich. Für Sonja in Hamburg: Enttäuschung, Einsamkeit, Verzweiflung, Kälte, Haß und Depression.

Einige Zeit nach Sonjas Besuch fand in Bremen eine Deutschlehrertagung statt. Ich überließ Bella für diese Zeit meine Wohnung; das hatten wir schon vor unserer Trennung fest verabredet. Ursprünglich hatte Bella die Tagung weitgehend schwänzen und nur mit mir zusammensein wollen: Sie war zuerst für uns beide nur ein Vorwand gewesen, uns außer der Reihe treffen zu können. Aber nun lagen die Dinge ja schon wieder ganz anders, und Julia sorgte dafür, daß ich Bella gar nicht erst zu Gesicht bekam: Ich fuhr für diese Zeit zu meinen Eltern. Dort saß ich nun also am Abend meiner Ankunft, allein, sehnte mich nach Bella in Bremen und fühlte mich jämmerlich. Zweimal zuvor war Bella in meiner Bremer Wohnung gewesen, die zu der Zeit noch völlig kahl und behelfsmäßig eingerichtet war. Inzwischen war sie mit freundlichen Möbeln ausgestattet, die ich vor allem im Hinblick auf Bella gekauft hatte und mit ihr hatte einweihen wollen.

In diese Stimmung hinein rief Sonja mich an und ließ eine ihrer Anklagereden auf mich los: Ich hätte sowieso kein Herz, wäre wohl so eine Art Wissenschaftsmaschine und zu wirklich echten Gefühlen, wie sie sie hätte, einfach unfähig. Ich war da überhaupt schon so fertig, daß ich sie fast angebrüllt und ihr die ganze Bella-Geschichte wahrheitsgemäß erzählt hätte, bloß um *diese* nun wirklich ungerechtfertigten Vorwürfe nicht auch noch ertragen zu müssen. Ich besann mich aber in letzter Sekunde und erfand statt Bella eine Französin, die ich bereits bei der Tagung in Paris (April 73) getroffen haben wollte und die ich bei der Antwerpener Tagung wiedergesehen hätte etc. etc. Und diese böse französische Freundin hätte mich doch nun nach einem halben Jahr einfach sitzenlassen. Natürlich war sie auch noch Altphilologin, und für Sonja klang alles sehr plausibel. Die Lüge hatte immerhin den gewünschten Effekt. Sonja hörte auf, mich in dieser Art zu beleidigen und zu verletzen auf einem Gebiet, wo ich noch so wund war.

Pfingstsonntag, 3. Juni 1979, 16.00 Uhr

So schlugen also Sonja und ich uns irgendwie durch dieses Jahr 1974 hindurch. Wir hatten beide Liebeskummer und litten beide an Schuldgefühlen: Ich, weil ich sie weiterhin brutal in ihrem Elend sitzenließ; sie wegen ihrer brachliegenden Diss und wegen ihrer Flucht in den Alkohol, die mich ja mit von ihr fortgetrieben hatte und die sie doch nun noch weniger denn je in den Griff bekam.

Aber beide hatten wir auch Hilfe: Sie vor allem in ihrem neuen Freund Joachim und in Birgit mit Mann und Kind; ich in Julia und in meinen Bremer Freunden und Kollegen. Wir konnten es also einigermaßen aushalten und richteten uns allmählich ein in diesen neuen und teils noch so wunden Verhältnissen. Ich, obwohl selbst von Bella noch stark mitgenommen, hatte Sonja gegenüber weiterhin die Rolle der Stärkeren, der (oft durchaus widerwillig und ambivalent aufgesuchten) Zuflucht, aber auch der Angeklagten und Angezeterten, vor allem in den nächtlichen Telefon-Exzessen.

Ein- oder zweimal redete auch Joachim als Vermittler am Telefon auf mich ein. Er respektierte meine Trennung von Sonja, obwohl er sie nicht begriff. Seine Vermittlung bestand nicht in plumpen Vorwürfen, sondern in Schilderungen folgender Art: »Sonja scheint dir manchmal vorzumachen, sie sei in mich verliebt. Irgendwie muß sie sich ja auch gegen dich wehren, die Arme. Aber davon ist natürlich kein Wort ernstzunehmen. Sie liebt dich, verzweifelt, das sollte dir doch klar sein (nein – es war mir da nicht mehr so klar gewesen!). Neulich fuhren wir zusammen durch die Innenstadt. Plötzlich, ich war ganz erschrocken, fängt Sonja kreuzjämmerlich an zu weinen. Sie hatte beim Vorbeifahren irgendeine Frau von hinten gesehen, die so einen Mantel trug wie du. Als sie dann merkte, daß du es aber gar nicht warst, war sie wütend auf sich und auf dich. Ich konnte sie überhaupt nicht beruhigen. So sieht das also in Wirklichkeit aus.«

Gemeinsam mit Julia besuchten wir im Herbst die Caspar-David-Friedrich-Ausstellung in Hamburg. Auch wieder so ein Versuch, »Normalität« herzustellen. Wir zerstreuten uns in der Menschenmenge – und doch trafen Sonja und ich uns immer wieder, wie automatisch, vor denselben Lieblingsbildern. Es war schön und tat uns sehr weh.

Am 12. November schrieb ich in meinem Geburtstagsbrief an Erika (ich mache mir meistens Durchschläge von meinen Briefen, und so einen verwende ich jetzt):

Was ich Bella schenken soll und ob überhaupt, ist mir noch nicht klar, ich werde mich wohl von spontaner Eingebung leiten lassen. Aber jedenfalls gratuliere ihr doch recht herzlich von mir. Es tut mir leid, daß ich mich so hyperempfindlich ins Schneckenhaus zurückziehen muß, aber anders komme ich überhaupt nicht klar. Auch so ist es noch schwer genug, aber wem sage ich das! Sogar das Schreiben an Dich regt mich über Gebühr auf, verdammter Mist! (Bella war in Erikas Wohnung gezogen, um Miete zu sparen, weil sie sich bald ein neues Haus kaufen wollte. Ich vermutete auf Bellas Seite aber weniger »sachliche« Motive für diesen Umzug.) *Ansonsten verlaufen meine Tage hier wie immer: vor allem arbeiten, jetzt im Semester mit doppelter Energie, abends Zusammensein mit Freunden oder Lesen oder Klavierspielen, an den Wochenenden gesteigerter Kampf gegen depressive Anfelle von Selbstmitleid, Sentimentalität und ohnmächtiger Wut. Das Klavier kriegt allerlei ab davon, das gute Stück, reagiert aber nicht verstimmt. Freitags habe ich einen Stilübungskurs in Hamburg, auch das ist eher ungesund, zu viele Erinnerungen auf Schritt und Tritt, man fühlt sich so vertraut und gleichzeitig entfremdet. Oft habe ich den Impuls, nach Sonja zu sehen, muß ihn aber unterdrücken, um ihr nicht zu schaden. Ähnlich wird es Bella in bezug auf mich wohl manchmal gehen; ich weiß, daß es nicht leicht ist.*

Und in dem Geburtstagsbrief an Bella steht folgendes:

Ich habe noch eine herzliche Bitte: Bitte reagiere nicht auf diesen Brief und auch nicht auf das Geschenk – leider bin ich immer noch sehr empfindlich; es geht mir einfach effektiv besser, wenn ich Dich für eine Weile »begrabe«. Ich weiß, daß das, was ich damit von Dir verlange, für Dich nicht so leicht ist; mir geht es ja mit Sonja oft ganz ähnlich. Aber bitte tue es trotzdem! Danke. – In Deinem Brief neulich schienst Du traurig, daß Du über mich immer nur indirekt von Erika hörst. Also will ich Dir heute mal erzählen, was ich so gemacht habe, z.Zt. gerade mache und in Zukunft machen werde...

Eine tapfere, sich dahinziehende Quälerei, so sieht dies Jahr für mich in der Rückschau aus. Das nächste Jahr, 1975, das letzte, das Sonja ganz erlebt (durchgestanden) hat, brachte im Mai die für uns beide einschneidende Veränderung meines Umzugs nach Basel. Aus diesem Jahr habe ich auch mehr Briefe von Sonja, weil ich mein Schweizer Telefon erst im Herbst bekam. Sonja hat mich in Basel nie angerufen; im Herbst hatte sie sich sehr weit von mir distanziert.

Das erste Dokument dieses Jahres ist ihr Geburtstagsbrief:

11. 1. 75

Liebe Judith,
zu Deinem nun endlich 32. Geburtstag wünsche ich Dir, daß Du recht bald Professor wirst, schön gesund bleibst und den Führerschein machst. Und vielleicht kommst du morgen doch nicht so sehr zum Arbeiten, denn halb Bremen wird Dich doch sicher hoffentlich etwas davon abzubringen versuchen (Ist wohl auch wieder nicht das wahre Deutsch?).
Ich sehe heute nachmittag meiner ersten riding-lesson (auf einem echten Pferd) mit rather mingled feelings entgegen. Da das in Rahlstedt stattfindet, besuche ich vorher Birgit, Klaus, Toni und Koppi (schon von Toni geprägte Koseform für Jakob), um, wie Birgit es geradezu dringend von mir erwartet, ihren Sohn einmal in den Arm zu nehmen und zu streicheln, weil er – Zitat – so unglaublich weich und klein ist. Extra deshalb bin ich zum Streicheln eingeladen worden, obwohl ich Mutter und Kind schon vor drei Tagen in der Klinik besucht habe. Das Kind war da aber nur durch die übliche Glasscheibe zu besichtigen.
Leider sind Deine Geburtstagsgeschenke (bzw. meine) nun keine Überraschung mehr. Aber sicher wirst Du von Franziska und Deiner Mutter wenigstens noch Päckchen bekommen.
Falls Du am Freitag den Tee mit mir nehmen möchtest, so würde ich mich freuen.

Herzlichst, Deine Sonja

Sonjas Bemühung um Distanz ist auch in diesem Brief spürbar. Ein »freundschaftlicher Brief«, mit ihrer typischen Mischung aus Humor, Wärme (für Birgit und den kleinen Koppi), Ironie und Selbstironie. Ihre damaligen Geburtstagswünsche sind übrigens, bis auf den der Gesundheit, bisher nicht in Erfüllung gegangen:

Ich bin jetzt, viereinhalb Jahre später, weder Professorin, noch habe ich den Führerschein.

Freitags hatte ich in diesem Winter wieder meinen Hamburger Lehrauftrag. Daher die (so kühl-konventionell formulierte) Einladung zum Tee.

Ich weiß nicht mehr, wie dieser Geburtstagsbrief auf mich gewirkt hat. Ich werde sicher das Verzehrende ihrer sonstigen Äußerungen vermißt haben und mich gleichzeitig »anständigerweise« (und erleichtert) über die anscheinend gelingende Distanzierung gefreut haben.

In den nächsten vierzehn Tagen fiel die Entscheidung, daß ich im Mai aus beruflichen Gründen nach Basel umziehen sollte. Ich hatte nicht die geringste Lust zu dieser mir nur lästigen Veränderung, aber vor allem tat Sonja mir leid. Unsere bis dahin doch immerhin regelmäßigen Kontakte würden dann abreißen müssen. Sonja fühlte sich vernichtet – von allen erdenklichen Universitäten ausgerechnet Basel. Daß es mich gerade dahin verschlagen mußte, war für sie wieder einer jener »ungerechten« Schicksalsschläge, die es speziell auf sie abgesehen zu haben schienen. Und ich erlebte das genauso und war mit ihr und um ihretwillen erbittert.

Im Zuge der ersten Verarbeitung dieser Schreckensnachricht schaltete sich Bettina ein. Sie entwickelte für uns beide den Plan, einfach in Basel wieder einen gemeinsamen Hausstand zu gründen. Aber ein solcher Plan konnte mich damals nur ängstigen. Der Anfang des nächsten Briefes von Sonja bezieht sich auf Bettinas Vorschlag:

5. 2. 75

Liebe Judith,
dieses Telephongespräch war ja von Bettina ganz lieb gemeint – was dabei herauskommen würde, wußte ich gleich, aber sie fand die Idee, nach Basel zu ziehen, so herrlich, daß sie erstmal nicht zu bremsen war. Sie hatte sich natürlich mit mir identifiziert und hätte einen solchen Schritt wohl sofort in die Tag umgesetzt...
Hältst Du Dein Angebot, mir im April zu helfen, wenn ich bis dahin noch keinen neuen Arbeitsplan für die Verlängerung des Stipendiums aufgestellt habe, noch aufrecht? Natürlich werde ich, mit der Angst im Nacken, versuchen, ihn so selbständig wie möglich zu machen, es wäre mir aber doch, verständlicherweise, eine große

Beruhigung zu wissen, daß ich in der allergrößten Not auf Dich zurückgreifen kann.
Im Augenblick fühle ich mich auch wohl besonders allein, da Birgit, mit der ich vor Jakobs Ankunft noch ab und zu am Telefon klöhnen konnte, seit Januar völlig überbeschäftigt ist, kein Wunder. Aber ihre vernünftige Art scheine ich doch immer mal wieder als Stimulans zu gebrauchen. Joachim wird in vierzehn Tagen auch von der Bildfläche verschwinden, da er sich die Mandeln in Bad Segeberg herausnehmen läßt. Dort im Krankenhaus praktiziert eine mit ihm befreundete Ärztin, und obendrein will er da, da er 50,– Krankengeld bekommt, so viel Zeit wie möglich im Krankenhaus verbringen und ordentlich lesen und sich bemuttern lassen.
Frau Steen (eine Nachbarin) *war eben geschlagene zwei Stunden bei mir zum Tee und hat mir so viele Dinge erzählt, die mich alle gar nicht interessiert haben, daß ich auch völlig geschlagen bin. Da sie auch allein ist – ihr Sohn ist ja kein Ersatz für einen erwachsenen Gesprächspartner – hat sie offensichtlich auch ein Defizit, was das Sabbeln betrifft, die Arme, aber Enervierende.*

Liebe Grüße, Deine Sonja

Den im Brief erwähnten Arbeitsplan für die Verlängerung des Stipendiums schaffte Sonja doch nicht allein, aber sie sagte mir nicht rechtzeitig Bescheid. An einem Sonntag im März versuchte ich mehrfach, sie anzurufen, aber immer war besetzt. Ich dachte mir nichts Schlimmes dabei, weil sie ja überhaupt sehr viel telefonierte. Aber einer ihrer neuen Bekannten, ein Bonner Journalist, der zwei Bilder von ihr gekauft hatte und dem an diesem Sonntag dasselbe widerfuhr wie mir, machte sich Gedanken und benachrichtigte die Polizei. Womöglich lag sie, aus dem Rollstuhl gestürzt, hilflos in der Wohnung, unfähig, das Telefon zu bedienen – so hatte er überlegt. Die Polizei schaltete aber gleich anders; seit ihrem 73er Selbstmordversuch war Sonja dort ja einschlägig registriert. Sie brachen die Wohnungstür auf und fanden Sonja bewußtlos: Schlafmittelvergiftung. Man pumpte ihr den Magen aus und schickte sie wieder nach Hause.

Am nächsten Wochenende meldete sie sich endlich bei mir, ob ich ihr nun in der bewußten Sache helfen könnte. Ich kam und fragte sie natürlich, was denn das aufgebrochene Türschloß zu bedeuten habe. Erst da erzählte sie mir, sie hätte eben mal wieder Schluß machen wollen, weil sie für diese Diss ja doch zu doof wäre. Eigentlich hätte es klappen müssen; sie hätte allen Freunden und Bekannten gesagt, sie führe zu ihrer Mutter. Und da käme dieser komische Herr Papp aus Bonn, der sie sonst nie anriefe – und wieder nichts! Es sei eben wie verhext, daß ihr das einfach nie gelingen wolle, nicht mal das!

Ich war beschämt gegenüber diesem Herrn Papp und sagte im übrigen nicht viel zu der Geschichte – was sollte ich auch sagen? Wir machten uns an die Arbeit. Nach zwei Stunden war der Verlängerungsantrag fertig. Sonja war natürlich erleichtert, aber die Freude war sehr gemischt: »Wegen so einem Scheiß, den du da in zwei Stunden hinlegst, wollte *ich* mich umbringen!« Auch dazu konnte ich nichts rechtes sagen. Hätte ich beim Entwerfen des Antrags mehr Zeichen der Anstrengung von mir geben sollen? Ich redete ihr wie üblich zu, daß sie im umgekehrten Fall genauso flott gewesen wäre. Bloß die eigenen Arbeiten, die, für die man verantwortlich gemacht werden kann, gingen einem immer so schwer von der Hand.

Dann entschied ich mich dafür, sie durch eine Einladung zum Essen aufzumuntern: »Der Erfolg muß jetzt gefeiert werden!« Die Aufmunterung gelang. Sonja genoß das Leben wieder, die Musik, die wir anschließend noch gemeinsam hörten, den Wein, den wir tranken, die Blumen, die ich ihr mitgebracht hatte. »Was war ich doch letzte Woche bescheuert!« sagte sie über ihren Selbstmordversuch. »Ich kann dir gar nicht sagen, wie dankbar und froh ich jetzt bin, daß ich noch lebe und all dies genießen kann.«

Diese Äußerung fällt mir immer ein, wenn ich an ihren Tod denke. Wenn der letzte Selbstmordversuch auch durch irgendeinen Zufall mißlungen wäre, hätte sie vielleicht eine Woche später wieder dasselbe wie damals empfinden können.

Dienstag, 5. Juni 1979, nachts zehn vor drei

Nach diesem Selbstmordversuch kaufte Sonja sich den kleinen Hund Waldi, der aber schon zwei oder drei Wochen später starb. Vorher lernte auch ich ihn noch kurz kennen, bei einem Opernausflug nach Kiel, mit Sonja, Julia und Joachim. Anlaß war Brittens Oper »Der Tod in Venedig«, und mein bevorstehender Umzug nach Basel: Es sollte eine Art Abschiedsunternehmung sein. Während wir die Oper genossen, pinkelte der kleine Waldi bei Marianne auf dem Teppich herum. – Wie mag es Julia vorgekommen sein, die Oper in so »einschlägiger Begleitung« zu erleben? Ich sehe uns da alle noch in der Pause im Foyer stehen, um uns herum das biedere heterosexuelle Provinzpublikum. Als Homosexuelle fühlte ich mich hier zu Sonja und Joachim gehörig, als Sonjas »Ehemalige« aber von diesem Paar ausgeschlossen und von Julia vor Sonjas »Zugriff« beschützt und bewacht. Und Joachim beschützte Sonja vor mir. Ich trug damals vier wacklige provisorische Kronen auf meinen oberen Schneidezähnen und fühlte mich damit sehr unattraktiv. Für wen wollte ich denn attraktiv sein? Lachen hätte mich noch weiter entstellt, aber es bestand keine Gefahr: Worüber hätte man auch lachen sollen? Es gab in dieser Situation Anlaß zu so vielen widerstreitenden Empfindungen, daß als Resultante nur noch »Haltung« übrigblieb, und die bewahrten wir auch alle musterhaft.

Zwölf Tage nach meinem Umzug kam der erste Brief von Sonja:

Montagabend, 12. 5. 75

Meine liebe Judy,
ich habe so viel zu erzählen – und das liegt sicher wohl nicht nur daran, daß ich so viel erlebt habe, sondern auch an meinem unbezähmbaren Mitteilungsdrang – daß ich wirklich gar nicht schreiben möchte: ich weiß, was da auf mich zukommt mit dieser elenden Schreiberei. Am Telephon hätte ich bis jetzt schon alle diese vier Seiten heruntergehaspelt. (Sie schreibt das auf einem gefalteten DIN-A4-Briefbogen.) *Aber es ist so natürlich schon auf jeden Fall besser, und ich schlage vor, daß Du mir Deine neue Telephonnummer, sobald Du sie hast (oder schon haben solltest) bis auf weiteres gar nicht erst mitteilst, damit Du und ich nicht in Verdrük-*

kung kommen. Wie ich Dir schon heute sagte, (ich hatte sie angerufen) *war ich einige Tage verreist, zuerst, Christi Himmelfahrt bis Samstagmittag, bei Mutti, wo es sehr harmonisch und wohltemperiert zuging, dann bei Trudi, deren achtjähriges Töchterchen, wie es sich für Katholiken nun mal gehört, Kommunion hatte und wozu ich herzlichst eingeladen worden war.* (Trudi war ihre querschnittgelähmte Freundin, mit der zusammen sie ein Jahr im Krankenhaus verbracht hatte.) *Zu sagte ich vor allem deswegen, weil ich mir die Kommunionsfeier in der Kirche besonders feierlich vorstellte – Du weißt ja, daß ich im Alter von sechs bis sieben katholisch war und daran die allerköstlichen Reminiszenzen habe – und weil ich so schlecht nein sagen kann, aber auch, weil die lieben Bachs von einer unglaublichen Gastfreundlichkeit sind und ich große Familien liebe. Die Kirche, beziehungsweise, was sie einem bot, war enttäuschend. Der Gottesdienst auf Deutsch, kein Latein mehr, noch nicht einmal »dominus vobiscum« etc.; die Kinder allerdings noch ganz in Weiß mit Kränzchen, aber ohne Kerzen in der Hand; kein feierliches Einmarschieren mit Priester im roten Gewand mit Spitzenkleidchen darüber; und das Abendmahl war eine einzige Massenabfütterung. Die ältere Katholikengeneration konnte mir nur zustimmen und bedauerte ein ums andere Mal: Früher war es doch viel schöner! Trudi hingegen fand es richtig, daß der ganze Klimbim abgeschafft worden ist, denn: So würde der Blick (bzw. der Glaube) doch auf das Wesentliche gelenkt. Na ja, wir Protestanten sind ihnen da ja nun schon Jahrhunderte voraus, für mich bestand aber der Reiz gerade in dem Exotischen, was die katholische Kirche so von der Alltagswelt auszeichnete.*

Jetzt ist es schon Mittwoch, und ich werde nur noch diese und die nächste Seite beschreiben, sonst kommt der Brief erst nächstes Jahr an.

Heute habe ich den beiliegenden Brief von Milz (ihr Doktorvater) *bekommen, mit ziemlichem Magenkneipen gelesen, und ich zittere vor der Vorstellung, mit ihm über etwas reden zu müssen, von dem ich keine Ahnung habe. Was meinst Du zu seinem Brief? Nett und süß ist er ja auf jeden Fall.*

Sonst noch eine Neuigkeit: Ich bin aus der Telephonseelsorge rausgeschmissen worden, da Karl Wolters dieselbe über meinen Selbstmordversuch unterrichtet hat und sie also meinten, ich wäre nicht gefestigt genug, um einen solchen Job auszuüben. Ich fühlte

und fühle mich außerordentlich vor den Kopf gestoßen und bin sehr enttäuscht, daß man mir diese Aufgabe, die mir so viel gab und an der ich mit großer Liebe hing, einfach weggenommen hat. Natürlich habe ich letztlich wieder mal die Schuld daran, das ist klar, und das macht mich noch unglücklicher. Es war eine eigenartige Situation, als Herr Sinkel mir diese Neuigkeit eröffnete. Ich habe sie mit Fassung aufgenommen, aber als Herrn Sinkel dabei die Tränen kamen und er mir versicherte, wie sehr mich alle bewunderten und was für ein starkes Einfühlungsvermögen ich hätte, kamen mir dann auch die Tränen, und so haben wir fünf Minuten miteinander geweint. Als er mich im Aufzug hinunterbegleitete, umarmte er mich kurz und trocknete mir mit seinem väterlichen Taschentuch die Augen. Das einzig Positive an der ganzen Sache ist, daß ich mehr Zeit für meine Arbeit habe.
Ja, dear, zur Zeit fühle ich mich etwas vom Schicksal benachteiligt. Es fehlte jetzt nur noch, daß ich eine Absage vom Graduiertenförderungswerk bekomme. Aber was bleibt mir anderes übrig, als alles geduldig zu ertragen und auf bessere Zeiten zu hoffen. Sicherlich hast Du Dich mittlerweile schon gut eingelebt und bist schon wieder fleißig an der Arbeit. Schickst Du mir bitte Milz' Brief zurück mit der nächsten Post?

Herzlichst, Deine Sonja

Auf diesen Brief antwortete ich handschriftlich, habe daher keinen Durchschlag. Am 23. Mai 1975 schrieb Sonja zurück:

Liebe Judith,
herzlichen Dank für Deinen Brief, der übrigens erst gestern gekommen ist. Ich hatte schon Angst, der meinige sei verlorengegangen mitsamt dem wichtigen Milz-Dokument, so daß ich dann gar nicht mehr gewußt hätte, was er in der Sprechstunde eigentlich von mir will. Ich bin zur Zeit wirklich hypernervös, und es hat mir sehr gutgetan, daß ich mich von Dir so verstanden fühlte, was Milz und die Telephonseelsorge betrifft.
Dein Angebot, zwei Wochen im Juli mit mir zu arbeiten, nehme ich daher dankbarst an. Wie denkst Du Dir das denn? Die letzten beiden Juliwochen oder die letzte im Juli und die erste im August?
Es freut mich für Dich, daß Du so nette Kollegen hast, die Dir Halt geben. Mittlerweile wird sicher auch Julia eingetroffen sein, und dann grüße sie bitte ganz herzlich von mir.

Finde ich ja toll, daß Du Dir einen so klasse Farbfernseher gekauft hast, sehr vernünftig, und abends fernzusehen ist doch keine Sünde, wenn Du den ganzen Tag über so fleißig arbeitest!

Herzlichen Glückwunsch zu Deinem Rom-Vortrag, und ich drücke Dir die Daumen – aber wie immer wird es sicher glänzend gehen. Für 116,– hin und zurück ist ja wahnsinnig!

Von mir zu erzählen gibt es eigentlich nicht viel oder nicht viel Angenehmes. Wenn ich in Joachim nicht so einen guten Freund hätte! Er ahnt gar nicht, wie wichtig er für mich als Halt ist mit seiner zwar oft ekstatischen, aber durchweg positiv gefärbten Lebenseinstellung. Mit meiner Mutter habe ich wieder einen furchtbaren Scheiß gebaut, jetzt ist mehr als dicke Luft zwischen uns, und ich weiß nicht, wie ich das wieder geradebiegen soll. Bei Betz (ihr Analytiker) *stagniert es auch gräßlich, und jede Terminabsage empfinde ich geradezu als Mord und reagiere dementsprechend darauf – leider nur zu Hause.*

Von Herrn Sinkel habe ich übrigens einen Anruf gehabt, er möchte, daß ich seiner Tochter Nachhilfe gebe – scheint fast nach Wiedergutmachungsversuch zu riechen.

Ach, das klingt alles so depressiv und ist es auch, aber ich muß ja damit fertigwerden.

Es ist jetzt $^{1}/_{2}$11 Uhr, und ich werde ganz tapfer Kaysers Buch über das Groteske weiterlesen, was übrigens sehr interessant und lebendig geschrieben ist, wenn ich dann aber z.B. aus diesem Buch erst jetzt erfahren muß, woher die Bezeichnung »Sturm und Drang« kommt, nämlich von dem gleichnamigen Drama Klingers, ist mir so speiübel vor mir selbst, daß ich die negativen Konsequenzen ziehe und erst mal vor Schreck nicht weiterarbeiten kann. Die Vorwürfe über meine vielen Versäumnisse sind dann einfach zu groß.

Nun ist aber Schluß mit der Litanei.

Ich habe gestern das neue dicke Baby von Birgit bewundern dürfen und gefüttert, ein unglaublicher Brocken mit Speckärmchen und -beinchen aus purer Seide. Toni ist unverkennbar ambivalent eingestellt, und ich machte natürlich auch gleich den Fehler, mich zuerst auf das Baby mit oh und ah zu stürzen, wo doch sonst mein volles Interesse Toni galt. Aber bei der allgemeinen glänzenden Erziehung wird er es schon gut verkraften.

So, dear, nun will ich mich zusammenreißen und etwas tun. Nochmals schönen Dank für Deinen Brief, und ich hoffe, daß Du mir bald wiederschreibst, zumal die Briefe ein Weilchen brauchen, bis sie ankommen, wo sie ankommen sollen. Sei ganz lieb gegrüßt!

Deine Sonja

Offenbar habe ich diesen Brief postwendend beantwortet. Jedenfalls schreibt mir Sonja schon vier Tage später:

27. 5. 75

Meine liebe Judy,
sehr erfreut war ich, als ich heute morgen Deinen Brief im Kasten entdeckte – das ist ja diesmal flott gegangen, und die gentile signora dankt unserer deutschen Bundespost nebst Dir. Die Peer-Warenprobe ist allerdings noch nicht aufgetaucht, wird wohl morgen kommen, vielen Dank schon mal, hoffentlich mundet sie mir. (Ich wollte ihr regelmäßig die billigen Schweizer Zigaretten schicken, aber leider schmeckten ihr die in der Schweiz hergestellten Peer nicht.)
Wenn Du so zuversichtlich bist, daß wir in den beiden Arbeitswochen die Hälfte der Arbeit schaffen – ich kann gerade nur grinsen über diese Vorstellung – muß ich das wohl auch, und zwar nur zu gern, glauben. Ich habe auch vor, fleißig was zu tun, damit sich diese Idee auch wirklich in die Realität umsetzen läßt. Heute morgen bin ich sogar schon 6.45 Uhr aufgestanden, um zu arbeiten. – Das Drama mit meiner Mutter hat sich inzwischen in kühle Freundlichkeit verwandelt, was der Telephonrechnung, besonders meiner, sehr zugute kommt. Es war dadurch entstanden, daß ich, auf ihr Befragen hin, ob ich nicht manchmal etwas anderes zu mir nähme als Alkohol und Schlaftabletten, ehrlich, wie ich es nun mal in der Analyse gelernt habe, zugab, ich hätte schon mal Haschisch und LSD genommen – ich hatte da wohl den Bezug zur Realität beträchtlich aus den Augen verloren! Natürlich war der Knatsch da. Sie war, von ihrem Standpunkt aus, berechtigterweise entsetzt, unterstellte mir, rauschgiftsüchtig zu sein, rief auch noch Betz deswegen an und nervte mich dann ein paar Tage mit Vorschlägen für eine Entziehungskur und ähnlichem Unsinn. Ich hätte mich in den Arsch beißen können, aber es war nun mal nicht ungeschehen zu machen. Mittlerweile hat sie sich etwas beruhigt, nachdem ich ihr tausendmal erklärt hab, daß das mit dem Hasch innerhalb von fünf Jahren nur drei- bis viermal gewesen ist. Sie kann sich ja auch gar nicht vorstellen, wie harmlos die Wirkung im Grunde genommen ist.

Na ja, das war das.
Ich meine auch, daß ich das ersparte Zigarettengeld brav in den Spartopf stecken werde für eventuelle Italienreisen – eine wunderschöne Vorstellung! You know, I love Italy all over. Und mit Dir all the better.
Herzlichen Glückwunsch zum rosa Fahrrad. Tut Dir sicher sehr gut, jeden Tag eine Tüte Chips oder 2 Croissants abzutreten, und sicher wird Dein weicher (allzu weicher?) Popo durch das Fahren mit dem Stahlroß etwas stählerner.
Ich schwanke gerade, ob ich mir die Henry-James-Verfilmung um 21 Uhr zu Gemüte führen soll oder nicht; eigentlich hätte ich auch mal wieder Lust, eine Oper zu hören, auf Platte, meine ich, z.B. Così fan tutte. Ja, es muß nicht immer Wagnerstrauß sein. Aber der Inhalt der James-Novelle klingt ja doch ganz vielversprechend.
Gestern war ich übrigens wieder beim Reiten. Ich genieße es immer mehr, habe so gut wie alle Angst verloren und bedaure es am Ende des Ausritts immer außerordentlich, daß mir dieses Vergnügen nicht jeden Tag beschert wird. Wenn ich reich wäre, würde ich es mir bestimmt auf irgendeine Weise erkaufen.
Joachim ist seit Sonntag auf einer Tagung in Mannheim für eine Woche. Die armen Lehrer sind mit einem Bus dahingefahren – ich kann mir nichts Gräßlicheres vorstellen! Aber Joachim, wie er nun mal ist, versuchte, obwohl er sicher genau geahnt hat, daß er das auch nicht leiden mag, wieder mal alles wundervoll zu finden. Ich weiß aber schon genau, daß er, wieder heimgekehrt, in verhaltenes Klagen über allgemeine Um- und Mißstände ausbricht; er ist eben in gewisser Weise ein unanalytischerer Typ als wir z.B., kein Wunder nach dem, was wir in Eppendorf durchgemacht haben. (In Eppendorf praktizierten unsere beiden Analytiker.) *Eine derartige Behandlung macht einen zu ganz speziellen »Sonderlingen«.*
So, dear, es schreitet auf neune zu, ich muß mich für oder gegen James entscheiden, und vorher will ich dies Schreiben noch schnell in den abendlichen Kasten werfen, vielleicht kommt's dann doch eher an.
Sei für heute herzlichst gegrüßt und schreibe vielleicht auch bald wieder!

Deine Sonja

Anfang Juni war ich auf einem Kongreß in Rom, deshalb antwortete ich Sonja erst am 10. Juni. Hier ein paar Auszüge aus diesem Brief:

Mein liebes Sönnchen,
ich habe nun grad nochmal Deinen letzten Brief gelesen und stelle fest, daß ich mich in derselben Situation befinde wie Du an dem Tag: Gleich fengt das Fernsehen an, es gibt einen Philm (das war aber echt unbeabsichtigt, ist aber nett geraten) von Schlesinger mit Dustin Hoffman, Asphalt-Cowboy, da will ich doch nach der anderthalbwöchigen Abstinenz gleich mal reinschauen. Und hast Du Dir nun den Henry James angetan? War es nicht geradezu entsetzlich blöde? Der arme James, was haben sie aus ihm gemacht. Da möchte man direkt gleich nachlesen, was er denn nun eigentlich wirklich gemeint hat, nur ist mein James ja dummerweise bei Dir verblieben ...
Dies hier ist meine neue el. Schreibmaschine, von Quelle, macht einen Heidenspektakel, an den ich mich nur langsam gewöhne. Sie brummt so laut und vorwurfsvoll, wenn man eine kurze Gedankenpause einlegt, daß man gleich schuldbewußt weiterklappert, um das Gebrumm zu übertönen ...
Soweit bin ich gestern gekommen. Nach dem Asphalt-Cowboy (sehr gut, der Hoffman!) kam doch noch die komische Bettwurst von Rosa von Praunheim, hast Du hoffentlich auch angekuckt? Ich fand sie sehr gut, wahnsinnig komisch und traurig zugleich, und ganz ähnlich war auch der Asphalt-Cowboy. Seltsames Zusammentreffen, daß der Dietmar in der Bettwurst von dem Film Asphalt-Cowboy schwärmte. ....
Eigentlich wollte ich heute in die Uni, aber ich muß erstmal zu Hause klar Schiff kriegen, es macht mich richtig nervös, daß alles so durcheinander, unerledigt und unbeantwortet ist. Das ist immer der Nachteil, wenn man mal eine kleine Reise macht – man muß hinterher doppelt arbeiten, und dabei habe ich schon in Italien bloß gearbeitet. Von Rom habe ich diesmal buchstäblich nur mein Bett, den Bus und das Tagungsgebäude gesehen. Das Niveau des Kongresses war miserabel, fast nur romanische Rhetorik in aller Pracht und nichts dahinter. Das jeden Tag zehn Stunden, und du bist restlos kaputt. ....
So, ich hoffe, daß unsere Briefe jetzt wieder regelmäßig hin- und hergehen, deshalb höre ich auch »schon« auf, um wie gesagt mei-

nen Schreibtisch ein bißchen übersichtlicher zu machen, der mich echt bedrückt. Bitte schreib mir bald, mein Liebes. Ganz viele liebe Grüße, auch um Dich rum! Und ich möchte sofort *wissen, wenn die Stipendium-Leute Dir Bescheid gegeben haben!*

Im nächsten Brief erfuhr ich dann, daß der Antrag auf Verlängerung des Stipendiums durchgekommen war:

19. Juni 1975

Meine liebe Judy,
auf diesem Brief werden sicher gleich jede Menge Farb- und Tintenflecke auftauchen, da ich sowohl gemalt als auch den Füller gefullt habe. Ich kriege das Zeug auch so schlecht weg von den Fingern. Jetzt ist es gleich 21.00 Uhr, und immer noch scheint die Sonne. Ganz Hamburg ist selig über das schöne Wetter, das hier schon seit Tagen herrscht; morgen sollen wir sogar 26° oder so ähnlich bekommen, und ich freu mich schon wahnsinnig.
Aber noch wahnsinniger freue ich mich selbstverständlich über die Verlängerung des Stipendiums, ich habe ordentlich gezittert, als ich heute in den frühen Morgenstunden bei Frau Miller anrief und sie sagte: »Einen Moment mal, ich schau mal nach, ob Sie darunter sind. Ah ja.« Na ja, noch ein Jahr Gnadenfrist.
Daß ich heute nammitach etwas deprimiert war, tut mir leid, aber die Miller hatte mir echt einen Angstfloh ins Ohr gesetzt, von wegen bundesweiter Sparmaßnahmen und Krisenstab, der zusammentreten wird, wenn aller Wahrscheinlichkeit nach kein Geld aus Bonn eintreffen wird etc. etc. Birgit hatte mir mit ihren Horrorgeschichten aus dem Gesundheitswesen zusätzlich noch einen gewissen Rest gegeben, und so hatte ich das Gefühl: Dein Stipendium ist zwar verlängert worden, aber Geld bekommst du nicht. Nach Deinem Anruf hab ich dann nochmal all meinen Mut zusammengerafft und die M. ein zweites Mal angerufen und um nähere Auskünfte gebeten, und da wirkte sie ein wenig freundlicher und positiver, wie ich es schon des öfteren an ihr erlebt habe. Sie muß irgendwie eine leicht sadistische Ader haben, die dann in freundlichere Venen übergeht, nachdem sie ihr erstes Gift verspritzt hat, die dumme Nuß. Es sieht zwar tatsächlich allgemein etwas heikel aus, aber so schlimm nun auch wieder nicht.

Jedenfalls hat »unsere Zusammenarbeit« ja doch wieder mal die allerbesten Früchte gezeitigt, nicht?! Unglaublich, wie die das Stegreifspiel so wunderbar gefressen haben.
Ich freue mich sehr auf unser Wiedersehen im nächsten Monat. Ich habe Dir – und Du mir sowieso – so viel zu zeigen und zu erzählen! Und es ist auch was ganz Schönes zum Hören da, allerdings wirst Du erstaunt sein, aber verraten tu ich nix. (Etwas sehr Subjektives!) (Ich glaube, das war Ravels »Daphnis und Chloe«.)
Ich habe heute mit großer Freude gemalen, und zum ersten Mal dabei überkam mich das Gefühl, ich hätte Talent oder wäre künstlerisch begabt, eigenartig. I just felt »elated«. Mein neu konzipiertes Bild – auch wieder frei nach Schnauze bzw. Phantasie – macht mich richtig high, alles, was kommen wird, steht schon so vor meinem geistigen Auge, und ich komme mir vor wie ein kleiner Schöpfer, der weiß, daß es gut wird (nicht war). Ich bin auch in meiner Maltechnik etwas mutiger geworden, was wahrscheinlich nicht zuletzt an meiner immer mehr freiheitlich orientierten Gesinnung und Denkweise liegt, die natürlich an meiner immer intensiveren »Analyse« liegt. Da habe ich das Gefühl, in immer tiefere, unangenehme Schichten vorzudringen, was endlich dringend nötig ist, was mich aber, wie Du wohl nachvollziehen kannst, gräßlich anstrengt. Betz betreibt sein Geschäft schon arg analytisch, es bleibt mir nichts erspart. But all the better, of course. (Das Bild, von dem sie hier schreibt, ist nicht mehr fertig geworden. Es ist wirklich in einer ganz anderen, freieren Technik gemalt. Es wäre ihr schönstes Bild geworden, aber auch unvollendet hat es eine intensive, dunkle Ausstrahlung.)
Sicher bekommst Du dies erst am Montag, beschissen, obwohl ich gleich zum Briefkasten gehen werde. Schade, die *grüne Tinte ist nicht so schön wie die obige – ich mußte eben nachfüllen. Vorher war es ein Gemisch aus Blau und Grün. Muß wohl demnächst auch Tinte mixen, um meinen Farbansprüchen gerecht zu werden. Pfui, sieht das häßlich aus; ich hatte eben noch einen weiteren Überblick bei einer kurz eingelegten Pause. Komisch, daß ich überhaupt so auf Grün stehe; Gelb ist mir danach sehr wichtig. Aber am wichtigsten ist es mir, die Ruhe zu bewahren – die allererste Bürgerpflicht, I know – aber ich bin manchmal so kribbelig. Ich habe gerade zur Zeit den Eindruck, als ob ich erst jetzt lernte, »mein« Leben zu leben, überhaupt zu leben. Ich konnte das ja schon ewig so schlecht thanks to ma (also some regards to pa). Aber das Papier ist zu*

Ende. Es ist immer gut, wenn man mal in seine Schranken verwiesen wird. Immerzu, und I wart' auf Antwort, D. S.

Sonjas nächster Brief ist vom 3. Juli 1975. Nach ein paar einleitenden organisatorischen Bemerkungen, die sich auf unser geplantes Arbeitstreffen beziehen, schreibt sie:

Außerdem können wir sonst eine wundervolle Woche oder zwei verleben, ich habe etliche hübsche Ideen und, seitdem ich solo lebe und notgedrungen aus einer gewissen Langeweile heraus viel mehr als früher unternehme, etliches an Schönem und Nachahmenswertem entdeckt und erlebt, und das würde ich Dir gern einmal vorführen, zusammen macht es natürlich ja doch mehr Spaß.

Heute (19.00–20.00) war ich wieder in Rahlstedt zum Reiten auf einem Riesenroß, das die Reitlehrerin immer selbst reitet und das doppelt so hoch wie meine gewohnten Rösser ist, so daß es einige Mühe kostet, mich da hochzuhieven. Aber einmal oben, erblickst du die Welt aus der Götterperspektive und möchtest nicht wieder den Olymp verlassen. Angst habe ich überhaupt nicht mehr, nur noch vor dem Runterfallen, und hinterher (nach dem Reiten) fühle ich mich ganz hi-fi. Und außerdem kriegst Du von mir Friedo Lampes Gesamtwerk, nicht? Also komma schön hoch in den Norden gereißt. Mensch, ich habe wirklich Angst, daß Du absagst, aber das kann doch wohl nicht angehen. Ich bin von einer guten Flasche Chianti mittlerweile ganz schön duhn, und ich hoffe, daß Du mir das meiner Schrift nicht allzu sehr ansiehst. Da ich eine echte Deutsche bin, sorgfältig, sparsam und hausbacken, kann ich den Brief natürlich nicht abschicken, wenn ich nicht alles freie weiße Papier beschrieben habe, das vorhanden ist. Insofern werde ich Dir morgen beim Spätstück die restlichen Zeilen liefern. Good-bye, my love, good-bye. – ....

Man sollte einen Brief doch nie liegenlassen, denn er bleibt dann eben liegen. Zwei Tage sind nun schon wieder verstrichen. Es ist heute morgen eine Bullenhitze, und ich würde gern ins Freibad zum Schwimmen gehen, wenn ich nur könnte. Ich habe das Gefühl, überall festzukleben, und dauernd erfrische ich mich, und schon wieder bin ich sticky.

Du, ich hör jetzt auf, mir fällt bei der Hitze auch tatsächlich nichts mehr ein. Es wäre schön, wenn Du am Sonntag mal anriefest, ja?
Mach es gut. Deine Sonja
Grüße an Julia

12. November 1979

Wieder ein halbes Jahr pausiert. Die Gründe will ich nicht mehr alle aufzählen; sie haben nur noch mit mir und nicht mehr mit Sonja zu tun. Nur ganz kurz zur Information einer eventuellen Leser/innen/schaft, um keine losen Enden in den Text herumliegen zu lassen: Die Beziehung zwischen Maja und mir festigt sich und gibt uns Halt. Natürlich haben wir auch manchmal Schwierigkeiten, aber wir können gut damit umgehen; es sind auch eher »äußere« als innere. Ich bin überzeugt und werde alles dafür tun, daß diese Beziehung halten wird.

Die komplizierte »Beziehung« zwischen Antoinette und mir hat sich »abgeklärt«. Antoinette hat jetzt eine andere Freundin gefunden, und ich habe mich zurückgezogen. Es war schmerzhaft für mich, Antoinette plötzlich für eine andere entflammt zu sehen. Verlust einer wichtig gewordenen Wärmequelle; außerdem verletzte es meine Eitelkeit tief. Aber inzwischen habe ich diese Kränkung im wesentlichen verkraftet und sehe vor allem das Positive dieser »Lösung«: Ich bin endlich raus aus einem auch ungesunden und gefährdenden Gefühlsschlamassel.

Im Moment sieht es bei mir so aus, daß ich mir einfach die Zeit nehmen will, das Sonjabuch an einem Stück zu Ende zu schreiben. Eigentlich habe ich die Zeit nicht, weil wie üblich so viele Terminarbeiten zu erledigen sind: etliche Aufsätze, die schnellstens druckfertig sein sollen, und vieles andere. Aber das soll mir eine Weile egal sein: Dieses Buch geht jetzt vor.

Juli 1975: Sonja hatte noch acht Monate zu leben – wenn wir das gewußt hätten! Unser geplantes Arbeitstreffen, also mein Aufenthalt in Hamburg, stand bevor. Welche Gefühle mich damals bewegten, habe ich in einem Brief an Bella geschildert, mit der ich inzwischen wieder einen vorsichtigen Briefkontakt aufgenommen hatte, nach gut fünfzehn Monaten Funkstille:

...Bis jetzt sehe ich der Zeit mit Sonja, was die persönlichen Probleme betrifft, noch gefaßt entgegen – aber vielleicht ist das sehr unrealistisch. Das viel schlimmere Problem sehe ich tatsächlich in der riesigen Arbeitsleistung, die da auf einem doch immerhin sachfremden Gebiet auf mich zukommt, denn praktisch läuft es doch

darauf hinaus, daß ich ihr die Arbeit schreibe, und was das für ein harter Job ist, weiß ich leider bestens, obwohl ich inzwischen gut trainiert bin. Da ich selbst ab August verpflichtet bin, alle meine Kraft meiner Habilschrift zu widmen, kann ich mich auch nicht sehr lange um Sonjas Arbeit kümmern, was auf Deutsch heißt, in vierzehn Tagen sollte die erste Hälfte (sagen wir 100 S.) geschafft sein, die sie dann erstmal ihrem Doktorvater zeigen kann (das ist der akute Anlaß), und irgendwann im nächsten Jahr (wenn ich meine Arbeit besser übersehe) kommt dann der Rest. Neben der schieren Arbeitslast, die mir persönlich als außerordentlich bedrückend vor der Seele steht, gibt es noch zwei weitere Probleme, die eng damit zusammenhängen: Ich muß Sonja gegenüber diese meine persönlichen Ängste verleugnen, weil ich sozusagen ihr letzter Anker bin. Außerdem muß ich es so geschickt anstellen, daß sie glauben kann, es sei doch im wesentlichen ihre Leistung. Das schafft sie äußerlich meist erstaunlich schnell, aber innerlich frißt doch immer der nagende Vorwurf der Unzulänglichkeit an ihr.
Daß ich – für meine Verhältnisse – so früh zu diesem jetzt wieder zwischen uns aufgelebten Briefwechsel imstande bin, Bella, habe ich nur Julia zu verdanken, d.h. der Tatsache, daß ich ihren Ratschlägen fast blind gefolgt bin, in dem sicheren Gefühl, daß sie mein besseres (hier: vernünftigeres) Ich vertritt. Sonst säße ich bestimmt noch ganz schön in der Scheiße, sozusagen in »Kopenhagen-artigen« Zuständen, und Du vielleicht mit mir, gegen Deinen Willen, wer weiß, denn wir sind doch alle schwach. Wie gut ist es da, wenn man eine so selbstlose Freundin wie Julia hat, die die gesunden Tendenzen in einem verstärkt.

Eine Woche vor meinem Aufbruch nach Hamburg rief ich Sonja noch einmal abends von Weil aus an. Sonja war total betrunken, bösartig und depressiv, so daß ich noch stärkere Ängste bekam. Der folgende Brief ist meine »Sonjagerechte« Reaktion auf dieses Gespräch – eine sehr gefilterte und gemilderte Version meiner ursprünglichen Reaktion, die nur das reine Entsetzen war:

Mein liebes Sönnchen, was war denn bloß gestern abend mit Dir los? Nun weiß ich wieder mal überhaupt nicht, ob das, was Du mir da erzählt hast, nun stimmt, oder halb erträumt war, so sehr schienst Du mir hinüber. Jedenfalls hast Du mir erzählt, man habe Dir (und andern) bei Wörthings gekündigt, schon nach 5 Min. Das

kann ich mir kaum vorstellen, nachdem sie doch zuerst so einen Rummel veranstaltet haben, um Dich zu kriegen. Und dann das zweite, was Du behauptest hast: Du hättest nunmehr seit 14 Tagen Deine Tage, ganz schlimm, und wärest aber trotzdem nicht zum Arzt gegangen. Das kann ich auch kaum glauben, denn davon hättest Du doch sicher bei meinem Telefongespräch am Sonntag was gesagt, denn an dem Tag müßtest Du sie dann ja schon bald 10 Tage gehabt haben. Dafür klangst Du aber eigentlich noch sehr vergnügt. Und dann warst Du noch vergrätzt über mich, ich weiß wirklich nicht wieso, und hast einfach eingehängt, obwohl ich gerade ne Mark reingeschmissen hatte. Ich blieb natürlich völlig verstört zurück, hab mich schrecklich aufgeregt und wußte nicht, wie ich mich verhalten sollte. Das darfst Du mir nicht wieder antun. Und bitte schreib mir jetzt, und schnell!!, was es denn mit diesen seltsamen Nachrichten eigentlich wirklich auf sich hatte.
Höchstwahrscheinlich werde ich schon am nächsten Freitag, allerdings vermutlich spät, bei Dir sein. Alles weitere also dann mündlich.

Herzliche Grüße, Deine Judith

Von Sonja kam dann folgende Antwort:

Meine liebe Judy,
ich will Dir nur noch schnell auf Dein verschrecktes Briefchen antworten, allerdings hat sich ja Dein nachträgliches Telefonat etwas Auskunft über die tatsächliche Lage verschaffen können. Es stimmte leider schon alles, jetzt geht es mir aber – psychisch – wieder wesentlich besser, und was den Gynäk. anbelangt, so werde ich ihn nächste Woche aufsuchen, falls ich den Mut habe oder mir die ganze Sache dann doch einfach zu dumm wird.
Ergriffen habe ich heute morgen den Friedemann-Bach-Film im Fernsehen verfolgt und mußte gegen Schluß natürlich einige Tränen weinen, woraufhin ich mir mit Also sprach . . . (. . . Zarathustra – ich hatte ihr zu Weihnachten die neue Karajan-Kassette mit Richard Strauss' Orchesterwerken geschenkt) *die Haare gewaschen habe. Jetzt brutzelt zu Reger ein Stück Kaßler in der Pfanne, daneben gewinnt ein Kloß an Umfang. Und sobald alles gar ist, werde ich es wohl essen, alsdann arbeiten bis zur éducation sentimentale* (die Serienverfilmung lief damals gerade im Fernsehen). *Dein Rhythmus wird sicherlich ähnlich aussehen. Und vielleicht*

gönne ich mir abends noch Derrick, Du wirst aber unter Deinen vielen Programmen noch was Besseres finden. Mein Gott, ist der Reger schön: Variationen und Fuge über ein Thema von Mozart für zwei Klaviere zu vier Händen, op. 132a.
Ich freue mich schon sehr auf Dein Kommen, obwohl mir vor meiner Dämlichkeit, die sich dann sehr deutlich in der Arbeit zeigen wird, schon arg graut. Gott sei Dank ist Betz dann wieder im Lande, und vielleicht läuft alles ähnlich gut wie das letzte Mal. Ein paar Gedanken habe ich mir immerhin seitdem gemacht, gräßlich. Ich wäre schon über die Hälfte genesen, wenn ich mir bloß ein bißchen mehr zutraute, aber wem sage ich das. Da Du ja zu einer so emsigen Köchin geworden bist, würde ich es begrüßen, wenn Du ein paar Tips aus den südlicheren Gefilden mitbrächtest und hier auch mal vorführtest; wir können uns beim Kochen ja immer ablösen; in der Zeit denkt der andere vielleicht was Bedeutsames. So, mein Magen lockt mich in die Küche, farewell, und Du rufst sicher nochmal kurz durch, wann Du ungefähr genau kommst, o.k.?
Herzlich, D. Sönnchen

Anfang August fuhr ich dann also mit Julia, die ihre Mutter in Bremen besuchen wollte, in Richtung Norden. Als »südliche Küchenspezialitäten« hatte ich Zucchini und kaltgepreßtes Olivenöl eingepackt. Als Joachim später die Zucchini sah, grinste er anzüglich. Sonja grinste mit, und ich begriff nicht, worüber die beiden sich so köstlich amüsierten. Als Joachim weg war, erklärte Sonja mir, ich hätte sie mal wieder sehr gerührt mit meinem kindlich-reinen Gemüt. Sie und Joachim hätten wohl eine viel dreckigere Phantasie; sie hätten eben bei diesem Gemüse automatisch an einen lustgeschwollenen Penis denken müssen. – Folgerichtig wurden meine Zucchini auch nicht der erhoffte kulinarische Erfolg: Wir aßen ein- oder zweimal davon; der Rest wanderte in den Abfall. Und mit Julia hatte ich sie so genossen!

Aber ich muß zeitlich nochmal etwas zurückgehen – diese Autofahrt mit Julia nach Hamburg. Irgendwo in Nordhessen ging gegen Abend die Lichtmaschine kaputt und wir übernachteten in einem Hotel in der Nähe der Autobahn. Am nächsten Morgen ging es weiter, aber nicht lange: Bei Soltau streikte das Auto total. Es war Samstag oder gar Sonntag: wir hatten es gerade eben noch bis zu einer Werkstatt mit Notdienst geschafft. Man sagte uns, wir würden etwa acht Stunden warten müssen; vor uns seien noch jede Menge anderer Leute dran. Am Abend vorher hatte ich Julia versichert, wenn etwas Ernstes mit dem Auto passieren würde, würde Sonja uns bestimmt irgendwie weiterhelfen. Ich dachte zum Beispiel an Abschleppen. Nun also rief ich Sonja an, schilderte ihr unsere blöde Lage und fragte sie, ob sie nicht Lust hätte, kurz mit dem Auto runterzukommen und mit uns einen Ausflug durch die Lüneburger Heide zu machen, bis Julias Auto repariert wäre. Das hätte doch auch den Vorteil, daß Julia dann direkt nach Bremen fahren könnte und mich nicht umwegig in Hamburg abzusetzen brauchte. Sonja sagte einfach, sie hätte dazu keine Lust, der Tag sei ihr sowieso zu heiß. Dieser Mangel an Entgegenkommen hat mich sehr enttäuscht. Ich war auch traurig, daß Sonja dadurch weiter in Julias Wertschätzung sinken mußte, nachdem ich grade so zuversichtlich Reklame für sie gemacht hatte. Ich erklärte Julia dann Sonjas Weigerung als einen Akt der Selbstbehauptung – eine Kunst, die sie anscheinend grad zu trainieren versuche, offenbar am falschen Objekt und hier stark überzogen, aber immerhin, ich sähe da auch Anzeichen von Gesundungswillen und Distanzierung: »Nicht automatisch auf alles eingehen, was Judith vorschlägt, und ihrem neuen Freundesclan auch noch selbstlos aus der Patsche helfen!« Was Sonja dabei übersah (vielleicht übersehen wollte oder mußte), war die Tatsache, daß ich ja ausschließlich zu ihrer Hilfe mich überhaupt auf den weiten Weg gemacht hatte. Eine weitere Interpretation ihrer ablehnenden Haltung, die mir aber erst jetzt einfällt: Vielleicht hatte sie auch sanitäre Probleme und wollte das nicht zugeben, sich damit zum xten Mal erniedrigen und bloßstellen. Unsere Beziehung war da ja nicht mehr derart, daß so was automatisch ein *gemeinsames* Problem gewesen wäre, gemeinsam zu besprechen und zu lösen.

Julia hörte sich meine Ausführungen geduldig an, dachte sich offensichtlich ihr Teil, fuhr mich dann am Abend bis vor Sonjas (unsere früher gemeinsame) Wohnung, aber zu einem kurzen Mit-Raufkommen hatte sie wenig Lust. Sie wußte ja, welche Ängste ich vor den nächsten vierzehn Tagen hatte, und war sehr besorgt um mich. Während der ganzen langen Fahrt hatten wir immer wieder darüber gesprochen, und sie hat mich sehr getröstet, mir Mut gemacht und Kraft gegeben. Wenn ich es nicht mehr aushalten könnte mit Sonja, überhaupt wenn was passierte (man könne ja in diesem Fall wirklich nie wissen) – also dann sollte ich sie sofort in Bremen anrufen; sie täte dann, was sie könnte.

Das war Julia, und nun mußte ich rauf zu Sonja und die Starke und Hilfreiche spielen, obwohl ich mich weiter ängstigte und ihr nun auch noch grollte.

Wir hatten also einen schwierigen Beginn, der dann erstmal noch zur Katastrophe entartete. Am liebsten hätte ich Reißaus genommen. Sonja, volltrunken, zeterte mich eine Nacht lang an, brüllte und schluchzte unaufhörlich. Es war heiß und stickig in der Wohnung. Ich lag auf meinem »angestammten« Klappsofa, Sonja fünf Meter weit weg auf ihrem Sofa. Sie schrie »alles« raus, und ich schwieg. Wiederholt bat ich sie in eisiger Selbstbeherrschung, doch endlich aufzuhören, ich könne so ja nicht schlafen, und am nächsten Tag müßten wir doch arbeiten. Da schrie sie nur noch lauter, wimmerte auch. Ich war dem nicht gewachsen, war es auch nicht mehr gewohnt. Ich wollte nur noch weg!

Den genauen Anlaß dieser grauenhaften, endlosen Szene habe ich vergessen. Fast zwei Jahre war es her, daß ich Sonja verlassen hatte. In dieser Zeit hatte sie furchtbar gelitten, war elend heruntergekommen und mit der Arbeit kein Stück weiter. Nun übernachtete ich, die an allem Schuldige, zum erstenmal wieder bei ihr, bei uns. Ich konnte ihr für diesmal nicht entrinnen und sollte es wenigstens anhören, am eigenen Leib erleben, was ich aus und mit ihr gemacht hatte. Die Schuldige sollte und mußte endlich bestraft werden, um so mehr, als die Schuldlose sie immer noch liebte. Ja, vielleicht war das der »Anlaß«.

Am nächsten Morgen – ich war fest entschlossen, in ein Hotel umzuziehen – war Sonja voller Reue und Angst, wie hätte es auch anders sein können. Und ich gab wieder nach, wie schon immer: Gut, eine Nacht wolle ich noch bleiben, aber wenn es dann wieder so liefe, würde ich ausziehen. Am Abend dieses Tages gingen wir in der »Gondola« um die Ecke überbackene Schinken-Porree-Rollen essen, die bald zu unserem Standardgericht wurden. Große innige Versöhnung, Wärme. Vertrauen und Zuversicht erholten sich wieder. Ja wir würden das alles schon gemeinsam packen.

Und ich arbeitete nun mit Sonja wie besessen. Es wurde immer heißer in diesem August. Die Lüneburger Heide brannte; jeden Abend sahen wir es im Fernsehen. Wir bewegten uns beide nur noch nackt in der Wohnung. Ich war noch nicht an den Schweißdrüsen operiert und schwitzte also die ganze Zeit, vor Hitze und vor seelischer und geistiger Anspannung. Wir schafften zwar nicht hundert Seiten, aber immerhin fünfzig von ausreichender Qualität, wie wir befanden. Das mußte nun erstmal für den Prof reichen.

Abends verließen wir unseren Schwitzkasten, gingen hinaus in die laue Sommernacht, die uns so an Italien erinnerte. Einen langen Abend verbrachten wir mit Joachim in Wedel am Wasser. Aßen dort auch irgendwas Schlechtes, im Freien sitzend vor einem Restaurant. Joachim war seltsam unruhig. Er gestand uns, er müsse später in der Nacht unbedingt noch in einen Park gehen und sich einen Partner suchen. Ein sehr lieber Mensch, der Joachim – aber derartige Bedürfnisse nach Befriedigung in der Anonymität konnten wir nie nachvollziehen.

In Wedel, an jener Stelle, wo wir damals saßen, hat sich Sonja sieben Monate später ins Wasser gestürzt. Wie die Haseldorfer Marsch auch dies ein Ort, an dem wir gemütlich und eigentlich heiter und harmonisch zusammen gewesen waren. Ich habe die Wahl dieser beiden Orte immer als Botschaft Sonjas an mich aufgefaßt: Bei einer Rückschau in seelischer Not und Einsamkeit werden gerade die Orte vergangener Harmonie zu Orten des Betrogenwordenseins – und abgründiger Verzweiflung.

Sexuell wollten wir nichts voneinander in diesen vierzehn Tagen, auch gestreichelt oder berührt haben wir uns kaum. Vielleicht ist das »wir« falsch. Vielleicht wollte Sonja doch und hat sich nur auf mein so gänzlich unerotisches Verhalten eingestellt. Für die letzte Nacht jedenfalls, bevor sie mich in aller Frühe an die Autobahn bringen mußte, wünschte sie sich, bei mir liegen und schlafen zu dürfen, nur so. Ich wollte eigentlich nicht, hatte Angst vor Konsequenzen, die Sonja das Alleinsein dann nur schwerer machen würden. Für mich selbst sah ich keine Gefahr außer der, peinlich meine innere Abwehr und Kälte zu spüren. Ich ließ es dann geschehen; sie schlief wie ein armes kleines todmüdes Kind an mir ein. Und ich kam mir schlecht vor, grausam, mir selbst zum Ekel: Bald, in ein paar Stunden, würde ich dieses Kind, das bei mir Schutz suchte in seiner Hilflosigkeit und Einsamkeit, wieder im Stich lassen.

Sonja brachte mich dann (etwas verspätet, weil wir verschlafen hatten) zur Autobahn und schrieb danach folgenden Brief:

18. August 1975, 6.10 Uhr

Liebe Judy,
Tränen gähnend, hundemüde und mit dem Katzenjammer, daß Du

schon wieder fort bist, bin ich gerade nach Hause gekommen. Gleich schmeiße ich mich nochmal in die Betten und hoffe, mich darin wieder erholen zu können. Tatsächlich habe ich den Eingang zum Elbtunnel gefunden, bin als andächtige Hamburgerin durchgefahren und habe auch gleich noch, aus Versehen eher, die Köhlbrandbrücke »mitgenommen«, was wirklich *sehr imposant war! Danach hatte ich mich für ungefähr 10,– Benzin verfahren, bis ich endlich aus dem so eigenen Hafengelände wieder herausfand. Ich war schon leicht verzweifelt gewesen, weil ich auf dem vorletzten Tropfen Benzin fuhr und, wie gesagt, vor Müdigkeit kaum noch konnte.*
Und Ihr seid nun fleißig auf der Autobahn. Es tat mir sehr leid, daß wir zu spät kamen; Markus Rohm war auch gleich so heftig mit »seit ein Viertel vor fünf« und so. Na, er wird es jetzt sicher verschmerzt haben, hoffe ich.
Sicher wirst Du heute abend auch völlig erschlafft ins Bett sinken, und mit dem Klavierspiel wirst Du wohl auch erst am nächsten Tag beginnen. Ich habe heute auch einiges vor, wie Reiten und Massage, aber ich fürchte, daß ich alles absagen werde, man ist ja schließlich kein Übermensch!
Gleich werde ich mit letzter Kraft diesen Brief noch zum Briefkasten bringen, damit Du ihn hoffentlich morgen früh (im Kasten) vorfindest. Wollte ich Dir doch noch mehrere Male versichern, wie unendlich Du mir geholfen hast! Ich kann mir jetzt nur noch denken, daß ich weiter emsig arbeiten werde, denn »die Sache« hat mich zudem durch Deine liebevolle Anleitung kräftig gepackt, ich bin jetzt eigentlich selbst sehr interessiert daran (heißt: motiviert), diese »interessante« Untersuchung fortzuführen. Und es ist mir natürlich ein großer Trost, daß Du allzeit bereit redigierend in meinen Unsinn eingreifen kannst.
Ich bin jetzt fest entschlossen, wie ich Dir ja schon sagte, weiter zu schreiben und Dir dieses zuzuschicken. Gott, was bin ich müde. Hoffentlich kannst Du ein bißchen dösen und dahinschlummern im Auto!
Ich werde jetzt zum Abschluß noch ein wenig blödeln und meinen Assoziationen freien Lauf lassen, obwohl ich nicht weiß, ob ich überhaupt noch irgendwelche Assoziationen zustandebringe.
Die eine Stufe »hinauf« hat mich, nach tatsächlich längerem Warten, ein St.-Pauli-Typ-Mitbewohner unseres Hauses befördert, der ganz lieb und dick und Ausländer ist, und er hat zu mir gesagt:

Auch jetzt erst so spät nach Hause! Da fühlte ich mich ja ganz wohlig verworfen und nickte andächtig.
Darling, Du hast mir so geholfen! Ich werde das ganz bestimmt mal ganz toll wieder gutmachen, und ich danke Dir mehr als Du erwartest. Das weißt Du hoffentlich auch, wenn auch wohl nicht so intensiv.
Grüße bitte Julia ganz lieb von mir, das arme Kind (bei Julias Mutter bestand Krebsverdacht). *Es würde mich, aufgrund der Parallele zu meinem Vater, besonders erschüttern, wenn der ärztliche Befund wirklich schlimm aussähe. Ich schreibe Dir in Bälde wieder und Du mir hoffentlich auch, ja?*
Ich glaube, ich muß den heutigen Tag abschreiben – wenn Du hier wärst, wäre es natürlich ganz anders. Sei unheimlich und dringend gegrüßt in voller Dankbarkeit und Liebe, obwohl man ja als analytischer Mensch letztere nicht mehr in den Mund zu nehmen wagt. Mag Dir übrigens Moser (sie hatte mir Tilmann Mosers »Lehrjahre auf der Couch« geschenkt) *weiterhin Freude und Ärger bringen.*
So, weiter geht es bei mir nicht mehr. Das Gehirn schläft schon, und was sich da weiter bewegt, ist nur noch Tarzan. Also, Liebes, und schreibe Deine vielen Aufsätze bis September recht regelmäßig, und ich hoffe, daß ich Dich dabei etwas stören kann, indem ich Dir einiges Neue (von mir) zur Begutachtung schicke. So long, und sei ganz lieb gegrüßt und... von Deiner Sonja

Noch am selben Tag schrieb sie mir einen weiteren Brief:

18. 8. 75

Liebe Judith,
eigenartig – ich hätte gedacht, daß ich den Abschied von Dir wesentlich leichter ertragen würde, und so sah es ja auch aus heute morgen. Nun bin ich ausgeschlafen, habe, soweit ich Lust hatte, aufgeräumt, und jetzt ist es 20.30 Uhr, und ich fühle mich schon seit einiger Zeit hundeelend und vermisse Dich sehr und habe große Mühe, nicht zu heulen. Die Wohnung kommt mir gewaltig einsam und groß vor, und ich beneide Dich darum, daß Du eine ganze Menge Leute um Dich hast. Sicher werdet Ihr nett miteinander klöhnen, etwas Schönes kochen, etc. Vorhin klingelte ein paar Mal das Telephon, ich konnte aber vor Traurigkeit mit niemandem reden, daher ließ ich es ausklingeln, und ich hoffe nicht, daß Du versucht hast, mich anzurufen. Ich werde gleich wieder ins Bett ge-

hen und versuchen, meinen Kummer zu verschlafen, denn das Herumsitzen und Grübeln verschlimmert den Trauerzustand ja nur noch. Vielleicht sieht morgen im Tageslicht alles etwas besser aus. Als ich heute nachmittag aufwachte, erinnerte ich einen Traum, von dem jetzt aber nur noch ein kleines Bruchstück präsent ist: Ich hatte, mit einigen (unbekannten) anderen Doktoranden sowohl die Dissertation als auch das Rigorosum hinter mir, sehr glücklich bestanden, und ebenso glücklich, strahlend vor Glück, waren wir. Und zur Feier dieses Ereignisses waren die Eltern der Promovenden eingeladen worden. Es kamen alle, und nur meine Eltern kamen zu spät, aber erschienen dann eben doch noch. Mein Vater hatte sich in den Arm meiner Mutter eingehängt, beide trugen schwarze Kleidung. Mein Vater freute sich geradezu unbändig, und ich hatte das Gefühl, ihm endlich den einzigen großen Gefallen getan zu haben, den er von mir erwartet hatte. Meine Mutter war nur eine blasse Figur ohne irgendwelche Gefühlsregungen.
Da siehst Du, wie sehr Deine 50 Seiten in mein Inneres gedrungen sind. Ich habe doch wahrhaftig prompt geträumt, nicht wahr? Übrigens habe ich, seitdem mein Vater tot ist, nur, diesen Traum inbegriffen, dreimal von ihm geträumt.
Wer geht mit mir in die Gondola? Alle anderen sind nur Stückwerk.
Liebes, ich gehe jetzt wirklich postwendend ins Bett und hoffe, daß Du mir Deine Geschichten wirklich schickst. Ich möchte sie allzu gern wieder einmal lesen (meine sieben Jahre zuvor geschriebenen Kurzgeschichten).
Herzlich und herbstlich, Dein Dir immer verbundenes Sönnchen.

»Alle anderen sind nur Stückwerk« – ich weiß noch genau, wie lange und tief mich dieser eindeutige Satz und der ganze Brief bewegt hat. Aber ich *wollte* nicht mehr darauf eingehen – meine Angst vor Sonja oder der erwiesenermaßen hochexplosiven und lebensgefährlichen Verbindung Sonja-Judith war zu groß. Aber ich blieb auf der Suche. Meine unerfüllte Sehnsucht nach einer tiefen und guten Liebesbeziehung trieb mich um und machte mich für vieles anfällig damals. Und da war dieser wieder begonnene Briefwechsel mit Bella. Noch vor meiner Abreise nach Hamburg hatte ich ihr Dinge geschrieben (und sie mir), an denen ich jetzt die bald darauf stattfindende Entwicklung deutlich erkennen kann:

28. Juli 75

. . . Einige Stellen Deines Briefes haben mich sehr »weich und sentimental« gestimmt, Du kannst Dir wohl denken, welche. Es war wirklich eine schöne Zeit, die wir hatten, und wenn man sich da wieder so hineinversetzt, kann es schon geschehen, daß man sich eine Wiederholung wünscht. Man wird eben doch nur sehr schwer aus Schaden klug; die menschliche Seele funktioniert wohl so, daß sie ein paar selige Momente so hoch wertet, daß Monate, ja Jahre der Qual daneben geringfügig erscheinen. Du selbst bist wohl mit Erika das beste Beispiel für diese »unpraktische« Veranlagung der menschlichen Natur. Grundsätzlich bin ich nicht gegen eine neue Beziehung, aber ich würde wohl nie mehr mein Leben gemeinsam mit einer anderen gestalten wollen, mit aller Konsequenz, so wie ein Ehepaar leben eben. Dazu bin ich wohl inzwischen auch zu sehr »begeisterte Junggesellin«. Und ich glaube, Du warst es damals auch, als ich so vehement in Dein Leben einbrach und meine überhöhten – jugendlichen? – Ansprüche stellte und Dich so einengte. Heute würde ich, selbst wenn ich eine Freundin hätte, die mit mir in derselben Stadt wohnt, bestimmt nicht mit ihr in einer Wohnung leben wollen. Es müßte genügen, sich ein-, zweimal pro Woche zu treffen und vielleicht zusammen in Urlaub zu fahren, genau wie das viele unverheiratete Frauen in unserem Alter mit ihren jeweiligen Freunden handhaben, denen es auch nicht mehr einfallen würde, um einer möglicherweise flüchtigen Liebesbeziehung willen gleich ihr ganzes Leben umzukrempeln und ein großes Stück ihrer kostbaren Freiheit aufzugeben. Mit Freiheit meine ich gar nicht etwa Freiheit des Partnerwechsels, das liegt mir weniger, sondern schlicht und banal Freiheit in der Gestaltung des eigenen Alltags.

Damals hielt ich anscheinend – nach meinen Erfahrungen mit Sonja und Bella verständlich – eine Liebesbeziehung, die mich *nicht* einengen würde, für prinzipiell unmöglich. Inzwischen habe ich mit Maja erfahren, daß wir uns sogar auf engstem Raum selten auf die Nerven gehen, geschweige denn die andere reglementieren oder einengen. Wahrscheinlich braucht es dazu, um das verwirklichen zu können, auf beiden Seiten einen starken Unabhängigkeitsdrang, bei tiefem gegenseitigen Vertrauen und Achtung vor den Bedürfnissen der anderen. Das klingt wie aus einer Eheberatungsfibel, aber es ist wahr; so erlebe ich es. Wahrscheinlich mußte ich die Erfahrungen mit Sonja und Bella machen, um vorsichtiger zu werden, um *rechtzeitig* zu erkennen, was lebbar ist und Aussicht auf Dauer hat und was nicht. Antoinette war mir zum Beispiel trotz allen Glanzes auch deshalb suspekt, weil ich mich durch sie beengt fühlte.

Zwei Tage nach meiner Rückkehr aus Hamburg schrieb ich an Bella:

... Du hast recht, ich bin wirklich bald urlaubsreif!! Inzwischen spiele ich mit dem Gedanken, Dich zu diesem Zweck vielleicht in den Herbstferien heimzusuchen, was hältst Du davon? Ich bin so mutig geworden, weil sich unser »Verhältnis« z.Zt. wieder so harmonisch gestaltet hat, auch weil ich z.B. bei meinem plötzlichen Anruf (dem ersten nach anderthalb Jahren Pause) *keinerlei psychische Beschwerden hatte, weder vorher noch nachher. Früher wurde mir ja bei dem bloßen Gedanken schon ganz komisch zumute. Und wahrscheinlich hast Du recht, das erste Wiedersehen zwischen uns beiden wird immer ein kleines Wagnis bleiben, egal ob es nun gleich oder erst in einem Jahr oder noch später stattfindet. Es kommt eben ganz darauf an, wie geschickt wir beide das deichseln. Aber wenn wir gewisse Themen bewußt aus dem Gespräch ausklammern, dürften eigentlich keine großen Schwierigkeiten aufkommen. Oder hättest Du vielleicht Lust, mich hier unten zu besuchen, wenn ich Dir das Fahrgeld gebe? Geld hab ich ja jetzt genug. Überleg Dir das mal alles gut und gründlich! Leider muß ich Dich aber trotzdem ein bißchen warnen: Falls Du Dich darauf freust, mich zu sehen, tu es nicht zu sehr, d.h. verlaß Dich nicht zu sehr auf meine derzeitige optimistische Stimmung. Ich muß mir leider immer noch die Möglichkeit vorbehalten, ganz plötzlich wieder aussteigen zu können. Du weißt, ich traue mir selbst kaum über den Weg. Wenn ich z.B. meinen Wunsch nach einem Wiedersehen genau analysiere, spielt da irgendwo vielleicht doch noch ein Rest Verliebtheit mit, oder Sentimentalität (was weiß ich), jedenfalls ist es wohl nicht nur gute Freundschaft, denn Erika (z.B.) würde ich wohl nicht besuchen wollen oder auf meine Kosten hierher einladen, so hart das klingt (Du weißt aber ja, daß ich sie wirklich gern mag). Du siehst, ich winde mich herum zwischen Neigung und ängstlicher Vorsicht. Entschuldige bitte, wenn ich Dich damit bedrückt mache. Ich möchte es nicht, will eigentlich »nur« ganz offen mit Dir reden – das halte ich nach wie vor für den wichtigsten Teil unserer Freundschaft, daß wir das tun können gegenseitig.*

Ein mieser Brief und Kommunikationsstil ist das, so urteile ich heute. Ich beschwöre »Offenheit« und »Freundschaft«, zwei Dinge, die sicher zusammengehören – nur war damals zwischen Bella und mir gar keine Freundschaft möglich, sondern höchstens die bekannte üble Mischung aus Verletztheit mit untergründiger Aggressivität, Sehnsucht nach Wiederbelebung vergangener Innigkeiten, eine Art Verliebtheit also, wie ich ja auch »offen« gestehe. Solche Gefühle sollte frau vielleicht einer Vertrauten »ganz offen« mitteilen, um sie besser verarbeiten zu können, aber doch nicht dem »eigentlichen Gegenstand« dieser Gefühle. Bella wird da von mir aus Schwäche und Labilität in eine ganz widersprüchliche Doppelrolle gezwungen. Sie hat, sicher wie ich aus Einsamkeit und Schwäche, das schiefe Spiel mitgespielt, aus dem nichts Gutes mehr entstehen konnte. Julia wußte es schon damals, aber Bella und ich gerieten in einen neuen, teils süßen, hautpsächlich aber kräfteverschleißenden Strudel, der uns zwei ganze Jahre kosten sollte. Was ich damals noch nicht konnte, habe ich jetzt vor kurzem mit Antoinette üben können: Sie hatte mich verletzt, es tat ihr auch leid, Gefühle der Verliebtheit in mich waren auch noch da. Jeden Tag hätten wir darüber »ganz offen und freundschaftlich« kakeln können – und nichts hätte in Ruhe vernarben können. Ich ließ mich aber auf kein derartiges Gespräch ein, und das war gut so. Auf diesem im jeweiligen Alleingang (das ist wichtig!) erarbeiteten Fundament kann jetzt vielleicht wirklich so etwas wie Freundschaft entstehen.

Hier mein Kurzbericht an Julia über die Zeit mit Sonja, geschrieben am 21. August 1975, drei Tage nach meiner Rückkehr:

Die Fahrt mit Markus und zwei Studenten war sehr müde vor allen Dingen, ich hatte nachts nur 2Std. geschlafen, Sonja und ich konnten uns dann natürlich doch nicht recht trennen, Abschiedsschmerz machte sich auf beiden Seiten breit. 50 S. »stehen«, und sie war beim Abschied ganz zuversichtlich, es nun eine Weile allein schaffen zu können, aber ich hab da leider meine Zweifel. Ich wünsche es ihr (und mir!) so sehr, aber ich glaube, ihre Fähigkeit, einen komplexen Stoff zu strukturieren, ist durch die lange Abstinenz von der Uni ziemlich verkümmert, außerdem hat sie die üblichen Ängste. Aber die Tatsache, daß sie schon mal 50S. vorzuweisen hat, hilft ihr jetzt glaube ich immerhin, wieder mit der Uni Kontakt aufzunehmen, um z.B. ihren Mikrofilm zu lesen. Seit meiner Ab-

reise bekam ich schon zwei Briefe von ihr, tapfer und traurig zugleich. Jetzt sitzt sie da wieder allein mit ihrem Leistungsanspruch, genau wie ich übrigens hier. Es flutscht noch nicht so recht, eine kleine depressive Wolke hängt über mir.

Außer mir und einigen *meiner* Freundinnen wußte niemand etwas davon, daß Sonja Arbeitsprobleme hatte, auch ihre engsten Freunde nicht, weder Joachim noch Birgit. Sonja hat unser Fünfzig-Seiten-Werk einmal Joachim zu lesen gegeben. Er äußerte sich nicht mit dem erhofften Enthusiasmus dazu, eben weil Sonja nach außen hin nie ihre Unterstützungsbedürftigkeit durchblikken ließ. Joachim erzählte mir das, leicht schuldbewußt, nach ihrem Tod – *mir* hatte Sonja von seiner Kritik nichts gesagt. Sie muß auf Sonja verheerend gewirkt haben, weil sie Joachim vermutlich in Sachen Literatur für kompetenter hielt als mich. Damit hatte sich auch ihr letzter Anker, wiewohl hilfsbereit, laut berufenem Urteil als inkompetent erwiesen. Aber wohin sonst konnte sie sich wenden, nachdem sie sich selbst für völlig inkompetent erklärt hatte? Hier liegt wahrscheinlich ein zentrales Motiv für ihren Selbstmord, das ich allerdings nur theoretisch erschließen kann: Absolute Hoffnungslosigkeit, Verlorenheit nach der Demontage des großen Vorbildes, der einzigen Schutzmacht Judith.

Auch Birgit war nach Sonjas Tod völlig überrascht, als ich sie über die wahre Sachlage mit der Dissertation aufklärte. Sonja habe nie etwas anderes nach außen verlauten lassen, als daß ihre Arbeit gut voranschreite. Dadurch hat sie sich ein wichtiges Mittel der Problembewältigung abgeschnitten. Wie tief muß sie sich wegen ihrer Produktionsunfähigkeit verachtet haben! Statt mit Hilfe und Solidarität bei Offenlegung des »Makels« muß sie mit dem Schlimmsten gerechnet haben, und das gelingt ja nur, wenn man sich zuvor selbst ein vernichtendes Urteil gesprochen hat.

Übrigens hat Milz, Sonjas Doktorvater, jene fünfzig Seiten, die Sonja ihm fein säuberlich (und mühevoll!) getippt als Probe und Gesprächsgrundlage vorlegte, niemals auch nur angesehen. Sonja hat bis zuletzt ebenso ängstlich wie gespannt auf eine Reaktion von ihm gewartet. Ein Lob von ihm hätte sie ungeheuer beflügeln können. Drängen mochte sie ihn aber nicht, weil sie wußte, daß eine negative Reaktion ihre Arbeits-, ja Lebensfähigkeit endgültig auslöschen konnte.

Nach Sonjas Tod soll Milz lakonisch geäußert haben, diesen Ausgang habe er schon lange kommen sehen. Warum hat er dann nichts unternommen? Warum hat er dann nicht ihre Arbeit wenigstens gelesen??! Er war einer der wenigen, die ihr substantiell helfen, ihr Mut machen konnten, denn die fünfzig Seiten *waren* ein akzeptabler Anfang. Milz ist, neben Frau Sanders und mir, einer der drei Hauptschuldigen an Sonjas Tod. Aber diese Erkenntnis wird ihm nie gekommen sein.

Ich habe meine Aufzeichnungen nicht mehr datiert, will ja jetzt alles in einem Durchgang schreiben. Nun sehe ich aber eben, daß seit gut einer Stunde der 21. November ist – Bellas Geburtstag. Zweiundvierzig Jahre wird sie alt. Und Bella ist auch wieder dran in dieser verwickelten Geschichte – Sonja trat im Herbst 75 in den Hintergrund. Sie meldete sich nicht mehr bei mir, weder brieflich noch telefonisch. Vielleicht, weil sie sich verpflichtet fühlte, mir von Fortschritten zu berichten, die sie doch nicht vorzuzeigen hatte.

Ende Oktober kam Bella für eine Woche, ihre Herbstferien, nach Basel. Am Bahnhof strahlte sie mir entgegen, war gewinnend, herzlich, liebevoll, munter und locker. Und verwirrend anziehend für mich. Abends beim Wein fing es an zu knistern. Sie saß mir gegenüber auf dem Sofa, ich auf meinem üblichen Sessel, zwischen uns der schöne Tisch, den ich mir zwei Jahre vorher in Kopenhagen für viel zu teures Geld gekauft hatte, um meine Einrichtung auf einen für Bella angemessenen Standard zu bringen. Wir redeten, natürlich, über unsere vergangene Beziehung – wie wunderbar es doch sei, daß wir uns nach allem wieder so gut verstünden. Bella sprach von »einer Melodie«, die sie »wiedergefunden« habe, die wieder zwischen uns sei. Und »normalerweise« würde sie in solchen wunderbaren Momenten nicht reden, sondern handeln. Dabei sah sie mich sehr innig und sehr intensiv an von ihrem Sofa. Ich konnte nicht mehr hinsehen und murmelte bloß noch: »Ja dann handle doch endlich.« Sie stand auf und kam rüber zu mir, beugte sich über mich und küßte mich. Und sofort durchzuckte mich dieselbe starke sinnliche Erregung, wie ich sie eben bis dahin nur mit Bella erlebt hatte. Ich fühlte gleich bei diesem Kuß, daß es um mich geschehen war, wieder mal, und ich ergab mich.

Ein paar Tage später schrieb ich einen halb zerknirschten Geständnisbrief an die arme Julia:

... Das war der unproblematische Teil meines Briefes, und nun kommt die Geschichte mit Bella. Es hat alles wieder angefangen, allerdings von meiner Seite auf seltsame Weise sehr mit halber Kraft, sehr gespalten, fast komme ich mir zynisch vor, aber anders geht es wohl nicht, wenn man sich auf der einen Seite engagiert, auf der andern aber zutiefst mißtrauisch ist und zudem weiß, daß es nur eine Ferienbeziehung sein kann im Höchstfall. Ich denke die ganze Zeit an Dich und habe mir gewünscht, Du würdest mir etwas raten. Da ich mir diesen Rat aber natürlich auch selbst zurechtlegen konnte, fühlte ich mich erst recht gespalten, auch irgendwie voller Schuldgefühl Dir gegenüber, nachdem Du doch so viel Einsatz darangesetzt hast, mich von Bella zu heilen. Dieses Kapital bleibt mir auch und verleiht mir einen ganz ungewohnt kühlen und erwachsenen Kopf, der vor zwei Jahren in einer solchen Situation noch undenkbar gewesen wäre. Diese Kühle hat nun aber scheints zur Folge, daß Bella sich speziell daran entzündet oder was, wie das manchmal geht, und nun mache ich mir Gedanken, ob ihr das etwa guttun wird. Aber sie hat ja »angefangen«, und ich erinnere mich an Dein tröstendes Wort, daß sie es schon allein schaffen würde. Wir haben eine Menge gemeinsam unternommen, waren im Elsaß einen Nachmittag, dann mit Tante Luise in Schaffhausen, heute in der Uni, wo ich Diverses zu erledigen hatte, gestern hatten wir große Kartoffelpufferfête mit Markus und Robert Dudell, anschließend noch Stefanie. Das war alles sehr harmonisch und hat uns beiden gutgetan. Ich hatte das Programm entwickelt vor allem aus Gründen der Selbsttherapie, Abstand gewinnen dadurch, daß man nicht zu nah aufeinander sitzt und vor allem auch Bella mal mehr in normalen Situationen kennenzulernen. Das Resultat war sehr positiv, sozusagen in zwei entgegengesetzten Richtungen: Einerseits war es hilfreich für den erwünschten Abstand, andererseits zeigte es sich, daß wir auch im Alltag gut miteinander auskommen, und Bella merkte daß ich nicht mehr so abhängig bin wie früher, und das eröffnet ja auch gewisse Zukunftsperspektiven.

... Für Deinen lieben Brief habe ich Dir auch noch gar nicht gedankt, er tat mir sehr gut und hat mich »eigentlich« in meiner entschlossen asketischen Einstellung sehr bestärkt, aber dann kam so ein massiver Ansturm, daß ich doch umgefallen bin. Ich bereue es auch nicht, bin nicht am Boden und nicht im Himmel, sondern nur so komisch durcheinander. Ist ja auch verdammt kein Wunder. Das Weitere muß dann die Zukunft zeigen. ...

Ich war an jenem Tag auch mit Bella in Deutschland. Von dort aus wollte ich Bettina anrufen, wählte aber, ganz automatisch, die Nummer von Sonja. Erst als sie sich meldete, mit kaputter, dösiger, wie betrunkener Stimme, merkte ich es. Ich war so perplex, daß ich noch nicht mal die Geistesgegenwart aufbrachte, einfach aufzulegen. Statt dessen stotterte ich unsinnigerweise: »Kann ich bitte Bettina sprechen?« Sonja erkannte offenbar, in *dem* Zustand, meine Stimme nicht und antwortete wie geschäftsmäßig, Bettina wäre nicht bei ihr (wieso sollte sie auch!) und gab mir ihre Nummer. Ich bedankte mich noch schnell, legte noch schneller auf – und fühlte mich sehr unangenehm und betreten. Offensichtlich hatte mein Unbewußtes mir einen Streich gespielt: Natürlich dachte ich, während ich in diesen Herbstferien mit Bella wieder einigermaßen glücklich war, wie zuvor schon immer äußerst schuldbewußt an Sonja – und dieses völlig verrückte Telefonat war das klägliche Ergebnis meiner inneren Verwirrung.

Ich fuhr dann mit Bella noch für eine Woche nach Kopenhagen; wir hatten eine günstige Mitfahrgelegenheit bis Hamburg und übernachteten bei Bettina und Harald, die die neue Entwicklung mit Bella wie selbstverständlich akzeptierten. Eigenhändig und ohne eine Spur von Frivolität baute Harald uns ein gemeinsames Schlaflager in ihrem Wohnzimmer. Wo ich nun schon mal in Hamburg war, hätte ich natürlich Sonja gern gesehen, aber ich traute mich nicht; es war mir alles gefühlsmäßig zu schwierig.

Während ich in Kopenhagen war, passierte Merkwürdiges in Basel. Ich schildere es in einem Brief an Julia:

... Hier in Basel gabs noch eine Überraschung: Sonja hat wohl in einem Anfall von Wahnsinn meine ziemlich sämtlichen Bücher an die Uni-Adresse geschickt, in vier Holzkisten, insgesamt fünf Zentner. Ich wußte überhaupt nichts davon, und an der Uni herrschte helle Aufregung: Wer bezahlt die Fracht (180 sfrs)? Hat dann der liebe Francesco gemacht, und Robert Dudell, das gute Stück, hat gestern schon mal die Hälfte in Markus' großer Kutsche rangeschafft.

... Bis jetzt, d.h. seit einem Monat bald, hab ich »offiziell« nichts mehr von Sonja gehört. Bettina erzählte mir nur, sie habe sich endgültig mit ihrer Mutter verkracht, ansonsten gehe es ihr aber gut. Ihr Auto hat ein betrunkener Maler fast zu Schrott gefahren, die

Versicherung will nicht zahlen. Harald kümmert sich aber darum und wirds schon richten. Alles sehr komische Geschichten und Taten, und vor allem wundert mich diese absolut wortlose Bücher-Aktion. Telefonisch erwische ich sie seit zwei Tagen nicht, und von mir aus mag ich sie nicht anrufen, denn sie erfährt wohl besser meine Nummer nicht so bald.

Sonja hatte mich durch diese Bücher-Aktion in eine ziemlich peinliche Lage gebracht, weil ich gar nicht darauf vorbereitet worden war und sie infolgedessen in meiner Abwesenheit vor sich ging und »unschuldige« Kollegen belastete. Außerdem hingen aus diesen Bücherkisten noch etliche Unterhosen heraus. Als ich Sonja das telefonisch zum Vorwurf machte, sagte sie, ich solle mich nicht so anstellen, meine Kollegen würden doch wohl noch den Anblick weiblicher Unterwäsche ertragen können, zumal wenn sie garantiert sauber gewaschen wäre. Im übrigen sei das alles sowieso nicht ihre Schuld: Ihre Mutter habe das bei ihrem letzten Hamburgbesuch so »arrangiert« und organisiert, nachdem sie aus Ungeschicklichkeit das Regal kaputtgemacht und sämtliche Bücher heruntergerissen habe. Sie, Sonja, sei wieder mal von der Mutter völlig vergewaltigt worden und wollte jetzt auch endgültig nichts mehr von ihr wissen. Ich unterdrückte also meinen Zorn. Verglichen mit meinem Anlaß zum Ärger war Sonjas Anlaß, wie üblich, viel schlimmer und gravierender.

Die Sache mit dem zu Schrott gefahrenen Auto hat dann schließlich Frau Bille geregelt: Sie schenkte Sonja einen zweiten Ford und ließ ihr in ihrer fabrikeigenen Werkstatt gleich eine verschiebbare Tür einbauen: Dadurch konnte Sonja erstmals ihren Rollstuhl selbständig raus- und reinbugsieren. Es erforderte viel Kraft und Geschicklichkeit, aber Sonja besaß ja beides in hohem Maße. Jetzt konnte sie sich noch stärker für andere Behinderte engagieren. Etwa seit September war sie Mitglied des Clubs 74, einer Selbsthilfe-Vereinigung von Behinderten und Nichtbehinderten. Viele der Clubmitglieder besaßen kein Auto, konnten auch gar nicht fahren als spastisch oder zerebral Gelähmte, und so fuhr Sonja sie oft zu den verschiedenen Treffpunkten und brachte sie wieder nach Hause, kreuz und quer durch Hamburg in endlos langen Fahrten bis tief in die Nacht. Sie wurde so zu einer »Superbehinderten«, sagte Birgit nach ihrem Tod. Eine Behinderte, die fast alles konnte und mehr als viele Gesunde: reiten, autofahren, sich ganz allein versorgen, studieren und sogar promovieren. Ein Image, das ihr sicher wohltat, aber auch immens gefährlich war, da ihre eigene tiefe Hilfsbedürftigkeit hinter dieser gloriosen und nur für wenige erkennbar brüchigen Fassade versteckt blieb.

Birgit war es auch, die mir später von zwei weiteren Selbstmordkrisen berichtete. Einmal war Sonja nachts weggefahren, vermutlich ans Wasser, rief dann aber noch Birgit an, zum Abschiednehmen. Sonja war betrunken, und Birgit konnte nicht herausbekommen, wo sie gerade steckte. Da versuchte sie es anders, mit einem psychologisch geradezu genialen Einfall: Sie fragte Sonja, ob sie denn wenigstens vor dem Wegfahren noch das Geschirr gespült hätte, um ihrer »armen Mutter« den Anblick einer schlampig zurückgelassenen Wohnung zu ersparen. Sonja gab überrascht zu, ja, das hätte sie tatsächlich getan – und ärgerte sich dann so gründlich über sich selbst und ihre Mutter, daß sie, sozusagen hohnlachend, wieder nach Hause fahren konnte. Die Depression war in gesunde Wut umgeschlagen.

Bei dem anderen Mal rief Sonja Birgit von ihrem Schreibtisch aus an. Sie habe genügend Alkohol getrunken und fünfzig Schlaftabletten in Wasser aufgelöst. Das Glas stehe vor ihr. Es gelang Birgit wieder, sie von ihrem Vorhaben abzubringen. Zum Schluß meinte Sonja, sie wolle jetzt nur noch ins Bett und einfach schlafen, aber ohne Schlaftabletten könne sie nicht, und sie hätte doch nun *alle* in Wasser aufgelöst. Birgit riet ihr, einen kleinen Schluck von der Brühe zu nehmen und den Rest, in guter haushälterischer Sonja-Manier, im Eiswürfelbehälter einzufrieren. Bei Bedarf könne sie dann immer ein Würfelchen entnehmen. – Ich wünschte, mir wäre auch nur ein einziges Mal ein derartig souveränes Krisenmanagement gelungen!

Sonja ließ kaum mehr von sich hören in diesem Herbst. Ich faßte das als Desinteresse auf und schwieg meinerseits beleidigt. Zum Arbeitschreiben war ich ihr gut genug, so dachte ich damals, aber sonst?! Am 22. November rief ich sie an, da reagierte sie so reserviert, daß ich zwei weitere Wochen schwieg. Anfang Dezember dann das lange, furchtbare Telefongespräch mit einer völlig verelendeten Sonja, das ich schon vor drei Jahren (auf S. 121 f., mit einem Auszug aus einem Brief an Bella) beschrieben habe.

Das Weihnachtsfest verbrachte ich in Bielefeld im Kreise meiner Familie und Sonja in Hamburg, ganz allein. Harald überreichte mir Sonjas Weihnachtsgeschenk, die Norma, Titelrolle von Beverly Sills gesungen. Ich war befremdet – wieso schenkte sie mir die blöde Sills, die wir beide nie mochten, wo es doch die Aufnahme mit Joan Sutherland gab? Es tat mir richtig weh. Für mich war es ein untrüglicher Beweis der fortschreitenden Entfremdung zwischen uns.

Nach Weihnachten fuhr ich zu Bella nach Kopenhagen. Gemeinsame Silvesterfeier im Kreise ihrer besten Freunde, die mich stark langweilten. Liebe, freundliche, sehr bürgerliche Leute. »Man« wußte, daß wir ein lesbisches Paar waren und behandelte uns untadelig, gewiß – und wir benahmen uns natürlich auch untadelig, das heißt so, als ob wir keineswegs ein Paar wären. Aber ich paßte so schlecht in diesen gemütlichen Kreis singender, gepflegt gekleideter, gepflegt fressender und saufender und stundenlang fernsehender Dänen. Sie konnten weder mit sich noch mit mir viel anfangen. Dann die späte schweigende endlose Rückfahrt in Bellas Wagen; Bella kühl und unnahbar. Den ganzen langen Abend hatten wir uns züchtig voneinander ferngehalten, und auch jetzt schien sie keinerlei Bedürfnis zu haben, mich zu berühren oder auch nur anzulächeln. Als ich klagend darüber sprach, wurde sie nur noch steifer und zurückhaltender. Ich fühlte mich wie am Nordpol ausgesetzt. Und in den drei Wochen, die ich blieb, wurde es immer eisiger und schwieriger zwischen uns. Ich bekam die schlimmste Erkältung meines Lebens, schrieb aber trotzdem eine sechzig Seiten lange Arbeit fertig. Daß ich das noch schaffte, rettete wenigstens meine Selbstachtung, die immer sofort bedrohlich sank, wenn Bella mich so distanziert behandelte. Es schien mir, daß die anderthalbjährige Pause, die wir »zwischendurch« eingelegt hatten, uns doch kein Stück weitergebracht hatte. Unüberwindlich verschiedene Bedürfnisse, Lebensgewohnheiten und -anschauungen trennten uns, trotz beiderseitiger ernstlicher, auch fairer Bemühungen und Auseinandersetzungen. Am 18. Januar fuhr ich zurück – ich floh geradezu, entschlossen, diese nur noch quälende Beziehung endgültig einschlafen zu lassen.

Sonja hatte mir seit dem 28. Dezember einen Etappenbrief zum Geburtstag geschrieben, der mir nach Kopenhagen nachgeschickt wurde – ich war ja sozusagen »hinter ihrem Rücken« dort; Sonja ahnte noch immer nichts von Bella und mir. Sonja schreibt in ihrem zweitletzten Brief an mich:

Meine liebe Judith,
ich habe beschlossen, Dir, sobald es mir einfällt, ein paar Zeilen zu schreiben, sofern ich auch Zeit dazu habe, und ich hoffe, daß somit ein Brief zu Deinem Geburtstag entsteht, der Dich für alle ungeschriebenen entschädigt. Es wird sicher eine Flickendecke abgeben.
Silvesterabend: Gestern brachte Harald mir Deine beiden lieben Weihnachtsmozärte mit, und ich habe mich ganz furchtbar darüber gefreut, besonders natürlich über die beiden Sinfonien. Stell' Dir bloß mal vor: der 2. Satz von Nr.40 ist das Musikstück, was ich seit Jahren *suchte. Kannst Du Dich noch vage daran erinnern, daß wir mal fast alle späten Klavierkonzerte, und zwar deren 2. Sätze, durchgekämmt haben nach diesem meinem heiß und innig geliebten Stück Musik, und ich fand und fand es nicht. Und genau das ist es nun endlich! Wie schön, daß*
. . . ?Neujahrsmittag: Die Sonne scheint, und es ist wunderschön. Ich habe ein vergnügtes Silvester mit mir verbracht, war bis 23 Uhr essen und habe dann mit donnernder Musik mein Feuerwerk aus dem 4. Stock genossen und mich wie ein kleines Kind darüber gefreut. Du kennst ja meine Vorliebe für bunten Radau am Himmel. Jetzt bin ich dabei, Papiere zu sortieren und fiel gerade über folgenden Ausspruch von Wagner: Das, was mich die Musik so unsäglich lieben läßt, ist, daß sie alles verschweigt, während sie das Undenklichste sagt. Mensch, Mensch, Mensch, wenn es keine Musik gäbe! Aber dieser Satz ist von mir und natürlich auch besser als der Wagners.

10. Januar 76

Mein Liebes,
auch wenn ich alles verschlampe, Deinen Geburtstag bestimmt nicht! Du weißt, daß ich Dir von ganzem Herzen wünsche, daß es Dir das kommende Jahr weiter gut geht und Du viel Erfolg bei Deinen Arbeiten haben wirst. Und was die Psyche angeht, so glaube ich, daß Du Dich wohl durch dieses Labyrinth ganz gut durchlavieren wirst, net wahr? Nun war ich neulich bei Steinway und konnte meinen Augen doch nicht trauen! Gibt es doch wieder die von mir lang ersehnte Manon mit der Callas, und da hatte ich gleich das richtige Geburtstagsgeschenk für Dich, was sonst beinahe eine Schubert-Kassette mit Brendel gewesen wäre, aber doch wohl nur beinahe, da dieselbe, schon zum herabgesetzten Preis oder so ähnlich, 111,– kosten sollte. Ich konnte nicht umhin, auch

mir die Manon zu kaufen. Kaum war ich zu Hause, legte ich sie auf, und dann war ich den ganzen Tag high. Es ist wirklich (z.Zt., of course) die allerallerschönste Oper wo gibt auf Welt, und ich hoffe inständig, daß Du auch gehörig hingerissen sein mögest! Erstaunlicherweise ist auch die Mitte (d.h. Platte 2–5) der Oper ein emotionales Festessen. –
Ich habe nur mal wieder 3 1/2 Stündchen geschlafen, trotz zween Schlaftabletten, aber was soll man machen, und so bin ich schon seit 1/2 7 zugange, hoffe, daß ich nach der Reiterei heute nachmittag kaputt genug bin, um mit meinem Nerventee wenigstens ein Nikkerchen zu schaffen. – Hier wird und wird es nicht hell im Norden, und die Tage sind wahrhaftig deprimierend. Allerdings darf ich mich nicht allzu sehr beschweren: Es hat noch nicht richtig geschneit, und bitter kalt war es auch erst ein paar Mal. Wie schade, daß ich Dich am 12. nicht mal kurz besuchen kann, es ist einfach zu blöd, daß es dermaßen weit ist, die Hälfte der Entfernung hätte auch schon gereicht. – Mir geht es zur Zeit passabel. Der Trennungsschmerz von Betz setzt mir ab und zu doch mehr zu als ich dachte, gleichzeitig fühle ich mich jedoch auch reichlich befreit und irgendwie genesen. Das Angenehme ist ja, daß ich jederzeit hingehen kann, wenn ich meine, ich käme nicht mehr zurecht. Das ist ein unheimlicher Trost! (Er hat übrigens wieder geheiratet, wie ich aus zuverlässiger Quelle erfuhr, und ich bin kein bißchen eifersüchtig, sondern freue mich, daß er den alten Drachen los ist.)
Darling, ich will jetzt wieder fleißig arbeiten, damit ich Dir endlich mal was zur Begutachtung schicken kann. So long, und ich hoffe natürlich auch sehr auf ein Lebenszeichen von Dir!

Immer Deine Sonja

Auf meiner Flucht aus Kopenhagen machte ich einen Tag in Kiel bei Marianne Station, klagte ihr ausführlich mein Leid mit Bella und wurde von ihr sehr liebevoll getröstet und verwöhnt und wieder aufgebaut. Ich kam mir vor wie ein DDR-Flüchtling, der staunend vor dem Überfluß des Westens steht – Bellas Sparsamkeit war nicht nur eine emotionale, sondern auch eine ökonomische gewesen. Marianne dagegen, die viel weniger Geld verdient als Bella, bewirtete mich mit ausgesuchten Köstlichkeiten, meinem Lieblingswein und Lieblingsessen. Für Bella hatte sie nur kalte Verachtung übrig. Kurz, mir wurde langsam wieder wärmer und wohler; meine verletzte Seele erholte sich. Da plötzlich ein

Anruf meiner Mutter, Sonja sei in Not, habe mir ein Telegramm nach Basel geschickt, das nach Bielefeld weitergegangen sei (dort wollte ich anschließend Station machen). Mir grauste – was mochte da wieder los sein? Ich rief Sonja an – sie war kaum ansprechbar, antwortete mit schwerer Zunge, nicht betrunken, aber wie mit Tabletten vollgepumpt. Ich versprach, am folgenden Tag bei ihr zu sein.

Dieser folgende Tag war der 20. Januar 1976. Nach Sonjas Tod fiel mir aus ihrem Nachlaß ein kleiner Kalender in die Hände, in den sie vom 1. Januar bis 3. Februar 1976 kurze Eintragungen gemacht hat. Eine Art Minimaltagebuch – die ersten und einzigen Tagebucheintragungen Sonjas, von denen ich weiß. Ich bringe hier zunächst die Eintragungen vom 1. bis 20. Januar:

*Do, 1. Jan. 76. Fred Bröse zu Besuch, später seine Freundin Britta. Abends Rudi (Rudolf Peter Olsen). Unangenehm.**
*Frei, 2. Jan. 76. Mittags Besuch von Klaus Mack mit Toni und Koppi. Besuch von Britta; später Herr Windel. Sehr spätes Telephonat mit Ole.**
Sa. 3. Jan. 76. Kurzer Besuch von Fred und Britta (grüne Schreibtischlampe, Bitte um 200,–) Abends ferngesehen.
So. 4. Jan. 76. Den ganzen Tag aufgeräumt.
*Mo. 5. Jan. 76. Aufgeräumt. Mittags Besuch von Fred. Zum Reiten gegangen. Abends Besuch von Joachim. Telephonat mit Ole.**
Di, 6. Jan. 76. Den ganzen Tag im Bett geblieben. Sehr unglücklich. Abends Telephonat mit Ole. Verabredung für Samstag.
Mi, 7. Jan. 76. Mittags Besuch von Frau Steen. Aufgeräumt. 19.00 Heinz Merkel aus Harburg zum Club 74 abgeholt. Bier trinken. ½3 zurück.
Do, 8. Jan. 76. Morgens beim Zahnarzt. Manon Lescaut; Requiem; Hosen (Stephansplatz). Abends Gespräch mit Ole.
*Frei, 9. Jan. 76. Morgens in der Stadt. Hosen umgetauscht. Tasse für Ole. Nachhilfestunden.**
Sa, 10. Jan. 76. Den ganzen Tag im Bett verbracht. Gräßlich. Habe Ole ausrichten lassen, ich sei bei Joachim.
So, 11. Jan. 76. Birgit um Gespräch gebeten. Mittagessen (chines.) mit Claus und den Kindern bei mir. Abends mit Ole zum Essen (2. Kuß). Sehr schön.
Mo, 12. Jan. 76. aufgeräumt. Besuch von Wolfgang Kind, Frau

*Steen (mittags). Ich bei Frau Bald. Abends Reiten, Massage (Frau Lachmann). Telephonate mit Ole.**

*Di, 13. Jan. 76. 12.00 aufgestanden. Gespräch mit Ole. Unglaublicher Mensch. Nachhilfe Uwe. Nochmal Telephonat mit Ole. 22.30 ganz friedlich ins Bett.**

*Mi, 14. Jan. 76. Nachmittags Besuch von Klaus (Eisbein). Abends Club 74, anschließend »Zur Wachtel«. Lorenz Stief nach Hause gebracht. 2 Anrufe von Ole.**

Do, 15. Jan. 76. Nachhilfe. Verhältnismäßig angenehmes Gespräch mit Achim Plötz.*

Frei, 16. Jan. 76. 15.30 Karin Wrangel zum Kaffee. Langes Gespräch über Ole. Kaputt ins Bett.

Sa, 17. Jan. 76. Strudlhofstiege gelesen. Telegramm an Judith. Große Angst um Fortgang der Arbeit. Viel Zeit verschlafen.

So, 18. Jan. 76. So wie Samstag. Erwägung, zu meiner Mutter für das nächste halbe Jahr zu ziehen (oder an die Ostsee).

Mo, 19. Jan. 76. Viel Gedanken um Einstellung zur Arbeit gemacht. Anruf von Judith, daß sie am Dienstag kommt. Viel geschlafen.

Di, 20. Jan. 76. Morgens Besuch von Judith, die den ganzen Tag über blieb. Langes, positives Gespräch. Entschluß, hier zu arbeiten. Abends schönes Tel. mit Ole!

(Ich weiß nicht, was die hochgestellten Sternchen bei manchen Eintragungen bedeuten. Einige sind überdies in Rot, andere in Schwarz. Vielleicht bedeutet das noch zusätzlich etwas. Vielleicht Verweise auf ein anderes, ausführlicheres Tagebuch, mit Kurzbewertungen, Rot = positiv, Schwarz = negativ. Man wird es wohl nie mehr herausbekommen.)

Das Seltsame ist, daß ich, gleichzeitig mit und unabhängig von Sonja, ebenfalls ein »Tagebuch« anfing, ebenfalls mein allererstes. Und unsere Eintragungen gleichen sich in der lakonischen Kürze und der Art des Festgehaltenen. Es sind Eintragungen letztlich sehr vereinsamter Frauen, die jeden menschlichen Kontakt registrieren, weil sie davon leben. Selbst wenn die Kontakte flüchtig oder unangenehm oder beides waren. Die meisten der Personen, die Sonja erwähnt, kenne ich nicht. Viele davon werden Mitglieder des Clubs 74, der Behinderten-Selbsthilfe-Organisation, gewesen sein. Man bekommt den Eindruck, daß Sonja ständig beansprucht und gefragt und unterwegs war. Und dann die unvermittelten Stimmungseinbrüche – die Kontakte, obwohl lebensnotwendig, wurden ihr zugleich zuviel, fraßen sie auf, hielten sie von der Arbeit ab, was ihr einerseits nur recht war und sie andererseits immer tiefer ängstigte, je näher der Abgabetermin (Sommer 76) rückte. So hat sie es mir auch an jenem 20. geschildert. Ich selbst habe da erlebt, wie sie dauernd angerufen wurde; mühsame Gespräche oft mit Spastikern, die nur schwer verständlich artikulieren konnten. Sonja fragte oft und bewundernswert geduldig nach und erklärte mir anschließend, früher, als sie anfing in der Gruppe, habe sie gar nichts verstehen können, aber nun ginge es schon ausgezeichnet. Leider so gut, daß viele sie nun in ihrem (endlich einmal liebevoll angenommenen) Mitteilungsdrang geradezu plattwalzten.

Die Hauptperson in diesem Tagebuch ist Ole, 27 Jahre alt damals, Jurist und Initiator des Clubs 74. Nicht behindert. Ich habe ihn nie kennengelernt, auch nach Sonjas Tod nicht mit ihm gesprochen. Ich weiß nicht, welche Rolle er in dem letzten Akt dieser Tragödie gespielt hat. Vielleicht sogar die Schlüssel- oder zumindest die auslösende Rolle. Ich hätte Kontakt mit ihm aufnehmen können, aber ich wußte nicht, ob Sonja ihm je von unserer vergangenen Beziehung erzählt hat. Ich wußte nicht, wie seine Einstellung zu Lesben ist, ob ich ihm durch meine Erzählungen ein zartes und möglicherweise geliebtes (wenn auch unvollständiges) Bild von Sonja zerstört hätte. Und schließlich mein vielleicht zentrales Motiv: Ich war eifersüchtig auf Ole. Jetzt nicht mehr, aber damals nach ihrem Tod noch immer sehr eifersüchtig. Kurz, ich wollte mich aus dieser Sache raushalten, zumal ich mir dachte, wem nützt es schließlich noch? Ich habe Birgit, Joachim und Ilse über Ole befragt: Auch sie kannten ihn kaum. Sonja habe ihn gelegentlich erwähnt, hieß es. *Wie* wichtig er ihr war, habe ich erst aus dem Tagebuch erfahren. Für mich war, nach fast zweieinhalb Jahren Trennung von Sonja, am 20. Januar 1976 in dem »langen positiven Gespräch«, wie sie es nennt, eine entscheidende Wende eingetreten; ich war dabei, mich wieder in sie zu verlieben. Aber sie gewichtet anders. Für sie endete dieser Tag mit einem »schönen Tel. mit Ole!«

Ole sei von einer unglaublichen Sensibilität für sie, erzählte mir Sonja an jenem Dienstag. Am Telefon merke er sofort an ihrer Stimme, wie es ihr gehe. So was habe sie noch nie erlebt, auch mit mir nicht. Eine Liebesbeziehung sei es eigentlich nicht. Von ihr aus vielleicht schon, aber bei ihm wisse sie nicht so recht. Sie wären sehr oft zusammen, hätten fast täglich längeren telefonischen Kontakt, aber er wäre körperlich sehr zurückhaltend, und gerade das möge sie so an ihm, diese unwahrscheinliche Zartheit. Zweimal erst hätten sie sich in den vier Monaten ihrer Bekanntschaft geküßt, auch das ganz scheu. Er gebe ihr ein nie gekanntes Gefühl der Geborgenheit. Er sei zwar erst siebenundzwanzig, wirke aber in seiner Reife und Charakterstärke und seinen ganzen menschlichen Qualitäten, dem selbstlosen Einsatz für die Behinderten, viel älter. Auch daß er Jurist sei, mache sich nicht negativ bemerkbar: er hätte starke musische und literarische Interessen.

Je länger ich mir das anhörte und dabei in Sonjas verklärtes Gesicht blickte, um so eifersüchtiger wurde ich. Wütend und irritiert auch als Lesbe, daß sie so für einen Mann schwärmen konnte. Es kam mir vor wie ein nachträglicher Verrat an uns, an mir.

Ich verbarg aber diese Gefühle und versuchte, mich mit ihr zu freuen. Der Grund, weshalb sie mich hergebeten hatte, war natürlich die Dissertation. In dem ganzen Behinderten-Betrieb, meinte sie, käme sie nicht zum ruhigen Arbeiten. Was ich davon hielte, wenn sie für ein halbes Jahr zu ihrer Mutter zöge, sich da bekochen und versorgen ließe und sich nur auf die Arbeit konzentrierte? Ich war entsetzt von der Idee und konnte sie überzeugen, daß sie sich damit eher noch mehr kaputtmachen würde. Sie müsse den Hebel hier, in Hamburg, ansetzen und ihre neuen Freunde motivieren, ihr durch solidarisches In-Ruhe-Lassen zu helfen.

Ein anderer Vorschlag von mir war, ob sie nicht das Promovieren überhaupt eine Weile sein lassen und sich statt dessen mehr Zeit für ihre Malerei nehmen wolle. Erfahrungsgemäß hatte sie nie Schwierigkeiten, ihre Bilder zu recht guten Preisen zu verkaufen. Ich war überzeugt, daß sie davon auch am Anfang einer Profi-Karriere gut existieren könnte, später dann immer noch besser. Sollte sie wider Erwarten keine Abnehmer finden – ich würde ihr garantiert alles abkaufen, einmal aus Liebe zu ihren Bildern, dann als interessante Geldanlage. Bis zu achthundert Mark im Monat könnte ich dafür locker machen, das war die Höhe ihres Graduierten-Stipendiums. Ich hatte nur wenig Geld bei mir und konnte ihr deshalb nur eine Anzahlung von hundert Mark für ihr gerade entstehendes Seehundbild machen. Die ganze Vorstellung schien ihr zwar verlockend, aber der Zwang, in der Promotionsgeschichte nicht versagen zu dürfen, war letztlich stärker. Ein Schlüssel für diesen Zwang ist wohl die Beziehung zu ihren Eltern, besonders zu dem Vater – wie sie es im Traum erlebt hat: Ihm endlich den einzigen großen Gefallen tun, den er von ihr erwartet hatte (*ich* habe ihn nie so verstanden).

Nachdem Sonja ihre so lange vor mir verheimlichte Geschichte mit Ole ausgepackt hatte, packte ich meine Geschichte mit Bella aus. Das konnte ich, wie ich meinte, jetzt endlich gefahrlos tun, da sie beendet war und da Sonja offenbar ihre Liebe zu mir überwunden hatte. Sonja hörte gefaßt zu, verstand und verzieh alles. Diese Großmut tat mir wohl – überhaupt entwickelte ich im Laufe dieses langen Tages immer stärkere Sympathie für Sonja. Sie war anders als sonst; vor allem fehlte die Pranke, die einengende Abhängigkeit von mir. Ich spürte zum erstenmal wieder so etwas wie Freiraum – und ging schließlich auf sie zu. Fragte sie direkt, was sie davon hielte, wenn wir, natürlich sehr vorsichtig, wieder eine Beziehung anfangen würden. So allgemein darauf zu steuern, wieder zusammenzuleben, sobald ich eine unkündbare Stelle hätte (ich fühlte mich immer noch sehr bedroht als Lesbe; übrigens habe ich eine solche Stelle heute noch nicht). Oder ob sie das wegen Ole nicht könne? Sonja antwortete schnell, und klar: Ole, überhaupt jeder Mann, könnte doch höchstens ein Ersatz für mich sein. Am schönsten fände sie, und hätte sie immer gefunden, ein Leben mit mir zusammen.

Wir waren beide sehr bewegt und umarmten und küßten uns. Der Kuß war sicher mindestens so scheu wie die zwischen Sonja und Ole. Während des Kusses mußte ich gegen meinen Willen an Bella denken. Erotik mit Bella war anders gewesen; mit ihr war ich immer die Bittende, letztlich Unterlegene. Bei Sonja war *ich* die Überlegene (geworden), sie eher das Kind. Bellas Küsse waren mir auch echter vorgekommen als dieser neue Kuß jetzt mit Sonja. Aber das ganze Gefühl war ja überhaupt so neu und unerwartet.

Wir waren hungrig. Ich besorgte uns ein Abendessen (überbakkene Schinken-Porree-Rollen natürlich) in der Gondola um die Ecke. Ich sehe mich noch da am Tresen stehen und auf die beiden Teller warten. Ich empfand starke Sehnsucht nach Sonja und erotische Zärtlichkeit. Die ganze Umgebung war in ein neues Licht getaucht. Eine andere Wirklichkeit war plötzlich entstanden. Ich war dankbar und glücklich. Vielleicht konnte es jetzt für uns beide doch noch gut werden nach dem endlosen Leid. Sonja und ich – das war überhaupt die einzig wahre Lösung für alles.

Ich war für diesen Abend mit Ilse verabredet; das hatte ich mit Bedacht so organisiert. Nun, nach dieser so überraschenden Entwicklung, hätte ich die Verabredung gerne rückgängig gemacht. Gleichzeitig dachte ich: Mit Unvernunft und Pflichtvergessenheit gegenüber gegebenen Versprechen kann etwas Gutes nicht anfangen. Nicht gleich wieder Wahnsinn zwischen Sonja und mir! Sonja stimmte mir zu und ließ mich ohne Bitterkeit ziehen. Als ich ihr dafür explizit dankte, lachte sie und sagte, ich kenne sie gar nicht mehr richtig. Sie sei durch die Gesprächstherapie und die Trennung und die vielen selbständig geknüpften Kontakte eine ganz andere geworden. Vieles, was sie mir früher angetan hätte, begreife sie heute selbst kaum mehr. Ich würde schon sehen: solche Schwierigkeiten bekämen wir nie wieder.

Ilse aber war ehrlich entsetzt, als ich ihr von der neuen Entwicklung erzählte. Sie warnte mich ernstlich und eindringlich. Ich solle doch froh sein, daß ich da endlich raus sei und nicht denselben Scheiß nochmal von vorne anfangen. Ich habe immer viel auf ihr Urteil gegeben und war verunsichert. Waren nicht überhaupt meine Hauptmotive für diesen Umschwung der Gefühle Heimatlosigkeit (wegen Bella) und Eifersucht auf Ole? War das etwa eine gute Grundlage? Konnte ich das Sonja gegenüber verantworten?

Am nächsten Morgen wieder bei Sonja. Mein Zug fuhr mittags. Ich sprach ehrlich mit ihr über meine Zweifel, überhaupt meine zweifelhaften Motive. Wieder zeigte sie großes Verständnis. Ich klagte mich an, daß ich vielleicht verantwortungslos handle. Sie solle mir, und sich selbst genauso, Zeit lassen. Aber einen gemeinsamen Italien-Urlaub könnten wir immerhin schon planen.

So sind wir damals verblieben. Sonja brachte mich zum Zug. Wir ahnten ja nicht, daß das ein Abschied auf immer war. Ich nahm Abschied von *der* Sonja, die ich eigentlich immer geliebt hatte und noch heute liebe, während ich dies schreibe. Bei dieser letzten Begegnung hatte ich nur ihre guten Eigenschaften erlebt, und dieser Eindruck blieb in mir und lenkte meine Pläne und Entschlüsse, bis sie selbst alles zerstörte. Bis heute habe ich das nicht verstanden. Das bedeutet, daß ich Sonjas *wirkliche* Probleme und Nöte da nicht mehr verstanden, vielleicht überhaupt nie richtig verstanden habe. *Ich* dachte, *ich* sei ihr Hauptproblem, und die

Dissertation, und es bestand große Hoffnung, daß wir beides gemeinsam in den Griff kriegen würden. Aber diese Sicht der Dinge war offenbar falsch. Sonja selbst hat sie endgültig widerlegt. Welche Sicht die richtige ist, weiß ich nicht.

Heute ist der 24. November 1979. Vor genau drei Jahren und drei Monaten habe ich dies Buch begonnen. Ich bin jetzt schon ein Jahr älter als Mozart bei seinem Tod. Heute oder morgen wird das Buch fertig sein. Ich habe viel wissenschaftliches Zeug veröffentlicht, zwei Bücher und etwa dreißig Aufsätze. Aber dies Buch betrachte ich als das Wichtigste und Schwierigste, was ich je geschrieben habe. Vermutlich werde ich auch nie wieder etwas derartiges schreiben. Hoffentlich. Die Originalfassung werde ich wohl, aus Rücksicht auf viele noch lebende Personen, niemals herausbringen können, wohl aber eine in den Namen und Daten verfremdete Fassung. Der Vergleich mit Mozart kam mir heute früh in den Sinn, weil man sich so oft gefragt hat, ob sein kurzes Leben wohl »vollendet« war. Wenn ich dieses Buch fertig habe, kann ich meine bisher schwierigste Aufgabe als »vollendet« betrachten – das Verfremden können zur Not auch andere leisten. Wirklich hatte ich in den letzten Tagen oftmals Angst, ich könnte plötzlich, etwa durch einen Unfall, sterben und das Buch bliebe ohne Schluß. Es ist November – da kommt man leicht auf trübe Gedanken, besonders wenn man am Ende eines solchen Berichts angekommen ist. Seit Tagen denke ich nichts anderes als Not und Tod. Es wird Zeit, daß ich da rauskomme. Morgen abend kommt Maja. Sie wird ab jetzt bei mir wohnen. Und Mitte nächsten Jahres gehen wir für achtzehn Monate nach England.

Wie gerne wäre Sonja mit mir nach England gegangen. – Ich bringe jetzt die letzten Eintragungen aus ihrem winzigen Tagebuch:

Mi, 21. Jan. 76. Morgens Judith, die bei Ilse übernachtet hatte. Den ganzen Tag über gute Laune. Nettes Club 74 Treffen. 0.30 ins Bett.
Do, 22. Jan. 76. Mittags alles abgeblasen (Nachhilfe, Massage, etc.) Ins Bett gegangen. Den ganzen Nachmittag und die Nacht geschlafen.
Frei, 23. Jan. 76. Morgens bei der technischen Kraftfahrzeugzentrale. Nachmittags Nachhilfe. Mit Judith telephoniert. Ca. 3.00 früh mit Ole.
Sa, 24. Jan. 76. Sehr spät aufgestanden. Kaffeetrinken mit Ole und

Rex abgesagt. Abends mit Ole, Rex, Nadja und Karin im Clark's, anderer Kneipe. Bis 3.00 früh.
So, 25. Jan. 76. Lange geschlafen. Viel Schreibkram erledigt. Ole nicht angerufen. Tag o.k.
Mo, 26. Jan. 76. Schreibkram erledigt. Ford. Abends zum Reiten, anschließend Unterricht von Ingo. Dummes, ehrliches Telephonat mit Ole. Vorher Besuch von Hartmut.
Di, 27. Jan. 76. Schuldbewußt rumgegammelt. Auf Sparflamme Schreibkram erledigt. Die meiste Zeit im Bett.
Mi, 28. Jan. 76. Anruf von Ole weckte mich am späten Mittag. Wollte mit mir Kaffee trinken. Abgesagt. Ebenso dem Club 74. Entschluß, Arbeit in Mülheim zu schreiben. Überraschender Abendbesuch von Rudi. War lieb.
Do, 29. Jan. 76. Allen Entschluß mitgeteilt, Arbeit im Turnus von 9 Tagen in Mülheim zu schreiben. Klaus half mir beim Packen. Abends Eisbein u. Sauerkraut zus. gegessen.
Frei, 30. Jan. 76. Morgens aufgeräumt, Rest gepackt. 12.00 nach Mülheim, Ankunft 17.00. Völlig k.o. Nach Fernsehen ins Bett.
Sa, 31. Jan. 76. 1. voller Arbeitstag seit langem, ca. 8 1/2 Std. Noch nicht! allzu frustrierend, weil ich so dankbar bin, daß mich hier nichts ablenkt. (T.: Lorenz)
So, 1. Febr. 76 Morgens lieber Anruf von Judith. Anruf von Lorenz Stief. 5 1/2 Std. gearbeitet. Mit Betz, Herrn Blanke telephoniert. Briefe an Bella, Joachim, Rudi, Ole. Abends TV.
Mo, 2. Febr. 76. Frau Berling II. Zum 1. Mal Post aus HH. Gruß von Klaus, Anruf von Frau Bald (Mann am 31. 1. ins K'hs). Brief an Klaus. 8 Std. gearbeitet. TV. Ins Bett.
Di, 3. Febr. 76. 7 Std. gearbeitet. Abends Anruf von Lorenz Stief. TV – Romeo und Julia nach 25 Jahren Ehe. Im Bett noch etwas »The Ebony Tower« gelesen.

Damit bricht das Tagebuch ab. Am nächsten Tag, dem 4. Februar, schrieb Sonja mir einen langen Brief aus Mülheim, ihren letzten:

Meine liebe Judy,
sehr habe ich mich über Deinen Brief gefreut, der heute morgen kam! – Nach ein paar Tagen wirklich ungestörter Arbeit begann es jedoch psychisch in mir zu rumoren. Ich weiß nicht genau, was es eigentlich ist: Heimweh nach HH, meiner Wohnung, gewohnter

Selbständigkeit? Oder sind die zutiefst in der Psyche verwurzelten negativen Gefühle gegen die allzu vertraute Umgebung Ursache dafür, daß ich erst einmal wieder beschlossen habe, das Handtuch zu werfen und es mit Hamburg noch einmal zu versuchen? Meine Mutter war natürlich enttäuscht – sie war tatsächlich die ganze Zeit lieb und verständnisvoll – und mußte ihre Aggressionen leider so loswerden: Na ja, wenn du dir unbedingt alles verbauen willst! Das hat mich so geärgert, versuche ich doch jetzt um jeden Preis, die optimalen Arbeitsbedingungen zu finden. Zumal hatte ich ihr gesagt, daß ich auf jeden Fall – und dann aber ohne ständige Hin- und Herfahrerei nach HH und Mülheim – dann wirklich für längere Zeit dabliebe, wenn ich merke, daß es in HH tatsächlich nicht so gut klappt wie hier. Die Ruhe, der Service, alles rein praktisch Angenehme, sind da, nur emotional und psychisch – das spüre ich jedenfalls z.Zt. – werde ich hier langsam so depressiv, daß ich mehr lese als arbeite, um mir irgendwo Nahrung zuzuführen, die ich hier, trotz bester Kochkünste, offensichtlich nicht bekomme. Ich habe mir nun vorgenommen – und sollen mich alle für noch so inkonsequent halten – es in meiner Wohnung noch einmal ganz rigoros zu versuchen, weiß ich doch nun auch, wie es praktisch *in Mülheim ist und habe ich doch auch festgestellt, da ich mich mutig in meine Aufzeichnungen begeben hatte, wie viel ich schon gedacht habe, was so gut ist, daß ich mir nur erfreut auf die Schulter klopfen und sagen kann: Das brauchst du nur noch vernünftig zu gliedern – und der Aufsatz aus Kopenhagen ist tatsächlich eine immense Hilfe in puncto Perspektive, die ja wohl eine Hauptrolle in meiner Arbeit spielen wird – etwas Allgemeines, aber nicht Uninteressantes dazuzuschreiben im Sinne Milzens, und die Arbeit ist im Rohbau fertig. Insofern sind die Mülheimer Tage sehr positiv gewesen, da sie mir den Mut zu neuer Initiative gegeben haben. – Es freut mich, daß Du nun auch Manon hören kannst. Auf die Schumann-Kassette bin ich natürlich gehörig gespannt* (ich hatte für uns beide je achtzehn Platten Schumann-Klavierwerk aus Amerika kommen lassen). *Einfach herrlich, ein so schönes Geschenk zu bekommen! Gut auch, daß Du sie mit, ich ohne Lenco spiele zwecks evtl. späterer Zusammenlegung. – Ich schreibe Dir wieder von der Rutschbahn. An meiner Wohnungstür werde ich ein Schild der Hotelzimmerart »Please don't disturb« anbringen, mein Telephon tagsüber unter Kissen begraben u. kleinstellen und höchstens freitag- oder samstagabends mal Freundschaften pflegen. Ich weiß ja, was mir blüht,*

wenn ich das nicht rigoros einhalte: ein Daueraufenthalt in Mülheim, Abbau der Persönlichkeit etc.
So wie ich Dir die Daumen drücke – endlich auch nur zu *verständnisvoll – danke ich Dir für Dein liebes Gedenken. Sei herzlichst gegrüßt von Deinem Sönnchen.*

Diesem Brief ist kaum etwas hinzuzufügen. Sonja hat in Mülheim genau das erlebt, was ich schon vorausgesehen hatte: Die Mutter richtete sie psychisch zugrunde. Birgit bewertete später die ganze Mülheim-Aktion als zu dem »typischen präsuizidalen Syndrom« gehörig. Noch einmal, ein letztes Mal, hatte Sonja die Liebe ihrer Mutter *erzwingen* wollen – um dann endgültig zu scheitern, weil sie erkannt hatte, daß dieser tiefste Wunsch nie in Erfüllung gehen konnte.

Es ist richtig, was Sonja über ihre Arbeits-Aufzeichnungen befindet: Sie hatte wirklich Grund, sich auf die Schulter zu klopfen. Das habe ich begriffen, als ich im Frühjahr 1978 endlich imstande war, den Karton mit ihren nachgelassenen Aktenordnern zu öffnen. – Ich habe beschlossen, Sonjas Arbeit posthum herauszubringen. Das ist besser, als sie in dies Buch einzuarbeiten, wie ich ursprünglich vorhatte.

Die Schumannplatten habe ich Sonja am 2. Februar nach Mülheim geschickt in der Annahme, sie würde dort noch eine Weile bleiben. Ihre Mutter hielt es nicht für nötig, sie ihr nachzuschikken: das Porto war ihr zu teuer und der Gang zur Post zu lästig. Sonja mußte mehrmals um diese Selbstverständlichkeit betteln, bis sie die Platten Ende Februar, eine Woche vor ihrem Tod, endlich hatte. Mit diesem gemeinen Schachzug hat Frau Sanders nicht nur Sonja, sondern auch mich treffen wollen. Und nach Sonjas Tod beanspruchte sie die Schumann-Kassetten für sich, als rechtmäßiges Erbe! Es gelang mir aber, sie ihren Klauen zu entreißen. Ich habe sie Julia geschenkt. Bei ihr sind sie in guten Händen.

Natürlich habe ich mir nach dem Desaster in Mülheim immer wieder überlegt, ob ich Sonja nicht zu mir nach Basel einladen sollte. Ich hätte sie beim Schreiben anleiten, unterstützen und aufmuntern können, und sie wäre nicht allein gewesen. Aber ich hätte erst umziehen müssen, denn ich wohne zwei Treppen hoch, ohne Fahrstuhl. Außerdem hatte ich Angst, daß es meine Kräfte übersteigen würde – zur Fertigstellung der Habilschrift blieben mir nur anderthalb Jahre; ich stand unter immensem Zeitdruck (durch ihren Tod wurde ich dann allerdings über ein halbes Jahr total arbeitsunfähig). Zwar hatte ich Sonja im Januar sehr lieb und vernünftig erlebt, aber wie weit konnte ich diesem Eindruck trauen? Ein gemeinsamer Untergang schien mir immer noch viel wahrscheinlicher als ein gemeinsamer Sieg. Also hielt ich diesbezüglich weiter still.

Müller, bei dem ich im November 75 eine erste Besprechung gehabt hatte, hatte Anfang Februar zufällig einen Platz für mich frei, acht Monate früher als erwartet. Da ich mich wegen Bella noch elend fühlte, nahm ich das Angebot gern wahr. Der Erfolg übertraf alle Erwartungen: Schon nach drei Wochen schwitzte ich nur noch halb soviel wie sonst. Nach dieser Wunderkur traute ich ihm praktisch alles zu, sogar eine Heilung Sonjas.

Ende Februar fuhr ich für zehn Tage nach Madrid, um mit einem Kollegen zu arbeiten. Am 1. März, einem Sonntag, kehrte ich zurück und rief gleich Sonja an. Sie war in einer tiefen Depression und weinte die ganze Zeit. Ich wußte nicht, wie ich ihr da raushelfen könnte. Sie sagte selbst, sie wisse ja, daß diese grauenhaften Zustände vorbeigingen, aber das Wissen nütze ihr, wenn sie drinstecke, überhaupt nicht. Nein, die Schumann-Platten könne sie auch nicht hören, das wäre ihr zu traurig. Die Kinderszenen hätte sie versucht. Noch nie hätte sie so traurige Musik gehört. – Diese Aussage löste bei mir eine noch tiefere Besorgnis aus als sonst, wenn ich sie in dieser Stimmung antraf. Die Kinderszenen sind doch größtenteils sehr heitere, beschwingte Stücke. Wenn Sonja sogar die als tieftraurig wahrnahm, stand es schlimm um sie. Wenn ich da gewußt hätte, *wie* schlimm, wäre ich nach Hamburg gefahren. Aber ich dachte, auch dies Tief würde, wie die vielen vorher, vorübergehen. Nur müsse jetzt endlich was gegen die Quälerei getan werden. Und ich wußte auch, was: Ich wollte Müller um Rat und Hilfe bitten. Meine nächste Sitzung bei ihm war am Dienstag. Ich sprach die ganze Stunde nur über Sonja. Es gelang mir, ihn so von der Notwendigkeit *schneller* Hilfe zu überzeugen, daß er anbot, sie könne in der darauffolgenden Woche intensiv bei ihm anfangen. Dabei hatte er eigentlich keinen Platz frei. Er war nach meiner Schilderung der Lage und der Vorgeschichte genauso überzeugt wie ich, daß er ihr würde helfen können. Aber da war Sonja schon tot.

Auf der Heimfahrt überlegte ich mir, wie wir es arrangieren

könnten. Zum Rauf- und Runtertragen in der ersten Zeit bis zum Umzug würden wir Nachbarn um Hilfe bitten. Das Geld für Müller würden wir schon irgendwie auftreiben, notfalls einen Kredit aufnehmen. Es würde sich alles regeln lassen.

Wieder zu Hause, mittags, versuchte ich, Sonja telefonisch zu erreichen, immer wieder, bis zum Abend. Sie macht vielleicht irgendwo einen Besuch, dachte ich. Schließlich setzte ich mich an die Schreibmaschine und schrieb ihr die neuen Nachrichten. Während ich noch schrieb, rief Joachim mich an. Ob ich es schon gehört hätte? Man habe am Morgen dieses Tages Sonjas Wagen und Rollstuhl an der Elbe gefunden, draußen in Wedel.

Als ich eine Woche später in Hamburg war, erzählte Birgit mir, Sonja habe am Montagnachmittag angerufen und sich mit ihr verabreden wollen. Sie, Birgit, habe aber keine Zeit gehabt, und Sonja hätte auch nicht deutlich gemacht, wie dringend es war.

Ich geriet nach dem Anruf von Joachim in eine dreitägige tiefe Depression. Julia, die ich sofort angerufen hatte, war in Bremen. Erst am Samstag hatte sie Zeit für mich. Ich wollte unbedingt in den Rhein damals. Anrufe von überall, Joachim, Bettina, Bella, Erika, Judith, meine Mutter, Franziska, Tante Luise – sie erreichten mich nicht in meinem schwarzen Loch. Zum erstenmal erlebte ich selbst, was Sonja so oft hat durchmachen müssen. Man kann sich nicht vorstellen, wie es ist, wenn man es nicht in sich selbst erfahren hat. Der Tod erscheint einem als die natürliche Lösung, und alle, die einem sonst so nahestehen, sprechen wie aus weiter Ferne, aus einer anderen Welt. Sie haben nichts, gar nichts mehr mit einem zu tun.

Sonja hat keinen Abschiedsbrief hinterlassen, an niemanden. Ich wartete auf Post von ihr am Mittwoch, Donnerstag und Freitag. Es war doch gut möglich, daß sie, bevor sie losfuhr, noch einen Brief an mich in den Kasten gesteckt hatte. Müller erklärte mir, das sei nicht gut möglich; die Welt der Freunde und Mitmenschen war für Sonja versunken. Wenn sie es nicht gewesen wäre, hätte Sonja das auch nicht getan.

Als Sonjas Mutter benachrichtigt worden war, kümmerte sie sich als erstes um die Wiederbeschaffung der originalen Autotür, damit sie den Wagen noch günstig verkaufen könnte. Während sich viele ihrer Freunde, ich auch, noch an die absurde Hoffnung klammerten, daß Sonja ja vielleicht auch entführt worden sein und noch ganz plötzlich wieder auftauchen könnte, hatte Frau

Sanders das Auto schon so gut wie verkauft. Sie fand es auch unbegreiflich, daß Sonja den wertvollen Brillantring einfach »mitgenommen« hatte.

Wenn sonst ein Mensch stirbt, wird er bald darauf bestattet. Die Trauernden sind von dem Tod noch so betäubt, daß sie die Bestattung nicht als neuen Schmerz erleben müssen. Sonja wurde erst einen Monat später gefunden, im Hamburger Petroleumhafen. Die ganze tiefe Wunde riß mir wieder auf. Frau Sanders bekam ihren Brillantring. Die Beisetzung der Urne fand noch einen Monat später statt.

»Das Leben ist zeitraubend« – das ist mein Lieblingsausspruch von Sonja. Damit umschrieb sie ihr umständliches Rollstuhldasein. Logisch wird der Spruch erst, wenn man »das Leben« als Zeitraum begreift, der in eine größere Zeit eingebettet ist.

Basel, 24. November 1979

»Ein weites Feld«
Dreizehn Frauenleben

»Ich bin kein Vogel, und kein Netz umgarnt mich, ich bin ein freier Mensch mit einem freien Willen – das werde ich zeigen, indem ich Sie verlasse«, sagt Jane Eyre selbstbewußt zu dem Mann, den sie liebt. Emma Bovary, die Frau eines biederen Landarzts, versucht der ehelichen Langeweile zu entfliehen und zahlt ihren Ehebruch mit dem Leben. Zwei Frauenleben des 19. Jahrhunderts.
Die Portugiesin Sibylle kann den Mann, den sie liebt, nicht heiraten, weil das vom Vater vererbte Stück Land zur Mitgift nicht reicht. Sonja scheitert an ihrer Liebesbeziehung mit Judith, sie bringt sich ums Leben. Zwei Frauenleben des 20. Jahrhunderts.
Und wie erging es Eva, Vera, Emma oder Emily L.?
Dreizehn Bücher, das sind dreizehn Stimmen, die verführerisch von Lebensträumen und Lebenswirklichkeit von Frauen erzählen – ein weites Feld, Luise.

Frauenleben
Ein Lesebuch

Herausgegeben von Susanne Gretter

st 2904. 288 Seiten

Die in diesem Band versammelten Texte von Isabel Allende, Ingeborg Bachmann, Kim Chernin, Angeles Mastretta, Sylvia Plath, Luise F. Pusch, Lisa St Aubin de Terán, Alissa Walser u.a. zeigen Facetten eines Frauenlebens und erzählen von Liebe und Haß, Glück und Unglück, Erfolg und Scheitern, Eigensinn, Übermut und Selbstbehauptung.

Tschingis Aitmatow
Dshamilja

Mit einem Vorwort von Louis Aragon

st 2888. 123 Seiten

Während ihr Mann im Krieg ist, verliebt sich Dshamilja in Said, seinen fünfzehnjährigen Bruder. In Kirgisien, einem Land, wo Männer und Frauen noch eng an die patriarchalischen Traditionen der Nomaden gebunden sind, entwickelt sich das Drama dieses ungleichen Paares, »die schönste Liebesgeschichte der Welt«. *Louis Aragon*

Isabel Allende
Eva Luna

Roman

st 2889. 393 Seiten

Ihre Mutter: ein Findelkind, ihr Vater: ein Indio mit gelben Augen, sie selbst mit sieben Jahren ein Waisenkind und bereits als Dienstmädchen bei einer strengen Patronin. Aber trotz all den turbulenten Ereignissen und politischen Wirren findet die lebensfrohe Eva Luna, die sich, außer zur Liebe, nur zum Erzählen berufen fühlt, ihr Glück.

Elizabeth von Arnim
Vera
Roman

st 2890. 335 Seiten

Wenige Tage nachdem er seine erste Frau durch einen rätselhaften Unfall verloren hat, macht Everard Wemyss der zweiundzwanzigjährigen Lucy Entwhistle einen Heiratsantrag. Irritiert willigt sie ein. Aber schon während der Flitterwochen stellt sie fest, daß es mit ihrer Selbständigkeit vorbei ist. Auch läßt sie der Gedanke an ihre tragisch ums Leben gekommene Vorgängerin nicht los: Vera.

Jane Austen
Emma
Roman

st 2891. 549 Seiten

Die 21jährige Emma Woodhouse ist eine äußerst energische Person. Sie führt souverän den Haushalt ihres Vaters und weiß stets, was für andere gut zu sein scheint. Als sie in das Leben ihres Schützlings, der 17jährigen Harriet Smith, eingreift, löst sie eine Komödie der Irrungen und Wirrungen um Liebe und Ehe aus.

Jurek Becker
Amanda herzlos
Roman

st 2892. 384 Seiten

Drei Männer, eine Frau: Der Sport-Journalist Ludwig, der dissidente Schriftsteller Fritz und der westdeutsche Hörfunk-Korrespondent Stanislaus erzählen jeweils aus ihrer Sicht vom Leben mit der »herzlosen« Amanda im letzten Jahrzehnt der DDR. Ein Buch vom (Frauen-)Alltag in der DDR, erzählt am Schicksal einer begehrenswerten und widerspenstigen Frau.

Agustina Bessa-Luís
Die Sibylle
Roman
st 2893. 301 Seiten

Nach dem Tod des verschwenderischen Vaters verlassen die Brüder das Dorf, die Schwester heiratet. Joaquina aber kann den Mann, den sie liebt, nicht heiraten, da das vom Vater vererbte Stück Land zur Mitgift nicht reicht. Den Menschen ihrer ländlichen Umgebung, Bauern wie Adelsfrauen, wird sie zur »Sibylle«, deren Rat gesucht wird, die aber undurchschaubar und für menschliche Regungen unerreichbar zu bleiben scheint.

Charlotte Brontë
Jane Eyre
Eine Autobiographie
st 2894. 646 Seiten

Jane Eyre ist die fiktive Autobiographie einer Frau, die sich zwischen ihrer Leidenschaft zu einem Mann und ihrem Wunsch nach Selbständigkeit entscheiden muß: »Ich bin kein Vogel, und kein Netz umgarnt mich, ich bin ein freier Mensch mit einem freien Willen – das werde ich zeigen, indem ich Sie verlasse«, sagt Jane Eyre zu dem Mann, den sie liebt.

Marguerite Duras
Emily L.
Roman
st 2895. 160 Seiten

»Liebe wie Verzweiflung leben«: Die Frau, die erzählt, und ihr Begleiter befinden sich am Ende ihrer Liebes-Geschichte. Sie wird sie aufschreiben – sie verweben mit anderen Geschichten, vor allem mit der Geschichte zwischen ihr und dem jungen Verwalter, der ihr den Namen Emily L. gegeben hat, um ihre wahre Existenz nicht zu verraten, wenn er sie sehnsüchtig anruft.

Gustave Flaubert
Madame Bovary

st 2896. 415 Seiten

Emma Bovary, die Frau eines biederen Landarztes, sucht der häuslichen Enge und ehelichen Langeweile zu entfliehen. Sie begeht Ehebruch und stürzt sich in Schulden. Am Ende bleibt ihr nur ausweglose Verzweiflung, der Freitod.

Theodor Fontane
Effie Briest

st 2897. 354 Seiten

Effie Briest ist die wahre Geschichte einer Ehe, eines Ehebruchs und einer Duellaffäre mit tödlichem Ausgang.

Luise F. Pusch
Sonja

Eine Melancholie für Fortgeschrittene

st 2898. 392 Seiten

Sonja, 1981 unter dem Pseudonym Judith Offenbach erstmals erschienen, erzählt die Geschichte der Liebe zwischen Sonja und Judith 1965-1976. Sie probieren ein »normales« Leben zu zweit, das doch von vornherein ausgeschlossen ist.
Die »Melancholie für Fortgeschrittene« ist das Protokoll einer Trauer. Der nicht spektakuläre, sehr detaillierte Bericht über den verborgenen Alltag lesbischer Paare.

Emile Zola
Nana

st 2899. 512 Seiten

Nana, Tochter der Wäscherin Gervaise Macquart und des Trinkers Coupeau, arbeitet sich von einem armseligen Straßendirnendasein empor in die Pariser Gesellschaft des Zweiten Kaiserreiches. Sie ist so verführerisch, daß sie Macht über alle Repräsentanten der Regierung und der Presse gewinnt.